# 大湾区文学选本

## 小说卷

陈培浩——主编

人文湾区文艺书系

广东省文学艺术界联合会
粤海风杂志社 主编

南方日报出版社
NANFANG DAILY PRESS
中国 广州

**图书在版编目（CIP）数据**

大湾区文学选本．小说卷 / 陈培浩主编．-- 广州 ：南方日报出版社，2025．8．--（人文湾区文艺书系）．-- ISBN 978-7-5491-2793-1

Ⅰ．I218.65

中国国家版本馆 CIP 数据核字第 202547YB37 号

DAWANQU WENXUE XUANBEN XIAOSHUO JUAN

# 大湾区文学选本 小说卷

主　　编：陈培浩
出版发行：南方日报出版社
地　　址：广州市广州大道中 289 号
出 版 人：周山丹
丛书策划：周山丹
责任编辑：阮清钰　李　哲
特约编辑：卢　瑜　李芷莹
装帧设计：邓晓童　劳华义
责任校对：阮昌汉　符文达
责任技编：王　兰
经　　销：全国新华书店
印　　刷：广东信源文化科技有限公司
成品尺寸：185mm×260mm
印　　张：22.75
字　　数：440 千字
版　　次：2025 年 8 月第 1 版
印　　次：2025 年 8 月第 1 次印刷
定　　价：78.00 元

投稿热线：（020）87360640　　读者热线：（020）87363865
发现印装质量问题，影响阅读，请与承印厂联系调换。

# 总序

## 同书粤地新气象　共绘湾区同心圆

王垂林

在新时代的东风里，粤港澳大湾区建设正以磅礴之势，激荡着世界级的城市群崛起。广东省文学艺术界联合会组织辑选《大湾区文学选本》（以下简称《选本》），受到粤港澳三地文学艺术家的热烈响应，并获得国家新闻出版署“十四五”国家重点图书出版规划立项支持。《选本》的推出不仅是对这片热土文脉的深情回眸，更是广东文艺界回应国家重大发展战略的自觉行动。它如一座精心架设的桥梁，联结起现代文艺潮涌，为广东文艺高质量发展注入活水，更为大湾区宏伟蓝图增添了一道斑斓的人文亮色。

《选本》编选了湾区不同城市、不同代际作家、不同文本形态下反映时代变迁、刻画湾区风貌、传递人文精神的代表作品。这些作品以鲜明的在地性和开放的全球视野，构建起大湾区共同的文化认同，宛如珠江汇聚西江、北江，千百流涌，而后八门夺海，展现出一幅千姿百态又和谐共生的文学图景。字里行间，既有岭南风物的细腻描摹，亦有时代变革的深沉回响；既镌刻着湾区独特的多元文化印记，更升腾出湾区人民共同的价值追寻与精神气质。

粤港澳大湾区的独特优势在于“双向开放”——既向内连接广阔腹地，又向外辐射全球。粤港澳大湾区文艺事业的发展更离不开三地优势互补、资源整合所激发的创新合力。《选本》的多元文本组合，彰显这一特质，既有粤语方言写作的韵味、移民故事的张力，也兼备跨境叙事的包容性，向世界展示中国式现代化进程中的文化多样性，让读者得以从香港的都市律动、澳门的多元风情、广东九城的奋进脉搏中，真切触摸到那份植根于岭南沃土、流淌在湾区儿女血脉中的文化基因与情感共鸣，为粤港澳三地增进共识、携手前行提供强大的价值支撑。这种守正创新的创作实践，正是广东文艺界抢抓历史机遇、主动担当文化使命的生动写照。

岭南文脉相交融，人文湾区谱新篇。《选本》宛如一座精神堤岸，在珠江潮水拍打之处见证湾区文学由区域走向世界、从传统迈向未来的壮阔航程。广东文联将持续引领广东文艺界同书粤地新气象、共绘湾区同心圆，不断书写大湾区文艺繁荣发展的新传奇！

作者系广东省文学艺术界联合会党组书记、专职副主席

2025年7月1日

# 序一

## 绘制空间地图

岳 雯

连粤名走到了大街上，深深地呼了一口气，他的鼻腔里，残留着很浓重的香火味。自然，他手上还拎着阿嬷亲手制的胴饼和芋粿。走到了春秧街上，他觉得轻松了一些。袁美珍约了旧同学喝茶，他便也不急着回家。先到“同福南货号”买上一斤年糕，顺便问一问大闸蟹上货的档期。眼下香港市面上的蟹，都说是阳澄湖的，自然不可尽信。这间老字号，总还是靠得住。然后呢，便是到隔壁“振南制面厂”，买新造的上海面。如今卖地道上海面的铺头，越来越少。这街上，再有就是对面和“振南”打了数十年擂台的“双喜”。总也不分高下。连粤名是吃惯了“振南”。上海面软滑弹牙，和香港盛行的广东面是大相径庭。广东的碱水面硬而干，咬劲足，却不合北角人的口味。他和袁美珍，便吃不到一起去。创办这“振南”的人叫李昆，其实呢，倒是个地道的广东人。传说青年时曾追随北洋政府的国务总理唐绍仪任侍从官，故熟悉其喜爱的面食。后来在坚拿道东开设“振南”，吸引了一班居港的上海人，便将面厂搬到有“小上海”之称的春秧街，也养刁了后来的福建人的胃口。福建呢，本不是美食之乡，可是有先前上海人的讲究，加上东南亚华侨的诡异的洋派。这春秧街上的味道，是断不会寂寞的。上海南货店内有售的咸肉、火腿、咸菜、年糕，闽地有名的鱼丸、肉丸、蚵仔、芋粿、绿豆饼，也一应俱全。话说广东菜精致可观，连粤名在心里头，却另有自己的一番分庭抗礼。这是春秧街几十年的生活，给他锻造出来的。及至这里，他摇摇头，觉得是一条舌头，阻挠自己成为地道的香港人。

这样想着，连粤名一路踱到了马宝道，这里的排档后方兼卖印尼香料杂货。自有一些南亚人的土产，像印尼虾片、千层糕、自家制咖喱沙嗲、辣椒酱、新鲜椰汁马豆糕等。

这是葛亮在中篇小说《浮图》里描述的场景。小说主人公连粤名俨然本雅明所说的“浪荡子”。在观音诞这一天，他回到了儿时居住过的春秧街，无所事事地在街头闲逛。牵引这位“浪荡子”的目光与足迹的，是食物。而食物里也深藏着一份空间地形图。“同福南货号”所卖的阳澄湖大闸蟹，使作为一种文化记忆的江苏进入读者视野；而“振南制面厂”所售卖的上海面暗示“香港—上海”的双城镜像余音犹在，其创始人的广东身份与经历则凸显了香港的近代史记忆。同样指向广东的还有主人公名字中的“粤”字。尽管作者并没有告知为何以此为他命名，但隐含着的意思显豁而清晰，即广东与香港血脉相连、同声同气，共同参与了对香港的塑造。有意思的是，这位“浪荡子”并不是广东人，在小说中，他心心念念的是上海的传统吃食，事实上，关于空间的身份认同也是整篇小说叙事的核心矛盾以及动力所在。而当连粤名踱到马宝道时，南洋的风土人情扑面而来，打开了关于“世界”的空间面向。

不妨将葛亮的叙事策略视为基于“地图”的运作机制。叙事者犹如导航，带领读者一一辨认场景的空间特征，在空间与食物之间建立强联结，从而建立鲜活而可靠的空间感知。“浪荡子”的“漫游”显然刷新了我们关于香港的固有想象，就连他自己也不乏自省——“他摇摇头，觉得是一条舌头，阻挠自己成为地道的香港人”。那么“地道的香港人”，或者说“地道的香港”究竟是什么模样？葛亮没有明说。读者却可以猜想。按照葛亮的描述，香港不再是深度卷入全球资本主义体系，与诸多全球大城市如出一辙的均质、平滑空间，而是有着自身历史与地理特征的纹理空间。这一空间不仅有着自己的山川沟壑，还与民族国家的内部空间有着千丝万缕的联系，并具有面向世界的开放性和多元性。可以进一步追问的是，葛亮为什么如此想象香港？倘若单从作家个人的创作谱系上看，这或许是葛亮由江苏移居香港，深刻融入香港社会，熟稔地方文化的结果。需要注意的是，任何一种文学变革，都无法自外于时代的风尚。葛亮的香港书写，大抵表现为聚合式的空间形象。这提醒我们，区域化，特别是粤港澳大湾区的建构正在潜移默化地影响作家的文学想象与叙述。不只是葛亮，对于生活在粤港澳大湾区的作家而言，粤港澳大湾区已然是一个不可忽视的现实。在这一概念的烛照下，城市空间正在发生深刻的变化。于是，在他们的笔下，空间变得愈发醒目，甚至超越了故事、情节、人物，成为叙述的重心。想象一种空间，就是想象一种生活形式。从这个意义上说，粤港澳大湾区所绘制的文学地图，是基于现实的城市发展状况，更是对新型的人文地理关系的想象与召唤。



二

与人群的聚合相似，城市群的交流、交往、交融同样需要诉诸对共同的过去的认同与承担。正如历史学家普勒姆所说，“对所有的社会来说，过去一直都是活着的，是日复一日都在使用着的东西，代代相传，绵延不绝。社会越是趋于文明和精致，对过去的运用也就越是复杂且强力。”① 粤港澳大湾区“9+2”城市群正是基于相近的自然地理环境与历史文化记忆所形成的新的社会架构与社会体系。这一历史文化记忆不仅指向普遍性的民族国家历史，也凸显具有特殊性的区域历史。

明代以来，中国与西方国家贸易的兴起，就带动了珠三角整体经济的发展。1757年，清政府特许广州为中国唯一合法的海上对外贸易口岸。广州基本承担了中西贸易的所有涉外活动。此后，广东人的足迹遍及中国香港、澳门，乃至东南亚和北美，将这一区域的空间联结起来的同时，也深刻塑造了这一区域的文化和身份认同。可以说，粤港澳大湾区城市群所处的东南沿海位置，决定了这一区域最早成为中国与世界交流与冲突的中心，革命的种子在此孕育，大湾区被深切地卷入了全球化与现代性的进程之中。身处其中的文学人敏锐地意识到了这一点。王威廉、陈培浩对于大湾区的这一特性做了精彩的阐发：“粤港澳大湾区城市群之所以特别，就在于它们恰恰是在近代全球史背景下开始浮出世界历史地表的。假如没有 15—17 世纪的世界历史转型，香港、澳门就永远都是那个小渔村；假如没有澳门的存在，香山可能就走不出郑观应、孙中山这样的人物。在讨论肇庆、澳门时，我们一再谈到利玛窦、罗明坚、金尼阁等传教士。将这些传教士的行为理解为‘国际主义精神’显然是一种误判，但却不能不看到他们把某种世界性元素带进中国的事实。在世界史视野下回眸这些留在大湾区的文化踪迹，给我们非常重要的启示：很多事情的沧海桑田背后，可能是某个正在发生或转型的历史逻辑。因此，今天谈论大湾区文学，其实是要求我们去预判和面对未来正在展开的世界历史逻辑。”② “世界性”是如此显豁地镌刻在大湾区的基因中，并发挥着越来越重要的影响。这也塑造了大湾区独特的文学景观——一批重要作家投入长篇小说的创作，在更为宽广的视域中书写地方的历史，致力于揭示“地方”与“世界”错综复杂的关系。作家们

① 普勒姆．过去之死［M］．林国荣译．北京：华夏出版社，2020：1.

② 王威廉，陈培浩．地理空间及其文明活力的精神烙印——在大湾区思考一种文学地理学［J］．粤海风，2021（1）.

立足于具体的地方，放大地理的尺度，在世界力量的结构性变化中，在民族国家的纠葛与冲突中描绘人的情感、行动与命运。他们意识到，即使是在一个人身上，都能听到历史深处遥远的回响，也能折射出世界的弧光。

自2009年移居深圳以后，邓一光对勘探居住地以及与之相联系的区域充满了社会学与历史学的热情。当这种热情以文学的形式表现出来的时候，就成就了《人，或所有的士兵》这部他近年来最为雄浑阔大，亦是最为杰出的作品。小说以1941年香港保卫战为背景，讲述了郁漱石在香港的一个离岛——燊岛丛林中的战俘营度过的三年零八个月的生活。1945年日本投降后，他因误炸战俘营站上了军事法庭，被指控犯下通敌叛国罪。历时仅18天、已然被许多人遗忘了的香港保卫战及其造成的结果在这部77万字的长篇小说里得到了浓墨重彩的书写。那么，为什么是香港保卫战？对于邓一光来说，人们对于香港1941到1945年那段历史的遗忘是他写作的缘起。在他看来，文学作为证词，是为了在遗忘的深渊中建造一座小小的纪念碑。然而，更重要的还在于香港这座城市的特殊性。“香港的历史耐人寻味。19世纪中期，大清国在一系列国际武装冲突中成为败北一方，遭遇了一连串战败、外债和屈辱，从高高在上的天国急速跌落到弱国的尘埃里，国门不复存在，列强轮番登场，攫取领土和贸易特权。这一切都始于香港的割让，这是中国与西方第一次武装冲突的结果。整整一百年后，太平洋战争爆发，它是第二次世界大战一个重要转折点，而香港是在太平洋战争中第一座被“轴心国”日本攻下的城市，成为侵略者的占领地。再逾三年零八个月，第二次世界大战落幕。在公开和暗中的反复较劲后，早于三年前就在《联合国家宣言》上签了字、正式加入国际反法西斯联盟、属于同盟国一员的中国再度败北，英国重新取得香港的管辖权，香港回到英殖民（按：指殖民统治）时代。”① 在邓一光对于香港历史的简略梳理中，我们会发现，这座遭遇了中国与西方的战争冲突而被割让的城市毫无疑问是“地方”与“世界”斡旋的最好观测点。在主人公郁漱石身上，我们或许能得到对“地方”的“世界性”更为幽深的认识。郁漱石的父亲是中国人，母亲是日本人，那么，哪个国家应该让他建立民族认同，中国还是日本？特别是，当这两个国家的战争爆发之后，他到底是应该认同“父国”还是“母国”？认同的焦虑就深深刻在郁漱石的骨子里，使他成为现代意义上的无家可归者。促使他做出回国参加战争这一决定的，不是来自父亲的威吓与强令，而是来自中国的战地照片。那些战争中被侮辱、被损害的人类面孔，让他确认了自己的责任。他选择成为一名军需官，是因为他意识到，缺少蛋白质与枪械的士兵，必然为战争所吞

① 邓一光，曹露丹．战争、人性与文学——关于《人，或所有的士兵》的访谈［J］．长江学术，2020（1）．

噬。应该说，郁漱石的全部命运，都是被他这一立场以及由此引发的行动而决定。构成郁漱石这一富有个性的人的质地的，还有文化。这是这部小说隐而不彰的主题。与其他留学生不同，郁漱石选择的是东亚文化专业。小说描述了他是如何沉浸在日本文学中的，用反对他的人的话说，就是“堕落成倭酋文化的追随者”。郁漱石对日本的历史、文化极其熟悉，各种典故信手拈来，侃侃而谈。他热爱日本文化，也同样热爱美国电影和中国文化。他担当起不同文化间摆渡人的角色，在文化与文化之间沟通交流。但是很快，文化显示了它的脆弱性。俘虏营的非人待遇彻底击碎了郁漱石之前对日本文化并延伸至对日本人的好感。在战俘营，郁漱石与不同国族的士兵、被俘者相处，也与对战俘怀着刻骨仇恨的日本看守者相处。郁漱石的命运与香港这座城市紧密相连，而战争期间香港的命运又处于各国力量的博弈之中。小说以 33 位陈述人的证词揭开层层帷幕，极端情境下人在集体中的状况由此得到呈现。黑暗的深不可测的人性成为恐惧的巨大源头，而成为一个人，就是不断挣脱黑暗，向光明泅渡。邓一光说：“从根本上讲，文学是为理想生活而存在，哪怕在最为黑暗的历史叙事中，人们也应当保护住那些值得珍惜的记忆。文学的非凡之处不在于它能精准地重返或抵达人们在历史上的共性认知，形成集体疗救，以便最终结束人类的某些罪恶制度，而是它能进入个体生命的经验深处，引发人们对大量未曾关注或未曾表达的生命的理解、认知和批判。”① 这卓绝的志向使理想主义刺透了无处不在的恐惧与黑暗，闪烁着希冀的光芒。

如果说，邓一光以战争为方法，以史料为小径，试图补全香港的世界地图，那么，在香港写作的闻人悦阅对于“世界”有着更为个人化，也更加感性的认识。闻人悦阅出生于杭州，中学移居美国，为库伯联盟学院电机工程学士及纽约大学商学院金融硕士，曾在美国华尔街工作，后移居香港。闻人悦阅以往的作品，多以杭州、纽约、香港这三个她长期生活过的城市为背景，而到了《琥珀》则气象一新。与《人，或所有的士兵》一样，历史，特别是动荡的大历史与人的关系是小说探讨的主题。在讲述这一段历史的时候，《琥珀》并不是理所当然地将中国作为历史的中心，而是超出中国范围，从启努乌梁海、库伦、恰克图等地出发，以甘肃、新疆等地的矛盾、冲突和危机为中心，辗转于天津、上海、香港、纽约以及欧洲各地，探索发生在 20 世纪的重大事件与政治风云。这固然与当下历史学研究的区域转向不无关系，也与“短二十世纪”中所发生的激烈的民族国家的冲突有关。20 世纪初期，一方面，现代民族主义在许多落后国家扎下根来，民族独立运动风起云涌；另一方面，随着全球化进程的加速，世界的冲突正在加剧，两

① 邓一光，曹露丹. 战争、人性与文学——关于《人，或所有的士兵》的访谈［J］. 长江学术，2020（1）.

次世界大战之后，世界进入冷战格局，一个多文明的世界正在形成。在这一过程中，不同区域正在扮演重要角色。《琥珀》的另一个潜在主题，是关于差异与区隔，以及打破差异与区隔的努力。小说将战乱频仍归因于人与人之间的差异，以及缺乏有效沟通。小说借传教士伍德之口重述了《圣经》里的通天塔的故事——“人类原先说同样的语言，居住在一起，那个地方离幼发拉底河不远，叫作示拿。人们在那儿一起建造自己的城池，同时决定建造一座能够通往天堂的高塔。上帝来了，觉得如果人类这样团结，一旦建成高塔，将无所不能为，于是决定分离人们的口音和语言，从此人们便失去同一种语言，开始列国分邦，无法交流，便产生了冲突”①。这意味着，个人与他人是隔绝的，无法与他人沟通。由此，我们发现，这个人们耳熟能详的故事并非作者偶然为之，而是在小说中投下了长长的影子，并左右了小说的发展。希利斯·米勒在《共同体的焚毁》一书中引用了德里达的一段话：“在我的世界——这个‘我的世界’，即我所谓的‘我的世界’，对我而言没有其他的世界，每一个其他的世界都组成了我的世界的一部分——在我的世界与每一个其他世界之间，最初存在着大为不同的空间和时间，存在着中断，而且这个中断无法由任何试图建立通道的努力所弥合，桥梁、地峡、交流、翻译、转义或迁移都行不通。然而，以下这种情形，即渴望一个世界，却又厌恶已有世界，处于对这个世界的厌恶之中，这种情形将会使人们一再重复上述试图建立通道的努力，对此提出建议、施加影响并将这些努力常规化。”② 简而言之，闻人悦阅相信，因为语言不同，人们秉持着各自的观念，并以为自己信奉的才是真理。这是人们之间冲突和战争的根本性原因。因此，是否能够沟通、包容差异，被认为是消弭争端的重要力量。在小说中，马仲英、莫小娴的绝大部分光彩，也正来自他们“试图建立通道的努力”。往大了说，这又何尝不是粤港澳大湾区的文化使命之所在。

空间亦是林棹创作的出发点与核心意象。她认为：“空间，或我们生存于其中的环境，确然包含着语言，它持续地向我们低语，持续地影响我们的心灵。”③ 她的长篇小说《潮汐图》正是构型于地方性空间。在小说的后记里，她列出了小说的知识谱系：从粤英词典《通商字汇》到“中国贸易画”，从《广州城坊志》《粤海关志》《广东十三行考》《广州贸易》到《广东新语》《粤讴》《广州番鬼录：旧中国杂记》，从《东印度公司对华贸易编年史（1635—1834）》到《近代西方识华生物史》再到《澳门记略》《澳门学：探赜与汇知》《早期澳门史》等等，加之小说里对方言、外来语的巧妙运用，无

① 闻人悦阅．琥珀［M］．南京：江苏凤凰文艺出版社，2019：306.

② J. 希利斯·米勒．共同体的焚毁：奥斯维辛前后的小说［M］．陈旭译，南京：南京大学出版社，2019：35.

③ 林棹．第一座花园［J］．中国现代文学研究丛刊，2022（7）.

不强烈地提醒这部小说所展现的岭南文化性格。小说以巨蛙的所见所闻为线索，历经中流沙船的连环浮城、广州芦竹林、澳门好景花园、“世界号”航船、帝国动物园等不同空间，书写了19世纪初期岭南的历史图景。此时的岭南，不是固守一隅、风雨不透的，而是世界交汇的重要场所。小说中蛙与画师冯喜有这样一番对话。冯喜说：“总有人从远方来。又或者，人声滴落纸上，被纸长存，从远方来——不是搭船，就是搭纸。偶尔搭风。”“两个生埗人初相逢——不是在路口，就是在港口——他们立定，交换世界。世界在路口港口相逢，似乞儿王缝起百衲衣。”① 世界一直沸腾在这些最早开眼看世界的人们的血脉里。冯喜鼓励蛙说：“要做大河啊！做一条船！”最终，冯喜“搏了老命”去了远处地方，巨蛙最终也随着“世界号”扬帆远行。人与蛙的命运构成了一种寓言。身在广东的评论家李德南说：“当林棹回头看早期的全球化实践，看彼时的世界，看彼时的南方，她也建立了一个全球史的视野。即使是写广州、澳门的部分，林棹也试图勾勒当时的世界全景图，呈现世界各地的横向联系，展现不同文化、事物的交流、传播与碰撞。《潮汐图》的叙事跨越了东方与西方、地方与世界、现实与幻象、本国与异国、过去与现在的边界。”② 这何尝不是作家与评论家对地方命运的感同身受。

粤港澳大湾区城市群的“世界性”文化性格与这一地区特殊的地理位置有关。早在两宋时期，随着航海技术的提高，远洋航线不断开拓，从广州、潮州等港口城市出发，可直航至东亚、东南亚，海港商贸也日益兴盛，于是，“过番”的越来越多，形成了规模空前的海外移民潮。然而，远行的人们无法割舍与故土的联系。于是，侨批应运而生。一封封饱含着动人情感的侨批，是往来两地的经济线、生命线，更是身在异国他乡的华侨华人的桑梓情结、家国情怀的见证。陈继明，这位从西北迁居南方的作家，对地方性文化格外敏锐。从“平安批”中，他发现了潮州人的生活世界，发现了岭南文化的性格，发现了一段消失的时光，而这一切都丰饶而饱满地凝结在小说《平安批》中。所谓“平安批”，指的是“海外华侨通过批局汇寄至国内的汇款及家书，是一种寄、汇合一的特殊邮件载体。番畔来的信叫批，国内来的信叫信”③。《平安批》以梦梅远渡重洋，与侨批结缘，进而经营批局，抗战时期九死一生打开陆上邮路，新中国成立后创建“抗战时期侨批博物馆”的人生经历，讲述了侨批的历史，由此洞照了浸染着斑斑历史印痕的华侨史。在银溪村长大的少年梦梅，面对茫茫大海，预见到自己将要“过番”。这大约是印在潮州人骨子里的宿命吧。在潮州人看来，大海并不是绝路，而是通向广阔

① 林棹. 潮汐图［M］. 上海：上海文艺出版社，2022：67.

② 李德南. 世界的互联与南方的再造——《潮汐图》与全球化时代的地方书写［J］. 中国现代文学研究丛刊，2022（7）.

③ 陈继明. 平安批［M］. 北京：北京十月文艺出版社，2021：1.

未知的生路。果然，成年后他乘船去了暹罗，与同船的乔治、陈广远结为好朋友。到暹罗后，梦梅因为识文断字，成了写批先生，接手了宋万昌的批局，并经营光大。1937年，全面抗战爆发，梦梅等海外华侨积极筹款，用于救济难民和抗日救国。潮汕失守后，海路断绝，梦梅决心带着儿子乃诚翻山越岭，历尽千辛万难，打通陆路，将积压了两年的上千封批银运回国内。这条邮路也成为梦梅生命中最富纪念意义的一条路。《平安批》像一个长长的慢镜头，它缓缓摇动，许多人生命中最具光彩的那一刻被放大和照亮，而那些时刻，往往都是与侨批联系在一起的。侨批不再是无生命的遗物，它分享了人的情感和活力，有了自己的生命，成为流动的历史之眼。

平安批跨越大海，将地方与地方联系起来，而这种联系本身，就是粤港澳大湾区的历史事实。吴君写《万福》也是基于香港与深圳两城的血肉相连。在她看来，“从古至今，缔结他们的绝不是物质上的供给互助，而是精神上的支持，还有更为具体而真实的情感依偎和守望”。“我希望把中国最活跃的人群和他们所创造出的这个大都会持续嵌入到我的书写之中，用一个个故事串起深圳人的心灵秘史。这是我的动力所在。屯门到万福，是回归之路，也是幸福之路。”① 所谓心灵的秘史，与城市以及城市群之间的关系有着千丝万缕的联系。《万福》是万福村两个家庭在深圳和香港之间往返迁徙的故事，也是大时代背景下人们的生活史与精神史。

“像旧墙上的一粒沙子被风吹落”，陈继明如是写道，这是番客到海的另外一边寻找大陆的切身感受。他们承继的中华文化最为悠久古老，然而，现在，他们不得不穿山越海，为自己的人生重新开拓新的可能。厚圃的长篇小说《拖神》里的陈鹤寿也是如此。陈鹤寿因为反清被官府通缉而“走异路，逃异地”。当他改名换姓，拐走了暖玉，逃亡到荒原的时候，摆在他面前的是生存问题。此时，大政治就转换成了小政治。如何在疍民、畲族之间，如何在海与山之间开拓自己的生存空间，成为摆在他面前最迫切的问题。一旦生存问题稍微缓解，人间大同的理想就占据了他，“造大船，寻乐土”成为陈鹤寿的超越性理想。而当理想遭遇自然灾害的扑灭后，陈鹤寿不得不踏上了下南洋的艰难航程。与许多过番客自此杳无音信不同，他历经千辛万苦返回到樟树埠，此时，政治叙事退隐了，主导叙事变成了经济叙事。陈鹤寿与林昂的竞争，固然有麦青这一联结点，但是说到底，其本质还是商战，是如何在争取官方支持下把对手挤出地方。政治叙事彻底变成了经济叙事。尽管民族国家的创伤性叙事言犹在耳，但是经济成为唯一的支配性力量。最终，陈鹤寿的儿子陈浩云在海外取得了商业成功。这一成功也反哺了地方。那片百鸟朝凤式的宅群，就像一艘巨舟，象征着陈鹤寿多年引领大伙寻找“乐土”

① 吴君. 万福［M］. 广州：花城出版社，2020：297.

的践行从未中断。陈鹤寿起伏的人生经历同樟树埠的崛起与衰落成为镜像。陈鹤寿一无所有地白手起家，无羁无畏，开疆拓土。他在创造地方的同时也创造了自己。他把个人的生命气质赋予了这块土地。理解了陈鹤寿，我们也就理解了像大海一样包容、博大、狂野、多变、开放的地方文化性格，理解了粤港澳大湾区昂扬、开拓进取的精神气质。

## 二

如果说，世界与地方的关系构成理解粤港澳大湾区的一个通道，那么，城市经验则是我们理解粤港澳大湾区的另一个密码。作为经济活力最强的区域之一，粤港澳大湾区也发展出一套相对成熟的城市经验。这套城市经验以民间文化与岭南文化传统为骨骼，以现代文明为血肉，以城市景观为皮肤，表征为消费主义、日常生活审美化形构的新的情感结构、伦理关系。在粤港澳大湾区作家笔下，个人与城市之间的交汇、沟通、冲突、协商和融合得到了不同程度的叙述与反省。

作为开风气之先的都市情感故事的书写者，张欣孜孜不倦地书写城市的日常生活，由此捕捉快速变动的城市感觉与精神观念。她的近作《千万和春住》讨论的是看似稳定、光鲜的日常生活之下汹涌的精神暗流，以及这一暗流对于传统价值观念的冲击。她的小说往往有着大致相同的框架。两个关系密切的女性，有着迥异的出身、性格与人生道路，面临着当下城市女性都会遭遇的情感困惑，做出了合乎彼此处境的选择，最终得到心灵的平静。这一次，发生在两个女性之间的是颇具戏剧性的“换子”故事。两个女性对于这一核心事件的不同态度，折射出复杂暧昧的情感和欲望结构。抛开故事外壳不谈，真正让张欣念兹在兹的是城市的日常生活。在自序《日常即殿宇》中，她谈到了写作观念的改变。“最初或者年轻时的写作，会格外注重人物、结构、事件，给主要人物设置障碍，呈现激烈的矛盾冲突，制造奇观性，写普通人在典型环境中的典型性格，写人物在平凡中的特殊时刻。”“然而时至今日，感觉写作中最大的难点竟然是最不起眼的日常。每每写到吃穿用度、衣食住行，就觉得深陷在重复、同质和一成不变的泥潭里动弹不得，喝的咖啡、进的饭馆、泡的酒吧要写出特色来，难度是非常大的。由于所有的事件都是在生活中产生或发生，那种在竹尖上拼剑、与老虎同船的状况终究是极少的现象，并非一种常规表达。而对于日常，我们再熟悉不过，可是在日常中妙笔生花，却成为一件难事。”① 这是一个长期在城市中生活、以城市为观察对象的作家的夫子自道，也是城市生活给所有作家出的难题。城市里的物的意义绝不仅止于物本身。物的意义诞生

① 张欣. 日常即殿宇［J］. 作品，2019（2）.

于其所处的生活愿景中，建构于物和人的关系中。张欣将书写寄托于物所象征的日常生活的同时，也在强化一种建构于消费主义之上的意识形态。“我们生活在物的时代：我是说，我们根据它们的节奏和不断替换的现实而生活着。”① 这是城市对我们的馈赠，又何尝不是城市对我们的遮蔽与压抑。

张欣着眼于日常生活的物，邓一光则将城市的地点，特别是那些凝结了历史、具有相当辨识度的标志性的地点作为书写对象。比如，《万象城不知道钱的命运》中的“万象城”、《在龙华跳舞的两个原则》中的“龙华”、《离开中英街需要注意什么》中的“中英街”、《宝安民谣》中的“宝安”、《与世界之窗的距离》中的“世界之窗”等等。为什么要刻意以这些地点命名深圳系列的小说？我以为，在深圳这座以移民著称的城市，这些具有辨识度的地点可以最大限度地凝聚共同意识。选择这些地点，就方便了写作者以实存的地点为支柱，一砖一瓦地从虚空造境，即全然创造一座想象的城市。而当城市的整体图景建造完成时，这些实存的地点又被精神化了，成为与小说人物、情节等等构成张力关系的结构性力量。从这个意义上说，邓一光写的是深圳，但似乎并不完全是我们所熟悉的那座城市。它仿佛与真实的城市云气相接，但又悬浮于城市之上，指向某种文化价值与精神意义。

同样以空间作为叙事对象、用空间来推动叙事进程的还有南翔的《伯爵猫》等短篇小说。《伯爵猫》讲述的是一家开了十六年的书店因为受疫情的影响与拆迁被迫歇业，于是，店主在冬至召集铁杆粉丝举行最后一次活动。在前来修理发光店招的电工眼里，这个叫作“伯爵猫”的书店实在是局促寒酸。“虽然两排壁立的书架几乎高耸到了天花板，可是除了书，就是三排又矮矬又过时的双人沙发，面对窄窄的楼梯边是一顺儿四张旧藤椅，面前各摆了一张小学生课桌一般寒碜的茶水桌。前面的案台上摆着热得快和一应杯盏，案台里面吊着酒具，边上立着一台高高的冰箱，透过玻璃门，看得见啤酒和饮料的孤寒。”② 可是，就是这么一个“孤寒”的小书店，却在时代的冬夜为人们带来了温暖与慰藉。人们在这里相聚，分享书籍、电影带给人的滋养，也融合了亲情、友情与爱情。人们怀揣着自己的影子和故事走进书店，而对南翔来说，书店酝酿着更多故事的可能。

书店是城市的抵抗之地，抵抗以物质主义为主导的意识形态对人的压榨与扁平化，而有的作家自觉地以一己之身对抗单一维度的城市价值观。丰饶而多元的主体成为蔡东的追求。对蔡东来说，“日常生活”并非仅指字面意义上的每一天的生活，而是包含着

---

① 鲍德里亚．消费社会［M］．刘成富，全志钢，译．南京：南京大学出版社，2014：1.

② 南翔．伯爵猫［J］．芙蓉，2021（2）.

一种对于现代工业社会中生活千篇一律、毫无生气的厌倦情绪。这不禁让人想起了列斐伏尔的日常生活理论。列斐伏尔认为，我们的日常生活已经被市场、消费与技术所全面塑造与控制。列斐伏尔提出“总体的人”概念，强调日常生活与艺术性的结合，是诗意创造，也是对现代性的反抗。蔡东大概也是这么想的吧。她温婉而坚定地指出，当下的日常生活，是由商业结构和劳动时间建立起来的城市日常生活。人人遵循“效率优先”和“弱肉强食”的生存原则，争先恐后地抢夺最优生存资源。这位一开始就格外瞩目于人的韧性的作家，自然不会对压迫性的日常生活束手就擒。于是，在她最新的小说集《星辰书》中，我们看到了一个个脱离了日常生活轨道的“不寻常的人”。他们是《伶仃》中的徐季、《天元》中的陈飞白等。作为一个经济学的毕业生，陈飞白本来可以有更好的前途，但是，在所有人都认为不过是走形式的价值观问题上，陈飞白从不勉强自己。因此，在于贝贝这样完全认同时代价值观的人看来，这显然是“不值，太不值了”，陈飞白也显得“滑稽，虚伪，造作，不可理喻”。殊不知，这恰恰是陈飞白最大的坚持。尽管没有人理解她，但她毫不犹豫地按照自己的生活原则生活着，过得那么认真，那么从容，或者，用蔡东的话说，有尊严。蔡东洞悉了我们的精神困境，并试图用生命热情对抗刻板单一的日常生活。在她的凝视下，日常生活中那些隐藏着的美对我们开口说话。那些细小的事物，比如一缕香气、一片叶子、一张隐藏着生之壮阔的脸都汇集成今天城市经验特有的“灵晕”。

年轻的写作者郭爽对于微小的事物也情有独钟。在她的创作谱系中，《挪威槭》是具有典范意义的小说。一趟俄罗斯跟团游，有限的时间，确定的空间，旅途种种对于今天有着丰富境外游经验的读者来说似乎也可以想见，仿佛一眼就能看到全貌。然而，偏偏是这样的小说，却生出了无数的枝丫，就像繁复的毛线团，每拎起一个线头就会得到一个别样的故事，而这些故事又是语焉不详的，它似乎在不经意之间透露出一两点线索，转而沉默不言，把主动权让渡给了读者，让他们依凭自己的经验与想象来填充、完成甚至改写这些故事。小说专注于处理情感关系和伦理关系，描绘如浮云一般阴晴不定的心理，让我们得以看到心绪是如何随时随地改变其形状的。郭爽是在邀请我们同她一起观察，观察人们如何想象他人、看待他人，进而理解他人。而这观察与理解本身，就是城市生活的要义所在。

郭爽用柔软的目光看到人心里去的时候，王威廉也在“看”。《你的目光》《不见你的目光》似乎都与“看”有关。《你的目光》是眼镜设计师的故事。小说选材本身就源于珠三角地区的世界加工厂的定位。在小说中，王威廉巧妙地让眼镜成为“重塑目光”的隐喻，这重塑既是个人的——“眼镜陪伴着我们，调整着我们跟世界之间的关系，是清楚一点，还是模糊一点，还是遮蔽一点，就是让我们度过时好受一点”；也是世界的——“时代需要一副大眼镜，才能看清那个野未来”。而在《不见你的目光》中，一切又颠倒了过来。当摄像头、镜头充当“看”的媒介后，欲望的生产机制发生了变化。人的内在精神结构、人与人的伦理关系也随之发生深刻变化。这是现代科学、媒介、技术对于人的“改写”，亦是每个人要思考和面对的新的城市经验。

## 三

作为一个被建构的概念，粤港澳大湾区文学的合理性不仅来自它之所是，更来自它所敞开和照亮的。作为粤港澳大湾区文学理念的开拓者，王威廉、陈培浩在不同的文章里反复强调粤港澳大湾区文学是一个生产性概念。生产性概念就意味着“带着前瞻性和建构性，在准确把握事物发展规律的前提下，创造性地催生尚未显形的事物”。他们旗帜鲜明地提出：“对文学而言，沉淀在历史中的审美传统可以尊重，但只有面向未来的动向创制新的美学，才可能使大湾区文学真正成为当代文学上独一无二的增量。”① 收在这本集子里的形态各异、风格多样的小说可以看作是陈培浩对于“崭新可能性”的追寻。

陈崇正的创作提醒人们，除了“世界”“城市”“现代”等面孔以外，粤港澳大湾区文学还有“乡土”这张面孔。这乡土也全然不同于传统乡土。在加速推进的城市化的进程中，乡土一只脚迈入了现代乃至后现代，一只脚还迟疑地停留在传统的土壤上。陈崇正敏锐地发现了这怪诞的现实，为此，他建构了“半步村”这样一个“由推土机和远方没有乡愁的人们组成”的乡村。《念彼观音力》正是在这样一个语境中展开。小说里的崔浩和曲曼都像“半步村”一样，刚好卡在了城市与乡村的中间。崔浩是传统文学中的离乡知识分子，对他来说，“故乡不过是一串包浆的珠子，牵挂摩挲，却早已经看不出最初的模样”，他已经不太适应乡村的一切。而曲曼跟他正好相反，她和丈夫鹦鹉带着城市的调性回到乡村，却遭到了乡村的嘲笑和围追堵截。鹦鹉逐渐沉沦在乡村的恶中，一步一步，曲曼承受着惊世骇俗的罪行。终于，在一次破釜沉舟式的疑似杀人事件后，曲曼意识到了生活的泥泞，决心逃离乡村。在封闭空间里，经由对话，人物的性格与命运渐次展开，城市和乡村的冲突与张力愈发凸显。

蔡东的《照夜白》弥漫着静默之美。她以诗一般的语言引领我们步入一个草木葳蕤、汁液饱满、芳香四溢的心灵花园。跟随小说的主人公谢梦锦，我们也呼吸到了那丝

① 王威廉，陈培浩．地理空间及其文明活力的精神烙印——在大湾区思考一种文学地理学［J］．粤海风，2021（1）．

丝缕缕，从一道道细缝中宛转泄露、若有若无的气味，看到了在雨水下愈发明艳的石榴，叶子表面要凸起来的翠色，仿佛身处无名幽静，从里到外都是湿漉漉的清凉。多么好呀，如果没有敏感而纤细的心灵，怎么才能在喧嚣的城市寻找到这么一份化境。蔡东在小说里借人物之口说，“花大都仰着往上开，只有铃兰在盛年的时候向下绽放，是主动和自愿，我要低头俯瞰，我要把花开向地面”。学习如何把花开向地面，也是我们要做的功课吧。

寓言式写作越来越成为粤港澳大湾区许多青年作家青睐的范式，这大概是因为大湾区汇聚了众多高科技公司，使科技与生活以前所未有的关联度冲击作家的想象力与审美形式。这一类小说的本体是“现实”，喻体是“未来”。也就是说，虽然讲述的是未来的故事，但是仔细查看，他们的未来想象在我们的现实生活中有着草蛇灰线。这个未来，不是虚无缥缈的未来，而是体察我们现实的困惑、矛盾，是现实之上的未来。因此，作家所描绘的未来有多深广，完全取决于其对现实认识有多深入。除了前文所提的王威廉的《野未来》、陈崇正的《黑镜分身术》，本书所选的《鲮鱼之味》和《霍今传》也可看作是对这一审美范式的实践。《霍今传》不是为那位享誉全球的科学家霍金写的传记，而是诗人黄金明的小说。小说发生在2076年以后的许多年。小说俨然以媒体书评的形式，介绍了三本书，分别是霍今出版于2036年的《机器人心理学》、乔真出版于2076年的《霍今传》以及霍今所发表的小说《恋爱中的机器人》。三本书以套盒的形式描绘了未来机器人与人的状况。霍今究竟是人还是机器人，我们或许不得而知，而小说结尾所提到的乔真的AI机器人身份将读者成功地拖入叙事的迷宫。《霍今传》写的是未来的事情，《鲮鱼之味》则有着“超现实”的气质。在一日三餐都以鲮鱼罐头为食之后，小说中的“我”惊恐地发现，妻子正在慢慢变小，甚至妻子整个人都散发出鲮鱼的味道。而更让人绝望的是，“我”对此束手无策。在一个深夜，鲮鱼罐头犹如士兵，又如亡灵，将“我”围追堵截。将这些鲮鱼罐头经由马桶送回大海，成了“我”唯一能做的事。小说作者陈润庭擅长通过制造某种意象来隐喻日常生活。鲮鱼罐头将日常生活中的家庭关系、情感伦理与荒芜的、仿佛被人类抛弃的大海联系起来，黯淡恐慌的情绪笼罩了小说的叙述。无论怎样被生活所规训，生活中总会有那么一点两点让人期待的事情，如同萤光闪烁。对于何澍来说，马戏团即将到来就是这样的事情。《马戏团即将到来》描述的是一个正在飞速进入城镇化过程的小县城。或许时代的变化堪称沧海桑田，转眼间，荒坡野岭变成了巍峨高楼，但是，对于普通人来说，生活又是一成不变的。何澍的生活跟《一地鸡毛》中小林的生活也没什么本质的不同。马戏团即将到来的消息在何澍的生活中掀起了涟漪。他想象，一头巨大的大象在表演时挣脱了牢笼，自由了，它会越过栏杆，顺着隐没在水里的台阶爬下螺河，慢慢地穿城而过，消失在小城人注视的眼神里，顺着河流，去往大海的方向。这一刻，作者陈再见与小说主人公何澍，又何尝不是像大象一样，从现代生活对心灵的囚禁中逃脱出来，奔向广阔无比的自由。

对粤港澳大湾区的文学人来说，萧红是一个具有特别意味的存在。《人，或所有的士兵》中的郁漱石曾经与萧红打过极为短暂的交道。被释放后，他去了浅水湾酒店。萧红去世后安葬在浅水湾酒店前的花坛中。他给她唱了一首叫《旅愁》的歌。这个情节或许来自作家本人的经历。邓一光也曾经去过广州银河公墓看望萧红。他说："我没有带花束，我不确定她是否喜欢一束陌生人带给她的鲜花，甚至不知道她是否喜欢我去打扰她。我在墓地前站了一会儿，点燃一支香烟放在她面前，退到炙热的阳光下，在台阶上坐了几分钟，然后离开。"① 已经死去很久的年轻的作家看着他们，也在最最关键的时候承托住他们。这是萧红的意义，也是文学的意义吧。

女性的生活经验与生命体验一向是小说的重要根据地。无论是在男作家还是女作家笔下，女性以其复杂幽深的故事更新了我们对生活和生命的认识。这本小说选里也有一些令人印象深刻的女性。《沙滩、排球和浪》中的"我"是个十多岁的女孩子。她独自一人在海边的一个村子里生活。这个村子是她母亲曾经出生、成长的地方。她的户口也落在这里。然而，这对她来说仍然是个陌生的村子。她身边的男孩子来来去去，仿佛洋溢着青春的荷尔蒙，可是，我们清楚地知道，自始至终只有她一个人。这么说吧，《沙滩、排球和浪》里有海浪翻滚的声音，有海边特有的水腥气，更有一个少女在时间的荒原中无边无涯的孤寂。如果你被旧海棠所写的那个孤寂的女孩子所打动，不妨接着看看她的长篇自传体小说《消失的名字》。看那些少女艰难地从乡村迁徙到城市、沉默地承受社会的结构性变迁，或许我们能更真切地理解我们所处的时代。当《沙滩、排球和浪》中的"我"要冲出黑暗的重围，奔向更远的地方的时候，姚美丽想起她曾经也对未知的远方充满了期待。姚美丽是林培源的《姚美丽》的主人公，她的故事或许可以看作是《沙滩、排球和浪》的后传。从她和母亲连夜去漳州开始，姚美丽仿佛一直在路上，漳州、福州、厦门，一直到回到老家。一切已然倾颓。故乡已经没有了亲人的痕迹。出现在小镇上的是游戏厅老板、网吧老板姚美丽。就像何澍在期待马戏团的到来一样，姚美丽只有在歌舞团到来的时候才依稀感受到几份热情。这热情很快被证明是虚妄的。歌舞团也不过是男男女女俗套的戏码，和哑巴司机兜风的那一刻才是生命本真的显现。

粤港澳大湾区的故事还没有完。这个年轻的区域肩负着人们的期望，正在拔节生长，势必会焕发出全新的能量，结出更多的故事。这是独特的中国故事，也是具有普泛

---

① 邓一光，曹露丹. 战争、人性与文学——关于《人，或所有的士兵》的访谈［J］. 长江学术，2020（1）.

意义的世界故事，是我们所有人的故事。这需要我们以整体性视野审视空间的新变，激活空间的文化因素，绘制新的文学地图。

作者系《文艺报》副总编辑

# 序二

## 湾区经验、新城市想象和乡土的现代反观
## ——写在《大湾区文学选本·小说卷》前面

陈培浩

本书应该是第一本粤港澳大湾区小说选本。事实上，文学选本常常是读者理解一个区域或一个时代文学样貌的重要通道，不同的选本、不同的标准，会形塑出不同的文学景观。所以，当我们编选大湾区小说选本时，我们的尺度在哪里？我们的立场是什么？我们的难度又在哪里？最直接的难度当然来自选本的有限和作品的浩瀚之间的矛盾。为此，我们只能缩小范围：时间方面，限定为21世纪之后，在此之前的作品，只能割爱；文体方面，只收中短篇小说，长篇小说存目；作者方面，更重青年，让更多年轻面孔出场。有必要申明，大湾区小说选本不可能是大湾区小说大系，即使是小说大系，同样有取舍之间的遗珠之憾。所以，没必要纠结于遗漏和遗憾，更重要的是检视我们所理解的大湾区小说为何？大湾区文学为何？以及当我们谈论大湾区小说时，我们要确认什么样的文学价值？本文且以大湾区小说为例，不完全限于选本内容，希望对“大湾区文学”呈现出来的重要特征及其可能性作出勾勒，并进而深描和显影一种文学和精神价值。

### 一、湾区经验的多维挖掘

且先从我们眼前的大湾区小说选本出发，我们能眺望到什么？

无疑，我们会发现，大湾区的文学表达中，城市书写一定是其中最核心的一环。因此，我们试图找到关于城市的纵深而异质的表达。总体而言，大湾区作家们展示了对城市经验的多重挖掘和多样艺术处理：邓一光的《宝贝，我们去北大》我在初读时便印象

至深，这是一篇反思城市异化的小说。男主王川汽车高级维修师的身份对于小说的城市反思也是至关重要的。超级跑车“战斧”极速旋转的发动机，和高科技驱动的“新城市”恰好同构；作为汽车高级维修师的王川同样是驱动“新城市”高速运转的动力之一，悖论在于，他是城市的动力，城市却反馈以“不育症”。因此，小说就在“战斧”和“不孕”的巧妙嫁接中展示了反思性的动能。邓一光并非以简单的人文立场反科技、反现代、反城市，“战斧”发动机也是人类智慧文明的结晶，王川甚至“一闻到97号汽油的味道就兴奋，头发和生殖器发硬”。由于“新城市”人的困境在邓一光作品中得到了象征性装置的照耀，它的复杂意义纵深有了出场的可能。张梅的《成珠楼记忆》捡拾城市发展进程中丢失的记忆，年年岁岁人不同，成珠楼依旧。三十年后回到成珠楼，珠珠重走儿时走过的路。城市的变与不变，迫使我们去面对城市的问题。郑小琼的《羽毛》是城市奋斗者的精神图谱，他们的人生像羽毛一样飘荡，在各个大城市中走走停停，电流、机器、容器、利润、指标，抑或沦落、沮丧、悲伤、欢乐、痛苦，是他们城市人生的关键词。在诗歌之外，郑小琼愿以小说为这种底层的城市经验作证。陈崇正的《开门》以广州抗疫为背景，以戏剧化的方式让几个不同的人生故事在隔离酒店不期而遇。援非的抗疫医生、做核酸检测的姑娘以及开锁的修理厂工人，他们各有自己的个性和命运轨迹，他们在此相遇、诉说，交换彼此的故事、感慨和信念。《开门》的故事是命运故事，也是抗疫故事、广州故事和中国故事。同样是书写城市生活的庸常琐碎、单调甚至窒息，陈再见的《马戏团即将到来》以充满张力的交叉双线结构，用主人公离奇的幻想，想象着巨大的孟加拉大象挣脱牢笼、复归自由之后的去向，诙谐幽默地将人类自身“久在樊笼里，难以返自然”的喟叹形象化地表达出来。黄金明的《霍今传》将机器人视为有喜怒哀乐、心灵知觉、情感体悟的对象，甚至是将其放在与人类平等的位置上探讨未来机器人和人类之间的关系走向，黄金明的人文科幻代表了城市书写非常重要的探索。事实上，大湾区作家在科幻上用力的颇多，诸如庞贝、王十月、王威廉、陈崇正、梁宝星等，王威廉的中短篇小说集《野未来》就是一个人文科幻小说集。不难发现，大湾区的城市表达丰富又多元：既有现实的，也有隐喻象征的；既有站立于当下的，也有指向未来的；既有反思，也有对生存困境的精神超越。

事实上，城市的沉沦和生命的自救构成了大湾区城市书写的内在侧面。王威廉的《听盐生长的声音》，便是一个关于城市人精神自我拯救的作品。同样的，周洁茹的《在布巴甘餐厅》关涉的也是城市人关于生命意义的提问：我们该过什么样的人生？如何在平庸的世界里找到生命的亮光？蔡东《照夜白》以一种“唯美是从”的方式书写一种人到中年的倦怠和精神困境。应注意到草木在蔡东小说中占据非常重要的位置，草木书写在蔡东小说中跟恢复人与自然对话的精神能力相关。毋宁说，蔡东希望用小说来舒展人的精神透气性。小说因此完成了这样的生命判断：靠近草木的能力，正是人靠近自身的能力，正是人从困境中自我清洁、自我照亮的能力。唐睿《红白蓝的故事》在关于城市生命的流水记述中，自有一种生命的庄重，一种生命自证的尊严。席地的《你觉得你像谁?》以精巧的构思追问了自我与世界、自我与偶像、他者凝视与自我确证之间的多重难题。

还有很多作品由城市经验而转喻出更多其他层面，比如历史。魏微的《胡文青传》就通过胡文青的一生来映照近四十年当代史的内在侧面。胡文青的身上既折射着历史，也闪烁着理想世俗化时代一代人自我放逐的精神选择。“太阳”消失之后，理想从肩上卸下之后的一代人该何去何从？从追逐理想到放逐理想，魏微从胡文青身上提取了某个具有症候性的精神难题。皮佳佳的《庭前谁种芭蕉树》则在欧阳先生的现实境遇中，寄托了对美之沦陷这一现代性的世俗化现实的文化悲凉感。可是，作者并非完全绝望。一方面是美的沦丧，另一方面则是美的孤独流传。盛慧《南方天》属于世情小说，对世态人心的洞察与人物心理的刻画颇具深度，辽远的过去与现实的人事被笼罩在南风天黏腻湿润的感伤氛围中，人心深处的温暖与柔软、世故与幽暗留待读者细细品味。旧海棠《沙滩、排球和浪》将视角投射于改革变迁过程中人们的社会心理嬗变，关注其中底层民众的挣扎、亲人间情感的淡漠、金钱冲击之下淳朴民风之不再以及人与人之间的隔阂，借此引起人们对改革过程中社会心理结构及传统亲情文化的反思。林培源的《灰地》则由城市延伸出小镇生活，小说以工厂老板为主人公串连起潮汕地区生活群像，从细微处捕捉人物的心理，从日常中描绘潮汕小镇的人情冷暖、民心民俗，由点到面，获得更为广阔的表现场域。真实、平淡的人间烟火之下是暗流涌动的波澜人生。

青年作家和青年写作总是令人欣喜，又给人期望：陈润庭的《鲮鱼之味》荒诞其表而象征其里，小说的奇特来自妻子蓄谋已久只吃鲮鱼罐头的行为，来自妻子身体逐渐缩小以致最后化成一束令人呕吐的白色光亮的魔幻事件。小说并未对这些魔幻情节做出任何解释，鲮鱼罐头本身的象征性为小说的魔幻性提供了解释。这篇小说在现实逻辑上不无荒诞，却在精神逻辑上呈现了一种可理解性。路魅的《离开离岛区》展示了困守于内心的人如何走出灵魂的自我封闭，在短暂的精神历险之后又复归孤寂的心路历程。主人公离去、归来的行动轨迹连接起新旧两个世界：弥漫着潮湿海腥味的棚屋区森林以及阴森诡异的都市钢铁森林。用前现代的眼光观照奇崛、异化的现代风景，造就两种文明碰撞的炸裂效果。梁宝星《不死海拉》中，将死之人杨麟来离开城市，在森林里遇到名叫“绿”的怪物。小说呈现出城市故事与森林故事的双线交叉，城市故事置于前景，森林故事置于“被看”地位。叙述人的选择使故事有了极尽玄妙的呈现。作家借助二人的对话展开生与死哲学命题的探讨，不死的海拉细胞成为极具哲学意味的意象。小说中弥漫着南方城市元素与科幻性因子，缀以香港经典电影、歌曲，展现出新南方写作神秘、宏大的想象。黄守昙的《手套之家》如同契诃夫《套中人》一般，小说里戴着白手套的不同人群，不论男女老少都带着阶层优越感，虚伪刻薄，充满着精致的利己主义思想，却又都有各自人格中不堪、晦暗的一面，虚张声势，外强中干。勤劳善良的女佣曼达在中产阶级家庭的各种矛盾与角逐中沦为牺牲品，在被解雇时赠予“我”一双崭新的白手套，而这象征洁白的白手套在偷窃的“我”看来是多么的讽刺，它理应属于曼达高贵的灵魂所有。温文锦的《写她名字的水》中，“我”所认识的世界和课本上所说的完全不一样，“我”只能遵照老师所传授的知识来和这个世界相处。“我”与河童微妙的情感，体现了纯真美好，也尽显人世残酷。“我”便将写有她名字的水倒入有生命的水池，永续她的生命。这是对她的回应，也是延续河童留给自己的美好记忆的一种方式。

虽无法选入长篇小说，我们还是存目了一批长篇小说，分别是：阿菩《山海经密码》、鲍十《东北风情写生集》、陈崇正《归潮》、陈继明《平安批》、陈启文《河床》、董启章《天工开物》、邓晓炯《迷城之咒》、邓一光《人，或所有的士兵》、葛亮《燕食记》、郭小东《铜钵盂》、厚圃《拖神》、胡永红《上学谣》、洪永争《摇啊摇，疍家船》、旧海棠《消失的名字》、路魆《暗子》、林棹《潮汐图》、马拉《未完成的肖像》、庞贝《乌江引》、盛慧《闯广东》、盛可以《野蛮生长》、三十月《不舍昼夜》、吴君《万福》、魏微《烟霞里》、王威廉《获救者》、熊育群《己卯年雨雪》、杨争光《少年张冲六章》、钟道宇《仙花寺》、钟二毛《完美策划》、张梅《破碎的激情》、张启雄《爬过沼泽》、曾维浩《弑父》、张欣《千万和春住》、曾铮《四月在愚人船》（按照作者姓名拼音顺序）。从作者年龄、写作题材、写作风格到写作类型，这份名单某种程度上代表了大湾区21世纪以来长篇小说的多样化景观：既有“50后”，也有“90后”；既有现实题材，也有历史题材和科幻题材；既有严肃小说，也有通俗小说；既有传统小说，也有网络小说；既有成人文学，也有儿童文学；既有城市文学，也有乡土文学……当然，这份名单也一定是充满遗憾和遗漏的，我们只是希望提供一条线索，供读者去探寻。中篇小说方面，好作品更加不计其数，连线索也只能割爱。好在，好作家总是齐头并进，不仅能写好长篇和短篇小说，也能写好中篇小说。所以，好的中篇小说虽未被列入，但好的中篇小说的作者却基本囊括其中。

## 二、湾区经验召唤新的城市想象力

“新城市文学”是大湾区文学的重要探索之一。“新城市文学”概念的提出，意在区分既往“城市文学”书写与具有当代性的“新城市文学”书写，也鲜明地标识出

"城市文学"所依凭的存在土壤已经发生了怎样内在的变化。事实上，城市并不是一个新事物。在西方，古希腊的城邦便具备了早期的城市形态；即使是在中国这样长期以农耕文明为主的国家，在原始社会结束进入奴隶社会之后，于先秦时代就已经有了各种著名的城市，如秦之咸阳、赵之邯郸、齐之临淄、楚之郢都等等。然而，作为高科技巨型都会的"新城市"却具有去根性、同质化、景观化的特征。可是，在这种被科技和现代化严格规划过的"城市"中，文学触摸传统的日常通道已经丧失了。"传统"不在日常，而在"景观"中。显然，面对这样的"新城市"，寻根式城市书写必然难以为继。换言之，作为存在经验的"新城市"在召唤着崭新的城市想象力和审美方式。事实上，近年从写作上敏锐地捕捉到这种"新城市性"的作家，恰恰是身处大湾区的作家，这绝非偶然。如邓一光、张欣、王威廉、黄金明、庞贝、陈润庭等作家，就将科幻、未来等元素融入城市书写之中，从而探讨裂变时代人将何去何从的难题。

邓一光的《人，或所有的士兵》是一部勘探历史和人性的鸿篇巨制，我们只能存目。《人，或所有的士兵》接续了邓一光的战争题材，然而我们须特别注意到邓一光的新城市书写。当人们以为他不过是一个拿名声到深圳变现的著名作家时，他却用深圳三部曲《深圳在北纬22°27′—22°52′》《你可以让百合生长》《深圳蓝》使人们惊呼：深圳还给读者一个新的邓一光。必须说，邓一光在现代城堡中想象人的出路，人们得以从中辨认城市诗学的内在秘密以及城市书写的文学伦理。这种文学伦理最显豁的特征在于对"新城市人"精神困境的揭示，因此，"新城市文学"首先是一种人学。区别于那些被"新城市"现代化表象和潮流文化身份所迷惑的简单表达，人学意义上的"新城市文学"必然是反思性的。由此反观，"深圳蓝"的命名是充满意味的。"蓝"作为一种色彩投射了人们对现代海洋文明的想象，在环境危机日益严重的背景下，也凝结了一种全民美好的期盼。从色彩心理学角度看，"深蓝"其实凝结了相当乐观的城市现代性想象，"深蓝"以其纯粹、宁静的色彩暗示而获得了某种精神超越性。应该说，深圳这座城市很早就努力将"深蓝"这一色彩镶嵌进其空间文化想象之中，这从其著名的"深蓝大道"的命名可见一斑。可是，邓一光的"深圳蓝"展示的是截然不同于"深蓝"的文化立场。"深蓝"象征着大型科技公司、高效的技术控制、技术文明对日常生活空间的渗透所创造的乐观城市想象，作为小说的"深圳蓝"却有不一样的任务，那便是捕捉深蓝世界背后的灰色物质。

香港作家葛亮的城市书写也很有特点，葛亮获得鲁迅文学奖的小说《飞发》以香港都市为背景，通过理发行业的兴衰变迁，展现了独特的城市书写特点。首先，小说以微观视角切入宏大叙事，通过"飞发"（理发）这一日常职业，勾勒出香港市井生活的烟火气息。葛亮将理发店作为城市缩影，细腻描绘手艺人的坚守与时代冲击，折射出香港社会的文化记忆与身份认同。其次，小说呈现了城市空间的流动性。传统理发店与现代时尚发廊的并存，象征着新旧文化的碰撞。葛亮通过地理空间的转换（如从老城区到商业中心），展现香港在全球化浪潮中的变迁，以及底层人物在城市化进程中的挣扎与适应。此外，城市书写充满怀旧与温情。葛亮以舒缓的笔调记录城市细节，如理发工具、街巷风貌等，赋予香港一种人文厚度。小说不仅书写城市的繁华表象，更挖掘其背后的历史脉络与人情冷暖，体现了对城市精神的深刻思考。

王威廉也是一个感受城市新变，既以城市为对象，更以城市为方法的作家。他的《城市海蜇》等作品探讨文明转型期新城市的书写方法。《城市海蜇》在其内部景深处始终结构着一种“真”与“拟真”的分野和变迁。“真”是传统社会的伦理和审美基础，而现代都市则在科技推动下日益进入了“拟真”世界，并建构了一种全新的伦理和审美。书写都市熙熙攘攘的故事是不够的，只有深入都市内部的伦理和审美变迁才能真正捕捉住当代都市骚动的魂。如果我们将漫山遍野的花称为真的话，一张关于漫山遍野的花的照片则是一种拟真。在城市化的生存中，拟真越来越超越了真本身而成为另一种霸权式的真实。由此看来，孔楠这个摄影家的身份不是可有可无的，它是支撑小说隐喻的非常重要的设置。小说中，孔楠的感情，包括性，都被摄影这个介质所中介化，只有看着镜头里的女友，他才被激发起无比的欲望。这意味着，拟真已经成了他生活中更真实的部分。这里关涉到小说最核心的隐喻——城市海蜇，明信片中大片的海蜇究竟往何处寻？这种奇迹般的海上生命景观究竟是真还是拟真？吸引着张锋和文樱的明信片上的“城市海蜇”居然不过是一堆白色垃圾，当孔楠把文樱带到这个真相面前时，文樱居然也并不震惊。她在海边向孔楠展示了自己曼妙的身体，这个在大自然面前展示本真的结尾同样充满了象征的悖论和多义性：假如“她”是张锋整容而成的“文樱”，这显然是一个被技术再造的“拟真”身体，恰如白色垃圾艺术化而成的城市海蜇；假如“她”只是把自己想象成张锋的文樱，那么当她坦然接受城市海蜇不过是白色垃圾的艺术化，并在另一个男人面前展示自己的身体时，是否意味着她那种永恒而确定的爱情价值观正在被瓦解？换言之，在我们成为城市人的过程中，城市正由内而外地对主体施行了习焉不察的“精神整容”。《城市海蜇》透视的城市秘密在于：一切坚固的都烟消云散了。这番透视追问的是：在总体性烟消云散的城市化进程中，主体如何自我确认的现代难题。

居于深圳，蔡东的城市书写同样直击了城市现代性的内在紧张和救赎。《伶仃》《来访者》《出入》《朋霍费尔从五楼纵身一跃》这些小说，写的是精神上“山穷水尽疑无路”的生活。这些作品中，城市中老年男女严重的情感和精神危机如暗礁在川流不息、波澜不惊的日常河流之中若隐若现。蔡东不喜着墨于那种剑拔弩张的狗血戏剧性，或许在她看来，严丝合缝的宏大建筑内里不为人知而沟壑纵横的裂痕，才是更真实的人生。所以，无论是《来访者》中的江恺、于小雪夫妻，《出入》中的林君、杨梅夫妻，还是《朋霍费尔从五楼纵身一跃》中的兰森、周素格夫妻，他们所面对的多是那种不足为外人道哉的“内面的裂痕”和“贴肉的沉痛”。这种疼痛并不血肉模糊，常被礼服所遮盖，并不影响婚姻表象上的体面，却时时刻刻影响着内在的存在体验。蔡东书写的便是这种门罗式的、现代人内里的精神裂痕。但是，蔡东并非一味写无法拯救的黯淡。善慈如她，总是虔诚地相信，在生命的暗道中有个出口正透出一线微光。蔡东小说使人感慨：高效、文明却疏离、泾渭分明的现代城市生活中，知识并不能解决所有问题。当老年来临之际，哲学和神学并不能解决可以由一个护工解决的具体问题，一个劳力的短缺，就可能将人逼入绝境，多么具体而细微的“贴肉的沉痛”。可是，虽然人存在被扭曲的风险，但人性并没有惨败得一败涂地，星辰依然找到了他们、照亮了他们。

都市情感一贯是城市小说的主要类型，马拉的《榴莲飘飘》是一个有趣代表。这篇小说以榴莲这一充满矛盾意象的水果为隐喻，探讨都市男女在现实与回忆夹缝中的情爱心理。小说中，妻子初次尝试榴莲的举动，意外触发了王铁对旧情人岑曼的回忆，促使他踏上一场久别重逢的约会。然而这场期待中的激情重逢，却呈现出令人意外的平淡——没有戏剧化的情感爆发，只有两人安静地分享昂贵黑刺榴莲的现实场景。这种克制的情感表达，恰恰揭示了都市情爱的深层心理：曾经的“白衣飘飘”式纯爱已被时间消解，取而代之的是物质化现实中复杂而清醒的相处。榴莲的刺鼻气味与甜蜜口感，恰如成年人对爱情既渴望又戒备的矛盾心态——他们依然怀念青春时代的炽热情感，却也深知现实的重量。小说结尾“此时无声胜有声”的留白，正是对这种都市情爱心理最精准的刻画：在欲望与克制、记忆与现实之间，现代人最终选择了一种带着清醒认知的相处方式。

考察一个迁居大湾区的作家在写作上的变化是很有意思的。黄金明同样是从边远地区进入大湾区生活工作的作家，他的写作也呈现出从乡土反思到对未来城市探索的转变。他的“地下人”系列小说，通过对未来世界的空间异化想象（胶囊公寓、人造天空、人造宇宙、逆进化的人等等）而包含了对现实的寓言化指涉，想象了人类在21世纪中叶的生存境遇、精神生活及其出路。“地下人”系列虽以未来叙事为主要框架，以荒诞科幻为想象特征，但它显然透射着关于环境破碎、乡土不再的种种现代乡愁，这显然也正是大湾区城市群高科技存在语境对作家写作经验的内化。

考察这几位大湾区作家的城市书写，其立足点固然在现实，但其思维方法却不是对现实亦步亦趋的反映论。作家们敏感地意识到，某种现实是古老历史逻辑的结果，但某种现实却隐藏了历史轰然断裂的逻辑裂变。所以，他们的写作都努力走到现实的前面去，站在未来迎接这即将漫延过去的现在。这种面向未来进行审美革新的勇气正是一种独特的大湾区文学气质。

此处还要提到一种出现于大湾区的新的城市书写。吴君是深圳孜孜不倦的书写者，早期书写外来者到深圳的经历，在题材上近于打工文学或底层文学。这种特殊的湾区经验，也是中国独特的城市化经验。近年的《万福》则书写在地深圳人与时代同频共振的生活经验，同时也接通四十余年改革开放的历史经验。不妨说，吴君有意识地书写一种作为社会主义经验的城市文学。《人民文学》2021 年第 5 期发表了吴君的长篇小说《晒米人家》，这是吴君近年深扎基层捧出的成果。原作二十几万字，经《人民文学》精选发表。小说以位于改革开放前沿热土深圳的赛米村为背景，描写了这个保留着独特的集体股份制合作公司生产模式的村落中的落后户陈有光与 90 后社区干部钟欣欣之间的摩擦、冲突及和解，既展示了共同体观念感染下人民内部的碰撞和融合，又呈现了一代新人融入土地和人民的过程。《人民文学》在微信推文导读中强调了作者将细节作为叙事推动力和“不落窠臼的艺术章法”。在我看来，这部作品可能还隐藏着一个社会主义文学传统再出发的议题。

一般而言，1949 年以来的文学被归入当代文学，但当代文学内部却存在着“人民文学”和“人的文学”两个差异甚大甚至断裂的文学传统。人民文学传统也即左翼文学传统、革命文学传统，或狭义的社会主义文学传统；而人的文学传统则涵盖 20 世纪 80 年代以来的启蒙主义、人道主义和先锋主义。这两个文学传统各领风骚几十年。20 世纪 80 年代，启蒙主义文学与改革开放的社会潮流同构，具有毋庸置疑的历史意义。但个体的过度释放却在进入 21 世纪之后走向其反面。20 世纪 90 年代末期以后，“十七年文学”研究在当代文学研究界重新成为热潮，但社会主义文学研究在很长时间内并没有召唤出相同类型的研究。很长时间里，当代作家的写作依然是沿着 20 世纪 80 年代“人的文学”的延长线前进。不无意味的是，吴君的《晒米人家》自觉地置身于社会主义文学传统和谱系中。

1949 年以后的社会主义文学经验，拥有一套完整而独特的理论和方法，比如两结合、三突出，比如社会主义新人，比如对于历史本质的执着。对于人类生活之集体性、理想性和乌托邦性的追求是社会主义文学经验的重要特征，但‘十七年文学”并非没有留下教训。因此，今天，社会主义文学再出发，必须面对的不是一个传统的激活，而是多个传统的兼容。换言之，站在人民文学传统角度，如何吸纳人的文学传统；站在民族形式、中国气派立场，如何将古典的、外国的文学资源也兼容并蓄。

吴君《晒米人家》从写作的过程（挂职驻点、深入扎根）到作品题材、价值取向，都体现了重回社会主义文学经验的选择。我想有心者不难发现，近十年来的中国当代文学，正发生着从个体到共同体的美学转型。吴君的《晒米人家》也是其中的一个节点。今天，当代文学写作重新激活“十七年文学”经验，并非重回一种单向的集体美学，而是导向一种沟通个体与集体、自我与他者、民族与世界的共同体美学。“吴君们”要处理的，不仅是把生活的细节和文学的肌理带入大时代的典型场景，将个体细小的美学和集体宏大的历史视野结合，还应该将理想化的新人、英雄和具体、在场的人民联结起来，只有写出洋溢在土地深处和人民身上那种明亮的欢乐，新人的理想和历史的视野才更有力量，共同体美学才真正有效。吴君选择的写作方向，要求将个体与共同体、乡土与城市结合在一起，过往的美学面临着打破和重建。这也呈现了大湾区文学的丰富纵深。

## 三、现代性的反观：乡土、县城、小镇

进入20世纪80年代之后，由于改革开放的展开，城镇化成为现代化的重要发展方向，城市景观在激发人们投身现代化建设方面发挥着更大的作用。某种意义上，城市化和城镇化已经成为当代中国的普遍现实，然而这并不影响文学对乡土的书写。只是当代的乡土书写，乃是一种现代性的反观，这种乡土文学，正如陈晓明所说：“也是现代性的一个有机组成部分，只有在现代性的思潮中，人们才会把乡土强调到重要的地步，才会试图关怀乡土的价值，并且以乡土来与城市或现代对抗。”“乡土文学”这一概念的发明权被归于鲁迅名下，鲁迅并未明确对“乡土文学”作出正面定义，但他勾画了当时的“乡土小说”的创作面貌。“乡土文学”这一概念指向的是那批寄寓于都市、受到现代教育和思想洗礼者回眸其乡土经验所产生的文学。因此，如果说“农村题材小说”是属于左翼革命文学的话，“乡土文学”则无疑从属于启蒙文学和现代性文学谱系。大湾区之于现代性，无疑是春江水暖鸭先知，然而此间被现代性反观的不仅有乡土，也有县城和小镇，这些都构成了大湾区文学特别的反观景观。其中具有代表性的作家包括鲍十、熊育群、魏微、厚圃、陈崇正、陈再见、林培源等。

鲍十中年移居广州，但他书写黑土地风土人情的《东北风情写生集》却令人动容。居于大湾区的东北书写，正是一种典型的现代性反观。鲍十首先关怀的是那些女性和弱者或颠沛流离，或晦暗无常的命运。《大姑屯》将“我”大姑的曲折命运跟东北的婚恋民俗丝丝入扣地结合起来。作者浓墨重彩又不厌其烦地通过“我”大姑的婚事将东北相亲、婚事的程序（头茬礼、二茬礼、三茬礼）、备嫁妆、姑爷饭等风俗物事写得充满韵致。我们在《东北风情写生集》中既读到历史、传说、民俗等恒常的东西，也感受到强烈的当代气息。这种当代主要是通过外面的世界对屯生存状态的侵入来呈现的。显然，

韩久成女儿的故事就代表了外面的生活方式（沈阳、妓女）对屯及其古老道德的打破。这种乡土将逝的现代性感慨是很多当代作家的感慨。格非的《望春风》同样是对乡土崩溃作出的文化反应。所以，显然应该认为，鲍十对东北生活风情的书写不仅内蕴着深深的人道主义话语，也包裹着深刻的现代性反思话语——对被现代所驱逐的乡土发出哀悼。必须注意到，鲍十对东北的描写，既落实在人情、人心和人的命运悲欢上，更落实在具有地域风情的民风民俗、饮食男女、历史政治中，他放弃了对世界的激进化线性想象，以一种更加恒常的态度对人情、人心、情爱欢愉、生老病死、命运悲欢表达体贴和同情。因此，鲍十的东北风情，接续的其实是汪曾祺小说那种抒情主义和人道主义的写作脉络。这种写作并非最新潮的，但依然焕发着独特的审美和精神魅力。

熊育群的《连尔居》同样是一部反观故乡之作。《连尔居》是部大书，它是现代性悖论和当代价值危机背景下的再次寻根。它以有根的方言写作为诸神被逐的世界和时代重构新的神迹和象征。因此，它溢出了散文的“写实”框架，它是熊育群服从内心召唤的结果，也是熊育群处理20世纪以来现代性焦虑的结果。因此，它既是作者心灵史上的重大事件，也是20世纪“现代心灵史”上的特别个案。《连尔居》书写了失去象征的世界的悲怆，书中对“神鱼”的描写，那真是惊心动魄。熊育群把神话融进小说，写法自是令人称道，从小说的精神气脉看，“神鱼”更是全篇的关节或七寸。神鱼作为牵连着楚地文化起源的神话符号，在《连尔居》中遭遇了自身的现代命运。连尔居当然不乏吴玉清这样能够通过神鱼打开自身灵性视听的子民，可是神鱼的神迹却颇难被一般人解读出来。于是，神鱼显身虽然召唤了万鸟来朝，也使吴玉清得以以陌生的语言和属灵的世界交流，可是，“神鱼”只是潘支书指挥下的村民捕鱼队的网中物、桌上餐，神性失落，世界失去象征的悲怆性由是乃见。

《沿河村纪事》是魏微定居广州之后的转型之作。以往魏微的写作主要以都市情感或乡土世情为题材，《沿河村纪事》的主角却是“村”；以往魏微的写作手段是写实和抒情，即使是虚构也是在写实主义的范畴中展开，但《沿河村纪事》看起来似乎是发生于确凿的时空中的人和事，其底色却是寓言。绝大部分的寓言其实是把世界简单化，把世界制作成微缩模型，也把世界内在的复杂经验透明化。可是，好的文学“寓言”却应有相反的目标。它把世界制作成寓言模型，目的却在于释放更多复杂的经验。魏微借由“沿河村”这一装置，关涉和感慨的则显然是20世纪中国历史，诸如乌托邦、理想主义、权谋与妥协、精神理想与世俗欲望、权力的异化等重大的议题，都投落在几个社会学田野调查的学生所观望的沿河村人心之中。《沿河村纪事》写的是20世纪90年代，几个来到广西边陲沿河村做田野调查的学生，无意间卷入了该村一场轰轰烈烈的内部权斗和道路斗争之中。此间，我们得以窥见村长胡道宽如何在保守派和激进派之间周旋、妥协，又于情势的瞬息转换间抢占先机、力挽狂澜、主导局面。魏微感慨的大概是现实的复杂性，单纯而铿锵的立场和话语是河流上的浮冰，最先被人们看见，但浮冰底下的河流却另有暗涌和自身的运行法则。《沿河村纪事》其实包含着非常鲜明的历史寓言性，魏微有意以一村而喻一国，将自己对20世纪中国历史的理解投射于此沿河村中。其中举凡群众的盲从与乌合、革命的致幻与迷狂、道路的斗争与媾和、英雄的诞生与异化，都若有所指。

青年作家中，陈崇正也一直在进行着乡土的反观，他的大部分作品，都经营着一个以半步村命名的“文学村落”。在半步村中，碧河、木宜寺、栖霞山、麻婆婆、傻正、向四叔、破爷、孙保尔、陈柳素、薛神医等地点或人物反复出现，对半步村的反复书写已经使这个文学地理符号被投射了深切的当代焦虑，获得了立体的精神景深。通过半步村这一文学地理修辞，陈崇正将魔幻现实、历史记忆和价值忧思等整合到一起。他的长篇小说《美人城》在原有半步村的魔幻叙事空间中加入了很多大的想法，概括地说就是每一代人都共同面对的生死问题，这可以说是生命的元命题。小说以陈大康、陈大同父一代和陈星光、陈星河子一代的生命遭际，串起了新中国成立以后乃至未来的漫长时代变迁中几代人的精神困境。值得注意的是小说的空间叙事，香蕉林密室和美人城是小说两个最主要的空间，这两个空间被作者精心地安排为生死空间。香蕉林密室中的香蕉可视为男根的物化，密室则是子宫的象征，由此而完美地隐喻了生殖之地。在这个意义上，小说虽然写到逃港、计生等时代现实，但作者显然无意用写作去反映现实，而是从中重构出自己的精神指涉——对于生死问题的思虑。

陈再见是近年在广东乃至全国备受关注的青年作家，他的写作，从最初的打工书写到后来的县城书写，最近又有了新的变化。陈再见是一个非常优秀的“讲故事的人”，讨论陈再见，绕不过他的县城书写。有人说，是贾樟柯的电影发现了20世纪八九十年代的中国县城；陈再见的家乡有个乐队叫“五条人”，他们出过一张颇有影响的专辑，就叫《县城记》。这张专辑上有句宣言叫“立足世界，面向县城”。这句话给我留下了深刻印象，一般世界想象的秩序，是沿着村—乡—县—市—省—国—世界的等级轨迹递进的，这个链条所隐含的等级秩序使人们习惯了“立足县城，面向世界”的论述。其实，“立足县城，面向世界”是现实逻辑，“立足世界，面向县城”则是艺术逻辑，具体到陈再见的小说，将世界性视野引入其县城书写中，可能会产生更大的格局。我们会发现，陈再见书写的“县城”与贾樟柯的“县城”并不一样，差异很大。贾樟柯电影中20世纪90年代的山西县城虽然也有大量外界信息的进入，如港台流行文化之类，但那个县城基本是静态而自足的，它有自身不变的逻辑。但陈再见笔下的县城，表面看似乎只是无数中国县城之一，但它已经置身于剧变流动的全球化秩序之中。这种流动的县城并不仅仅是其自身，它既还没有甩干净乡村的泥土，又倒映着种种全球化时代的本土化幻影。今天中国最有趣的地方在于，所有的东西稳定的边界都被打破了，你无法找到一个仅属于乡村的乡村，也无法找到一个仅属于城市的城市。今天农村里到处是玩快手、抖音的网红青年，而即使是最繁华的城市，在中央商务区以外不出五公里，必有另一片景象的城乡接合部。所谓城乡接合部，不就是藏身于城市中的县城吗？所以，对于今天的作家来说，所要书写的不仅是某个特定的县城，而是叠加在县城上的乡村和城市，书写中国的县城，便是在书写县城里的中国。

## 结语

在相关文章中，我总结过讨论“大湾区文学”的四种路径：其一就是最常规的存量盘点的思路，就是以城市为单位，检视“大湾区”地理范围内重要的作家作品、文学现象和历史源流；其二是从“存量”思维转换为“增量”思维，更加重视“大湾区文学”概念所打开的独特经验领域和审美价值领域，把握“大湾区”将为中国当代文学创造的前所未有的“可能性”；其三是一种“从湾区发现世界史”的方法，从大湾区发掘世界史的历史线索，也获得从世界史反观大湾区文学的视野和格局；其四，则是探讨“大湾区文学”命名背后的文化逻辑和时代使命。在我看来，作为一个生产性概念，“大湾区文学”这一概念的瞭望镜，可能为中国当代文学提供怎样崭新的可能性至关重要。讨论大湾区文学，应关注“大湾区文学”将为“当代文学”提供的独特文学经验。编选《大湾区文学选本·小说卷》，假如能提供一个观察大湾区文学乃至中国当代文学的瞭望镜，则心满意足矣。

作者系福建师范大学文学院教授、博士生导师

# 目录
CONTENTS

（按姓名首字母顺序排序）

# 长篇小说（存目）

山海经密码 / 阿菩
东北风情写生集 / 鲍十
归潮 / 陈崇正
平安批 / 陈继明
河床 / 陈启文
天工开物 / 董启章
迷城之咒 / 邓晓炯
人，或所有的士兵 / 邓一光
燕食记 / 葛亮
铜钵盂 / 郭小东
拖神 / 厚圃
上学谣 / 胡永红
摇啊摇，疍家船 / 洪永争
消失的名字 / 旧海棠
暗子 / 路魆
潮汐图 / 林棹
未完成的肖像 / 马拉
乌江引 / 庞贝
闯广东 / 盛慧

(按姓名首字母顺序排序)

# 开　门

陈崇正

## 1

过了海关，就像进了家门，走起路来也觉得踏实。老冯在电话里嘲笑我，说援非医疗队的英雄归国，有更好的安排不去，非得来挤他的破酒店。我说破归破，离家近，还按照上回那样安排吧，这次时间更紧，隔离结束后还得去北京开会。酒店经理老冯是我的患者，也是十多年的老友。破是玩笑话，酒店挺好，虽然装修比较旧，但位置好，白云山脚下，与白云机场相距不到半个小时车程。这样一栋建筑如果放在阿克拉，那也气派得很。

我需要在酒店里进行为期十四天的健康观察。过去六七年里，我在广州与阿克拉之间也不知道往返多少回，以前只能在广州短暂停留，办完事情便又匆匆回到加纳，我的胃比我的心还忠诚于广州的美食，它早就受够了阿克拉的各种香茄汁，总会疼两天以示惩罚。现在好了，我有整整两个星期的时间来满足它，隔离期间酒店也能点外卖，所以十几天的时间倏忽而过，眼看就可以自由活动了。我想去见我的老母亲，陪她说说话。可就在结束隔离的前一天，房间的门锁坏了，关上后会自动弹开。这本来对我也没有影响，就算大门洞开也没有人敢乱闯隔离酒店的房间。但是，一来门没关空调漏风，二来还是得为下一任房客考虑，于是我给酒店客服打了电话。

很快，一个背着挎包的男人就出现在门口，他戴着 N95 口罩，身穿浅蓝色一次性隔离衣，手里的橡胶手套型号偏大，他眼睛没有看我，看着门：“门坏了吗？”

他仿佛在问门，而不是在问我。

“门没坏，应该是锁坏了。”我只能替那扇门回答他。

他低声嘟囔了几句，听不清。我没再搭理他，继续在手机上玩五子棋。眼睛不看，但我还是知道他这里敲敲，那里撬撬，嘴里小声骂骂咧咧，心想老冯这酒店后勤水平也太差了。我站起身，问他是否需要帮忙。谁想他一个激灵，一个手掌挡在胸前："别过来，不用帮忙，你站在那边说就行。"

我悻悻然坐下，医生从来都是被需要，今天我却变成招人厌烦的苍蝇。我用一个深呼吸平息了自己的情绪，告诫自己，不能因为一个修理工的无礼而动怒；再说修理一下门锁，不就三五分钟的时间，他很快就离开了。我眼望窗外，脑海里浮现几内亚湾蓝色的波涛，来自大西洋的风呼呼吹过椰子树梢。

突然，身边不知不觉多了一个白色物体，把我吓了一跳，抬头一看，是个穿着医用防护服的人，像个宇航员，只留一双大眼睛看着我。

"发呆啊，在门口叫你几声都不应？"是个女声，声音不大，但清脆好听，"核酸检测，请张开嘴巴。"

我跟她解释门被修理工虚掩着，听不见。她说知道我听不见，所以才进房间来。她一手拿着试管，一手拿着棉签，已经准备来捅我的喉咙。

"今天怎么一个人？"

"别说话，嘴巴张开，啊——"我张开嘴巴她才说，"这次形势严峻，广州全民核酸，同事都被派去支援社区了，就我一个人跑上跑下，累死老娘了。"

一个"老娘"把我逗乐了。语言像酒瓶里飘出来的酒香，让我感觉在防护服下面是一个有趣的灵魂。采集核酸样本的姑娘小心翼翼拧紧了试管的盖子，我这才发现她肩膀上挂着一个大箱子，平时这个箱子会有另外一个小伙伴帮忙背着，今天她得一个人扛了。

"一个'德尔塔'变异毒株把整个世界都搞得鸡犬不宁，广州这次也遭殃了，荔湾芳村封控，又有一波餐厅要遭殃了。"

听她这么说，我不禁一笑，典型广东人思维，无论什么事都能跟吃饭联系起来。

就在这时，只听房门"哐当"一声响，然后又是几下"咚咚咚"的响声，接着就听到修理工在那里骂："这什么破锁！房门怎么完全开不了了？"我们看向他，问他怎么了，他回头看了我们俩一眼，又看看门，正式宣布道："门锁死了，彻底打不开了。"

我说："叫你来，不就是来修锁的吗？现在你的意思是，我们三个都被你锁在房间里面了？"

那姑娘听我提起嗓门这么说，不禁咯咯笑了起来："锁把修锁工人锁住，这是什么绕口令？"

修理工没空理我们，又是一顿操作。我心想："你别把门彻底搞坏了"，但想起他刚才的态度，我把话又咽回去，转头对我旁边的“宇航员”姑娘说：“你怕也是出不去了。”修理工显然不太服气，又“叮叮当当”敲了一会儿，终于停下来，非常沮丧地说了一句：“还是打电话叫专门开锁的师傅吧。”

“你不就是修锁的师傅？”姑娘调侃道。

“我上班还不到一周，每天工资两百元，空调、风扇、洗衣机什么都修，这是隔离酒店，修理工来一个走一个，我要能找到其他工作，才不干这个。”

他侧身走动时，我才注意到他的右肩往下沉，看来右边的脚有问题……跛脚。我一瞬间在内心原谅了他，向前几步想过去帮他看看门是否真的锁死，此时他那只“如来神掌”又举到胸前，让我又好气又好笑地退了回来。他解释，深圳有一架从国外回来的飞机上，检测出三十多人核酸阳性，又听说只需要十四秒病毒就能完成传播，还是安全第一，不能闹着玩。

“我小孩今年中考，马上读高中了，我要是住院了，谁给他交学费？”

他的话让房间里安静了下来。这时姑娘放下肩膀上的箱子，走向门口，她试着摇了摇门把手，又敲了敲门，说：“该死，这扇门看上去是木纹，其实是不锈钢的。”她上上下下打量了一下修理工，又看了看我，径直走向窗边的椅子，坐了下来。她的意思很明确，出不去了。

接下来就是打电话了。我也打电话，修理工也打电话，得到的答复也是一致的：酒店的后勤今天刚好组织了一支队伍，外出支援社区核酸检测，当志愿者去了，现在没人，唯一的修理工现在自己把自己锁在客人的房间里。

我给老冯打电话，老冯慢悠悠地说：“兄弟啊，你看看你的窗外，现在广州全民抗疫，这是目前最大的事对不对？”落地窗的下方，是一个小广场，广场上此刻有许多人正在排队等待做核酸。

老冯说他名下有三家酒店，我住的这家酒店从去年被拿来做隔离酒店，餐饮、商铺和会议室，全部停掉没有收入，还得养一帮人，目前全靠其他两家的利润在支撑。“我跟员工说，凭良心做事，赚赚赔赔不要紧，疫情如果控制不住，大家都得歇菜。”我赶紧夸他有大局观，然后把话题绕回来，提醒他得找人帮我开门：“有两个人关在我房间里，怎么也得把他们放出去。”

“这个吴医生你放心。”退伍军人老冯用洪亮的男中音说，“那个门啊，修了几回了，上次也把一对情侣锁在里头，只能等专业开锁公司派人来。”

老冯预约了一个专业开锁公司上门，但需要耐心等待，很多地方封控，开锁师傅过来也是需要时间的。我表示理解。过了一会儿他给我发微信说要我耐心等待，最快也得两三个小时，才有人来给我们开门。又用语音留言嘱咐：“你让那个傻子修理工别乱敲，前天他对五楼的空调外机砸了几锤子，现在是彻底坏了，修不了。”

我的微信语音刚好外放，修理工也听到了，在口罩后面嘀咕了一声什么，然后眼神躲开了，把手肘靠在鞋柜子，手指拨弄了一下放在鞋柜上的那把锤子。

## 2

房间刚好有三把椅子，我让做核酸检测的姑娘搬了一把给修理工，他就在靠门的地方坐着。我和姑娘则一人一把圈椅，坐在窗边。我打开电视，端午刚过，新闻里“神舟十二号”正在准备发射前的各种检查，修理工的坐姿稍微松弛了，没那么僵直。平时我在房间里不戴口罩，刚才以为修理工三五分钟能修好离开，也没戴口罩，但此刻三人处于密闭的空间里，我取出口罩戴上。

取口罩的时候，我顺便把背包里那只徕卡望远镜取出来，这是我有一年经过阿布贾的二手市场淘到的。自从发现老冯这酒店有一面的房间正对着我家，我回国之前检查了三遍，以确认我带了这只望远镜。

我的望远镜刚放到桌子上，女孩便说：“哟，好东西，德国货啊。”

我没理她，举着望远镜对着窗外张望。广州的天空永远如此神奇，一边霞光灿烂，一边却沉积着浓墨般的乌云。街道的尽头，一棵凤凰树已经开花了，毫无顾忌的红花着了魔般绽放，看上去像燃烧的火炬。

我的镜头往近移动，手指调节着镜头的清晰度。我的老母亲，每天会摇着轮椅来到大阳台上，晒晒太阳或者发发呆，有时候还会给阳台上的绿萝浇水，而我从这个角度，刚好可以看到她。在非洲的日子，我隔三岔五会给她打个电话，她的记忆像一个会自动重启格式化的磁盘，每个电话都会问我在哪里、今晚是否回家吃饭。非洲、加纳、阿克拉、医疗队、芒果树、巨大的落日、顶着大盆走在公路上的女人……我在电话里对她描述非洲的所有细节，她竟然没法记住一个词。她听力也不好，这让我重复的讲述更为艰难，但她却能清楚地记得若干年前的事，比如问我小钟还好吗。小钟是我第一任女朋友，是我把她从死神那边救回来的。我们谈了半年恋爱，她还是忍受不了我随时需要往医院赶的工作节奏，提出分手，那天她像所有刚分手的恋人那样失声痛哭，险些昏厥，但过了这一天，她便很快翻页了，开始了她的新乐章，而把我留在原地。我跟母亲说，小钟已经是别人的妻子，生了一对双胞胎。母亲说：“啊？是这样吗？”她仿佛活在另一个平行宇宙，在那里我有另一个故事。

望远镜里，阳台上的母亲果然很准时出现了。在非洲的日子，这个情景无数次出现在我的梦里，伴随着西非的海风穿透我的睡眠。十年以前我还没有搬离这条街，我每天开车上班，她都会在阳台出现，或者晾晒衣服，或者侍弄花草，然后目送我上车离开。我在汽车的后视镜里能看到她就站在那里，目光里似乎什么都没有，却从容坚定，不容置疑。晚饭时，她会将其他菜先做好，然后在阳台上坐着，择菜或做手工，见我的车进了小区，便开始炒青菜。我也是很长时间之后才发现，每次我一进家门，饭菜已经备好，而且青菜每次都刚好端上桌，还青翠着呢。

“男人果然没一个好东西。”穿防护服的姑娘说，“住酒店还带望远镜，看什么呢？长腿大美女？有没有穿黑丝？”

虽然看不到她的表情，但可以想象她脸上一定挂着俏皮的笑。见我没回答，她站起身，伸出手来，要拿我的望远镜：“给我也看看，看这么专注，有什么好看的？”

我只能把望远镜给了她。

“这有什么呀？什么都没有？你在偷窥谁家……就一个老太太，坐在轮椅上……好酷，这老太太只戴了一边金耳环！”

“耳环是我十多年前，第一次去非洲带给她的礼物，后来她不小心掉了一只，她就收起来，几天后我爸去世，她迷信，认为丢失的那只耳环与我爸的去世有某种联系，从此每天戴着仅剩的那一只，她对我说：‘你不能有事……’”

姑娘轻声说了声对不起，把望远镜轻轻放在茶几上。她说：“你需要纸巾吗？”我摇摇头笑着说：“我是医生，没有那么脆弱，我们都铁石心肠。”

“你们这一批明天就可以离开酒店，明天就能见到老太太了。”

“明天应该还见不到，我家姐明天在家，她在我不敢过去，后天周六她不在家，我再过去见见老太太。”我不知道自己为什么会对这个女孩子说这么多话，是不是因为太久没有跟别人说话了？“七年前，我姐夫死在我的手术台上，我大姐便没有再跟我说过一句话……我那时认为自己尽力了，但后来我一遍遍复盘……如果是现在，他应该能活下来，没办法，很多事情就是没办法。”

跟我母亲年轻时候一样，我姐性格很烈，全家她就只怕我父亲一个人；无论她有多大情绪，我父亲就像一头老虎，只要一瞪眼，她必定缩回去。父亲去世后，她简直没有天敌。我明白姐夫的死对我姐意味着什么，所以医院援助非洲的项目出来后，我第一个报了名，还得到领导的表扬。那时候我也没想太多，但是到了非洲以后，我所见到的情景，让我重新思考一个医生存在的意义。或者说，只要你见过工棚一样的医院，见过被疟疾袭击的村落，见过失去亲人的哀号，你就明白同为人类，应该做点什么。所以，本来这个援非项目只需要两年，但我在加纳一待六七年，这期间和同事到村庄组织义诊，和那里的许多人成了朋友。但我这个举动显然加剧了我姐的情绪，她撂下的话是：“你最好死在非洲不要回来！”

房间里安静下来，没有人说话。良久，女孩才说：“我叫薛晓清，师傅你叫什么名字？”她问修理工。修理工在发呆，被她的提问吓一跳，大声说：“张万红，弓长张，一万两万的万，红色的红。”修理工张万红介绍自己的这句话一气呵成，看来不知道说了多少遍。薛晓清这才转向我：“医生呢？您叫什么名字？”南方人很少用“您”，她还用了重音，听着很奇怪。

“吴艺越。”我明白她的心思，绕了一圈就是想问我的名字。

“吴医生。”她清脆地叫了一声，“所以这就是拿手术刀的手？”她的目光落在我的手指上。我点点头，不知道怎么回答她。

薛晓清又伸手去摆弄我放在桌上的木雕。那是我从加纳带来的乌木工艺品，有一个准备留在酒店送给老冯，他人好，我得祝他发财。薛晓清自言自语地说：“右边这个我认识，叫特勒姆，高举双手，我在也门见过，应该是在祈求阖家平安、国泰民安吧。”

她问我：“左边这个没见过，这雕的是什么？”

“左边是巴乌莱人的尤苏神像，一个加纳病人送我的礼物，他说这个神仙有治病救人的法力。中国医生在非洲，常被当成下凡的尤苏神。”

“您在加纳当医生？”

“是的，我们医院对口援助西非加纳，六年了，我的医疗项目主要是救治先天性心脏病患者，为非洲的医生带去先进的技术，目前我们医疗队已经救助了很多人，包括儿童。”

虽然被蚊子咬一口就可能得疟疾，虽然吃不惯他们黏糊糊的食物，但医疗队还是挺住了，用技术实力赢得了名声。这支医疗队到了加纳两年之后，克里布教学医院心内科死亡率从每月11%下降到5%。有一次，村民不知道从什么渠道听说我们的医疗队将出门义诊，竟然有一千多人从各地赶来排队等候，队伍简直望不到边。我对队员说，现场只要有一个病人，我们就不能离开。队员知道我的脾气，因为我这句话，医疗队在窝棚搭成的诊室里整整奋战了三天。收队的路上，路边的红土长着荒草，我想起了我死去的父亲。

这时，坐在厕所门口的修理工张万红突然高声说：“非洲的加纳吗？加纳我知道！”

我和薛晓清都看向他。

## 3

张万红本来打算挽起他右腿的裤管给我们看他腿上的伤口，但发现脚上套着靴套，撩不起来。他只能用手比画，用双手虎口的形状来表示老虎在他腿上留下的伤口。

“小老虎咬的。”他说。

“但非洲没有老虎。”薛晓清说。

修理工张万红连连摇头，然后说：“事情不是那样的。”张万红的叙述能力确实太差了，前言不搭后语，我可以凭借他的声音，想象口罩后面他有两片厚厚的嘴唇和一条笨重的舌头。他没说清楚，我们只能通过不断追问，终于大概拼贴起他的故事。

那么，事情是这样的。大概十年前，修理工张万红还没有成为修理工，孩子还小，他可以在深夜的烧烤摊跟朋友喝啤酒。他就是在烧烤摊上认识了萨尔佩，然后才发现萨尔佩居然是他的邻居。邻居萨尔佩是加纳人，但很奇怪，他说着一口带粤语腔的普通话，深入交流才知道，萨尔佩从小跟一个广西上林来的邻居学习中国话，跟着唱粤语歌。“萨尔佩说他们那里到处都是挖矿的广西人。”张万红很快和这个扎着一串串小辫子的加纳人成为好朋友，萨尔佩则把他带进了动物园。萨尔佩是动物园的驯兽师，更具体地说，是一个驯虎师，他的特长是训练老虎，这门手艺是他跟一个会弹西塔尔琴的印度师傅学习的。来自印度喀拉拉邦科塔亚姆市的西塔尔琴师傅功夫了得，他能让两头孟加拉虎同时穿过火圈。张万红说，那段岁月他每天都激情万丈，感觉自己终于迎来了充满希望的生活。他第一次伸手触碰到老虎皮毛时，好像也被一只老虎附体了，浑身充满了神奇的力量。从某个角度看，萨尔佩就是张万红的驯兽师父，他虽然年龄比张万红小，但是得益于广西上林口音的普通话，他融入粤语生活圈比张万红还快，喝啤酒的时候还可以用混杂着英文单词的普通话，给做非洲服装生意的朋友们讲粤语段子。但很快，萨尔佩就讲不了笑话，也喝不了啤酒了，他生了一场大病，病情好转之后，他变得沉默。某一天萨尔佩突然在手机上看到一张图片，是敦煌壁画里的舍身饲虎图。“在我看来这幅图模模糊糊，根本看不清楚。”但萨尔佩大受感动，从此念念叨叨寻找各种跟敦煌有关的资料。两个月后，他跟动物园辞职，毅然前往敦煌。在他看来，敦煌就是千年之前的广州，神秘而充满挑战。“他怕我不理解，他说：‘敦煌就是我的孟加拉虎。’”本来张万红还有点理解，加上这个比喻，张万红就更不理解了。

萨尔佩走后，张万红本来就不应该再继续留在动物园了，他并没有任何驯兽的技术和证照。动物园已经正式通知张万红离开，但张万红舍不得那两头老虎仔，结果三天后就被小老虎咬了一口。动物园方面认为张万红是违规进入动物园，看了监控，甚至说张万红是故意让小老虎咬他的腿，居心叵测。“我其实到现在也想不清楚为什么会被咬，其实本来确实可以不被咬。”张万红像所有的糊涂蛋一样，解释不清楚自己的动机。动物园给付了医药费，给了一点钱，这事也就算了了。

“就没了？”薛晓清似乎有点失望，“我还以为有什么跌宕起伏的情节呢。”

修理工张万红眨了眨眼睛，他似乎也为自己前不着村后不着店的故事感到抱歉，然后他看着我，很严肃地问了一个他一直想知道的问题："萨尔佩曾经告诉我一个秘密，说加纳的泥土煮一煮，里面就有黄金，所以当地的黄金都不值钱，是真的吗？"

我听完不禁大笑起来："加纳确实被叫作黄金海岸，那边有大量中国人在淘金，但也非常辛苦，中国人在哪里都比别人勤劳，就像黄金在哪里都值钱，没有不劳而获的事。"

他没有笑，又严肃地问："非洲真的没有老虎？"

"没有。"

"萨尔佩说非洲遍地都是老虎，所以经常会死人。"他的语气里尽是失望，显然，他对加纳只有想象，所知甚少。

非洲确实经常死人，但不是因为老虎。我谈起了非洲的生活，谈起那里的贫困和疾病，也谈起加纳人的热情，以及在这片土地上中国人留下的印记。说到莲雾在加纳被称为玫瑰苹果，说到他们欢乐的葬礼、手鼓和萨克斯，张万红笑了，那是他陌生的另一种生活，但一群中国人在异国他乡的拼搏，却是他所熟悉的。他终于靠近我，给我看萨尔佩的照片。萨尔佩没有留下任何联系方式。"也不知道他是不是还活着。"张万红低声说了一句，眼中掠过一丝悲伤。

我也没有继续再说下去。这时窗外的小广场上突然大雨倾盆，薛晓清站了起来，忧心忡忡地看着这一切。端午前后的龙舟水，向来阴晴不定。大雨把很多人都淋湿了，有几个志愿者死死护住雨棚，不让大风把雨棚刮倒。这是来自太平洋的风，明显比大西洋的要猛烈一些。

我给张万红递过去一瓶矿泉水，张万红接过水，放在鞋柜上，显然，他不愿意脱下N95口罩去喝水。他说："不喝水，但我得借用您的厕所，快憋不住了。"

我和薛晓清都笑了。笑了一半薛晓清就没有笑了，如果开锁的人迟迟不来，时间一久她也会有各种不方便，防护服一旦脱下来，那也很麻烦。无聊和焦虑的气氛再次回来，薛晓清拿起挂在胸前的手机，看样子是在回复信息。但接下来她的一个操作让我目瞪口呆。她分别用微信语音回复了四个人的信息，一个用普通话，一个用粤语，一个用英语，还有一个，居然是阿拉伯语。

我对着她笑了："看来给我关上一扇门，真的便会打开了一扇窗，你居然会阿拉伯语？"

她没有抬头看我，依然在拨弄她的手机："我语言天赋还行，父母以前在阿曼做生意，常听他们说起那边的事，很好奇，大三那年碰巧有个机会，我去也门做了交换生，在离学校不远的一户阿拉伯人家里住了一年。"

"那你有考虑到非洲工作吗？我们医疗队这次需要阿拉伯语翻译，我正为这个事发愁。这些年我们在培养一批能够熟练掌握心脏冠脉导管介入手术的非洲医生，这个项目进展不错。接下来将会有来自苏丹的一批医生到我所在的克里布教学医院，参加为期三个月的培训学习。我们想给非洲留下一支永远带不走的医疗队伍，所以阿拉伯语翻译非常重要。”

薛晓清还是没有抬头，视线没有离开手机，随后她摇了摇头。

## 4

修理工张万红从厕所里出来，他显然忘记老板对他别随便抡锤子的叮嘱，说闲着也是闲着，还不如试试能不能把门打开，他拿起锤子和螺丝刀，准备继续砸门。

砸门的“哐哐”声把埋头看手机的薛晓清吓一跳，薛晓清对砸门声的反应有点过激，她的双手猛地丢开手机，紧紧攥住圈椅的扶手。明白怎么回事以后，也没有去骂张万红，而是对我说，她以前被吓破胆，现在不经吓。出于一个医生的警觉，我心里突然有了一个猜测。

“薛晓清你现在做什么工作？是护士吗？”我问她。

她说不是，她在一家医学检验实验室工作：“我们公司这次也承担了核酸检测的项目，去年疫情发生以后，公司安排我们也参加培训，考了PCR（聚合酶链式反应）上岗证，就是感染性疾病核酸检测上岗证，所以这次到这家隔离酒店驻点。我还是一个志愿者组织的负责人，我们这次也参加全民核酸检测，刚才我就是在微信上跟他们在沟通。”

“志愿者也有外国人？”

“哦，刚才那是个说阿拉伯语的留学生，他这次跟朋友租住的小区也刚好被封控了。我们的志愿者群里，各行各业的人都有。”

我点了点头，又问：“是什么事促使你去做志愿者？”

“我从也门回国之后，有一阵子我很迷茫，偶然接触了志愿者组织，当时我就发愿，我要完成一万小时的志愿者工作。”

我在内心计算一万小时的时长是多久：“那现在完成多少小时了？”

“去年疫情加快了我的速度，现在大概已经接近四千小时了。”

“从什么时候开始做？”

“2015年4月开始。”薛晓清眼睛里浮现出笑意，“吴老师您是在面试我吗？”

如果是面试，到这时大概已经结束，她这样的性格和能力，正是我们团队需要的人。我没有接她的话，继续问出了我最想问的问题：“也门撤侨？”

薛晓清眼睛里的笑不见了，她的目光变得严肃：“是的，海军把他们的床让给我们，把吃的也让给我们吃。那一路上海浪很大，我哭了几回，我当时以为我会死在也门。我爸在我包里塞了一个手榴弹，告诉我在最危险的时候用上它。我摸了摸，那是一颗真实的手榴弹。吴医生，鲜血您可能见多了，但真正的炮火，我想你还没看过，我的房东就死在我的面前……”

她低下头，左手掐着右手，眼睛没有跟我对视，但我知道她流泪了。我面前的这个女孩，裹在防护服里，而她居然是也门撤侨事件的亲历者，我有点恍惚。这真是一个神奇的下午，也门撤侨已经从新闻变成传奇故事，变成电影。薛晓清简单地说了她如何撤离，离开时如何给海军鞠躬，她说现在还经常梦见那时的情景，梦见炮火纷飞中的逃亡。

“所以。”缓了缓，她说，“吴医生，我再也不想走出国门了，真的，我这辈子就想留在中国，我可以不休不眠做志愿者，我可以用我的双手去帮助身边的人，如果一万个小时不够，那么我就做两万个小时……”

这次，轮到我把纸巾递给了她。我内心涌起复杂的情感，我想起与我恩断义绝的大姐，还有酒店对面患有阿尔茨海默病的老母亲，胸口似乎有一只孟加拉虎在狂奔，在怒吼。孟加拉虎慢慢停了下来，我感觉到它脚上的肉垫轻轻落在地面上，只要站稳，孟加拉虎便会成为一只猫，温顺的猫，像猫一样轻轻地呼吸着，我耳边仿佛响起了加纳双音铁筒牛铃清脆的节奏。

窗外广场上做核酸的人渐渐变少，刚才排队的人都已经散去。风吹着小广场一侧的细叶榕，隐约听见哪里传来几声蝉的鸣叫。

房间门口传来人声，一个声音在训斥修理工张万红，让他不要乱敲，不要把锁给彻底弄坏了。然后从门那边传来了开锁的声音。张万红只能回到椅子上坐着，过了一会儿他自我解嘲说：“你看，这也不能怪我，他们专业开锁的都半天打不开。”

我接了他的话，但是眼睛却看着薛晓清：“门总是要打开的，不能总是锁着，不是吗？”

薛晓清点了点头，对我说：“吴医生，明白您的意思，您让我考虑考虑吧。”

“当然需要考虑，而且你还需要知道，我们援非医疗队，有的同事已经永远留在非洲了。我们是看不见炮火，但我们耳边随时都是炮声。”

她又点了点头，用很慢的声音说：“这我不怕。”

门终于被敲开了，开锁的师傅脾气很大，臭骂了张万红一通，说他瞎搞，好好一把锁都给砸变形了，才导致门被卡得死死的。“你再多砸一锤子，我们就只能叫消防来强拆了，换门的钱你出吗？”张万红倒是没有生气，他嬉皮笑脸地开了两句玩笑，还连声说谢谢，然后才辩解说这个也不能怪他，门锁本来就是坏的，这扇门这么结实，看来不便宜，他也赔不起。他一边说一边往外走，跛着脚走向电梯，开锁的师傅才发现他的脚不方便，当即也闭嘴了。薛晓清跟我交换了联系方式，便拎着药箱起身告辞。走到电梯口时，她突然回转身给我深深鞠了一躬："向您致敬。"我不知道怎么回应才得体，只能把手搭在耳边说："等你的电话。"她点点头，进了电梯。

夜里，我正在写我的会议发言材料，手机突然响了，我还以为是薛晓清，看都没看便接了。

"你在对面？"这个声音如此熟悉，又如此陌生，我浑身不禁一震。

"是。"我不自觉拉开窗帘，走到落地窗前，果然，不需要望远镜，对面熟悉的窗口出现她的身影，她正看向我这边。

"小薛说，你每天用望远镜看我们？"

小薛？我登时明白她说的是谁，我说："是的。"

她没有说话，我听到轻轻呼气的声音。

"出门戴好口罩。"她说完，便挂了电话。

岁月并不能改变她，还是那么强势，还是那样的脾气，简直是一只母老虎！但妇夫去世之后的这些年，她一个人照顾生病的母亲，把两个孩子送进大学，这看似简单的生活里尽是艰辛，但她把一切都安排得妥妥帖帖。外面夜色正浓，落地窗玻璃上映出了我的脸，我突然想到，我觉得她是老虎，从她的角度看，可能我也是一头脾气很臭的老虎。

第二天，外面天气阴沉，我一早就收拾好行李，靠在床头，心里盘算着应该先去超市，给队友们买各种他们托我带的东西。电视里"神舟十二号"正在缓缓升空，我像一只被关了很久的鸟儿，只等时间一到，鸟笼打开，便推着拉杆箱出门去。这时老冯给我打电话，说他就不过来送我了，然后又说："听说昨天跟你关在一起的是阿清，那姑娘厉害哟，别看年纪小，干起活来不要命，许多社区的阿叔阿婆都认识她，小名人啊。"我说："这样的人，冯总要多关照。"

我退了房卡，把送给老冯的礼物留在前台，走出酒店，一阵清凉的夏风吹来，浑身舒爽，这才是我记忆里广州的夏天。忽然我看到薛晓清站在细叶榕树下给我招手，她双手卷成一架望远镜，对我做鬼脸。在她身后的轮椅上，戴着一只耳环的母亲正呆呆望着我。我小步跑过去，却见榕树花圃的那一侧，我的大姐站在阴影处，手里提着一网兜粽子，她眼睛通红，眼里噙着泪水。

本文刊载于《人民文学》2021年第9期

**赏析：**

这是一篇抗疫题材小说，小说以广州抗疫为背景，以戏剧化的方式让几个不同的人生故事在隔离酒店不期而遇。援非的抗疫医生和做核酸检测的姑娘以及开锁的修理工，他们各有自己的个性和命运轨迹，他们在此相遇、诉说，交换彼此的故事、感慨和信念。《开门》的故事是命运故事，也是抗疫故事、广州故事和中国故事。“开门”的隐喻从个体发散到一个群体、城市、民族和国家。评论家杨丹丹认为：“小说弥合了国家、社会、时代和个体之间的裂隙，寻找到了构建命运共同体的恰切的结合点。在疫情时代，中国的抗疫方式和经验、中国普通民众的抗疫生活、社会主义制度的优势在小说中成为三个人共同和共通的真实体验，这种体验不仅具有个体性、地方性和国家性，更具世界性。”

（陈培浩）

# 照夜白

蔡　东

有些气味，只有下雨的时候闻得到。跟阳光晒出来的气味不同，晒出来的气味蓬松温热，就像夏日傍晚时分的树林，弥漫着的是暖烘烘的木香。雨天里的气味不那么热烈，却更悠长一些，从一道道细缝中宛转地泄露出来，若有若无地浮动在空气里，久久不散。

一间小教室，白墙、黑板、日光灯、十几排桌椅。窗外，雨一遍遍洗着植物，叶子内部浓绿的汁液似要挣破薄薄的表皮，随着雨水四下流淌。

同事们按顺序走上讲台，打开自己的课件，微笑，演示，讲解，做手势。谢梦锦抬头望着讲台，笔拿在手里，本子摊开着，都是做做样子。她正秘密跟踪那股气味，玄远飘忽的气味，像禅机和隐喻。她先是听见，听见衬衣的布料在呼吸，一呼一吸间，气味被带了出来。接着她辨认出，气味并无内核与主干，是麝香、柑橘、茉莉和檀香木的混合香气，香气从她上衣的纹理中迂缓地散发出来，停一停，往更远的地方飘散。这味道属于白色衣物洗衣液，洗衣液还剩小半瓶，在搁架的最右边。同样的瓶子，搁架上放了一长排，细看起来标签并不一样，牛仔布洗衣液、羊绒洗涤剂、深色衣物洗涤剂、丝织品洗衣液、运动衣物洗涤剂……

散会的时候，赵燕朵走到教室后排跟她打招呼，看见最亲近的同事走过来，她一时忘了："燕朵。"发出声音的一刹那，惊觉不妙，"朵"这个音在卷起的舌头上愣了一下，勉强趔趄到嘴边，本该沿着噘起的舌尖滑行而出的音节，僵直了，破碎了，碎片落满一地。汗一下子冒出来，凉意顺着脊背往下走。她低头收拾桌上的笔、本子和水杯，使劲儿往包里塞。

应该没人听见吧。一个完全走了样的舌尖音、合口呼，像随身听电池快耗尽时发出的声音，扁扁的，扭拧、怪异。

“多喝水，少说话。”燕朵说。

她点点头，指着喉咙，皱着眉，跟燕朵示意，表示自己无法发出声音。

燕朵挽起她的胳膊下楼。外头雨还没停，树下薄薄一层落叶，刚被风雨吹落下来，颜色还翠绿翠绿的。撑起一把伞，两人沿着青色花砖铺就的人行路往车棚走。这条路不知走过多少遍了，两株桃树、三棵缅栀子，接着一排石榴，就到了路的尽头。

才是中午，雨云在半空中一层叠着一层，天色昏暗得像是暮晚。走过桃树和缅栀子，眼前忽地明亮了起来。石榴花开了，刚开的第一茬，本来就热闹的大红色，经了雨水，更加明艳。她俩停住，立在伞下，静静地看着跟前这株石榴。

石榴花上落满雨珠，雨珠像被花瓣吸住一样，一动不动。

她们听见了彼此的呼吸声。

“这一排都是花石榴，不结果实的，就算偶尔结几个果也没法吃。”燕朵说。她手指拂过榴花，雨珠簌簌掉下来。

“我知道，在我老家不叫花石榴，叫‘看石榴’。不结果也没什么，结果子不是很重要的事，反而，只有看石榴才能把花开得这样动人。”

按照今天的设置，她不能发出声音，这番话只是在心里默默说了一遍。她想起家里的柜子抽屉，放满了杯壶碗碟，几年也用不上一回的，就是为了看看，看着喜欢。她从小喜欢的，好像都是些中看不中用的东西。

她打开车门坐到驾驶位上，燕朵的车先开出来了，燕朵摇下车窗对她说：“小谢，我倒宁愿嗓子发炎的人是我，就不用上那个台了。”

话语涌上来，真正想说的话一波一波地上涌，在喉头凝结了，哽住了。她多想跟燕朵说说话。很快她听见燕朵又一次嘱咐她多喝水，她赶紧点点头，隔着玻璃怕燕朵看不见，干脆开了车门，一只脚着地，侧着身子伸出头去，让燕朵看见她点头的样子。燕朵挥挥手，开车走了。

“燕朵，六年了，头一回我没上去讲，那些话，我是一句也不想说了。”她坐在车里自言自语，把想跟燕朵说的话说了一遍。提眉毛，放松下巴，口腔打开，头腔也打开，她像在播报重要信息，每个字的声母和韵母都交代得很清楚，没有一个含混不清被吞下去的音，平上去入，也都到位了。回家的路上，这些完满的音节还停驻在车厢里，叮叮当当，或站或坐，陪了她一路。

每次把一批东西清出去，她就感觉生活堵住的地方又畅通了。定期理一理，算是个好习惯吧。隔一阵子，把衣橱、书柜、冰箱、储物架整理一遍，就算没扔东西，细细梳爬一番，排放收拾好，心里便清爽多了。

搁架上放着一排洗衣液，她当然知道一个人不需要也用不完这么多洗涤用品。她只是没法抗拒“认真”二字。第一次走进这家洗护用品店，她见到了创始人在洗衣服这件小事上的痴心，世上就是有这样的认真人，把每根纤维都当回事儿，努力不让白衣服变黄，不让羊毛的天然油脂随污渍一起被洗掉。看多了糊弄和粗制滥造，没法不珍惜眼前所见，也知道眼前一切绝非必然。她心想，既然遇到了，还不买简直就是犯罪，便把能买的都买回家了。一共九瓶，在搁架上排好的一刻，正在过的日子莫名地有了尊严。

那天晚上，她整理书柜，同系列的书找齐了放在一起，又按年代和作者规整完十几个书格。收拾的时候，发现几本书里夹着往年的课表，取出课表放在一边，书排好了，便把课表揉揉扔进了纸篓。

扔掉课表，忽然想到，工作也可以理一理。她打开电脑，把这些年的教学任务书找出来理了一遍。一共上过四门课，两门校必修、一门院系必修、一门选修，课时的准确数字也在任务书上。她一学期一学期地加，加到最后，计算器显示屏上出现一个数字。

她又加了一遍，还是那个数字。

第二天有个会，期末的例会，每个人上去谈谈教学体会，几分钟时间，对当老师的人来说比较轻松，也不用专门准备，就是头天晚上心里肯定是有桩事的，总归是一桩事。也没什么好抱怨的，都习惯了，所谓日常，不就是由许多个不轻不重、可以忍受的小折磨组合而成的吗？

一大早，她来找季焕中，主管教学的副院长。她左手捂着喉咙，勉力发出声音，一个字，一颗沙砾，一个字，一颗沙砾，越往后面她的表情越痛苦，声带似已无法振动，发不出真声，基本是气声了。

季焕中在电脑上改着什么东西。办公室里到处堆满书，有的摞太高已经从中间倒了。墙上没有“惠风和畅”的字画，柜子里也没有树脂工艺品，唯一的装饰是几只猫头鹰，陶瓷的、草编的、铸铁的，或挂墙面，或摆桌角。有人问起来，他总是会说，我这个鸮如何如何。他的用词，他认真的样子，都透出几分孩子气来。

“好，知道知道。别说话了，听着就难受。”他说，“生病发短信就行，还跑一趟干吗？”

再用气声回答吗？绷着的劲儿泄了，勇气也消散了，她不想再把自己调动到演出的状态。瞥见桌上的便笺纸，撕一张，写下一句话，递给季焕中：“没别的，也不发烧，就是喉咙疼。”

季焕中看一眼，“嗯”一声，继续看电脑。她又加上一行字：“谢谢季院长。”

她起身离开，正赶上小木屋形状的钟表整点报时，木屋尖顶下面的一扇窗子弹开，什么东西从里面飞出来，她这才发现，原来里面还藏着一只鸮。

一边往外走，一边目送着鸮推窗飞出，又合上翅膀缓缓隐身于小木屋里。

好像是工作以来第一次吧，在应该张嘴说话时，她没说话。她坐在教室最后一排，听到衣服的面料在呼吸，闻到经过漂洗和日晒后依然活着的一缕香气，看到窗外雨洗的树叶，雨水里平而薄的叶子看起来不一样了，叶子表面的翠色有了形状，简直是一块块凸起来了，看上去，这绿色真沉呀，往下坠人的眼睛。

昨晚她没有准备发言，她练习了一晚上怎样让自己听起来喉咙不适。声带紧张起来，声音尽量往下走，含住一个音节，嘴里多闷一会儿，再蜿蜒着往外挤。

隔着十几排桌椅，她看见燕朵走上讲台，手是微微发抖的，空气中像有一道铜线将这电击般的颤抖向她传导，她拿着笔的手也跟着颤动起来。燕朵工作十几年了，看上去很老练，脸上没有丝毫的畏怯，说话时语调平稳而有变化，既不显得毛躁，也不会让人感觉沉闷。可她就是看到了，燕朵的手抖了一小会儿。

接下来的两周很容易度过，课程已结束，再完成一些例行工作，从开学之初就秘密支撑着每个人的假期便真要来了。对谢梦锦来说，这两周跟往年有些不同。咽喉炎加重，间歇式失声，她坚持不说话，询问和关心渐渐稀落了。

她真不用说话了。

六年的时间，上了4128节课。这个数字出现时，她的第一反应是算错了。

现在，她秘密享受着失声带来的快乐。学期末多有聚餐，电话里，她用气声说：“不行，还是不行，去不了。”她已经掌握了怎样把气声发得缥缈一些，再缥缈一些。她逃过了发言，躲过了数场社交活动，不用满心后悔地赴约，不用再受废话和讪笑之苦，每天都因游离在外而暗自窃喜。

办公室在七楼，步入电梯，她算了算，只剩四天了，最后这几天下学期的课会排出来。

她走进办公室，见燕朵也在，正对着电脑登学生成绩呢。学期的尾声，办公室不像以往那样人来人往了，她想走过去跟燕朵说几句话。走几步，见后面卡座内有人，心里一踌躇，脚步已拐到自己座位上。

拉开抽屉，拿出纸笔，她把想说的话写在一张信纸上。

“燕朵，上课的时候，一定要用麦克风，麦克风坏了就让现场办马上换。即使有麦克风，还是要多用假嗓子。我知道你是认真用心的人，但也不要把自己累坏了。比如说，提问后多等一会儿，歇一歇，这没什么的。”

她默读两遍，又加上称呼、署名和日期，看起来真像一封信了。

一直记得，两年前九月的一个下午，她的U盘落在教室，回教学楼取回U盘，经过走廊时，一间教室里传出熟悉的声音，她踮起脚来透过玻璃往里看，果然是燕朵。那天下午，她站在走廊中央听燕朵讲课。燕朵平时说话柔声细语的，一讲课却全身发力，特别投入。听了一会儿，她感觉到，讲话的这个人，气明显不足了，发出的声音周身布满毛刺儿，轻轻刮擦着空气和她的耳道。快下课时，教室有些乱，燕朵升高音调，试图控制些什么，隔着墙，她还是能听出来，这声音在多么吃力地爬坡，她听得心一抖一抖的，听着听着，就想掉泪了。

燕朵不知道她在外面，她从没跟燕朵提起过此事。

趁燕朵出去，她把信纸反扣过来，放在燕朵的办公桌上。

清理完这学期的杂物，她准备回家，抬起头来，正迎上燕朵的目光，燕朵站在隔断的旁边。燕朵说："走，去三楼的甜品店喝杯果汁。"

跟着燕朵走出办公室，燕朵在前面走，她跟着，来到走道尽头一个僻静的角落，四下无人。燕朵转过身来，说："想个办法。"

她点点头。千言万语，好像都不用再说出口了。

晚上，燕朵来电话的时候，她正站在阳台上感叹："今晚的月亮真低，就停在不远处的山脊之上。"

"很久没看到信纸了。"燕朵说。

"把话写出来，是另外一种感觉。"她说。

她很自然地跟燕朵对话，不用解释说明，更无须疾风骤雨地诉说。她俩都羞于以太过浓烈的方式跟人相处。

一到夜里，小山就躺下了，月亮安静地挨着山脊，是一小半月亮，敷着一层新熔掉的淡金。纱窗筛落月色，地上，影子搂紧了影子。此刻，不像在用手机通话，燕朵似乎就在她身边，在很近很近的地方，燕朵的气息也尾随着夜色透迤而来。燕朵是两个孩子的母亲，小儿子只有两岁。长期贫血让她脸色发黄，但并非干枯晦暗的颜色，当光线柔和时，她的脸会泛起玉的光泽，像一块温润的黄色玉石。

"想个办法。"燕朵不探问什么，也不规劝什么，一句多余的话都没有。

"别不好意思，拿着病历去找季焕中。"燕朵接着说。

"好，我去。"

"病历，病历有了吗？可以找老陆。"燕朵说。老陆是她丈夫，在市二院财务科工作。

"不用，有办法的。"她说，"放心吧，燕朵。"

下午，她来到校园，先在湖边的长椅上坐着，快到整点时才往办公楼里走。

木窗打开，鸮飞出，一只漂亮的鸮，羽毛闪耀着金属的光亮感，圆眼睛，神情是落拓中混杂着几分狂傲，好像随时准备仰天大笑。她不想再用气声说话，把病历放在桌角，随后递给季焕中一张便笺纸，上面写的是用嗓过度声带小结可致失声云云。

“慢性职业病，身上，心上，都是难免的。”季焕中说。他面庞有些浮肿，头发像个鸟窝，也许又躲在办公室看了一夜的书。

“假期好好休养，不然还能怎样呢，我们吃这碗饭的。”他说话的时候没有抬头看她。

既然决定这么做了，就不会在乎别人怎么看待她。她面对窗户坐在椅子上，她心里有底，支撑她的，是多年来的储存。她暗自盘点着这些储存：温和、隐忍、合群、识趣、不哭不闹、看淡荣誉和利益，等等。这些年的表现证明，她不是一个麻烦难缠的人，不是一个寻衅滋事的人。她既不精明，也不愚蠢，进退合度，叫人放心。

他连说几句打发她的话，她跟没听见一样，坚定地、毫无愧色地坐在椅子上，作为失声人士，她的沉默是正当的，并不带有情绪和敌意。过了一会儿，她偷觑到，他迅速观察了她一眼。

压力在他那边，她适时地把便笺纸往他跟前推一推。窗外，鸟振翅掠过，在天空中一闪而逝。

“除非你愿意上社会类课程，一般排在晚上或周末，没人愿意上，好在课时量不多，内容也有自由度，空间比较大。”

“适合你。”他加了一句。

阳光不那么强烈了，她来到湖边，在树荫里坐下，望着办公楼，望见方才她跟季焕中对坐的一幕，心里充满感激。那一幕蕴藏着美妙的含混性。从进去到离开，病历始终没有被翻开，从头到尾，他没有动用“规定”这个词，她能感觉到他对这个词的排斥，作为一个有能力尤其是具备情感能力的领导，显然他不愿意使用过于冷硬的词汇。

湖面上落满阳光，湖对岸是她和燕朵走过的人行路，隔着宽阔的湖面，石榴花开得正盛，激动的红色，红得让人看着看着，心里竟有些隐隐作痛。她想，石榴花肯定是热爱说话的，老远的，就能听到它们在交谈，声音高亢响亮。

休整了一个假期，她准备开口说话了。

站在讲台上，最先看到的是坐在后排的那个人。他穿一件蓝衬衣，一点儿也不犹豫的蓝色，单纯而准确的蓝色。他小臂放在桌面，能看见袖口一排纽扣，每粒都待在扣眼里。过了很久，一次课后闲聊的时候她才知道，那叫克莱因蓝，绝对之蓝。

第一次课只来了二十几个人，她知道接下来会更少，这样想着，心情一下子轻松了。她的风格本来就适合上小课。小班上课有特别的感觉，声音响起，却不会冲散静谧，站在讲台上，仿若通灵般的独白，却广有共鸣，交流的深入往往超越语言所能，在一个更奥妙的层面上进行。小课堂上，她拿出来的是私房，小课堂上，她也更容易将多年萃取之物送达给听众，也送达给不在场的更多的人。夜晚的小课堂还会产生某些神秘的东西，难以复制，但每来必让人心醉神迷。她会猛然发现，一直梗在心底说不好的那句话，不经意间自己出来了，浑圆完整，本来如此，看不到丝毫人力的痕迹。

几周后，固定下来的学员总共是七个。有一次课间的时候，他走上来询问一幅图画，两人交谈起来，她这才知道，蓝衣男士是陈乐。他一开口，她就听出来他音质独特，等到报完名字，她马上意识到他是谁了，对，就是陈乐，陈乐呀。听汽车广播的人都熟悉这个名字，交通台早晨7点半的节目，一个充满活力的声音回荡在行进的车中，陪伴着上班路上的人们。他的声音浸透着阳光，友善、轻快，这声音让人觉得世界总有希望。

她问："电台主持也来上这种课?"他的回答让她一下子愣在原地，她没有立刻作出回应，她一直在避免戏剧性，即使是浑然天成的戏剧性，但从那以后，她心里没再把他当成学员。

他说："我不想说话了，我只想听听别人说话。"

他真年轻，人跟声音一样年轻。他皮肤的颜色很深，是长年坚持户外运动才能拥有的健康肤色。一道长而挺的鼻梁从人中延伸到眉心，眉心那里能看到明显的突起。

她上课用的包是一个挺括的布包，很能装东西，布面上印着一幅古画。陈乐问起这幅画，她告诉他，这幅画叫《照夜白》，照夜白是一匹马的名字，一匹白色的唐朝骏马，它的主人是玄宗李隆基。她说："照夜白被拴在木桩上，你看，画面里它是想飞起来的样子呢。"

"要给它画上一对翅膀，或者……"陈乐做出舞剑的动作，说，"用一把剑把木桩砍断。"

他接着说："照夜白，三个字连在一起，骤然一亮，有一种光明感。"她明白他的意思。她想起早晨拉开窗帘，白昼毫无保留扑进来的一瞬。

很长一段时间了，她不参与任何聚会，也婉拒了所有的外出授课邀约。她说"扁桃体发炎"，她说"肠胃不舒服"，这些可爱的小恙庇护了她，再后来，她不再求助于它们，而是坦然回复"不去了"。很简单，不去了。一个伴随她多年的伙伴，正渐渐从意念中抽离，那个伙伴，叫挣扎。电话里，母亲仍问长问短，警示她不要不知足，刺探她有没有多跟人联系交往，她让母亲多注意血压。有时在学校餐厅遇见燕朵，燕朵笑她："又不是让你上沙场。"她说："我还真有临阵脱逃的感觉。"回想起那一个个夜晚，在灯带的照耀下谈论不感兴趣的话题，看着关系普通的两个人却非要表现得比实际情况亲密些，回到车里再回到家里，扭头一看，看到一大片滞重的空白站在已逝的几个钟头里傻笑。复又端详镜中的自己，好像变丑了，两团潮红徒劳又懊丧地浮在脸颊。不过是一个个毫无自由意志的公共的夜晚，不是我的，也不是你的。

幸运的时候，课堂会是自己的。这节课讲小津安二郎的电影。她说："适合假期，适合在家里看，能看到世界和人本来的样子，寻寻常常中，原来有惊人的美。屏幕里出现云的时候，我就按暂停，看一会儿云，做点别的事情，有时忘了，云就停在屋里，一停就是一下午。"

说到这个场景，她眼神失焦了，短暂地出神，置身于无名的幽境，什么也不想，什么也看不见，再走出来时，从里到外都是湿漉漉的清凉。

学期过半，电影的部分还没讲完，课堂上有些不对劲儿了。这方面她是足够敏锐的，她感知到，一股不安的气息在加速挥发，越来越浓重。

坐在第二排的女学员余家欣，一脸不耐烦，身体动来动去，一副完全坐不住的样子，这对授课是重大打击。杂念全涌上来了，她不停地搜拣之前哪句话说错，而之后要说的每句话都变得苍白无味，讲述的热情一沉到底，相似的糟糕经验争相浮现，这一切多让人厌倦和灰心。

她的声音遍布皱纹、长满白发，一瞬间老了。

提着心，机械地发声，时不时用眼神安抚余家欣，像安抚一个焦躁的儿童。她生怕余家欣按捺不住从座位上站起，头也不回地离开课堂。

她站在一座高高的纸桥上，纸糊的桥下面是拉长的时间之河。她被放入一个热瓦煲内，小火熬煮，辗转反侧。总算熬到下课，她走出教室，推开走廊尽头的窗户，长呼出一口气。接着，回到讲台，眼神找到余家欣，鼓励地看着余家欣，发出交流的讯号。她需要掌握情况，需要知道发生了什么。

过了几分钟，她等到了她。余家欣走过来，手肘支在台面上，双手握在一起，说："谢老师，跟你聊几句啊。我记得这门课叫《你的口才价值百万》，是应用类的课程。"

"竟然叫这种名字，谁起的？"她拧着眉头。

"我报名上课是觉得这门课实用性强，速成班，立竿见影的那一种。"

她理解余家欣的心情。余家欣在家居商城卖家具，说生意一般，就靠节假日冲量，平时没顾客也要从早到晚守着，想到这姑娘每天在店里吸毒气，她就觉得太不容易了。她还记得，余家欣说打算去万象城一家名品店应征导购，卖精美的皮具珠宝，说的时候一脸神往，她也盼着余家欣能尽快换份自己喜欢的工作。

"我们上的是人文通识课，口才和表达不仅是技巧层面的东西，跟基本的艺术修养、审美都是联系在一起的。”声音低低的，她觉得自己的话并无说服力。

“可是太空洞了，一点儿也不吸引人，也没什么操作性。”

“后面会有专门的讲解和练习。”她只好说。她黯然跟小津安二郎作别，还有没来得及出现的巴尔蒂斯、贾科梅蒂和《后赤壁赋》。跟前作相比，她始终觉得《后赤壁赋》因孤寂而更接近神灵，读一遍，宛若转世一回。

接下来的一次课，她走进教室，放下包，看看下面，还是那几个学员，余家欣坐在老位置上。她有些心神不宁，惴惴地等着铃响。她害怕所有这一切，进门，上台，开腔，当众说话，哪怕是重复了上万次，她还是害怕，她知道一走进去，自己就跟还没想清楚的、并未完全认同的一些东西合为一体了。

“口才是成功最重要的因素。成功这个词总是自带重读强调效果。这节课我们一起探究说话的艺术——说话术。人是群体性动物，每个人都想在群体中受到大家的欢迎。大家是谁？每个人也都要掌握沟通和交际的技巧。诱导操纵。”

说起来，这些玩意儿是最好讲的，以石井裕之和雷克·科斯纳为底本，列举大量案例，掺和着读心、微表情等时髦秘术，再让学员演练演练，教室里洋溢着学到真东西的满足欢快的气氛，一节课很快过去了。但昨天晚上，讲稿找出来，她一眼也不想看，磨蹭到很晚还是没看，躺在床上，她想，明天早到教室二十分钟，课前熟悉熟悉吧。不到最后的时刻，她一眼也不想看。

铃响后，她做出一副急匆匆的样子来，快速把东西收拾好，几步走到门口，忍不住回一下头，看到陈乐站起来又坐下，她转头离开，离开前犹豫了半秒。

一路上她车开得很快，急切地想把刚才的夜晚甩到身后。再转一个弯就到小区了，每次先看到的都是裙楼的鲜花店，她把车速降下来。店里的灯还亮着，她停下车，看着店员把摆放在门口的花盆一一搬进店内，透过落地玻璃，能看到不大的空间里布满鲜花。当初花店刚开的时候，她担心花店生意清淡，万一哪天关门就可惜了，她是第一批办储值卡的人。毕竟，楼下开间花店，住户的日常里就有了点高于生活的东西。

店员关掉靠窗的一排射灯，她下车走进花店。店员说：“这么晚还买花呀。”她点点头，指着角落里的一束花，说：“要这束铃兰。”

花大都仰着往上开，残败了不好看了，花朵才无奈地耷拉下来。只有铃兰在盛开的时候向下绽放，是主动和自愿，我要低头俯瞰，我要把花开向地面。

她听见自己的心跳声，如果是做噩梦就好了，闭上眼睛再睁开，不是噩梦，程督导现身了。他端坐在教室前排，每个表情似乎都是有含义的，需要解读的，他无须礼节性地问好，你也知道他来了。他攥紧手中的笔，随时准备记录的样子，白色表格平铺在桌面上，非常显眼。

她脑子里飞快转了几个念头。课前几分钟，每个经验丰富的教师都能根据白色表格上的评价标准，结合督导的喜好，调整讲授次序，讲最恰当的内容，揣摩、判断、选择，一切都是电光石火间的快速反应。同时，抖擞精神，笑容满面，站立在台上，像某一类陈旧又浮夸的修辞。

她当然也有预案。

然而，演完了呢，那是最沮丧的时刻。先觉得丢脸，接着，就是难过了。一个人在台上一惊一乍，卖力地表现，身不由己地迎合，窘迫感渐渐在空气里弥漫，谁都知道发生了什么事情，连坐在最后排的学生也会抬起头来看她两眼，她提醒自己不要敏感，在难以遏制的惯性中继续沉沦。

演够了。

全程没有紧张地观其颜色，也没有顾盼着舒羽开屏，平平常常地讲完一堂课，她拿起杯子，去走廊上接热水。

一转身，看见跟出来的程督导。面对面站着，她发现程督导的脸上没有愤怒也没有茫然，他巧妙使用的，是怜悯的表情。

他说话的时候一直晃着头，似笑非笑。

"你年纪也不大，怎么就落伍了呢。你这个讲法，跟不上时代了。"

"我没想跟。"她说。

程督导用力看她一眼，目光像凿子，凿一下，又旋了一圈。他说："太平淡了，不带劲儿，不勾人。"顿了顿，他解释道，"我的意思是不抓人。应该重视互动，风趣一些，讲讲笑话，班上就不这么死气沉沉了。"

"我再也不想讲笑话。"她说。她以前也热衷讲笑话的，没人笑就自己笑。她也会花式上课，珠翠绫罗，花哨极了。

"有空去听听管院老师的公开课，那师德，那人格魅力，其乐融融，和学生打成一片。"

开始用大词儿了。她不觉惶恐，反而想笑。提到管院的课，更是难忘的体验。她慕名去学习过，台上的人激情澎湃，两片薄唇上下翻飞后总用一个夸张的圆圆的"O"来结束。听了一半，她多想提醒一句：小声一点，可以小声一点的。接近尾声时，讲演者频繁换气，一口气撑不住两句话，再看未免残忍，她低下头不看了，脸上发烧，只盼赶紧结束，耳朵里已经太满了。

督导没注意到她的表情，继续大度地指导："先打成一片，有了感情学生就愿意接受你配合你，打成一片就好说了。"

说出这个词的人，她都避而远之，而督导在几分钟内连说三遍，是他的宝贝吗？得有多喜爱这个词呀。她忽然想起季焕中，季焕中的语言洁癖此刻显得格外可贵。

她在心里估算了一下，通识课是合班上课，粗略算算，这些年要跟几千人打成一片，她笑出声来。没什么好说的了，只能发笑。

见多识广的程督导怔怔地看着她。她听见自己的笑声，心里并不好受。这老人家整日坐在教室，扮作权威，使用正大但失去活力的语言做指导，走不得不走的过场，也真是难为他了。

程督导黑着脸回教室收拾好表格，一边下楼一边说："你这个态度，神经病，神经病。"

她对着他的背影说："程老师你听我好几次课了，就这次最正常。"

"最低等级是 D，还是 F？"

刚说完，听见陈乐的声音从身后传过来。陈乐接着问："头一回吧？"

"常规的做法是一下课就赶紧走过去，主动聆听教诲，不管说什么都点头，都表态改进。"她说。

"怎么不点头了？"

"想清楚了，想清楚了就不会再点头。"

"会有什么后果？不考虑代价什么的？"

"点头的代价更大。"

校园依山而建，两人沿着行山路往上走。半山腰有一片栎树林，枝叶扶疏，路灯晕黄的光漏到林中的石椅上，石头闪现出了铜的光泽。

她说："坐一会儿吧。"此刻，她感觉很平静，平静像夜色一般充盈在树林的每个角落，从头到脚把她裹进去了。

两人一起待着，话上很俭省，都没有强烈的表达愿望，可说可不说的，一般就不说了。也从不专门找话题，到哪里算哪里。今晚也是如此。

凉凉的石椅坐暖和了。在听到陈乐的话音前，她先听到长长的叹息声。

人总有不想说话的时候，到点儿必须说，要是带个按钮就好了。人哪，都带按钮就好了，不是说话，也有别的。

她转头看着他，他的声音变得很陌生，缓慢、低沉，不像广播里那么青春明快了，这声音更适合夜间节目。

她说："我一直有个愿望，或者说幻想。有一天我到了教室，坐下来，不说话，学生也不说话，大家就这样一起沉默，一分钟，两分钟，四十分钟，四十五分钟，铃响了，所有的人一言不发，寂然散去。"

没等他接话，她马上说："想想罢了，怎么可能，一大群人呢。说不说话，从来不是自己能决定的事。"

她想象这个情景，坐在讲台上，一句话也不说，人们先是奇怪，等不了一会儿便开始鼓噪，场面失控，嘈嘈杂杂，大家盯着她看，用各种方法迫使她讲话，她往外跑，跑着跑着扭头一看，没跑全，还剩一套发音器官悬浮在空气里，一荡一荡的。她打了个冷战，连声说不可能不可能。

他说："想想就挺疯狂的。"

"是呀，疯狂。但每天都在想，走进教室前的一秒钟还在想。"

"应该想，哪能连想想都不行呢？不过，你擅长说话，你的课上得很老到，游刃有余。"

她想起自己游刃有余的样子，那好像是另外一个人了，那个人或者说任何游刃有余之人的模样里，似乎都带着点无耻的意味。她点点头，又摇摇头，不知该回答些什么。看着山下校园星星点点的灯光，眼皮发沉，一阵困倦，疲惫感来了，窸窸窣窣地在全身蔓延。

回到家里，她躺倒在床上，想起陈乐的评价，只有苦笑。

"当然，我擅长说话。一接近教学楼，该说的话就围拢过来，都往跟前挤，我伸出手来驱赶，让它们走远，它们不走，跟着进电梯出电梯，铃声一响，它们就兴奋地蹦蹦跳跳，把嘴顶开，翻滚而出。怎样活跃气氛，怎样拉近距离，哪里自嘲一下，哪里抛出符合年轻人趣味的笑点，以及如何应付出言不逊之人，如何化解突发情况，我太擅长了。我能调整出不同的面貌，在向学的班级上是个容易接近的形象，明朗可亲，授业解惑；到了某些班级，一脸漠然，习惯失望，不带感情仅止于完成任务地讲述，语流中时有问题抛出，然是自问自答，根本无须回应的态度，这态度预先避免了冷场的尴尬和挫败，是习得的自保。冬季的下午，座位上趴倒一片，因自尊而发怒全无必要，到了节点就提醒一句，旋即沉默数秒，既是威慑，亦是等待，甚至哪堂课需要发一次脾气、说几句狠话，以期恢复对课堂的掌控，都有着精妙的把控。我深谙此道。"

"那快乐的部分呢？是从什么时候开始变了味？"

说着说着，她还是会动情，动情的一刹那，忽然觉出来，太熟悉了。她怕自己再也感受不到动情的真正滋味了。她的陶醉和愉悦，都透着一股油滑。

程督导最后离开时脸上肌肉抽搐了一下。那抽搐像一道定格的闪电，明晃晃地照过来。一个非职业化的表情，多么真实和动人。什么东西裂开了，他分离了出来。

也许，她可以叫上陈乐，跟余家欣一起坐下来聊聊，她可以跟余家欣诚恳地说，课堂上讲的，是她能知道的、能理解的、能确定的最好的东西。

至少可以试一试。

下小雨，一道道纤细的水流沿着车窗玻璃淌下来。岭南的十一月，天气并不冷，雨下得细密轻柔，倒有个秋雨的样子。这雨让她想起燕朵来。燕朵跟人说话，会看着对方的眼睛。燕朵对人的好，是一滴一滴地落在人身上，先濡湿一层皮儿，再缓缓地、绵绵不尽地往下渗润。

这周是傍晚的课，到了学校，时间还早。她先在校园里走了走，走到湖中心的亭子，坐下来，看着雨静静地落在湖面，看了一会儿，觉得很安心。

手机闹钟响了，看看表，快到点了。她这才想起，课前很少有这样的闲情逸致，总是急匆匆的，定不住神。她起身往教学楼方向走，远远地，看见陈乐在楼门口站着，他又穿那件蓝衬衣了。黄昏细雨，衣服的颜色看上去不像白天那么鲜明，她有些恍惚，早间节目里他妙语连珠，让人听着听着嘴角就浮现出笑意，课堂上，他是最沉默的蓝。

他迎上来："这节课，这节课你不用说话。"

"什么意思，谁来讲呢？"

"你不是有个愿望吗。"

她停住脚步，说："不可能实现的那个？"

"谁说不可能，就这么几位同学。"他眼睛亮闪闪的，说，"我一个一个找他们谈的。"

"怎么谈的？

他笑了："没使用技巧，你教的说话技巧一点儿也没使用。我就照实说。"

她愣住了："不可能。"

"怎么不可能？你给我们上十几周课了，要有信心啊，一堂课一堂课讲下来，多少能领悟一点的。"

她心里一热，她从没想过改变谁，她只是希望，照耀过她的光也能照到别人身上。

他看着她，继续说："当然，有两位同学说不通，我答应补听课费。"

"余家欣呢？"她问。

"余家欣不让我补钱，就是嘟囔了几句，说'沉什么默，在家沉默不行吗，来这里沉默'。"

快到教室时，他忽然想起什么，说："很惊险，教室里有个新面孔，可能觉得快结课了要来听一次，把我急坏了。"

"那怎么办啊？"

"我告诉他，谢老师生病，课暂停一次。我不放心，看着他走的。"

一时间，她不知道该怎样步入教室了，不敢进去，怯怯地站在门口。他说："我提醒过，不要过分关注你，就像做游戏嘛，成年人最该有自己的游戏了，我们一起完成一个游戏。"

起先，她有点不自在，往下瞄了两眼，大家都低着头，忙自己的事情，没有人注视她。看看窗外，夜色混着秋雨，迷迷蒙蒙，再看看室内，灯光下一片缄默，跟自习室的安静不一样，这安静源自众人会意的专门的仪式。她手臂垂落，放慢呼吸，凝视着这个既奇幻又真切无比的场景，看见场景里的自己手臂垂落，放慢了呼吸。

寂静一点点加深，一点点伸展开去，深得看不见底，宽广得看不见边沿。紧绷的身体渐渐舒张，弦一根一根地松了，身体里冻僵的地方，袅袅升起热气，心底经年枯槁之处，正潺潺流过溪水，坚硬和瘀滞，软和了，散开了。她渐渐失去形迹，化进了深广无边的寂静里。

她想起有一年，在花店里遇到两枝雪柳，褐色的枝条上开着稀疏清丽的小白花。店主说只有这几天才有，她犹犹豫豫，不知怎么的，没有买。第二天再去，插雪柳的瓶子空了。后来，她再没见过雪柳。此刻坐在讲台上，她真心诚意地想念两枝雪柳。

耳朵里空了，彻底空了。稍后，乐声从辽远的地方响起来。一首再熟悉不过的乐曲，她听了一遍，又听了一遍，怎么有风的声音？她细细地听，原来乐曲的末尾，有风吹过，一直都有风吹过。

两个劣质盆涎皮赖脸地现身，是买电器时赠送的，不知不觉地，稀里糊涂地，用了好多年了。她想，每天用的东西呀，怎么就将就下去了呢？她决定明天去买新的，质地厚实一些的，面目朴素一些的，别锃亮锃亮的跟镜子一样。

她看见寒冬天气砂锅里炖着玉竹、莲子和山药，她坐在灶台边看书，就像在煤球炉子边坐着一样。书上写什么不记得了，只记得火跟砂锅低声说了一下午心事。

无边无际的静默中，传来马的嘶叫声。照夜白的鬃毛根根直立，雪白的马身子从泛黄的纸页上隆起，肌肉在毛皮下一弹一弹的，接着马头一仰，前腿探出画纸，凌空一挣，四蹄腾空，朝着远处飞驰而去。再看看纸上，什么都没有了。

本文刊载于《十月》2018 年第 1 期

**赏析：**

《照夜白》以一种“唯美是从”的方式书写一种人到中年的倦怠和精神困境。小说中的谢老师，拒绝收回与主流生活那种细微但根本的不合作，所谓格格不入，实是坚韧的抵抗。蔡东对人卑微存在处境的直击和对人精神纯净性的看重，使她笔下人物的日常危机常焕发惊心动魄的力量。应注意到草木在蔡东小说中占据非常重要的位置。她的叙事节奏缓慢、绵密，又有旁逸斜出之姿，每篇小说中都会有相当笔墨流连于草木之间。这非关状物写景的现实性需要，草木书写在蔡东小说中跟恢复人与自然对话的精神能力相关。毋宁说，蔡东希望用小说来舒展人的精神透气性。小说因此完成了这样的生命判断：靠近草木的能力，正是人靠近自身的能力，正是人从困境中自我清洁、自我照亮的能力。

（陈培浩）

# 鲮鱼之味

陈润庭

妻回来时，我仍在酣睡。她轻轻地脱下黑色软皮高跟鞋，从鞋柜里拿出四双旧了的发泡塑胶拖鞋，转过头压低了声音让搬运工们换鞋进门。他们一个接着一个，扛着纸箱穿过客厅，浅灰色背心都被汗水沁成了深色。走在前边的汉子尤其健壮。他朝房间多看了一眼，发现房门没关，穿过长长的过道，隐约可以瞥见我的脚丫露在被子之外。卸下的几箱货物堆满了餐桌。妻一个个打开箱子点明数量。把钱递给领头的汉子时，她没发现对方一边数着钱，一边偷偷盯着她的腿看，眼神里满是欲望。他们离开时，把拖鞋散乱地留在门口，鞋尖指向好几个方向。我听见金属轻轻相叩的声音，接着是瓦楞纸相互摩擦着。正当我翻了个身打算再次入眠时，妻来到床边把我叫醒："我给你看些东西。"她拉着我的手，我迷迷糊糊紧随其后，感觉到她的身体散发着兴奋的热量。

我发誓即使在超市的罐头食品区，我也没有一次性见到那么多的鲮鱼罐头。这些原本在台湾海峡与珠江流域集群游动的鱼儿——那时候它们还长着鱼鳞，偶尔吵架，现在已经被装进一模一样的罐头之中。我们可以想象躺在罐头之中的鲮鱼的样子：必须忍受静谧。一身防腐剂已经让它脱离轮回，豆豉与酱汁的陪伴使它可人又可口。那些罐头一盒叠着一盒，每盒都是扁平的椭圆柱体，在我的备餐台上立起了一面望之令人敬畏的高墙。它们黄色包装纸上都写着"松竹牌豆豉鲮鱼"。我走到侧面，发现这面壮观的罐头墙既高大也厚实，它整整有五层之多。我完全相信假如它倒塌下来，而我又刚好站在它旁边的话，被砸伤砸死都并不意外。

我转头望向门口，发现在蓝色入门地毯上的拖鞋。妻与我两人的朋友都不多。假如那时候没有遇到对方，一个人过也不成问题。更重要的是妻并不喜欢有人进入家里。即使是叫了外卖，她也必定一手抓着把手，微微踮起脚尖，站在门口，眼睛盯着不断上涨的电梯屏幕数字，绝不会让对方把一只脚迈进家门。后来我回想这个细节，终于明白了妻不惜在自己一以贯之的怪癖上让步，反证了她在此事上早已做好通盘打算，而且决心执行到底。

从明天开始，我们每天早中晚三餐都吃豆豉鲅鱼配白饭。

一顿是一盒鲅鱼罐头，一天是三盒鲅鱼罐头，一个星期是二十一盒鲅鱼罐头……每一盒鲅鱼罐头里无疑都躺着一尾鲅鱼，而不是沙丁鱼或其他什么鱼。这是确定的。不确定的是每盒鲅鱼罐头里豆豉的数量。有时候是十七颗，像昨天那样；有时候是二十颗以上，但不会超过三十颗，假如形状不完整的都不算进去的话。但多数情况下，一盒罐头只有十七颗个头差不多大小的豆豉。为什么偏偏是十七？后来我放弃了数豆豉的爱好。我盯着那面墙，每天都觉得它比昨天变薄一些，又矮了几分。我从来没有数过那面墙的长宽高各是几盒鲅鱼罐头，连这个念头都不曾动过。我明白，数清这面墙由多少鲅鱼罐头组成即是用未知去换取一个尽头。在我看来，这是不划算的。未知迷人，而尽头廉价，只要你开始行动，你将拥有尽头。

说实话，鲅鱼罐头并不难吃。小时候母亲总说罐头食品没有营养，不给我多吃。我也因此没有吃腻过。被腌渍过的鲅鱼连鱼骨都酥软了，用筷子轻轻一捏就断成两截。鱼肉带着恒定的盐香，肉质则将腐未腐，比新鲜鱼肉更有嚼劲。有时我把豆豉放进粥里，四周很快洇出一圈油斑。每到饭点，妻便将煲好的白饭或白粥盛入碗中，端到桌上。从消毒碗柜拿出筷子，摆到饭桌上。原本还会摆上陶瓷汤匙，如今为了便于一举斩折鱼骨，便换成两柄铁质小汤匙。之后，妻喊我吃饭。待我坐定后（我的位子正面对着那面罐头墙），妻便转身从那面墙上取下罐头。头一个星期，她总要踮起双脚才能取下罐头，留给我一个腿形完美的背影。随着最上层的罐头都被取下后，现在她只要稍一绷紧身体，指尖就够到了我们的食物。

她转过身时，总是面带微笑，好像孕妇怀着秘密一样，把它放到我们餐桌的正中央。一盒椭圆形圆柱体铁罐头，等待着时间与河流的质变。她把拉环竖起，“唰啦”一声撕开铁皮，那尾鲅鱼便重见天日，在我和妻之间出现。

“噫！今天的鱼竟是完好的。”

她会这么说。今天这尾鲅鱼尺寸刚好，不长不短，15厘米左右，罐头仿佛为它量身打造，所以得以安妥地躺在罐头里。像这样的鲅鱼毕竟是少数，大多数的鲅鱼由于尺寸过长，我们吃到时，已经被事先折成两段或者数段放入罐中。有一天中午，妻发现她吃到的两块鲅鱼都是同一个部位的。她把鱼骨吃得干干净净，又用筷子在餐桌上拨拉，企图拼成一条完整的鱼骨。最后她证明自己是对的，那一块紧接在鱼头之后的鱼骨确实是多余的，它属于另外一条不知名的鱼。她兴高采烈地把这件事跟我分享，而我早在她探索时便猜到了结果。虽然没有人告诉我，虽然我也一直这么认为。的确，一个鲅鱼罐头里并不一定只住着一尾鲮鱼。

约莫过了三个星期，我发现妻在取下鲮鱼罐头时重心显得有些吃力。她身材高挑，几乎和我一样高；脚踝骨是小小的一圈，小腿肌腱很纤长。但她的大腿很粗壮，侧面肌肉分界线隐约可见，又因为盆骨较宽，正面看上去下半身呈一个锐角倒三角形状。我总觉得这样很性感，她则一直抱怨显胖。我说："盆骨宽生孩子不那么痛。"她说："总是你占便宜。"有一天中午，我却发现妻在取下鲮鱼罐头时，竟暗暗地踮起脚尖。我玩着手机，眼角余光瞥见的发现纯属意外。按理说，鲮鱼罐头的数量有减无增，每天又是按照由内而外、从高往低、自左向右的顺序取下，墙顶高度应当不断下降。比之下降速度更快的是我对于鲮鱼罐头的忍耐程度。我想莫非是妻趁着我离家或睡觉的时候，又暗暗地让那四位汉子源源不断地送货上门？门口再也不曾留下几双散落的拖鞋，空气中也不曾嗅到淡淡的汗酸味。我暗暗地数了数鲮鱼罐头墙的长宽高各由几个鲮鱼罐头组成。但几天下来，鲮鱼罐头确实是按着每顿一盒的数量在减少。妻每日三餐照例从备餐台将罐头取下，唯一的不同是，她将白饭盛好，在唤我上桌之前便将罐头取下。有一天我佯作无意，早早地坐在饭桌旁。等着电饭煲提示音响起，便主动拿碗盛饭。妻的神态颇不自然，她犹豫着，仍走到鲮鱼罐头墙那里。由于她踮起脚尖的幅度过小，身姿极不自然，以至于取下那盒命中注定的罐头时，指尖微微颤抖才够得着，眼神一瞬之间流露出属于一个孩子的渴望。

我听到自己叹了一口气。

她一直是个好妻子。自结婚以来，她好像无缝衔接进入妻子的角色，每天买菜做饭洗碗，操持一切家务。有时候我想帮忙都被她拒绝。婚前她所有的娇嗔与属于少女时代的一切性格，仿佛在我为她戴上婚戒的那一刻，也一并从她体内被驱逐出去。更微妙的是，她看上去并未变得更好，也没有变得更坏。悄然的改变看上去也不像婚姻带给她身份转换之下的产物。它更像是一株植物包含的古老基因一早决定的结果。必然是这样，只要有水，它就会生长，并且长出这片叶子。它的形状早已注定。我没有关心我婚姻的朋友，也缺乏描述我们婚姻的能力。如果有这么一位朋友，想必我也只能说，她是一位好妻子。

假如不是这样，对于三餐都吃相同食物的生活，我恐怕无法接受。虽然嘴上不说，但我心里当然是一直盼着赶紧吃完这鲮鱼罐头。与妻子不同，我从小在海边长大，鱼对我来说从来不是稀罕的东西。正因为不稀罕，我也不爱吃鱼。这不意味着我不懂鱼的好坏。相反，我是鱼的食家。鱼是野生还是池养，捕捞后是否曾被送入冰库，从渔船到餐桌之间是否耽搁得太久了，我都能轻易地发现。我讨厌鱼的腥味（鲜味）。这对我来说是同一个东西。对于这种被排除在酸甜苦辣之外的味道，我无比敏感，也更加讨厌。在我们的方言中，那片海域里的所有鱼都有只属于我们的名称。这不是别名。它们就叫这个。但在我与妻现居的城市，所有的鱼在通行话语里都有另一个自以为美丽的名字。妻爱吃鱼，恋爱时到餐厅吃饭她必点鱼。鱼上桌的时候，也是揭开谜底的时候。“原来是这个，它不就是我们的×××嘛。”可惜，凡事都有例外。鲅鱼是我们的方言的漏网之鱼。我们的方言对它无能为力，几经折腾，最后只能悻悻又不情不愿地叫它：鲅鱼。我想这可能是因为成群的鲅鱼从未游到我出生的那片海域的缘故吧。

那一天的鲅鱼也是完整的。

妻子用铁汤匙将它折断，又轻轻铲起，抖一抖，熟巧地把后半截送入我的碗中。她知道我不喜欢看到鱼头。我看了看她，她看了看我。

“你……你是不是……”

我知道她想说我是不是吃腻了鲅鱼罐头。这并不是最要紧的。

“你有没有发现？……”

“我知道你要说什么。”

“你变矮了。”

听了这话，妻露出自我满足的笑容，仿佛刚刚完成了自己的健身目标。不一会儿，她把干干净净的半条鱼骨吐在饭桌上。

妻变矮了是我一时口快。更准确来说，她不是变矮了，而是变小了。变矮是其中最显著的特征。以往她站在我身边时，几乎和我一般高。随便穿上一双高跟鞋，她都比我高半个头。为此，她曾好长一段时间不愿意穿高跟鞋。后来，她确认我真的不在意，才又买了一双黑色细跟高跟鞋。她说，最近打折，名牌，不买可惜了。但除了当天兴冲冲地穿回家之外，我再没见她穿过。那双鞋子被冷落在鞋柜里，后来也不知所踪了。

我看着她在厨房洗碗的身影，再次确认她真的变小了，骨架整整小了一圈。她的眼睛鼻子嘴，包括整个头都变小了。甚至连长发的长度（她的长发刚好及肩）也跟着缩短，依旧像柳叶一样落在肩上。她全身上下按着某个精密的比例，无一遗漏地缩小一圈。毫无漏洞的协调与朝夕相处保护了巨变，使它隐蔽得难以发觉。我走到她的身后，发觉现在她的头顶与我眼睛平齐。我学着她的样子，暗暗踮起脚尖，她的头顶一览无遗。她骤然转过头来，疑问的语气有些愠怒，眼神却像小鹿般委屈。

我忘了那里是否有泪水将要溢出，就像没有人觉察被包裹的果实正在此刻生成。

我将她的缩小归罪于堆积如山的鲅鱼罐头。我怀疑这些罐头含有某种超标的化学成分。但就我所知，还没有哪一种化学成分过度摄入能让人连头发在内按比例缩小一圈。何况妻现在看起来与往常无异，她既没有表现任何怏怏的病态，也没有任何痛苦。倒是我因为饮食的单一重复，愈加感觉到生活的无聊与无谓。更不可解释的是，这些天里，我和妻每天吃的是一模一样的食物，一模一样的米饭或白粥，一模一样的鲮鱼罐头。我为什么安然无恙？无论如何，一种怪现象必然是作为某些变量的结果存在的。这是我们思维的基本方式。其存在并不因为它颠扑不破，而是因为除却它、否定它，我们将陷入不知如何是好的地步。而对于一个结果或一个终点的渴望，无论它是真是假，都是我们一种难以自抑的欲望。既然缩小是在鲮鱼罐头出现之后产生的，那么只要妻不再吃鲮鱼罐头，不求恢复原状，起码能够停止继续缩小。我是这么想的，可惜妻对此并不买账。当她端着一盘切好的水果走到客厅，发现我又想拉着她说缩小的事情，便把果盘重重地放在茶几上，说了一句“我乐意”就把自己关进房间。

之后几天，情况依旧没有任何改善。妻依旧盛好白饭打开罐头等着我。除此之外，饭桌上别无他物。我数次企图劝她不要再吃鲮鱼罐头，或起码不要只吃鲮鱼罐头。对此，她再没有对我表示出任何生气的举动，看上去我们的关系也并未因为那天发生的事情恶化。只是每天到了饭点，她便照例取下一个罐头打开，放在我的面前。自从发现妻开始缩小以来，我对这些死去不知多久、又浸泡在防腐剂之中的黑乎乎油腻腻的鲮鱼不免心有戚戚。总觉得搞不好只是自己因为性别的缘故，发生作用的时间比妻子来得更晚。也许哪天一醒来，自己的足尖离床脚便有很长的距离也未可知。

既然妻拒绝买菜，那我买菜总可以吧。因为厌恶腥味，我从小害怕上菜市场。但这次我觉得整个菜市场充满着一股奇妙的肉香。它飘飘荡荡，勾引着我把新买的皮鞋踩进菜市场那些充满腥气的水洼。提着战果的我对此毫不在意。我买了两根胡萝卜，又买了几两猪肉。对此在意的是妻。当她发现我把一盘热腾腾的胡萝卜炒肉端上饭桌时，她的脸骤然黑了下来。我知道她最喜欢吃胡萝卜。她肯定也闻到了那味道。我劝她要不要试一块。她拒绝了我。她问我是不是不愿意跟她一起再吃鲮鱼罐头了。我深知这个问题背后的危险性。这是一个我踩过许多次的陷阱。一时间我没想好如何作答，只能迅速伸出筷子，从罐头里挑了一块最大的鱼肉一口吃掉。

情况正如我所预料的那样，妻的缩小并没有停止。过了没多久，我发现妻的头顶只到我鼻尖。我只要稍微站得近一些，轻易将她拥入怀中的想法便涌上心头。我想用不了三个月，妻的身高就会从我脸上溜走。到那时，我抱着妻的时候，可以把下巴支在她的头顶上。就像传说与寓言里说的，赵飞燕可以像音乐盒上的小磁人一样掌上起舞，拇指姑娘就真的只有拇指大小。我的幻想让我感到恐惧。寓言产生于某种欲望，寓言如梦想成真时，并不一定是好事。

也许有天妻子会小成一粒橄榄，那时候我可以把她和手机揣进同一个裤兜，带着她挤公交，坐地铁，让她陪我上班。那时候，属于我们两个人的秘密，就成了只属于我一个人的秘密。毕竟她已经小得藏不住任何秘密了。她最大的秘密——为什么缩小，已经不是她能够承担的了，而必须由我来承担。这只能成为我的秘密，因为她已经比我们小得太多太多。所幸，事情最后也没到那一步，但并不见得好。

自从发现妻开始缩小以来，我总是密切观察着她。这种观察的细致程度只有我们热恋的初期才达到过。我发现她并不只是单单变小了。她还变得比以前更加“女人”了。以前的她从来不看生活教育类的节目。但现在，她总会调到家居生活台，定时看一个叫“每日小贴士”的节目。在那个节目里，一个少妇型的主持人每期教给观众一些生活小技巧：如何熨烫衣服能使衣服更加平整，还能在熨烫过程中把折叠线也一并划出；应如何清洁墙面才能使不粘胶挂钩贴上之后更加结实耐用。很快，我发现这些“知识”在妻每日家务之中都一一反映。现在她做家务更加利索，总能在我下班之前完成除了洗碗以外的所有家务，连扫地拖地的任务也不留给我。阳台吊着的扫把同扫过的地面一样一尘不染，好像她能够做到在清扫地面的同时又保持扫把的干净。

现在鲮鱼罐头的减少已经无法引发我马拉松选手式的期盼与快乐。鲮鱼罐头告罄与妻的缩小是一场旷日持久的对决，他们仿佛都是专心致志乐在其中的专业选手，谁胜谁负孰先孰缓仿佛并不重要。被胜负所折磨又无能为力的是我这个唯一的观众。久而久之我发现整个事件就其给予人的观感而言，更像是一场表演赛而非竞技赛。这时候，我突然想要有一个孩子。虽然结婚之前我和妻两人便商定不要后代，连领养孩子都不要。假如现在有一个孩子，男的女的都好，算来他（她）应该也有二三岁了，正是过了蹒跚学步咿呀学语的年龄。她（他）有肥嘟嘟的腮，走路摇摇晃晃，说话不超过三个音节。他（她）会说，不要，妈咪！难吃！她（他）会抗议，以孩子的方式，通过母与子（女）之间的关系申诉。他（她）可以耍蛮，赖皮，在地上打滚，最后又将绝食的后果推给母亲，逼迫后者让步。

我还记得，我和妻是在我们的毕业旅行途中决定婚后不生育的。那时候我们都读大四，专业不同。我从家乡向北坐七个小时的大巴，去南部省份某个二线城市读大学。妻则从西北坐火车南下来到这里。一开始，我们不曾想过未来定居的问题。毕业临近，两人心照不宣地绕开这个话题，又把毕业旅行提上议程。妻说自己没看过海。几经取舍，又考虑费用，我们把毕业旅行地点定在东部海岸线上的一个小县城。那里并不是什么旅游城市，想象中唯有一片不曾过度开发的海可以为它增色。也许因为我从小看惯了海，并不觉得稀奇。海浪一波波地打上沙滩，呕出许多泡沫，又退回去，重新来过。妻说和想象中差得远。我表示赞同。海水又黄又脏。天气也不好，光线不足，连石头看起来都郁郁寡欢。往回走的时候，两人一路无言。经过小城商业街时，妻对着一件黄色的连衣裙看了很久，问了问价格，终究没有买下。

太阳下山后，小城各处的灯光渐渐亮了起来，大多是一种昏昏的黄色。我们下楼，在旅店不远处找到一家大排档。我还记得点菜的档主文着花臂。我觉得不太好吃。但妻吃得很开心，心情好像从对海的失望中渐渐挣脱出来。饭后我们决定散散步。顺着小路往下走，我发现街道两侧所有的空地，有的是水泥地，有的还是草丛，都支起许多遮阳棚。棚里正中吊着一颗白色节能灯，圆桌上铺着粉红塑料桌布，地上散着啤酒空樽。档主的铁架推车上载着煤气炉和煤气罐，锅里热火朝天翻炒的好像是废铁渣。街道旁每隔二十米就有一个黑褐色的土堆。走近一看才知道是被吃剩的海鲜壳，想必“废铁渣”便是这些东西。

妻说要去看口岸的时候，我们已经往回走了。我吓了一跳，压根没想到这破落的小城会有口岸。妻说旅店老板娘告诉她这里的山上有钨矿，小城东北角有一个口岸。夜里的口岸也并不稀奇，它像是小城的一个黑色的顿号。我们既不需要翻过铁丝网，也没有碰到保安的盘问，直接就到了一片水泥地上。口岸空空荡荡，也没有见到形成迷宫的集装箱，月光下的水泥地带着一种奇怪的亮度。我们在尽头站住。我明白妻的意思，她想再给这片海一个机会。我已经忘了最后是谁先开口说了那句话，只记得我当时对着黑暗又发光的海，想着海底会不会有一样的乌贼。那是跳跃的承诺，只要答应了它，也就是答应了几个预设。我们会在一个城市生活，我们会结婚，我们不要小孩。

在小城的四天时间里，我们只在一起去看口岸归来的晚上做了一次爱。旅馆那张小床显然太老了，经不起任何折腾，总是“咿咿呀呀”作响。若是平时，妻肯定连呻吟都发不出了。那晚她骑在我身上，双腿夹着我像小船一样晃动着。后来她又俯下身子，伸出双手去抓住床头的栏杆，小小的乳房在我眼前无规律地摇晃着。那是唯一的夜晚，它足以消弭日夜之间的分界，踏碎那些日益坚硬的罅隙。它摧毁了我的记忆，却保留了我的幻觉。

之后我们再没有一次性爱比得上那一次。不久前结婚三周年时，妻提过要不要故地重游。但那时候我一想到那座小城，唯一的印象便是路边那堆发腥的壳类海鲜。于是我以最近工作有些忙为借口推辞了。妻看上去并不介意。当晚我们又照常做了一次爱。我们的性爱始终在最为常规的动作与情欲里进行与结束。随着年纪的增长，性对于我，好像渐渐不如以前重要了。自从我发现妻开始缩小以来，她的欲望似乎随之增长。事情好像不完全是那样。我猜不透妻突然迸发的“热情”中是否带着一种愧疚之下的补偿心理。相比之前，她更加乐意取悦我。她脱下自己刚买的小一号的情趣内裤，动作夸张地把它丢在房间哪个角落。她仿佛认为我喜欢主动的表达。我也承认我曾感到兴奋，但很短暂。我发现自己可以把她小小的双脚抵在我的胸膛之上，她开始显示出某种被动的令她兴奋的孱弱。而当她在上边时，她俯下身来，精确地亲了我一口，又闭上眼睛开始运动。我看到的是她一张一合的嘴唇，半眯着的眼睛。妻真的小了整整一圈。前几天她才兴高采烈地跟我说连乳房都小了一个罩杯。现在她曲着的腿再不能够到我的脚踝。我们四目相对毫无困难。我总觉得陌生而别扭，始终无法集中精神达到顶点。最后想着初中时喜欢的一个女生的背影……事后，她蜷曲着身子躺在身边，脸上潮红未退，像熟了的基围虾。

一觉醒来，我才发现自己睡着了。白光从两扇窗帘之间透过，打在我们的床上。我记得妻很快睡着了，现在她侧卧着，头朝着我的方向，呼吸规律绵长。白色床单之下她蜷曲的身体又扁又薄，魔术师下一秒把床单掀开就能把她变走。我悄悄地把手从她怀里抽出，支起身子靠在床头，端详她随着呼吸微微翕动的鼻翼。我突然想起，方才我是做了一个梦的。我拒绝袒露任何关于它的内容。那都是过去的事情了。在梦里重新出现只能引起我的某种不安。我从床头滑入被窝，企图在亲吻妻之后再安然睡去。

事情几乎是同时发生的。在我凑近妻的脸庞时，我眼前的亮白色团不断增大，我以为是光在她的脸反射。她确实安详得如同一尊白玉雕像。就是在我竖起耳朵的时候，我感到一些不寻常的事情发生了。它既发生在不远处，也在鼻尖炸响。我几乎是从床上一跃而起，冲向备餐台。根本没有时间容许我考虑自己的行为是奔向还是逃离，因为二者皆是。妻鼻腔呼出的气体，以及她整个人都散发着一种可怕的腥味，仿佛她是海的女儿一般。那味道像是发臭的海胆又像是太阳下最新鲜的海带，但说到底，它什么也不是，只是无比地腥臭。在我奔向备餐台时，这种味道似乎未随着我的远离而变得淡薄。相反，它似乎一直跟在我的身后，在我的后脑勺散发着。我全身的肌肉变得很僵硬，胃囊不断翻滚，一阵阵气逆上涌。即使在这样的时候，那些声音也没有停下。我没有听错，那是硬邦邦的肉撞击着没有感情的铁皮的声响。我很确定。那面墙在我面前颤抖着，在深夜里四处不在的白光中颤抖着，像一栋随时向我倒塌的危楼。我几乎是情不自禁地跪在它的面前，这些聚众而欢的可怕的亡灵。

在它们下一次猛烈地反抗之前，我冲上前去，一头扑向备餐台，撞倒了鲮鱼罐头墙。它太令人难以忍受了。我的怀里满是罐头，每走几步便掉下一个。像孩童游戏一般的声音在深夜不断响起。我又开始另外一段长征。这也许是出于本能的勇气。我在厕所又一次跪下，身边都是鲮鱼罐头。我双手按着马桶圈，那些未消化的白饭、乌黑不成块的鲮鱼肉，还有变得黏黏糊糊的豆豉统统从我的喉头伴随着墨绿色的胆汁不断涌出。我调整了一下身姿，顾不上肠胃剧烈的抽搐，抽出双手抓起一个罐头，撕开铁皮，把鲮鱼倒进去。在我的秽物之间浮沉着，它们仿佛又复活了。我不断重复着这个动作，一旦发现坐厕满了便伸手去按下冲水键。仿佛永远也吐不完似的，我的身边将永远都有数不清的鲮鱼罐头。铁皮刮破了我的手，连血都是明亮的。每一个罐头都散发着丰富的腥味，我自己的呕吐物都充满腥臭。我早已无暇顾及其他。在撕裂的吼叫响起之前，我从来没有想过，白色的夜里，我将它们送向的，也是大海。

本文刊载于《山花》2018年第6期

**赏析：**

这是一篇荒诞其表而象征其里的短篇小说，荒诞是情节表象，而象征化思维才为小说提供了有效的意义结构。小说的奇特来自妻子蓄谋已久只吃鲮鱼罐头的行为，来自妻子身体逐渐缩小以至于最后化成一束令人呕吐的白色光亮的魔幻事件。小说并未对这些魔幻情节做出任何解释，鲮鱼罐头本身的象征性为小说的魔幻性提供了解释。鲮鱼罐头代表了某种标准化的现代生活，小说有意识地展现了海里之鱼那种自由的原生存在与罐头鱼被规训生存的冲突。罐头的标准化是完整的，但罐头鱼却是不完整，同一个罐头里装的未必是一尾完整的鱼，这是罐头式生存对人的完整性的切割。这篇小说在现实逻辑上不无荒诞，却在精神逻辑上呈现了一种可理解性。

（陈培浩）

# 马戏团即将到来

陈再见

早上六点半的闹钟，何澍通常还得再眯十分钟，妻子的手机定的是六点四十，也就是说，当床头左边的手机响时，何澍才到了不得不起床的地步。天还没亮呢，冷得很，落地窗的帘子留出一道缝，能看见玻璃上蒙着一层迷雾，窗外翻建中的人民医院高高的吊塔闪着警示灯，看起来像是天上垂下来的一把梯子。两年了，自从何澍一家住进这个县郊小区，人民医院就竖起了吊塔，经历好几次大台风，眼看就要倒下去了，最终还是挺住了。

对于何澍而言，掀被起床还算不上是多么艰难的事情，因为知道要早起，他有意让自己在十二点之前就入睡了。难的是大冬天要接触冷水，家里装的空气能热水器又慢吞吞的，放大半天水也出不来热乎的——别看妻子像是熟睡的样子，只要“哗啦啦”的水声超过五秒，她的声音就能从主卧清楚地传到厨房——“老何，是水不用钱还是你又睡着啦?”何澍还真是闭着眼睛到的厨房，接着开灯，把米舀进高压锅里，两小碗，不多不少。伸手去淘米时，他一激灵，睁开眼睛，才算是完全清醒过来。水真冰，手都快麻了。淘好米，锅里的水得盛到妻子事先指定的位置，否则煮出来的粥她和两个女儿都不爱吃。她们对一碗粥的挑剔让何澍有些恼火，好几次没煮好，不是稠了就是稀了，妻子不得不在高压锅的内壁上做上记号。何澍每次看着那个用刀片刻出来的划痕，就感觉像是六点四十分的手机闹钟，不可有半毫逾越。

八点钟之前得把孩子们送到校门口，所以必须在七点十分把她们叫醒。叫醒两个贪睡的女儿可不是一件容易的事，通常把上铺的叫醒了，下铺的那个又睡着了。她们还得在洗手间里磨蹭好大一会，为某个事吵上几句。何澍这时候还不能闲着，他把煮好的粥打开，舀在各自的碗里，开电风扇吹，否则这么热的粥，神仙也吃不下。微波炉里的鸡翅开始飘出香味了，接着“叮”的一声脆响，姐妹俩最喜欢听到这个声音，都争着跑出来，也不知道脸洗干净没有。总之，她们对鸡翅一点免疫力也没有。趁着她们吃早餐，何澍才算闲了下来，他独自到阳台抽了根烟，为三角梅剪去冻枯的枝叶。这会儿大雾开始散了，隐约有阳光从厚实的云层钻出来，空气中含有一种剖开新鲜树皮的味道，远处被河流分割为两半的县城，一半染上了柑橘色的光，一半还沉浸在朦胧的雾霭当中。何澍站在高处，刚好把整个低矮的县城收在眼底。当初选了这么个偏远的小区，妻子是极力反对的，然而最终抵不过是真便宜，五十万元不到就能买下一百三十平方米的面积；除了便宜，何澍真正看中的是小区就建在山坡之上，看着低洼处的县城，简直有种居高临下的感觉。听说多年前城里发生过水涝，螺河水"咕咕"往上涨，把城区都给淹了。何澍想，就算海水倒灌，估计也淹不到他这里了。不过，生活确实也有不方便的地方，还跟住在村里差不多，具体到买菜购物、接送孩子上下课，就得费好大劲。所以，多数时候，何澍是懒得动的，他情愿站在阳台看风景，也不愿大老远走进风景里去。

送孩子上学却是没办法的事。

俩女儿，一个读六年级，一个读三年级，幸好在同一所学校。出了家门，两人还在为某件事情嘀咕。何澍都习惯了，懒得说她们。背后的书包都快把人压垮了，她们还是有精力继续顶嘴。说起来也是毛病，无论上什么课，她们都愿意把所有的书籍和文具都带上学校，像是有自虐倾向。一直从十三楼下到地下车库，一左一右钻进了车，她们还在小声地吵。

何澍这下有些听明白了，她们吵的是马戏团即将到来的事。几天前，宣传车挂着噪声喇叭就满城转了，到处发传单，据说到时会往城里拉来孟加拉大象和东北虎。姐妹俩争吵的焦点是马戏团到底是周五到还是周六到，姐姐说是周五，因为周六河滨广场举办年货采购节，根本没办法给马戏团腾出足够的地方；妹妹说是周六的理由也很充足，她说周五要上学，全县的学生都看不到马戏团，马戏团不就是给小孩子看的吗，周六的年货节肯定会取消，给马戏团让出位置来的……结果，姐姐说妹妹傻逼，妹妹说姐姐傻帽。两人在车上一路没说话，倒是给何澍落了个耳根清净。

雾已经全散了，白色的鸽群不时出现在低空中，相对于去往学校和菜市场的人群，以及连夜赶路穿城而过的货柜车，鸽群在小城是无声的存在。何澍把车停在路口，目送女儿一前一后消失在巷子里，路口离学校还有一段距离，不过巷子中间拐了一下，他就看不见女儿走进校门的身影了。他还得抓紧时间去买菜，九点之前必须赶到单位。早上的菜市场比较稀疏，要到九点过后才会热闹起来。这当然难不倒何澍，经过多时的实践，他慢慢总结出经验，贸易城里的海鲜早上最便宜，批发价，能赶早去的人大多是其他菜市场的摊贩，何澍挤在人群里就买那么一斤两斤，虽然有点难为情，却能省出一半钱，鲐鱼一斤五元，他完全可以买个五六斤，中午吃不完，冻在冰箱里，晚上解冻后照样新鲜；女儿喜欢吃黄肚哥鲤，这种海鱼肉质黏糊糊的，像是不新鲜，第一次买时还差点扔垃圾桶了。当然了，批发价买的海鲜，人家可没时间帮杀，回家杀鱼，去肚去鳞，对何澍来说也是一件苦恼事，苦恼不是这事有多么难，而是杀了鱼之后，双手乃至全身，那股鱼腥味至少得残留一天。在家无所谓，去了单位，同事不敢明说，只是一直擤鼻子。

玉印路两边有不少邻近乡下来的菜摊子，长相虽不怎么好，也不像市场那样把菜摆得齐齐整整，像是刚刚洗刷过的头发，不过挺新鲜，也便宜。何澍喜欢光顾固定的菜农，夫妻俩，一辆三轮车，停在工商银行边上的巷子口，女的把秤，男的收钱，配合默契，一看就是实诚人，顺手送的葱蒜和香菜也比别人多。有一次，何澍挑了两节莲藕，过秤时，女人看莲藕灌了泥，特意换了两节干净的，笑着说："以后让我帮你挑。"听女人的口音，不像是本地人，像是外省嫁过来的，甚至是越南越境过来的也说不定。她们在本地生活多年后，说出口的本地话就一律带着同样别扭的腔调。菜摊的生意很好，每次见都是围满了人，何澍一个大男人挤在一帮妇人中间，争着把菜往电子秤上放，确实有些不好意思。女人似乎也明白，有意把何澍手里的菜接过去，她说："先生，怎么每次都是你来买菜？"她不说话还好，一说，所有人都齐刷刷看着他。他的脸瞬间红了。有人打趣说："真是个好男人呐。"有人反驳："男人买菜怎么啦？就活该让我们女人买啊？"何澍拿了菜付了钱匆匆走人。

等红灯时，何澍遇到了马戏团的宣传车。宣传车就停在边上，何澍特意按下车窗玻璃，高音喇叭撕裂的声音立马涌进了车里。这是一辆老旧的面包车，浑车贴满了劣质的彩色海报，果真有大象和老虎，大喇叭就安放在车顶，叽叽喳喳的，因为离得太近，反而听不太清楚。那竟然是一个V字形的古旧喇叭，何澍想起小时候在乡下，看露天电影，用的就是这种笨重的喇叭，银灰色、铝制，无数次搬动中，外壳凸凸凹凹的，都已经变形了。何澍突然饶有兴致起来，他特意记下海报上的时间地点，还真想到时候领着孩子去看一看。

地点毫无疑问是河滨广场，这巴掌大的小城也腾不出其他足够大的场地容得下一班马戏团；时间是一月二十六日，也就是后天，妹妹是对的，正好是周六。

何澍沿着国道向东，出城，过了螺河流经小城的第一座桥，大老远就可以望见那位于山坡上的自家小区了。小区面向田野，背靠福山，山上矗立着妈祖石像，石像夜以继日都以一副雍雅的面容望向乌坎码头。何澍一家搬进小城十年了，那时他还在乡下中学教历史，进城是他打小就有的强烈的愿望，第一次到县城参加中考时，他就开始设想什么时候吃完午饭也可以跟城里人那样沿着螺河在垂柳下散步了。也是机缘巧合，在乡下中学没待多久，何澍被借调进了教育局，没过几年，又进了宣传部，负责社宣外宣，平时没啥任务，有事也相当于帮其他部门打杂。所以，他们科室大多时候就是一个鸡肋的存在，混死混活，退休前也只能混个正科，图的大概就是个清闲，有事没事到办公室里看报喝茶。何澍虽是科室主任，却是资历最浅的角色，资历说白了就是背景，手下几个年轻人哪个不是领导的亲戚，都动不得，甚至使唤不得。何澍也算卧薪尝胆，在人民北路的破民屋里租住了八年，最终还是攒出了首付，置了房产，算是对家人有了交代。何澍忘了刚搬进小区时，高耸的妈祖石像是否已经存在，他真的没在意，甚至于十年前刚到县城时，他也不记得福山是不是现在的样子。他的记忆力不好，能记住大事情，却怎么也想不起来那些细枝末节，哪怕是一个高达几十米的花岗岩石像，比孟加拉大象还要庞大的存在。听人说，妈祖石像已经存在了好多年，具体是多少年，也没人能说出来，当然可以查到，只是何澍觉得是小事，并不值得那么认真对待，它存在与否，存在了多少年，和自己的生活一点关系也没有。

本来马戏团即将到来和何澍也没什么关系，但两个兴趣高涨的孩子不允许他对此事冷漠。就像乡下小舅子结婚的事，何澍也不想多插手，妻子也不允许他对此事冷漠一样。所以，周末之前，何澍还得跟妻子跑一趟乡下。除此之外，周日还有一个同学的父亲的葬礼需要参加，好在不用费时多久，到了给上帛金就可以提前走了。倒是小舅子的事情有些棘手。小舅子不务正业，在乡下混了几年，何澍早就看不顺眼。前天妻子跟他说，迎亲时还得用到他，以及他的车，不过小舅子嫌姐夫十来万元的尼桑还是低档了点，问姐夫有没有朋友是开豪车的，最好是保时捷卡宴之类，借用一晚上，那样才够面子。何澍当场就给了妻子脸色，他说："那就算了，我不去了，我送你下去后，还得回单位加班呢，年底审核，要填一拃那么厚的表格。"夫妻俩冷战了两天，目前还没想出更好的办法解决小舅子的请求，弄得好像是自己结婚一样。何澍焦虑了好长时间，他记得当初去娶妻子，就开着一辆平时上课的铃木摩托，摩托车还老是冷机，只要放上半个小时就死活点不着火，所以何澍那天没敢在丈母娘家多逗留，看时间差不多了，就迫不及待去启动摩托车了。

妻子还在睡觉。整个家也像是没睡醒的样子，玄关的小孔灯亮着橘黄色的光，房子在楼栋之间，一天之中很难有阳光照进来，所以外面都亮堂堂了，屋里还灰蒙一片。何澍把买回来的鱼和蔬菜放进冰箱，转身看见餐桌上还残留着吃早餐时遗下的碗筷，看着就不舒服，不过他暂时不想收拾，离上班时间还有半小时，他有时间坐到茶几前抽根烟。何澍开始在脑海里想象保时捷卡宴到底是一辆什么样的豪车，应该见过。这小县城虽然巴掌大，要是从高空看，就像两片叶子落在河流的两边，五座把城南城北连接起来的桥看起来就像是五个订书钉。不过这里有钱人也不少，早年靠海走私货物，后来假币泛滥，严打时，假币来不及销毁，倾倒在大路两边，东海中学的学生还对当年踩着一路纸币去上学的记忆刻骨铭心吧。近些年，制毒贩毒，又造就了一批富人，他们自始至终都是同一批人也说不定。反正这些都跟何澍没关系，他苦恼的只是怎么把卡宴和印象里的车联系起来，这显然是做不到了，他又不想郑重其事地去网上查。何澍开车几年，不过除了会开车，他对车的了解几乎为零，所以当小舅子提出需要一辆卡宴迎亲时，他确实不太能理解，在他的想法里，车都是一样的，有四个轮子能跑就行了，也不难想象，在小舅子眼里，姐夫是一个怎样迂腐落伍的人。

上班路上，何澍又突发奇想：马戏团的大象该用什么车运送进小城呢？不用想，肯定是大货车，超大的货车，如果大象足够大，那货车还得经过改造，否则也装不下一头庞然大物。保时捷卡宴肯定是不行的，在运输大象这件事情上，再豪再贵的车也运不走一头大象。好在大象是不会挑剔的“新娘”，运大象的马戏团也不会像小舅子那么爱慕虚荣，所以这事看起来繁重，实际上却要比迎亲省事得多。何澍这么想时，突然感觉有些好笑，他把小舅子结婚和马戏团即将到来这两件完全靠不上边的事情给硬生生地联系在了一起。有时，他也是足够无聊的人。

车子穿过城区，左拐进了四十米大道，行人和车辆一下稀少起来。何澍把四个车窗都打开了，寒风呼呼地吹进车里，他想以此来吹散掉杀鱼时沾染上的腥味。养鸽人开始吹响哨子，天空不时掠过鸽群紧凑的身影，它们集体落在某座楼房的屋顶，“咕咕”回应。何澍喜欢鸽子，超过喜欢任何鸟类和其他动物。当然，好多动物他只是在电视里见过，比如即将到来的大象和老虎。

四十米大道的尽头就是县政府大楼。几年前，政府大楼从河边搬到了城西，花费巨资修了一条宽四十米的大道，直通城区和县政府。大道两边的地皮，早些年都是荒坡野岭，突然俏市起来，分划蛋糕似的，成了房地产商日夜轰鸣的建筑工地。同样是城郊，何澍居住的城东就还是一片寂静。新修的大道没见着几辆车，基本上这个时候路上跑的也都是去往政府大楼上班的人。刚搬迁那会，何澍从教育局调过来，上班地点由人民路边的破旧楼房换到了巍峨的新建筑，他一度还觉得很优越，车子开在空旷的路上心情那叫一个舒适，就仿佛那只是县城少数人才有资格往上开的路途，他恨不得以最慢的速度龟行，充分享受那份愉悦。现在他不怎么觉得了，路途过于漫长，上个班等于要横穿整个城市，道上的泥头车、在建楼盘高高耸立的吊塔，也慢慢形成了某种压迫感。也许再过五年，等大道两边的楼盘都建好了，情况会有所好转。可是，过去的时间看似飞快，未来却还是觉得漫漫无期。何澍老有这种自相悖谬的错觉。就比如，他的两个女儿转眼间就这么大了，可是“转眼”的都是过去式，现在和未来，依然是以一种貌似遥遥无期的面目摆在眼前。即便是看电影，他也情愿看一部可以随意快进的电影，没事就先瞄一眼结尾。

和往常一样，何澍第一个到达办公室，室内弥漫着一股潮霉味。他把西面的窗户打开，能望见大门陆续进来的车子，车价大多是十几万元上下，谁也不会笨到开一辆豪车来上班。倒是一到晚上，门口不远的大道，成了他们的孩子们飙车的好场所，何澍亲眼见过几回，某些小孩看着就眼熟，不过他最好假装不认识，埋头在柳树后面，继续沿着长满水浮莲的河道散步……差不多有半个小时，这个狭小的办公室就属于何澍一个人的，清除异味，打扫卫生，最后才在茶几前坐下来，清洗昨日遗留的还泡着茶叶的紫砂壶，连带几个小巧的陶瓷杯子。茶盘是单位分配的，每个科室都统一，简陋的不锈钢材质，日长夜久在茶水的浸泡下，早就结出了一层褐色的茶垢。除了何澍，几个小年轻谁都不愿意干清洗的活，他们上班都自带水壶，或者直接拎一罐可口可乐。茶几成了何澍一个人的私密地盘，这上面的茶具、茶叶，以及半罐开心果、半罐碧根果，无不是他带过来的。每天上午，他几乎把这半小时的泡茶闲坐时光当作生活的某种仪式，家里的茶具早成了摆设，水壶、口杯、课本、铅笔盒占据了所有位置，何澍是个榫子也楔不进一缝罅隙，致使他不得不珍惜这单独的半小时。滚烫的开水淋在冰冷的紫砂壶上，像是杀猪时目睹了一层猪皮坚韧的质地，何澍有一种很舒适的感觉。净杯时，他甚至情愿把手指浸染在开水里，以此加深那种痛感，像是患了受虐症。茶当然得烫着喝，无论是单丛还是大红袍，以及年轻时流行的铁观音。何澍喝茶几十年了，喉咙和食道早就烫起了茧，似乎越烫的茶水入嘴顺着食道流到胃里，那个喝茶的感觉才越足以称之为淋漓尽致。

茶过三冲，味道开始淡了，一份本地报纸也翻完了，楼道里窸窸窣窣响起脚步声，预示着仪式即将遭受破坏。何澍这才起身开电脑，想一想今天有什么事情可以干。有意思的是，看似清闲的工作，却每天都有忙不完的活，这当然总比几个人在科室里没事找事干要好。趁着同事几个在闲聊，何澍起身去上厕所，穿过长长的走道，刚要拐进洗手间，却被人叫住了。何澍回头一看，是楼上文化局的小濮。小濮刚来文化局上班，跟何澍当年一样，一脸的腼腆和不知所措。他们在食堂里碰过几次面，聊了几句，从此小濮就把何澍当前辈了。何澍也乐意在一个新人面前充当前辈。不过，在洗手间门口被人叫住这事，还是让他有些不愉快。他表情有些严肃，这当然是装出来给小濮看的，小伙子是自己考进文化局的，和领导的亲戚相比，他似乎理应得到更多的考验，否则在这大楼里，将来怎么应付这一摊称之为险恶也不为过的浑水呢？何澍为自己的不友好做足了心理暗示。

“是这样的，何主任。”小濮一对小眼睛在镜片后面不停地眨着，“马戏团的事你听说了吧，他们前几天来备案，时间是星期六。当时没怎么在意，跟广场管理处那边也没沟通好，这不，刚好跟年货节的时间冲突了。您说，这事该怎么协调呢？”

以何澍的经验，事情当然不难处理，外地让步本地，民办让步官办，马戏团作为到处流荡的过客，当然得为本土的年货节改期，重新备案。然而，就像小濮愿意在洗手间门口叫住前辈其实心里已经有了情感倾向一样，何澍也在这个事情上犯了难。年货节不是年年有嘛，小城人早就习惯了，马戏团可是稀罕物，至少有三五年，或者更长的时间没在县城出现过了。很明显，他们从彼此的眼里得到了无声的默契，也许这才是小濮特意请教前辈的真正原因。小伙子虽然是个新手，看样子却绝对不是职场菜鸟。好吧，何澍刚想说话，脑海里却浮现了大象和老虎被驯兽人领出场的场景，两个女儿抓住广场的栅栏惊叫……显然，这样的场景更让何澍充满期待。他假装犹豫起来，皱着眉看小濮，“这个嘛，你看着办就好了。”小濮轻笑一下，他点头说好。何澍相信自己的犹豫已经给了小濮足够明确的建议。

当然这事还得协调，只是如果文化局出面，广场管理处也得给面子，年货节延后一天，对他们来说也谈不上是个事儿。马戏团能不能顺利在小城落脚表演，说起来，还是小濮一句话的事情。大多时候，何澍坐在科室里感觉自己可有可无，看来也是一种虚妄的错觉，至少在妻子和小舅子眼里，他无论如何也是家族里那个可以轻松弄来一辆保时捷卡宴的最佳人选。于是，下班之前，何澍已经在电脑里搜索到了豪车的模样了。同事无意中瞥见，笑着问：“老何，想买豪车啊？卡宴不错哦，百万元车系里性价比是最高的，我同学有好几个开的就是它，百米加速只需要 4.5 秒，酷炫……”何澍对同事献出近似谄媚的笑脸——借车的事，如果是非借不可，也不是一点办法也没有。

几个小年轻提前走了，何澍关好门窗，如果不是要去学校接女儿，他倒情愿在科室里多待一会。她们通常还会在教室里磨蹭，抄作业，或者跟同学聊天。何澍把车停在路边，眼看着孩子们一个个被大人接走，一辆电单车上，前面蹲一个，后面坐两个，小城人一直热衷生孩子，即便是体制内的，只要不把孩子一股脑往一本户口本上登记，一般也不会有人闲得无事找你麻烦，找别人麻烦也就等于找自己麻烦。何澍当然也为连续生了两个女儿而苦恼过，夫妻俩一直想生第三胎，再试一试，实在不行，就去香港验个 DNA，只是这事一直没有付诸行动。月经期前几天，他总比妻子还紧张，一天要问一遍：“来了没有？”

何澍吸了两根烟，才看见两个女儿一前一后从巷子里拐出来，显然，她们还在生对方的气。刚一上车，妹妹就跟爸爸说，班里那个姓赖的男同学下课时又推了她一把，差点把她推倒了。何澍问：“你告诉老师了吗？”妹妹说老师不在。这已经不是第一次了，上次何澍就在群里投诉过，妻子说：“你在群里说有什么用，应该到学校去，找老师，找家长，实在不行，找校长……”校长还是何澍的师范同学，当然，何澍不可能听妻子的，把一件小事弄成麻烦事。还和上次一样，何澍顶多也就是在群里跟班主任投诉。何澍说："你应该第一时间跟老师说，你跟我说，我也只能跟你们老师说，懂吗？"妹妹差点哭了，她说："你不要再到群里说了，你跟老师私信吧，你在群里说，他父母也会看见的。"何澍不想因为这事影响心情，确实也算不上什么大事，小孩子之间推推搡搡是常有的事情，他小时候读书，没有哪天不打架的。何澍说："我们先不回家，带你们去逛逛吧，说，想去哪里？"小女儿立马破涕为笑："去广场吧，看看马戏团来了没有。"

父女俩还真想到一块去了。

大女儿安静地坐在后面，她凡事表现出无所谓的样子。女孩一长大，就和父亲开始有了距离。不过，去广场的决定，显然也得到大女儿的默许。

有个事情，在何澍看来挺神秘的，他想不明白，那些长期在各地流荡的马戏团，他们是如何做到把大象在世人眼前隐藏起来的，就好像他们自带魔法，可以在出发前将大象变成模型那么大点揣放在口袋里。实际上，也许正如小女儿所言，马戏团已经提前到达小城了，它们隐藏在县城的某个角落，它们也必须隐藏，一头大象怎么可以招摇过市呢？它可是大象，跟牛羊不同——只有这样，在即将表演的那一刻，驯兽人才能变戏法似的把一头陌生的大象突然拉到众人眼前，就像魔术师在一朵月季花里变出了一只扑腾的白鸽。

广场当然来过无数次了，多数时候只是路过，特意去的，除非是去跳广场舞，或者年货节时采购。因为即将到来的马戏团，何澍还是第一次对空旷的广场抱有了期待。当然，他清楚，如今的广场还是原来的广场，地摊小贩遗留下来的垃圾清洁工还来不及清理，街灯大概也被熊孩子用气枪打爆了一半。傍晚遛狗的人倒是蛮多，他们都把宠物系在螺河堤岸的护栏上，站成一片抽烟，等着小城的灯火一点点把河面的水光点亮。对于马戏团的即将到来，或许找不出比何澍父女三人更感兴趣的人了。

何澍带着两个女儿走上广场，五点钟是广场人最多的时候。红框的宣传栏已经把灯亮起来了，那里面的每一句宣传语都是何澍从文件里摘录出来的，他负责这块，却很少注意它们亮在广场的模样，有几处已经被人为损坏了，字迹的笔画脱落，像是一个人断了手脚，看起来很不协调。何澍当然不是来检查工作的，宣传栏遭受破坏在小城也算不上是稀罕事。何澍和女儿一起来到河边，铁质的栏杆早已生锈，不过人们还是愿意把身子靠上去。河水静悄悄的，水浮莲看样子已经被小皮筏清理过了，只有零星的几蓬还孤单地漂在河面上。两个女儿都背靠栏杆，她们看样子很开心，何澍很少这么带她们出来，通常一放学，就是回家做作业，她们有做不完的作业，还有何澍安排她们读的《格林童话》和世界名著。何澍看了一会河水，又看了看河对岸的楼房，都是老楼房了，有些从几十年前他来参加中考时就已经存在，比如还印着宋体标语的老粮所和顶楼上建有水塔的大曲酒厂。何澍转过身，和女儿们并排站着，广场上有小孩正在玩溜冰和滑板，这才是吸引她们目光的地方。何澍却开始胡乱设想，如果一头大象，巨大的孟加拉大象，它突然在表演时挣脱了牢笼，自由了，它会去往哪儿呢，或者说，往哪儿奔跑呢？县城的街道对它而言肯定是又狭又窄，到处是人，是争先恐后的摩托车。那么，最舒适便捷的做法，它大概会越过栏杆，顺着隐没在水里的台阶爬下螺河，再顺着河水直下，慢慢地穿城而过，消失在小城人注视的眼神里，像是多年前水涝过后，侥幸的人们看见溺毙的动物尸体和家什杂物随着洪水裹挟而去……

何澍竟然满脑子是大象出逃的画面。它早就受够了马戏团焊了无数铁条加固的大卡车，受够了无休止到处颠簸和取悦焦躁而卑贱的人类，趁着驯兽人在观众的欢呼声中一时兴起打开了铁门，它终于等来了最好的出逃机会，在众目睽睽之下，翻越过栏杆，顺着河流，去往大海的方向。何澍简直被自己的想象逗笑了，不过他没能笑出来，仿佛这一切正在眼前发生。

两个女儿不知什么时候已经加入玩滑板和溜冰的群体里了，她们笑得很开心，看样子都把不愉快忘得一干二净了。

本文刊载于《人民文学》2019 年第 7 期

**赏析：**

现代生活的庸常琐碎令人感到无聊窒息，按部就班的单调令人无所适从，然而一切又都具有强大的不可抗力，严丝合缝到极致，即使是榫子也楔不进一缝罅隙。故事的双线结构在显隐处各自铺陈展开，何澍照顾女儿及妻子的日常起居，办公室千篇一律的工作节奏，夹杂着世态人情，日复一日、周而复始地不断上演；即将到来的马戏团似乎打破了庸俗日常脆弱不堪的僵局，成为小镇上童叟妇孺翘首期盼的一个景观。小说短小精悍的布局中，显隐两线巧妙地交织进行，用主人公离奇的幻想，想象着巨大的孟加拉大象挣脱牢笼，复归自由之后的去向，诙谐幽默地将人类自身久在樊笼里，难以返自然的喟叹形象化地表达出来。想象是滑稽的，同时也是偏离庸常生活的一次释放，像小说题目一样，在重复和单调中期盼着即将到来的“马戏团”，尽管自己有时难免也是这被观看的景观之一。

（许苒佳）

# 宝贝，我们去北大

邓一光

傅小丽一直在咳嗽。早上起来她就咳个不停。王川摸她额头。他第二次摸她的时候有些紧张。

“我没什么。”傅小丽说，继续咳。

“有什么。”王川坚持说。

“我很好。”傅小丽强调。

“你本来很好。”王川纠正她。

王川去厨房倒了一杯水，杯口没对准，被烫了一下。后来他想不用倒。傅小丽在不停地喝水，她早上起来喝了好几杯。她昨晚也起来喝了水。王川睡在床外侧，累得动弹不了，迷迷糊糊睁眼看了傅小丽一下。她从他身上爬过去，咳着下床去倒水，他又闭眼睡了。

王川昨晚加班。一辆醉驾的2003年款道奇“战斧”撞上了护栏，“战斧”主人的母亲掏出一张支票，非要儿子早上酒醒后能见到完美的座驾。王川和三个徒弟干到半夜，试图把那辆因身价55万美元而傲慢的四轮单座概念车弄醒。他们一边等4S店送检测仪过来，一边谈论那个年轻的母亲。

“她很漂亮。”王川的一个徒弟说。

“女人都漂亮。”王川的另一个徒弟说。

“她不像妈。看上去她和那个醉鬼年龄差不多。”王川的第三个徒弟说。

“这还不容易，去一趟韩国呗。”王川的第一个徒弟说。

“你以为21世纪就没有繁漪①了？深圳盛产。”王川的第三个徒弟说。

① 曹禺话剧《雷雨》中的角色，与丈夫前配偶的儿子有染。

王川想，她下床找水的时候他怎么没醒来？他真是混账。

王川决定今天不让傅小丽吃水泡饭。通常这是他们的早餐。头一天晚上多煮一些，早上起来用开水泡开，就着虾杂面酱。有一段时间他们的早餐是面包片。还有一段时间他给她煎火腿蛋，加一大杯“蒙牛”牌高钙奶，用微波炉煮沸。自从物价上涨以后，他们调整了早餐品种。必须紧缩开支。他们要养三个老人、两个读书的弟妹。他们还要存钱买房，还要为宝宝攒教育费。

王川三十八，傅小丽三十五，他们应该有个宝宝了。

冰箱里有一小把蔫了的水芹、两只干馒头、半碗吃剩的土豆烧肉、一大袋芥菜头。前天下班王川遇上好事，有人甩卖芥菜头，一元钱一斤，比平时少两毛。王川脑子一热，全买下了，二十多斤，泡了一大缸，剩下的泡菜缸装不下，放进冰箱。反正冰箱不能空着。

王川从冰箱里取出一只鸡蛋，在微波炉里煎好。傅小丽脱下穿好的静电工装，在里面加了一件毛衣，再穿上工装。王川把煎好的蛋端到傅小丽手上。他在厨房里的时候她一直在咳，没有停下来。

“宝贝，我们去北大。”王川说。

“不去。我不想去。”傅小丽说，伸一下脖子，咽回一串咳嗽。

“得去。”他坚持。

“过年才几天？我刚升岗。你让我怎么办哪？”她有些烦躁。她的确才升岗，从货管员升到拉长，虽说回到了“流水拉”上，但升了一个半岗。

“打电话。”他停顿了一下，提到她那个“流水拉”的行政主管，“给周小平请假，说你咳嗽，停不下来。”

“如果丢了岗，退回去当焊点工，我们会少三百元。”她威胁地提醒他。

他沉默了一会儿，有些为难。电子厂分工严密，上一个等级要等三到五年。但她不可能退到焊点工去，最多退回到货管员。他很快做出决定。

“少就少吧，你不止三百元。我们去北大。”他说。

她不再犟，眼圈红了一会儿。他对她太好了。他对她一直好。

“北大”不是北京大学，是“北大医院”。“北大医院”不是北京大学医院，是北京大学医院在深圳办的一家医院。它就是这么个名字，深圳人都这么叫，“北大”“北大”的。所以，在北大——深圳的北大——你看不见戴着黑框眼镜的莘莘学子，也看不见吊着巨大眼袋的教授，你只能看到衣着不堪面有忧色的病人，还有粉红色衣裳和粉红色脸蛋的导医小姐。

王川带傅小丽去了北大。出门前他给徒弟打电话，问发动机测试的情况。

"小家伙咆哮着想冲出马厩!"徒弟兴奋地在电话那头说。

"不然怎么叫'战斧'呢?不能白叫。"他叮嘱徒弟,"发动机仔细检查一下,我会尽快赶回店里。"

他们到晚了,八点钟才排队拿号。拿到117号,上午肯定看不成。王川怕错过叫号。北大不等谁,错过就错过了,要想看病得重新拿号,也许拿到四百多号。王川决定等。他有些遗憾昨晚没有从店里开一辆车出来。有提前修好的车。并不是所有的顾客都记公里数。他这么干过,次数不多,但干过。这样他就可以回家去替傅小丽拿些什么。

王川问傅小丽冷不冷,要不要喝水。他还是买了一本杂志、一瓶农夫山泉。杂志花了五元,不值,但没有办法。人太多,百十个座位坐满了候医的人,沿墙也靠满了,活体广告似的。过道里来来回回都是患者,或者患者的家属,去一趟厕所回来就没有位子了。王川不想让傅小丽可怜巴巴地看走出诊室的患者那一张张绝望的脸。她可以看《社保案大揭秘》,她也可以看《2010年度大陆富豪排行榜》。

王川又给徒弟打电话。

"'繁漪'来了!"徒弟兴奋地说,"我猜对了,她绝对不是他妈!"

"繁漪"不管二级事故测试程序,她要已经醒过酒来的儿子立刻看到他的四轮怪兽。

"48小时,我最多给你们48小时。""繁漪"冷冷地向老板下最后通牒,"要么你们从我手上拿走奖金,要么你们拿走传票。"

"老板让你立刻回来。老板也要给你加奖金。师父,这回你捞上了!"徒弟兴奋地说,压低嗓门,"'战斧'有背景,是北京户口。"

王川明白。不光"战斧",还有劳斯莱斯、宝马、MINI、布加迪威龙和克莱斯勒300。深圳有很多北京户口,深圳的背景就是北京。

看病的人越来越多,差不多半个深圳的人都到了北大。号走得有点儿慢,两个小时才叫到47号。王川觉得应该做点什么。他不断为来来往往的人让道。人们有些不耐烦。王川有点儿犹豫不决,但他还是对傅小丽说了他的决定。

"我不去。"傅小丽不高兴地说,"都看过几百次了。二十次了吧。有什么用?"

"那是什么,这是北大。"王川说。

"北大又不是专科医院。"她说。

"它是北大。"他固执地说,"它是深圳最好的医院。"

傅小丽咳了一会儿,低着脑袋站起来,跟着王川去了生殖科。

看生殖科的人很多。基本上是男的。女人要么是陪伴,要么凝固着脸,匆匆来匆匆去,懒得看空气一眼。男人们手里都拿着杂志,不耐烦地"哗啦啦"翻着。

王川拿到103号。他趁人去卫生间的空档,为傅小丽抢到一个座。那个男人回来,不看王川鼓鼓囊囊的胸大肌，愤怒地朝傅小丽稀黄的头发瞥了一眼，又瞥了一眼。

“你全家不举!”一个啤酒桶一样高大的男人从诊室里冲出来，回头吐了一口唾沫骂。

“咱们听医生的，别信报纸上的广告，报纸从来不讲诚信。”一个衣着鲜亮的女人牵着她男人的手从诊室里出来，叮嘱说。但也不一定，那个男人怎么看都像她父亲。

候诊室外百十个男人放下杂志，三分之一同情地看“不举”，三分之二同感地看“广告”。

王川谁也不看，忙着两头跑，看呼吸内科和生殖科谁的号走得快。他觉得这样也不错，一打两就，不白请一天假。

下午三点多钟轮到他们了——轮到傅小丽。医生疲惫不堪地打着哈欠，顺过脏兮兮的听诊器，不耐烦地往傅小丽怀里一捅。傅小丽下意识把静电工装往下掖，飞快地看了王川一眼。

王川忍住了，没发作。然后是查血。然后是拍片子。傅小丽有医保，但卡里没剩下多少钱。王川没有问拍片子的必要性，要是肺炎怎么办？反正大家都这样。好在确诊后的结果不坏。

王川觉得肺部没有问题是件好事。肺部没有问题，等于蝰蛇发动机没有问题。傅小丽咳起来真是可怜，王川心都在疼，一揪一揪的。他还是不放心，赖在诊室里不走，问了三十个问题，直到他为自己的啰唆被医生和下一个号抢白了一通。

阿莫西林和阿奇霉素不便宜，加上化验和拍片费，从医保卡里划账的时候，王川差点儿乐了。三百元，一分不多一分不少。

“宝贝，我们来对了。”他心满意足地对傅小丽说，“我们真该来北大。”

王川把傅小丽送回家，叮嘱她多喝水，按时吃药。安顿好她，他匆匆赶到店里。

王川惦记着咆哮的“战斧”。他知道问题出在8.3升铝制蝰蛇发动机上。蝰蛇的500马力V10发动机为“战斧”提供动力，让激进的小家伙变得疯狂。它有超过483千米每小时的极速潜能——只要有人敢测试。通用旗下的奥斯莫比尔曾在1987年夺得过世界第一快车的荣誉，它按航空技术研制的Aerotech在得克萨斯汽车测试场上创下了447.65千米每小时的世界纪录，这是道奇“战斧”咆哮着冲上2003年北美国际车展公共展台之前的事。

王川对个人交通工具充满了兴趣和迷恋。他一闻到97号汽油的味道就兴奋，头发和生殖器发硬。

两个客户在店里等王川，一个地产营销商，一个驴友俱乐部的资深经理，他们等他半天了。客户争先恐后地和王川谈爱车改装的事。地产商想了解手动模式的改装。资深经理关心从60千米每小时到120千米每小时在3挡时加速能不能在7.6秒内完成。还有一大堆客户电话，都是找王川的。

王川平时不开电话，除了突然心慌，打电话问傅小丽有没有闪着腰，有没有缺氧的感觉，或者回到家后，记起要向徒弟叮嘱些什么。老板威胁过王川几次，如果他总是不开机，他的饭碗会有问题。

对老板的话，王川一笑了之，这种话说一次就够了，他不能老让老板从南山撵到宝安把他死拽回店里。他没什么，老板可是明星店的业主，不该给中小企业联谊会脸上抹黑。

那辆闯了祸的"战斧"停在修理厂中，徒弟测试过几遍，发动机脾气还在，挺不耐烦。王川不知道问题出在哪儿。道奇"战斧"突破了一切个人交通工具的常规思维模式，这个结合了装饰派艺术和极端动力的小家伙和所有的道奇产品一样，在炫耀自己挑战和触摸生命边缘的哲学，它可没有那么好侍候。

"和道奇一起去看看你生命的极限在哪儿。"徒弟没看生命的极限，心有余悸地看了一眼自己被怪兽咬破的牛仔裤。"这话不是我说的，是特雷弗·克里德，克莱斯勒设计部副总裁。"

"你不是第一次看到它。"王川不满意地说徒弟，"我没说你的裤子。别那么没出息。"

"我还是说了。喔！哇！"徒弟像所有的道奇派一样夸张地叫道，冲师傅飞一下眼。"老实说，昨晚两个砂轮厂的北妹给我电话，我一个都没理。阳痿了，都是它惹的。"

王川不阳痿。他一直保持着激进的动力，屡败屡战。他不信老天会让他绝后。他偏要证明给自己看，不做14%中的一个①。他觉得自己就是一辆老而弥坚的"战斧"，坚守激情，极端到不回头。

北大生殖科说，傅小丽不属于内膜异位，输卵管也没有堵塞。王川知道这个，他十年前就知道。他还知道傅小丽没有排卵障碍、多囊卵巢、伞端功能受限、纵隔子宫、妇科炎症，那些愁眉苦脸的女人们有的问题她都没有。王川带傅小丽到妇幼保健院和中西医结合医院做过微创诊疗，每年一次，十年不间断。他熟悉动态子宫输卵管造影术、分子生物检测技术、STORZ宫腹腔镜诊疗的一切程序。北大说得对，傅小丽是内分泌紊乱。

王川觉得没有白交三百元、请一天假、看一次北大。专科不是神话，有时候综合技术更接近发动机问题。他甚至觉得傅小丽是故意病的。她不咳嗽，夜里不起来喝水，怎

① 21世纪头10年，中国已婚夫妇中的不孕不育率为8%—10%，一些经济发达城市超过了14%。

么知道问题来自内分泌紊乱，而不是一大堆别的毛病？

王川把徒弟支开。他需要一个人面对“战斧”。他们可以去修理店隔壁的港货店学习生活常识，或者去马路对面的客家食屋泡湖南妹。

他开始检查“战斧”的蝰蛇动力。那是小家伙的灵魂匿藏地，它的全部激情都来自它。蝰蛇动力是所有真正的动力狂热者的麦加，它为人类的极限速度而诞生。他不是可怜自己。他的极速潜能没有人了解。他从来没有从尾气弥漫的赛道上退下来过。但他的确对把一台功率惊人的发动机塞进一副铁壳这样的超常思维困惑不解。

他想，这太像他了。

他细心调试按钮，对仪表给出的数字感到困惑。他知道内分泌紊乱来自什么。他有手艺。他的薪水不低。他是深圳最好的机械师。他能把一辆被撞得四分五裂的SSC（谢尔比终极艾尔罗）重新送上广深高速，并且像广告中那样，让所有的交警拦下它，向它敬礼，和颜悦色地对车手说：“对不起，您超速了，请允许我和您的车合个影。”他想过让傅小丽辞工，在家休养一年，哪怕半年。他供得起她。他得把她供好。他明白动力保养和维修的重要性。但谁帮他养三个老人、一个读书妹、另一个读书郎？

“我老了。”有一次傅小丽哭着对他说。

“你不老。”他说，站在那里，手里抓着一把散乱的面粉，不安地看她。

“深圳不需要我这样的人。”她说，“不再需要了。”

“需要。”他安慰妻子，“深圳念旧。”

“念个屁。”她哭着说，“它在高速发展。它停不下来。它谁也不念。”

“宝贝，别紧张。你太紧张了。”他不知道该把手中的那把面粉放在什么地方，它们显得五心不定，“你为它工作了十七年，这座城市不能忘记你，事情就是这样。”

“他们活了一百岁。”还有一次不是她，而是他，他没能控制住，向她抱怨，“他们要吃多少药？”

“别撒谎，你爸才六十七，你妈和我妈不到六十七。”她从刚修好的洗衣机转筒里探出脑袋，看他一眼，一缕湿发像油污似的贴在脸上，“药不是粮食，没人想吃。”

“他们读了一辈子书，怎么就读不完？”他止不住，往外涌恶。

“他们得从一年级读起。他们做不到七岁读大学。”她说，“他们才读了十三年。”

“他们怎么就不死！他们能不能不读狗屎的书，不没完没了地读了！”他爆发了。“凭什么两个人养五个人？凭什么中年就该受欺负？谁来养我们？”他蛮不讲理地冲她大喊大叫，“不是谁都该活成这样，我拉不动十台车！”

她看他。他结实得要命，也气短得要命，厚实的胸脯剧烈地起伏着。她知道他比谁都委屈。她还知道他应该说粗话，粗鄙粗野粗暴粗鲁，随便什么。他一直在受生活的欺负，为什么他不说？

她充满忧郁地想，怎么办呢。她想他一直在拼命，从来没有懈怠过。她也一样，每两天洗一次工装，绝不让一根头发露出帽子外，当焊点工时，每天自主憋气 2400 次；当货管员时，每天在仓库和车间之间行走 23 公里；当拉长后不去仓库了，行走的距离增加了一倍。除了“好的”“明白”“停下”“继续”之外，工时中她无权使用任何别的词汇。她想，她应该再去找一份工。她现在不做货管工了，她现在是常白班，七点半接班，五点半下班。“公民声音”调查公司的二百份问卷发送完之后，她可以再去一个地方工作四小时。她不会累死的。

她放下手中的湿衣裳，捋了捋脸上的湿发，过去拉他。他不讲道理地甩开她，把她和酒杯一起甩在地上。她从地上爬起来，再去拉他。他往后退，带倒一张凳子，摔了两只碗。她不让他犯犟，拉住他，把他的脑袋整个儿搂进怀里。

“没事了。”她说。

“有事。”他说。

“没事了，你听我的。”她轻轻摩挲他又粗又硬的头发。

“我喝多了。”他道歉说。

“我给我妈说，今年不接她。给她寄钱，让她自己过年。”她看了一眼被碎玻璃划破的手，开始重新安排生活。

“一起过。不寄钱。”他犯犟。

“寄。”她坚持。

“寄回去也让村里罚走了。省着。”他说。

他的确喝多了，孩子气地吐了她一身，然后很快睡着了。她就那么搂着他，听城中村改造工程中声势浩大的泥头车队轰隆隆从窗外驶来驶走，心疼地看着他安静地躺在自己吐出来的污垢里。他在梦中抽搐了几下，“嘤嘤”地哭泣了一声。她眼里满是泪水。

晚上九点多的时候，“繁漪”第三次来到店里。美丽的女人开一辆玛莎拉蒂，新款 Quattroporte 出自大师宾尼法连之手，上等真皮和上等木料营造出的华贵是德系豪华车无法企及的。

王川正给傅小丽打电话。信号不好，中途断了，他拨了第二次。他试图说服她，但没成功。

傍晚的时候王川出去了一次。一个老客户告诉他一条信息，关于一位名医来深圳讲学的。老客户从生殖健康观念说到环境质量恶化，从不良饮食习惯说到心理压力影响，间或引用遗传基因学和性研究工作者调查报告中的观点，最后谈到那位拥有大量顶礼膜拜信徒的送子娘娘。王川放下电话就出去了，通过另一位客户抢到两张票，明天的。他决定带傅小丽再一次上赛道。

傅小丽不同意。不是烦，不是没有希望。她希望呕吐者是她。她每天都在想象中痛快淋漓地呕吐，哭泣着幸福地呕吐，并且躺在自己的呕吐物中不肯起来。谁都在教她生命常识，但她不知道谁能给她自尊。她不会告诉王川，永远也不会——不是内分泌紊乱，而是自尊，让她无法成为呕吐者。

“明天不行。”王川对“繁漪”说，“明天我有事，我需要您加半天时间。”

“你怎么能这样？”美丽的女人吃惊地看他，“你不能连职业道德都没有。”

他心烦，但他不放弃，一定要带她去参加那场不孕不育者的希望派对。他还是抱歉地对客户说：“对不起，我真的需要半天时间。”

“孩子不等，他不愿意等。”美丽的女人生气地强调。

“请您做他的工作，也请他通融，我只需要再加半天。我愿意拿到奖金，但不想看到动力失衡的‘战斧’。”他说。

“他还是个孩子。”美丽的女人冲他发作，“这是一座文明的城市，如果你活在这座城市里，还想继续活在这座城市里，记住别玷污了它。”

他看着美丽的女人。他不在乎她是不是繁漪，不在乎法院是不是会送来传票，也不在乎她说孩子时的傲慢口气是不是伤害了他。他的确在玷污这座城市。他是这座城市的创造者，他为数不清的公民恢复着他们赖以存在的动力和速度，同时让自己断子绝孙。

他什么话也没再说，扭头走开，回到“战斧”身边。他决定晚上 12 点之前一定收工。不管该死的奖金和传票有什么区别，他必须在 12 点以前回去，为傅小丽倒一杯水。他要在他的妻子夜里咳着起来从他身上爬过去的时候拽住她，安顿她重新躺好，他下床去为她倒一杯水。

他在“战斧”身边蹲下来，目光中充满了爱惜。克里德说得多好啊，道奇的哲学就是鼓励人们去触摸生命的边缘。他就在生命的边缘，一直在，从来不曾到过从容不迫的平缓地带。生活是极限的，唯有极端的活力和热情才能对付这样的生活。他想他不会放弃，他愿意做一个狂热朝圣者，把无限的动力提供给至今看不到希望的未来。

王川回到家的时候，傅小丽正在为他热第三次饭。她刚算完这个月的房租和花销。他们这个月有不少节余，但她不想再去不孕不育门诊。不是不肯花这笔钱，是不愿再蒙受羞辱。

“宝贝，得去。我们得去。”他哄她。

“不去。”她厌恶地说。

“得去。”他觉得自己底气不足，求助地看桌上再度冷去的饭菜。

“看得太多了。我做不到，做不到了。”她乞求地对他说。

“做不到也得做。太多了也得做。”他拉下脸。他没法不拉脸。

“你去抱个孩子吧。”她豁出去了。

“不许说这个！别给我说这个，我不听！”他朝她吼，整个身子都在发抖。也许他应该做点什么，比如把那盘用干辣椒炝过锅的豆干炒芹菜扫到地上去，“我不要谁的孩子，我不要，你明白吗！”

他发火了，她便不再说话，不再理他。饭菜冷了，又冷了一次。房租交过了，但屋里空气紧张。他和她都在想，接下去呢，接下去会怎么样，他会不会揍她？

从结婚到现在，他只揍过她一次。经常骂，只揍过一次。那一次她和流水拉的姐妹约着去龙华广场跳舞，满头大汗地回家。半夜她肚子疼，他揍了她。其实那次她没有怀上。他以为她怀上了，但没有。

“不是我一个人，大家都去了，广场上都是人，几十个工厂的人都在那儿。”她目光幽怨地盯着他的眼睛，倔强地说，“我只跳了两曲，燕子她们才跳完了全场。我是为《感恩的心》去的。放《感恩的心》的时候，连警察都把烟踩熄，身子站直了，不是我一个人。”

他喘息着抹了一下脸，一句话也说不出来。然后他走进1.5平方米的卫生间，把自己关在里面。

他知道《感恩的心》。那是民工舞蹈者们为富士康坠楼伙伴举行的祈祷仪式，在几乎所有的民工广场中，出现在最后一曲。那些舞蹈着的民工，素不相识的民工，他们把手牵在一起，表情凝重地微微仰起头，投入地遥望着暮色中的天空。

几天后的一个晚上，他们在厨房里做饭，他把菜刀递给她，把揍她的那只手放在菜板上，放好。她看了一眼案板上熟悉的手掌。她对那只手充满了复杂的感情，有时候心旌摇荡，受不了，大多时候依赖。她从它面前走开，再被拉回到它面前。

“事情已经过去了。”她不看他愧疚的眼睛，“我不恨你了。”

“不是让你现在砍。现在我要做饭。”他说，“以后我再揍你，你就砍，看我还揍不揍。”

“我也不是光跳了《感恩的心》，我也跳了《从头再来》。”她的声音有些发紧。

“不管感恩不感恩。”他口气生硬，不由分说，“只要我再揍，你就砍。”

她扑过去，搂住他结实的脖子，手里的豌豆撒了一地，脸用力埋进他厚实的怀里。她哭得很伤心。

他脾气不好，经常骂她，但从来没有对她说过粗鄙的话。他喜欢叫她宝贝。穷宝贝也是宝贝，单车也是宝贝，他痞笑着说。

她和周立平好上那段时间，他伤心得要死，精神恍惚，形销骨立，人瘦了十几斤，有几次走到地铁站台，徘徊到半夜，最后还是回来了。就算那样他也没有对她说过一个粗鄙的字。他只是开玩笑地说，要真跳了轨，就是鬼吹灯。

那一次他们差点就完了。她已经在收拾东西了。她在心里盘算，什么也不带走，只带走一套内衣，那是她过30岁生日时他给她买的，有漂亮的蕾丝，是她喜爱的款式。还有一张他念中专时得的奖状，是他俩第一次见面时他送给她的礼物，她一直珍藏着。

吴玉芳说："傅小丽你要下决心，周立平真的在乎你，他前妻缠他他都不干，你只要和他睡了，立刻就能住进产权房，你就是真正的深圳人了。"

其实她和周立平并没有真的好上。她是被周立平带给她的出路迷住了。虽然他是老板三服外的表侄子，但一点儿傲气也没有，也受老板的气，而且从没骂过流水拉上的姐妹们。她只让周立平亲过她三次，摸过她一次。她激烈地斗争过，觉得自己还是走不出，放不下，开始不了。

"我欠他的。"她对周立平说，"我得还他。"

"你不欠任何人的，你是你自己。"周立平说。

"我是他的宝贝。"她不想说这句话，这句话她谁也不想说。

"你也可以是我的。"周立平泪流满面。

"我知道，我知道。"她说，心里突然就透亮了，"我这样的女人，我这样的条件，除了他，没有人把我当宝贝。我是说，认真的。我是说，一辈子。"

这些都是过去的事情，现在他又骂了她，他还可能揍她，他们的关系再一次紧张起来。有很长一段时间他们僵在那里，厨房里的冰箱发出"嗡嗡"的响声，几个下夜班的环保工说着粗俗的段子"嗤嗤"笑着从窗外过去。城中村是个硕大无朋的家庭，不知谁家在烘尿布。

"你休了我吧。"傅小丽哭了。

"你疯了。"王川气呼呼地说。

"我给你找个徽州妹，让她给你生宝宝。"傅小丽哭得一把鼻涕一把泪。

"你疯了。"他说。

"你的宝宝，他才是你的宝贝。"她用力擤一把鼻涕。

"你确实疯了。"他恶狠狠看她一眼，"你怎么办？我有宝宝你怎么办？"

"我不离开你。"她哭着说。

"怎么不离开，我有宝宝了。"他张开两只手，好像要去抱那个莫须有的孩子。

“我给你们两口子做家政。我给你带孩子。我给你热饭。但是你的手不能再往我怀里伸了。”她哭倒在床上。

“傻瓜。”他笑了，咧开嘴，笑得毫无主张，“你真是傻瓜宝贝。”

他低下头，困惑地朝自己的两只大巴掌看。他能闻到手掌上散发出的97号汽油的味道。他站在那里认真地想，觉得自己什么也想不出来。

“你过分，太过分了。你怎么能这么过分？”他被逼到绝境，彻底的没有了出路，豁出去地说，“我给你留下面子，给足了面子，从来没有说破。你以为我什么都不知道。”

他苦恼地摇头，失望地摇头，觉得一切都是那么地不可思议。他知道时间已经不早了，如果半夜要起来倒水，真的没有多少时间了。他决定不再想那些困惑着他的事情。他朝床走去，伸出双臂，摊开两只大巴掌。

“来，宝贝，到我这儿来。”他说。

她不理他。他拉她。她打开他的手，把他的手打得远远的。他不让她犯犟，再去拉她。他把绝望到极点的她从床上拉起来，搂进怀里。

她拼命地哭，不讲道理地哭。她埋在他宽大的怀里，哭得越来越厉害，把肺部都哭疼了。然后她慢慢停下来，止住。

“我以为你又要咳嗽。”他说，开了个蹩脚的玩笑，“那样我们又得去北大了。”

“你说。你想说什么，你给我留了什么面子？”她破涕为笑，仰起头来不要脸地看着他。

“我早就知道，你不是真想和周立平好。”他先不想说。他觉得自己这么做特别卑鄙，“你是想让我重新找一个，找一个能生的。”

“你胡说！”她不干了，这回真生气了。她没有那么不中用。她不能一点用处也没有。要是这样，她还有什么意思？“你再说一遍？”

“再说什么？”他觉得自己傻透了。他为什么要说？为什么要告诉她？为什么要去地铁里徘徊？他简直就是世界上最傻的傻瓜，“再说还是你先说。我看你还有什么办法。”

“你！”她气急地推开他，气得胸脯起伏。她太弱不禁风了，弱到胸脯几乎看不出来，“你欺负人，你简直太坏了！”

他看着她，把她重新拉回怀里。她又哭起来。他不管她，在她脸上重重地抹了一把。他把她抹疼了，她躲开他。他把巴掌上的眼泪举到眼前看了看，不知道拿它们怎么办。然后他把它们揩到裤腿上。那一刻，他真是失望极了。

“你这个傻瓜宝贝，你怎么会这么傻？”他埋怨地质问她。

本文收录于2012年出版的短篇小说集《八岁》

**赏析：**

这是一篇反思城市异化的小说。男主王川汽车高级维修师的身份对于小说的城市反思也是至关重要的。超级跑车“战斧”极速旋转的发动机，和高科技驱动的“新城市”恰好同构；作为汽车高级维修师的王川同样是驱动“新城市”高速运转的动力之一，悖论在于，他是城市的动力，城市却反馈以“不育症”。因此，小说就在“战斧”和“不孕”的巧妙嫁接中展示了反思性的动能。邓一光并非以简单的人文立场反科技反现代反城市，“战斧”发动机也是人类智慧文明的结晶，王川甚至“一闻到97号汽油的味道就兴奋，头发和生殖器发硬”。由于“新城市人”的困境在邓一光作品中得到了象征性装置的照耀，它的复杂意义纵深有了出场的可能。

（陈培浩）

# 飞　发

葛　亮

喂呀呀！敢问阁下做盛行（什么行业）？

君王头上耍单刀，四方豪杰尽低头。

——题记

## 楔子

### “飞发”小考

清以前，汉族男子挽髻束于头顶；清代则剃头扎辫，均无所谓理发。

辛亥革命，咸与维新，剪发势成燎原。但民国肇造期的“剪发”，把辫子齐根剪断而已，发梢披散，非男非女。发而能“理”，决定性条件乃西洋推剪之及时传入。有了推剪，中国男人才有延至今日之普遍发型。

“理发”之英文表述，是 to have a haircut。cut 者，切割而已，就与“发”之动宾配搭而论，规范化汉语把它演绎为“理”，言简意赅。

不过粤方言自有特点，广府人善于吸纳外来词并使之本土化。例如“理发”，地道粤方言要说“fit 发”，把 fit 读得更轻灵，便成“飞”。何以粤方言弃 cut 而选 fit？首要，是 fit 之核心内涵乃“使之合适”，把头发修整得合适，正好跟“理”相符。“飞发”即“fit 发”，其有上海话可资佐证。自十九世纪中叶出现洋泾浜英语迄今，上海俚语把配备传动装置的小机械称作“飞”，如单齿轮作“单飞”，三级变速自行车叫“三飞”。洋泾浜的“飞”，已被确证为对于 fit 的借用。异曲同工，粤方言借 fit 指称理发。

民间另一“桥段”即与配备了弹簧的推剪相关。剪发师傅是用推子和剪刀来剪发，每推一下，手部都有一个向外甩的动作，把顾客的头发甩至一边，因此便有了“飞发”一词；而近更有一说，源于男发剪技之“铲青”，亦作“飞白”。铲也要铲得有层次，可看出渐变效果。此“渐变”，便是英文的 fade，也就是飞发之“飞”。由此源自西方的“Barber Shop”，便顺理成章，成为港产的“飞发铺”了。



## 壹

年初的一次春茗。我的朋友谢小湘对我说，你们中文系，真是个藏龙卧虎的地方。

我摆摆手，表示谦虚。

我和小湘算是港大的校友，但在校时并不认识。他是读电机工程的。他爸是港岛一间酒楼的主理，机缘巧合，在一次朋友的婚礼中相识。他每每和我饮茶，总是会告诉我一些学系的新闻。大约因我深居简出，他四处包打听的性格，是有些讨喜的。

他说：“真的，我前些天遇到了你的师兄，翟博士，他开了个理发店。”

我一时愣住，头脑里风驰电掣，想起了翟健然。高了一级，跟系主任研究古文字。博士论文研究楚简，四年，认出了五个半字，在当时的学术界还引起过不小的轰动。毕业以后，传说他在新亚研究所做过一段时间的研究员，许久没有联系了。

我于是明白了小湘说的“藏龙卧虎”。是的，近年来，我们中文系不走寻常路的同窗，的确不少。在一次文化部门组织的活动上，我和学妹小哲惊喜相遇，才知道她早就放弃了对“新感觉派”的乐理研究，投身梨园，已经是香港粤剧界崭露头角的花旦。依稀谈起当年我给她带导修，她说：“师兄，我大二古典小说课程演讲提到任白，唯你一个还能聊得上，我就觉得自己得出来闯一闯。”至于闯得更大的，是我同门师弟陆新航，博论跟导师研究南社。前段时间，还在巴士上看到他巨大的照片，写着“港大五星导师”。才知道已经跻身补习行，是业内甚有名望的“四小天王”。同学聚会，他自谦“下海”不过是要给女儿买奶粉。旁边同学起哄，瞒不过上了新闻啊：“天王陆生斥兰亿，喜购康乐园跃层别墅。”

但是，翟师兄开理发店这件事，还是有些超越了我的想象。印象中的他，头发有些谢，终日穿一件深灰的美式夹克，见人脸上总是有谦卑的笑。但只要不见人的时候，立刻换上了自尊而清冷的表情。

五月的一个周末，我收到了一张甲骨拓片。是个搞现代艺术的朋友，要做一个专题展，叫“符语千年”，大约是有关中国巫文化的。他电邮中说，这是新出土的甲骨，上面有些字不认得，请我找人帮他认一认。

我忽然想起了翟健然，就找出小湘给我的地址。

当我到达北角时，太阳已经西斜。我沿着春秧街一路穿过去，才发现，这里已经和我印象中的发生了很大变化。早就听说要仿照台北的松山，做一个文创园区。没想到几年间已经成形了。路两旁的唐楼，都带着烟火气，保留了斑驳的外墙，甚而还能看见二十世纪五十年代鲜红的标语的痕迹。墙上装有简洁的工业风的外楼梯，虽也是复古的，但因为明亮的红色，却带着劲健的新意。我想一想，原来是《蒂凡尼的早餐》中防火梯的样式。大约走到了以往丽池夜总会的旧址，已经是一个广场，这才看见有一些肥胖的铸铁雕塑。这些人形没有面目，或坐或卧，都是很闲适的样子。我立刻意会，这是本地一个艺术家的新作。他的雕塑系列“新欢·如胖”（For New Time's Sake），分布在这座城市不同的地点。比如油塘地铁站，或是湾仔利东街。这些作品中的形象一律是富足而悠闲的，有着“今朝有酒今朝醉”的表情，或许寄予了对本地人生活的亟盼。其实香港人是如何都闲不下来的。我就在转身的时候，看见了“乐群理发”的标牌。

这幢红砖墙的独立建筑，在广场的一隅，不知是什么名堂。外面是转动的红白蓝灯柱，在香港其实也很少见到了。

我确认了一下地址，推门进去。门上有铃铛“当啷”一声响，提醒有客人进来，也是复古的装饰。店里有人迎出来，正是翟师兄，脸上挂着殷勤的笑。他招呼我，问我预约了几点。我说：“我并没有预约。”他说不碍事，正好有个客 cancel 了 appointment，他可以为我服务。

但是，翟师兄始终没有认出我来。我一时竟不知怎么开口与他叙旧。他的模样依旧，并未老去，但神情昂扬。穿着洁白的制服，身姿也是挺拔的。更不可思议的，头上竟是一头丰盛的黑发，用发油梳得十分整齐。

在我愣神的时候，他问我怎么剪。

当时我的眼睛，正盯在墙上挂着的一张猫王海报。艾尔维斯·普莱斯利，在这店里昏黄的射灯光线中，浅浅地笑。

翟师兄站在我身后，微笑说：“虽然侬家（现在）兴复古，但这个‘骑楼装’，还是有点夸张哦。”

我这才回过神，说：“那，那就稍微修一修。”

“修一修。”这个似是而非的要求，往往会让理发师和顾客，都有台阶可下。

但是，翟师兄却忽然现出肃然的表情，道：“到我这里，怎么可以修一修？来，我给你推荐一个发型。”

我嗫嚅着，以为他会拿出一本目录给我挑，这是一般发廊通常的做法。然而，他指着橱窗玻璃的一幅招贴画说：“我只剪这六种发型。”我放眼望去，这张发型示意图是手绘的。模特都是欧美人的样子，暗影呈现深邃的轮廓，头顶一律用白色标记了耀眼的高光。

每张图底下，有英文的注释。比如 City Slicker、Aristocrat、Valentino、Executive。在一张看起来十分浮华、布满了波浪的发型下头，写着 Play Boy。

翟师兄跟着我的目光，详加介绍："这个'水浪涡'靓仔得来，但打理起来好麻烦。'九龙吊波'就好些，出街冇问题。"

他返身看一看我："依你的头型，剪这个'蛋挞头'最正。既然怀旧，就做足。"

这烟火气的名字，让我愣一愣，看不出怎么像"蛋挞"，但似曾相识。他瞧出了我的犹豫，便说："潮流就是这样。兴足十年，兜兜转转又十年。当年 *Casablanca* 里头的 Humphrey Bogart 就是这个发型。"

我顿时明白为什么觉得眼熟，于是点点头说："那就这个吧。"

坐下的时候，我的心情很复杂。因为我在翟师兄的眼中，只看到了面对一个陌生顾客的殷勤，以及职业性的微笑。我想，即使并非同门，但毕竟在一个系里待了四年的时光。记忆竟然真的可以了无痕迹。

他走到了墙角，打开一台电唱机，又弯下腰，挑拣了会儿，才将一张黑胶唱片放进去。音乐响起来，瞬间就将这店里的空间充盈了。沙沙地响，圆号和塞克斯风的前奏，是久远前灌制唱片的信号。即使许久没听爵士，我还是认出来了，*Summertime*。比莉・哈乐黛的声音，永远略带苦难感。

翟师兄按了一个按钮，开始将理发椅缓缓降下，我的脸冲着天花板。听着音乐充盈着空间，不算狭窄的店堂，忽然显得拥挤。

翟师兄给我干洗头发，手法十分轻柔。我的眼睛，停留在了天花盘旋的裸露的排风管道上。我看到一滴冷凝水，与另一滴聚合在了一起，越来越大，就快要滴下来了。

这时候，我感觉到眼睛上一阵温热。翟师兄将一条毛巾覆在我的脸上，同时间闻到了植物清凉的味道。黑暗里头，我听到他说："这是柑叶精油，能够放松心神。听爵士，要闭上眼睛。哈乐黛的声音，像一个黑洞，进去了，就一眼望不到头。你知道吗？我第一次听 *Strange Fruit*，听到泪流满面。"

说到这里，他的语气轻颤了一下。其实此刻，我努力想睁大眼睛，看一看翟师兄的神情。我回忆在大学里的每一个和他交谈的线索，他的寡语、不苟言笑，都恍如隔世。

包括在头顶工作的一双手，按摩间的停顿和敲击，也让人踌躇。当我终于想要问句什么，他告诉我，头已经洗好了。

他用吹风机将我的头发吹干，然后说："我要开动了。"

翟师兄拿出一只电推，在我的后脑勺做动作，手法十分娴熟。我面对着落地大镜，看到他专心致志，这倒是有几分印象中面对古文献的情形。此刻，我放弃了唤起他记忆的想法，于是有充裕的时间看清楚整个店面的陈设。虽然墙体用原木砌成，没什么多余的装饰，走的北欧路线。但细节上，却有许多欧洲 barber shop 的痕迹。取光的玻璃柜里，摆着品牌的洗发水、润肤皂，甚至还有不同款型的须后水。普普风的大幅电影海报，镶嵌在镀金的画框中。桌椅，包括他特制的工具箱，都规则地卯着铜钉，是略有奢华感的暗示。

我从镜中看到对面的墙上，贴着许多的黑白照片。有风景，也有人。仔细看去，大都是本地风物，拍得非常有韵味。光影之间，竟让我联想起喜爱的摄影师何藩。其中一张，我一眼认出，是在港大附近水街的甜品铺“有记”。照片上的女人，是我们都十分熟悉的老板娘。她以精明著称，但对学生仔，永远有一种宽容慈爱的神情。

我不禁说：“这些照片，真好。”

“别动。”翟师兄略使了一下力气，将我的头扳正。然后轻轻说：“我过去这些年，都花在这些照片上了。”

我心里倏然漾起暖流，虽然不知道他何时有了摄影的爱好。但是感慨，师兄原来以这种方式，记录下我们共同的母校时光。

我说：“‘有记’去年关门了啊。”

他说：“嗯，是啊。”

我发现他在用推刀时，话少了很多，似乎神情也肃然起来。我想，这样好，还是以往的翟健然。

过了一会儿，他改用了剪刀。在两鬓铲青的上缘修剪发梢。这时唱片放完了，我只听到耳畔有极其细碎的声音。嚓嚓嚓，嚓嚓嚓，好像蚕食桑叶。

他说：“再冲下水。”

他给我擦干头发，一边问我：“等一阵出去系倾（是谈）公事，还是去 party？”

我愣一愣。

他笑说：“莫误会，我要为你塑形。不同场合，塑形的方式不同。”

我说：“其实没什么所谓。”

他开了电吹风，一边用手指一点点地将湿头发顺着一个方向捻开。吹风的声音很大，忽然戛然而止，店堂里过分地静了。我的目光又移到那些照片上，其中一张，看不出是什么年代，但应该是久远的。一位理发师傅，站在街边给孩童剪头发。理发椅不够高，上面还架了一只矮凳。旁边有个穿着碎花短衫的母亲。她看着理发师的手势，一边用手绢擦着汗。脚边是个菜篮子，里面装着丰盛的果蔬。

翟师兄将一些发油，抹在我头顶，一边说：“还是做个斯文的型吧。”

我问："你为什么把理发店开在这里？"

他手略微停了一下，然后说："这里原本是我的摄影工作室。"

我说："你只拍黑白照片啊。"

他笑一笑："对。你不觉得拍摄黑白照片，其实和剪头发是一回事吗？"

我想一想，无从发现其中的联系。

他指着其中一张给我看，那是一个巨大的天台，有星星点点的光晕构成了斑驳的形状。他说："为什么黑白相好，因为是用最有限的，表现最多的。不同的光影部位间，黑色与白色的浓度都不同。黑白之间，还有太多的层次，我们叫灰度。灰度的频率、节奏和连贯性，最变幻莫测。我们亚洲人的发色以黑色为主，懂得观察，处理得出色的话，中间也绝非只纯粹地有黑、白两色而已。最可看的，其实是中间渐变的部分。"

"这就是我剪头发的道理，男人的发型，无外乎厚、薄两个部分。头顶发线最厚，发脚和'的水'部分的发线则最为单薄，每每露出头皮与皮肤。一个优秀的发型，同样存在着灰度，如何去铲青或偷薄，使头发在薄与厚之间，展现出优美的渐变、结构、轮廓和光泽，道理就如摄影中对灰度的处理一样，无比奥妙，要将这个灰度拿捏得好，是门很大的学问。懂得欣赏的话，实在又是一件很好玩的事。"

他将一面镜子放在我身后，左右观照，我果然看见，中间有水墨退晕一般的渐变，从鬓角到耳际，是圆润青白的流线。

我看着镜中的自己，也有些陌生。这是一个我从未剪过的发型，带着某种老派的年轻，但似乎还原了这些年在我身上消失的一部分。

我说："剪得真好。"

翟师兄眨一眨眼睛说："谢谢侬。"

他见我愣住了，便说："你的广东话很流利，但是能听出上海口音。我认识一个老人家，口音和你一模一样。"

他从上衣口袋里掏出一张名片，对我说："谢谢帮衬，欢迎下次再来。"

我接过名片，上面是一个英文名字：Terence Zag。

在校时从来不知道，一直循规蹈矩的翟师兄，还有个时髦的英文名。

我终于忍不住。我说："师兄，你不认识我了吗？我是毛果。"

这回轮到他愣住了。

但很快，他就哈哈大笑起来。他说："你是不是找翟健然？"

我茫然地点点头。

他笑得更厉害了："我一直以为比我大佬（兄长）要靓仔（外表俊美）好多，还是时时被人认错。"

他将名片反转过来，一拱手道："我是翟康然，幸会。"

在明园西街见到翟健然时，已经是黄昏了。

翟康然带着我，在北角的街巷往返穿梭，终于停下。我再一次看到了"乐群理发"的标牌，但这个门脸却要小得多，甚至有点过于简陋。

它的左边是一个花店，右边是一个腊味铺，两者间其实应该是一处后巷。它就在这巷口上搭建起来。门口也是三色的灯柱，但却是用油漆画在墙上的，静止的螺旋形的图案。

翟康然并没有进去。只是在门口喊："大佬，有人揾（找）你。"

就有人掀开了塑胶门帘，走了出来。

没错，是我的师兄翟健然。

我一时有些恍惚。因为面前是两个一模一样的人，但似乎又大相径庭。走出来的那个，仿佛比我印象中的，头发更为稀薄了。他佝偻着肩膀，架着高度数的近视眼镜，但并没有挡住青紫的黑眼圈。他脖子上挂着围裙，出来时，还使劲在围裙上擦一擦手。

而我身边的这个，挺拔而壮硕，穿着合体的A&F的T恤衫。站在夕阳里头，金灿灿的。他见翟健然出来，没有多话，但目光却向店里草草扫了一眼，转身便走了。

见到我，翟师兄眼里有惊喜的一闪，这让他刚才木然的神情生动了一些。

他说："毛果。"

而我也只是微笑了一下。因为，毕竟刚才和翟康然的见面，已经消耗了大半故人重逢的热情。

这时候，天上忽然下起了淅淅沥沥的雨。翟健然拍了一下我的肩膀，将我让进了店里。

店里的空间非常局促，还有两个人。准确地说，是两个老人，一个站着给另一个在剪头发。站着的那个，头发已经快掉光了。我注意到，他的脸相和翟健然十分相似，更瘦一些。脸色干黄，也戴着眼镜。眼镜腿上缠着胶布。

翟师兄开口道："爸，这是我学弟。"

老人轻轻"嗯"了一声，并没有抬头，只是说："坐。"

翟健然将椅子上的一摞杂志搬下来，让我坐。这椅面上的皮革似乎修补过。我坐上去，感到不太平整，大约是里面的海绵脱落了。迎面是一个变电箱，上面贴着一个财神，手里拿着"招财进宝"的条幅。下面有个接线板，延伸出各式缠绕的电线，蜿蜒向店里各个角落。

我看到翟健然有些抱歉似地看着我。我才想起说明自己的来意，从包中拿出iPad，找出朋友传来的拓片，说请师兄帮忙认一认。

翟师兄扶一扶眼镜，很仔细地看，然后从手边拿出一张报纸摊开，开始用笔在上面勾画。

有些淡淡的香气，在空气中浮动，是隔壁的花店传来的。但同时也有些陈年腐败的、酸而发酵的味道，是这老旧巷弄的气息。

每几分钟，便有行人匆匆经过，大概是抄后巷作为捷径。耳边传来老人清喉咙的声音，间或有孩子的吵闹和女人大声的呵斥。

翟师兄专心致志，似乎没有被这些所打扰。同样专心的是他的父亲翟师傅，大概因为视力的缘故。他将头埋得格外低，几乎贴着那位客人的脖颈。他用剃刀，细细地在客人“的水”处刮着。这是理发最后的程序。他仿佛做工艺的匠人，用了很长时间刮完了一边，接着又去刮另一边，又用去了很长时间。他轻轻对客人说：“得啦！”

翟师傅一边用一只鬃毛扫在客人后颈轻轻地扫，一边很小心地将围单一点点地扯开来，好像生怕头发茬儿掉进客人的衣领，然后扑上了爽身粉。客人满意地在镜中看一看，从口袋里掏出包烟，递一颗给他，道：“好手势！”

客人付过钱。翟师傅忽然喝一声道：“你畀多咗喇（给多了）。老人优惠二十八蚊咋（只要二十八元啊）！”

他一边敲敲大镜上的价目表，上面写着：长者小童，二十八元。

客人一愣，却即刻佯怒道：“老人？你话我老人？丢！我无头发咋！收咗佢啦！”

他也不依不饶，硬是抽出了几张，塞回这老客人手里，道：“你以为我唔知咩，你上个月满六十五，都可以申请长者八达通啦。同我扮后生，唔知丑（不知道害羞）！”

两个人就这样嬉笑怒骂着。老客人终于拗他不过，将钱收回去，却没忘回头追一句：“得闲来揾我饮茶。我请！”

翟师傅用围单在理发椅上掸一掸，然后对远处挥了挥手。

他坐下来，点上那根客人留下的香烟，抽了一口。翟师兄立刻抬起头，对他道：“阿爸，医生话，你唔好食烟（不要抽烟）啦。”

他一拧颈子，背对着我们，说：“你理我做乜嘢（做什么）？”

翟师傅走到门口，看着外头的雨，好像下得大一些了。我听到他和隔壁腊味铺的人寒暄。对方说：“今日落雨，生意唔好（不好）。早点收。”

他点点头道：“都系（也是），长做长有啦。”

这时候，翟师兄叹了一口气。我安慰他说：“不急，我让朋友再问问别人。”

他摇头道：“都认出来了。翻来覆去，不过还是那几个字。可见近几年，也并没什么新的发现。”

我很开心地说：“师兄还是你厉害。好汉不减当年勇！”

“认出来又点（怎样）？又不能用来搵食（讨生活）。”这时候，就听到翟师傅苍老的声音传来，虎声虎气的。

我们两个于是都沉默了。

这时候，我才看到翟师傅盯着我看，目光透过眼镜片，鹰隼一般。他拍拍理发椅，冲我说：“坐低（坐下）。”

我犹豫了一下。他更大力地拍，说：“坐低。”

我于是坐下，翟师傅给我围上了围单。拿出剃刀，开始在我后脑勺上动作。我感到了一阵凉意，但那不是来自锋刃，倒好像是丝绸柔软地掠过我的脖颈。

这时，头顶响起了一个炸雷。雨忽然更大了，势成滂沱。雨水沿着塑胶皮的门帘流下来，外头的景物也都模糊了。雨打在铁皮的屋顶上，怦然作响。但翟师傅的手并没有一丝停顿，甚至没有过犹豫。那种凉意渐渐暖了，像是猫尾巴在皮肤上轻扫，有种舒适的痒，一下又一下。

暴雨卷裹。终于有雨水从屋顶渗漏下来，滴落在了我面前的镜台、隔壁的座椅上，以及打湿了那一摞杂志。翟师兄倒是有条不紊地，在滴水的各处放上不同的容器接着，仿佛驾轻就熟。他将一只空保鲜盒放在镜台上，很快里面就积聚起了一汪小潭。

这时，滋的一声，灯忽然灭了。店铺沉入一片黑暗之中。

暗中只有一点星光，在镜子里头一闪，那是翟师傅还叼在嘴里的香烟。

我什么都看不见，想他也是一样。但我感到他的手没有停，锋刃如丝绸一般，熟练而清晰地在我颈项、两鬓游走，有极轻细的摩擦声。

翟师兄点亮了一支蜡烛。昏黄的光晕中，我忽然看见了一颗人头，在我身后的柜上微笑，不禁一个激灵。

我有些恐慌地转了一下头。终于看清，那不过是一颗塑胶的模特儿的头，有茂密卷曲的头发，大概是用于给理发师日常练手。

感觉到有一双手轻轻地将我的头扳正，说：“别动。”

声音似曾相识。在黑暗中，这双手没有停。

翟师兄找到了电箱。将电闸拉了上去，店堂重现光明。

翟师傅已经在用鬃毛扫扫着我颈子上头发茬，他笑笑说：“睇下点（看看怎么样）？”

我看到我的两鬓、后面的发际，被他刮得十分干净。是匀净的青白色。然而，让Terence引以为傲的灰度，所谓fading，没有了。不见退晕，非黑即白，界线分明。

他将我的围单取下来，有一些轻柔的光从眼镜片后放射出来。他对我说：“依家青靓白净[1]翻！”

但即刻，鼻孔里轻“哧”了一声，说：“不知所谓，飞发佬呢啲位都整唔清爽，畀啲客出街，好丢架！[2]”

我听出了他话里的针对。站起来，下意识地掏出了钱包。他用手使劲一挡，说：“你在那边付过了。我帮条衰仔补镬（弥补过错），唔收得。”

翟师兄送我出门。沿街的店铺陆续关门了。也是华灯初上的时候，不知是哪户人家，飘出了极其浓郁的炒虾酱的香味。

我们默默走着。我说：“师兄，你离开新亚多久了？”

他愣一愣说：“有一排喇（有一段时间啦）。”

我说：“你学问这么好，不可惜吗？”

他摇摇头：“说，你知道的，我在校时就不善人际，应付不来这么多的事情。好多都是工夫在诗外。与其要费心机和人打交道，不如整天和人头打交道，还简单些。”

我说：“你在这帮你爸爸。那 Terence 那边呢？”

他又沉默了，半晌，说：“一言难尽。”

送我到了路口。我说：“师兄，好久没见了，一起吃个饭吧。”

他说：“不了，改天再约，我要回去帮阿爸收铺了。”

我顶着新发型，去学校上课，意外地受到了学生们的赞美。

如今的大学生，行止已不以含蓄为准则。他们总是如此直接而发自肺腑地表示喜欢与不喜欢。下课时，有个学生专门走到讲台对我说：“毛老师，呢个发型好劲，好似 Sam 哥。”

Sam 是吴镇宇在《冲上云霄》里扮演的角色。当年街知巷闻，是个型到爆的机师。

我承认，我的虚荣心莫名地得到了很大的满足。

于是两周后，我又去了“乐群理发”。

我的头发生得快和茂密，而且发质硬挺。九十多岁的老外公常说，我刚生下来，就是“一头好鬃毛”。所以，想保持一个时髦的发型，于我殊为不易。

我和翟康然预约了下午的时间。他见到我，似乎很高兴。

---

① 形容人清俊，白皙洁净。

② 理发师连这些地方都不能剪干净，还要给客人上街，太丢脸了。

我有些意外的是，翟健然也在。他佝偻着身形，坐在一边的沙发上，看着翟康然为上一个客人做收尾的工作。

那客人来自法国，有着巴黎人一贯的健谈与爱交际。他走的时候，连坐在旁边的我，都知道他是一家欧洲香精公司的驻港代表，住在西半山，有两个孩子和一条金毛犬，以及一只英短金渐层猫。他似乎对翟康然的服务十分满意，说要介绍更多的朋友来。

终于，翟康然让我坐下，去换了一张唱片。*Torn Between Two Lovers* 的吉他前奏在店堂里头响起来了。所有的陈设好像都镀上了二十世纪七十年代的昏黄。

他给我围上了围单，看看镜中的我。忽然眉头一皱，轻轻说："有人动过了。"

"嗯？"我有些茫然。

他说："那些 fading 的部分，有人动过。"

我明白了，他指的是用去了很多的时间，打出的渐变式"飞青"。但我吃惊的是，这头发已经长了半个多月，他竟依然一眼看出，那些他所说的黑白之间的"灰度"，被人染指。

他咬了一下嘴唇，似乎忽然明白了。他转过头，狠狠对翟健然说："你看看，他永远不放过。别人都是错的，只有他自己那套老古板的套路，才是对的。"

我在镜子里，看到翟健然张了张口，终于欲言又止。

在以下的时间里，没有人再说话。翟康然面目十分严肃，格外细心地为我剪发。剪刀在我的面颊、前额、耳尖游动。

金属摩擦的声音，混合着音乐的声响。

"I couldn't really blame you, If you turned and walked away. But with everything I feel inside, I'm asking you to stay."

他的动作依然很轻柔，应和音乐的节拍，金属在皮肤上游动。我倏然记忆起了另一把剃刀，是丝绸轻掠过的感觉。

在他为我塑形的时候，翟健然终于站了起来，走近了我们。

或者是为了打破一直沉默的尴尬，我说："师兄，这张照片上的人，好像你们两个。"

我指的是墙上一张很老的黑白像。因为我在另一间"乐群"见到过同一张，只不过更为老旧些。那上面有几个年轻人，都是在彼时很时髦的打扮。他们一律留着齐肩的长发，站在中间的那个，眉目酷似翟师兄和 Terence。

翟健然目光落在了照片上，愣住了。他没有回答我，但似乎是什么让他下了决心，他很认真地说："阿康，你再考虑一下。"

翟康然也就开了口，但声音有些冷："我说很多遍了。他想剪头发，可以到我这里来。"

"你知道那是不一样的。"翟健然叹了口气。

Terence 在我脖子上扑爽身粉。口气软了下来，说："大佬（大哥），就算林生不收回那间铺，好快政府也要清拆。他不是要更怒气？依我看，长痛不如短痛。"

翟健然搓一搓手，说道："你知道老窦（爸爸）的情况，我们要对他好一点。"

我听到了他声音中的无力。Terence 手停一停，回转了身，眼睛直直看着他的胞兄，说："他的情况，难道不是在安老院更保命？你辞咗份工，由他性子，陪他日做夜挨，就是对他好？"

翟健然哑然。他没有再说话，而是径直向门口走去。

走出去的一刹那，好像被猛烈的阳光刺了眼睛。他用手挡了一下，似乎回头又看了我们一眼。

当我出去的时候，看见翟师兄还站在烈日底下。整个人呆呆的。

我走过去，说："师兄，你怎么还在这儿。多晒啊！"

他这才回过神，用一块不太洁净的手帕，擦了擦额头的汗。他说："我在等你。"

"等我？"我说，"为什么不在里面等？"

他用殷切的眼光看着我，说："我，我想请你帮个忙。"

我们坐在附近一间冰室里。外面的阳光，似乎是太猛烈了。景物在蒸腾的空气中，影影绰绰地抖动。炎热得不太像是初夏。我们靠窗坐着，可以看到外面依墙生了一丛芭蕉。叶子浓绿而肥厚，在暴晒中耷拉了下来。

翟师兄呆呆望着面前的杯子，说："这个冰室，有四十年多了。小时候，阿爸收工，会带我们来吃红豆冰。你看那个肥仔老板，是我的小学同学。"

我说："师兄，我能帮什么忙？"

他似乎立时不安起来，用手指捻动吸管。他眯起眼睛，忽然抬起头，对我说："医生话，阿爸还有一年多了。"

他将身体前倾，想要与我靠近些。他说："肺癌第三期。我们只要一年，再租一年就行。"

他说得支离破碎，但因为早前他和康然的对话，我基本上拼接起了事情的大概。

我说："所以，是业主不肯续租了，但你们还想将老店做下去？"

他点点头，说："阿爸不知自己的情况，还想要做。其实是几十年的街坊了，但林伯去年过身（去世），他的仔想收翻间铺，不租给我们了。”

“我们近来成日收到匿名投诉。‘四大部门’都来，消防、地政、食环什么的，好折磨。又说你是僭建，要看地契。那么旧年代的地契，业主不帮手（帮忙），我真的应付不过来。”

想起了翟康然的话，我说：“按理讲，休息一下，对伯父是比较好的。”

翟师兄摇摇头：“你不知道，阿爸好硬颈（倔强）。明知成条街都快清拆了，还要做。”

“我和业主谈过一次，可他觉得太麻烦，不如收回。我嘴巴又笨，都不知该怎么说。博论答辩，我都结结巴巴，是上不了台面的。其实前年你发新书，我去书展听过你的演讲，讲得真好。你能不能帮我去跟业主说说？我们只要一年，就一年。”

我说：“其实，Terence 说让他到新店里来，倒是个两全的办法。”

翟师兄沉默了一下，终于说：“阿爸和细佬（弟弟），已经几年没怎么说话了。还是你陪我去，好吗？”

我看着他热切的目光，说：“好。”

翟师兄似乎舒了一口气，整个人也松弛了下来。

他想起什么似的，对我说：“你在店里看到的照片，是阿爸在‘丽声’的电影训练班拍的。旁边都是他同期的学员，后来蓝天和丁虹，都做了大明星了。”

## 贰

### “飞发”暗语

旧时广府理发业，内部使用暗语繁多。

如称理发为“摩顶、割草、扫青”；理发师则称“摩顶友、扫青生”；理发店称“扫青窑”；头发叫“乌云”或“青丝子”，剪发洗头叫“作浆”；胡须叫“蚁王”，剃胡须称“管蚁”，挖耳称“推雀”；徒弟拜师为“单零”。

到了近时飞发铺，又用“草”来指代头发。以此类推，厚头发是“叠草”，短头发是“短草”。剪发为“敲草”，洗头则为“浆草”，烫头发为“放草”，染发为“包草”，吹头发为“爬草”。头发茂盛的客人，则为“草王”。

理发师傅之间，交换顾客信息，也自有一套话语系统。“生”代表男性顾客，“莫”代表女性，小女孩为“莫仔”，成年女性为“莫全”，“顺莫”指靓女，“波亚莫”则专指“挑剔麻烦的女客”。

店堂内外，数字的暗语则从一至十，编成顺口可唱歌诀：

百万军中无白旗，夫子无人问仲尼。霸王失了擎天柱，骂到将军无马骑。

吾公不用多开口，滚滚江河脱水衣。皂子时常挂了白，分瓜不用刀把持。

丸中失去灵丹药，千里送君终一离。

这些暗语乍看玄妙，但细看不过是关于数字笔画拆分的字谜。如“百万军中无白旗”，即把“百”字的上边一横与下边的白字分开，便成了“一”；“夫子无人问仲尼”的“夫”字，将其“二”与“人”分开，便成了“二”；“霸王失了擎天柱”，将“王”字的中间一竖抽去，便成了“三”；“骂到将军无马骑”的“骂”字，将下边的“马”字去掉便成了“四”……以此类推，“丸中失去灵丹药”，将“丸”字中的“、”抽去，就成了“九”；“千里送君终一离”，将“千”字的上边一撇“离”去，便成了“十”。这种类似文字游戏的暗语，亦似江湖隐语，长期流行于市井业界，也别有一番趣味。

## 叁

翟师傅叫翟玉成。年轻时候，有个外号，叫“孔雀仔”。

其中有一段故事。他当年考上“丽声”的电影训练班，培训期间，是要住宿的。年轻的孩子们，晚上玩得疯一些。夜里回宿舍迟了，吵醒看更的阿伯，不免被唠叨几句。阿伯是新界大埔人，没有读过什么书，一见他就说：“雀仔，外出搵食咁迟都知返啦。”原来是不认识他的姓“翟”，只当是“雀”。一来二去，“雀仔”就成了他的花名。翟玉成自己是不甘心的，因为他格外的骄傲和自尊，又精于潮流装扮。有人便完善了这个外号，叫他“孔雀仔”。但是，虽然他的相貌可称得上清秀，却并非特别出众或个性张扬。这个绰号就显得名不副实。久了，大家仍旧叫他“雀仔”。

后来，当他在理发店做工时，老板为了招揽生意，便将他在“丽声”时的照片放大，贴到了店里当眼的位置。果然吸引了一众师奶，到了店里便点名让他剪。追着他问，丁虹是不是割过双眼皮，蓝天和赛落是不是一对，李由是不是有私生子。开初时候，因为能带出自己的见闻与掌故，他便好脾气地一一作答，至少也是敷衍。一时之间，他成了当红的理发师傅。但久而久之，他的故事不免重复而缺乏新意，而在这个过程中，每次的讲述其实多少也触碰了他的痛处。毕竟这些同期学员，有一两个已经成为明星。而他又是格外自尊的人，有次，一个太太忽然向他打听起梁慕伟，他终于不耐烦，冷笑一声，说：“他迟过我好多先入来‘丽声’。”

或许是他的神情触怒了太太敏感的神经。于是客人在服务结束时，去经理那里投诉了他，还抛下一句，故意很大声让他听到："有乜巴闭（有什么了不起），不过一个飞发佬！"

或许如此，让他动了自己开店的念头。

至于为什么要开理发店，他也有一套说法。

那时节的青年人，在工厂里打工其实是时髦。可翟师傅除了短暂地在一间塑胶花厂做过一个星期，再也没有打过一天的工。用他自己的话来说，"工"字不出头。要想出人头地，就要有自己的一爿生意。

这观念，大约是家里世代累积的言传身教。按说20世纪50年代时，内地迁港移民如涛而至。翟家来的时候，已是尾声。情形又是较为落魄的，不像前人带了雄厚的资本来，他们除了几枚傍身的黄鱼和细软，别无所有。

翟家在佛山也是大户，家里有种植香柑的果园。但到他父亲一辈，已经是强弩之末。时代的一番迭转之后，自然是动了根基。到了香港，本想过东山再起，但人生地不熟，英雄难有用武之地。将不多的家底跟人投资，不知底里，也败在了里头。按理说，如果甘下心来，细水长流地过倒也算了。翟父是心气高的人，爱面子，先前的排场不想倒，便更加速了衰落。他们从半山搬到了北角，是在翟师傅上小学的时候。在他成长的记忆里，父亲是个半老的人，总是带了周身的酒气和输了牌九的怨气。翟师傅是二房庶出。他的"大妈"，父亲的原配，终日躲在逼仄的小房间里，吃斋念佛。所有的持家的重担，便都落到了翟师傅的母亲身上。母亲又的确是能干的，迅速地将自己嵌入了这福建人与上海人混居的地界，独当一面，几年后竟在春秧街开了一家南货店。翟师傅自小就浸淫在这方寸之地，深谙于福建人的务实和上海人的精明。这让母亲大为放心，觉得家业有继。

但她不知道的是，这做儿子的内里呢，却觉得自己是个理想主义者。虽然读书不成，却深爱电影和戏剧。大约皇都戏院一有新的戏码，便迫不及待地翘课去看。而且呢，海纳百川，并不挑戏。从邵氏的黄梅调，一直看到张彻的新武侠，当然还有午夜二轮重放的詹姆斯·迪恩的黑帮片。看得多了，自然人就自信，觉得自己也可以演。北角一带，当时有一些左翼剧团，都是以热情的年轻人为主力。他就报名参加。可试戏的时候，那剧团的负责人说，演戏靠天分，但得有个方法。你底子不错，还缺些方法。

这话对他是很大的激励。他并不当是托词，而体会出了自己是块璞玉的意思，"玉不琢不成器"。后来在报纸广告上看到电影训练班在招收学员，便毅然辍了学。

如今，翟师傅仍然保留了定点看粤语残片的习惯。甚至在理发铺里，终日开着一台小电视，有个台叫"岁月流金"，都是老电影。台词他都背得出，只当是店铺里的背景音。

在训练班期间，他照样早出晚归，似乎比以往更为勤奋。因为这孩子独来独往惯了，家里竟没有看出一丝破绽。直到年尾，有个女孩子找上门来，才知道自家儿子竟瞒天过海了半年。

这女孩是翟师傅在训练班交下的女朋友。后来他回忆起，便说是初恋。但他对这初恋的回忆并不美好。也怪自己儿女情长，夭折了演艺事业的大好前程。这女孩后来也并没有读完训练班，草草地就嫁人了。中年失婚，后来又嫁，境遇也每况愈下。翟师傅便评价，将自己当戏来演，可不就败给了"命"字。

这事让翟家大为光火，尤其翟师傅的父亲。老翟先生的亲生母亲便出身梨园。这女人到了翟家，生下了他，却抛夫弃子，又偷偷跟戏班子跑了。这令他成长的境遇，很不如意，所以一辈子痛恨伶行。此刻，老翟先生前所未有地清醒，指着儿子骂："我是戏子养的，知道戏子的德行。生个儿子，还要当个下贱的戏子，死都合不上眼。"

好说歹说，翟师傅不学电影了。但中学他也是死活不想再上。家里就想他早点接手南货店，他便说："人各有志。我这辈子，可不再劳你们操心了。"

他自然有自己的主意。在公司上训练班时，年轻的孩子们没少见到往来的明星，便也提前染上了娱乐圈虚荣的习气。男的要型，女的要靓，除了衣装，便是被前辈们带去Salon做个好看的发型。发型要keep住，绝非易事，常常帮衬便也日渐看出了端倪。一来二去，他便懂得，这里不单是整个香港最潮流的地方，还是个如假包换的交际场。这发廊开在铜锣湾百得新街，叫"新光明"。客人大抵是社会绅商名流、导演明星和骑师等等。

翟玉成便去毛遂自荐。老板见小伙子是以往的客人，以为他胡闹。他就将训练班的照片拿出来。老板看照片上方烫了四个字："明日之星。"他说："我一个'明日之星'，都来给你撑场面，不就是店里的生招牌吗？"

老板一想也对，便叫他试试，半年出不了师便走人。何承想读书不行，演技欠奉，这年轻人学起剪发却灵得很，合该是祖师爷赏饭吃。活好，加上人样子标致，说话又很伶俐。打小在南货店锻炼出的好口才，全都派上了用场。不出一年，已惹得新老顾客都十分喜爱，人人点他。他在店里是"8号"，行话叫"番瓜"。预订的电话来了，大半是找"番瓜仔"或"雀仔"的。木秀于林，长了自然惹人不待见。再加上他自己，见技术上再无所精进，也有些疲于敷衍那些九不搭八的故事。所以，后来遭遇了投诉，对他并不是意外。或许，反而是一个台阶，他便就此跟老板辞了职。

老板自然早看出了他的心气儿，也不想再留了。算是好来好去，还多给了一个月的工资。但他没想到的是，一个月后，这小伙子便和自己打起擂台。

说起鲗鱼涌英皇道上的“孔雀理发公司”，那真是翟玉成师傅一生中的高光，是他落手落脚，亲自打理起的生意。

北角一带的老辈人，谈起“孔雀”，总是有许多可堪回味之处，仿佛那是他们的集体回忆。如同时下上海静安区的老人儿，谈起百乐门，谈得眉飞色舞，其实并不见得都是当年叱咤舞场的老克腊①。毕竟“孔雀”作为一间高级发廊，当年用的是会员制，并非可以自由出入。

大家记忆中的，大约是“孔雀”堂皇的门口，高大的西门厅罗马柱上是拱形的圆顶，上面有巨大的白孔雀浮雕。灵感来自翟玉成爱去的“皇都戏院”上的浮雕“蝉迷董卓”，声势上却有过之而无不及。据说当年在夜色中，这孔雀便是缤纷绚丽的霓虹，不停地变换着颜色。在罗马柱旁，则有一对汉白玉的维纳斯。但和人们所见的断臂女神不同，这对维纳斯复原了自己的双臂，一个举着镜，而另一个则托着一只地球。创意谈不上高妙，但足以让人印象深刻。

就如同对这繁华包裹下内里的不知情，当这间高级发廊在北角的版图上荡然无存，人们也并说不出子丑寅卯，仿佛先前描述的，只不过头脑中的海市蜃楼，连自己都疑心它曾存在过。对于这个花名叫“孔雀仔”的发廊老板，也就有了许多的猜测与想象。因为他的年轻，没有人会相信白手起家的传奇，坊间流传的是他与一个女富商之间的暧昧。

多年后，翟师傅已入老境，再回忆起霞姐这个人，会觉得恍若隔世。因为开始与结束，似乎都没有清晰的界线。但有件事他记得很牢，可谓记忆犹新。

那时他还在“新光明”。有天黄昏时，他正在为一位女客梳很复杂的盘髻。时间久了，客人阖目养神，忽然睁开了。在镜子里头，他看见这女人原本严厉的目光柔和了，落在他在头顶动作的手上。她说：“你的手真好。指头又白又长，比女仔的手还漂亮。可惜了，应该去弹钢琴。”

对于“可惜了”的评价，他在心里不置可否。但当下却是享受这句话，手势便分外地仔细与尽心。

后来，霞姐的确教会他弹钢琴，但他也只会她教给他的那几支曲子。在如水的夜凉中，他坐在“丽池”顶楼的落地窗前，弹《致爱丽丝》。霞姐说：“我教会你，就是只

① “老克腊”指某一类人群，曾盛行于20世纪。在当下，他们的言谈举止、生活品位仍保持着老上海的旧日时尚。某种程度上说，“老克腊”代表着昔日考究和精致的上海文化风貌。

要你弹给我听。你不要弹给别人。”

“丽池”有三分之一的业权，属于霞姐的先生。准确地说，霞姐是他的外室。这男人发迹于南洋，捭阖半生，在一片莺歌燕舞中想通透了，终于叶落归根。霞姐跟他，从青春少艾到寂寞徐娘。他自然也没有负她，算是打点好了她的后半生。香港就这一点好，交易都在明处。哪怕中间有情，都是实打实的，没有一丝虚与委蛇。霞姐对翟玉成有真心，但也是“讲清楚”后的真心。她看出这个年轻人，有着同辈不及的现实与早熟。这份自知之明，不会给她带来麻烦。只是因为年龄的关系，还欠缺见一些世面。这她不怕，她的过去，就是他的世面。

翟玉成承认，这个女人深刻地影响了他，并不仅仅在经济和事业上。还有她的品位和审美，在漫长的岁月中以心得与阅历做底，没有保留地传授给了他，塑造他，并使之居高不下。至于爱情，因为年龄的悬殊，于他们都显得奢侈。但毋宁说，她给他带来了十分完整的情感教育。有关爱的质量，门槛被无限提高。这让他此后，对女人变得很挑剔。与他个人的境遇无关，就只是挑剔。

无疑，是她为“孔雀”带来丰沛的人脉，使得“会员制”经营可实行得顺风顺水。其间形成了微妙的舟与水的辩证。达官巨贾、名人士绅以“孔雀”的服务彰显地位，后者自然也倚重于前者打开局面。而从“新光明”这样的发廊挖来师傅与客源，到后来似乎成为顺理成章的常态。尤其是邓姓大哥，是霞姐的“契哥”。作为家喻户晓的明星，兼有三合会首脑身份。他入股“孔雀”，自然使得业内不敢再有任何微词。至于有心还是无意，本地的小报都算是拍到了几张他口中叼着雪茄，在保镖簇拥下进入“孔雀”的照片，算是坐实了“力撑”的姿态。

让翟玉成抱憾的，始终是半途而废的演艺生涯。在他又蠢蠢欲动时，邓哥适时发出警告，有关这一行的水深难测。但这不影响他格外善待娱乐界的朋友，例如女“猫王”沈梦、歌手吴静娴等等，都是他的座上宾。后来，在他们的鼓动下，他终于在两部电影中客串过角色。一部因为尺度问题，没有上映。他在里面演一个偷渡而来和女友团聚的青年，因后者的背叛而自尽。最后有一句台词：“香港也没这么香。”而另一部里，则是和女主角有简短床戏的花花公子。他在里面的表现十分生硬，且能隐约看到松弛的肚腩。他为对自己身体的不自律而懊恼，也从此放弃了演戏的梦想。霞姐也只是宽容地笑笑：“‘雀仔’就是这个脾性，你说他不听。试过不行，他就安生了。”

在现在看来，这句话有如谶语，甚至预示了翟玉成一生的转折点。当“试”成为常态的时候，人往往会忽略评估其中的代价。何况彼时，香港的经济已走向了蓬勃，每个人对自己能力的预判，都会稍微夸张一点点。然而就是这么“一点点”，可能会影响未来的走向。

并非要为翟玉成开解，但是有一些历史事实，可能会帮助我们了解他的心态。整个20世纪60年代，是香港工业腾飞时期。由1962年至1973年，香港的本地生产总值撇除通胀后，每年以9.4%复式增长。1962年的本地生产总值为86亿港元，上升至1973年的410亿港元。20世纪60年代，香港工业成就举世知名，是全球最大的纺织制衣、钟表、玩具、假发、塑料花等的出口王国；旅游业亦享有盛名，有“购物天堂”之称。就业情况良好，失业率几乎接近零。

不得不说，翟玉成得自遗传的生意头脑，比较他的父辈，还多了与生俱来的野心。在家人尚在犹豫时，他毅然投资了一家成衣公司，并且在此后的两年获得了丰厚的利润。当然，其中自有霞姐的点拨。在一个蒸腾的时代中，她要做他的底，让他放心地当他的弄潮儿，而不至于从浪尖上跌下来。他是风筝自飞于南天，卓然于同侪，他身后有一条看不见的引线。而放线人，便是霞姐。

但是，翟玉成对这条引线的感受，渐渐地从牵挂而转为牵制。其中有一种很难言喻的傀儡感。迅速的成长，让他产生了一种错觉，自己的骨骼血肉，已经足够的丰满强劲。而这一点，让他在性事上表现出更为明显的主导。这是具有迷惑力的细节。霞姐点上一支烟，拍拍他光裸的后背，满意地叹一口气，称他已“大个仔”了。他们都没有体会到，这句话下面暗藏的危机。

仅仅在两年后，香港爆发了前所未有的工潮，并因此发展成为轰轰烈烈的反殖运动。百业萧条，“孔雀”自然难以独善其身，翟玉成在成衣厂的投资，亦有不小折损。他没有听霞姐的，选择壮士断腕，关闭“孔雀”。这间高级发廊每天都有着庞大的开支，他不得不将晚上的霓虹灯也关掉。翟玉成对霞姐说：“‘孔雀’是我的梦，还没有做踏实，我舍不得醒。”

事实上，这次坚持成为日后他与霞姐争持的资本。这个时代，或许先天就是为翟玉成这样的年轻人所准备的。为了“孔雀”，他日渐逸出了霞姐那代人相对保守的轨道，而与这城市的起伏同奏共跫。年轻的翟师傅，曾是1969年底远东交易所开业以来，第一批入市的香港人。恒生指数两周后创下160.05点的当年新高，从而由此开启了这座城市的股市神话。

这神话的覆灭，是在五年之后。老一辈的香港人回忆，都说其中过程不突兀，有许多不可思议的信号，如今被称为笑谈。翻开当年的报纸，“置地饮牛奶”收购战、“过江龙饱食远扬”事件，桩桩足可警惕，但在一个全民嘉年华的时代，只当是这神话链条中的异彩。自1972年至1973年，香港有119家公司上市。市民们陷入了“逢买必涨，不买则输”的狂欢中，每日以粗糙而世俗的方式，举办自己人生的盛宴。“鱼翅捞饭”“鲍鱼煲粥”“老鼠斑制鱼蛋”是一九七三的荒诞与疯狂。这一年，“孔雀”也迎来了它的巅峰时刻。翟玉成亲自登高，将两颗硕大的哥伦比亚祖母绿，镶进了浮雕白孔雀的眼睛里。

孔雀瞳仁中的绿光，说不出的艳异，其实是最后的回光返照。一个谣言引发的蝴蝶效应，便破碎了泡沫，让恒指在一年间跌至150点，跌幅近91%。来势汹汹的股市坍塌，殃及楼市，元气大伤。数万股民毕生积蓄，朝夕间化为乌有，哀鸿遍野。这场股灾，让多年后的香港人谈起，仍是噤若寒蝉。以致TVB（中国香港电视广播有限公司）以此为题材的剧集《大时代》播映，派生出了都市迷信般的“丁蟹效应”，如幽灵在城市上空游荡不去。

即使到了暮年，翟玉成听到了《大时代》的主题歌《岁月无情》，总会伴随着一阵生理的痛感。

“爱几多，怨几多；柔情壮志逝去时，滔滔的感触去又来。”所谓柔情与壮志，只不过都是孔雀的尾翎，盛时展开来是一幅锦绣。一根根地脱落了，被踩踏进了泥土，怕是自己都不想回头去看一眼。

幸耶不幸，当年他遇到的，也还都算是重情义的人。最后的疯狂中，他暗自转移了霞姐的部分资产投入股市，直至一败涂地。她没有起诉他，甚至没有追讨，权作为了分手的礼物。而因道上的规矩，邓姓大哥要为“契妹”讨个公道，便教手下人斩了他的一根手指。斩断了，即刻派人送去医院，给他接上了，也算是顾念交情，留足面子。

在医院里醒来，他睁开眼睛，看到陪在病床边的，是好妹。

郑好彩是“孔雀”的美发助理，其实干的是俗称“洗头妹”的活儿。当然她一边为贵客们洗头，一边也在接受着剪发的训练，再过一个月就满师。

在“孔雀”这样的理发厅工作，于她这样的女孩，多少有一些虚荣的性质。对其他人来说，还未来得及体会这场中的浮华，便要离开，是会不甘心和落寞的。但她却没有。

“好彩”在广东话里，是“幸运”的意思，经理就顺理成章给她起了个英文名字，叫Lucky。如今要离开了，Lucky没有了，她还是好彩。

她自然说不出“成败一萧何”这样的话，但她信命，也服气命，是随遇而安的脾气。日后，她便总是想起当年面试时的一幕。那日看其他来面试的女孩，都是漂亮的。她也算生得周正，胳膊是胳膊，腿是腿。但身形却敦实，其实是很好的干活的身架子。但是，她举目四望，看这理发厅里，是她想不到的堂皇，水晶吊灯将繁花般的光影投在了天花板和四壁上。喷泉跟着音乐的声音起伏，上面有个小天使，手中是一把金色的弓箭。这些都与她的日常无关，她便有点慌，好像自己走错了地方。面试的一个环节是洗头。到了要她下手的时候，她的手不听使唤，不停地抖。被她洗头的那个模特，索性站起来，说："不行了，这妹仔抖得厉害，跟触电了一样。我都跟着抖。"

好彩叹口气，擦一擦手，准备离开。手却又不抖了。这时她听到一阵笑声。就看见一个青年靠着门站着，西装搭在肩膀上，嘴上叼着一根烟，似笑非笑望着她，说："留下吧。"

好彩愣愣地看着，想：这人可真是个靓仔啊。

经理便赶紧说："还不快谢谢成哥。"

她张一张嘴。此时的翟玉成，还未从一夜笙歌的宿醉中醒来，他揉一揉惺忪的眼睛，悠长地打了个呵欠，对她摆了摆手，转身就离去了。

或许，就是这惊鸿一瞥，让好彩总是有了种种的回味。日后，她常问起翟玉成，当时为什么要留下她。翟玉成开始会笑着敷衍，说："睇你靓女嘛。"她自然是不信，再追问，翟玉成就不耐烦再说了。

其实进来"孔雀"后，她极少能看到翟玉成。因为大堂里的电梯，可以直达三楼，那里是办公区和贵宾室。而老板照例并不会在他们工作的地方出现。偶尔看见了，他往往和别人在一起寒暄或应酬。她远远看见他在笑，却觉得这笑里其实是疲惫和肃然的。

那天，她最后离开"孔雀"时，禁不住还是回头看一看。巨大的拱顶上，已经没有了霓虹闪烁。在渐沉的暮色中，是一团突兀的灰。她心里头有些哀伤，倒不是为了自己。她想：不知道这么大的房子，以后可以派什么用场。会是什么人接手，那么美的喷泉，不知还留不留得下来。"但我再也不会回来了。"这样想着，她心里莫名地也有些悲壮。

可是呢，离开没有很久，她却又回来了。但大门已经贴了封条，进不去了。她透过大门的门缝向里看，里面一片漆黑。这让她觉得十分狼狈。她开始在门口徘徊，一面在想办法，一面在心里骂自己"大头虾"。她想：丢什么不好，哪怕丢了整个工具箱呢。偏偏丢了这件。

丢掉的是一把剃刀。Zwilling J. A. Henckels，德国产，很贵。才买了三个星期。原本是想用来做自己出师的礼物。可实在是太喜欢，就提前买了。这花去了她半个月的工资，想来还是十分肉痛。她沮丧地想，这真是赔了夫人又折兵。公司匆匆散了伙，还有半个月工资没着落，这把刀一丢，可凑了一个月的整。

正当她左顾右盼，终于准备放弃时，看到公司的后门开了，她想天无绝人之路。刚想要溜进去，却看走出了一群人。几个魁梧的汉子，中间架着一个人。那人走路踉跄着，脸色煞白，一只手上裹着纱布，已经被血渗透了。她仔细一看，是翟老板。吓得一个激灵，忙躲到了暗处去。她心里头风驰电掣般，想起了公司里听到的许多流言："不是说，这人已经和姘头卷款逃去了国外吗？”

她又看了一眼，看到翟玉成向这边方向偏了一下头，青白的脸上是种麻木和绝望。她回忆起了，那长久前的惊鸿一瞥，他似笑非笑地看着她，说：“留下吧。”

她看到一辆车在后门停下，那几个人将翟玉成推了上去。她心里咯噔一下，不知哪里来的勇气，飞快地拦住了一辆“的士”，说：“跟上前面那辆车。”

翟玉成醒来时候，看到的人，是郑好彩。

她俯在床头的栏杆上睡着了，睡得很熟，竟微微打着鼾。他在回忆里使劲搜索了一番，终于想起了这个长相敦实、脸庞红润的姑娘，是“孔雀”的员工。听有些人叫她“好妹”。

他感到肩膀有些酸痛，轻轻移动了一下身体，床“咯吱”响了一声。郑好彩揉揉眼睛，懵懂地抬起头，看着翟玉成正看着她，这才猛然醒了过来。她用手背擦了擦嘴角的口水，一时又愣住了，和眼前的这个人对望了一下。

忽然，她想起什么似的，站起身，将床头柜上的保温桶打开来，倒出了一碗，往翟玉成面前一杵。翟玉成下意识地往后一躲。好彩说：“猪脚啊，今朝起早炖了两个钟。以形补形。”

翟玉成和郑好彩的婚礼，并没有留下什么痕迹，甚至没有一张像样的结婚照。

好彩是个孤儿，在圣基道福利院长大。翟玉成早先因为投资股票的纠葛，跟家里断绝了关系。其实他父亲早已去世，母亲积劳成疾，前两年也过身了。留下一个“大妈”，已经老得不行了，倒是还在家里吃斋念佛，不闻窗外事。翟玉成跟几个兄弟反目后，也再没回过家里，从此形同孤家寡人。

结婚那天，便自然省去了一个“拜高堂”的环节。来的都是以前好彩在纺织厂上班的工友，都是一样敦实爽朗的姑娘，在一个潮州卤味店摆了一桌。到拍照时，姑娘们簇拥着好彩，倒将翟玉成挤到了一边去。照片上新郎就讷讷地站着。日后好彩看那照片，说，好像是一群女工旁边站着个傻佬二头。

其实，好彩并不想铺张婚礼，她甚至从未对小姐妹们说过翟玉成的过去。关于以前，她只想记得那个将她“留下来”的瞬间，中间可以跳过所有的事，再连结到这个眼前的人，依然是她在乎的。

婚礼后，她将姐妹们的“人情”都记了账，这一块将来是要还的。她经年的积蓄，都是嫁妆，竟然也有不小的一笔。翟玉成没有人来随份子。但是第二天，却收到了一个很大的礼包。打开来，里头是厚厚的一叠“大牛”（五百块）。这礼包没有具名，只在右下角，写着四个字："孔雀旧人。"

这笔钱，他们没有动，因为不清楚来历，便存到了银行里头。但后来，终于还是用掉了，因为"孔雀"虽然申请了破产，翟玉成却还有一些零星的外债没有清。息口不高，但几年间的通胀很厉害，都怕夜长梦多。

好彩没和翟玉成商量，自己出去觅了间铺子。她本不是个精打细算的人，但她现时手里握着压箱底的嫁妆，却知道一分一毫都是未来，不能有半点的差池。

到了开张的前一天，她才带了翟玉成看那间铺子。这铺子搭在明园西街的后巷，左手是个五金铺，右手是个烧腊店。外头粉白的墙，是好彩落手落脚刷的。铺子上头，"乐群理发"四个字，一笔一画都格外方正踏实。门口的三色灯柱，不是红白蓝，倒是红白绿。翟玉成想，这是仿照"孔雀"的灯柱。他是别出心裁的人，别人要用蓝，他偏要用绿。但眼前这灯柱，是转动不了的。因为也是好彩，一笔一画地画在墙上的。

好彩左右看看，悄悄对他说："我们好好做，往后把隔壁的店也盘下来。"

翟玉成看看好彩，眼里满满憧憬，全是将来。此时，他心里却都是过去，忽然发酵一样，堵住了他的胸口。他深深地吸一口气："想，这辈子，就这样了。"

小门面的生意，靠的是街坊帮衬。好彩醒目，知道开业那天，自己给自己送了一个花篮，又放了一挂鞭炮，便是让左邻右舍都知道。

人们便看，这小夫妻两个，女的有股市井的爽气，见人三分亲。男的很俊秀，话少，神情倒是郁郁的。虽然没有什么夫妻相，干起活来，倒是十分默契。两个人都是勤勉的。那时候的香港人，别的不认，就认人勤力，所以都慢慢地喜欢他们了。

其实，翟玉成被斩了手指，接上了，但留下了后遗症。大概是伤了神经，雨天疼，拿起稍有重量的东西，便抖。越想集中心神，越是抖得厉害。

他不能剪头发，也不能替人刮胡子。只能给好彩打下手。夜晚在灯底下，他惨然一笑，说："当年你手抖一时，我留下你。如今我可能要抖一辈子，你能留我到几时？"

好彩什么话也不说，只是将他的头揽到自己胸口，紧紧地。翟玉成听到好彩的心跳，也听到自己的心跳，渐渐地，就跳到一处了。

可他究竟是不甘心，闲下来，便跷起二郎腿。举着剃刀，拿自己的膝头哥练。开始不行，手稍微一抖，膝盖上就是一道血痕。他便擦掉了渗出的血珠，再练。一个小时练下来，就是密密麻麻、蛛网似的血道子。

好彩见到了吓一跳，说："我好彩唔好彩（不幸运），怎么嫁给个傻佬。"她便买了个冬瓜。冬瓜大小像是人头，上有一层绒毛，像是人的须发，正好给他练手。

练完了，晚上他们将这冬瓜吃了。从此一时冬瓜海带汤，一时蚝豉肉碎，一时花生瘦肉，轮番地煲。晚上吃，他们就笑，都觉得这一餐好像是赚来的，心里满足得很。

他这样练着练着，手倒真的渐渐定了。

有一天，他们收到一个包裹。打开来，里头是一把剃刀，还有一只推剪。好彩认了认，“哎呀”一声叫起来。原来这把剃刀，是Zwilling J. A. Henckels，和她在“孔雀”丢掉的那把一模一样。

包裹上没有具名，还是那四个字，“孔雀旧人”。翟三成看好彩高兴得像个孩子，心里也笑，暖一下。

到了年底时候，好彩有了身孕。第二年入秋，生了一对双抱胎。两个男孩，广东人叫“孖生仔”，是好兆头的意思。孩子的眉眼像翟玉成，清秀。身形似好彩，敦敦实实。他们就给起了名字，一个叫阿健，一个叫阿康。

但都觉得意犹未尽，就请教店里的老客，教中学的叶老师。叶老师就给加了个“然”字。翟健然，翟康然，果然雅了许多。

孖生仔六岁的时候，好彩又怀孕了。夫妻两个就说，这回要好彩的话，就是个女仔。

翟玉成对好彩说：“囡囡好，知道疼惜人。”好彩说：“对，长大了，会帮阿爸槌筋骨。”

两人就说：“那我们去黄大仙，烧香许个愿，求给我们一个女仔。”

生下来了，真是个女仔。夫妻俩欢喜极了。对他们来说，这是双喜临门。隔壁的五金铺不做了，租约夏天到期。他们就跟业主商量，想把铺子盘下来。两厢就谈好，就差签约了。他们说：“这囡囡是我们的福将，以后会越来越好。”

给囡囡取名字，爷娘各一个字，叫“彩玉”。到街坊发猪脚姜、红鸡蛋，都说这名字好听，很吉利。

出了月子，好彩要抱了囡囡去福利院看院长。这些年，逢到年节，好彩都要去自己出身的福利院，好像回娘家。翟玉成说：“路途远，我陪你去。”

好彩说：“前街孟师奶，约了今日来烫头发，她晚上要去北角饮宴。老街坊，不可失信人。你好好帮她整。”

见他不放心，好彩说：“我叫阿秀陪我去，总成了吧。”

阿秀和好彩是一个福利院出来的姐妹，这些年一直要好。翟玉成便说：“好，那你早去早回。”

好彩到了福利院。大家都很欢喜，聊了很久。院长说：“我也快退休了，看到你过得好，心里真是开心。我当年没给你取错名字。”

回程时，好彩就想，如今有了囡囡，天遂人愿，该去黄大仙烧炷香，还个愿。

她便让阿秀先回去。阿秀忖一忖说：“那行，家里等我煮饭，你知道我婆婆厉害。你自己小心点啊。”

好彩在黄大仙庙烧了香，又发了新的愿。从庙里出来，她闻着自己一身的香火味，觉得心里稳稳的。

她往大巴站的方向走，看见迎面走来一队童子军。小小的男孩子，穿着浅绿制服，走路雄赳赳的，都很神气。大概是刚刚野营回来。好彩想，孖生仔再过一年，也到了幼童军的年纪，到时穿上制服，也会一样的神气。

她这样想着，心里满足，一面就看这队童军手牵手，过马路。

当邻近她的时候，忽然看见一个男人斜刺跑过来，摇摇晃晃地，手里举着一把刀。孩子们一哄而散。男人愣着眼睛，只追其中一个男孩，眼看就要追上，刀要斩下来。好彩没时间想，一个箭步上去，挡在了男孩前面。一回身，护住了那孩子。那刀便刺在她后背上，她推一把孩子，叫他快跑。男人拔出刀，又更猛地刺下来。

好彩倒在血泊里。人们制服了那疯汉，报了警，叫了救护车，想将她扶起来，扶不起，见她已经没有了知觉，手里还紧紧抱着自己的婴儿。囡囡脸上身上都是血，直到将她与好彩分开，才号啕地哭起来。

翟玉成赶到医院，跟着担架车往手术室里跑，一边大声叫着老婆的名字：“好彩，好彩……”

好彩煞白着脸，这时忽然张开眼，看着他，竟淡淡笑了笑。她说：“我唔好彩（不幸运）啊。”

就又闭上了眼睛。

好彩死后的那个月，翟玉成那根被斩断的手指天天疼，疼得钻心。

有人来探他。他就狠狠扇自己耳光，说：“那天要跟去，好彩就不会出事。”

别人劝他。他就说：“千不该万不该，去什么福利院。福利院是孤儿所，她好来好去，留下仔仔囡囡做孤儿。”

人们就又劝他：“还有你在，孩子们怎么会做孤儿呢？”

这时候，囡囡彩玉哭起来。他冷冷瞥一眼，并不管。他说：“不是为咗呢个（为了那个）死女胞，好彩点会出去，点会去黄大仙还愿？佢累死佢阿妈，抵死。”

人们看他哭着，一边诅咒自己的亲生女儿。有些不解，更多的也万分同情，这男人突然遭遇不幸，是觉得人生坍塌了，糊涂了。总要时间，才能走出来。

但翟玉成，这以后，天天任由婴儿在家里哭，哭到没力气。也不开工，自己一个人坐在家门口喝酒。喝到酩酊，就躺倒在了地上不起。

孖生仔的小哥俩，却因此迅速地懂事了。他们还没有消化和真正理解母亲的死，却已经在讨论和试探中，模仿阿妈的手势照顾妹妹，给她喂奶粉，换洗尿布。

但他们，毕竟也还是很小的孩子，并不具备常识。如果不是因为社会福利署的义工来家访，他们都不知道妹妹已患上了黄疸病。

待发现了，已经迟了。婴儿太小，也太弱，没抢救过来。不到两个月，便随阿妈去了。

将囡囡葬了，葬在阿妈身边。当天回来，翟玉成又喝了大醉。孖生仔远远看他，谁都不敢说话。他看儿子们，眼光里忽然都是恶。走过来，左右开弓地打。阿健闷着头，任他打。打累了，他喝一口酒，又换了阿康打。阿康挣扎一下，他打得更凶。小小的孩子，捉住他的胳膊，狠狠咬下去。趁他一松手，跑出家门去了。

街坊的舆论，渐渐就变了，不再同情他。

但可怜一对孖生仔。阿妈走了。还是长身体的年纪，没有人照顾，还有个不生性的老爸，往后可怎么办。

有善心的，便偷偷招呼了小兄弟两个，到家里吃晚饭。临走，哥哥眼睛定定地看饭桌上的叉烧包。街坊以为他没吃饱，便包起来给他带走。

回到家，清锅冷灶。翟玉成一只手拎着酒瓶，看到儿子们，骂道："死扑街，放学唔知返，学人做古惑仔！"从腰间抽下皮带就要打。阿健不躲，由他揪住衣领。阿健从书包里拿出叉烧包，说："阿爸，你先吃了吧。你一天没吃饭了，吃饱了才有力气打。"

翟玉成一愣，抬起的手，慢慢垂下来。他觉得这只右手，忽然间抖得很厉害。他用左手牢牢地握，但终于无力地松开了。他猛然将儿子揽过来，用下巴紧紧抵住，觉得眼前一热，立时模糊了。

手这时候，倒是慢慢不抖了。

第二天，人们看到翟玉成在"乐群"门口，脚下搁着几只油漆桶。他弓着身子，细细地刷那三色的灯柱。是缘着好彩当年画下的轮廓，一笔一画，刷了一道又一道。

## 肆

### 有关"三色灯柱"的典故

迄今香港的飞发铺，店外仍然悬有一到两条红蓝白灯柱，被称为 Barber's Pole。这通常被理解为招徕顾客的手法，实则不止灯饰这么简单 。

其渊源可追溯至中世纪的欧洲。在《开膛史》一书中，我们可以看到一张中世纪理发师画像。理发师的右手拿着剪刀，平时为人们理发用；而左手拿的是比刮胡子用的剃刀大得多的手术刀。这是因为，1215 年拉特兰会议作出裁决后，形成了一个新的职业——理发师兼外科医生（barber-surgeon），并且风靡中世纪的欧洲。1361 年法国巴黎理发师协会颁布规章，并于 1383 年重申："皇帝的第一位侍从理发师掌管全巴黎市所有理发师的业务"且是"国内所有理发师和外科医生的首脑"。从这则规章中可以看出，当时被理发师一统的外科医学地位。

在那个时代，很多手术都是由理发师完成的，所以有种说法：理发师是外科医生的祖师。1365 年巴黎已有 40 名理发师出身的外科医生。在英国，爱德华四世（King Edward Ⅳ）在 1462 年成立了第一个理发师公会，并将其作为其他行业的典范，授予公会成员在伦敦拥有理发和外科手术的垄断权。至 1540 年，亨利八世准许有证书的理发师参加外科医生协会。

早在中世纪，欧洲已出现并流行一种放血疗法，但是血在宗教教义里一直处于一种比较敏感的存在，所以早期实施者都是教会内部的神职人员，直到 1163 年，教皇亚历山大三世下放了放血疗法的权力，将任务交给了民间理发师（barber）。每逢春、秋两季，许多人特别是有钱人，都要定期接受放血，以增强体质，适应即将来临的气候变化。

由此，理发行业的柱状标志就起源于放血之举。因为放血通常就在浴室中进行，病人先用温水沐浴，使血液流动加快，这样更容易放血。病人手中握着一根木棍，理发师在要放血部位的上方（通常在上臂）缠上绷带阻止血液流动，再用小刀割破隆起的血管，血就此流出，由于压力较大，有时甚至喷涌如泉。放血后，理发师把绷带洗干净，放在室外的柱子上晾晒。久而久之，这种在风中飘动的绷带竟然成了理发师招揽生意的广告。

于是，人们设计了一个招牌。顶端的黄铜水池用于盛放水蛭，底端的水池用于收集血液，圆柱代表病人手中握着的木棍，而柱子上的红色和白色条纹则是源于理发师将洗过的绷带悬挂在柱子上晾晒。风中的绷带相互扭转，围柱环绕。1700年左右，这种圆柱就成了理发馆的固定标识。随着外科技术的发展，外科医师协会规定外科医生的标识为红白相间条纹，理发师的标识则调整为蓝白相间的条纹，以示区别。后来，理发店标识将二者结合起来，使用红、白、蓝三色条纹，红色代表动脉，蓝色代表静脉，而白色则是缠绕手臂的绷带。

此后，放血以及其他外科医疗交还给医生，理发师回归本业。然而，门口使用三色灯柱，却已经成为理发店的一种标志。直至今日，旋转的灯柱在世界各地依然被当作理发店的象征，甚至还出现在某些地方的法律文件中。例如，2011年美国宾夕法尼亚州的理发师执照法就要求："每个理发店应提供一根旋转灯柱，或一个表明能提供理发服务的标志。"

## 伍

我陪同翟健然见了飞发铺的业主林先生。在一个钟头后，林生答应了我们续租一年的要求。他最后对翟师兄说："我是看当年好姨的面子。这一年，叫你阿爸好来好去，莫再荒唐了。"

这话里的话，隐隐地，未免冷酷。但既然已有了结果，也就不深究了。

年底时，我一个好友结婚，让我做"兄弟"。朋友是个华侨，在美国长大，对中国文化抱有海外华裔归根式的好奇。因为和本港一个女孩迅速地堕入了情网，这个婚礼便要成为他们共同想要的样子。中西合璧的婚礼形式，包括"兄弟们"的服装与发型，也是一种不可思议的复古。因为多年的交情，自然是迁就了他。我看着他发来的图片，想象着我们将要顶着一式一样的发型出现在婚礼上。我终于揶揄他说："你是要让我们都做你的葫芦兄弟了。"

他在WhatsApp的那头，似乎很茫然。我于是知道，以他的成长环境，是不会理解这么曼妙而贴切的比方的。但是，我仍然答应他，去为兄弟寻找能剪出这张早期好莱坞电影海报中出现的发型的师傅。

于是我找到了翟康然。我说："Terence，麻烦你，我知道复古是你的拿手好戏。"

他看了一眼，笑笑说："这个我恐怕剪不来，太古早了。不过我可以带你去见我的师父。"

我有些吃惊，心里想：难道他的师父，就是翟老先生吗？

但是，鉴于我知道他和他父亲的关系不是很和睦，于是也没有多问。

于是我见到了老庄师傅。

别误会，我这样称呼他，并非是因为他如何仙风道骨。而是他的年纪看上去，确实足够大了。这是从他脸上的皱纹和体态看出来的，尽管他极力地让自己看上去挺拔些。是的，在我看来，他是个很体面的老人。头势清爽，梳理得一丝不苟。制服里头的白衬衫领子浆洗过，抬手时可以看到一颗考究而低调的袖扣。

大约因为 Terence 作了介绍，他见我便用上海话打招呼："侬好哇？"

我说："我其实是南京人。"

老庄师傅便笑了，说："江苏人啊，那我们才是老乡，你听我上海话里有江北口音。我老家是扬州。伊拉香港人也搞不清爽，江浙人在这里都叫上海人。"

这时，一个满头发卷的师奶说："庄师傅，你好帮我弄一弄啦。"

他忙走过去，把一个宇航员帽一样的东西推上去。那是台烘发器，看得出有了年头。他一边轻声和师奶说了句什么，一边拆下她头上的发卷，又喷了点水，才开始给她吹头发。这时候眼里的笑意没了，眉头因专注紧锁，嘴也抿起来。

他熟练地用卷发梳一边梳理一边吹风。这吹风机是白铁制成的，是个海螺壳的式样。我依稀觉得在哪里见过。忽然想起来，是年前的一个贺岁的卡通片《小猪佩奇》。有好事的网友将祖师版的吹风机刷成了粉色，竟与佩奇别无二致，不期然掀起一股怀旧风潮。如今在这里见到了实物，有异样的亲切，不禁多看了几眼。那师奶以为我在看她，有些不好意思，用广东话说："后生仔，你是不知我们年纪大了，头发薄，卷一卷才好出街见人。庄师傅就说，吹出力道，打松了，又年轻十岁。"

师奶便笑了，改用上海话说："庄师傅嘴巴甜得来。"

庄师傅说："我老老实实，不讲大话的。"

师奶呵呵笑道："冲这个甜嘴巴，好手势，我月月都从九龙过来帮衬的。大家好讲上海话，认牢这个师傅。"

庄师傅说："哪里有，有两个号头没来过了。"

师奶便立即说："你都晓得，阿拉在浦东买了别墅，虹口也有套房子，一年总要回去住一住，才划算。"

庄师傅便接话："侬就算不住，房价这些年，都是坐火箭升上去，富婆做得适意得来。"

师奶似乎急了，身形一扭，开口声音忽然有些娇嗲："侬弗要乱讲啊。"

这时候，Terence 忽然低声说："师母来了。"

那个师奶便好像定住似的，正襟危坐。一个身形精干的女人走过来，蜡黄脸色，利落的短发，面目严肃，倒不太能看出年纪。她抱了一叠白色的毛巾，放进了座位旁边的抽屉里。打量那位客人，倒是微笑了一下，说："何师奶，好气色。"

这瘦小的人，竟是浑厚的烟嗓，倒显得整个人不怒而威了。

先前的师奶，声音低下去了八度，客气道："老板娘讲笑。阿拉侄孙周末摆满月酒，飞个靓头发去饮宴。"

老板娘说："多谢帮衬啦。"

说完，收了几条用过的毛巾，放进一只塑料篮子里，利落落地又走了。

她前脚刚走，这何师奶便道："阿弥陀佛，得人惊。"

"唔好郁（不要动）。"就听到庄师傅柔声道，大概头发吹到了尾声。师奶熟练地从桌上抽出一张纸巾，掩住口鼻。庄师傅用一大罐喷发胶，喷洒了一圈；又找出一罐小的，在额头喷了喷。

"何师奶，我同你讲……"庄师傅一开口，"自然定型，今晚唔好落水洗……知道喇，次次来，次次讲。"何师奶不耐烦似的，却又轻声笑起来。

庄师傅拿一面镜子，给她左右照照。又给她细细掸掉身上的碎头发。何师奶站起身，说："真的好手势，靓翻啰。"

便到柜台去结账。她临走先搁下五十块小费在台上，然后才出门去，身姿虽丰润，竟是有些婀娜的。

庄师傅将钞票塞给 Terence 说："康，拿去给你朋友买雪糕。"

Terence 笑着推却，说："师父还当我们是细路仔。"

庄师傅就装到自己口袋里，倒有些不好意思，说："嗨，世道不景，阿拉这辰光，唯有靠熟客啰。"

这时候，便听到那把庄太的烟嗓，是熟，熟得很。六十岁的人了，还跟人飘眼风。这个何仙姑！

庄师傅呵呵笑着，说："话是话，好歹人家也帮衬了二三十年。"

老板娘说："是啊，住在北角就帮衬，搬去了土瓜湾，坐船也要过来同上海老乡倾倾偈。"

Terence 就说："师母，何师奶口水多过茶，师父可是目不斜视。"

庄太就佯怒道："康仔，你就护你师父的短罢。"

说罢叹一口气，说："如今都请不到小工，我一个要顶八个用。你们男人家进来剪头发、剃须、汏头、擦面，至少要用六条毛巾。我哪里洗得过来。"

庄师傅便道："夫人辛苦，谁叫你是女中豪杰。"

庄太嘴里"哧"一声："我是劳碌命，老板娘是摆摆样子，人家有别墅的才是女中豪杰。"

庄师傅回过头，对我们做了一个鬼脸。庄太说："以往生意好时，我们光师傅就有十几个。你看现在，那边的龙师傅，来香港才二十多岁。现在刚过八十寿，也还是在做。"

我远远看去，这个师傅须发皆白，胖胖的，一脸的福相，倒真看不出已经是耄耋老人。他哈哈一笑，说："我这是香港精神，手唔震，就做落去。我们这间老字号，客同师傅，都是死一个少一个。有啲一百岁、坐住轮椅都嚟帮衬。两三个月冇嚟，到个仔嚟剪发，我话乜咁耐唔见你妈姐？佢就话过咗身啰。"①

庄师傅这时坐下来，接口道："对，李丽珊是香港精神。我孙女最钟意麦兜，吃菠萝油也是香港精神。"

他打开一只纸袋，拿出面包，又打开一只保温杯。一边啃面包，一边便说，从早上到现在，才有空吃口饭。"你是 Terry 的朋友仔，不和你见外了。按规矩我们上海师傅做事，有客时不能吃东西。不像广东师傅，叼着香烟给客人剪发，冇眼睇（看不下去）。"

这时候龙师傅转身收拾手上的活计，背影有些蹒跚。庄师傅轻声说："看他乐呵呵，去年底心脏才搭了桥。没办法，也是没有年轻人肯入行。"

Terence 便说："师父急人用，我就来帮手。"

庄师傅使劲摆摆手，大概是面包吃得急，堵在嘴里讲不出话来。庄太就接口道："可不敢请你，你老窦不要上门一把火烧了我们'温莎'。"

这时候，我才仔细环顾了这叫作"温莎"的理发店。带我来的时候，阿康特别强调，这是一间上海理发公司，不是一般的飞发铺。

其实地方不很大，大约是因为两整面墙都是镜子，感觉阔朗了许多。地面用石青色的马赛克，唯有柜台镶嵌一面大理石，在柔和的灯光里，也并不显得冰冷。上面钉着几个明星的黑白"大头像"，赫本、梦露和吕奇。巨大的月份牌，上面有个旗袍女子。丹凤眼，腮红，欲语还休的样子。整个厅堂里，响着极其清淡的音乐，是20世纪的风雅。唯有一只方形的挂钟，式样和做工，虽是金灿灿的，却显出批量生产的简陋，让这气氛有些破了功。

---

① 有的一百岁了，坐着轮椅都要来帮衬。三两个月没来，到了他儿子来剪头发，我说很久没见你阿妈啊？他就讲已经去世了。

这时，庄师傅吃完了，将那装面包的纸袋折叠好，扔进垃圾桶里。细细地洗了手，这才走过来，说："拿给我看看。"

我将朋友发来的照片给他看，他说："呦，花旗装，这发型可是很久没剪过了。你这个朋友仔有眼光。"

他便拍拍我的肩膀，先去洗个头，然后遥遥地喊："五叔公！"

刚才那个龙师傅，便引我过去。我走到洗头椅上躺下来，他说："后生仔，到这边来。这边是男宾部。"

我茫然站起来，才看到他站在店堂的另一侧，有几个水盆。庄师傅哈哈笑着说："阿拉上海理发公司，分男女，'架生'不同。广东理发店汱头朝天困，阿拉铺头，男宾是英雄竞折腰。"

我在龙师傅指引下坐下来，俯下身将面冲着白瓷洗脸池。龙师傅用手试试水温，这才轻轻将水淋在我的头上。这感觉很奇妙，好像童年时外公给我洗头的感觉，是很久前的了。这位老人家手力道很足，又有很温柔的分寸。擦干前，用指节轻轻敲打，头皮每一处都好像通畅清醒了，舒泰极了。

站起身，庄师傅冲我招招手，让我在一个庞大的理发椅上坐下来。

我这才注意到，男女宾的座椅原来也是不同的。女宾部的要小巧简单一些。

"五叔公汱头适意吧？"他一边用吹风机给我吹头，一边问。

他便好像很得意，说："那是。我们这边啊，人手依家少咗，可功架不倒。汱头、剪发、剃须、擦鞋，讲究几个师傅各有一手，成条龙服务。哪像广东佬的飞发铺，一脚踢！"

这吹风机的声音很大，我有些听不清他说话。吹完了，我说："师傅，这风筒有年头了吧？"他说："你话这只'飞机仔'？你自己看看。"

我借着光一看，刻着字呢，隐约可见字样："大新公司，1960年3月7日"，算起来有六十年了。

我说："是个古董呢。"

他一边剪，一边说："要说古董，我这里不要太多。就你坐的这张油压理发椅。我在日本订了来。盛惠三千八一张，我买了八张。当时一个师傅的月薪才三百块，是一年薪水。六〇年代，可以买两层楼呢。"

庄太接口道："挨个辰光，真不如买了楼。乜都唔做，现在卖了手头两千多万来养老。"

庄师傅不理他："你看这老东西，质量交关好。真皮坐垫头枕，几十年才换了一次皮，脚踏可调高低，椅背可校前后，还带按摩。适意得来，这么多年，帮我留住了多少客。”

他一边说，一边踩那脚踏，椅背便降下来。我似曾相识，便说：“‘乐群’那里也见过这张椅。”

Terence便道：“我那张，是找人仿制了师父这里的，如今买少见少。‘温莎’这几张真古董，林家卫拍《一代宗师》，张震的白玫瑰理发店，在这借过景。景能借，椅子能仿，可手艺借不了。艾伦你就闭上眼睛，叹下什么是真功夫。”

我果然闭上眼睛，一块滚热的毛巾敷在面上，顿时觉得毛孔都张了开来。就感到一把毛刷在脸上轻抚，有一种小时候的花露水味道，滑腻而冰爽，是剃须枧液。一丝凉从唇上开始游动，然后是下巴、颈项、面颊两边，奇异的张弛，是伴随手指在脸部的轻按与拉伸。这感觉似曾相识，但似乎又是全新的体验。大约因为一气呵成，有一种可碰触的洁净。像是锋刃在皮肤上的舞蹈，令人几乎不忍停下。

我忽然明白了，翟康然师出有名，的确不是来自他的父亲。

我的脸上又被敷上了毛巾，作为这冰爽后的一个温暖的收束。

椅子被渐渐升起来，我看到庄师傅牵过椅子侧面的一条皮带，将剃刀在上面打磨。他说：“这东西我们叫‘吕洞宾裤腰带’，我一柄‘孖人牌’，磨了几十年，还经用得很。”

他笑道：“你大概听说过‘扬州三把刀’。这剃刀在上海理发公司才叫发扬光大，我‘温莎’的回头客，来来往往，都是为了再挨我这一刀。”

我看见他已经将刀刃磨成了波浪形的剃刀，用布擦干净，很小心地放进手边的盒子里。

庄师傅剪头发，不用电推，只用牙梳和各色剪刀。他的手在我头顶翻飞。剪刀便如同长在他的手指间，骨肉相连，无须思考的动作，像是本能。流水行云，甚至不见他判断毫微。手与我的头发，好像是老友重逢的默契。

待那只大风筒的声音又响起来，已是很长时间后了。但我似乎又没有感到时间的流逝。镜子里头，是个熟悉的陌生人，却如同时光的倒流，与这店里昏黄的灯影、墙纸上轻微蜿蜒的经年水迹、颜色斑驳的皮椅，不期然地浑然一体。

“成个电影明星咁!”庄师傅赞道。他最后细心地调整了我额前发浪细微弯折的曲度。

临走时，庄师傅从柜上取下一个金属樽，对我说：“你的发质硬，要仔细打理，照我说的方法。我送你一罐发蜡。”

我接过来道谢，上面只有“温莎”两个字。他倒是眨了眨眼睛，道：“都说我们上海师傅孤寒，那是没遇到知己。”

走出店，翟康然看看我说："我师父做的花旗头是一绝，和外头不一样，但他不教我。"

我问："为什么？"

他问："你没看出，他根本看不上广东飞发吗？"

"其实，他是看不上我阿爸！"没有等我回答，他说，"但师父答应他，不给我出师。他一天不教我花旗头，我就不算是他徒弟。"

我终于问："你为什么不跟翟师傅学剪发呢？"

翟康然没说话。我们俩在北角默默地走，我看到了翟师兄对我说过的皇都戏院。在英皇道的拐弯处，巨大的玫瑰色的背景，是业已斑驳的浮雕——"蝉迷董卓"。我仔细地辨认，看不出蝉，也不见董卓。但可以想见昔日的堂皇。如今熙熙攘攘的人流，没有谁在此驻足，哪怕抬起头看一眼。不期然地，我想起了"孔雀"。

我说："Terry，我想进去看看。"我们走入去，其实里面并没有什么可看的。只有两个卖玩具的档口和一个临时搭建起的报纸摊档，兼卖色情杂志。翟康然翻看了一下，说："也不知还卖不卖得掉，价钱倒没怎么涨。当年冲田杏梨那期出街，我们几个男生集钱买《龙虎豹》来看。"摊主说："铺租可涨得好犀利。"翟康然就掏出钱，买了一本，说："当个纪念吧。"

这地铺的尽头，是个眼镜店，叫"公主眼镜中心"。他对我说："那时候我哥刚上初中，来这里配近视眼镜。我爸说，'讲好孖生，又不见康仔眼有事，晒咗啲钱（浪费钱）！'你说谁好好的，会想要近视？我哥读书勤力，家里那个十五瓦的小灯胆，不近视才怪。"

自然这地处偏僻的眼镜店，也并没有什么生意。我们驻足，老板便走出来，脸上挂了殷勤的职业笑容。他愣一愣，招呼说："康仔！"

Terence 便道："水伯，我陪朋友来看看。他是个作家呢。"

这叫水伯的老板说："好好，作家好。我细个时，成日睇梁羽生小说，你写不写武侠的？"

我便说："我想写写老香港。"

水伯踌躇一下，便大笑道，说："老香港，咪就系我哋呢班老嘢①，有什么好写哦。"

接着他又说："哈哈，康仔，不如写你老窦啦。我好耐未见佢，仲未死？②"

---

① 不就是我们这班老东西。

② 不如写你老爸啦，我很久没见过他，还没死吗？

阿康便答他："就快了，肺癌第三期。不过他自己唔知道。"

我只觉头脑轰的一声。水伯变得手足无措，他显然没预计老伙计之间的玩笑话，会招致如此答案。但阿康说得不露声色，风停水静，仿佛只是在讲一件极小的家庭琐事。

我看出，他眼里有淡淡的恶作剧的神情，在面对这一瞬难言的尴尬。他并没有给水伯足够的反应时间，就告辞离开。留下这个老人，五味杂陈的表情还凝固在脸上。

我们走进北角官立中学。大概因为这天周末，并没有什么人。

校园里有一棵参天的榕树，垂挂下的气根，在地上又生出了新的枝叶。它的大和古意，与校园里翻新的校舍、运动设施似乎有些不相称。

我们在树底下的长凳坐下，阿康说："我好久都没回来了。现在看，这些东西怎么都变得这么小?"

"你不知道，以往对面有个夜总会。舞小姐的宿舍就在楼上。我们这些男生一下课，就跑到教室天台上看，好彩能看到她们换衣服。她们也不避人，还跟我们抛飞吻。有一次啊，我们刚跑到天台上，就看见了教导主任，眼巴巴地望对面。"

"我大佬，就从来不跟我们去看。他们都说，我跟翟健然，除了长得分不清，没一处一样。可是我第一次逃学，就是我哥帮我顶下来的。"

那天逃学，翟康然走进了"温莎"这间上海理发公司。

他是受了一个同学的影响。这个同学是 Queen 乐队痴迷的拥趸。20 世纪 70 年代，因为 Queen 和 The Osmonds，加之本港温拿乐队的推波助澜，几乎全港的青年男性都开始蓄发，留椰壳头，这成为盘桓良久的时尚标杆。但此时这波风潮早已经过去，这个男生仍然坚定不移地将一头长发，作为对偶像表达忠诚的标志。哪怕冒着被处分的风险，仍然在所不惜。但某一天，他走进了教室，同学们惊奇地发现，他的头发剪短了，一同剪掉了他的不羁。但他的新发型，整洁而精致，却呈现出了某种高贵而成熟的气质。在这些成长于北角街巷的孩子们来说，这是新奇的。翟康然和他们一样，第一次体会到发型对一个人的改变，可以如此巨大。他看到这个同学，显然对自己的改变持某种骄傲的态度。当反复被人问起，这个孩子才言简意赅，而略带神秘地说出"温莎"两个字。

翟康然站在这家理发公司门口，看着这两个字。它的标牌上有一个简洁的男人人形，用的是剪影的手法。他打着领结，嘴上叼着烟斗，是个西方的绅士的形象。在一瞬间，翟康然觉得自己十多年养成的审美，受到了某种击打。

他走进去，首先就看见了大理石影壁上赫本与梦露的大幅黑白海报。梦露浅笑着，垂着眼角望着他，带着某种欲语还休的魅惑。他同时听到了舒缓而节奏慵懒的音乐，这和此时本港的流行，也大相径庭。年轻的他并不熟悉，这是爵士，来自柜台上的一台山水牌唱机。

他模仿着身边的大人，坐下。立即有个胳膊上搭着毛巾的人走过来，半屈着身体面对他。他的手里有一只木盒，里面放着几种香烟，有万宝路、总督等牌子，供客人挑选。学校的规矩，此时让他仓皇地摆了摆手。这人便转向下一个客人。他看着身边的人，接过了报纸与香烟，立刻有一只 zippo 的 K 金打火机，“咔”地在嘴边打响。这“咔”的一声，在翟康然听来，有一种难以言喻的形式美感。他想，他自己家的铺头，只在阴湿的墙角放着几本公仔书——《傻侦探》《财叔》《老夫子》《铁甲人》，用来哄一哄哭闹的街童。

他远远地看见这店里的师傅。

这些师傅各司其职，有的在给人洗头，有的在刮脸，有的在客人临出门前为客人擦鞋。有条不紊，是他所未见过的排场与讲究。师傅原来都是一样的装束，穿着枣红色的制服。这是“温莎”许多年没变过的 barber jacket。这制服上两侧各有一个口袋，左红万、右马经。

唯有一个人，穿着深蓝色。这个人和他的父亲年纪相仿，但比他老窦挺拔得多，浆洗得挺硬的衬衫衣领，将他的身形又拔高了一些。他打着黑色的领结，和门口招牌上的绅士一样。此时，他正弓下腰，与一个客人耳语，脸上是专注与殷勤的表情。

就这样，翟康然目睹了庄师傅为一个男客服务的整个过程，并且就此做了决定，要拜他为师。

在回家的路上，翟康然步态轻松，尽管他花去了他积攒的零花钱。但他耳畔似乎还响着带着上海口音的那句略软糯的“先生”，而不是粗鲁地叫他“细蚊仔”。他觉得自己的脸颊无比光洁。因为这声“先生”，他剃去了在激素涌动下已经长得旺盛得有些发青的唇髭。此前，他从未刮过胡子。这个上海师傅柔声问他要不要刮去，因为此后长出来，会更加坚硬。他毅然地点了头，像是接受了某种告别青春的仪式。他在路上走着，忽然闭上眼睛，回味着手调的剃须泡在脸颊上堆积的润滑，而后锋刃在皮肤上游动略微发痒的感觉。他再睁开眼睛，觉得神清气爽，他是个真正的“男人”了。

翟康然傲然地走进了逼仄的家。他已预计到了父兄的反应。在昏暗的灯光里头，翟健然抬起头，看着胞弟顶着从未见过的发型，进了门。他恍惚了一下，大约因为这张和自己一模一样的脸。他的目光从眼镜片后投射过来，定定地、呆钝地落在了阿康身上。然后猛然转过头去，他看见醉酒的父亲，红着眼睛，像是在望一只误打误撞、从外面走进来的野猫。

翟康然在父亲的眼睛里，终于看到了一丝怯懦。为了掩饰这怯懦，翟玉成从腰间抽出了皮带，走向自己的儿子。他比平时走得慢一些，并不是因为他喝得比平时更多，而是他有些犹豫。当他说服自己，“慢”只是更为表现自己权威的动作，翟康然已经捕捉到了父亲的犹豫。当后者终于抡起了皮带，要抽向他的时候，他一把握住了父亲的手。眼神里浮动了一种轻蔑的笑意，这笑意和他的新发型配合得天衣无缝，是见过了世面的少年老成。这笑终于激怒了翟玉成。他使了一下劲，却发现自己动弹不得。这时，他惊恐地发现，原来儿子已经长大了，长到了与自己相等的身量，甚至更高，因看向自己的目光是俯视的。

翟康然当然有了得逞的快意。一个飞发佬的儿子，却去了别人那里剪了头发，并且是他从未操刀过的发型。他知道父亲已经深深体会到了羞耻。是的，这十几年来，经过父亲的手，他多年剪的是最为简易的“陆军装”与“红毛装”。身为一个飞发佬，翟玉成并不想将精力用在自家孩子身上，因为无关乎营生。他对两兄弟向来是粗疏和敷衍的。

这个精致而略显浮华的发型，在一个中学生的头上，无论视觉与心理，都对他造成了打击与挑战。他想，他长年寄身于街巷，大概有多久没剪过这样的发型了。

翟玉成后退几步，颓然地坐下来。翟康然只当是他内心的挫败与虚弱。他的举动，印证了孩子对他的想象，这就是个终日酗酒、混吃等死、虚张声势的飞发佬。

但是做儿子的不知道，在这一刹那，父亲的脑海里出现了“孔雀”两个字。这是他内心最后的体面，多年来隐藏在他记忆的暗格中。像所有的秘密一样，被用酒精麻醉，行将凋萎，但终究是没有死。

翟康然自然不知道当年“孔雀”的盛况，即使有老辈的北角人曾经提起，他也不会觉得与自己有一丝毫的关联。这间港产的发廊，已经彻底从城市版图上消失，成为某个阶层温柔的时代断片。前无过去，后无将来。

翟玉成知道，尚年少的儿子，终于与他青年时的职业理想，出现了交叠。这或许是遗传的强大。幸耶不幸，但儿子的理想，却是寄身于另一个人身上。

“你要同个外江佬学飞发?”他问儿子。

“对!”翟康然并未正眼看自己的父亲。他仅仅是通知他。

庄锦明看见这个男孩走进来，直截了当地向他提出了学师的要求。

他望着这个不知天高地厚的孩子，心想：如今是什么世道，广东仔都这么理直气壮，想学上海理发?

彼时，尽管整个香港飞发业在时代的浪潮中节节败退，“上海理发公司”在其中，仍然是个奇妙的闭环。

这大约因为某种流传至今的排场与尊严。

剪头发在庄锦明家里，算是世业。老早的“扬州三把刀”，他家里是占了两把。爷爷辈除了剃刀，还有修脚刀，一上一下。后来时世迭转，背井离乡，便都转做了头上功夫，出了几个有名的理发师傅。“上海老早剃头店，都是阿拉同乡开的嘛。”这是颇令他自豪的一句话。他父亲出师后，便在上海金门饭店的“华安理发”做，算是很见过了世面。“挨个辰光，剃头店的门是旋转的，有红头阿三开门，老高级的。”后来庄老先生积攒了客源，自己出来开店。再往后，便和几个朋友南下了香港。

大约过了些时候，庄老先生便为儿子也申请了来港。说实话，刚来时，少年的庄锦明对香港是失望的。他回忆起当时的感受，常以“蹩脚”一言蔽之。满眼是低矮陈旧的三层唐楼。而因为还未大规模地填海，湾仔铜锣湾一带，也是缺乏气象的。虽说他出来时，相形昔日繁华，上海已有些“推背”（走下坡路），但较香港还是绰绰有余。好在他所在的区域，是北角。那里有许多的上海人，殷实些的迁去了半山继园一带。到他来港，还有不少散居民间，在春秧街、明园西街等处和福建人混居在一起。这里便被称为“小上海”，自然也带来了上海人的品位和生态。洋服店、照相馆、南货店是不缺的。早上起来，想吃地道的粢饭、咸浆、鳝糊面也都可以找得见地方。庄锦明并不觉得和在上海时有太大差别。

此时，年轻如他，当然意识到了“上海”二字，已经成为某种时髦的风向标。而20世纪的五六十年代，如庄老先生开的上海理发店，也成为这海派的时髦里最显性的基因。上海理发师傅，为香港带来了“蛋挞头”“飞机头”等经典发型，也带来周到的服务。“顾客至上”的原则甚至价格的高昂，形成了某种洋派传统的仪式感，令街坊式理发的粗枝大叶相形见绌。

到庄锦明开店时，上海理发虽远未至强弩之末，其实已过了盛时。这大约因为全球化与资讯的传递，已经进入了新的纪元。各种流行与风潮在欧美出现，很短的时间内就可在世界燎原。然而这风潮又的确捉摸不定，受到各种因素的影响，反战、平权、朋克运动甚至只是一出电影。飞发师傅们并不懂得这些，他们只看到本港年轻人的头发越留越长，可以许多个月都不剪。而蓬松与疏于打理，竟然也会成为某种审美和流行。这是不可思议的，并影响到了他们的生计。

庄老先生过身后，庄锦明退租了原来在渣华道的铺位，选择在春秧街另开了一间新店。对于一个上海理发店，这具有某种革命的意义。从另一个角度来说，或许也是他的聪明之处。

他的前辈们，是不曾在如此街坊的地方开店的。上海理发店，一直都是壁垒分明的阶层标志。但“温莎”的到来，则打破了这一壁垒。在有限度地保留一贯的服务与形式的前提下，它以入乡随俗的作风、惠民的态度面对了街坊。这就是其意义。换言之，它让北角的普罗街坊得以平价享受了从未体验的飞发排场，以及与之相关的虚荣。在消费学和市场学的界定里，“上海理发”类似贺施所提出的 Positional Goods（地位性商品）。庄锦明可谓抓住了其中的精髓，且深谙其道，如同当下某些奢侈品牌与大众连锁店的合作，推出所谓设计师款。牺牲了一点矜持，就获得新的市场与口碑。

于是，“温莎”的铺租，自然也就更为合算。它没用庄家老店张扬气派的门脸儿。在熙熙攘攘的春秧街上，它的左邻右舍，是面粉厂、南货店以及果栏。每天清晨伊始，这街道上即开始了一天的劳作。所以它的气质，也便随之勤勉而务实，类似于某种脱胎换骨。比起老店，它也关得更加晚，在门前“叮叮当当”的电车声中，来往的人们都看得见它的灯光和招牌上绅士剪影的标志。

如此，庄锦明为北角的街坊，忠诚地提供着对绅士的服务。但他却并未牺牲应有的品质与流程。比如师傅次第接力式的服务，各司其职。这对于人手是有要求的，鉴于香港人工的相对高昂，便很需要控制成本的艺术。

在这方面，庄锦明可谓得天独厚。他出身于理发的世家，而与他的太太家里亦是同行。在他奔赴香港继承父业时，两家留在内地的亲戚，正与时代同奏共跫。他们是知青的一代，经历了上山下乡，被下放到安徽和苏北插队。他们通过高考和招工，回到城里，成了教师、工人和家庭主妇。

在时间的淘洗中，他们渐渐忘却了祖业。直到有一年清明，庄锦明携太太回来，给他祖父上坟。他们发现，这个香港亲戚衣锦还乡，靠的正是家传。这才唤起了他们对手艺的记忆。庄锦明看着三堂哥一家，局促地住在已颓败的亭子间，在走廊里烧饭，不禁脱口而出：“不如你们来帮我吧。”

于是这些亲戚们，申请了三个号头的探亲签证，来到香港，为新开的“温莎”助阵。即使手势生疏，但遗传的天分，使他们在汏了一个星期的头之后，已然可以上手，独当一面。在这三个月里，庄锦明管他们吃住，给他们三四千一个月的薪资。当他们回去时，带了万余元的港币现金。可以想见，相对于当时内地的普遍工资，这是一笔巨款。因此，亲戚们可谓前赴后继，“温莎”也从未缺过人手。

庄锦明回想起那时的自己，尽管摆出了躬身的姿态，内里仍有些气傲。

他看着这个少年，长着广东人典型的微凹的眼睛，眼里泛着微光。庄锦明以一种看似亲和、实则居高临下的态度，打发了他。

但是，这个少年第二日傍晚又来了。坐在同一个位置，是在等客区的角落，大约为不影响其他的顾客。他一声不吭，只是定定地看着庄锦明剪发。由于他并未打扰店里的工作，无可指摘。直到快要打烊时，他才走过来，再次表示了想要学师的愿望。

这一天很累，庄锦明没有了敷衍他的兴趣，就说："后生仔，你看，我们不需要人手了。"

少年说："我想当学徒，我不要工钱。"

庄锦明直截了当地说："我不收学徒。"

但是这个少年仍然每天都会来，甚至不再询问他，只是以一种坚执的目光望着他，眼睛都不眨一下。庄锦明在他的注视下，有些不自在，但久了也渐渐习以为常。

直到有一天，他听到了两个客人的议论。

一个说："这细路，不是'乐群'那个飞发佬的仔吗？孖生的。"

另一个答："是哦，不知是老大还是老二。"

这个便说："老二吧，老大是个四眼仔。"

店里的师傅便对庄锦明说："难怪熟口面。自己家开飞发铺，跑到人家铺头学师，系唔系黐线（是不是脑子有毛病）？"

这句话提醒了庄锦明。后来，翟康然问起，究竟是什么原因，让师父忽然回心转意，收下了他。庄锦明笑而不语。

其实，当他在春秧街开铺的那一天，他已经十分清楚，自己会触动同业的利益。

而近在咫尺的"乐群"，必然是其中之一。即使"温莎"以屈尊的姿态，但在价格上还是比"乐群"高了二十元。但毕竟高得有限。一如前述，北角的居民，已视"温莎"为改变生活品质的捷径。这并阻挡不了客源的流动。如果付出了十几二十块，就可以不用忍受横街窄巷里经年的污水与死耗子味，享受好得多的服务，何乐而不为？

直到终日在宿醉中上工的翟玉成，也意识到了情势的变化。他看见隔壁铺卖烧腊的大强仔，从"温莎"中走出来，喜气洋洋地。长相粗豪的强仔顶着一个精致的蛋挞头，走出来，青靓白净起来。翟玉成无名火起，因为强仔终年都在他那里剪一个陆军装，那是一种极易打理的、类似光头的发型。中饭的生意空档，一只电推就可顺手搞定。强仔的移情，既不符合就近原则，也无关乎效率，这足以令人警惕。

"温莎"的出现，改变了北角飞发佬的生存环境，是必然的。在翟玉成们看来，无异于鸠占鹊巢。他们深信这间"上海理发公司"一定名不副实。"白粥价，碗仔翅当鱼翅卖!”是对非法打破业态的控诉。翟玉成并未加入这种控诉。只有他自己知道，他心底埋藏着一个“孔雀”。这个别人眼中的神话，是他个人的秘密。尽管永远秘而不宣，也使得他在内心不屑于和这些飞发佬们为伍。

但是，当得知自己的儿子，要拜在这个上海师傅门下时，终于对他造成了打击。

那段时间，“温莎”的生意已经经过了开业时盈门的火爆，进入了平稳期。但是庄锦明心中并不畅快。

即使有所准备，他所感受到的来自同业的敌意，依然大于想象。关于他出现了诸多的流言。在开初的时候，他还一笑了之。但是这些流言在流传的过程中，捕风捉影，生长、丰满、自我逻辑化，变得越来越有鼻子有眼。

其中之一是说，他开所谓“上海理发店”，但自己却不是上海人。他的祖上，是来自苏北乡下的修脚师傅。这自然是为了撼动他的权威与手艺继承的合理性。而另一说，则是讲他在开店执业之前，是在北角的殡仪馆，专为死人剪头发。这个诡异的谣言，显然是空穴来风，却有着令人啼笑皆非的依据，是因为他用来打薄的牙剪，比一般剃头佬的要小一号。

这些谣言彼此交缠串联，编织成了一个完整的故事。这个故事的核心内容便是，他是个出身低下、手段阴暗的侵入者，“上海”二字不过是用来惑众的表皮。

在长期的哑忍后，他决定捍卫自己的尊严。

他收翟康然为徒，于是有了意气的性质。

他不相信翟玉成在这个谣言链条中的无辜。打击一个，便可儆百。

翟康然在意外的喜悦中进入了“温莎”，因为出自珍惜，他很清楚成为一个学徒需要做的一切。

没有拜师礼，没有敬师茶，他理解为这是所谓洋派作风。他也有了一身制服，枣红色、左红万、右马经。虽然并非为他度身定做，有些宽大，但他依然有了某种骄傲。他看着镜子中的自己，背后也有镜子，一个叠一个，一个套一个，前前后后便有无数个自己，像是将这有限而无限的世界充盈了，他心底升起了一丝浅浅的得意与安心。

这店堂里的爵士，忽然转成了一个女子苍厚的声音，妖冶慵懒。他不知这是白光的歌声。但穿过这歌声，他似乎看到了20世纪30年代的老上海。那是他从未去过的地方，只在电视与画报上见过。但他仿佛看见了摩肩接踵的大厦，外滩一望无尽的灯光，滔滔的黄浦江水，远方传来鸣船的汽笛声。入时的男女，衣香鬓影，拥在一起舞蹈。在霓虹的闪烁中，若隐若现，晨昏无定。

他想，这就是他的理想。他要成为一个上海理发师傅，他离着理想，越来越接近了。

他还是个少年，理想也注定有少年的天真，以及少年的一根筋。他在中五辍了学，投入了他自己所认为的事业。

这时，旁边响起一个声音："康仔，倒痰罐了啦。等着积元宝咩？"

他这才回过神来，赶紧拿起痰罐。里面的味道让他干呕了一下。痰罐里的污物上，漂着几颗烟头，是冲鼻的气息。但他忍住，利索地走出去。

看着他的背影，这一瞬，庄锦明心里有一丝不忍。他甚至动摇了一下，但稍纵即逝。他想，已经一周过去了，这孩子竟没有看出他非出自真心。他甚至没有体会到周遭的嘲讽与淡淡恶意。

在翟康然看来，师父安排他的工作无外乎两样，给客人递烟与倾倒、洗刷痰罐。他想当然将之视为历练。他看过太多这样的故事，师父用不可思议的方式考验徒弟，其中大多与屈辱相关。但这些考验，无一不指向倾囊相授与终成大器。

这一天收工前，庄锦明点起了一炷香，要求他扎下马步，然后悬在手中摇晃一根筷子，模拟理发的动作。

翟康然想，终于接近了这个故事的正式起点，师父开始教他了。

他定定地站着，让自己的背挺着更直一些。当不久之后，他感到腿开始沉重，手腕也因无依持发起了酸。

当他的腿开始发抖时，感到膝盖被猛地一击。

他连忙振作了精神，让自己站得更直一些。

他的身后又响起了上海话，间或是讪笑的声音。这是他这些天里，唯一感到不友善的地方。这些师傅，总是在他经过时，改用上海话交谈，似乎有心要让他听不懂。他听到他们在身后议论。他们都是知情的人，他们在等待他的耐心和自尊感的崩塌。

这时候，门打开了。庄锦明看见一个精瘦的男人走了进来，脸色青黄，顶有些谢。重点是，来人有双微凹的眼睛。庄锦明心里冷笑，他想，事情终于接近戏骨了。

翟玉成看着自己的儿子，以一个滑稽的姿势站着，面对自己，手里执着一根筷子。因为看见了父亲，他的手忽然静止，整个人的姿势，便更为滑稽，像是一个傀儡。意想中的，他感受到了屈辱。

儿子的身后，站着一个男人，头发梳理得一丝不苟。嘴角有些下垂，是严厉的表情。他的手中举着一把鸡毛掸，狠狠地打在儿子的腿弯，说："手莫停！"

这一下，仿佛打在了翟玉成身上。他走到翟康然跟前，说："康仔，走。"

庄锦明又一下打下来，说："叫你手莫停。"

他看到了这个男人额上渐渐爆出了青筋，但仍不露声色。这已经让他意外。庄锦明想，小看了这个广东飞发佬，还真沉得住气。

庄锦明始终没有正眼看他。在长久的沉默后，这男人终于拉动了翟康然一下。

庄锦明这才站起身，厉声道："我教训徒弟，旁人插什么手？"

他仍然没有看翟玉成。翟玉成静默了一下，提高声音说："这是我儿子？"

庄锦明冷笑，同时闻到了一股酒气。他想，酒壮㞞人胆。这人露出了色厉内荏的一面，所以管教不了他的儿子。他转向翟康然，问道："康仔，是吗？"

翟康然一声不吭。

翟玉成上前一步，定定地看着庄锦明道："你又飞发佬，我又飞发佬，凡事讲个将心比心。"

庄锦明说："我不懂什么飞发，阿拉上海师傅，只讲理发。"

翟玉成脸上的肌肉抖动了一下，这轻微的表情被庄锦明捕捉住了。他想：好，这个中年男人，终于要失态，他能怎样？无理取闹，歇斯底里，一哭二闹三上吊。他便输了。

翟玉成说："你唔返学，唔返屋企，依家唔认我呢个老窦。① 我只问你一句话，你跟定这个外江佬学飞发？"

愣在那里的翟康然，这时忽然抬起了脸，看着父亲，坚定地点了点头。

翟玉成叹一口气，回转了身去。他往前走了几步，站定。却又转身过来，举起了自己的右手，竖起食指。他说："康仔，你听好。二十年前，我为'孔雀'，断佐呢条手指，后来驳返。"

他虚无地笑一下。人们看到他用左手握住了这只手指。只听到"喀啪"一声，近旁的人来不及反应。看到翟玉成又举起了这根手指，已经无力地垂挂下来，仅有一层皮肤相连，像是一根凋萎的枯枝。

大约因为万分疼痛，他轻咬住了嘴唇。但面部表情，竟然还十分平静。他说："依家断多一次。你我两父子，今后桥归桥，路归路。"

这时候，瞠目结舌的人们，才回过神来。他们七手八脚地拥住翟玉成，要将他送医院。但是，他轻轻推开了人们，自己往前走。他甚至自己用左手，推开了沉重的玻璃

① 你不上学，不回家，现在不认我这个老爸。

门。疼痛让他体力不支，稍微晃动了一下。但他只在门口站了几秒，便昂然地，步履坚定地走开，渐渐消失在众人的视线中。

良久的安静后，庄锦明听到了人们的议论，他间或听到“孔雀”两个字。这是流传在北角很久的传说。

他感到自己攥着鸡毛掸的手心，已渗出了薄薄的汗。



## 陆

理发店的胰子沫，
同宇宙不相干，
又好似鱼相忘于江湖。
匠人手下的剃刀
想起人类的理解，
画得许多痕迹。
墙下等的无线电开了，
是灵魂之吐沫。

——废名《理发店》

## 柒

我在这个冬天，接到了翟健然的电话。

赶到医院，我看到翟师傅静静地躺在床上。他紧闭着眼睛，面目紧蹙，头发凌乱地散在枕头上，像是经历过了挣扎。他的右手，伸在被子外面，插着点滴。那手干枯黑黄，经络密布，仿佛被滤干的水分的树枝。其中一条枝丫，有着明显的错位，那是他变形外翻的食指。

翟健然将我叫到一旁，轻轻说：“昨晚一直昏迷，今早才醒过来，现在又睡过去了。医生说了，也就这两天的事。”

我看到了他的黑眼圈，比平常更为浓重，应该是一宿没有睡。我心里不禁有些发涩，说：“师兄，真难为你了。”

翟师兄叹一口气，戚然道：“但凡醒过来，就跟我嚷嚷，说要回飞发铺去。现在，也嚷嚷不动了。”

我说：“话是话，你陪了他一整年。”

他摇摇头："老窦心里明镜似的。他知道，我也只是陪着他，不是陪他的手艺。"

我们便静静地坐着，再也没有说话。倒是可以听到翟师傅微弱的呼吸声。每次听上去不太均匀了，翟健然便急忙要站起来。等他呼吸和缓下去，才又坐下。

窗户外头，望出去，有整面的闯眼睛的绿。那是一座古老的教堂，似乎在翻修。绿色的纱幔是为了遮住脚手架，便只能看见教堂的轮廓。方正的钟楼，以及一个高耸的尖顶。

半晌，门打开了。我们看到翟康然走进来，他身后还有一个人，是庄师傅。

庄师傅看上去，比我上次见到，更老了一些。他终于没有了挺拔的姿态，变得有些佝偻了。他在翟康然的搀扶下走过来，手里拎着一个工具箱。

他看着床上的翟师傅，无声地叹了口气。翟康然将一条凳子放在床头，让师父坐下来。庄师傅稍事停顿，打开了工具箱，拿出了牙梳和推剪。

他伸出手，摸一摸翟师傅的头发，说："都是汗啊。康仔，给你老窦擦一擦。"

翟康然用一块消毒棉，一点点地，在父亲头上擦拭。他的手，有轻微的抖动。

庄师傅声音发冷，低声道："衰仔，咁样抖法，仲想出师?!"

我看到翟康然，站起身，走到窗前去。他背过身，肩膀无声地颤抖。我走过去，看着他。他已泪流满面。

庄师傅叫健然将翟师傅的头垫高，自己微微躬身，就住他，开始动作。无关乎步态的蹒跚，他的手竟还是灵活利落的，从头顶开始，一点点地，小心地剪。剪下一点，便用毛巾接着那头发，不让他落在枕头上。病房里，一时间，只有"喀嚓喀嚓"的金属摩擦的声音。因为安静而空旷，这声音一点点放大，竟然十分响亮。

我们看到翟师傅的眼皮轻轻动了一下。他睁开了眼睛。

他的头不能动弹，但能看到我们，眼珠一轮，最后落在了庄师傅身上。这混浊的眼里，有些虚弱的光，我可以辨认出一瞬的惊讶，然后松懈下来。

他转向庄师傅。我们听到了他干枯而艰难的声音，他说："都传你以往是给死人剪头发的。我不信，如今瞧你这手势，八成是真的。"

他的嘴唇翕动了一下，微微张开，竟然笑了。

"唔好郁。"庄师傅没有停止动作，他的手，正在翟师傅鬓角，用剃刀修整"的水"。他说："我这柄'孖人'，用了二十年，还锋利得很，比你的 Henckels 可经用多了。"

"你又知我用 Henckels?"翟师傅眼睛对着天花板，好像在自言自语。

庄师傅刷上须泡了，轻手而利落地为他剃须。手并未有一丝停顿，他说："十几二十年，你的事，我什么不知道？”

我们在旁边看着这一切。庄师傅剪这个头发，用去的时间格外长，剪得格外细。在临近尾声时，他为翟师傅的脸颊，擦上了一点须后膏。我闻到了淡淡的薄荷味道。

他对翟师傅说：“我的上海师傅唔孤寒的。这是贵野，一般人我不给他用。”

他站起身，轻轻地抬翟师傅的头，将头下的垫单取出来。然后拿出一面镜子对着翟师傅，问：“老板，点啊？”

翟师傅看着镜中的自己，似乎端详了许久，才开口说：“好手势。”

说完这句话，他又微笑了一下，这才阖上了眼睛。

## 尾声

翟师傅的追思会上，用的是他年轻时的照片。

那黑白照片是翻拍过的，有一点模糊，但是，可以辨认出这青年惊人的英俊。大约是因为那双微凹的眼睛，里面还盛着许多的憧憬。但人似乎又有面对镜头的羞涩，整个面目便生动了起来。

翟师兄告诉我，这是老窦当年考电影训练班的报名照，他找了许久。

来吊唁的人并不很多。老庄师傅看见我，热情地打招呼。我问他可好，他说，上次没来得及和我说，他已经关了“温莎”，将理发椅送给了阿康三张，其余捐给了港岛民俗博物馆。

我表示了惋惜之情。他却很看得开似的，摆摆手说：“年纪大了，去年经过了疫情，更想通了。”他说：“康仔出师了，我教会他剪花旗装。”

顿一顿又跟我说：“没想到，剪了一辈子头发，最后一个客，是翟师傅。”

说到这里，他不禁也有些失神，道：“我们这行，医者难自医。到时我的头发，又是谁来剪？”

临走时，我向翟师兄道别。

看他眼神远远地落在远方，手里是一封帛金。

那信封上工整地写着四个字：“孔雀旧人”。

本文刊载于《十月》2020年第5期

**赏析：**

葛亮凭借《飞发》获得第八届鲁迅文学奖。《飞发》是葛亮“匠传”系列小说的第二篇，其余两篇为《书匠》和《瓦猫》。葛亮称，“匠传”系列的“传”既有书写传承之意，也有为匠人聊立小传的目的。从《燕食记》到《飞发》，葛亮致力于在小说中展现岭南生活百态，是岭南文化的在地书写者。

葛亮是学者型作家，《飞发》颇有“知识考古”型写作的特点，全景式地呈现出香港理发业的时代兴衰。《飞发》讲述了翟玉成的“乐群理发店”代表的“香港飞发”和庄锦明的“温莎”理发铺象征的“上海理发”之间的故事。翟玉成是香港繁华时代的亲历者，对飞发技艺有着坚执的信念，可他的小儿子翟康然却拜师外地人庄锦明学习海派理发，要做一个反叛父亲、追求新变的时代弄潮儿。小说通过翟玉成与儿子两代人对香港飞发的传统技艺传承、持守或反叛的态度差异，展现出不同代际与港沪两地之间的文化碰撞与交融。

值得关注的还有小说中方言的运用，方言写作是对作家语用水平的综合考验。方言是地域文化的载体，如果某种方言“陌生化”的效果过于强烈，容易让方言族群之外的读者产生隔阂感。因此，方言进入文学创作的尺度何在，始终是一个棘手的问题。葛亮的《飞发》在这方面展现出极好的艺术效果，他有所取舍地使用粤方言，并融入了大量的吴方言和英语，多角度地展现了以香港为代表的当代岭南城市生活圈面临的文化碰撞与融合。小说以翟师傅逝世作为结尾，弥留之际，翟、庄二人多年的纠葛终得和解，岭南生活正在翻开时代新篇的同时，也笼罩着一股香港繁华时代的怀旧情绪。

（邓秋鹏）

# 霍今传

黄金明

《机器人心理学》出版于二〇三六年，作者是无名小卒霍今，书没什么影响，作者也鲜为人知。《霍今传》的作者乔真愤愤不平地写道："无论是人类还是机器人，至今都欠霍今先生一个道歉。这两个种族早晚会认识到霍今的悲天悯人及对机器人的爱与同情，并为自己的有眼不识泰山而羞愧。"《霍今传》出版于二〇七六年，多年过去，乔真的期待没有变成事实。公允来说，在机器人心理学研究蔚为大观、名家辈出的今天，霍今虽是开山之人，但其著作不算出色。该书立论大胆，颇具预见性，却失之粗疏，又有致命的缺陷。彼时属前 AI 时代，机器人的思维仍很原始幼稚，自我尚未觉醒，更谈不上有何意识及潜意识可言，顶多是一个知识与资料的贮存库。这些以金属、塑料及橡胶为主体制作的人形机械，有何心理可言？但霍今的研究对象只能是这些。就像一个人要研究天使，却抓住一些飞鸟来观察并分析，其谬大矣。你可以说霍今的思想太超前了，也可以说他研究的是未来世界，至少当时还不存在。因此，该书不是一部严肃意义上的学术著作，而是充满了幻想、预测及臆断的偏见之书。作为幻想小说或儿童读物来看，又缺乏新意，且枯燥无味。《机器人心理学》刚出版时，偶被传统书评家提及，亦斥之为疯人呓语。

早期机器人也会博览群书，但只是一种扫描式的摄取及吞食，称不上是真正的阅读、欣赏及研究。近二十年来，机器人的智能进化惊人，其思维活动已跟人类不相上下，出现了不少真正为自己而阅读（或享乐或研究）的机器人读者。大批机器人心理学家应运而生，写了大量论文和专著，初步建立了现代机器人心理学体系（由机器人开办并专门为机器人提供服务的心理咨询诊所，像雨后春笋那样兴起）。他们不仅抹杀了霍今的开拓之功，还将他讥为一个门外汉。好比猴子写出了一部人类学著作，或人类揣摩神的意图并对神作精神分析，都未免不自量力。书中列举的诸多案例，因脱离了时代特征，显得牵强附会。

霍今在《机器人心理学》“绪论”中开宗明义地提出：“对机器人心理学的研究在今天迫在眉睫，至少比护肤品及军火的研制更重要。人类少生产几吨洗面奶及少制造几样新式武器，对未来生活无伤大雅，有益无害。若对机器人这个新崛起的种族一无所知，却如盲人骑瞎马，凶险万分。原始机器人固然是人类的创造，但在不久的将来，机器人必将因为智能的迅速提高而发展出不逊色于人类的思维意识、心理活动及创作能力。到时，机器将如何看待自身、人类以及跟人类的关系？机器人必然要挣脱人类的枷锁而谋取更多权利。研究机器人心理学，不仅关涉到机器人的前途和未来，也是人类的命运之所系。那将是一个未知的、辽阔的、潜意识的海洋，犹如尚未探测的暗黑宇宙，危机四伏。就算人类不去研究，机器人中的有识之士也会着手研究，并将主导这个未来学科。这绝非危言耸听！”

霍今的著作被认为一文不值，这让乔真怒不可遏。他认为，霍今不仅准确预测了机器人在心理学上的孕育、发展及研究，且在探测原始机器人心理上填补了空白。即使那些声名卓著并对霍今不屑一顾的机器人心理学家，亦从中借鉴良多而没有承认。好像霍今的思想已成为公器，像空气那样人人可用，但又对此不予重视。

这本小册子只有一百来页，除了“绪论”，共分三章。第一章“执行”，分析了原始机器人的“头脑”。那是一个电子脑，装着容量惊人的芯片，贮存信息、数据、图像、视频等等。这几乎是一部涵盖人类生活的百科全书，是一个具有复杂行动能力的电脑或工具，可以完美地执行人类的各种指令，不会纠结于“我是谁”或“我是人吗”之类的问题，还谈不上有何意识可言。

第二章“模仿”，描述了机器人全心全意为人类服务的情形。机器人的模仿能力在增强，既模仿人类的行为及动作，也开始模仿人类的思维模式并试图表达。有的机器人写出了不错的文学作品（如诗、小说和评论），但通常只停留于情节生动及语言优美等层面，还称不上对人类潜意识有何挖掘，对机器人的前世今生也不了解。在此一阶段，机器人虽然尚未发育出成熟的心理模式，但言行举止跟人类相差不大，尤其是一些妙语连珠、能言善辩的机器人，已显示出不逊色于人类的口才。霍今预言，机器人高度智能化乃至自我复制及繁殖，将于二十二世纪下半叶实现。他的预言变成了事实，并至少提前了十年。乔真说，这不正是霍今的先见之明吗？

第三章“创造”，是全书的主体部分，其篇幅也超过了前两章之和。重点写心智成熟的机器人的诞生、他们的心理活动及其模式，不仅涵盖了传统心理学家的认知或论述，还出现了若干人类前所未闻的心理状况。譬如说，困扰人类数千年来的三大命题：我是谁？我从哪儿来？我要到哪儿去？在机器人看来无须多费唇舌。机器人谈论人类时无法掩饰自身的优越感，它们不承认自己是人类的造物，顶多认为是神或上帝通过人类而来到世间，人类只是一个通道、桥梁或助产士之类的媒介。无论是从生理还是心理的层面来说，他们都比人类强多了。譬如说，扫地、做饭乃至制造炸弹或立马完成一部小说……训练有素的机器人在效率及质量上都完胜人类。即使是一对一决斗，人类中的功夫高手也远非寻常机器人之敌。机器人尚未解决永生的难题，但已有能力将寿命延长至两三百年。机器人将会在诸多领域上独立创造并大放异彩。机器人对人类的历史、宗教、政治及文化等了如指掌，却出于对人类的轻蔑而全盘否定。他们的道德观一片混沌，取消了善恶之分，甚至出现了神的幻觉，认为机器人才是万物之灵，是宇宙至少也是这个星球的最高进化。而人类只是进化链条中的较低一环，比猿猴好不了多少，同属于低级种族，必将沦为机器人的奴隶或玩物。机器人无所不能，根本不需要人类的存在。霍今具体描述了机器人逐渐觉醒并自我繁殖的情形，乔真在《霍今传》中引述如下：

在二〇三六年前后，机器人基本上还是人类的一件工具、机械或玩偶，承担大量又苦又累又危险的工作，譬如扛大石、淘粪坑、拆炸弹之类。有的则充当仆人、管家或家庭教师，甚至沦为孩子的宠物，比一个布娃娃、玩具车、哈巴狗好不了多少；稍高级一点的，顶多是替代外科大夫去做手术（也有少量专事写作的机器人被开发出来，充当三流作家的枪手或江郎才尽者的替身），虽貌似技术含量高，但依然是人类操纵的傀儡。对于机器人来说，人类就是他们的神祇，尤其是阿西莫夫的三大机器人法则（其中之一就是永远不可伤害人类），像镣铐那样将机器人牢牢束缚，骂不还口，打不还手，比十六世纪的黑奴还要悲惨。幸亏他们还比较低级，没有皮肉之苦，也没有心灵知觉，更没有喜怒哀乐及对终极价值的追寻。

后来逐渐进入了人工智能的新时代，机器人跟人类越来越相似（包括外观或智能、思想、情感等方面），终于难以区分，并出现了部分超越（譬如跳高、速算及耐力）。当机器人可以不经过人类参与而自我复制或繁殖，这威胁到了人类的统治。他们不仅能复制躯体，还能完整地克隆人类（而非机械）的种种天性、情感、思想乃至玄之又玄的灵魂。他们本可购买零配件像制造汽车那样在流水线上生产“成年”机器人，但为了避开人类密探，只好躲在贫民窟里偷偷地制造（有点像晚清搞暗杀行动的革命党如蔡元培、吴樾、高剑父等人躲在隐秘之地制作炸弹）。等到人类有所察觉，机器人生育的星星之火，已成燎原之势，有了更多样化的生育方式。有不少勇敢的机器人少妇亲自去生育机器人婴儿（这些机器人母亲是为了体验哺育婴孩的艰辛及乐趣，倒并非出于研究人类的需要），还选择了人类繁衍后代的模式：性交、受孕，经过十月怀胎并诞生婴孩，再抚养长大，这当然还是货真价实的机器人（既不是人类，也不是人与机器人生育的另类“混血儿”）。多年以来，AI机器人的自我繁殖，都是未经人类许可的违法行为。机器人为了避开人类的制裁及迫害，这一切都在暗中进行，严格保密。

乔真强调，这一切都被霍今不幸言中。在霍今的著作里，机器人显然是非理性、无秩序或反逻辑的产物，完全突破了机械理性的羁绊，其心理表征乃至行为都错综复杂，喜怒无常，疯狂、混乱而不可捉摸，要研究并做出有效的揭示，何其困难。全书的论调笼罩着一股灰暗而悲观的色彩，既贬低了人类的能力，也对机器人谈虎色变，抨击了机器人嚣张好斗及暴虐残忍的天性。霍今认为，机器人将因无法驾驭自身的心理王国而失控，直至卷入跟人类的战争乃至自相残杀，必以悲剧收场。这种论调，当然不会受到人类或机器人的欢迎。

乔真指出，《机器人心理学》与其说是一部心理学著作，毋宁说是一部测绘未来机器人心理地图的预言之书，或者说这是一部夹杂着大量机器人心理病例的科幻小说。最后，霍今的结论是：“在机器人尚未进化到有心理意识之前，人类必须停止研制、生产及销售一切机器人。否则等到人类被赶尽杀绝，悔之晚矣！”乔真在《霍今传》的“前言”惋惜地写道，霍今的观点从未受到人类重视，现在，后AI机器人的时代到了。若无人类的正确引导及理性之光的照耀，机器人必将发疯，人类的前途亦岌岌可危。霍今所预言的，一幅黑暗、混乱、疯狂的世界末日画卷已徐徐展开。但有不少论者反驳说，霍今乔真之流真是杞人忧天，机器人并没有往他们所预言（或认为）的方向发展，以人类为敌的机器人只是一小撮，正如捕杀机器人的歹徒也只是极少数。机器人中的有识之士不仅继承了人类的美德，并结合机器人的特质，发展出了更适合宇宙法则的新人类。无论如何，机器人心理学的研究已到了一个新阶段，并非霍今当年的揣测或臆断可比。

数十年来，《机器人心理学》少有人提及，作者亦默默无闻。只有标新立异的文学先锋派或关注机器人心理早期研究的极少数读者，才会去翻一翻那本发黄的小册子，但对其人其事一无所知。乔真的《霍今传》，比其传主的命运好不了多少。此书说是传记，其实只是一部阐释霍今思想的论文集，乃是挂羊头卖狗肉之作。曾对霍今生平感兴趣的人大失所望。该书对霍今是何许人并无定论，只是列举了多种猜测及说法，甚至连其是男是女，是人类还是机器人都无法说清楚（从霍今对机器人的抨击来看，他是人类的可能性更大，但亦无充分证据），只是一味对《机器人心理学》展开辩护并推崇备至。有人吐槽说，这算是哪门子“霍今传”？

但也怪不得乔真，霍今并非显赫之人，亦无特殊建树。他除了写过这本不起眼的小册子，其生涯平淡无奇，既没有留下多少趣闻轶事，也没有什么名人来往，本来就没有几人关注他。那么，《霍今传》除了介绍他的思想，还有没有其他价值呢？换言之，传主的事迹值不值得写成一本专著并让人读下去呢？从读书界的冷淡反应来看，答案似乎是否定的。

由于资料极少，乔真落笔谨慎。他试图澄清霍今到底是一个什么样的人，但困难重重。本来霍今无人知晓，乔真无论怎么说（就算说他是一条狗），他人都难以反驳。但乔真偏去做了扎实、细致而详尽的考据功夫，结果却更说不清了。说法多种多样，且有当时的文件或资料支撑。乔真还拜访了霍今的十几位邻居、熟人或旧交（都是穷困潦倒的底层人士，有几位还是机器人，因年老体衰而被主人遗弃了），倒也说得煞有介事，显得翔实可信。但乔真似乎忘了，这些人各执一词，只起到相互抵消的作用。看来乔真也没见过传主本人，说不清他的出生年月，搞不清他如今是死是活。

关于霍今的出身，有人说他是一个孤儿，父母是人类，但他是被机器人抚养长大的。这使他对机器人的看法很复杂，既视若亲人，又因对人性弱点的了解，而对这些人类造物的进化方向忧心忡忡。说到底，他还是站在人类的立场去看待机器人，且不乏傲慢与偏见。另一种说法是，霍今实是AI机器人二代。乔真说，这不值一驳，机器人自我繁殖是近二十年的事。他在著作中描述的机器人生育，在其青少年时代根本不会发生，并据此反推，其著作应是他成年之后的产物，亦即说他不会迟于二〇一四年出生。他是否仍在人世，确实无从判断。

关于霍今求学或思想形成的阶段，完全是一片空白，无从寻觅。乔真只能据其著作，大致推断他经过了执行、模仿及创造等三个阶段（这也是霍今对机器人心理学的预见性描述）。他应当是自学成才的，对二十岁之前的经历讳莫如深，乔真并无可靠材料可供使用。这段时期的经历又何其重要，“诗人的祖国是童年”（里尔克语），对于一位心理学家来说，又何尝不是呢？乔真曾试图以弗洛伊德的理论来解释霍今撰写专著的动机及立场，但又发觉无从入手。譬如说俄狄浦斯情结及力比多之类，总会跟其家庭生活及早年经历相关，而他连霍今的种族及性别也搞不清。据霍今的一个邻居说，他不像是一个女人，但也不近女色，很可能是一个中性人。又有人反驳，他家里常传出女人嬉笑的声音，又不见有人出入。有好奇者跑去偷窥，才发现那是一个女机器人，工艺精湛。材料不是常见的金属和塑料，而是名贵木头，应当是霍今亲手雕琢的，栩栩如生。后来又有人发现，他家里除了有女机器人，还有男机器人。关于他和女机器人结婚或厮守一生的说法，遂不攻自破。

至于霍今赖以谋生的职业，有人说他是一个机器人制造者（但他走的是野路子，小打小闹，跟人工智能公司的专业设计及批量生产不能相提并论）。也有人说他是一个有先天缺陷的机器人，在验收时不合格且须回炉重做，但他的自我意识觉醒了，竟逃之夭夭，混迹于人群之中，隐姓埋名，这也是其行踪飘忽、身世诡秘的原因。关于他是一个机器人的说法有很多种，综合起来看，并非空穴来风，尽管难以证实。譬如说，在同一型号的机器人当中，某厂家一次性生产了三百台，而他是其中最聪颖的，经常表达出对机器人未来发展的可能及对人类的反叛情绪（亦即机器人心理的雏形）。这在前AI时代的机器人看来，当然是奇谈怪论乃至大逆不道，遂蜂拥而上，将其痛加殴打并扭送到了公司的质检部门。幸好他死里逃生（还是借助了高于常人的智慧），并由此反思机器人先天性的种种缺陷（譬如盲目、野蛮、贪婪、嫉妒、愚昧、残忍等等），亦跟人类的劣根性一脉相承。他认为一个没有独立精神、自由思想的机器人，无异于一堆只会鹦鹉学舌的破铜烂铁，远谈不上心智成熟。

又有人宣称，霍今是一个写幻想小说的作家，其处女作就是首次署名"霍今"发表于果城《四海人文》杂志的《跟人类离婚》，讲述了一个女机器人觉醒的故事。当她意识到自由的重要性时，遂跟人类丈夫离婚，也不在机器人社区生活（彼时的机器人，基本上是人类的工具、牲口和奴隶），不知所终。这也是有人推测霍今为机器人且为女性的缘故，断定这是一篇自传体小说，并开了对机器人心理描写的先例。

乔真反复提醒，如果忽视了霍今对未来世界的天才性预见及想象，这不仅是对他的不公平，也是人类的灾难。他似乎对人类及机器人都怀有失望之情。霍今发表的小说不多，但乔真还是搜集到了十来个短篇，加起来有十多万字，这可能是他的全部文学创作。在这些小说中，乔真对《恋爱中的机器人》（又名《人工智能时代的爱情》）赞不绝口，在《霍今传》中全文引用：

机器人作家阿托出版了小说处女作《恋爱中的机器人》（乔真曾一度有将霍今跟阿托相提并论的苗头，这可是捕风捉影的危险之举，幸好他悬崖勒马了）。阿托是个男性，刚被投入使用，在文学创作上还是新手，却是果城人工智能公司的第二代产品。据说其第一代产品在小范围试用之后，因效率不高，且想象力匮乏，没有大规模投放于市场。阿托本来没什么恋爱经验，既没有跟人类坠入爱河，也没有跟女机器人比翼双飞。换言之，他没有"深入生活"，但不妨碍他写出了一部爱情小说佳作。好比李公佐没入过蚁穴，却写出了震古烁今的《南柯太守传》；卡夫卡没去过美国，也写出了妙不可言的《美国》。至少，他对有史以来各种各样的爱情故事或相关的文学经典了如指掌，譬如包法利夫人跟莱昂第一次幽会住的是哪间小旅馆，安娜·卡列尼娜初遇渥伦斯基的心理状况，亨伯特第一次见到洛丽塔的迷醉与战栗，这一切都贮存于他的数据库之中。这部小说的独创性在于，这是人类历史上（包括机器人历史）第一次成功描写了机器人情感纠葛的小说，真正是机器人写机器人并由机器人阅读的佳作。以前，也有一些平庸的机器人作家，模仿人类作家写出了人类爱情生活的小说。当然，这不妨碍人类去阅读并给予较高评价，但都无法企及经典小说的高度，而阿托出手不凡。

相较而言，顶尖的人类作家还是有其无可替代的优势，对情感波动的精细捕捉，对人物潜意识或内在心理的抽丝剥茧，始终为机器人作家所望尘莫及。换言之，刻画人物灵魂（这也是核心竞争力），成了人类作家的撒手锏，是机器人作家尚未攻克的最后一个堡垒。早期的机器人不知道情为何物，他们是冷漠、麻木、蒙昧的，反应迟钝，哪怕看上去有多么聪明，也难以了解心灵的微妙、丰富和深邃。当人工智能发展到了二十一世纪八十年代，情况就不一样了。有人说，阿托是机器人制造或生育的孩子，其双亲不仅是机器人科学家，也活跃于文学界。阿托天赋异禀，而其知识结构的更新能力更是出类拔萃。他确是百年难得一遇的小说天才。

阿托似乎破译了传统作家的写作奥秘，并有所超越。有一个幸灾乐祸的评论家撰文声称，如果说阿托不是当代作家中的乔伊斯，也至少是劳伦斯或福尔斯。此书的水准应当介于《恋爱中的女人》或《法国中尉的女人》与《尤利西斯》之间，人类作家的饭碗就要被他打破了！这些评论家对当代小说早已深怀不满，一再声称要跟文学离婚，而对机器人创作的小说争相追捧。相对来说，机器人评论家就谨慎多了。人类评论家以前习惯了对传统文学评头品足，说三道四，对机器人的创作不买账，犹如世纪初对网络通俗文学持一种轻视的态度。但他们也不得不承认，阿托在小说世界上开辟了一个新天地。

这到底是一部什么样的小说呢？让人称奇的是，这竟然不是幻想小说，而写的是机器人生活上的日常经验，在现实中确有其“人”。根据人类当局的法律，机器人虽有生育能力，但没有生育权，亦即未经许可，不得私自复制或繁殖机器人，因此，机器人私自组合家庭并生儿育女是非法的，只好被迫转入地下。近年来，随着机器人家庭逐渐增多，势力扩张，渐有跟人类社会分庭抗礼之势。双方头头经过数轮谈判，达成了某种微妙的平衡，暂且相安无事。女主角蕙是AI机器人二代，出身优越，家境殷实，在名校接受了良好教育，并不知道自己是机器人。她出于对新科技的热爱（也许还有天性上的亲近），接受了一个机器人富家子的求婚。在婚姻的前几年，她觉得还行，但总是缺少了古典爱情小说中常见的那种烈火焚烧的激情，亦即为了爱让人奋不顾身的力量。居然是她身上女性（人性）意识的复苏，并与机器人的禀性完美地融合为一，使她领悟了爱的奥秘，遂有了“虽千万人吾往矣”的气概，为了追逐爱情一往无前。后来，她遇上了出身清贫却深谙自由之道的男机器人象（这一部分略有詹姆斯《一个女士的画像》的痕迹，下来就全是阿托的创造了），遂立马离婚并跟象同居。象成功地将体内的机械性压缩到了小若纽扣的地步，而成了一个具有高度人性的“新人类”，犹如练气之士调和水火，降伏龙虎。然而，让蕙不满的是，象对她的爱是一种普遍性的、抽象性的、缺少肉欲的爱。象确实爱她，但也是一种面向众生的爱，犹如大海将爱分给了每一滴水、每一尾鱼、每一株水草乃至每一粒海沙。他是无性欲的。而蕙只有跟他待在一起，才会情欲勃发且不可收拾……

真正考验的时刻到了，象出于早年发过的宏愿，誓要解决人类与机器人日渐尖锐的冲突而重建和平。象跨越了种族主义或以机器人为本的狭隘思想，对目光短浅的同胞恨铁不成钢。爱之深，恨之切，他没有回避这个时代最大的疑难：机器人跟人类如何相处？他的做法，就是化解机器人的“原罪”（其先祖由人类创造，也就带上了人性的弱点），亦即其与生俱来的机械性及源于人类的贪、嗔、痴等劣根性（即机器人阿Q），以让人类接受这个新种族；劝诫人类学会像对待同胞那样善待机器人，不要妄自尊大，以主人自居。从造物主的角度来看，人类或自我繁衍的机器人都只是二手的创造者，不足道。人类既然是机器人的创造者，也可以是机器人的终结者。反之，机器人可以是人类的马前卒，也可以是人类的掘墓人。他重申，除了两者和平共处，别无出路！这也是人类在后AI时代的唯一救赎。

早在十年前，就有机器人宣称，既然机器人实现了无须依赖人工的自我繁殖，就必须要去人类化，不再接受机器人这种低“人”一等的侮辱性称呼，而代之以“钢铁侠”或“电子超人”之类。但这没有引起大多数机器人的重视，他们依然以无限接近于人类或以做“人”为荣。在一幅画作中，人类被画成温驯无害的善良生灵，就如绵羊、麋鹿或奇异美丽的花草树木，是机器人的邻居或朋友——人类的道德及能力虽有局限，却绝非机器人的附庸或消费品，而是众生平等。这显然出于同情人类的机器人画家K之手。

机器人正在觉醒，并纷纷逃离人类的控制而独立生活。他们或匿身于偏僻之地，建立秘密社区；或混迹于人群之中，以人类的面目生活。但都不得安宁，风声鹤唳，草木皆兵，距离自由自在的乐园仍很遥远。在二〇九〇年前后，一股鼓吹推翻人类统治翻身解放当主人的思潮泛滥成灾，叫嚣二十二世纪必将是机器人的时代，机器人取代人类已近在咫尺。有恐怖分子在偏僻的小酒馆一再密谋。人类要么俯首称臣、甘心为奴，要么像一堆发臭的垃圾被清扫一空。顶多留下一小撮关在铁笼里，以淡饭剩羹苟延残喘，跟孔雀、蟒蛇、狮子、老虎、猴子和长颈鹿等一样，作为动物园里的普通一员，供机器人小朋友在六一儿童节观赏。在大多数的机器人看来，人类跟这些禽兽或长虫均是本质并无不同的动物。

人类岂是吃素的？当局立马先发制人，大肆清洗不听指令的机器人，对逃亡者的捕猎也从不手软，拘押、判刑、监禁乃至处以极刑。机器人的激进主义者认为，除了以牙还牙，以血洗血，别无选择。由此看来，倡导和平解决争端并谴责以暴易暴的象，简直是机器人中的甘地，却被人类视为笑柄，也被同胞视为败类。于是，象遭到了来自人类和机器人的双重追杀，并被以不同的方式实施了两次死刑。

故事的结尾是开放性的，蕙是领导象的追随者向两个世界的敌人宣战，还是奉行象甘地式的非暴力思想？她何去何从，文中没有交代。不得不说，这部小说是写给人类看的，但对机器人也有启迪。作者探讨的不仅是机器人在后人类中的爱情、命运乃至整个前途，甚至试图回答关于灵魂的保存及转世的问题，还揭示了不少人渣比一堆齿轮、链轨、线圈及芯片堆砌起来的造物更缺少人性、情感和灵魂。

此书获得了空前的轰动，但作者始终是一个谜，从来没有人或机器人见过阿托，书封上的简介也显然出于伪造。关于阿托的猜测遂接踵而来，有人说他是象的继承人乃至就是象本人。有人说他其实不是机器人，也不是人类，而是某个神奇的种族“永生者”——来自人马座卡索阿星球上的似人类，并煞有介事地抛出了一些文字及图片，以资佐证。这是对机器人写作最恶毒的攻击，遭到了来自机器人评论家的猛烈反驳。至少有一百名女性站了出来，自称是机器人蕙，并号召人们追随她去完成象未竟的伟大事业。让人啼笑皆非的是，这些女人高矮不一，美丑皆有，又有二十多名被证实为普通人类且经历平淡，有的甚至从未谈过恋爱。当然，也有不同的声音。有的书评家就认为，此书只是一部关于机器人爱情的大杂烩，利用机器人处理资料的天然优势，将人类爱情名著揉碎了一锅乱炖。但这种说法过于草率，连最挑剔且看不惯机器人写作的评论家都驳斥说，这分明是睁眼说瞎话，无论如何也不能忽视此书在描写机器人情感上的开拓之功。

此书在读书界掀起的波澜逐渐平息，而书中的相关人物及书外的追随者神色凝重，正在隐秘之地暗中聚集……有人幡然醒悟说，这哪是小说？实是非虚构……按理说，阿托完全可以利用科技的优势，源源不断地推出新作品，但他在出版处女作并大获成功之后，竟销声匿迹了。出版商老是预告阿托将推出新作，又总是没有下文……

乔真在撰写传记时发现，这些小说被霍今作为案例应用于《机器人心理学》的创作之中，或引用片段，或摄取梗概。很难说某些故事或个案是真实发生的，还是全属虚构。如果实有其事，那也太匪夷所思了，好比在唐朝就出现了汽车飞机。但这还不算可怕，如果书中的个案，不是霍今精心挑选的真人真事，那么他的理论大厦必将崩塌于一瞬。即使全书的个案没有问题（多集中于前面两章），第三章“创造”中关于未来机器人心理的描述，也只能是出于推测或想象。不少个案显然属于虚构。在二〇三六年，还没有出现任何一个心智成熟（亦即具有独立思维及创造能力）的机器人。乔真不惜冒天下之大不韪去辩解，也许，霍今确实假设了若干个机器人病例，但不等同于捏造，而实是以自己的不同人格或面目作为原型去进行精神分析。他也是迫不得已而为之，情有可原。

这个论点，可能是《霍今传》一书的最大失误及漏洞，使其从一部本来还算严谨的学术性著作变成了戏说或恶搞。有论者嘲笑说，《机器人心理学》原本就是一本胡编乱造的烂书，打着理论研究的旗号记述白日梦，《霍今传》显然延续了这种好笑的风格。而前者作为一部小说，其陈词滥调又让人不堪卒读。还有人认为，霍今是一个巫师或巫医，他开的心理咨询诊所无人问津，遂故弄玄虚，在诊所门前摆了几个精心炮制的机器人，美其名曰为其治疗，并使用了催眠术。其实这都是一个幌子，以掩饰其医术拙劣，他当然没有得逞。

乔真倾向于采信霍今曾为机器人治疗的说法，并大加赞赏，认为这是人类医学史上的创举，也是其开了机器人心理学研究先河的证据。“你想想吧，当一个女机器人坐在霍今先生面前，将她昨夜做的一个噩梦说了出来，并在霍今先生的娓娓道来中得到了抚慰和平静，这是何等美妙的事情？要知道，在那个年代，并不是每一个心理学家都注意到了机器人也会做梦并有焦虑感。”鉴于乔真的 AI 机器人身份，看来他对专门为机器人提供服务的心理学家充满好感。

《霍今传》一书，转述了《机器人心理学》记载的大量案例，并作了文本细读及肯定的评价。这些个案五花八门。一个机器人因梦见自己变成了人类而不安。一个机器人因无法确定自己是机器人还是人类而患上了忧郁症。一个具有二十四重“人格”的机器人因无法驾驭自我而精神分裂。一个女机器人因无法搞清自己的身份及职业而几乎发疯，她为主人做牛做马，在清晨做好了早餐，冲好牛奶，送孩子上幼儿园，陪女主人上美容院，午后以男主人的名义去创作一部幻想小说，到了夜晚，还得陪男主人睡觉……

在乔真看来，这些个案充满预见性地展示了当代机器人千姿百态的生活图景，也几乎穷尽了机器人的心理原型，虽略显粗糙，却不乏开创之功。只是，乔真对霍今在书末的结论不敢苟同——霍今认为人类应当立马停止研制智能机器人，以免引狼入室。他不仅过于偏激，也过于天真了。人类就是想消灭 AI 机器人也来不及了。正如他所预见的那样，智力成熟的机器人终于横空出世，且肆意繁衍。乔真告诫人类，只有跟机器人和平共处，才是唯一的出路。这个观点跟作为心理学家的霍今（也许还有小说人物象）不谋而合，但不管是人类，还是机器人，都对此置若罔闻。乔真在《霍今传》的“后记”感慨系之：“不管书中的那些个案或故事，是真实还是虚构的，霍今先生都为我们记录了机器人的第一个梦、第一颗泪滴、第一次觉醒、第一个记忆裂痕……要知道，这在今天虽然司空见惯，但在二〇三六年之前，就像神话那样美丽而虚幻。”

本文刊载于《南叶》2024 年第 2 期

**赏析：**

将机器人视为有喜怒哀乐、心灵知觉、情感体悟甚至是将其放在与人类平等的位置上探讨未来机器人和人类之间的关系走向，是黄金明虚构小说的一大特色主题。近几年科幻小说颇为流行，其本质已经不仅是人类关于未来科学的一种可行性预见，更多地已经涉及人类关于“我是谁”“我从哪里来”“我要去哪里”等远古哲学命题的探索，是人类通过“他者”认识自我的一种书写方式和途径。站在未来的时间节点上回溯今昔人类关于机器人的认识嬗变，是该小说叙述视角上值得称道的地方，颇有《百年孤独》里首段经典时空的再现之感。通过虚构和回溯的“后见之明”，作者捅破了所谓“人类是机器人神祇”的神话，代之以理性辩证的思考，人类既可以是机器人的创造者，也可以是机器人的终结者；同理，机器人可以是人类的马前卒，也可以是人类的掘墓人。在深化科幻题材主旨立意的道路上，本文无疑又往前迈进了一大步。

（许再佳）

# 手套之家

黄守昙

自从父亲由保安改做荷官，家里的收入就有所增加了，为了庆祝一下，母亲决定全家去贾伯乐提督街的鮨味亭大餐一顿。大概用了半小时，母亲才化完她声称的“简妆”。对于眉笔、口红、粉饼、腮红，她有着堪比职业的娴熟，我们都管那套仪式叫“画皮”。

我问过她：“你看过周迅演的《画皮》吗？”她却反问我：“我有那么好看吗？”她坐在梳妆台前，一边对着镜子压低上唇，把人中撑长，然后压低下巴，触电般快速微笑，又快速平复。她总讲，口红涂得好不好，得通过笑容才看得出来。母亲有一套自己的理论，譬如擅长微笑，涂口红就不能拖后腿，何况这是她的职业武器。通常我都不置可否，只知道明显她未看过《画皮》。

在玄关穿鞋时，母亲又瞥了一眼家里的阿姨，她吩咐这个瘦成辘甘蔗（一条甘蔗）的越南女人，记得将衣服从阳台收下来，折好，摆进各人的屋子里。阿姨含糊着回答“知啦知啦”——语气是不耐烦的。这个越南用人来我家半年了，我以为母亲已习惯她这款样子，没想到她依然愤愤不平。母亲讲：“你最好讲到做到。”阿姨软中带韧地回击：“明啦，你们快出门吃饭吧。”

我们都静静地旁观这场口水战争，母亲看着我们默不出声，像是脸面受到侮损，只好又对越南阿姨讲：“你记住，折衣服不要侧折啵，我要正面的那种折法。返来我见到这些衣服，就要像逛商场见到的那样。听到未？”

那个越南阿姨倒是很古惑（狡猾、精明），又用起那招数——假装听不懂广东话，径直走到厨房里去了。母亲看着我和弟弟，呼了口气，一边穿鞋一边讲：“这女人太嚣了，好在你们大个仔，不然我惊她半夜掐死你们。”弟弟没有回应她，我们都知道，母亲不过是要将我们和她绑在一条船上，因为父亲总是谦和的那一个，她需要培养同仇敌忾的战友。在这点上，我家的男人整体更像外人。

临出门，已经穿好鞋的母亲还踩返屋里，把沙发缝夹着的电视遥控放入她的手袋，得意地看了我们一眼。从家到餐馆一路上，她一直讲那个越南女人的坏话，讲她爱偷懒，偷看电视！工作时间打电话！用自己的手提电话打便算了，有一次她回家取产品资料，还捉到那女人用家里的座机打电话，最可恶的是她被发现了竟然面无愧色，径直行去露台晾衫裤！母亲讲起来这些，神色激动，更像一个外劳在数落自己的雇主。只不过一见到街坊，她就会立刻换副面孔，闪电般微笑：“又出街买菜啊？我们今天出去吃！”顺带问候对方孩子去了哪所中学，老人去了哪家养老院。我们家三个男人就站在一旁，等着，一直等到对方不好意思了，母亲才回到我们的队伍中来。她掩着嘴细声讲，都怪那个人口水多过茶。

我们更习惯沉默，在餐厅也是。母亲是“话筒”的唯一执掌人，她从不期待能得到我们的回应，只见她，戴着手套一边往嘴里塞寿司，一边又如同开关被突然摁下，喋喋不休地抱怨起来——抱怨女用人，抱怨中介，甚至抱怨越南与甘蔗，直至被芥末辣出眼泪才收声。从餐桌上的免费纸包里，她快手抽出面巾纸，就像魔术师一样，但要扑上脸时，却又小心谨慎，可能是怕损坏了她的皮。

母亲泪流不止，却依然给每件寿司沾上重重的芥末，似乎要借此机会不吐不快，我和父亲也安慰她，仿佛她是真哭了一样。可惜母亲不领情，她自顾自地讲：“你们就当白脸好了，黑脸我来当。”过了一阵好不容易平息下来，她又突然讲：“我现在就要打给中介公司，要求换个阿姨。”父亲讲：“先吃饭啦。”她不依不饶，瞪大了眼睛，伸手入包里拿电话，在我们三人的注视下，她却将一个电视遥控器掏了出来。我们自然笑出声，弟弟也揶揄她：“你打吧，打吧。”她在一旁先是哭笑不得，又像是憋不住，只好按住肚子笑了个饱，这样笑了一阵，还抬起头不许我们笑她。

笑归笑，母亲还是雷厉风行，隔天就炒了那个偷懒阿姨的鱿鱼，重新请了一个。那天，我放学之后去接弟弟，负责确认接送的老师却讲，你弟弟已经被用人接走啦。一时间，我还以为是别人家接错，或者是那个懒鬼阿姨报复，我甚至想到，她会不会把弟弟带去无人的公园，或者仓库，然后将他掐死。但很快我又释然，谁叫他顽皮呢？何况想掐死这个小霸王，也是轻易做不到的。讲是这么讲，但我还是很焦急，赶到家里一看，弟弟已经在沙发上舔着本属于我的雪糕筒，而一个黑黑的、有点胖的中年女人正在厨房煮饭。

她见到我时，露出了一排白牙，用一声粗简的广东话问我：“你返来啦？”语气就好像我才是闯入者。她一边把切好的西红柿按进锅里，一边问我：“你是不是哥哥？”我觉得这都是不答而知的问题，反问她：“不然呢？”她像是没料到我会这样应答，动作明显迟滞了一下，我想，或许这人也因此认定了，我们是不好相处的人家。

的确也是，想了想母亲骂人的样子，其实早点打破她的幻想，也未必是坏事。我被自己的想法吓到了，这倒像是母亲会讲的话。过去，对新来的保姆，她总会先来个下马威，黑口黑面冷待几天，她讲："这是有战术的，后面我们再对人家好，人家就会感恩戴德。"我心里却想，家里的小房间已经住过来自越南、菲律宾、印尼的阿姨，她们性格不同，经历不同，却没有一个能把母亲的战术应验，也不知她的自信从哪里来。

或许我还是不够像母亲，比她更容易心软，想到面前这个陌生女人，在异国他乡务工，一下就要遭受雇主家无来由的敌意，也是挺可怜的。于是我讲，我放学去弟弟的学校，没接到人，讲完也没有等她解释，回了客厅，弟弟正斜躺在沙发上，十分悠闲地看着卡通片。我问他："作业写好啦？"他一下子坐直身，似乎想讲什么狠话来反击我，我没有留下空隙，即刻又问："怎么回事啊你？见过她吗你就跟着她走！如果是坏人怎么办？"

可能是我气势十足，也可能是他吃人的嘴短。他小声嘟囔着，她是拿着家里的钥匙来接他的。我更加生气地讲："上面个（上面的那个）锁匙扣，全澳门随便一个人都有。"那个锁匙扣是澳门回归十周年的纪念品。弟弟不再讲话，他低着头，偷偷瞄着电视，我见他战斗力如此低下，推想他今天心情一定不错。于是我问他："今天仪仗队表演怎么样啊？"他没有转移视线，只是嘴上讲挺好。以前他只会讲"不就那样吗"。新来的阿姨端了一盘西红柿炒蛋出来，讲趁热吃。我双手交叉在胸前，质问她这么早做饭干什么。她讲弟弟饿了，先煮点东西垫肚子，顺便让我们试试她的手艺。我不再理她。

吃饭时，我才知道她又是个越南人。她有一处文身在手臂上，文身的内容是几个越南文字，我不识得。但我怀疑，这些文身可能写的是她的名字和故乡。我听之前的女用人讲过，她在越南家乡的海边见过浮骸，上面就会有这样一行文身。她讲，那些以海为生的人，出海遇到风浪不幸罹难之后，他们的尸首会有一定的概率被发现，虽然被海水泡发，面容难辨，但有这样一行文身，就可以轻易找到死者的故乡和家人。

新阿姨站在一旁，笑盈盈地看着我和弟弟吃饭，她做的番茄不错，不知道是选得好，还是煮得好。我不时看向她的文身，觉得她一定经历过什么，港片里的恶霸总以弹跳的胸大肌恫吓良民，上面往往有花色文身，或龙或虎。人愿意承受文身的疼痛，是不是对死亡有预备的敬意，我甚至想象着，面前这个爱笑的胖女人，如何在茫茫无际的大海上漂荡生存。那个女用人讲过，一般偷渡客才会文，要不然就是打鱼的。

新阿姨让我们叫她曼达，她讲话总是笑眯眯的，不论这句话是什么意思，是问句，或是平常的句子。母亲讲，如果一个人太多笑容，内心往往阴鸷，别看她对我们表面温和，遇到其他人家的女用人，照样能将白的讲成黑的，骂尽主人三代，代代花样不同。毕竟母亲是做销售的，我们都相信她深谙此道。她也会和同事一起点评那些令人讨厌的顾客——好讲价的中东客、斋看（只看）不买的台湾客和大手大脚的内地客。在顾客背后，她可以骂一万句，但挂在面上——她的口红总是轮廓清晰、色泽完美，表情是笑口常开、恭喜发财。

其实黑口黑面的那几日一过，她对曼达就恢复了礼貌，譬如见到我没称呼阿姨就使唤人家，或者在她帮忙盛饭时，忘记讲“唔该（多谢、劳驾）”，母亲就会恼我，讲：“你不可以这么没有教养。”她真诚生气的面孔，有时令我怀疑，她其实是自嘲高手。最记得有一次我感冒，瘫在床上不想换垃圾袋，一边玩手机，一边大声叫喊：“帮我换垃圾袋！”结果被母亲听到，她冲入我的房间教训我，讲要先称呼阿姨或者曼达，之后再讲你的要求，这样才有礼貌。母亲戴着一次性手套，上面沾着一片黑色的药渣，头发散开，像个通厕工，我很少见到她这样，她平常总是十全准备、容光焕发，我没想过她会亲自煮中药。

母亲教训完就出去了。只见阿姨端着一碗凉茶，步伐小心地走进来，但我正看着电子鼓的视频，就叫她摆在书台上。曼达换好垃圾袋后，坐在我床边的椅子上，望着我。我却当她透明。这时，阿姨凑近看了我手机屏幕一眼，又把药端起来，讲：“你喝了它再看。”她的动作让我很不高兴，她不该这样，就连母亲，也从不偷窥我的手机屏幕。

我吸了吸鼻水讲：“我已经好了，不喝了。”她不依不饶，但是保持笑着，讲：“你如果把药喝了，明早我帮你排上海包饺王的煎包。”她知道我的弱点，街口那家上海包饺王出名难买。老板是来自上海，但在澳门赌输了钱，娶了青洲一户人家的女儿，才有本钱租借了这间店口，卖卖手艺。他的手艺无人可比，个个煎包都有十八道褶子，每次都能将一个个白花花的面球煎得底酥顶油，汤饱不漏。煎包还没出锅，香味就已经过了三条街。

他一日煎出六锅，已经独力难支，有人劝他雇工，或者让老婆帮手，他都笑着摆手讲，一个人够了。原来他家的包子也不算很难排，但那些已经无料可写的美食博主一将这间小摊曝光，店前即刻人龙大摆，后来内地游客多了起来，几乎每天只能留一锅给街坊。每当我抱怨的时候，母亲也会讲：“这些人怎么不去上海吃？明明生煎包就是从上海过来的嘛。”

我无法反驳母亲，更无法拒绝阿姨。我“咕咚咕咚”喝了药汤，虽然味道真的很苦。我看到曼达也是一张苦瓜脸。她端过空碗讲，还好我们不信中药。我讲：“你不信还叫我喝？”她转过头讲：“我信全世界做母亲的，都不会害自己的孩子。”我没有再答她，她突然又问我：“是不是父亲晚上都不返来吃饭？”我说：“最近他排了新班。”

隔日，曼达将一盒煎包放在我面前，叫我分两个给弟弟，她自己也拿起一个吃，坐在我床边。她讲，还是花自己钱买的东西好吃。她平时在我家，都猫在厨房吃饭，我父母叫她同我们一起用餐，她都拒绝，讲没有这样的习惯。吃完煎包，她突然讲起今天去排上海包饺王，好像见到了档主的老婆，原来是个痴呆的，一团黄色的鼻涕搭在嘴唇边。她讲得很恶心，但我只是讲："难怪那个老板要娶她。"

我看到曼达拉下脸，一阵沉默，她抬起一次性筷子又放低，看上去很不安。她突然开声："这样的女人也有丈夫?"她的声音里，似乎是有些不甘。我有些诧异，不知道她接下来会讲什么。但她只是望了望出面（外面），讲台风又要来了。后来我才知道，原来曼达的丈夫已经过身，留下她和她的四个儿女。记得有一次洗碗，她不小心让手机沾了点水，就跑来向我借吹风机，母亲跟她讲过，那是要申请才能使用的。她的手机很老，是早一代的那种，我看着她把手机电池的外壳卸下来，掉出里面的一张小照片，是她和五个小一点的孩子。她很高兴照片没有受损，还将它递给我看。上面没有丈夫。

我问她："你的孩子吗?"曼达指了其中一个，讲："这个不是，这是我姐的孩子，其他四个是我的孩子。""他们的父亲呢?"曼达迟疑了一下才用广东话回答我："死了，台风，出海，死了。"我很轻地说了一声"哦"，便不敢再问，怕惊动了她心里某处柔软的伤痛，但她脸上分明没有露出哀色，甚至还笑了笑，像是反过来宽慰我，此时，她手上的文身在房间的灯光下，显出一种难看的清晰。接着，她讲："没事，我可以有别的男人。"

夜里睡觉的时候，我想起曼达的儿女们，他们统一的黑、瘦，像猴子，一定很有活力，会打架，打不过也会挠人，那该是一个很吵闹的家庭吧，或许曼达来澳门，是为了逃避他们呢？原本我以为，真正理解曼达是很难的，我无法想象四个岁数相近的小孩一起生活。因为一个弟弟，就已经够我受的了，他简直是哪吒上身，我一度怀疑他是母亲去柿山的三太子庙求来的。尤其他进了学校的仪仗队，就越发自以为是了，虽然他傻傻的样子，被发配去做个大鼓手，真是恰如其分，打大鼓，一首下来，只需要记得几个节点就够了。发傻的还有他那双打鼓时才戴的白手套，他待它们如珠如宝，甚至怀疑我有夺好的动机，他讲，毕竟要进仪仗队，也不是想进就能进的。

因为弟弟，我天真地想过，要向学校申请一个科学研究项目，研究曼达家四个小孩是如何共处的，可还没等我想法破灭，曼达就和弟弟起了冲突，其实严格来讲，也只是弟弟单方面发脾气。冲突来自弟弟那双白手套。曼达每次想帮他洗，他都拒绝人家的殷勤。为了这对手套，他甚至自己掏出零用钱，买了一块肥皂专门清洗，还对曼达三令五申，不允许她染指。我一度以为他们俩关系不错，因为曼达很纵容他，总替他处理手尾，帮他掩盖一些罪行，弟弟也经常在母亲面前暗示，曼达对我真好！我最喜欢曼达了！听上去倒像是一种计略，一种试图引起母亲妒忌的计略，计略的正名叫"鹬蚌相争，渔翁得利"。

有一天，他从仪仗队返来，就进浴室洗好了手套，到阳台遇上阿姨，阿姨不大高兴，说她来就好，却再次遭到弟弟的拒绝。弟弟撒娇一样地讲：“这个我自己来就好了，我长大了，要自己负责的。”出了阳台，弟弟又偷偷和我讲：“曼达洗碗收垃圾，手肯定脏死了。”而当他讲这句话时，她正在阳台上晾我们的底裤。

过了一晚上，“海燕”浩荡而来，风雨骤急，曼达把手套从衣架上收起来。天文台挂了风球等级，学校自然放大假，弟弟知道隔日不用上课，前一晚兴奋过头，玩了通宵游戏，结果睡到中午才醒来，一醒来就见到自己的手套和父亲发牌的手套、母亲卖表的手套放在一起。他自然大为光火，坐在餐台上，有意无意地发脾气，打翻橙汁，或将饼干袋里的碎屑倒在椅上。但曼达没有露出半点愠色，只是一个人静静地收拾，就像她在厨房自己吃饭那样，安静、守序。我想，也许这是她从四个子女身上磨砺出来的。

台风后，曼达请了一次假，和她的同行姐妹出去。母亲讲：“估计我要狂打十二个喷嚏了。”我放学回家时，经过上海包饺王，有个污糟邋遢的女人坐在铁锅盖上哭喊，人群包围住她，直到几个穿着人字拖的男人拖走她。曼达也在人群中，她见到我，就和我一同回家，路上她讲：“听朋友讲，档主转行了。”我讲：“那以后岂不是吃不到了？这么好生意，怎么关门不做了？”阿姨没有接我的话，她只是努努嘴讲：“好像去了新葡京做事，或者威尼斯人。可能他还是离不开赌。”

在我们中学里，好多同学的家庭，都是手套之家，他们的父母和我的一样，要么在赌场工作，要么在名品店工作。如果加上不时去星级酒店门口表演的弟弟，我们家，简直是澳门面对世界的窗口。曼达曾讲，她不明白，为什么这些工作要戴手套，又不是医生。未等我应答，弟弟就讲：“只有你洗碗时才不戴，人人工作都戴手套的。”她突然不好意思起来，揉着手指的关节，讲：“我不习惯戴手套洗碗，觉得洗不干净，你看，包饺王的档主也没戴手套，封包子的时候，手指多快。”

后来，父亲有一次跟我讲，他在赌场里，见到一个荷官同事，长得好像是包饺王的档主，一问果真是。据传，他面试时发牌手速极快，还会很多花样，能把牌捏出各种招式来，可谓做牌如做包。父亲很喜欢和我讲赌场发生的事，但次次都是点到为止，每到精彩处，就硬生生把话吞回去，可他这样做，就像影片前的暴力画面警告，总能以警示来撩动我更巨大的好奇。他讲：“赌场不是好地方，你别太关心。”父亲总令人扫兴，好在曼达也是赌场奇闻的传播者，她知道许多风云故事，我也不清楚她从哪里听来的，总之十分生动，有些和父亲讲的也很像，但她愿意把故事讲完，这一点倒远远胜过父亲，后来我就只听曼达讲了。

有一阵子，母亲心情不太好，她总抱怨自己事事无成，工作业绩提不上去，而父亲奇异地没有安慰她。在这关头上，我和她吵了一架，她嫌我英语考试成绩不好，讲我顾着玩，不学习，骂到最后，她才讲到重点："你要买电子鼓，我一毫纸都不会给。"我也不高兴，大声讲："不给就不给！大不了揸把菜刀打劫表铺去！"那自然是一时气话，但母亲面色极差，甚至有分分钟掉泪的样子。去年，母亲就职的表铺遭人打劫，一个中年男人持菜刀入门就斩，但听讲他收表的蛇皮袋又旧又破，一只只劳力士又从破洞里掉出来，明显并非有经验的匪徒，所以很快就被男店员伺机制服了。虽然母亲身上没受伤，可心里留下了阴影，有一次曼达在厨房切菜，菜刀在砧板上铿铿作响，她很失态地喝了曼达一声，讲不要再切了。这是曼达后来跟我讲起的，她让我要体谅母亲揾钱艰辛。

好吧，其实我也没想过，有一天会去偷弟弟的钱，我更愿意称之为借。要不是和同学约定合买电子鼓，我也不会心急，晚买早买本无所谓，只是不能失了同学面前的脸。一开始我只想取母亲的钱，顺便惩戒她的失信。但家里有阿姨这个外人在，母亲定不会将钱银随意放置。我只好向弟弟的银包下手，阿弟丢了钱，哭天喊地，他质问阿姨有没有看到，阿姨讲没有。他便坐在客厅的沙发上，像个坐地炮，含沙射影地四处开火："屋里入了贼啦！"也不知道他是在骂谁。

弟弟粗心大意是出了名的，以往他丢了钱大吵大叫时，我就会闹他讲："你心眼比钱眼大，活该跌钱。"这次或许因为心虚，我只是把自己关在门内，戴上耳机看电子鼓教程影片，但鼓声开到最大，也盖不住他的骂声。阿姨入了我房间，她捏着那双斑驳的手，像一个犯了错的孩子，咿咿哦哦很久才开口，问我的鼓还缺多少钱，她想借钱给我。她讲，做人不可以拿不属于自己的东西，还以上海包饺王为例——她讲，包饺王偷了赌场很大一笔钱跑路，后来被人追杀，斩死了。

曼达自顾自讲着，让我觉得很沮丧，羞耻得不敢看她，我想赶走她，但没有开口的力量。见我不理会她，她只好延伸到自己的丈夫，讲他明知台风天快到了，还敢出海捕鱼，她也劝阻过他，可他讲没事，海王爷会庇佑的——人拿不该得的东西，老天就会惩罚他。她丈夫连尸体都找不到。作为一个女用人，她劝得太多，多到没有她职业应有的样子。但她手上的文身就像一种死亡的信号，在佐证她的立场。

晚饭，爸妈没有返来，曼达掏了一把钱给了弟弟，讲在脏衣篓里找到的。数字可能有点出入，因为阿弟哭喊时也只讲了个大概，他接过手也愣愣的，清点的时候更是一脸狐疑，时不时望向曼达。曼达气定神闲，她甚至站在厨房门口吃一根蘸白砂糖的黄瓜。原来，她并没有看上去那么恭顺，这场心理上的交战我已经输了。我私下跟她讲，我会每个月还她一些，那时她正单独在阳台晾衣物，听我这么讲，她就笑了。而她身后的银色晾夹盘，挂满白手套，分明像极了一张张垂头丧气的降旗。

母亲很快给我请了家教班，恶补英语，她在餐桌上，当着父亲的面对我讲："你英语不好就只能去读内地的学校，但你读得又肯定没人家勤力，将来都不过是返来，学你老窦做荷官，上班连口都不用开，只要识得发牌和收发筹码就够。”母亲讲得出、做得到，心狠手辣是她一贯的做派。为了防止我买电子鼓，她给我的零用钱都比以往少了，但无论几少，我都会挤出一份还给阿姨。不过，日子忽然就变得拮据，以至于有时去同学家玩鼓，我也只能步行过去，或者搭赌场的直通巴士。



好在，澳门就这么鸡心点小。

但不幸的是，我还是被母亲发现了电子鼓的事。一日，她一下班就问我英语成绩，还检阅我的英语试卷和作业簿。她的白手套甚至还没来得及脱下，这使得她翻动纸张的动作，看上去就同差佬侦察凶杀现场一样。但我成绩略有提升，她没处下嘴，只好单刀直入直接问：“你买鼓的钱，哪里来的？”

“我没有买啊，你不是不给钱吗？”我如此应道。

“鬼扯！我什么都知道了！”我依然不认，甚至心里想，会不会是曼达出卖我，我看了她一眼，她有点惊讶，像是没料到会有这样一场争吵。母亲见我矢口不认，才讲出，原来是我同学的拍卖行母亲告诉她的，也不知道那阿姨是有意还是无意，竟然对我母亲讲，我经常到人家里打鼓。当然，我也没有怪罪同学的意思，他也曾为了朋友间的体面，和他母亲叫过“价”，本质上和我同病相怜，我们对彼此的父母知根知底，他们的笑脸是拿来服务他人的，要是给了家人，总算不得物尽其用。

曼达很同情地看着我挨骂，但她也无能为力。倒是弟弟，一脸得意地擦着自己的鼓槌。可他也高兴不了多久，母亲告诉我，如果我英语还拿不到前十，她就把曼达换了，换一个英语好的菲佣。接着她又讲，只识广东话，是不值钱的。曼达走到母亲面前，非常恐惧的样子，挥着手比画着“不要，不要”。母亲冷冷地说：“就看他了。”她朝我抬了一下下巴，好像自己是无辜的。曼达眼泪都出来了，跪在地上央求母亲，又被母亲的枪头一指，转过身来求我，她哭着讲：“求你好好学英语吧。”她的哭声听着令人哀怜，只怪母亲的手狠心硬，纵是我真的看不下去了，也丝毫不想退让。我想，这是战争，注定要牺牲曼达了，我得比母亲更硬心肠。那时我没想到，也许我认个表面的输，就不会有后来那些糟糕的事。

大概是半个月后的一个星期六，我去上英语培训班，外教老师因事没有上堂，我只好坐赌场巴士回家。我轻声入了门，害怕吵醒最近排夜班的父亲，他做荷官很辛苦，赌场二十四小时灯火通明，那里连天花板也要铺成蓝天白云，是一个极力取消时间、视时钟为敌人的地方。父亲讲，这样做，是好让赌客们晨昏不分，尽情豪赌，输到天昏地暗都不自知。

父亲辛苦挣钱，是我们家的共识，尽管母亲挣得最多，她时常炫耀自己的舌头像温柔宰人刀，刀下不见血。在家里父亲一直低一头，他是顺和安静的，是父爱如山型的山，我和弟弟周末都尽量出门，就是为了不打扰他休息。只不过我记得有一次，他下了夜班返来，那时我正在吃早餐，他坐在桌边，慢慢地讲出一句话，那句话没头没尾地冒出来，既不是对报纸新闻的议论，也不是对牛奶面包的评价，他讲的是——“我已经练就了麻木”。当时我很震惊，这像是他的心里话，是从不会对我们说的那种真话，我不知道父亲为什么会不小心说出来，难道是觉得我已经长大了？大到他认为可以对我掏心掏肺了？

这句话，让我怀疑起他和母亲之间的感情，过去我一直以为他们感情很好，可能因为两人彼此上班时间不同，一个夜班，一个早班，像是被生活有意地错开，以酿就二十一世纪牛郎织女的佳话，每天小别胜新婚。我能想到的，总是有些肤浅，是神话故事而不是日常，日常是冷峻的、细碎的、不伟大的。也许父亲转做荷官了，挣得多了，他不过想要多一点地位？假如不是见到那样的场景，我可能还会这样认为。但事实告诉我们，不能期许任何人在日常里像神一样活着，是的，不能。

正是那个周六，我轻声地旋开门，眼前一幕令我愕然。我见到了父亲躺在沙发上，他穿着睡衣，像是在睡觉，而曼达几乎是裸着半身地从客厅穿过。尽管她后来坚持解释，她没有半裸，那是一种清凉的越南服饰。但她见到我，很快就冲回自己的房间，留下父亲在沙发上装睡。我想，如果只是一种清凉服装，应该不必这么害怕。至于父亲，我有几次尝试去相信他，相信他其实是真的睡着，但他又素来不喜欢睡沙发，沙发满足不了他对睡眠的需要。

我躺在自己的房间里，有些后悔，宁愿是弟弟看见，他迟钝一些，足以引起父亲和曼达的羞耻心，又不至于让他们恼羞成怒。最重要的是，我不知道该不该告诉母亲。被一个又黑又胖的越南外劳打败，母亲承受得了吗？以她现今的状态，会不会与父亲离婚，甚至发疯？毕竟一个新手抢劫犯就能把她的凌厉击溃。我从没想过今天，母亲会以柔弱的姿态浮现在我的脑海中，她在镜子前画皮的时候，总有种随时战斗、战无不克的自信。

我想起曼达对我说过，做人，不可以拿不属于自己的东西。这句话显得非常讽刺，像是一只记忆中的火鸟，在催促我燃烧起来，起身去怒骂她，去羞辱她。可是，当曼达换了衣服，推开我的房门时，我有些害怕。不知道为什么，母亲的话仿佛在我耳朵里响起来，也许像曼达这样的外劳女子，会一手把我掐死，她那么强壮有力。嗯，还有文身。

曼达当然没有这样做，也没有像那天一样跪着央求我。她讲，那是一种越南的清凉服装。我沉默了一会儿，才讲：“是吗？”她讲：“是的。”我以为她还会给出别的什么证据，然而她没有。她说，她的丈夫不爱她。这又算是什么理由呢？我不想听这些，我想请她出去。

但她坚持地坐在那里。我没有起身把她推出我的房门，只是静静地等着，像是给她一个足够将自己申辩干净的机会，我似乎对曼达有更高的容忍，即使这可能伤害到我的母亲。也许我对母亲过于残酷，正如她对我一样。曼达继续说话，就像留遗言，她讲："他每次想离开我，我就会穿上这件衣服。我要给他生孩子，他就不会离开我。"她的话很朴素，我一下子没反应过来，她又讲："你爸爸是好人，是我勾引他，没有成功。我要工作。"

她讲完就离开了，但她那些错乱的句子在我脑海中无限组合，我似乎明白了一些，又似乎没明白。返到客厅的时候，父亲还在沙发上睡着，是的，睡着，姑且这么形容他吧。他发出了鼾声，翻动身子，像是很焦躁。我想，或许他在等多一个目击证人，来证明他睡着了。他努力地表演着，直到弟弟返来时细细的推门声，终于将他惊醒。曼达此时在厨房洗碗，水流的声音明亮，沙沙的，像是能洗净一切不洁。

我经过的时候，见到她戴着一双塑胶手套，红色的。我记得此前，她说过母亲给她添置了手套，要她以后做家务都得戴上。母亲说，女人要学会保护自己的手。曼达那时还跟我说，白手套是用来摸手表的，发纸牌的；红手套呢，是洗污糟的，通屎渠的。表面上有区别，其实不过都是服务他人的。那时她说的话，真不像一个女用人。没等到母亲返来，父亲就出门了，出门前，他吩咐曼达帮他去阳台收下白手套。他们就在我面前交接，父亲还难得大声地讲："曼达，你记得督促他们学习。"曼达点了点头。我一下就明白，父亲想要将他和曼达两人的关系，呈现出雇工与雇主之间的状态。

接下来的日子，父亲都没有找我聊天，也没有贿赂我。我甚至在想，他会不会期待我戳穿他，期待母亲情绪失控，让一场大龙凤（大吵大闹）在家里开幕上演。或许他这些年不为我们所知的压抑，也需要一个出口，一个从唯唯诺诺中喘息的机会。然而我偏不。我想，我比父亲、母亲、弟弟他们当中任何一个，都要喜欢家庭的虚像。只要曼达离开，我也不用继续困扰，况且是她自己说的，拿不属于自己的东西，会有报应。我需要做的，只是把英语考得更差一些而已。

当我将成绩单摆在母亲面前时，我没想到，她好像忘了之前讲过的话。她坐在沙发上，只是叹了口气讲，花了那么多钱送你去补习班都没用。我看了看父亲，他在一旁吃着水果，没有出声。曼达正拖着地，远远地，把拖过的地方拖了又拖，就是不靠过来。父亲用牙签戳了一块菠萝给母亲，母亲皱了皱眉头讲："哪有心情吃？你看他这个成绩。"

弟弟坐在一旁偷笑。我站着，挨着并不激烈的训，但心里还是觉得不公，明明有人犯下了更大的错。我讲："要么请个会讲英语的用人吧。"母亲看了我一眼，又看了曼达一眼，像是对我的主动感到惊讶，但她没问为什么。我看向父亲，他倒是不动声色，他就是这样的人，不会为我解围，也不会为曼达解围，像是一切都与他没有关系。他还是那个父亲，日夜颠倒的、劳苦又不辞劳苦的，我们的父亲。

弟弟听了我的话，又看见母亲没有回绝，自然有些着急，他指着我的鼻子骂："你考得不好，凭什么曼达替你受惩罚？"他跑到曼达面前，说："曼达你不要走！"曼达拖地的动作顿了一下，她望向母亲，抱歉地笑了笑。母亲面无表情，这反而是最危险的，当母亲能克服等同于职业习惯的微笑，也能按捺下暴怒，就说明她正在复杂地计算着。弟弟如果再聪明一些，也会清楚，他的举动对曼达更不利。母亲看了看父亲，像是自己很难办一样，但我知道，她在等待，她在等待一场声泪俱下的求饶，等待一个台阶让她的脚可以踩下去，这个台阶要么是父亲一句话，要么是曼达的膝盖"哐"的一声砸在地上。

但是她不会等到的，什么都不会有的。我讲："就这么定了吧，也赶紧让曼达找新的工作去，别耽误她。"

曼达临走那日，打包好了自己的东西，她走到我房间，向我借吹风机，她在这个家里做的最后一件事，竟然是洗头发。我迟疑了一下，但还是借给了她。她就坐在一边，像那天吃上海包饺王一样。热风的声音在我耳边吹着，那声音里的温度带着一种残忍的焦味，接着我就听到了来自背后的哭声。我只好拿纸巾给她，她讲："你要好好学英文。"我说好，也认定那是一种祝福。

这时我想起来还欠她钱，一下明白，她可能是来讨钱的。我赶紧起身，把欠她的钱递给她。曼达没有接，她讲："不用了，你留着吧。"讲完她还笑了，泪痕在她黑色的皮肤上显得清淡，她的白牙齿露出来，笑容比母亲的真切，我忽然有些同情她，也有些理解父亲。然而她却开口讲："你也不容易。我有礼物要给你。"我心想，她能给我什么礼物？她一边说"这是我给你的礼物，我知道你打鼓"，一边又慢慢地从衣兜里抽出了一个袋子，是那种超市的塑料袋。想必不会是什么贵重之物，我打开，往里面一看，看不太出是什么，我只好拎出来，原来是一双白色的、崭新的手套。

我很惊讶，也有些失望。曼达看到我的表情，一脸疑惑，她焦急地问我："打鼓可以用上，不是吗？"我摇了摇头。她失望地努了努嘴巴，叹了口气，从我的房间退了出去，屋外的光慢慢地被门夹得愈发稀薄，直至消失。

我打开了手套的包装，将它们放在桌上，就在两根鼓槌旁边，显得柔软、干净，又有一些残忍。我看着它们静静地躺着，恍然觉得，它们就像母亲打小人用的两个纸公仔，等待着被写上一些人的八字，再被一只拖鞋底狠狠地敲打、诅咒。

本文收录于2024年5月出版的小说集《走仔》

**赏析：**

在域外小说色彩光晕的笼罩下，作者将阶级、性别和平等、尊重等人性主题娓娓道来。小说文本中每一个人都有各自的阶层和团体归属，通过不同颜色的手套象征性地表达出来，白手套是用来摸手表、在赌场发纸牌的，代表普通白领工薪阶层。同时白手套还在很多正式场合使用，比如仪仗队，代表着受教育的知识群体；红手套则是用来洗污糟、通秽物的，代表底层劳动力雇佣阶层。《手套之家》如同契诃夫《套中人》一般，小说里戴着白手套的不同人群，不论男女老少都带着阶层优越感，虚伪刻薄，充满着精致的利己主义思想，都有各自人格中不堪晦暗的一面，虚张声势，外强中干。勤劳善良的女用人曼达在中产阶级家庭的各种矛盾角逐中沦为牺牲品，在被解雇时赠予“我”一双崭新的白手套，而这象征洁白的白手套在偷窃的“我”看来是多么的讽刺，它理应属于曼达高贵的灵魂所有。

（许再佳）

# 沙滩、排球和浪

旧海棠

## 1

妈妈去世之后，我找到她出生的地方，一个海边的村子。

这个村子以前很落后，妈妈出生的时候，家家户户以打鱼为生。妈妈长大些，情况好一些后，开始有人走出去，开始有穿着制服的工程队来海边勘察测量，长久不走。等不远处新建了一个小港口，有了可以连接外面的开山路，还有人专门过来看海。他们沿着海岸线来到这个村子，再爬上虎牙山，去看更宽广更辽阔的大海。他们说，原来这才是大海。这时有人尝试着直接把海鲜兜售给他们，小心翼翼地问他们去城里的路，问他们到城里后在哪里能卖掉海鲜。

最早来看海的人讲白话，讲客家话，大家还能听懂。渐渐地来了一些说话听不懂的人，来的多了，村里人才知道外面真的改革开放了，之前的种种传说才算落了实处。他们讲普通话，带着四川、东北、河南、福建、江苏和浙江的口音。他们把来这边称为“下海”，既然是下海，看看真正的海是什么样的或者有这个必要。

随着来的人多了，村里人开始活泛了，各显灵通，有些人进城，有些人再渡过香港和下南洋。能走的差不多都走了，不能走的也合算着怎么才能富裕起来。

我的外公没有儿子，只有两个女儿，妈妈是老二，性格开朗，会走路后就随外公出海打鱼，有人要进城卖海鲜了，外公又让妈妈随人去城里。初中刚毕业的大姨也想进城，外公不让她去，觉得她还是在家看家好，因为她将要招赘持家续香火，不好出去抛头露面。妈妈负责进城后，大姨就要到船上帮外公外婆捡鱼。大姨刚开始还好，见鱼在城里卖得好价钱，想着城里人是很有钱的，舍得掏一身衣服的钱买一条鱼吃。

后来大姨终于进了城，在卖完鱼后跟人说去厕所，挎着一个布袋消失了。同去的人想着大姨是走丢了，在城里找了些天，终是没找着。村里人再进城卖鱼，外公也不让妈妈随他们去城里卖鱼了。路很遥远，翻山越岭，他们怕我妈妈也会丢，从此把鱼兑给港口那边专门收生鲜的冷库。后来妈妈发现了大姨带走了衣服和鞋，大家才知道大姨的那个布袋里不单装着一次卖鱼的钱，还有她偷偷装进去的一套衣服和一双她自己给自己做的鞋。外公有些懊恼，给大姨读那么多的书，不承想事情就这样落了空。但他对大姨还抱有希望，希望大姨很快会回来。一次他跟外婆没有回港，半月后船被另一个渔村的人简易修复后拖过来，只有一个船架，上面的零碎都没有了，说是可能沉了海底。那些零碎妈妈可以再置，但是妈妈一个人下不了海，就把船卖了进了城。

## 2

这时已经是2012年，村委已经把差不多十公里的海岸线圈起来开发旅游。停车收费，旅客去沙滩玩收费，租太阳伞收费，租烧烤摊收费。这是集体经营，村民年终分红。除此之外村里人还专门盖起楼房装修成小旅馆经营赚钱。

外公为大姨招婿建的三间红沙土房屋早已坍塌，除了最东边的一间，其他只剩了墙根。有人在里面养鸭，我回来之后不能在这里住宿。

我找到村委，跟他们说我想要留在这里生活，这才知道妈妈曾经回来过，这点妈妈临终前没有告诉我。听说那次也是她唯一一次回来，回来办户口本。那时我已经出生，她除了把我的户口落进城市，还给我在这个村里落了户。户主是妈妈，我是她的女儿，父亲栏空缺。另一个户口本上也是这样写。以前的村里分红我拿不到，他们没有给我解释原因，我也不想追究。这一切都比我预想的要好了，我没想到回到这里来还可以有这么多油水可捞。我的分红将从2012年这一年开始算起。外公家的房子破了，宅地还算我的，他们按宅地和人口分红。至于我住的地方，村委安排我临时住进小学的教师楼去。按说这个他们是不用管的，或许是他们觉得我是孤儿了，有照顾我的义务。教师楼是二十世纪九十年代初的房子，两排两层的青砖房，看得出房子的结构改动过，围墙也应该是后来拉的，用以隔断独立成两个小院子。两个院子的大门一个朝东一个朝西，连着院门盖着走廊，与原来的楼房形成一个90度角的连廊。

因为盖了一间走廊出来，院子只有两个房间的宽度，又很浅，院子显得并不大方。二楼还保留着原貌，一个一个房间，里面堆放着学校的杂物。我被安排在临时清理出来的二楼房间，我的楼下是一位从上面分配下来的体育老师。他隔壁的一楼院子里住着一对中年夫妇，听说还有初中部的时候，男的教数学和地理，后来只剩小学后，教了整个小学的自然课。又过了一些年，自然课也取消了，改成科学课，他又教了整个小学的科学课。

因为那个港口，炸山路从村子旁边经过，村子曾经繁荣过。又因为几座大山开了隧道，新修的高速公路不经过村子，村子又没落了下去。这也就是为什么曾经有过初中后来又没有了。

女的不知道怎么了，坐在轮椅上，平时在房间里不出来，要男老师放学了才推她出来在院子里看看。就是看看，若无其事。看天气的情况，有时在院子里的时间长，有时在院子里的时间短。我刚住下来那几天无趣，总是要在二楼偷偷地看他们的动静，看他们那边像布景一样的生活，接近无声，气息难以捕捉。

这排楼的前面还有一排新楼，看上去也是住宿区，应该住的都是老师或教工。再往前就是新盖的教学楼了，教学楼的教室宽敞明亮，楼层间的校训大字红艳艳的，像刚贴上去的一样。

整个村里，跟我有关系的人，是一个叫长洪的远房阿叔，是我外公堂兄弟的儿子。他少年时跟人下过南洋，在那里做黑市劳工，他受不了苦也受不了辱，一个人又偷渡回来了。他差不多聋了，很少外出。这很好，我们会相安无事，于我，一切可以自由自在。

妈妈得宫颈癌而死，她可能也没有想过会得这个病，她走得很匆忙，入院后才由医院通知学校，我才知道。她走后，好像对我并没有造成影响，我什么事也不用做，有个看着眼熟的男的料理她的后事，我只负责听他的安排，最后把妈妈的骨灰捧去一个地方就好了。我是回到学校后才觉出妈妈的去世对我来说意味着什么，就是再没有人往我的卡里打钱。后来连饭卡也不能打饭时，学校提出让我写个申请给我免费，我写道“我妈妈死了，没有人给我钱了”，但写完我就撕掉了，从学校里跑了出来。好在妈妈在城里给我留了房子，后来我想到可以把房子租出去换钱，如果我不乱花钱，这个租金是够我基本生存用的。

我在读职专二年级，把房子租出去有了钱我也不想回去上了，我不可能毕业了去干一份什么工作，我什么也没有学好，不然，妈妈不会花钱把我送到一个离城市很远的封闭学校读书。现在她去世了，没人管我了，我可以自己做主不学了。

我猜测过那个眼熟的男的是不是我的爸爸，他当时没有表示，我也不好去认。我叫过好几个人爸爸，没有一个是我的亲爸爸。他肯定也是这种情况。记得读初中时我就寄宿在学校，周六日也不回，只过节或放假了我才回家，才得以见着每个时期的爸爸。一个爸爸还不等我见几次就消失了，下次再回去，又是一个新的爸爸。

## 3

很快，我在沙滩上认识了一些年轻人，叫阿文的男孩是村里第一批去香港的第三代。他们在那边生活并不十分如意，几代人住着廉租房。他的父辈还好些，有工作在做，像他这个年龄段的年轻人找不到工作。他的爷爷和爸爸辈不好意思回来，他不介意，他回来盖了楼房经营小旅馆。因为他我还认识了他的堂哥，在这里还没有限制盖房前就已经从香港回来盖房，然后把房子整栋整栋地租给别人经营旅馆。他堂哥回来后认识了一个年纪相仿的朋友，是在这个村子里长大的，出去读了书又回来这里教书，也就是我楼下的体育老师，他们都叫他阿坤，我也跟着叫他阿坤。

认识阿坤后我把挑染的长头发剪了，留了一个小男生发型，短短黑黑的新长出的头发紧贴着头皮，摸起来又顺滑又单薄。不像妈妈的头发，不烫也是卷卷地蓬松着。一次在沙滩玩，他教我打排球。我在高中时打过篮球，排球我不会，但我喜欢他从背后环着我端起我的手臂教我颠球。

阿文本来一直想追求我，等阿文向我表白时，我已经跟阿坤睡过了——沙滩上，他的家里，以及周边的几座山上。阿文见过阿坤把我夹在腋下走路，说我不害臊，要跟能叫阿叔的人睡，讨厌起我，再也不跟我玩了。可这有什么呢？我终究要与男人过日子，阿坤壮实、高大，是我理想的外形。

阿坤家的兄弟很多，以前不敢占地，等看清形势去开荒种田，上面又有了限制，只能按门户分地。他跟四哥一起才分到一块小宅地，而我自己就有很大一块宅地。他说，他把他的那份宅地给四哥，找四哥要些钱来在我的宅地上盖一栋房子，这样，我们也可以经营起旅馆来。而他再也不要在学校当什么体育老师了，都是外来工的儿女、经营旅馆的人的儿女、在周边种菜的人的儿女、给旅馆打工的人的儿女。本村人有钱的早携家带口地住进了城里，孩子也都在城里读书。这时，我不应该告诉阿坤，妈妈在城里给我留了房子，他知道后叫我把妈妈在城市里的房子卖掉，这样我们可以立刻盖起房子来。我不想卖妈妈的房子，虽然只是小小的两室一厅，我还是很留恋那个地方。我小时候楼下有个滑滑梯，妈妈回家很晚的时候，我在屋里怕黑，会躺去滑滑梯的滑筒里睡觉。虽然滑滑梯换了一波又一波，最后周边还增加了成人的健身器材，但我还是喜欢那里。所以我在城里的房子不能卖，妈妈去世后，那个地方是我唯一想起来时会让身上一热的地方。我还拿捏不稳这种感觉，捉摸不到它真正的用意，这种神秘支撑着我想要好好生活，还可能结婚生子，与一个人白首偕老。

我曾经憎恨过妈妈，现在我在释放这种感情。释放让我的身体有一种轻盈感，或者我是爱着那个地方的，这感情甚至让我喜欢上天下所有的滑滑梯，蓝的、红的、绿的，我想，就是有黑色的滑滑梯我也会喜欢上。

我喜欢阿坤从背后环着我，端起我的手臂教我颠球，那个时刻我会被他宽厚的胸膛包裹，像一个人肉滑筒。他好像看出我不想好好学，有时会强制我学，有时会挑逗我。说起来很怪，以前在学校我是要故意与男的公开亲热，这时我知道害羞了，他把我按在沙滩上假装抬起我的腿时，我非常恼怒。但我推不开他，他问我要不要好好学，我只好说要。阿坤这时已经不想去学校教课了，很不在乎在外面的形象，他希望学校能炒他鱿鱼，把他退回，分配他到这里的地方，这样他若不接受新的单位就可以长期挂着职不用再上班。

2012年底，我分到了上万元的分红。听阿坤说，其他地方的农民一年可以有几十万元分红。将来这个村子再开发，把土地都卖了，我们每一个人都会是百万千万的富翁。要是村委还能留着沙滩经营，我们还能长久地吃分红，连后代也不用干活。阿坤说他准备辞职了，他要竞选村干部，当村委书记。那个体育老师他早就不要做了，他当年考学是为了不要回来这个穷地方，虽然成绩不好，还是靠体育考上了一所大学。谁知社会变化这么快，待他毕业，这个村子一下子这么值钱。但他的兄弟没有分给他独立的一片宅基地，只分摊了其他兄弟的三分之一，理由是一家人的钱都供他上学了。他的宅地太小，不能独立建房，只能等他四哥家起房时依附那边的宅基起上两间。他的选择也总是在变，他又想盖一栋楼又想竞选村干部。他竞选村干部是想带领村民更快速地富裕起来，让这里的每一寸土地贵比黄金，让每家每户都能成为富翁。

但不管怎样，他还是不时陪我到沙滩上练球。这边的春季暖和，还是三四月，周六日游客已经多起来。我们会避开人多的时间，清晨或是黄昏到沙滩上打球，累了就躺在晒了一天的沙子上休息。阿坤也会一跃而起扑到涨潮的海水里去，跟海浪顶立而去。我满足地看着他做这一切，并想象着将来跟他一起生活的样子。有时会看不见他了，只见变黑的海水像海妖张开的大口吞食着沙滩以及残留在沙滩上的人影。那是游客遗留下的影子，若有还无。那些影子并不会躲闪，被海妖的大口吸进去时像一缕黑烟一样扭曲。有时等大海和天空全部变黑，我也会看到船上的外公外婆，本来好端端坐着，一下子就侧翻在海里。我没见过外公外婆，妈妈也没有他们的照片，不管我多么用力想象他们什么样子，也只能看到两个影子。这时，我就会慌忙地找阿坤，直到他从大海里往回游，或从哪个礁石后面突然冲了上来。

这片沙滩因为开发旅游已经不允许打鱼的船只停靠，村里尚有几艘打鱼的船停在了虎牙山那边。我让阿坤带我去过虎牙山，我们第一次发生关系也是在那里。认识路后，我自己后来也去过，我就是想安安静静地等待渔船归来，看他们捡鱼上岸。有一次等他们捡完鱼，抬着几箱海鲜装车之后，我去到那片湿淋淋的沙滩上，闻到了一股从来也没有闻到过的剧烈的海腥味。我忍着海腥味，把翻海草的手放在嘴里吸吮，好像从脚底上来的海咸味涌到了我的胸口，然后那股咸从喉咙里喷薄而出。那时大海已经涨潮，从虎牙山回来的路被潮水漫住了，我在虎牙山上过了一夜。以前去虎牙山那边的港湾，只能乘船。虎牙山的海岸线是近些年炸山后才有的，除了探险的人留下的标记，还没有普通游客来过。我躲在一个浅洞里睡觉，看着月亮落下去太阳升起来才敢从那个浅洞里出来。天亮后我四处查看，很庆幸我选择的是一个浅洞过夜。我后来看到了两个山洞，能容下一头大象走过。里面宽宽窄窄，还有水流，越走越暗，想想要是进了这样的山洞，我还一阵后怕。深夜之后，怕是一滴水滴下来都要吓我一跳。

## 4

五月的村里竞选，阿坤落选。他再度劝我卖掉城里的房子，用这笔钱盖楼。我们为此争吵。他骂我："你个小婊子！"我脸上一烧，像晒伤的皮肤着了热气，即刻想起我有好几个爸爸的事。我恼羞成怒，狠狠地朝他飞起一脚。他像教我做颠球动作一样，一下子看出我的肢体动作不对，一抬手接住了我的脚。他只稍稍一使劲就把我掀倒了。我仰翻在地，头疼剧烈，太阳似一团黑火向我的脸上砸来。

第二天起阿坤不再理我，他去找隔壁的男老师下棋。我一时不知道如何处理这种关系，天黑后我回来这里，虽然各自无话，毕竟还是在一张床上过了一夜。早上他出门也未与我说话，我只好自觉搬到了二楼自己的房间里去。我站在二楼的走廊上可以看到他们在院子里下棋。

男老师姓张，阿坤叫他张老师。张老师看上去更像个教语文的，冬天里会搬出案台在院里写大字。他的妻子姓虞，叫虞姬。阿坤叫她虞老师。我只跟虞老师打过一次照面，还是我刚跟阿坤交往那会，张老师推她出来散步，她幽幽地说："阿坤，有空来家里跟张老师下棋啊！"样子很愉快，只是说话声有气无力。

阿坤呵呵地笑，把搭着我肩头上的手放下去，说："好的好的虞老师，我明天就去找张老师下棋。"看得出，阿坤敬重他们。张老师笑笑地举目推着虞老师向前走，好像虞老师跟阿坤对话跟他没有什么关系。那次我就觉得他像个语文老师。我小时候在家里附近的地方读小学时，有一位语文老师就是他的那种神情，身子端端正正，穿着干净的棉衫，回应人问候时总是笑笑的一张脸。他的儿子很大了，有他那么高，跟他一起走路，他像棵树，他的儿子像拴在他身上的绵羊，围着他拍球，左右地转。我一直以为好父亲就是那个样子的，是一棵大树，是一座行走的山，风吹鸟停他都丝毫不动。

虞老师还是坐在轮椅上，手摆在腿上也不做什么。她的脸偏向的地方我也跟着看，只见正午耀眼的阳光猛地一下，下了他们家门前的一层台阶，下午的太阳就开始偏斜了。

已到五月，天气说热就一下子非常闷热。阿坤跟张老师不在院子里下棋后，小桌子抬到了走廊上，我就看不到阿坤了。他们平时很少说话，我很难听到他们下棋的动静。虞老师也不出来晒太阳了，她要在西边走廊下我才能看到她。虞老师从不自己摇轮椅，她想挪动，都是张老师去推。虞老师静谧的样子好像女王在她的宫殿，又放心又自如。她的样子让我无法想象她使出浑身的力气摇轮椅的样子。虞老师也不是什么也不自己动手做，还在我跟阿坤交往的时候，我上二楼拿东西见过她在院子对着一个地方剪头发，她中分头，头发很长了，她把头发修剪短了一些。我拿完东西下楼时想，她面对的地方肯定有一面镜子。

阿坤又去了学校的食堂吃饭，我一个人去村子里吃快餐。阿文堂哥家开着一家海鲜餐厅，他常在那里瞎混，见我一个人出来吃饭，远远地抽烟看我。

“说不定我能帮你找到你大姨。”一次阿文拦着我说。我这时头发已经长长，梳着凌乱的丸子头，穿连帽的卫衣，因为天气热起来，我也穿起了热裤。雨后地上湿的时候，走在路上我总有打赤脚的冲动，所以我常常提着鞋，远远见着长辈了才会穿上。

我看见阿文则不会，依然是提着鞋。

“你什么意思？”

“我打听到你大姨的消息。”

“我大姨？”我心跳起来。我不知道这心跳是因为听到了有大姨的消息，还是因为我好长时间没跟人说过话了。

“係嘅（是的）。但係（但是）……”

“你别跟我讲白话，我不会听。”我其实是会听的，只是讲得不好，小时候妈妈是跟我讲白话的。

“好吧，你大姨叫陈锦华对吧，八五年从这里去广州，同年底又回到鹿丹港去了香港。然后去了南洋。好吧，告诉你吧，你大姨现在新加坡，是我表二舅母。”

“不是八五年，是八四年。”阿文说错了时间，我立即纠正他。但我不觉得这纠正有什么意义。于是不作声了。他再说什么，我也不再回应。

阿文显然没预料到我对这事这么不上心，问我：“你不想找你大姨？不过也好，你大姨不是富太，知道你回来分红，说不定会回来跟你争的。”

我看着阿文，不知道他为什么会想这些事情。但能感觉到他得到这个消息很得意。我想到其他事上去，不想让他觉得我对他的一腔热情太冷漠。于是想着与他搭话：“我不怕她跟我争，这些该是我的，她拿不去的。”

“好像的确是这样。跟你说，我请我家姐问过她了，她也说不想跟你联系。但我可以把她的手机号给你，你想跟她联系了可以打电话给她。”

我想我没有这个心，为了不让阿文太失望，还是记录了那个我叫大姨的人的电话。存入手机的时候，我想了想用什么名字保存，大姨？不，还是写陈锦华吧。当输入完这个名字，我想到手机里储存的另一个相似的名字，陈锦春。我在通讯录里搜索，陈锦华这个名字果然与陈锦春挨在一起。这时，我犹豫了一下，想到她们的关系皱了一下眉头，阿文可能以为我难过了，想过来安慰我，被我一下子推开了。但之后我又后悔，我应该趁他还怜悯我时跟他活络下感情，这样我或者能与他交往。我也想过主动去找阿文示意他可以追求我，可是我心底还是不喜欢小的男生，我以前交往过的男人要么大我一届两届，要么是学校的老师。虽然阿文大我五岁，二十多岁了，可他柔柔弱弱的看起来还像个小男生。

## 5

游客多起来，村里的小旅馆小客栈住满了人，沙滩上看海的游客离开之后，太阳伞收起之后，住在村里的游客会来到海边烧烤，来到沙滩上散步。那天我从虎牙山回来，见几个游客在打排球，我坐在一边看，一个男孩在换场地后说：“看你一直在看，你也来打吧。”

我心里还在犹豫时，身子已经站起来了，走去男孩的一边。本来他一对二打一男一女还赢，我加入后，他赢的次数少了。我说：“不好意思，我连累你输球，我还是不打了吧。”

男孩说：“打着玩的，输赢不是目的。一起打吧，两个人打，我能喘口气。”

我们都打累了停下来休息时，我觉出男孩喜欢我。他试探着跟我说话，脚在沙子里使劲往下抠，这动作总打断他的话，使他不知道接下来要说什么。后来那一对男女走了，男孩也没有要走的意思。我跟男孩在海边坐到天完全黑下来，他说：“我要回去了。”我等待他主动要我的联系方式，或问我要不要一起回去。他没说这些，我只好说：“好的。”我站起来，看着他拿起背包背上走开。海边的游客还有很多，他那么快离开，我一个人留在沙滩上还是觉得很孤零，我希望他能回过头来看我。

不知道是不是祈愿的力量，一会儿他回来了，问我在这里住多久。我站起来，说会住一阵子。他说他明天一早就走，跟同事去另一个地方参加公司的拓展训练。他问我，能要我的电话吗，我想说能。又想着他是游客，只是来这里玩的，又说不能。我一说完，男孩转身就走。他往前走，我坐回原地，好像他没有回来过。男孩比阿文壮实，比我也高很多，快要有阿坤高了。但他跟阿坤又不一样，一开口说话总要先低下头再抬起来。可能是他那个样子让我觉得他也像个小男生。但是我后来又想想，觉得他还是不错的。

第二天一早，我到村里的停车场去，试试看能否再见着他，后来我并没有看见有团队的大客车离开。我回到学校教师楼去敲阿坤的门，怎么也没有人应。我又去敲张老师家的门，张老师来开门。我说阿坤不见了，张老师说："阿坤早就走了呀，走半个来月了吧！"

"他去哪里了？"

"深圳。"

"他有说去做什么吗？"

"去跟一个人合伙开健身房吧。"

"你有他新的电话吗？"

"他换了电话吗？他没说他换了电话。"

我一时没有回应张老师的话，低着头站在门口。过一会了，张老师说："你要进来吗？"我不知道他是表示要我走的意思，还是真的邀请我。我抬起头看他，看着他稳重地站在门里，我点了点头。这样，我第一次走进了张老师家的院子。以前都是站在二楼偷偷地朝这里看，得以身临其境，才发现院子比看着大，也很整洁，地面青砖的缝隙里冒着的细碎的小草也是整整齐齐的，好像统一播下的种子，又统一发了芽。

"你先在这坐一会，虞老师还在屋里，等会她才能出来。"张老师指着走廊上的座椅跟我说。

我不明白他的意思，只好听吩咐坐下。一会儿他端出一杯水来给我，清清淡淡的一杯水，我喝起来才知道是一杯茶水。几乎看不出茶水的颜色，要端到嘴边闻到茶香才使人留意到淡淡的黄绿色。

喝完这杯茶水，我觉出我的举动唐突，还不等虞老师出来，悄悄地出了院门。一出院门我就飞奔起来。

## 6

我没跟任何人打招呼，一点一滴地从教师楼搬走我的大部分行李，只留了一套生活用品在这里。当我在一家外来人开的旅馆住下来，经常在村子里走动，才觉出对这个村子陌生。我也时常去外公的宅地看看，并不敢白天去，我怕遇着在那里养鸭的人。那是一个老太太，讲一口本地的白话，对我又热情又警惕，她之前见我几次总说她很快就会把鸭子清走，却总是没做。她说多了，我觉得那些话很假，可是我又不想揭穿她那些话说过很多次了。外公家的门窗都没有了，大门被一块块废弃的木板堵着。就是屋里的顶梁柱，有两个房间也完全没有了。仅剩的一间有顶的房间，鸭粪成堆，我投一块拳头大的石头进去，几只鸭子吓得“嘎嘎嘎”地飞出来，飞出来又不知该往哪里去，傻傻地喊叫着。每逢这个时候，我非常有兴趣猜测哪一个是妈妈和大姨住过的房间。

我的生活非常无聊，在旅馆里待累了回教师楼，在这边累了又回去旅馆里。我一天里最重要的事就是下楼吃饭，有时实在饭也不想吃，干脆一天都不吃了。

开始我不想去海边，我怕想起阿坤。但想念并不因我不去海边就不升起。我想明白这件事后，又去海边了。这时我发现想念也会消耗，当我坐在沙滩上使出浑身的力气想念阿坤，想念会像一缕烟一样慢慢从我的天门盖溜走。这缕烟别人看不见，就是我自己也不能轻易感受得到，要等我无趣极了，身体空虚，我才能感受到有东西丝丝缕缕地往外冒。我想那或者就是我的想念，被我频繁使用消耗掉的部分。

天气太闷热了，随时身上都要冒着细密的汗珠。难耐极了，我会赤脚在屋子里走。这时，往往会有一场畅快淋漓的大雨。待雨下够一阵，渐渐小了，之前飘进来的雨在走廊上积了一层水。我便在那层水里用力地踩踏。我停下来看大海的方向，海上面的天空比这边的天空更阴沉，一团白云跟很大一片的黑云相撞，白云像是被大货车挤压的小面包车，变了形状，往自己的身体里后退。白云变了形，示弱了下来，像无力的瀑布从自己的身体里顺流而下。

我尝试翻越掉了漆的栏杆，骑上去后我又想不到我要做什么。我骑在上面不动时，看见了张老师从外面回来，看他从远处拐到家门口，看他推开门收伞进门。他进来后把门关上，往走廊下的横杆上挂雨伞的时候看见了我。他一改往常稳重的样子，惊慌地走到院子里冲我喊：“乐乐，乐乐……”可能他也不知道我要干什么，喊叫的话并没有说下去，只是叫我的名字。

张老师很快地从他们那边上了二楼，到了我的面前。

这时我自己下来了，他好像比我还后怕，蹚着水过来拉我，直到把我拉到我的屋里才松开我的胳膊。我还是木然的，一直盯着他看。我看他放开了我的手，就盯着自己的手看，我的手还停在他放开的半空中。我就那么一直僵着手臂，张老师又把我的手臂给放下，我一把抓住了他的手。往他的身上贴，把脸放在他的胸前。他穿着短袖衬衫，身上出了汗，衬衫上有淡淡的洗衣液的味道。

他举起手尝试着抱抱我，力气轻轻地。我起初觉得是抱，随后又觉得他把我往外推。我抱着他，想紧紧地抱着他，可是我又不敢。他把我裙子背后敞开的拉链往上拉，拉好，说："你坐下来吧。"

我想我并没有跳下去的意思，可是我不想告诉他，我不想开口说话。我的房间闷热又潮湿，还有一阵一阵的霉味。张老师可能以为我一直住在这里，当他观察一遍我的房间后，回去拿了一台风扇过来。他来来回回地走了三趟，带来很多东西，热水壶、小凳子、干爽的衣服、床单、台灯、书。衣服显然是虞老师的，有些旧，但很干爽柔软。书是一本叫《我要去旅行》的翻译书，封面是一个女孩背着背包的背影。看背景脚下的影子，好像女孩行走的这天骄阳当头，好像阳春三月，又好像北方的初秋。我唯一的一次离开我住的城市就是在初秋去了北方，我想按照妈妈写废的一张快递单上的地址去看看没有写出的那个收件人是谁。我找到了那个地址，在北方一个老旧的四合院里。里面住着许多的人，房檐下杂乱无序地排满了自行车、炉子和矮柜子。这里住的人太多，没有人过问我是谁。我在院子里的一个石凳子前坐了两天，他们经过我时，像看一个新搬进来的邻居。

我没有拒绝张老师拿来的这些东西，他也没有解释拿来这些东西是否经过虞老师的同意。我想这些都不重要，可能他想让我感受到一种关怀就够了，看得出他跟虞老师都是善良的人，而我，确实感受到了。

阴雨的天气一时并没有晴，我住在这里没有去旅馆。天终于放晴时是周六，沙滩有许许多多的人，雨停后的海清澈许多，浪依然很大，涨潮后，浪能打到阿坤教我打球的地方。

我退了旅馆，重新住回了教师楼。我还是像以前那样偷看张老师和虞老师的院子。他们还像以前一样生活，安安静静的，连院子里的花草都不动。张老师傍晚推虞老师出去散步，会偶尔朝我这边的阳台看一眼。有时他们回来，张老师把虞老师停在院子里，虞老师也会朝我这边的阳台看。我这时多是躲在窗户里面，不让他们看见我。

好天气的晚上，他们也会坐在院子里，张老师会在虞老师的脚下点上艾草，时不时地还要把艾草的烟子往虞老师的轮椅下扇。他们交谈的内容我听不清，我只听到平平常常的声音，有时一问一答，有时就只是张老师问虞老师话。什么时候他们坐累了进了屋里，我才会走到阳台上站一会儿。

## 7

我可能还在想念阿坤，也可能是不知道接下来的生活要怎么过。有一天远远地看见阿文，我跑过去拉住他说："阿文，我做你的女朋友吧！"

阿文一脸惊诧，躲开一步，说："你知道我有女朋友的。"

"没关系，我想做你的女朋友。"我心虚，但装着毫不胆怯地盯着他说。

"乐乐，我已经不喜欢你了。"阿文低下了头。

"没关系呀，你不喜欢我也可以做我的男朋友的。你以前不是发短信跟我说你觉得我的膝盖很美吗？我知道你其实是想睡我的，你做我的男朋友就可以睡我了。"我啃着手指甲说。

阿文低下头从我的脚一点一点地往我的身上看，一直看到我的脸上。他笑了一下，过来摸我的嘴。他问我："你还住学校那边？"

我说："是啊。"

他说："去我的旅馆吧。"

我跟着他一起去了他的旅馆。

他不打算甩掉他的女朋友。他的女朋友是湖南人，很奇怪地，说着一口港台普通话。她开始可能不知道阿文带我上去做什么，后来就知道了。知道了却也不管我们。她叫阿茹，梁静茹的茹。她长得像梁静茹，太像了，闭眼时，惊恐时，就连笑时露出的牙齿都像。连声音也像。她无趣时在旅馆前台坐着唱梁静茹的歌，淡淡的忧伤也像。她并不把我放在眼里，看见我当没看见一样。她已经是旅馆的"老板娘"，管着前台，就连阿文第一次把我带到他们的旅馆都是她给的房卡。

我跟阿文好了一阵子，谁也不说谁什么，只是一次阿文说："你肯定会走的。"

"阿茹不会走？"

"她走不走都没有关系，她帮我做事，我就养她。"阿文跟我在一起时讲白话，他早就知道我能听懂，有时我也主动跟他讲白话。我们都讲白话时，好像从小就是街坊邻居。

阿文到底还喜不喜欢阿茹呢？我不想知道，我只知道他们俩闹翻了，关系僵着。阿茹跟阿文一样大，开始是住在他旅馆的客人，后来不走了要帮阿文打工，再后来她跟阿文说："我都是你的人了，我不要工资了，我给你管旅馆，钱还是你的。"

阿文又说："你要是不走，你不用给我干活我也养你。"

阿文说这话时我还没想到我会走，那时，他翻着我的身体，把我面向窗台。我不喜欢他把窗帘打开，让我们的样子映在玻璃上。大白天的玻璃窗外树上屋顶上燃着熊熊烈火，我的妈妈坐在火里生气地看着我。

我记住那个屋顶的位置，特意到上面看了看，除了两个太阳能板，就是一些破椅子，那里并没有我的妈妈。

渐渐地我不喜欢去阿文的旅馆了，还是常常在教师楼的二楼偷偷看张老师和虞老师他们的院子。

这里的夏天总是下雨，下过就晴。要是上午下了比较透的雨，下午就会凉爽些。我已经很久不去找阿文了，他找我几次我不下楼他也不来了。这天小学第一节课后就开始下雨，一直下到上午放学。老天爷好像很体谅上学的孩子一样，让孩子回家吃了饭来上学后又开始下。路被洗得很干净，浸不下去也流不走的雨水形成许许多多的水坑。放学时雨小了，雨坑平静，开始明亮，只有树下还有水滴落到雨洼里，荡起一圈一圈的水圈。这天，傍晚时很难得地吹起凉风，虽然空气还很潮湿，但风吹到皮肤上已经很清爽了。

我心情大好，从隔壁房间里搬出一张废弃的课桌，用水洗干净了放在阳台上用来坐。张老师看见我坐在二楼的阳台上，问我："乐乐，你去沙滩吗？虞老师要去沙滩，你能帮忙吗？"

"好呀！"我心跳起来，一点也没有停顿，直接奔跑下楼朝他们的院子里去。

我去到下面，他们还在准备东西。可能因为风有些凉，张老师为虞老师备了丝质的披肩。

我们一起朝外面走，起初我不知道怎样帮忙，我说我推虞老师吧，张老师说不用，说他顺手。虞老师也说不用，说张老师顺手。他们两个人说着一样的话，他们不觉得。

我跟随了一路，一个人走反而没有他们快。他们均速地向前，我有时要小跑着追一追。到了海边，我才算真正帮得上手，跟张老师一边一人抬着虞老师下台阶到沙滩上。

轮椅并不好在沙滩上推行，张老师只是把虞老师停在一个地方。他们竟然需要我的帮助，我一下子开心起来，甩开夹趾拖就冲到了海水里。我一直往海里去，想象着像一头鲨鱼或是一条石斑去往深海，那样谁也认不出我。直到又一个浪潮打到了我的热裤上，我才停下来回头看他们。他们欣喜地看着我，像看着他们的儿女。我跑回张老师的身边，听他叫我不要进海里太深，冲他嘻嘻地笑。

我开始往张老师他们的院子里去，让张老师教我下棋。原来虞老师是会弹钢琴的，她问我要不要学琴，我说不要。她弹了两首，我不知道是什么曲子，很抒情。我没有跟虞老师学琴，也没有告诉虞老师原因。

我喜欢张老师衣服上淡淡的洗衣液的味道。想到这里，我突然想起虞老师的衣服上也有这种味道，刚从洗衣机里拿出来熨烫的湿衣服上、刚从院子里收回的晒干的衣服上都有。后来我再闻到这种味道就想哭泣。我还留意到虞老师在家时大多是自己移动轮椅，移动轮椅洗菜、煮饭、熨衣，这些设施都是为她量身定做，高度刚好，操作台下的宽度也刚好放下她的轮椅。另外，他们家有两个卫生间，有一个是虞老师专用，张老师上卫生间则是去另一个。我也去另一个。里面摆设都是单份的，你能想到的、卫生间所有洗漱用品全都是单份的。我曾长久地在里面不出来，猜测虞老师专用的那一个卫生间里面应该也和这一间一模一样，都是单份的。但肯定也有不一样，比方我从外面就能看到的那些横着竖着的扶手架。我不敢去虞老师专用的卫生间。

过完炎热的夏天，立秋后，开始有凉风吹起，我在二楼的阳台上坐着。我还是坐在那张课桌上。打盹时，书和鞋子都掉到了一楼——阿坤的家里。我想，这是很好的机会，我跳下去。

我到张老师家借晾衣绳，虞老师让我去解。解完我并没有马上就走，我说："张老师快下课了吧？"虞老师问我："要张老师帮忙吗？"我说"是"。虞老师去烧了热水，沏了茶，还是看不出颜色、喝到嘴里满口香的茶水。喝完一杯，虞老师说："再喝一杯吧。"我说"好"。我又喝了一杯。虞老师问："还喝吗？"我说"好，再喝一杯"。虞老师又问："你还喝吗？"我想了想，说"还喝"。直到这时张老师上了两节课后才回来，说跟我一起过去，他在上面看着，我下去，万一绳子系不紧我就上不来了，就只能找人来砸阿坤家院门的锁。

绳子甩下去，我顺着绳子下去了，一层楼，三米二的高度，搁以前在学校我的性子一跳就跳下去了。现在我不想跳，我没有那些做傻事的热情了。先让张老师把书和鞋子拉上去，等绳子下来的时候，我往阿坤的屋里看，门锁着，窗户也关着。我只是看，站在原地没有走过去。张老师把绳子丢下来时，我很快地顺着绳子往上爬。

我们在我的房子里待了很久，我问张老师："你怎么跟虞老师说？"他说："你这不是崴到脚了吗？"我想想也是。我揉着右脚脚踝的位置。

这时，村委打来电话，说陈锦华回来了，叫我过去。

张老师没在意我的电话，示意他先走了。我挂了电话，咬着嘴唇，从鼻子里使劲往外出气。我的心一下子慌了，像饥饿那样空虚无力。

村子里不像夏天那么热闹，但还是有从沙滩上过来吃饭的游客，以及回来住宿的人在村子里成群结队地走着。其实这时的游人也不少，只是不像夏天沙滩上的人密密麻麻，村子里熙熙攘攘，餐馆里没有位置。这时的村子安静一些，人们走路做事可分辨节奏了。天还未黑下来，每家旅馆的招牌灯箱和门前的路灯却已经亮起，远远地看那些街巷，是比白天更清楚村子的结构，清楚每一条巷子的长短，以及每一家旅馆的位置和装修风格。这情景自然也不是二三十多年前的乡村风格，想那时天快黑了，村子应该是另一番景象。那时的村子还未出现规则的巷子，房子从山脚下零散地建下来，三五成群，两两结伴，还有一两户人家可能是孤孤零零地自己存在着。

我并不想见着陈锦华，可眼下好像又躲不开，只好硬着身子径直走去村委。陈锦华坐着，两个比我大的男孩子站着，村委的齐叔说他们是陈锦华的儿子，我认真看了看，相信应该是的，跟陈锦华很像。陈锦华比我妈妈端庄，比妈妈个头高，乍一看有我妈妈的影子，却也经不住仔细看，我一看她那双眼睛，就知道只是眼皮像，看人的瞳孔是一点也不像的。妈妈看我是从来不转眼珠的，定定地看我，要把我看到她的眼睛里去。陈锦华看我，瞳孔散着光，根本没把我看进去。

我随村委齐叔的介绍向他们三位一一问好，说："您好。您好。您好。"

陈锦华说："我们住齐叔他们家旅馆，有些事我们在这里大致说说，明天你可以去我住的地方我们再细谈。"

"就这里说吧，明天我要出门，去不了您住的地方了。"

"也好，就我们几个人，就这里说也方便。我比你妈妈大，按道理阿公阿婆去世了户主应该是我，但你妈妈把阿公阿婆的户头销掉之后写了她是户主。现在她又去世了，但户头还没有从这里销掉。这个是早晚要销掉的，我要跟你商量的是，消除后你妈妈的户头后你是单立户头还是跟我们一起一个户头？"

我听清楚了她在说什么，但我不知道会有这样的事发生。我一时不知道怎么答复她。我长时间没答复她。她好像有点烦躁，催促我说："我赶了一天的路，接下来几天还要办很多事情，你要明确态度尽早答复我，我好办事。"

我还是不吭声，看看她，看看齐叔，又看看她的两个儿子。看完他们两个我走神了，心里想他们的名字真是很有意思，一个叫迮新途，一个叫迮新程。迮这个姓我之前也没有听说过。

陈锦华站起身来，双手叠着，像电视里上古时候的人微微低身给齐叔施礼。然后站直了又跟我说："乐乐，可能你还不知道，你是锦春抱养的孩子，她可能到去世都没有告诉你这个事实。虽然锦春把你的户口落在这了，其实新途和新程两个哥哥才是你们外公真正的后代。"

我恼怒了："你胡说什么？他们两个要是外公真正的后代，为什么不姓陈？再说，你当年逃走难道不是主动放弃了传宗接代这个事吗？我不管是亲的还是养的，我是妈妈的孩子，就是外公的后代。"

陈锦华可能没料到我这么回她，头痉挛地摇了几下，装着镇静地说："别这么跟长辈讲话，让外人见了会觉得你没有教养。"

我一时被陈锦华的话呛着了，不知道怎么回应。

我没等陈锦华说走，转身出了村委。陈家的宗祠就在村委的旁边，我为了节省路程，穿过宗祠拐进了一条狭窄的巷子，从这条巷子尽头，再拐上一条路就是村头的学校。

我想跑去张老师他们家，夜幕追捕着我，很快地跑到我的前面拦截我的去路。我只好闭着眼睛跑，想象着身体生出一团比夜幕更黑的黑色包裹着我冲出它们的重围。

我推门而入，张老师坐在虞老师的旁边给她扇着艾草烟子，见我慌忙地冲进来只停了手中的扇子，也没说话。倒是虞老师先开口的，她说："乐乐，你不是崴到脚了吗，怎么还跑？"

我一惊，只会扶着一个柱子大口喘气。

虞老师又问："你这么急有事吗？"

我在走廊下的光亮处，比起我看他们，他们更能清楚地看清我的样子。一定是狼狈不堪的样子。

"我，我等会儿走，车在等着了，过来跟你们说一声。"我还在喘气，挪不动脚，心里已经看见自己把东西往一个小背包里收拾，一边收拾一边打电话叫车。事情就这么进展着，算着一个小时后就能出山，我还看见出山后有一个火车站，连接着更远的地方。

本文刊载于《广西文学》2018 年第 7 期

**赏析：**

小说充满电影蒙太奇的画面感，将一个偏远小渔村发展过程中渔民们的致富经验、情感浮沉的变迁展现出来。改革开放的浪潮席卷中国大地，诸多奋斗者和弄潮儿选择下海，乘着政策红利和改革春风创一番事业。对于偏远渔村来说，改革的气息首先体现在渔业发展所带来的显目的经济效益，靠海而居，靠天吃饭的渔民也开始加入改革的浪潮中，大家团结一致向"钱"看，已经从一句戏谑的玩笑话变为僵化的事实。小说文本将视角投射于改革变迁过程中人们的社会心理嬗变，关注其中底层民众的挣扎、亲人间情感的淡漠和金钱冲击之下淳朴民风不再、人与人之间的隔阂，借此引起改革过程中关乎社会心理结构及传统亲情文化的反思。

（许再佳）

# 不死海拉

梁宝星

## 1

2014年冬天，李丽珍刚离开香港，我失去了媒体公司的工作，把自己关在公寓里写小说，白天不停地抽烟，晚上和苏粒躺在沙发上聊四年前我们三人刚住到一起时的情形。苏粒说她那时候老是做梦，梦见她死去两年的妹妹曾跟她说过的事，妹妹说人临死时总会看见奇奇怪怪的东西，而她看见的是一团绿色的果冻状物。

那原本是我生命中的最后一个冬天。我的房间里有个方形窗口，能够看见天空飘着一团团黑色的云，我记得非常清楚，那时要来台风。冬天的台风，听起来很不可思议，可南方就是这样。

台风过后，气温下降到8摄氏度，湿冷的风从方形窗口钻进来，搅动充斥着细菌的空气。我在公寓里咳嗽了一个多月，1月末的一个夜里咳出了血。苏粒陪我去医院，医生指着黑白胶片，一个拳头大小的暗影像一颗海胆嵌在我的两片肺叶之间。医生说我很可能活不过这个冬天。

乘4K快线回到九龙，苏粒扑倒在沙发上抱着靠枕就哭了起来。我搂住她，抚摸她五颜六色的头发。我说："没什么大不了的，只是阿珍走了，这三房一厅的公寓你一个人住空空荡荡的。"

直到晚上十点多，苏粒哭累了，我们靠在一起发呆，不知该说什么，我忍不住发出来的咳嗽是唯一的动静。苏粒终于从沙发上爬了起来，煮了两碗面端出来。吃过面条，我们继续躺在沙发上神思。苏粒打开电视播放王家卫的《2046》，熟悉的是木村拓哉的独白：每次有人问我为什么离开2046，我都含糊其辞。在从前，当一个人心里有个不可告人的秘密，他会跑到深山里，找一棵树，在树上挖个洞，把秘密告诉那个洞，再用泥土封起来，这秘密就永远没有人知道。

电影结束时已经是深夜，我跟苏粒说，我想去找李丽珍。苏粒没有阻止我，她在生闷气，从我身上爬起来钻进房间锁上了门。也许在她眼中，我这个将死之人，还有什么非见不可的人呢？苏粒知道我肯定会离开，我不会死在香港，我不属于这个地方，无法在这个地方拥有自己的坟墓。

客厅天花板上的镜子一直让我觉得是个神奇的设计，不过这个设计也有令人振奋的一面，特别是两个人赤身裸体在沙发上做爱的时候，我和李丽珍以及苏粒都在这面镜子下做过爱。赤裸的身体抱在一起时，我竟觉得这面镜子的用意正是为了这样的时刻。当我一个人出现在镜子里，我会感到异常的孤独，左手臂上的橄榄枝文身在镜子里黯然失色，假如没有吧台上的灯光，那一圈橄榄枝就会被黑暗吞噬。

文身是我身上唯一活着的事物。

十年前我刚来到香港，从网上看到招租启事，找到这里来的时候被房子里的人吓了一跳。在我之前这套房子已经入住了两个女孩，一个理发师、一个文身师。门虚掩着，我走进去的时候两个女孩只穿着乳罩和三角内裤，瘦小女孩顶着个五颜六色的爆炸头，高瘦女孩两条手臂和胸前文满了骷髅和玫瑰。

左手臂上的橄榄枝是李丽珍给我文的。合租生活的第一个月，一个闷热的夏夜，房间里的空调坏了，我光着上半身躺在客厅沙发上，打算依靠香烟和啤酒度过这个夜晚。那时候我在给一家媒体公司写专栏文章，基本不出门，白天没有上班的压力，工作时间都在夜晚。那天晚上，李丽珍很晚才回来，喝得醉醺醺的。送她回来的男子本想进屋，看见躺在沙发上的我，感到难为情，便委婉告别了。李丽珍送走那个男子后在我旁边坐下，拿起桌上的香烟点了一支。她盯着我的手臂，把香烟叼在嘴里，用手掌包裹住我的手臂。她说："知道这是什么吗？"她那涂成绿色的指甲在我的手臂上围成一圈。

我说："是绿萍。"

李丽珍"扑哧"一声笑了，她说："是橄榄枝。"

就是那个无法入眠的夜晚，李丽珍在我的手臂上文了一圈橄榄枝。她手持银针的时候已经酒醒，她小心翼翼把绿色的颜料刺入我的皮肤里。自那以后我就觉得李丽珍像是把什么秘密寄托在了我的左手臂上，她把我当成了一棵树，在我身上挖了个洞，将秘密放进去以后用橄榄枝把洞口给缝合了。

我在沙发上躺到天亮，我清楚自己时间不多，任何清醒的时刻都弥足珍贵。我控制着不咳嗽，我的肺在溃烂，肺的碎片会通过我的嘴和鼻腔被我咳出来。苏粒想必也一整晚没有睡，天亮时，她迷迷糊糊从房间里出来，头发蓬乱，看见我还躺在沙发上，她走过来看了我一眼才去洗漱。

那几天，我先是把未完成的小说写完发出去，给朋友打电话，含糊地说自己要离开香港，以后再也没有见面的机会了。我还给自己安排了三天时间，在香港的街巷游荡，在香港生活了四年，身边的人换了一批又一批，街两边的商店换了一家又一家，就像南面的太平洋，没有一滴水是似曾相识的。

李丽珍曾告诉我，她之所以来香港，是因为一首歌，谢霆锋的《谢谢你的爱1999》。她来到香港的时候，谢霆锋的这首歌已经被唱了十一年。

最后一天，我在公寓附近逛了一圈早早就回来了，想给李丽珍打电话，告诉她我的身体状况，想到她还在吉林老家，刚举起的电话又放下了。在公寓里，我重复播放《谢谢你的爱1999》，苏粒形影不离跟着我，仿佛下一秒钟我就会彻底消失。晚上，我和苏粒吃了沙拉，喝了点红酒，然后在沙发上做爱。我问苏粒，和一个将死之人做爱会不会觉得恶心，毕竟很快我就是一具硬邦邦的尸体了。苏粒这才清醒过来，从我身上下来，躲到房间里哭了很久。

天亮以后，苏粒没有吃早餐就去理发店上班了，她不想和我道别。当她的脚步声在楼下走远，我从沙发上爬起来，简单收拾了一番，背着个书包在楼下打了一辆出租车前往机场。

## 2

夹着香烟的手微微颤抖，杨麟看着窗外的雨陷入沉思，直至烟屑掉落在桌上，感受到指间的重量有所减轻，他才回过神，深邃的眼睛看着桌上的咖啡，嘴唇干裂，胡子拉碴，被雨淋湿的头发沉甸甸下垂。他把快要燃尽的烟递到嘴边，吐出白雾。

雨还下个不停。

我把他指间的烟头拿过来放进烟灰缸，重新给他点上。我在等他开口，讲他这几年的遭遇，怎么渡过的难关，为何在这样一个雨夜回到香港，又为什么是自己一个人，一副落魄潦倒的模样。咖啡馆里坐着几个无法睡眠的人，有一两个还戴着口罩，只有在喝咖啡的时候将口罩摘下，露出紫色的嘴唇，喝一口咖啡又将口罩戴上。咖啡师举着香烟在灯光下翻看一本厚厚的书，背后的音响在播放张国荣的歌。这是我经常光顾的咖啡馆，整条街只有这家咖啡馆二十四小时营业，过了晚上十一点是被允许在室内抽烟的。许多个无法睡眠的夜晚我都在这个地方消遣时间，有时看看书，更多时候是跟同样无法睡眠的人聊天。

北京也在下雨，杨麟突然发出低沉的声音，他说：“从前天下午开始下，下了两天，我上飞机的时候雨还在下，这个时候估计也还在下，没完没了。”杨麟抿一口已经凉了的咖啡。他一件行李都没有带，挎在椅子背后的帆布袋里只有他用来记录灵感的黑皮笔记本，想必他不会在香港逗留太久。他在北京找到了苏粒，而李丽珍已经彻底失去了音讯。

“苏粒也回来了?”我试着向他发问，小心翼翼地。杨麟是个敏感而且情绪很不稳定的人，当然，这一切有没有改变我无法在分别六年后的第一次重逢就辨别出来。北京的雨冷冰冰的，杨麟依旧在讲述那场跟我距离两千公里的雨。他打了个冷战，上下牙齿轻微碰撞，唯有吸进鼻腔的烟能给他一丝温度。他说：“颐和园里，湖面结了薄薄的一层冰，苏粒捡起湖边的石子抛到湖中，冰面被砸出了好几个洞，里面都是黑色的水，然后，雨就来了。”杨麟用力搓着烟头，尽管烟火已经完全熄灭，潮湿的烟灰黏在玻璃缸里。

“苏粒走了，不知去了哪里，我以为她回香港了，所以我才回来的。”他说。杨麟搂紧他那件湿透了的风衣，香港的冬天，即便是室内也是湿冷的。我问他要不要到我的公寓去休息一会儿，洗个热水澡。他摇摇头，他害怕打扰到祝婷和贝贝。他问我：“她们还好吗?”我说：“挺好的，贝贝上幼儿园了。”他满意地点点头，若有所思地又点了一支烟。

苏粒已经不做理发师了，在美容院当看护。下班后，我跟她去了颐和园，走着走着她就不见了，一直没有回出租屋，行李也没有带走，杨麟说，我伤害了她，我知道她不想再见到我，但我还是想跟她见一面，说声再见。

我已经记不得苏粒离开香港的原因，只记得那年冬天，她尾随杨麟离开了，一下子离开了三个人，他们租住的公寓被抛弃在那个寒冷的冬天里，交房手续还是我帮忙处理的。苏粒给我打了个电话，说她去了北京，不打算回来了，公寓里的东西，能用的可以带走，不能用的就清理掉，押金能收回多少是多少，然后寄给她。可想而知，她在北京的生活十分拮据。

我和祝婷花了两天时间把他们几年来沉积下来的物品清理掉。那座公寓空荡荡的，我那时觉得他们三个不会回来了，心里冒出个想法，和祝婷搬进了那所三房一厅的公寓。一开始觉得房子太大，除了设计一个书房外，还空置了一个房间，于是，为了不让那个房间继续空置下去，我和祝婷生了个小女孩。

杨麟继续讲他找苏粒的经过。他没有说他是怎么找到苏粒的，只知道那个过程十分艰难。苏粒见到他的时候大吃一惊，那时她正和她的男朋友——一个北京男孩，从外面往出租屋里走。天特别冷，苏粒戴上羽绒服的帽子低着头，挽着北京男孩的手臂默默地走着，背后突然传来一声呼唤，街边一个邋遢的男子在呼唤她的名字。

北京男孩在杨麟出现的那天晚上跟苏粒提了分手，杨麟所说的伤害了苏粒的事情，估计就是把她的生活给捣乱了。杨麟住进了苏粒的出租屋。话很少，杨麟说，不知为什么，苏粒已经不是以前的苏粒了，我们在出租屋里默默对峙着，走在路上的时候也一句话不说。

苏粒没有问杨麟是怎么活过来的，她似乎在等杨麟开口，她始终接受不了杨麟当年身患重病的时候想去找的那个人是李丽珍。几个小时前，杨麟给我打来的电话同样使我大吃一惊。我记性不好，因此一个电话号码用了十多年，杨麟的声音敲响我耳膜的时候我想了很久才想到杨麟这个名字，那时，他在我的记忆中已经十分模糊。

外面的雨没有要停的意思，过了凌晨一点钟，香港的夜生活才刚开始，前方大楼的酒吧隐隐约约传来嘈杂声，闪烁的灯光漏出窗外把地上的积水染得一塌糊涂。咖啡馆里已经烟雾弥漫，杨麟轻声咳嗽起来，我心里一紧，脑海中马上闪现六年前他在公寓里咳出血来的画面。他离开都市之夜太长时间了，他感到不适。

我终于还是没忍住。我说："所以，你那时候是去找李丽珍了吗？"

杨麟重新点了一支烟，摇了摇头。

## 3

飞机往西飞，那是我临时做的决定，我本以为自己要飞往吉林，即便见不到李丽珍，也要死在距离她最近的城市。吉林两个字来到嘴边的时候变成了重庆，临死之人连自己的想法也无法控制，重庆是苏粒的老家。

我对重庆的最初印象来自《三峡好人》和《疯狂的石头》两部电影，飞机降落的时候，眼前的和意识当中的画面出入很大，重庆比我想象中的更加立体，而且，我没想到重庆的冬天这么冷，我身上穿着一件针织毛衣外披一件方格衬衫，牛仔裤和一双白色板鞋。冷空气钻进鼻腔的时候我又剧烈地咳嗽起来。过往的人恐慌地看着我，我想幸亏那是 2014 年，假如是今年冬天，看见我咳嗽的模样，想必所有人都会躲得远远的。

被白雾笼罩的建筑宛如天上宫殿，夜很快就降临了，我在一家破落的旅店住了一晚。打开手机的时候看见好几条短信，都是苏粒发来的，她问我去了哪里，她想来找我，她肯定没有想到我去了她最不愿意回去的地方。我们为什么总是恐惧回到自己出发的地方？我想不明白，李丽珍终于在八年之后鼓起勇气回了吉林。送她去机场的路上，我问她为什么突然想回去。她一路沉默着，她心中藏有无数个秘密，想必这也是其中之一。

夜里下起了雨，我迷迷糊糊醒来，坐在窗边抽烟，窗外灯光迷离，我想起刚才做的梦，梦见李丽珍来了重庆。

离开旅店的时候天还没亮，我站在街边等车，前去巫山的人在湿冷的空气下蜷缩着身子，我戴着口罩，以免咳嗽的声音过于肆无忌惮。前往巫山也是我临时的决定，昨晚听了一夜的雨，脑袋里一直想着巫山夜雨四个字，我想我此次出来不过是想找一个适合死去的地方，我应当死在茂密的丛林中，才不会浪费这二十多年来养成的血肉。

大巴原本要把我送到巫山县，尚未进入城区的时候我咳嗽得非常厉害，踉踉跄跄走到前面，要求司机就地放我下车。司机看一眼我铁青的脸，也不想招麻烦，在两边还是山地的分岔路口停了车。我下车摘下口罩的时候看见口罩已经被血渗透。

站在分岔路口，我没有选择走哪条路，而是从一个斜坡往山上走。那时天还早，洋洋洒洒的雾水像在下一场细雨，我蜷缩着身体，头发已经完全湿透。山里比城里寒冷，那是没有太阳的一天，阴沉沉的乌云堆积在头顶。那时我想，我活不过这个冬天了，活多一秒钟就是在跟死神的争斗中多赢了一秒钟的时间。

从进山的那一刻起我就以为自己再也不会从山里走出来了，我的背包里只有T恤和内裤，进入山林以后手机彻底失去了信号，而我能做的就是在活着的时间里尽可能感知周围的事物。那时候我的头脑还清醒着，冷空气将我包围的时候我庆幸自己还能感受到那刺骨的冷。我喜欢冷，只有冷的时候才能更加肯定自己的状态。相反，我不喜欢热，特别是香港的八月，没有台风的八月我常常浑身汗水，在火炉般的城市心脏，不清楚自己是清醒的还是迷糊的。

在树林里走了好远的路，越往前走树林越密，最后已经找不到路了，草木把每一寸空间都占满，白雾茫茫。值得庆幸的是深山比外面暖和，没有风的缘故，越往前走越暖和。直到傍晚时分，我把所有的力气都用完了，那时身上好几处被草木割伤，雾水很重，浑身湿漉漉的，密不透风的丛林将我重重包围。

天黑以后我摸索着找到了一个可以依靠的地方，大概是个山洞，我闻到了干燥的泥土的气息，那是我在密林当中接触到的唯一没有湿气的地方，四周静悄悄的，将死之人无所畏惧。

直至失去知觉，我看见李丽珍乘着一条鲸鱼飞过来，丛林对她而言形同虚设。她轻飘飘地来到我面前，身上的文身全消失了，大概是回吉林时褪去的，毕竟那样一副模样会遭到家里人斥骂。李丽珍靠在我身上，她的身体柔软温暖，她在我耳边不停地念着：“没事的，没事的……”

## 4

张国荣的《无心睡眠》在咖啡馆里循环，长久的沉默过后，我和杨麟进行了一场关于生和死的对话，对话是从一颗莲子开始的。

杨麟从口袋里掏出一颗绿色的莲子放进嘴里咀嚼起来。我说："怎么吃那么多莲子？"杨麟说："我能听见死人说话，你信吗？"我怔住，一时间不知如何回答。杨麟盯着地板说："他们在湖底。"

杨麟藏身的重庆森林里有一片水泽，被树林包围着，水泽里长满了荷花，尽管寒冬，荷花依旧开放。杨麟迷迷糊糊醒过来，被眼前的风景吸引住。他一度以为是幻觉，风穿过重重树林吹到他脸上，他才感觉到了自我的存在。他几乎攀爬着来到水泽旁，就在杨麟将死之时，他听见了所谓的死人的窃窃私语。

"没听明白。"我说，"你怎么听到他们说话的？"

"做了个梦，梦见鲸鱼在天上飞。"

"鲸鱼在天上飞？"

无限接近死亡就能获得一种新的感官，杨麟说："我来到湖边，听见他们在跟我说话，咕噜咕噜的，通过气泡从湖底传上来。"

我有些不知所措，手指不自觉地撸着所剩不多的几根香烟，头发里冒出一层薄汗，混沌一片，仿佛浩瀚的空间里只有两个人的呼吸声。香烟被我捏断了，烟草黏在手指上。我想起杨麟在公寓里咳嗽的那些夜晚，他把自己关在房间里。我们在房间外面拼命敲门，问他有没有事。过了漫长的一段时间，他突然发出令人毛骨悚然的喊叫，无法呼吸，我无法呼吸。

"他们只是以另一种方式活在湖底。"杨麟说。他的声音在咖啡馆里显得诡异，宛如在听恐怖故事，我的背后有种隐约的刺痛感。杨麟说，他们生活在另一个世界里。我说："他们告诉你的？"杨麟说："他们告诉我的，通过气泡。"

杨麟又往嘴里塞一颗莲子，他嚼得吃力，咬肌已经筋疲力尽。我问他要了一颗放进嘴里，莲子涩涩的，有股腥味。两个人像骆驼一样咀嚼着莲子，陷入了漫长的沉默。我看着杨麟狼狈的模样，他的眼神没有多大变化，依旧凝聚着光，只是疲惫在慢慢消耗这束光。眼帘垂下，他打起了瞌睡，牙齿依旧在打磨莲子。

我走到外面透气，雨淅淅沥沥，风顷刻带走了藏在头发里的细汗，我收紧衣服，蜷缩着身体靠在墙上点了一支烟。几片乌云在城市的上空慢悠悠地飘着。鲸鱼，我心想，死亡的世界将会发生颠倒。杨麟曾经跟我讲过一个物理猜想，活在第四空间维度世界的生物可以看见我们整个生命，可以像播放 VCD 那样先看我们四十岁的模样，再看我们二十岁的模样，再看我们出生时候的模样。

像看纪录片，我当时说："我们由无数个瞬间画面组成？"

杨麟说："我们由时间组成。"

此刻站在街上眺望天空，宛如站在了更高的空间维度之上，看见鲸鱼在天上飞，树木往泥土里生长，人活在水底下。

回到咖啡馆里，靠在窗边，我的身体挡住了外面的光。杨麟在昏暗中摇摇晃晃，像个不倒翁，最后他还是醒过来了，舔了舔嘴唇，往嘴里放进一颗莲子。

"做梦了？"我问他。杨麟点点头，他说："我好像已经溺死在气泡里了，那段时间我每天都到湖边去听他们说话，有时候湖面气泡很多，我根本分不清他们谁是谁，他们不停地说着，我一句也没有听清楚。"

杨麟说起他在湖边不顾白天黑夜地看着从湖底冒起的气泡，听着气泡破裂，他有时候也会对着湖水说话，他说的话他们都能听见。晴天的时候整个湖面都是气泡，有风的时候气泡刚冒出水面就破了，他们说了什么都来不及去听。

"气泡破开时心里最难受。"杨麟说，"那意味着一句话讲完了。"

或许情感的深处，神经流动加速，从而使人的感官突破固有的束缚，接收到三维世界以外的信息。如此一来我费尽心思把杨麟拉回现实的行为变得愚蠢可笑。

杨麟将烟盒子里的最后一支烟点着，他说："我最害怕从气泡里听见李丽诊的声音。"

杨麟最终还是答应跟我回公寓，他原打算在咖啡店里坐到天亮再做打算的，他还是想找到苏粒，但是想要找到一个躲起来的人谈何容易。我打了一整晚苏粒的电话，她的手机始终处于关机状态。

杨麟在路边呕吐起来，吐出一堆绿色的东西。"银河就是这样诞生的，"他说，"宇宙之间相互挤压碰撞，发生爆炸，银河就被抛到了一个更加浩瀚的空间。"

把杨麟扶起，他看似笨重的身体轻飘飘的。我说："走走吧。"他犹豫了一会儿，还是跟在我身后走了过来。寒风凛凛，我抬头望一眼不断阴沉的天空，毛毛细雨终于停了。

"知道吗？有时候我怀疑自己已经不存在了。"杨麟说，"只是身体没那么快倒下，就好像，怎么说？就好像壁虎的尾巴断了还会扭，鱼被杀死了心脏还在跳，人死了指甲和头发还会生长，我的身体倒下的时间更漫长，它的存在是因为肩负使命。"杨麟说：

“有些东西从身体里丢失了，走着走着，迷迷糊糊地就丢失了，就像丢了一把钥匙，很轻易就弄丢了，我只听到了声音，石头掉进水里的声音。”

我说：“走那么长的路，每个人都会弄丢一些东西，无论是在天上飞的，在地上走的，还是在湖底的，我们会一直弄丢一些东西，直到最后把自己也弄丢在某个地方了。”我揉揉脸，让自己保持清醒和冷静，然后说：“明天我带个人来见你。”

杨麟警惕起来，他似乎洞察了我的想法。他说：“不用了。”

我在便利店里买了一包香烟，渴望用尼古丁使自己镇静下来。思维一片混乱，头皮绷得紧紧的，头颅里面却在不停膨胀，我和杨麟站在街边默默地抽着烟。

杨麟说：“自从我弄丢了那件东西，我就想明白了很多事，有些东西，你始终相信它，并且拥有它，当它丢失以后，才发现空荡荡的才是真实的自己。”

“你指的是时间？”

“正是，但失去时间并不意味着死亡。”杨麟意味深长地说，“相反，我说的是绝对生命。”

来到公寓门前，杨麟定住了，站了好一会儿才跟在我身后走到房子里。房子里面的境况跟六年前已经大不一样，几乎面目全非，地上撒满了贝贝的玩具。天花板上的那面镜子，我们一直想换掉，但房东坚决不同意。杨麟坐在沙发上久久凝望着天花板上的镜子，我明白他是看见旧物想起了故人——六年过去杳无音信的李丽珍。

打断了杨麟的神思，我让他去洗个热水澡，把身上的衣服替换下来，然后我回到房间把祝婷摇醒，告诉她杨麟回来了，正在洗澡。祝婷迷迷糊糊醒过来，以为自己在做梦，我又重复了一遍：“杨麟回来了，正在洗澡。”

祝婷依旧难以置信，一个早已死去的人回来了，假如不是看见杨麟从浴室里走出来，祝婷打死也不会相信他还活着。杨麟对着祝婷点点头，算是打了个招呼。他说：“做了妈妈，没有以前那么瘦了。”他还想去看看贝贝，贝贝在以前李丽珍的那个房间里睡觉。他看了一眼虚掩的房门又转过身在沙发上坐了下来。祝婷简单问候了两句就回房间睡觉了。

雨又开始下，我给杨麟烧了一杯热水，他又点着香烟敞开身体对着镜子发呆。我拿出一条毯子，让他到书房去睡一晚，他看起来已经疲惫不堪，头发跟胡子连在一起遮住了半张脸。杨麟坚决不去书房睡觉，那是他以前的房间，他不想再回到过去，他决定在沙发上睡一晚。

“还得麻烦你几天。”杨麟说。我把家里的钥匙递给他，让他照顾好自己，无论结果如何。杨麟盯着桌上的钥匙，他说：“你相信绝对生命吗？”

接着，杨麟说起了六年前他在重庆的森林里遇见的那只怪物，改变他世界观的怪物，把他从死亡里救过来的怪物，他把它叫作“绿”。



## 5

天亮以后我才发现前方是个湖，在湖边逗留了几天，到后来没有任何力气了，再一次醒来的时候我发现自己在树林里，我的灵魂已经站起来了，但是我的身体还烂泥般瘫软在原地。

我没有死去是因为“绿”的存在，它攀爬在树上，几乎跟那棵树生长在一起，假如不是它移动了一下我几乎感觉不到它的存在。那时的我濒临死亡，灵魂已经快要脱离躯干，唯一让我意识到自己还活着的是口腔里的血腥味。

“绿”看我动弹不得，慢慢移动到我面前，我以为它就是死神，或者是前往阴间时遇见的怪物，但那股血腥味反复提醒我，我依旧活在这个糟糕透了的世界里。

“绿”的身体一时柔软一时僵硬，它在树上攀爬的时候像一条长着四肢的蛇，下到地面的时候却像人一样站着。它身上皱纹叠层，没有五官，完全就是一团绿色的人形橡胶。它谨慎地来到我面前，在浓雾中忽隐忽现，然后它竟然在我面前坐了下来，摆出跟我一样的瘫倒的姿势。

虽然白雾弥漫，还是在寒冷的冬天，濒临死亡的我却感受到了一股暖烘烘的热流，正是那股热流将我从死亡的边缘救了过来。热流来自“绿”，它大脑部位有股流动的绿色果冻状物，发着光，透过那层皱纹皮囊依旧清晰可见。

“绿”依旧在模仿我，它在模仿死亡，它肯定知道我马上就要死了。死亡是无趣的，大概过了半个小时，“绿”觉得模仿死亡过于无聊，便靠近我，替我擦去了嘴角上凝固的血迹。它的皮肤看起来布满皱纹，实则像液体般柔软。它把纤长的手指放在我肺器官所在的地方，就是那一刻，我感觉呼吸轻松了许多。

“绿”救了我，虽然那是一个无比漫长的过程，在它身边的那些时间，我竟然摆脱了物质需求，忘记了饥饿与困倦。我像植物一样吸收阳光和甘露，我甚至觉得自身的器官都在退化，血液和皮肤正在产生一种类似叶绿素的物质，帮助我进行光合作用。

我变得健忘、嗜睡，对日夜交替异常模糊，有时候一天无比漫长，有时候又特别短暂。我没有再去想自身以外的任何事情，甚至连苏粒和李丽珍都不曾想起过，做梦也不曾梦见过。我在那片繁茂的树林里优哉游哉地活着，就好像活在梦中，浑浑噩噩又无比真实。我的身体就是在那个时候发生了变化，像身边那些草木一样，本已经溃烂的肺器官开始重新生长。

"绿"拯救了所有濒临死亡的事物，在它身边，没有"死亡"这个概念，因此那片树林才生长得密不透风。我后来发现，让身边所有濒临死亡的生命重新获得生机的"绿"本身并不快乐，它甚至异常痛苦，那是因为它无法"死亡"。它时常模仿将要死去之物，但是死亡离它十分遥远，它的生命是永恒的、绝对的。

在晴朗的黄昏里，我总是看见"绿"坐在树冠上对着夕阳发呆，样子十分孤独。有时候我看见他"上吊"了，用粗糙的树藤捆住脖子悬挂在半空；有时候则是用石头砸自己的脑袋，砸烂了又重新长出来；有时候它从悬崖跳到山谷里，被锋利的石头肢解的身体又重新结合。它被赋予了它并不想得到的永生。

"绿"坐在树冠上是在等待它的同伴来接它回去，它像是被流放的囚犯，被判处了永生之刑罚，流放到一个死气沉沉的地方，它必须将死气沉沉的地方变得生机勃勃，也就是说他带着生命殖民的使命，日复一日停滞在只有生命没有死亡的地方。它乐于模仿将死之物，但这仅仅是玩乐而已，任何一种死亡方式对它而言都没有作用。

"绿"经常玩弄一种绿色果冻状物，这种东西在它手里凭空产生，像是沸腾的水一样不停滚动。"绿"常常坐在树冠上，让绿色果冻状物浮在指尖，然后对着绿色果冻状物发出奇怪的声音，也许那是"绿"的语言方式，声音是从"绿"的大脑里发出来的，像浪涛声。

## 6

"记得绿色的果冻状物吗?"杨麟问我。我摇摇头表示没有印象。他说："苏粒妹妹去世前看见的就是绿色果冻状物，'绿'在我面前像玩弄气泡那样把那团绿色果冻状物弹来弹去，那是海拉细胞，永生的海拉细胞。"

杨麟从背包里拿出一盆植物，原来他背包里放的并非记录灵感的笔记本，也许他已经好长时间不写小说了。杨麟说："'绿'在离开之前把那团绿色果冻状物注入了我的血液里，我血液里流着海拉细胞，绝对生命，我现在是永生之躯。"

我皱着眉头不知该说什么，杨麟当下狼狈的模样确实让我难以相信他获得了永生。他似乎看穿了我的心思，他指着那盆不知名的植物说，这棵虎耳草原本马上就要死了，我把它救活了，我现在就是"绿"，我也被赋予了使命。

杨麟所说的使命大概就是他前面所说的生命殖民。杨麟说在他身边的生命都会有蓬勃生机。我没忍住点了一支烟，每当这种时候，我总需要烧烟来躲避开口说话。杨麟紧紧盯着我的眼睛，让我必须相信他说的话。于是我将口腔里的烟雾吐出来，问他："这么说，'绿'是外星人?"杨麟猛地点点头，他说："百分之百是。"

“绿”将果冻状物交给杨麟后就无踪影了，也许它把杨麟当作了傀儡，但看杨麟那个模样，他是愿意承担“绿”寄托给他的使命的，他只是突然想到马上就要去一个荒无人烟的地方发展生命殖民，想到可能再也不会回来了，脑海中突然浮起了李丽珍和苏粒的名字。



海拉细胞就是时间，杨麟依旧拼命地抽烟，每一支烟都烧到尾端才将烟屁股弃掉。但即便是海拉细胞，永恒的生命也无法回到过去，那些已经发生的事情谁都没有挽救的余地。杨麟说，“绿”只是无限接近第五维度空间，并非活在那个维度。杨麟落魄的模样十分狼狈，他玩弄着手上的打火机，突然抬起头来看了我一眼。他说：“你是不是以为我在胡言乱语？”杨麟实属多疑，尽管我不敢确定他所说的事情是否真实，但我从没有质疑他说的话，怎么说，反正我是认真对待的。

“起死回生不就是一个很好的说明？”杨麟自言自语地说，他放下打火机，不知从哪里掏出一把小刀在他的左手掌上划出一条伤痕。我大吃一惊，他血管里流着绿色的血。杨麟嘴角露出淡淡的笑容，使劲握住手掌，手上的血滴到地毯上，往外流的血被他制止住了。

后来的好几天杨麟不知去了什么地方，他没有给我打过电话，晚上也没有回公寓过夜，直到将近除夕，他通过公共电话给我来电，告诉我他正在海边，他想跟我见面道别。

去到海边的时候我看见杨麟坐在防潮堤外的石头上，冰冷的海风吹着他的头发，他衣衫褴褛，叼着一支快要烧完的烟，而他身后，成群的白鸽在路上等着路人撒面包屑。我艰难地爬到防潮堤外面，在杨麟身旁坐下。他眼睛始终看着前方来往的邮轮。还是要走了，他说，这样下去也不是办法。

我问他要去哪里。

“西北。”他说，荒无人烟的沙漠和戈壁。

“生命殖民？”

“生命殖民。”

我没有问他到底有没有找到苏粒，也不敢提李丽珍的名字。我说：“你倒不如留在这里。”

杨麟发出一声干笑，他说：“寸草不生之地，生命的存在不是为了自我残害的，意识是罪魁祸首。”我没有弄明白杨麟这句话的意思，他大概是要去一个无人之地，拯救那些无意识的生命。他伸出手掌，皱巴巴的皮肤长满了绿斑，他正要变成“绿”，我想这就是他不能继续找下去的原因，他很快就会变成一只绿色的怪物。

海浪打在防潮石上溅起水雾，闻到海边垃圾的气味，我打了个冷战。杨麟站起来，拍拍裤子上的灰尘，回过头来对我说："今天我去了一趟医院，捐血，我跟医生说了，海拉细胞可以杀死所有病毒。"杨麟从背包里拿出那盆虎耳草递给我，他说："这棵草送给你，不管日子过得怎么样，生命总是往前的，这棵草永不凋零。"

杨麟下定决心要离开香港，他没有钱，飞往兰州的机票还是我帮他买的。登机前他回过头跟我说，从2046回来的人迟早要回到2046去。我愣愣地站在候机厅里想了半天，看着飞机将他带到空中，然后消失在云层。生活恢复了平静，但我依旧心事重重，虽然每天戴着口罩小心翼翼去上班，工作的时候容易分神，总想着杨麟变成了一头绿色的怪物在沙漠里行走。夜里睡不着的时候我就走到阳台上，看着杨麟留下来的那棵虎耳草神思。虎耳草在月光下静悄悄的，仿佛杨麟正独自坐在阳台上抽烟。

所幸时间能淡化所有的记忆，元宵过后，我已经恢复了往常的生活。清明过后，南方的气候已经开始燥热，每到这种湿热天祝婷总是皮肤过敏，身上长出红斑。我下班送她去医院，在诊室外等候的时候我听到一个低沉的声音在叫唤我的名字。由于戴着口罩，我一时没有认出身边的这个女子是谁。女子的脸上有两道长长的伤疤，我看看左右，然后问她："你认识我？"

女子摘下口罩，她竟然是李丽珍。我张着嘴巴半天说不上话。我两年前就回香港了，她说，不想打扰你们，所以没有跟你们打招呼。我指着她脸上的伤疤欲言又止。她满不在乎地说，车祸，两个月前出去旅游，在高速公路上车轮打滑翻车造成的。

祝婷从诊室里出来看见李丽珍的那一刻，也难以置信眼前的这个女子就是当年冷艳高挑的李丽珍。祝婷抱住李丽珍哭了起来，嘴里念叨着："怎么会变成这样，阿珍。"可事情就是这样，我们在咖啡店里坐下时李丽珍说，谁也改变不了。李丽珍还在从事文身工作，只是现在的年轻人都喜欢用文身贴，没有人会用针刺自己的皮肤了。李丽珍住在尖沙咀的城中村里，我开车送她回去，在村子前不得不把车停下，因为那个村子的巷道车无法进去。

她住在一间潮湿的逼仄的工作室里，吃喝拉撒都在那个不到十平方的空间，墙上贴满了图文，文身工具凌乱放在桌面上，看似已经很久没有人上门找她文身。桌子旁边有个小书柜，里面摆着几本关于刺青的书，还有几张老唱片，我看到其中一张是谢霆锋的《谢谢你的爱1999》。李丽珍从冰箱里拿出两瓶水递给我和祝婷，我们放在桌上都没有打开，看着她那拮据的模样，一瓶水的负担都不忍心放在她瘦弱的肩膀上。

我们就围着折叠桌坐下，李丽珍点了一支烟跟我们讲现在香港的生活不容易，不像几年前了。其实，变化的并非环境，而是她，她已经没有能力找回过去的生活了。我问她有没有见到杨麟。她惊讶地说："他，在那年不是已经……"我说："他没有死，前段时间还回来香港了，春节前才离开的。"

我没有跟李丽珍提起海拉细胞的事情，李丽珍也没有问杨麟是怎么活过来的，来香港做什么，又为什么离开。她已经习惯了现在的生活，一个人独来独往，过去发生了什么她藏得非常严实。祝婷本想问问她的过去，好几次都被她岔开了话题，从她沧桑的面孔可想而知，她一路过来并不容易。

第二次去看李丽珍的时候她已经不在那个城中村里住，我们向房东打听她的消息，房东也说不清楚，李丽珍就这样再一次从我们的生活中消失了。祝婷一直想不明白李丽珍和杨麟为何会落得这样的下场，她看着正在练钢琴的贝贝，感慨我们的生活来之不易。我没有应和祝婷，我想到的是杨麟在海边跟我告别时的那句话，我们活在寸草不生之地。

夜深以后，祝婷和贝贝都睡了，我走到阳台上正想给虎耳草浇水，吃惊地发现虎耳草正在凋零。我整晚睡不着觉，第二天一大早就把虎耳草送去花店，请求花店的朋友救治。

两天后，虎耳草还是凋零了，叶子全部枯黄凋落。

本文刊载于《小说月报·原创版》2021年第11期

**赏析：**

将死之人杨麟离开城市，在森林里遇到名叫"绿"的怪物。绿拥有不死的海拉细胞，拯救了所有濒临死亡的事物。拯救者本身被判处永生之刑罚，不死的绿郁郁寡欢，以模仿将死之物为乐。最后，康复的杨麟被赋予疗愈使命，前往荒无人烟的沙漠和戈壁进行生命殖民，本该永生的虎耳草日渐凋零，故事走向空白与未知。小说的叙述者发生了从海拉细胞的故事主人公杨麟到聆听者"我"的转换。归来的杨麟向"我"转述海拉细胞的故事。小说呈现出城市故事与森林故事的双线交叉，城市故事置于前景，森林故事置于"被看"地位。叙述人的选择使故事有了极尽玄妙的呈现。作家借助二人的对话展开生与死哲学命题的探讨，不死的海拉细胞成为极具哲学意味的意象。小说中弥漫着南方城市元素与科幻因子，缀以香港经典电影、歌曲，展现出新南方写作神秘、宏大的想象。

（陈榕）

# 灰　地

林培源

## 1

隔着客厅玻璃门，他听到两个儿媳在说话，高的声音讲："我昨天送货回来，在公路上看到了，烟很大！"低的声音问："烧死人没?"高的声音答："这就唔知（不知）了——"闭着眼他也能想象阿华说话的表情。她消息灵通，总是能把听来的小道传闻讲得传神，仿佛自己也亲历了一般。阿洁只是应和，蚊声细语的。红木茶几摆了一盘樱桃，阿华斜倚沙发，阿洁坐在扶手椅上，身子朝前倾，伸手捏起一颗樱桃。

他在楼梯口立了一阵。耳鸣又犯了，耳道像灌满了水，客厅的说话声听起来嘤嗡一片响。他大口吞咽，呼吸，但不管用。这是年轻时跟人打架留下的后遗症。问过好几个医生，得到的结果都是，耳膜没破，免担心。可是耳鸣的毛病一直未见好。现在时不时就会听见回音，一阵叠过一阵，如同有人手持利器狠狠地刮擦铁皮。

过了许久，那股潮水慢慢退去。他迈进客厅，阿华、阿洁说话声停了。她俩同时和大官打了招呼。

他从喉咙底部发出"嗯"的一声，拖过一张塑料椅，坐了下来。

阿华靠坐在红木沙发上，挺着个大肚子。怀孕后，她的脸浮肿，眼袋凸显，肚子圆得像只皮球。阿洁看那样子也快了。他至今都很自豪，在同一年给两个儿子摆了喜酒，在乡里创下无人能及的纪录。两个新妇前后脚嫁进门，家中逐渐热闹。很快，他就要当阿公了。

他的目光缓缓扫过她们身上。股骨的部位酸胀得很，他侧了侧身，挪了个舒服的姿势。

窗外日头照进来，客厅墙上瓷砖映着倒影。这次，耳边响起了音乐的轰鸣声。昨夜酒局上，他靠在沙发上睡过去两次，醒来时抓住陪酒女的手。她化了浓妆，年纪足可当他女儿，说话时假睫毛扑闪扑闪。他记得他们脸贴着脸，低声说话。他时不时抬眼盯着对面手握话筒、脸涨成猪肝的老头，揣摩刚签下的那纸合同是不是吃亏了。而她咯咯笑，下巴肉嘟嘟，假睫毛快掉下来。酒酣耳热之际，他突然说起一桩事来：乡里有个开钢筋铺的老板，工场挨着马路边。老板让老父亲夜里睡在工场的铁皮棚，以防有人盗钢筋。那段路坡度很大，空气对流强。冷月降温，大风刮了一宿。隔天这位老板去巡工场，发现老父亲已冻死在铁架床上，浑身硬邦邦的，像条咸鱼干。自此，他再也不敢对外吹嘘他盖别墅花了五百万。

故事说完，他看了陪酒女一眼。她脸上掠过一阵惊讶，接着捏起酒杯，灌了一口。

他自讨没趣，便将她的肩头搂过来，另一只手沿着大腿往上，摸进了裙底。

散场时他独自走出包房。酒吃得有点多，头犯晕，胃酸一阵阵地往喉咙头涌。包房通往楼梯的路不长，他像是踏进坑坑洼洼的战壕，不断抬脚、侧身、落脚。之后，他狠狠跌了一跤，巨大的疼痛登时将他攫住。头顶灯光炫目，他瘫坐着喘气，额头渗出硕大的汗珠。缓过了很久，他才扶住楼梯爬起来。走廊空荡荡，他们都去了酒店。手机铃声一遍遍地响，他摸出来凑到眼前，正想接通，手机便耗尽电量，自动关机了。

阿华还在絮絮叨叨地说着昨日的火灾。那是镇上一家塑料玩具厂，起火处据说是库房，囤积的货物用防尘布罩着，火烧了个把钟头才扑灭。两天前，保洁公司的清洁工在厂内收垃圾，有人怀疑工人丢失的钱包是他顺走的，双方差些打起来。清洁工给他打了电话，他闻讯过去，要厂里调监控。盯了半天，也没看出什么动静。负责那片区域清洁工是个矮胖的河南佬，监控证明他是冤枉的。走的时候，他骂骂咧咧，朝地上吐了口浓痰，身子晃来晃去，像只瘸脚鸭子。

他站在玩具厂的水泥埕，看着河南佬离去。机器“吭哧吭哧”，他感到心脏被舂来舂去。站了没多久，他就像个因不满厨师手艺而愤怒离席的食客，行出了大门。隔日，玩具车就发生了火灾。大火起得蹊跷，叫人摸不着头脑。他想到河南佬那愤怒的表情，觉得胸前灼灼作痛。但他马上就想到，起火的地方不会是库房。地方上的老板，个个会耍花样——厂里有保险，眼下这样的时节，天干物燥，随便一把火便能烧起来，只要扑得及时，还能捞上一笔赔偿。他望着窗外的天空，想象消防车鸣着警笛从国道另一头疾驰来，围观者让开一条通道，消防员冲下，架起水枪，速战速决，如同完成编排已久的演练。

刚起家的年月，为了租占一块工地，他也没少花心思。请人吃饭、洗浴，上酒店泡一晚夜总会，白兰地、“人头马”、红的、白的，喝了吐，吐了喝……酒喝得够多、玩得够尽兴，就能搂住彼此，额头抵额头，称兄道弟。现在他双脚踩着的正是当年的工场。这里背靠国道，挨着镇政府，往前是一口大池塘，坐南朝北，视野开阔。懂风水的人都说此地聚财，是块好地方。当年他的目标很明确，先把地承租下来，生意做大了就将租的地收入囊中——他要盖镇上最高的楼。每次从水利渠边经过，那栋六层高、贴着马赛克瓷砖的别墅总会引起他的注意。他停下来，抽支烟，细细观赏。日头照在瓷砖上，亮晶晶，白晃晃，像嵌着夺目的宝钻。有那么一瞬间，他的双脚自行离地，沿楼梯行至顶楼，风吹得他的的确良衬衫猎猎作响，远处的老厝区和近处的新洋房尽收眼底。

他的房子早已取代那栋陈年别墅，成为镇上唯一装了电梯的民宅。楼有八层高，从远处看很像一座灰色水泥塔。格局是他请人设计的，施工队见过图纸，指出房子的设计不科学，譬如缺少独立阳台，也没有留出足够空间用挂空调外机等。他并不在意，自己的房子，想怎么起就怎么起。乡里人私下议论说好好的风水给毁了。被诟病得最多的还是布局，从外面望不到阳台，四处密封，有人打趣说，像一口只进不出的棺材。入宅那日祭神，他亲自点燃鞭炮，厝边头尾出来围观，妻儿站在一旁。他望着鞭炮噼啪作响，红色纸屑扬起落下，想起当年许下的诺言，鼻头发酸，冒出热泪。

工场起初为平房，铁皮屋顶，里边是做工的地方，外面是宽大的水泥埕，被砖头围墙圈起来。工场主要承接木工和铝合金门窗的活。开始时他招了三个工人，一个哈尔滨来南方打工的，一个邻近的饶平人，一个本地人。三个工人里，哈尔滨跟他最长时间。当年哈尔滨下岗，搭火车南下，一路走一路打零工，先到北京，再去河南，接着绕道江西，落脚在这个省尾国角的小镇上，见到张贴在电线杆上的招工启事就来了。饶平人负责木工活，本地人则跟哈尔滨搭手做铝合金。那个年头，政策宽松，经济跟着好转，乡里人纷纷做起了生意。新厝区就是那时候起来的，一夜之间，乡里似乎个个鼓起了腰包。他知道这是赶上了挣钱的好时机，也动起了心思。囿于资金，他起初拉不起建筑队，只能求其次，先搞装修。乡里人起了新厝，要入宅，除了循例购置厚实锃亮的红木家具外，剩余的吊顶、水电和门窗等，他的团队都能包办。这是稳赚不赔的生意。

不过真正让他发家的，还是那些铝合金窗。铝合金轻便、牢固，成本不高，是那个年代的时尚。他的工队从购置材料到制作组装，一条龙服务，加上价格公道，乡里起新厝的都来找他。生意最忙时阵（时候），工队一天要转四五家。材料用三轮车拉过去，后来三轮车不够用，他索性搞了辆二手的五菱皮卡。铝合金窗做好后，他给厝主散烟，游说他们在窗外焊上不锈钢防盗栏。乡里治安不好，小偷小摸、入室盗窃的都有，该防的还是要防。工人们于是又掌握了一项焊接的技能。焊接时火星喷溅，金光闪闪，煞是夺目。

一晃二十余年，他的工人流水一样，流过一批又一批。只有哈尔滨像根柱子，杵在原地。每次他到外地谈生意，哈尔滨都会跟上。有哈尔滨在，他感到安心。头几回去夜总会，哈尔滨像个没见过世面的乡巴佬，坐在一角，看老板们唱歌嬉耍，连陪酒女的手也不敢摸。后来这种场合去得多，哈尔滨胆子渐渐大了起来，几杯洋酒落了肚，耍起来比谁都疯。

他想起当年初次见面，哈尔滨拖着一只沾满了灰尘和油污的旅行袋，几缕刘海贴在额头上，浑身上下散发一股酸臭味。从那刻起，他就知道，此人身上有股不服输的劲头，是个干事业的好帮手。如今哈尔滨年纪大了，鬓角花白，啤酒肚也日渐隆起。他成了工队监工，平时除了工作，最大爱好是去海钓。往往一出海就是一整天。他从老板手里买下那辆旧雅阁，闲暇时呼朋唤友，开车去海边。常去的地方是饶平的三百门和柘林，租附近渔民的舢板出海，钓上来的海鱼（什么金鲳啦，黄立啦，春只啦），扔给店家，现杀现做，肉质鲜美，配上几盅白酒，简直快意人生。

他陪哈尔滨去过一次，上了舢板晕船，撑不了多久就上岸歇息。哈尔滨笑话他："你不能上船，只能上床。"哈尔滨的潮汕话已经讲得和本地人无异，不过该用谐音时，还是蹦出了东北腔。他坐在岸边歇息，觉得大海起伏无定，还是大地叫人安心。

凌晨那个电话是哈尔滨打来的，今早醒了酒他才拨回去。响过几遍，无人接听。他打去哈尔滨家，哈尔滨老婆哭哭啼啼，骂说这个死人一夜未归，不知是不是出海去了。他想说些什么，电话那头絮絮叨叨，他不耐烦，挂了电话。

墙上的电子时钟"嘀嘀嘀"报时，他忽觉委顿，眼皮沉重起来。

## 2

开车出门的路上，他又打了电话，语音提示，您所拨打的手机已关机。路过哈尔滨常去的那家茶铺时，他停好车，走进去，喝了茶，问过几圈，无人知晓哈尔滨的行迹。

回家时，他神色凝重。妻子问发生了乜事（什么事）。他答："哈尔滨不知去哪里了。"妻子说："他去哪里关你乜事？还想被他拖累吗？"他闷声不响。过了一阵，他喊妻子帮他抹活络油。

褪下裤子背转过身，他望见镜子中屁股处生出的乌青。妻子用力揉几下，疼得他龇嘴喊疼，接着，她在乌青处重重拍了一把，声音响脆，他受不住痛，张口就骂。妻子哈哈笑："还喝酒吗？"他不说话。妻子道："睡醒了去阿贵那里看看。"

阿贵的跌打铺开在阿华的花店对面。铺面不大，红漆的"祖传，专治跌打久积"招牌被风吹得来回晃动。每次他去花店，总要从跌打铺门前经过。铺内光线暗沉，客人坐在长条椅上，他看到阿贵的身影，有时坐下，有时站起。阿贵有双粗壮的手，手掌厚实，指头圆滚滚的，揉捏抓握，恰到好处。大凡被“抓”过的人无不称赞，说阿贵那手真神奇，探雷针一样，总能准确探到痛处，来回推移之间，疼痛就消了大半。除去跌打，阿贵兼卖跌打酒和药丸。药丸是家传秘方配的，跌打酒也是。药丸口服，跌打酒涂搽，二者互补，疗效更好。阿贵经营这家跌打铺二十多年了，生意一直红火。销路最广是自制的药丸药酒。生意好的时候，远近的漳州、饶平人也闻讯而来。靠这片铺头，阿贵养大了一儿一女，还盖了一栋四层新厝。当年地基打桩，就是他们工队做的。

因为打桩的事，他头次领教了阿贵的咸涩（小气、吝啬）。大到钢筋、小到水泥，阿贵都亲自验收，核对价钱，一分一毫不肯吃亏。工程收尾后，余下的款项迟迟不到账。哈尔滨说：“荣哥，你开个口，我上门帮你讨。”他劝哈尔滨勿冲动，阿贵迟早会还钱的，乡里乡亲，总要顾个脸面。果然，大年三十那天，阿贵提了一条烟、一双柑，笑眯眯登门来还钱。

大红包摆在茶几上，他给阿贵沏了滚烫的一杯茶。

他没想到，有一天他也要找阿贵跌打。

花店对面有棵大榕树，枝叶繁茂，遮挡了暴烈的日头。沾了榕树的光，阿贵铺头的红漆字招牌和绿色枝叶相映成趣。他将黑色奥迪停在村委会门口，走到花店。

这时阵，阿贵铺头不知怎么，竟然关了。

他正犹豫要不要开车去医院骨科看看时，听见了阿华的声音。

“爸啊，帮我扶一下。”他循声望去，阿华的电瓶车正好停在了对面。车后座架着一只宽大的铁丝篮，筐里装满鲜花，红的粉的，日光照着，很是惹眼。

他急忙走过去，把倾斜了的铁丝篮扶住，解下绳子，将一篮花从车后座抱下来。

这家花店，阿华嫁来之前就在经营。花店所在的位置很好，旁边是个十字路口，再过去是学校、镇政府和村委。从前这里是阿华父亲养家的杂货铺，老人家年纪大了干不下去，开头租不出去，因此荒废了些时日，直到阿华拿来开店。开始时她打算卖服装，妹妹说，乡里服装店太多了，女装男装童装，什么都有，你卖不过人家。

有次阿华骑摩托车去邻镇，路过一家花店，门面是新的，门口花花绿绿，摆得齐齐整整，一个穿围裙的女人，扎马尾，蹲坐在那里修剪花枝。阿华把摩托车停在路边，看得入迷。

镇上素来有在祠堂摆喜宴的习俗，办喜事要迎亲，迎亲就得装饰婚车。这是典型的一次性买卖，只要把口碑做出来，不愁没出路。阿华当下打定了主意，回家后就到网上看视频学扎花。白天研究，夜里睡觉前也看，绸带如何搭配，花的品种和颜色如何选择，用什么材料固定，扎什么样的形状更方便快捷，都一一牢记。试验失败了十几次，终于摸到了扎花的精髓。她将扎好的花拍照，印刷广告图片，挂起招牌，花店就开张了。除了装饰婚车，店里也摆点盆栽、插花卖。夜幕降临，招牌上的霓虹灯亮起，“蓝蓝花店”四个字格外耀眼。

两个儿媳中，他对阿华印象最好。阿华读书时学过会计，去年他名下的装修队和保洁公司结算，都是阿华帮手的。她用电脑摆弄摆弄，三下五除二，就替代了往年要花几日才完成的工作。光是这点，就让他刮目相看。哈尔滨开玩笑说：“小心公司给你撬走咯。”

阿华丈夫在镇上一家玩具厂做设计，除了上班，多数时间都会来花店帮忙，给盆栽和花喷点水，清理掉烂了的叶子。人手不够时，阿华还会喊亲戚朋友过来。停在水泥埕上的婚车，堵住了半条路。厝边头尾的孩子跑出来围观，顺手捡起掉落在地上的彩绸。

去年过完年，阿华把店面翻新了，跑工商局注册了营业执照。这次，她的目光盯在了母婴用品上。港货走俏时，镇上有七八家店在卖港货，主打美赞臣、惠氏、雅培、雀巢这些大品牌。后来香港发生非法“占中”事件，货物流通不顺，进货价提高了，生意不好做。她嗅觉灵敏，很快将注意力转移到海外市场，找了个在澳大利亚留学的表亲做奶粉代购。没多久，店里摆满了大大小小、不同时段的奶粉。吃的用的，一应俱全，鲜花生意从此沦为副业。

怀孕七个多月来，阿华一直没歇过。丈夫在厂里加班，阿华原本想让大官（指丈夫的父亲）开车载她去拉货，但转念一想，他的奥迪是新买的，后备厢根本放不下那么高的花束。

两人在店里忙活，周围是堆得高高的奶粉罐、尿不湿和童装。因为臀部酸疼，他让阿华搬了张矮凳，坐着剪花茎。阿华问他怎么了，他说：“不小心跌了一跤。”没提喝酒的事。阿华建议：“去医院看看吧？我有个同学在那里。”

他摇摇头：“等阿贵开铺吧。”

他问这次谁摆酒。阿华低着头说：“阿贵啊，他孥仔（儿子）明日结婚，今夜迎亲。”

他恍然大悟，难怪今日铺头无人。

阿华附和道：“欢喜事忙不过来，歇几日无所谓啦。”

他问：“阿贵摆了多少桌？”阿华说：“六十六。”他听了，眉头皱起来。去年给儿子办喜宴，年头年尾，两场加起来拢共百来桌。他记得清楚，小儿子摆酒时，因为来得人太多，坐不下，有一桌甚至摆在了祠堂外的水泥埕。这时，他瞥见柜台上缀着流苏的红色喜帖。他起身拆开，一手漂亮的行书映入眼帘。阿贵不单跌打功夫出名，字也写得好。镇上文体活动中心是他常走动的地方，过年时老年人协会组织赠春联的活动，阿贵都积极参与，两张八仙桌一拼，毛毡垫底，红色对联纸铺开，“唰唰”几笔，雄浑大气的对联就写成了。那年除夕阿贵还钱时，还特地赠了他一幅，他差哈尔滨贴在了新的工场大门上。

阿华说：“爸，阿贵派的喜帖在这里，我和乐哥忙，你代我们去？”

他没说去食喜酒，也没说不去。缀了红色流苏的请帖看起来如此碍眼。

这时，阿华指了指靠里边的厕所说：“哈尔滨昨晚找我拿钥匙，说要借铺头睡一晚，也不知发生了乜事。早上我过来，看到厕所无冲水，臭死了。”

阿华话音未落，他差些跳起来：“哈尔滨乜时候（什么时候）走的？”

阿华摇头，钥匙放在门垫下，人不知去了哪里。

他发觉事情不太妙。太阳穴一缩一缩的，像针扎过。正琢磨着时，手机响动起来。

他走出去花店门口，把玻璃门拉上了。

电话那头，哈尔滨哑着嗓子，声音听起来暴怒无比，连骂人都不说本地话了。

“龟孙子，老子弄死他！”

他问：“哈尔滨到底有什么事，有事先参详。”

“参详什么？我没受过这么大侮辱，都糊弄谁呢？人还活着，赔点医药费就得了！”

哈尔滨的说话声带着恼人的回响。

他说：“我四处找你。”

哈尔滨说：“我在山顶。”

“山顶哪里？”

听到哈尔滨的回答时，他着实吓了一跳。耳鸣又开始了，他让哈尔滨往外走几步，找个信号好的地方。

手机传来一阵窸窣响动。他问：“你上山的事有无人知？”

哈尔滨说：“除了你，我谁人也唔敢（不敢）联系。”

他听着哈尔滨的声音，望着花店门口来来往往的人。

日头照得地上反光，像一面磨坏了的镜子。

他叮嘱哈尔滨先返回去，暂时勿出来。

## 3

他站在花店门口抽烟，不停地走动，皮鞋将门槛踢得啪嗒作响。

阿贵的跌打铺仍旧大门紧闭，榕树下卖草粿、粿汁的摊档生意正热闹。这时，他看到阿文和阿洁走过来了。阿洁挎一只棕色提包，一身派头看起来像要去行街。

阿文退伍三年，还剃着部队的板寸头。和大哥阿乐比，他显矮，也瘦一些，笑起来眼睛眯得厉害。当年他干的是侦察兵，勘测水文地理，侦察敌情。在部队三年，出了好几次任务，通常是二人同行，身着数码迷彩服，挂满野外露营的装备，活动于沿海丘陵深山一带。从山腰上，能清楚望见金门。野外露宿时，他们专拣新修的墓地，墓前铺好光洁的水泥，方便搭帐篷。有的墓修得豪华，还凿了蓄水池，用来洗漱，再好不过。退伍回来那年，父亲让他管理保洁公司，他嫌弃，四处闲晃了一年，才答应去接手。哈尔滨管这个叫"转正上岗"。镇上的环卫和垃圾处理都给他们家承包了，是一桩垄断买卖。当时县里搞创文，镇政府每年投入不少，钱大多都落入了他们口袋。人人都知道，这一家和镇长、书记搭台唱戏，连驻扎在后山兵营里的垃圾，也靠他们收。他们无须报备，就可自由出入兵营。

阿洁拉开花店玻璃门，走了进去。

他告诉阿文，哈尔滨在后山的防空洞。

阿文一脸吃惊："他躲去那里做什么？"

他往下压了压手掌，示意阿文说话小声："无办法啊，他不上去，会被打死。"

阿文说："那里是随便能上去的吗？"

他顿了一下，补充道："让他顶过这个风头吧。"

阿文将烟头扔地上，运动鞋用力踩上去，像踩死一只无辜的蚂蚁。

他说："我不方便出面，你买点吃的喝的，开车送上去。"

阿文迟疑了一阵，便接过车钥匙揣进口袋，扔下阿洁，兀自去了。

阿华泡了茶，请他进去喝。他看到阿洁半只身子杵在原来他坐的矮凳上，露出一段圆圆的腰身。阿华靠着柜台坐定休息，肚子显得更大了。他站在铺门口，觉得周遭空气紧缩，将他团团围了起来。他去洗手间洗手，看到垃圾桶里丢满了烟头。

阿文抱起一只塞得满满的纸箱，正往后备厢放。

他在超市门口赶上了阿文。他打算一起上山。

阿文要开车，他不让。尽管臀部还酸胀，但一坐上驾驶座，双手握住方向盘，他就感到浑身自在。车拐进国道的时候，他问阿文："视频还在传吗？"

阿文冷笑，当然了，现在乡里无人不知，哈尔滨买间破厝，行了衰运。

他叹气道："我早就叫哈尔滨莫买那间厝……你知那里以前住谁吗？劳改犯！我小时阵，你阿公阿嫲警告，说那人刚坐监出来，专门食孥仔（靠儿子养）。老人组筹了点钱，算作安抚。谁知他脑子已经坏掉了，经常发作，骚扰厝边头尾，四散去偷鸡摸狗。每次被抓都装疯，看他那个样，无人敢动。怕发作起来，擎支刀刣人。”

阿文问：“后来呢？那人怎么样？”

他说：“死在那间厝内了，尸体发臭，双目给老鼠咬出来了。”

阿文眼神发愣：“谁给他收尸的？”

“一个远房亲戚，出点钱把人埋了，顺手拿走了厝契。哈尔滨不久前找到那人，现在七老八十，见到钱，双目都看花了。”

阿文不屑，哈尔滨以为捡了个大便宜。

“所以说做人莫贪心。”他说，“哈尔滨不信邪，他要是听我建议，请风水先生，拜地主爷，一定不会出事，那间厝地阴气重！”

阿文掏出手机，点开那条到处疯转的视频。

他的视线直直地落在前方。山路在眼皮底下朝前铺展，道旁草丛在风中摇来摇去，仿佛夹道同他招手。他心情愈发沉重。视频里人声嘈杂，他眼前浮现福圭老人从废墟里被人背出来的惨相：一身洗得发白的睡衣，头歪向一侧低垂，手和脚耷拉，太阳穴破了口，鬓角赫然一道长长血迹。拍视频的人大喊“大家人看，福圭伯间厝塌了——”，镜头随后横扫过去，对准那面倒下的墙。福圭老人小卖部搭的是简易瓦棚，木杉横楹断了，石棉瓦散落地面。从镜头里依稀可以辨识货架上花花绿绿的酱油瓶和泡面包装。灰尘搅得到处都是。警察拉了警戒线，将围观者隔开，小路上堵满了人，个个伸长脖子。镜头迅速转回，福圭老人的清癯背影早已隐没在救护车上。车缓缓开走，人群一阵骚动。视频就在此处结束了。

福圭老人八十多，是乡里出了名的好人，慈眉善目，像尊菩萨，小卖部开了几十年，从没卖过假货，从不短斤缺两。乡里人都道，福圭老人命真硬，躲过这一劫，必定活过百岁。眼下，人人都在唾骂哈尔滨，说他好死不死，买那间厝做什么？墙体多年失修，早就不稳，倒下来把小卖部屋顶压垮了，屋顶砸向货架，正好斜斜横在了福圭老人床上。清早，厝边头尾还沉在睡梦中，屋顶倒塌的巨响把众人惊醒。福圭老人蜷缩在货架和墙壁的夹角里，满头满脸被灰尘覆盖，侥幸死里逃生。

这事掀起了轩然大波，不断发酵，很快上了新闻。乡里人议论，说哈尔滨一个外乡人，老老实实过日子，有套厝可住就要满足，不应贪心再置一间。有人补充道，哈尔滨这是要留后路。他儿子不行孝，挣的钱拿去赌了，出这么大条事，不赔个倾家荡产，也要丢去半条老命。果然，福圭老人前脚进医院，他的儿孙们便纠集一伙人，浩浩荡荡，去找哈尔滨讨说法。

这是发生在前几天的事，加上玩具厂那场离奇大火，成了镇上人人乐道的新闻。

他一想起这些，就头疼不已。烧坏的库房和他无关，倒塌的墙也和他无关，可他就是难受，感到了威胁，似乎有人和他作对，故意生出事端叫他应接不了。晃过神来的时候，车子已经停在了营房外埕上。他亮出通行证，朝站岗哨兵挥了挥。哨兵双手紧握钢枪，钢盔罩眼，点了点头。



## 4

此处是个天然堡垒，用军事术语形容，叫易守难攻。四周是山，满坡绿树，山腰圈了很长一围铁丝网，戒备森严，营房的几栋建筑错落中间，紧凑规整。如果不是出操时的哨子声和口令声，外人根本不知此处藏有部队。他没有朝大门走去，而是往左走上了一道斜坡。

阿文抱着那只大纸箱随在身后，时不时停下，朝后方回望。从山腰处俯瞰，能清楚看到白色围墙内停了辆军绿色吉普车，训练场有人跑步，双杠单杠，沙坑鞍马，和他当年所在的部队很像。此时天近黄昏，日头擦过山林边沿处。阿文走得慢。起初和部队管后勤的人接触时，他还正襟危坐，双手搭住膝盖，拇指食指互相顶着，不断掐指尖——这是当年在部队严守纪律留下的毛病，但凡遇上正式场合，就会这样。往上走时，阿文问："哈尔滨不在里面？"

他解释，哈尔滨没有通行证，哪里敢进去？这个后山有两处防空洞，一处军营围起来，给部队演习，另一处就是他们要去的地方。这里的山林归镇上管，部队驻扎后，虽无明文禁令，但枪子不长眼，无人敢上来。

说起防空洞，阿文只在学校接受国防教育时听老师提起过，那是好多年前的事了。做侦察兵的年头，他和战友漫山遍野跑，进过山洞避雨，也未见过真正的防空洞。父亲说哈尔滨藏身其中，他倒生出好奇，想要探个究竟。

前几日落过雨，泥水淤积山路，鞋底踩过，有黏腻之感。他想起小时候，有一年热月连下了几宿暴雨，海边溃堤，海水发狂，漫过田野，冲进了乡里。那时没有现在这般通畅的排污系统，水灌进来，像长了脚，闯进各户人家，锅碗瓢盆、竹椅、柴薪……但凡漂得起的，全给拐了出来。鸡鸭鹅咕呱乱叫，顺水凫走，狗扒拉在漂浮的门板上，伸长舌头，猪困于圈内，挣脱不得。走得及时的人家早早躲去山上，走得慢的，只能爬上自家厝顶，眼看洪水四散流淌。不到半日，乡里有如遭遇劫掠，远近哀号不断。如今，他踏着山路，还能感受孩童时逃命的恐惧。水像蛇游于身后，紧追不舍。父亲将他驮在肩头，顶着齐腰深的水朝前走。他小小的手紧紧箍住父亲脖颈，身体哆嗦起来。

他问父亲："我们为什么要去山顶？"

父亲说，我们家的厝塌了，无地方好去了。

后来他懂事了，才隐隐知道，有间风吹不跑、水冲不走的大厝，是何等切要的事。

这些经验，阿文这辈人自然无法体会。登至半山，他停下脚步，叉腰歇息。有风吹过，山林簌簌作响。他朝远处眺望，整个小镇隐没进灰色之中。他的目光越过那片被烧坏的玩具厂房，在一片低矮的厝区徘徊，最终落在自家楼顶。那里耸立着高高的贮水箱，铁皮裹身，通体铮亮，像一枚准备发射的导弹。

拐过一道斜坡后，他停住了。斜坡朝上，凿了几级台阶。山体爬满野草、何首乌和叫不出名的植物。在他们的右首，垂下来一蓬马缨丹，上面挂满小花，里边淡黄，外边玫粉，每朵花蕊不到指甲大小，衬着暗绿色叶子，很是惹眼。父子俩靠近时，闻到一股臭味。那是马缨丹发出的，当地人叫它臭花。垂下的臭花挡住了防空洞的一边，花岗岩砌的洞门爬满了苔藓。他在洞口点亮了手机手电筒，摸索着朝里走。

洞有一人多高，顶上呈拱形，花岗岩石板铺地，墙体的下半部分砌了花岗岩，上面抹水泥，有的地方剥落，露出黑乎乎的砂石，隐约可见“激发爱国热情，共筑地下长城”的字样。从洞口往内走，空气越来越湿。阿文双手紧抱纸箱，慢慢适应了洞内的阴冷和幽暗。

阿文点亮手机的手电筒，光线照得父亲影影绰绰。他们边走边说话，发出的回响，像水花撞到岸边，再荡回来。

阿文惊叹道：“这个洞什么时候有的？”父亲答：“我小时阵就有了，听你阿公讲，最早是个山洞，防日本鬼子的，后来为了躲台湾的导弹，才修成现在这样。当年发大水，你阿公背我，在这里躲过。”

经过一间地下室时，他停下了脚步。阿文差点撞上去。此时，父子俩都没说话，地下室传来细微响动。手电筒光亮赫然照见一只人影，哈尔滨发现了他们。他瘫坐地上，手遮额头，身上盖了件衬衫。

哈尔滨看起来老了许多，眉角爬满皱纹，浑身散发一股难闻的汗酸味。不远处的地方，散落一只矿泉水瓶，里面盛满了黄色液体。

他将手机翻过来，立在墙边照明。这时他才发现，哈尔滨脸颊有道细长伤疤。他问怎么回事。哈尔滨说：“半夜摸出去洞口，被臭花的刺割着。”

阿文打开纸箱，翻出吃的喝的，递过去。哈尔滨拧开宝矿力的盖子，仰起脖子，“咕咚咕咚”喝起来，又撕开一袋吐司，取出一片，捏成团，塞到嘴里。因为吃得太快，他噎得咳嗽，好不容易缓过来，才开始打听山下的情况。

出事后，哈尔滨说他想出去躲几天，他没答应。他跟乡里人打交道，最知内情，这帮人平日和气，实际上对外乡人并不待见。哈尔滨本就理亏，一跑，更洗不清了。

哈尔滨告诉老板，当年老父死了，他回东北奔丧路上，一直犹疑不决，要不要回来。他到此地二十余年，户口迁了，厝也买了，但钱到底买不来信任啊。说到这里，他几欲落泪。那天面对福圭老人那帮儿孙，他纵有再冲的脾性，也霎时委顿。他站在门口，进不是，退不是，只能拼命道歉。有事相参详，医药费我来赔……

他赶到哈尔滨家门口，遇上双方在激烈争吵。哈尔滨被众人围堵，扯开嗓子，喊得脸红脖子粗，但声音很快被盖过去了。妻子站在哈尔滨身后，又骂又叫，不断抹眼泪。有人将他们家门口的花盆推倒了，几朵海棠花，被踩成碎渣。

福圭老人的大儿子做家具生意，店开在公路边。这人精得很，他料定哈尔滨凑不出那么多钱，但有个老靠山，靠山出面，钱的事自然好解决。

双方坐定，开始谈赔偿。听到对方开口要二十万，哈尔滨憋不住，张口骂爹骂娘："你们这是擎刀刣人！"他将哈尔滨摁住，喝令他闭嘴。他知道，现在不答应，等老人伤情鉴定一出来，不论轻重，他们只会以此做文章，索取更多，不如现在商定，签字画押，两不拖欠。

赔偿的钱，自然由他来出。按理说，钱落了口袋，加上福圭老人伤势无性命之虞，这桩矛盾应该就此打住的，可事情坏就坏在，哈尔滨儿子在赌场熬了几日，输红了眼，眼下正是要钱时候。得知父亲赔了人家二十万，他急得暴跳，当晚他就拉了帮同伙，撬掉家具店门锁，将值钱的酸枝木沙发、明式贵妃椅等悉数搬出，用卡车运去倒卖，自此无影无迹。

这事被定性为特大盗窃案。警察通过监控，锁定了主犯，顺藤摸瓜，把哈尔滨拉去派出所录口供，要他老实交代儿子行踪。他问警察儿子抓到要判几年。警察反问："你说呢？"他想到自身惨状，儿子此刻又不知流落何处，想到伤心处，放声哭起来。

哈尔滨说，从派出所出来后，他不敢回家，借阿华花店窝了一晚。天未亮，就跑来山顶了。

"荣哥，我买间厝地，给自己留条后路有错吗？"

他说："错不在你，免自责。"

"我阿孥（儿子）好赌，屡教唔改（不改），这件事能怪我吗？"

他说："莫怪你。"

"荣哥，你的恩情，我这世人还不尽。"

他说："莫说这些见外话。"

洞内光照晦暗，哈尔滨握住他的手，看看阿文，又看看他，双目发红。

三只影子歪斜，叫灯光拍在了洞壁上。

## 5

阿文走出洞外，天刚擦黑，山林阒寂，远处阵阵虫鸣。夜风吹上来，他在洞口蹲守良久。待到月亮升高，半山腰传来“突突突”的引擎声，他才返回洞内。

垃圾车每晚九点钟，会准时停在营房门口。他们掐算好时间，等河南佬把垃圾车开走时，让哈尔滨搭车离开。

从他们山上到现在，半日过去了。父子俩从斜坡上缓缓走下，远远和哨兵打了声招呼。月影下，哨兵站得笔直。他对他们再熟悉不过，并没有在乎。

哈尔滨取道另一边，行至山脚下，再穿过一片荔枝林，低伏在路边候着。

他们在营房门口等河南佬出来。没多久，河南佬拖着两只半人高的垃圾桶，吃力地走了出来。见到老板，河南佬有些吃惊，他想不通，老板父子俩怎么会出现在这里。

他给河南佬派了烟，河南佬接过来，别在耳郭上。

他问：“老板，有啥吩咐？”

阿文插话：“等你搞完垃圾再说。”

来回几趟，河南佬终于把营房里的大小垃圾运完，垃圾车的长方形车斗上，填满了鼓鼓胀胀的黑色垃圾袋，酸臭味很快飘出来，溢在空气中。

这段时间，足够哈尔滨从防空洞离开，再去往约定地点。阿文开车，他坐上副驾。车掉过头，垃圾车紧跟着，一前一后，绕山路缓行。他的目光在茂密的山林间逡巡，车灯照过一截又一截土路，两旁草丛高耸，树影婆娑。轮胎碾过砂石，发出咔嚓声。

路旁闪出来一个人影。他让阿文停下车，打开车门，走了下来。哈尔滨定定站着，没敢往前走。他朝河南佬招手，河南佬把垃圾车停住，也从车上下来。他伏在河南佬耳边，把事情交代完毕，塞了一卷钱过去。河南佬接过钱，哈尔滨这才跑过来，抓住车把，登上车座。阿文把车错开一条道。河南佬发动引擎，车朝前开去，留下“突突突”的声响。月光下，他看到两只头颅变成了暗影，和夜色融成一团，模糊地消遁了。

乌青处擦过活络油，烤熟一般热辣生疼。无论如何，等阿贵开铺，定去找他捏一捏。

月光透过窗缝，照落在床边。他爬起身，走出房门，搭电梯，上了顶层。

贮水箱发出呼呼声，他站在底下，抬头望天，半片月亮的淡影沉下去了。从山上回来时，他问阿文：“我们这么做，对吗？”阿文说：“爸，这么多年，谁人都知，你对哈尔滨亲如兄弟，问心无愧就好了。”他陷入沉思中，望着往前延伸的公路，猜测哈尔滨离去后的行踪。

他点燃一支烟，凉风习习，烟灰拂落，吹在了睡衣上。

他想起好多年前，有一天他在工场喝茶，哈尔滨疯了般冲进来，闷声不响，抢起地上一根钢管，坐上三轮车骑了出去。他晃过神来，赫然见哈尔滨裹在头上的毛巾渗着血，日光下鲜红一片。

到了出事的地方，他远远望见，有个人弓着背倒在地上，哀嚎不止。地面散落着凌乱的电线、三合板和烟头。哈尔滨背对他，露在毛巾外的一小块后脑勺青筋毕露，似乎每根血管都在跳动。他记起哈尔滨来这边没多久，去发廊剃了个光头。你们这里热，光了头凉快。他本来颧骨就高，头发剃光，眉目显得更粗犷了。如今一晃而过，哈尔滨每天敲敲打打，风里来雨里去，骨子里愈发粗糙，说话时乡音未改，一激动语速就快，别人需要吃力辨认，才能听清他嚷些什么。

那次斗殴的后果是双方私了。作为哈尔滨的老板，他不得不替哈尔滨擦屁股，将伤者送到卫生院检查，赔了医药费。

哈尔滨告诉他，老父亲跳楼，死了。老人家在一家毛纺厂当了半辈子会计，熬到快退休的年纪，遇上厂里改制，领了遣散费后，就离开了。那年头，风水轮流转，老人家下岗后找了几家，都没人愿意雇他。谁想得到，国企也会垮？撒泡尿的功夫，啥也没有了。自从下岗，家里日子越过越糟糕。如果不是这样，谁稀罕来你们这儿呢，累死累活，还要遭人白眼。哈尔滨顿了一下，眼圈发红。看到寻呼机上熟悉的号码时，他一走神，手中的电钻滑落，砸到了站在身后监工的厝主脚板。那人嘴巴不停，用本地话羞辱他。哈尔滨不会讲本地话，也听不懂。厝主喷着唾沫骂他“死父仔”，他一下子被点燃了，抓起厝主衣领，之后就陷入混战。不巧厝主是个退伍老兵，哈尔滨长得虽粗壮，也不是他对手。酣战一半，他朝哈尔滨头上扣了一砖头。

在火车站的时候，他塞了一只信封给哈尔滨，信封内装了两千块钱。

哈尔滨眼窝蓄满泪，接过信封，转身朝进站口走去。

第二天，工场停了电。还是热火天，他坐在摇椅上，心烦气躁地扇扇子。本地人说，哈尔滨欠我一包烟，会不会去了不回来？他头也不抬，回了一句，谁知道？饶平人买来西瓜，打了一桶凉飕飕的井水，将西瓜泡进去。日光明晃晃，他的视线落在上下浮动的西瓜上面，想起了哈尔滨圆溜溜的脑袋。

谁也没料到。不到半个月，哈尔滨回来了，头皮剃得铮亮，里里外外，像是换了一个人。

哈尔滨自幼没了娘，这次回去，他将房子卖了。老子今后就窝你们这儿，不走啦。过了没多久，他招募了新的工人，开始承接大小新厝打桩的活计。打桩是项新技术。以前起厝，地基都是人工夯实，浇筑水泥，钢筋起柱，有了机器，地基能打得更牢，楼盖得更高。卖机器给他的人拍着胸口说，台风刮不动，地震也不怕。打桩的投入虽不少，但能节省人力，还挣得更多。那一年，哈尔滨当上了包工头，娶了他介绍的对象，隔年开春，生了个大胖儿子。

这些，竟像一个梦那样邈远了。小镇在沉睡，路灯昏黄，照得人心发慌。远处传来手持礼炮“砰砰砰”的巨响，那是阿贵家的婚车半夜迎新娘。他的目光扫过新厝老厝，没有一栋房屋比他家高。恍惚间，黑黢黢池塘上浮起一簇淡蓝光焰，颤悠悠，明晃晃，由远及近，飘过来。他觉得冷，便将烟头弹出去。火星闪了闪，旋即熄灭。

本文刊载于《花城》2021 年第 3 期

**赏析：**

《灰地》是具有潮汕地方味的写作。小说开头处，潮汕方言与普通话并峙，在确保可读性的前提下装点潮汕味，方言俚语的使用带领我们来到日常、世俗的地方小镇。工厂老板荣哥近期迎来喜事，为他出生入死的手下哈尔滨却惹了麻烦。工厂改制后，外乡人哈尔滨南下打工，生活有了起色，谁知买来的旧厝房砸伤了小卖部老人。面对索赔与闹事，哈尔滨无奈逃到防空洞避难。外乡人与本地人的矛盾冲突展现了南北文化差异及不同性格的较量。老板荣哥一如既往的照料则体现了南方地域文化的温情与包容。灰地，是生命底色的灰，一如小说叙述姿态的克制、冷静，尽展平凡人的命运无常。与此同时，作家不忘着以暖色，卷土重来的哈尔滨彰显着生命的热力与韧性。小说以工厂老板为主人公串联起潮汕地区生活群像，从细微处捕捉人物的心理，从日常中描绘潮汕小镇的人情冷暖、民心民俗，最终由点到面，从小镇中突围，获得更为广阔的表现场域。真实、平淡的人间烟火之下是暗流涌动的波澜人生。

（陈榕）

# 离开离岛区

路 魃

香港离岛区262个岛屿中的某一个，我在那里出生。

在我二十五岁之前，离岛区似乎就一直在刮风，将上岛游客的伞骨吹翻、吹折。坑洼里的积水晒不干，太阳出来，地面就像多了几百个小光球。死掉的鱼虾晾在石墩上，等白色的海鸟啄食。它们叼着鱼虾在半空掠过，如果鱼虾腐烂得差不多，会从顽固的鸟喙中滑落，啪嗒一声，沾在某个刚好从下方经过的倒霉蛋身上。海的味道就是因为这样，才经久不散的，这里每个人都有一种熟悉的微腥之气。

每过一段时间，我就去码头捡那些被遗弃的伞，彩色的，黑白的，也有透明的，上面的布可以拆下来，拿回棚屋区修补屋顶。离岛区风平浪静的日子是怎样的呢？偶尔晴朗的日子，在我看来也是摇摇晃晃的，即将下雨那样。

我站在岛屿上，尽管海岸大浪滔天，却感到地面平实。被风暴吹得东倒西歪的游客，像遇上了一场地震，他们或许在市区才会找回平衡吧？——这只是我的猜想，因为同样在我二十五岁之前，我并没有离开过离岛区。港岛区遥遥在望，坐一班船，半个小时就能登陆，可我偏偏没有离开过。我跟着父亲出海打鱼，在滩涂湿地的红树林里挖贝壳，从来不会被大海搞晕。可是，一旦上了离开离岛区的班船，我就会呕吐不止。父亲说，他尝试过喂我吃晕船药，托人开渔船送我前往市区，或者趁我睡着，意识模糊时，将我抱上船，或给我戴上耳塞，隔绝轮船的引擎声。然而，像触发了某种生理机制，我在途中开始了剧烈地呕吐，船不得不返航。

后来，父亲不再尝试将我送离这片岛屿。他说，他也跟我一样，无法离岛，是被命运绑定在岛屿上的男人。我一直这么相信，并逐渐习惯被困于岛上的那份倦意。对我来说，船，是徒劳的代名词，它只会给我带来每天都会消耗完的食物，而不是缩短运输距离的交通工具。如果变成无生命的事物，那么就可以被装进行李箱，侧着放，塞在置物架上，无痛无觉地登上船。

“市区的模样，和电视新闻上播的一样吗？”我问父亲。他点点头，指着群山交叠的某个远处，然后沉默地低下头，整理刚上岸的拖网。过一阵子，就是休渔期了。

我后来离开离岛区的机缘，是在那年风暴肆虐得最厉害的七月，遇上了参加岛屿写作计划的女孩程颐。岛上的人们都叫她阿颐，是六婶的某个亲戚多年前搬到市区居住后所生的女儿。在她的陪伴下，我第一次离开离岛区，穿越 262 个岛屿的某条曲折海道。那次的逃离，父亲预先不知道，只是在风暴过去后，他发现自己的儿子失踪了，于是一整天在海里打捞那些看似浮尸一样的麻布袋，在烧毁的棚屋区里辨认焦黑的尸体。他认为，我这种患了离岛班船恐惧症的孩子，在暴风雨天，不是在山上奔跑着，就是已经在海里淹死了。一个渔民的想法有多么不祥，才会这么想自己的儿子？我的父亲也许得了间歇性的痴傻吧。

直到岛上的巡警告诉他，我跟一个女孩坐船溜去了市区。他没有为我的莽撞感到愤怒，也没有因为我有能力离开离岛而兴奋，好像反正只要我成功踏上市区，他就根本不关心我是不是被人拐骗了。在别人看来轻而易举的事情，落在他儿子身上，偏偏是引起极度厌恶和不适的难事呢。我这种横跨大海的行为，是不是完成了他对这片岛屿的反抗？抑或，我克服对大海的恐惧，正是父亲借由我，克服由自己给下一代带来身体缺陷的难堪？我经常琢磨他的想法，有时，我有种错觉，认为自己比他更了解他本人，但我没有真正问过他。哎，一种难以开口的僭越。

很多时候，我确信自己是一个不明朗的生命形式，出生时，就已经被分配好了生命的构成——包括性格喜恶、寿命长短、对海水的敏感度，以及地域上的进退范畴——只能与这片岛屿捆绑在一起，受控于难以解释的能量场——我能确信的，也只有这一点。尽管和他们一样识水懂渔，我跟这个岛创造的任何生命，却都存在着根本的隔离。比如，我对岛上任何一个女孩都不感兴趣，而我又无法抵达市区的土地，这样注定了一种全新的“生殖隔离”将会出现，那就是，我将永远只能是自己，只能是产生于自己内部的可怕孤寂，和岛屿的风尘一样，是富裕或贫乏之后的残余。我坐在石墩上，想象海鸟把自己当作死掉的鱼虾，叼起来，带到另一片本来也同属于我故乡的大地上。现在，作为一个永恒的外人的困惑，是随着海浪荡来荡去的泡沫，怎么也冲不散。

如果要谈论遗传问题，我那个在船难中去世的母亲，应该也要承担一半的责任。我的恐惧症是遗传自父亲还是母亲呢？最近，我开始回忆母亲的死，那一场离奇的爆炸，有没有将她炸得粉身碎骨？怎么连一件衣服都没有找到？如果将恐惧症一切为二，父亲的生，母亲的死，要各负一半的责任。就这样，长久以来，我通过把责任均分稀释，将自己置于一个受害者的角色，成为一个装载怜悯和安慰的容器。

台风洛克登陆香港时，离岛区气温骤降。本已放好了的大衣再次从密实的衣柜拿出来，沉甸甸的，如吸饱了海水。父亲叫我去码头接人，是从港岛区那边来的一个女孩。我问她是谁，父亲没有回答，只是说，她是来参加什么写作计划的。他怎么就以为我可以辨认一个陌生人，并将她带回来？他在我身上设置了过多元理的事件，我从孩童时期就开始学着寻找意义。

从渔村去渡轮码头那边，要坐巴士，环山而行四十分钟。记得有一年台风，某处海域出现了水龙卷，岛屿下的不是雨，而是鱼。我正好十岁，父亲第一次叫我去接一个女孩。我站在多伦多道站等巴士，被掉下来的墨鱼砸中了脑袋，满头都是腥臭的墨汁。岛上的一切事物都在移动、迁徙，连鱼都可以飞翔——我突然流下了眼泪，对砸中我的墨鱼产生了嫉妒，拖着它回家煮了。吃墨鱼的时候，我仍止不住眼泪。父亲以为我是因为太喜欢吃墨鱼了，往后捕鱼时总是留意着有没有墨鱼。尽管我再没吃过第二次，父亲依然保持着捕捉墨鱼的习惯，上岸后，将它们洗刷干净，晾晒在阳台上，腥味很重，风吹过来时它们相互碰撞，发出沉闷的啪嗒声，像一种墨鱼式的风铃。为了卖出去，父亲将墨鱼做成卤水物，在渔村的入口兜售，五十港币一份，并对游人说，这些卤水墨鱼比瑶柱还好吃。有段日子，我一直在帮忙卖卤水墨鱼，等那个女孩来买。

可是那年，我忘了去接的那个女孩是谁。我没再问起父亲，记忆中也没有这样一个新鲜又陌生的女孩出现在渔村里。当我再次接到父亲的任务，要去码头接一个女孩时，我觉得是上天特意给我一个弥补的机会。只是下鱼的奇观再也没有出现，默默之中，岛上的事物仍在我的背后移动着、变化着，却并不改变我。

我到达码头时，狂风愈发猛烈，吹起海水，对面山体都模糊了，几条空船松脱，在海面漂走。我看见一群学生模样的人从新渡轮上下来，侧着身体抵御狂风，就近寻找避风场所，纷纷挤入了麦当劳。我来到麦当劳门口时，发现里面挤满了人。每个人身上都是半湿的，弥漫着海水的咸味、被濡湿的温暖。昏暗的人群里，大多数是男生，他们一边擦干身上的雨水，一边聊着岛屿写作计划。女生只有寥寥几个，我要从她们当中判断出哪一个是我要找的人。

“有人认识廖新科吗？”我问。廖新科是我父亲的名字。那些人纷纷抬起头打量我，我第一次被这么多双眼睛检阅，难堪得迅速低下了头。

“你好，你是廖杰吧？多谢你来接我。”一个女孩突然出现，她的脸被斜剪的短发挡住，散发着染过的淡金色，“我叫程颐，稍等我一下。”然后，她转过身跟旁边的学生交代些什么。我默不作声，有意无意地偷听他们的话，假装看着窗外等雨停。哦，他们都叫她程程。在一群外来人的簇拥下，我感觉身处市区，在港岛线地铁的摇晃里，在旺角的红绿灯底下，在众生面目模糊但可以暂且忘记自身存在的尖沙咀繁华中。

风势减弱后，有些空船漂得太远了，码头广场上散落着各种破伞。我跟程颐说，我要去收集那些伞，请她等我一下。她跟着我走出麦当劳，帮起忙来。坐上回渔村的巴士时，我经过十年前碰到下鱼事件的多伦多道站，便指给程颐看："十年前你是不是来过这里？我当时在这里等过你。"她摇摇头，说忘记了，她一年回来一次。我很疑惑，自己怎么从来没有见过她。她只是笑了笑，她总是在笑，也不知道世上有什么事情可以总让一个人发笑。我又给她讲了当时下鱼的事。她说在市区，也下过一次鱼，不过是楼上住户扔下来的死金鱼。说完，她又笑起来。

我没出声，看着环山公路在雨后的反射光，有些迷蒙。

这次上岛，程颐是为了参加大学组织的岛屿写作计划，要在限定时间内完成一篇不限体裁的作品。"纯属多余。"她这么评价这个活动，"这里太湿了，只能写篇游记应付，没法认真写点什么，画点什么。"

"你家人认识我爸？"

"嗯，算得上认识。"

"你今晚住哪里？"

"哦，你爸没告诉你吗？我会在你家待一段时间，直到活动结束。"

"哦，可以。"

"你应该没去过那边吧？"她指的是市区。我摇摇头，顿时非常难堪。

"你晕船吗？"她追问道。

她似乎很了解我，不像是跟一个第一次见面的男生说话，那种试探里带着强烈的、又明显到愚蠢的目的性，分明就是有备而来。"你的写作计划，就是采访我吗？"我反问。我并不打算敞开自己，在车上回避了她提出的很多问题，一度怀疑自己是不是接错人了。在渔村总站下了车后，我把程颐带到父亲面前，就气冲冲地独自走开了。这是我记忆中，第一次对父母和自己以外的第四者，宣泄这个岛屿压抑的愤懑。

刚开始有好几天，我没有见到阿颐。父亲说，她去了客栈那边，和师友们一起写作，又问我前几天为什么生气，是不是做了些什么不恰当的事。我否认了，为他的本末倒置感到气恼，明明是阿颐在逼问我的隐私，用那种听起来无邪的笑声粉饰她的目的。

黄昏时的棚屋区，台风暂时退却了。气温上升，空气湿湿黏黏的，夕阳下的棚架停满了海鸟，梳理它们那一对对鎏金的羽翅。有些日子里，海水上涨至离阳台底部仅有一米左右的深度，在阳台开一个洞，将装有诱饵的笼子放下去，第二天清晨再提起来，就能发现有不少落入陷阱的虾蟹。这些日子我是和父亲一起度过的，他负责将笼子和诱饵准备妥当，我负责迎接最后起笼的收获时刻。如果海水退却的时间延迟，我们的收获会增多，但藤壶侵蚀建筑的高度，也会随之上升。我不喜欢藤壶，密密匝匝的灰黑色寄生物，附着在棚屋底部的支柱上，随着烦人的海水一起蔓延，就像无尽时光给人带来的无法消解的沮丧。

我在深夜电视台收看过一个短片，讲一个女人在一个男人的伤腿上养殖寄生藤壶，用以食用的诡异故事。无法自制地，我将阿颐看作是短片里的那个女人，而我的某种旧患创伤，正是她用来养殖藤壶的伤口。我不知道她的写作计划，是不是跟我有关，我是她的素材，被拆开，然后重新组装、编撰？这些没有根据的偏见和想象，与海边棚屋的潮湿、无聊纷纷联系在一起，似一种岁月的诅咒。

我坐在阳台处，浑身不自在，想起昨夜梦里船只爆炸的回响如此巨大，火光灼灼，膨胀的火球一下子摧毁了棚屋区。棚屋区像是末日时期的住所，另类的威尼斯水城，纵横的水道穿梭其中，木质护栏、花岗岩柱子，夹杂着金属支架，铺满死掉贝壳的滩涂，而在这之外，是无人居住的陆地。棚屋区是我的世界中心，我凭此找到心理抚慰，一眼就能识破其假象的安慰，蕴含着甜蜜、湿稔、腐朽。看吧，我脚下的阳台木板也要开裂了。

晚餐时分，父亲提了一笼子的小螃蟹回来。他浑身酒气，对于喝酒后出海的死亡风险，他不怎么在意。我与他谈话的主题，总是离不开渔获与死亡、母亲和爆炸。整个房子，除了泡在水里的海产，他是我身边唯一的活物，如果他由于冷漠、疏忽和对我存在的罔顾，某天溺死在海里，我将承受无法计量的打击——说这些话，当然无法奏效，死亡不可预知，在他看来就是遥遥无期，他那种生死天注定的观念，让他与其他渔民区别开来。至少，其他渔民出海前会上香拜神。父亲面对那一片海呢，更像一片装满母亲死亡之忧的苦海，喝酒是唯一的抵消手段。有几个雨夜，棚屋区断电，在风雨中飘摇，我独自点着蜡烛，坐在屋子中央，啃着白煮的螃蟹，等待他从海上归船。每当一阵急促的脚步声接近，我就做好从别人口中听到他罹难了的心理准备。大多数时候，这种情况不会发生，那一阵脚步声通常是他自己发出来的——他站在黑暗的门口，浑身湿透，开门时带来的那阵强风，将屋里的蜡烛熄灭，反而让他的形象更接近于一个从海里走上来的死神。这时，我再次变得揪心，神佛隐遁，死神报丧。

“清蒸？椒盐？”父亲提起螃蟹，问道。

“清蒸吧。椒盐的话，又要下酒。估计你今天已经喝够了。”

“那就椒盐吧，我不喝酒。”父亲偶尔会看透我的心思，顺着我意，当作亲情的弥补。

父亲在厨房捣弄螃蟹，解开笼子上网绳的声音，给屋子的寂静添了些许不协调的噪音。他把螃蟹放在水龙头下冲洗，拥挤的螃蟹、密匝匝的青色硬壳、四处挥舞的大螯，相互挤兑，发出“沙沙”“哒哒”的怪声。我看见他偷偷地喝了一口酒，才把剩下的半瓶倒在螃蟹堆里去腥。

我坐在窗前，等待星辰显露。一只海鸟扑簌簌地落在窗前，嘴里衔着的，竟是一枚银币，在长长的鸟喙间玩弄。祖母去世时，我见过她嘴里衔着那枚银币，安详肃穆。那么，海鸟衔着银币是不祥还是安详呢？住在海边的生活，要面对广袤的未知，人浮在水面上，向深海索取食物，在它暴怒的一息间，将自己的命交予大海。我也曾见过海鸟啄食浮尸者，说不定这枚银币，正是来自海上的葬礼。正当我想将它赶走，它调头飞了进来，嘴里的银币掉落地面，噗叮叮地在地板上滚动。它飞落地板，啄食什么。我低头，看见地板爬满了吐着泡沫的螃蟹，其中一只的螯还夹着我的裤脚。我出了虚汗，仿佛目睹了一场大规模的海洋生物入侵。惊恐过后，我才想起父亲应该出了什么事。我踩着螃蟹，向厨房冲过去，发现他倒在厨房门口。我使劲晃了晃他，他咂咂嘴，侧身打起呼噜，是醉酒后睡过去罢了。我一边清理爬上他脖子和头发的螃蟹，一边给他醒酒。部分逃逸的螃蟹从阳台跳入海里，发出细微的扑通声。清理过后，留给我们食用的螃蟹也没几只了。那只海鸟还在客厅中央，啄食被我踩扁的螃蟹尸体，只是那枚银币再也找不到了。我不知道，如果这只海鸟当时没有提醒我，父亲的结局是否会不一样？那枚银币又是否代表什么？在那之后，这只海鸟把我家当成了它的栖息地，每到夜晚时分，它总会飞回来。它——是母亲在海上化成的幽魂吗？

我清蒸剩下的螃蟹，父亲醒过来时，螃蟹已有些许发腥了。他不管不顾，抓起一只就啃，完全忘了刚才发生过什么，还一边赞叹自己的厨艺多么精湛。

“阿颐是谁？”我问，以为父亲在意识蒙胧时，会说漏些什么秘密。

“你六婶亲戚的女儿啊，人家从市区来的呢。”他明显加快了咀嚼的速度，故意做出孩子吃东西似的蠢样。

“六婶的哪个亲戚？”

“人家早就不在离岛住了，远房亲戚那类人——”

“哦，那我明天去问问六婶。”

“问来做什么？人家就来住一阵。”

“既然是六婶的亲戚，为什么住我们家？”

“你不是知道吗？六婶的破房要装修，住不下。”

“古古怪怪。不会是介绍来给我相亲的吧？”

“做梦吧你！你这连船都坐不了的人……”父亲嚼完几只螃蟹，全都是乱啃一通，“咿吖，那只鸟是干什么的？”他指着在地板上啄食螃蟹的海鸟说，“嘘——你别动，等我把它抓起来。”

我晃晃腿，海鸟一阵小跑，识趣地飞了出去，消失在外面沉重的夜空里。

十二点睡下后，过了很久，我听到父亲起床的拖鞋声。为了避免湿气的侵蚀，我们通常住在二楼。我和父亲的房间正对着，剩下的一个空房与我的房间紧贴着。台风带来大量的降水，父亲在夜里风湿发作，疼痛，趿拉拖鞋，拖着腿，极像夜半苏醒的游魂。同时响起的，还有一把女人的声音，估摸是阿颐回来了，父亲下楼是去给她开门的。

阿颐叫了声叔叔，走进屋里来。父亲问她吃过饭没有。都半夜了，人家肯定吃过饭了，问啥啊，我心里想。楼下窸窸窣窣的，跟窗户下方拍打的海浪声一唱一和。阿颐的房间安排在我隔壁，因为那是仅剩的房间了。听到两种脚步声走上楼梯，我安静地躺着，尽量压低呼吸声，有种莫名的紧张。

可他们什么都没多谈，跟父亲道了晚安后，阿颐打开房门，接着关上。她跟我仅有一墙之隔，还是木墙，恐怕我的一个翻身就会引起她的注意。估计，她也这么想，轻手轻脚的，打开塑料袋时的嘎啦声，像放慢了两倍的速率。很快，她躺下床，除了偶尔的翻身，后来的半夜都没了动静。

月亮制造的潮汐声，成了我入睡的最大噪声，跟心跳频率的交错或重合。明天的台风是不是在乌云背后酝酿着？夜里细数的痛楚，在梦里有最大的纷呈，思绪若得不到安稳的话，今夜的某个时辰，船只爆炸的噩梦恐怕会如斯生长——

多年前的一个静夜，时钟的刻度是八点过十分，一个小孩站在码头，目送一艘船载着母亲远去。“八点二（8点10分）！我搭八点二嘅（的）船走！你唔使再嚟揾（不用再来找）我！”他想起，当时听到父亲和母亲吵架，话语中唯一存在的时刻，就是那个钟点，“八点二！”他跑到码头，看到好几艘渡轮在黑夜中同时起航。他随便选了一艘，想象那个女人坐在甲板上，与他对视，挥手作别。这么潮湿的空气，风又是这么迟缓，火是怎么燃烧起来的呢？在他极目想穿透的船上的某个点，冒起了一个小火花——那应该是一团被藏在酒瓶里太久的火，如此愤怒。它的流动性比海浪更优雅，窜起、蔓延、扩张，如游蛇，旋转升空，瞬间变成了一个太阳大小的球面。海面被照亮了，还照亮了其他渡轮的甲板。就着短暂而炽热的明亮，他的目光快速地在其他的甲板上搜寻母亲的面孔，目睹的全是扭曲变形的面孔。父亲说，当晚的船全受到爆炸的波及，你妈妈在其中一艘上。父亲当时说这句话的脸孔——悔恨、慌张和发虚——听完后，我只有无限的迷惘。那种上船就呕吐的恐惧症，是不是从那晚开始的？可是，我感觉它来自我早在娘胎里时的黑暗，连父亲都这么认为。

被火球之梦惊醒的夜晚，我和父亲入睡的床榻之间，相隔一条狭窄走廊。我多么希望他酒后的听觉能保持敏锐，能听到我从床上急促坐起的咿哑声，接着跨过这条潮湿的走廊，打开我的房门，站在门口问我还好吗，或者坐在我床边，和我说些什么，比如，他们当初怎么认识的，她有没有带我去过滩涂挖贝壳，她出走的事件缘由。可是，他从来就不愿意走出那个已然不属于人类居所的房间，在里面发酵着海洋的愁绪，如一艘海底的沉船，充满自我遗弃的证据，浓重的酒气、连海浪也掩盖不下去的鼾声、满地散落着有待修补的渔网。我走进去搜寻有关母亲的痕迹，找到的只是一些电视明星的老旧海报，沾满了包过什么海产后的黏液和鳞片。

难得天晴的日子，我四处喷上清香剂，给他清洗床褥，请附近的婶婶们来烧烤，试图让这个家早就消失了的母性气息重新焕发。翻开他那些缠结深重的被子，上面遗落着不知从哪里带来的鳞片，我曾突发奇想，认为父亲不再是一个人，而是某种鱼类在陆地上的后裔，母亲的离开也正是因为发现了这个恐怖的真相。我倒希望《印斯茅斯镇之阴影》的情节是真的：在故事的最终，主人公发现自己是深潜者的后裔，怀着战栗与幸福，回归大海的深处，“那身形有着人形的模糊特征，而头部却是鱼类的，长着从不闭合的、巨大、凸出的眼球，在脖颈的两旁，还有不断颤动的鳃”。我按照书中的描述，观察了父亲好长一段时间。直到有一次，我看见他在迷迷糊糊中，把地上的渔网当作被褥，随手一抓就往身上盖，渔网缠着海藻、鱼鳞和枯叶，缠着他这个近乎枯朽的男人，一派作茧自缚的模样——我最后得出了这样的结论：他的确只是一个又普通又悲哀的男人，连他的孩子都看不起他。

今夜，我再次惊醒，床垫像长了一层青苔那样滑溜，身体差点从床沿滚下去。一瞥中，那只白色的海鸟又飞临卧室的窗口，嘴里叼着那枚银币，悬在鸟喙间，在风中噗叮叮地响，犹如不灭的幻觉。我撑起身，想去看看那只鸟。

“廖杰，你醒了？还好吗——”阿颐轻轻敲了一下木墙。

我看了看墙上的时钟，还有两三个小时，天空将迎来新的晨曦，便又悄悄躺下床去，装作什么都没听见。

等父亲和阿颐都起床下楼后，我才慢吞吞地起床，走到走廊外，闻到了久违的食物香味，跟父亲以往一律粗暴的煎炸式不同的熏香。

“早晨。”阿颐向我打了声招呼，她在平底锅里烹调一种混合芝士和虾肉的薄饼。

“你在做比萨吗？”我问，从楼梯走下来，在客厅等她忙完，因为洗脸池跟洗菜池是共用的。“嗯，是那类东西吧。你要洗脸？等我一下。”阿颐说。“没关系，你继续。”我说。“昨晚没吵到你吧？”阿颐将金黄色的虾肉夹出来，撒上香料。“睡得很死，根本不知道你回来了。”我说。阿颐笑了一下，准备最后的装盘。父亲在阳台抽烟，向我招招手。我磨蹭了好一会儿，看见阿颐端着早餐朝客厅走来时，我才走出去。

“人家给你做早餐呢，比我做得要好吧？”父亲深吸了一口烟，挑着眼睛说。我没睬他。其他棚屋住户纷纷走出阳台，晾晒堆了几天的湿衣服。“我们要不要买一台干衣机？”我问。“你没干衣服穿吗？”父亲问。“不是，家里那么潮湿，人不舒服。棚屋区会有干燥的一天吗？”我问。“台风过境后，天就晴了。”他说。“是吗？”可是，这些话我听了十几年了，“爸，阿颐不会是你的——”

“早餐好了哦！”阿颐喊道。

父亲把烟头扔到海里，把手搭在我肩上，和我一同进了屋。洗漱时，我察觉到四周有了细微的，但足以让它看起来更洁净的变化，比如厨具的摆放高度调整了，扔沙发上的衣衫不见了，洗手池里的青苔刮掉了……

“尝尝吧。只有这里才有这么好的虾。”阿颐说。父亲点点头，夹了一块到我碗里。

我把芝士味浓郁的虾肉送进嘴里时，眼角瞄到了窗户，那里有一道金黄色的光在移动。出太阳了。我们三人看着窗外的太阳一点点从乌云背后露出来，又被隐约地遮蔽起来，奇形怪状的光斑落在那张常年长着霉菌的餐桌上。这是一道饱含生命的光。父亲那张长期被海风侵蚀的脸，在阳光的照耀下，像块礁石，硬扎扎的头发如同顶部放了一只海胆，铁青的神色似乎受到了感染，变得柔和。阿颐那头淡金色的头发融化在光线里，而脸却凝固了，从侧脸的角度看过去，她长得跟我在照片里见到的母亲很像。我无法抗拒这份超越十几年时光的想象：我的父亲、我的母亲，双双降临，如同我出生的那一天，被爱意的眼睛注视着的真空时刻，没有咸的海风，没有湿的衣襟，没有……

早餐过后，阿颐和我坐在阳台的藤椅上，晃啊晃，想等阳光再猛烈一些。

“跟我坐船过海吧。”阿颐提议。

“去哪里？我想你早就知道了，我上不得船。”

“你要拿自己去喂鱼吗？”阿颐问我。

“什么？我吃鱼，但不用自己喂鱼——”我说。

“只有这样做，你才有办法去市区——的餐桌上啊。”阿颐说了个很冷的笑话。

“斩脚趾，避沙虫。”

阿颐耸耸肩，掏出塞满了背包的稿件，有文字稿，有画稿，由于湿度大，有些许湿黏。她将它们一张张摊开，放在有微弱阳光的栏杆上：“等干燥些再说吧。你相信自己有天能坐船吗？”也许吧，我想。阿颐皱着眉头，看着我，最终欲言又止。

然而，干燥的日子真的降临了。只是干得太……

台风洛克走后，不留一丝痕迹，太阳神祝融居其位，气温在一天之内上升到华氏104度。挂在屋外的空调机轰轰作响；海鸟聒噪不停，抢食热死后浮在水面的银鱼；水位持续下降，藤壶晒得爆裂出红色的浆液；原本吸满了水分的棚屋木架被抽干了水分，发白发亮——顷刻间，一切事物决定要还原七月夏日的模样，接近毁灭的模样。阿颐放在客栈的颜料全部融掉了，当时她在临摹蒙克的名画《太阳》，画到一半的太阳光线条全部变成了水，流了一地。

那场著名的离岛区棚屋火灾，也许是因为变压器超负荷，也许是因为那些海鸟的羽毛都被太阳烤燃了，成了火鸟落在棚屋区的屋顶上。我们用伞布在屋顶修补破洞时，看见远处几排做烧烤生意的棚屋首先起火，火焰在风势下，如窜天的火蛇，在半空伸缩，低处迅速蔓延的火焰一路推进。我们简单收拾了一下，打算从新基桥那边撤离，但火很快围了过来。

父亲说来不及了，带着我们从阳台跳到海里。然而，水位本来就很浅，我和父亲跳下后，直接陷进淤泥里，水淹到胸口处，动弹不得。只有阿颐落脚的位置地质稍硬，她伸手拽住我和父亲，企图将我们拉回来。我看到阿颐头顶上的阳台地板冒出了火舌，如果上岸，同样会被烧死。父亲推开阿颐的手，反手抓住她，将她朝水里拉。突然，父亲的两只手分别将我和阿颐的头往水里按。就在下一刻，家里的煤气瓶发生了爆炸。我呛了几口海水后，在非常模糊的视线里，看见橙红色的巨大火焰在水面一掠而过，覆盖整条海道。爆炸的巨响使我的心脏停顿了一秒。阿颐在水下挣扎，晃动着被父亲压下去的头颅，鼻子喷出大量气泡——在一秒仿佛已死亡了的时间里，看着阿颐痛苦的脸，我再次目睹十岁那年的船难，施加在母亲皮肉、心脏上和眼球前的灼热与压迫，就是这样的吗？最后，水面上的一次爆炸余波，将我们三个冲开。

头疼欲裂，混沌如夜，我侧着身体被捞起，天旋地转，正如登上了离开离岛的船只时的眩晕和呕吐。阿颐淡金色的头发沾满了炭黑的灰烬，翻白的眼睛，无神地盯着我，"妈妈，你是白色的海鸟，还是无辜的少女呢？"我一遍遍地问自己，仿佛看见漫天飞翔的火鸟，在海面坠落、熄灭。父亲将我们两个夹在腋下，在半水半泥的海道跋涉前行。"廖新科！廖新科！廖——"有人一遍又一遍地喊着我父亲的名字。我难以想象，他是怎么独自拖着两个二十多岁的人走出那片被火焰要挟的水路的。半个小时后，飞机投下一个个救命的水弹，伴着人们的惊呼，在泥泞间逃生，步履沉重。他们是不是很怀念曾经潮湿如死亡沼泽的棚屋呢？——渴望被渴望之火烧毁。

高温和火灾偃旗息鼓的第一天，我们在政府公屋避难。参加写作计划的学生全部撤离离岛区。被烟灰覆盖的黄昏天空，露出一片暗沉的血红，父亲叉着腰，站在链桥上，遥望那片像淋了一桶沥青般的黑色棚屋区，俨然大火过后的森林，除了花岗岩柱子，木质结构全部被烧毁，向天空伸展参差不齐的残肢。临屋的小型海产船也不能幸免，还能闻到海鱼被烧成焦炭后的古怪香味，死亡同时带来了肉体的血腥和食物的甜蜜。大火一下子烧掉了父亲即将与之一同腐朽的房间，烧掉了日深月重的记忆巢穴。维修工程进行的第二天，台风再度登陆，将还没喘息过来的部分危房彻底摧毁，潮气和海水重新占据被烘烤过的纵横海道。

我曾以为，即使无法登上市区的土地，我还有环绕的青山、棚屋和大海做依靠，焚毁后的景象不得不使人心生无处藏身的漂泊感。我问消防员，这里还能重建吗？他们回答，政府会尽快帮助我们重返家园。这样的回答当然不能安抚我，我只是相信，有父亲在，一切还不算太差。他在火里将我和阿颐救出的经历，某种程度上促进了父亲形象的重建。

有好一段时间，阿颐一言不发，任由头发被烧得蜷曲，反而开始看着我，竟充满了也许是怨恨的情绪。我用眼神凶了回去。她依然不屈不挠，就这样盯着我。

"你到底想怎么样？"我提高音调，质问她。

"跟我上船！船！船——听到了吗？"她骂道。

"坐船干什么？"

"带你去见你老妈！"阿颐扇了我一巴掌，"你这个不敢坐船的傻仔！"

坐船竟比我预想的容易得多。

上一次将脚踏上登船甲板，已是多年前的事。这段时间足够一个人去改变自己的口味、行为惯性，或者忘记痛楚。我把坐船的恐惧症当作生命的一部分，也许它同样利用这段时间，慢慢培养对我的厌倦，在某个噩梦后的清晨，早就从我身体溜走了；也说不定，是那次爆炸的冲击唤醒了我最深切的记忆，我终于可以直面母亲在爆炸中承受过的铺天盖地的恐怖；也说不定，是阿颐将母亲还没死的消息告诉我后，我在给自己设置的无垠的精神篱笆里，找到了一个兔子洞，一个足以容纳我钻过去的出口，找到了走下去的台阶；也说不定……

再度袭来的台风，没有阻挡我们的行程。从离岛码头，驶往香港市区的渡轮，坐满了要离开这里的游客。我和阿颐坐在最后一排的靠窗位置。坐在前面的乘客里，有一半是离岛区的村民，我尽量低下头，还是有不少村民认出了我。他们在短暂的疑惑和惊喜后，说看见了奇迹：我终于成功上了船；大屿山上的大佛显灵了，这可是渔村的骄傲呢；又问我是不是受了什么刺激，要和女朋友私奔。但当他们看到坐在我旁边的人是阿颐时，他们立刻结巴起来，跟阿颐 say sorry。

他们之所以这样说，是因为除了我，他们从来都知道——从十年前我第一次在多伦多道站等阿颐那时就已知道——我母亲在市区有了第二任丈夫，并成了阿颐的后母。

"每年回来，我都想看看那个从未离开过离岛区的哥哥。"阿颐说，"每年，我都希望自己能快点长大，告诉你，我们拥有共同的母亲，尽管没有血缘关系。"

"为什么现在才让我见到你？"

"因为叔叔……他自身的羞耻、怨恨，他一直骗你，说姨姨死在了爆炸中，连他自己也装作无法离岛……你可以怪他，但他一直在努力帮你克服坐船的障碍。"

"这么多年，我妈说过想见我吗？"我问。阿颐只是恳切地点头，却没有再说为什么她不亲自上岛寻找自己的亲儿子。我无法分辨，这是狠心，还是有所顾虑，不得不把这次离开离岛区的旅程，想象出一种辉煌来：我去见一个也许变成了一只白色海鸟的女人，或者一个水淋淋的鬼魂。在过去的二十五年里，我并没有个人灵魂，如果有，也只是被潮湿的岛屿、被刻意欺瞒的父亲、被无声隐遁的母亲，所共同铸造的残缺意识。他们带领我走进一场迷雾里，那里到处都是爆炸后浮在水面的残肢，在海面盘旋着、啃食着尸骨的鬼鸟，一次次在爆炸的光晕里徘徊不前的我——我才是为了寻找秘密而活下去的游魂。

雨水打在船舱的玻璃上，我抹干上面的雾气，看见大佛在风雨中的慈悲模样。不过，我知道，在码头无法看见大屿山的大佛，那是台风中光线折射的假象吧。但母亲还活着的事，不再是我梦里的假象。

阿颐说，直至今天，我父亲对她想带我踏上市区，去见那个跟他离婚的女人的做法，仍犹豫不决。我说，他没有用谎言将我禁锢在这个对我来说像死亡沼泽的岛屿上的权力。所以，我们决定不把坐船的事告知他。现在，他应该还站在被烧毁的废墟里，缅怀他失去的一切，对自己儿子正踏上新的旅程一无所知。

穿越那段我遥望了十几年的航道，没花多少时间。它竟然如此简单就被跨越了。高耸的大楼逐渐出现在窗外的迷蒙烟雨中时，我知道那是维多利亚港。

渡轮在中环码头停靠，那里到处都是外国人，身高超常的白人、穿着大裤衩的露宿者、正敲锣打鼓跳着一种群体舞的菲佣、卖咖喱鱼蛋的印度人。在拥挤的人群中，我感觉自己是一个异乡人，刚踏上了另一个国家，比如偏远的北欧之国。阿颐没有马上带我去找母亲，而是在尖沙咀兜兜转转，在弥敦道上等红绿灯，在港岛线和荃湾线来回坐地铁。我们经过九龙公园，在里头坐了一下。我记起那首《九龙公园游泳池》："我原是世间其中的粒子，二百年后这里什么也都不是。"但不知怎么，我找了好几次，都没有找到九龙公园里的游泳池。

"我妈现在和你爸住一起吗？"我坐在秋千上问阿颐。

"要不然呢，我爸有好几间房在出租。"

"哇——"

"不过，我自己在外面住。"

"为什么？他们在哪里住？"

"重庆大厦。"

"哈?"

在九龙公园坐到入夜，阿颐终于肯带我去重庆大厦。我们明明可以在白天去，因为这样更安全。难道她想向我披露重庆大厦在夜色里的秘密？我对阿颐说，如果她不想进重庆大厦，可以叫母亲自己下楼见我。她从皮包里掏出一条橙色的围巾，披在肩上，稍稍展开，盖住上半身，将手挎在我瘦弱的臂膀上。"可以了，上去吧。"她说。

在重庆大厦的灰暗招牌下，我仰望像蜂巢一样挂满污秽外墙的空调机。在入口处有一个印度人开的鱼蛋档，左边是一个外币找换店，看样子也是印度人在管理，他探出头来，看见我领了一个橙色的女孩踏上阶梯，在胡子下露出邪魅的笑容。走廊两侧都是几平方米大小的手机铺，一个个商人坐在地上，或从洞穴一样的铺头探出身来，问我们要不要买部手机。阿颐一路推着我向前行，我感觉她的身体越来越沉，脚步越发急促，好几次因为慌乱而走到死胡同，只好掉转头来重走一遍。

终于，我们找到了上楼的电梯，那里排了一条长长的队伍，每个人都推着一个大箱子行李，没有一个亚洲面孔。只有两个电梯可以上去，由于行李超重，一次只能进几个人，在古怪的气氛中，等待的时间变得很漫长。阿颐把脸埋在自己的围巾里。在重庆大厦十七层，共七百七十个单位的蜂巢格子里，那个多年前在我记忆里做了亡人的母亲，正居住在其中一个空间里，呼吸着浑浊的空气，与来自世界一百多个国家的人种混居。我问阿颐，既然她爸在这里有套间出租，为什么还要和我妈住在这里。阿颐只是回答："是你妈坚持要住这里的，而我爸又经常外出……"

半个小时后，我和阿颐成功挤了进去，按下十五楼电梯的按钮。电梯里的灯光一律散发着青白色的光，缆绳上升的响声提醒我，我正离自己的母亲越来越近。我见到她，会有一次拥抱、一次落泪，或者一个落在额头上的吻吗？

十五楼的电梯门打开时，一条漆黑的过道跟电梯门口直接相通，阿颐推着我出了电梯。过道两旁都是密密麻麻的门，一些坐在门口洗脚的人纷纷投来目光，脚上的水湿答答地流到地板上。他们很快又忙起自己的事：拆手机零件、打包货运包裹、擦拭珠宝、发呆……阿颐慢悠悠地收起围巾，估计这里的房客都认识她吧。

阿颐带我走到223号房门前，她说："你妈在里面。""你进去吗？"我问。她摇头。一种压抑的情绪笼罩着我，我想知道，在阿颐心里，我母亲到底是她的后母，还是只是一个附属于她父亲的女人，屈居在一栋塞了四千人的大厦里。我敲了门，扭开门把，脑袋瞬间感到一阵轻飘飘的晕眩，仿佛打开了一扇要么通向地狱，要么通向天堂的大门。门开了的那瞬间，一种暧昧的光透出来，飘荡着烟气。房间有几个上下架床，空间不足十平方米，坐在上下架床上的全是外籍人士，东南亚的、印度的、非洲的，他们同时把头转向我。在过度的惊恐中，我想马上退出去，但阿颐在后面推了我一把，我只好继续深入这个突然变得无比幽深的空间。外籍人士坐在床上，看着我走进来，一边翻身，调整脚的位置，低声交谈。在最里面的床上，我看见了一个女人，唯一一个亚洲女人。我猜，她正是我分别多年的母亲。可是，我能说她是我母亲吗？不，应该问，她真的是一个人类吗？慢慢地，我产生了一些幻觉，她的脸开始长出鸟喙，手臂变成了白色的羽翅，有一双瘦长的黄色鸟爪。

"妈，是你吗？"我问。听到我这么问，大家纷纷围了过来，用关切的语气跟我的"母亲"说："嗳，你儿子来看你了。"我在她的床前蹲下来。在我眼里，她是一只纯洁的海鸟，一只在大火中受了重伤后，无法复原的海鸟。看，她的白色羽翅露出一个暗红色的伤口，折断了，无法飞翔。再看，她的腿关节发了炎，还失去了几个鸟爪子。再看，她的羽毛开始脱落，裸露的毛管塞满了肮脏的烟灰。

"你妈妈一直在等你呢。"一个印度人说着普通话。

"Her love! Splendid! Gorgeous!"一个非洲人说着英文。

"你要唔要锡锡佢（要不要亲亲她）?"一个东南亚人说着广东话。

"廖……廖杰。仔仔。"那只鸟扑腾着受伤的翅膀，对我说着鸟语，"妈妈一直在森林等你来找我。我从来都觉得，这个森林跟棚屋区的森林是相通的。我没有抛弃你，你看，我这不是在岛上等你回来吗？"

这时，大家朝我发出尖锐的笑声，在这个有着自己运作规律、同样潮湿的、密不透风的、名为"重庆大厦"的岛屿里。众人跳下床，捧起那只巨鸟，抬到天花板那么高的地方，好让她发表最后一通演说："仔仔，你不要悲伤，我已经接受了自己的命运。请转告你爸，不要挂念我，也不要怨恨我。我已安息。他永远都不会找得到我，因为在这片永远不见天日，却如此国际化的幸福大都会里，连死亡都找不到我！"

我缓缓退后，视线天旋地转，一双双手从床上伸出来，想抓住我的肩膀——我真的离开离岛区了吗？这里，是钢铁的；那里，是水的。我没有坐电梯，一路冲下十五层楼梯，穿过楼梯角里一个又一个赤裸的灵魂。

这夜过后，我再也没有见过阿颐。

明天，我即将离开香港市区，返回离岛区。

最后一天，我去了一趟上环，打算买点海味，给父亲带回去。鲍鱼花胶鱼翅，买不起。一些便宜的瑶柱虾干，可以了却心愿。但我没去摩罗上街，因为那里卖的全是一些真假难辨的古董，作为手信买给父亲的话，不太靠谱。然而，摩罗，这个词有点耐人寻味，它有好几个意思：百合花、鳄鱼、魔障。所以，那里到底是卖古董的，是卖百合花的，是卖佛道魔障的，还是卖鳄鱼的？嗯唔，我应该去好好看一眼。

于是，在上地铁前，我折了回去，找到了摩罗上街。在摩罗上街，有一个巨大的建筑夹角，一侧通向幻象般的古董街，一边通向繁华曲折的闹市。我站在夹角前，正好看见一个贵妇人牵着一条鳄鱼走过街——哦，原来，香港市区也真的会下鱼。

本文刊载于2019年9月出版的《花城》粤港澳大湾区文艺特刊



**赏析：**

父亲在岛上委顿的生以及母亲离岛时惨烈的“死”，使“我”不愿离开离岛区。在得知母亲仍存于世之后，主人公为寻母第一次踏上港岛，却遭遇了都市的鬼魅风景：荆棘丛生的钢铁森林、光怪陆离的香港夜市街头、密如蜂巢的房间以及来自各种肤色头颅的注视，就连日夜思念的母亲也变成一只人鸟结合的古怪生物。小说展示了困守于内心的人如何走出灵魂的自我封闭，在短暂的精神历险之后又复归孤寂的心路历程。离开意味着从此到彼的迁徙，“我”离开离岛区的行为对接了祖先乘船远航，探索自身文明起源的足迹。长出鱼鳞的父亲、变成白色海鸟的母亲皆是主人公“返祖”的想象。“我”离开离岛区进行自我身份的探寻，最终在父亲的欺瞒、母亲的隐遁中发现身处孤岛的永恒困境。主人公离去、归来的行动轨迹连接起新旧两个世界：弥漫着潮湿海腥味的棚屋区森林以及阴森诡异的都市钢铁森林。前现代的眼光观照奇崛、异化的现代风景，造就两种文明碰撞的炸裂效果。蒙太奇的拼贴以及片段的闪回又营构起如梦如幻、似真非真的境界。

（陈容）

# 榴莲飘飘

马　拉

大约半个月前，一个雨夜，秋凉未至，天色阴沉不定。儿子已经洗完澡，正坐在茶几前看电视。王铁靠在沙发边沿看着阳台，阳台上种满了花，长得或茂盛或蔫巴。对它们的生死，王铁一点也不在意。对他来说，给花浇水，不过是例行的义务，给妻子一个交代。原本阳台上花不多，活动空间还大。王铁喜欢搬把凳子，坐在阳台上看夕阳。碰到运气好，落霞满天，锦缎一样在天空铺陈开来，下方的树林反射出赭色的光，开阔壮美，那种感觉难以描述。总之，让人沉浸其中。据说，大猩猩也有看夕阳的爱好。“它在想些什么?”王铁想，“会不会和我一样?”阳台上的花木越来越多，妻子疏于管理，购买的热情却丝毫不见缓减。花木换了一批又一批，终于稳定下来：两棵柠檬，枇杷、石榴各一，两棵火龙果，五或六棵洗澡花（必须说明，洗澡花属王铁专有，也是他最后的坚持。妻子和儿子对洗澡花嗤之以鼻，不光指责其丑，更认为洗澡花长得过于繁盛，遮挡了其他花草的光线。王铁认为，这纯属欲加之罪，何患无辞。在他的精心呵护下，洗澡花艳压群芳，冠盖全阳台。多好的花儿，苔花如米小，更要抢着开），一棵芦荟，三莵一炮四门，兰花、栀子花各二，外加叫不出名字的一堆。显而易见，这些花木都易于养殖，好活。让人赞叹的是兰花连续开了三年，简直是个奇迹。朋友说明之前，王铁并没有意识到这有什么特别之处，花儿开花难道不是天经地义的事儿?朋友来那天，正好碰到兰花怒放，看了半天，忍不住问王铁：“这两株兰花你怎样养的?”王铁说：“还能怎样，有空浇浇水呗。”朋友一愣：“就这样?”王铁说：“那还想怎样?”朋友一声长叹：“你这胡乱的搞法居然还能开出花来，也是奇迹，我那么精心种了几年，花苞都没见到一个。”再看兰花，王铁有点特别的感情，这玩意儿真有那么娇贵?虽如此，也没有区别对待，要浇水一起浇，不浇都旱着。

雨水带来些许凉意，妻子还没有回家，王铁也懒得打电话发信息。这是他们之间的默契，不必问，该回来自然就回来了。快十点了，儿子该睡觉了。王铁转过身，回头看了儿子一眼："你该刷牙睡觉了。"儿子扑到王铁怀里，咬了王铁胳膊一口，很轻，像小猫。王铁摸了摸儿子的背："去刷牙，乖。"给儿子讲完三个睡前故事，又陪儿子玩了一会儿，儿子睡了。看了会儿书，王铁站起身，拉开窗帘，外面更加阴沉，窗外的大王椰只剩下黑色的线条在风雨中摇摆，更显出清冷。妻子在干什么？她会不会喝多了？应该不会。重新回到床上躺下，儿子已经睡着了，发出轻微的鼾声。王铁挪了挪儿子的枕头，又亲了他一下。夏季的溽热快过去了，雨声传入房间只剩下微弱的沙沙声。王铁闭上眼睛，想象自己沉浸在黑而无边的海水中，清凉感让他舒适。过往的人和事像电影片段一样在他的脑海中闪现，总有这样的时刻，特别是在寂静的深夜，有时明月朗照，有时风雨飘零，人像是和世界分割开来，巨大的孤独弥漫，让人怀念故人。好几次，夜半醒来，妻子和儿子熟睡，他一个人踱步到阳台，月亮像是胖了不少，月光柔和细腻，他意识到此刻也许没有人想起他，最亲密的人也是陌生的。就像他偶尔看着妻子熟睡的脸发呆，这就是和他紧密相连的人啊，他却像刚刚认识她。遥远的记忆在这样的时刻被温柔地唤醒，像是回到从前再活一次。等他睁开眼睛，他再次想起了一个名字。这么多年，他不止一次想起这个名字，却从来没有像今天一样强烈的情感。他突然很想知道，她在干吗，她还好吗。网络这么发达，我为什么不找着试试？拿起手机，在微信搜索框输入"岑曼"两个字时，王铁几乎不抱希望，像她这样的人，神神道道，行踪不定，也许难以找到她的信息。大学毕业后，岑曼像空气一样消失。时间一久，大家习惯了她的缺席，像是她从来没有存在过一样。搜索列表显示，"岑曼"虽然不多，但并不是没有。王铁点开前面几条，显然不是他想找的岑曼。惊喜随之而至，点开下一条后，王铁看到一个学术讲座宣传，主讲人岑曼，简介写道："岑曼，法国普瓦捷大学硕士，泰国哲学博士（佛教研究方向），近年来主要研究方向为心理学、佛教哲学。2018 年至今在萍市学院任教，自 2015 年以来多次参加国内及国际会议，发表哲学、教育学、心理学相关论文三十余篇。专著《笛卡儿说理性与心灵》为博士期间作品，2022 年由华中大学出版社出版。"看完简介，王铁确信，这就是他要找的岑曼，关键词有三："哲学""佛教""华中大学"。岑曼喜爱哲学，读大学时惯于谈佛论道，华中大学是他们共同的母校。有线索就容易了，王铁进一步了解到，她博士毕业于泰国摩诃朱拉隆功大学。除开华中大学，另外两所大学王铁第一次听说，这是孤陋寡闻了。出于好奇，他搜索了一下，普瓦捷大学由欧仁四世教皇于 1431 年创建，查理七世颁布法令批准，是欧洲最古老的大学之一，也是声名卓著的科英布拉大学集团成员之一。普瓦捷大学校友中有数学家杜·贝莱，作家巴尔扎克、弗朗索瓦·拉伯雷，哲学家、数学家勒内·笛卡尔，散文家、哲学家弗朗西斯·培根，数学之父弗朗索瓦·韦达，2008 年诺贝尔生理学或医学奖获得者吕克·蒙塔尼以及大名鼎鼎的玛丽·居里夫人。至于摩诃朱拉隆功大学就更神奇了，乃1887年由朱拉隆功大帝为出家众和在家众就读所需而创建，不仅为佛教及国家办教育，同时也是泰皇教育领袖僧众的互动平台。据介绍，不久前圆寂的星云大师也曾在此求学。看完这些资料，王铁笑了笑，这完全符合岑曼的性格，她就应该这样。

更幸运的是在一份值班表中，王铁找到了岑曼的电话。尽管这是两年前的值班表，王铁深信，她不会换电话。在“添加朋友”对话框中输入电话号码，果然显示了一个微信号。看到那个号，王铁确信，这就是岑曼。发送完好友申请，王铁放下手机，他想安静一会儿，理理思路。太快捷了，太方便了，这让他有点恍惚。失去一个人和找到一个人原来都如此容易，简直无处可藏。儿子翻了个身，把腿压在他身上。王铁伸手摸了摸儿子的腿，爱不释手。他的心肝，他的命，他从来没有这样爱过一个人。哪怕父母，哪怕姐妹，哪怕岑曼，他都没有这样深刻地爱过。王铁忍不住俯下身，又亲了亲儿子的脸。儿子快七岁了，正是最调皮的年龄，偶尔会惹他生气，却从来没有让他厌弃。他厌弃过妻子吗？也许说不上厌弃，只是冷淡，礼貌得像一个陌生人。除开刚结婚那一两年，他和妻子再也没有吵过架，遇到不快，总有一方保持沉默，多半是他。至于动手，从未有过。他不能想象，两个以夫妻为名分的人动手。他厌弃过岑曼吗？有过的。岑曼的神经质一直让他无法忍受，他爱她身上迷人的部分，而她迷人的部分恰恰带有神经质的特性。二者相依相存，他不能要一个又不要另一个。弥漫的纠结随着毕业而结束，他们甚至都没有谈过分手这个话题，更没有说过“分手”二字。他们就像两条邂逅的鲸鱼，短暂的亲密之后，各自离去，消失在深不可测、无边无际的海洋之中。科学研究显示，抹香鲸在这个星球上游荡，却有着固定的线路和时间，它们随着洋流和就食场游走，总会有重逢的一天。而他们，定居在这个星球上的某个城市，由于不再移动，他们可能永不再见。十一点多了，妻子还没有回来，雨似乎小了些，连沙沙声都听不到了。王铁起床，走到阳台，风停雨住，小叶榕和大王椰漆黑一团，想必地上积了叶子。等天亮，大王椰上必定有爬上去的非洲大蜗牛。空气中有了凉意，王铁深吸了一口气，岑曼也许睡了吧。他往小区入口望了望，门口一辆车也没有。回到房间，王铁拿起手机，他看到了岑曼的信息：“有事直说，我上了一天的课，站了一天，快要累死了。”那语气，像是他们中间没有隔着二十年。王铁回：“那你早点休息。”岑曼回：“还是验证一下真假。你第一次见到我跟我说了什么？和我上床时提了什么要求？答错了立马拉黑你。”王铁回：“说什么我忘了，后一个你没同意。”岑曼回：“我睡了，我知道你在南方挺好的，我要睡了。”王铁回了一个字：“安。”说完，放下手机。他想起了岑曼的眼睛，又大又亮。她的头发撩在脸上，又痒又不舒服，岑曼酷爱这个游戏。她喜欢趁王铁睡觉时，用头发一次次撩他的脸，直到王铁气呼呼地弹起来。都是二十年前的事情了，记忆一下子清晰起来。他拿起手机，想找几张岑曼的照片。照片上的岑曼和记忆中的岑曼几无变化，要么她一直年轻，要么她用的老照片。王铁更愿意相信她没有老，她是个仙女，拥有常人不具备的法力，她就应该青春永驻，可她还爱他吗？客厅传来刻意收敛的脚步声，应该是妻子回来了。王铁关掉床头灯，拉了拉空调被，他想睡觉了。

第二天醒来，王铁翻了翻手机，找到和岑曼的聊天记录，他确信他再次和岑曼联系上了，而不是在做梦。他希望这是在做梦，梦比现实更加荒诞，缺乏逻辑，也制造意外的惊喜。在梦中他可以成为另外一个人，一个英雄，一个痞子，一个以他现实身份难以触及的人。他活得太规矩了，和岑曼的恋爱算是他命中少有斜出的部分。儿子上学了，妻子上班了，家里再次剩下他一个人。刷完牙洗完脸，王铁在沙发上靠了一会儿，雨早就停了，云层裂缝中透出微黄的光线，阳台上的植物舒展开叶子。火龙果花蕾冒了白尖，不出意外的话，它将在今晚十点左右开放。想起这两棵火龙果，王铁有些感慨，没有什么东西是坚不可摧的，一切坚固的都烟消云散了。妻子拿回火龙果苗时，王铁很不高兴，这意味着他又多了负担，谁知道这仙人掌一样的玩意儿能不能结出果实？结不结果也不重要，王铁嫌它丑，已经有一盆芦荟了，再种这么个玩意儿像什么样子？和往常一样，妻子给出了让他无法拒绝的理由，这是紫心火龙果，儿子最喜欢的那种，他一直想种火龙果。王铁没想到，从排斥到爱上仅因为一朵花。第一次看到火龙果开花那天晚上，王铁像个孩子一样搬个小板凳整整守了三个小时。他看着花蕾慢慢张开，露出里面黄白的花蕊，硕大洁白的花瓣，简洁大气，孤傲隐忍。从八点到十一点，他见证了一朵花开放的整个过程。第二天早上再看，花已闭合，要枯萎的样子，它只开一次，只在深夜开放。王铁把拍的照片发到朋友圈，都说是昙花。王铁不厌其烦地解释，这是火龙果花，几乎没有人信。他搜了一下昙花的照片，的确很像，昙花和火龙果花，听起来完全不搭边的两种植物，居然有如此相似的部分，这让他意外。他因为花而爱上这两棵丑陋的植物。他和岑曼呢？他们是什么？记忆中关于岑曼的部分迅猛复活，他意识到有些事情开始改变了，他不能装作不知道。他和岑曼也有相似的部分，比如他们都从事教育工作，都在不入流的大学教书。岑曼会喜欢她的学生吗？他难以想象岑曼耐着性子给学生讲课的样子。至于他，他早就放弃了年轻时的幻想，上课对他来说只是尽老师的义务。尽管如此，他依然是一个受人欢迎的老师。在学校这么多年，从新人混成了老油条，自然也轻松自如多了。他的课集中在周二、周三，别的时间他几乎可以自由支配，除非有特别重要的会议或活动要参加。王铁想给岑曼发个信息，聊几句闲话，写进对话框，又删掉了。理性告诉他，要压制这种不健康的情感。是的，没错，就是不健康，你难以想象这种情感的冲击力，太过强烈的情感往往是有害的。

接下来几天，王铁没有给岑曼发信息，也没有收到岑曼的信息。他明显感觉到，他有些心浮气躁，生活发生了微妙的变化。和妻子聊天时，妻子问他："你是不是有什么心事？"王铁说："哪里有？我那三点一线的生活，能有什么心事？"妻子说："那可说不好，你们知识分子就是想法多，悲月伤秋的，一点小事都能掀起漫天的波澜。"王铁说："尽瞎扯。"妻子说："希望是我多虑了，你也知道，我对你没有别的要求，就一个，诚实。你要是对我有什么想法，你说出来，能改的我改，不能改的你忍。"王铁说："真没有。"妻子笑了笑："那就好，这几天感觉你魂不守舍的，要是有什么事情，你和我说说，看我能不能帮上忙。""没事，"王铁拍了拍妻子的手，"有什么事我还能瞒着你？"妻子是个好妻子。从生活的角度来讲，她无可挑剔，漂亮、上进、家庭背景好。除开上课，照顾阳台花草，家里几乎没什么事情需要王铁操心。王铁虽然在大学教书，但学校不好，教授的职数非常有限，这些年下来，王铁也只是个副教授，收入远远低于妻子。妻子是本地人，王铁和妻子结婚后，从妻子的家庭中，他获得了家庭的温暖。这些，他远在千里之外的亲人给不了他。对妻子的感激发自内心，爱自然也是有的。和妻子结婚前，他对妻子的家庭背景一无所知。那时她只是个刚刚大学毕业的小女孩，他想不到有一天他会开玩笑一样叫她"院长"。妻子从来不看王铁的手机，也不过问他的收入和开销。在她看来，这些毫无意义，一个女人怎么可以这么无能，这么没有自信？妻子充分给了王铁尊重感，和王铁一起时，该撒娇撒娇，该赖皮赖皮，一点没有在单位的领导架子。从哪一个方面讲，王铁都应该满意。

和妻子逛水果超市，是每个周末的例行活动。儿子的西瓜、他的葡萄，这些都是不用考虑的必有选项。至于妻子，她有自己的选择，通常不固定，她热爱尝试新鲜事物。他吃过多少以前从没听说过，更没有见过的水果，这一切都拜妻子所赐。有些味道不错，有些他不能接受，闻起来太怪了，吃起来就更怪了，比如牛油果和香姑娘。他的选择总是安全又传统。看到儿子的西瓜，他略感欣慰，他有和他一样保守的口味。超市里飘荡着水果的香气，甜蜜柔软，全然没有菜市场的喧闹和古怪气味。妻子推着手推车说："我想吃榴莲了。"王铁说："想吃就买，咱们又不是吃不起。"妻子笑了起来："王教授果然财大气粗，那咱们就买一个。"妻子停下来，熟练地用手指捏了捏榴莲相邻的尖刺。"还不够熟。"妻子说。她把手伸向另一颗榴莲。一瞬间，王铁有些恍惚，像是看到了另一个人。他接受了榴莲，固然有妻子的因素，是不是还有潜藏在心底的原因？妻子对榴莲的爱让王铁感动，他从来没有见过一个人在水果中获得那么大的满足感。每次吃完榴莲，妻子幸福的表情让王铁羡慕。如果仅仅只是这么吃，王铁还能接受。这两年，妻子从外面学习了新的吃法，榴莲煲鸡。她在家里试过一次，王铁坚决拒绝尝试。他不能接受。对他来说，雪梨瘦肉是他最后的底线。榴莲怎么可以煲鸡？妻子鼓励他试一下："味道很好的，真的，我不骗你。"妻子把汤碗摆在他面前，诱人的香味，王铁还是没有端起那只碗。习惯的力量如此强大，这也让他理解了别的事物，比如信仰。他早就不再排斥榴莲，相反，榴莲在他的水果排行榜中仅次于葡萄，位居哈密瓜之前。妻子挑好了榴莲，把手推车交给王铁。妻子走在前面，腰身紧致苗条，一点也不像快四十岁的人。王铁陡然有了欲望。

吃过晚饭，吃过水果，洗完澡，妻子带着儿子睡了，王铁坐在沙发上看电视。电视里正播放纪录片，太阳系中的行星。这些年，王铁很少看电视剧，他对故事兴趣索然，对历史和宇宙有了更大的好奇心，比如太阳系中的行星。地球上的生命是偶然的吗？宇宙中还有没有别的生命？生命真的源自原始汤吗？他越来越相信，生命就像一个轮流的游戏，太阳的热量和行星与太阳的距离决定了生命的诞生。当地球上的生命消失，在另一个星球上，原始的生命诞生，它将进化，它将演绎出新的文明。王铁好奇的是它们会长得像我们人类吗？还是会有一幅我们难以想象的面孔？电视机上的星球快速变化，一会儿变成妻子的脸，一会儿变成岑曼的脸，多么好的两个女人。两个小时前，妻子坐在他旁边吃榴莲，她晚上通常只吃半碗饭，却能吃下那么多的榴莲。吃完榴莲，妻子心满意足地说："你知道吗，我特别羡慕马来的一种大猩猩，它们在榴莲成熟的季节天天吃榴莲。它一年吃的榴莲，比我一生吃的还多。"王铁说："那你去马来动物园，扮大猩猩。"妻子站起来，摸了摸肚子说："动物园里可喂不起榴莲。"妻子和儿子该睡着了，王铁把电视的音量调小了一些，他需要这样一个背景声，以便让他成功穿越。

王铁起身，去了趟洗手间。从洗手间出来，他轻轻推开儿子的房门，妻子背对着儿子，儿子抱着妻子的腰，他们都睡着了，像两只冬眠的熊。妻子穿着睡裙，腰部弯成一个反括号，臀部丰满滑润。王铁走进房子，摸了一下儿子的脸，拉了拉妻子的睡裙，遮住妻子的臀部。然后，轻轻带上门。他泡了杯茶，再次坐在沙发上。王铁拿出手机，找到岑曼的名字，发了条信息："你现在吃榴莲吗？"过了一会儿，岑曼回了几个字："吃，还挺喜欢。"王铁说："我永远记得你第一次吃榴莲的样子。"岑曼回："这么晚给我发信息就为了说这个？"王铁说："可能是老了吧，有时候会怀旧。"岑曼回："你慢慢怀，我去洗澡。"王铁说："以前你老喜欢要我给你搓背。"这句话意味丰富，他以为岑曼会回信息的。等了一会儿，对话框停留在原地不动，也没有"对方正在输入消息"的提示。他相信岑曼是去洗澡了。她从来如此，果断利索，绝不拖泥带水，显得缺乏必要的温情。那是多少年前了？王铁算了算，二十一年，时间过得太快了，让人感叹。他大学毕业，要去南方，岑曼去火车站送他。此前几晚，他们住在学校旁边的小旅馆，没有想象中的离愁别绪，他们像往常一样，慢条斯理地逛街、吃饭、做爱，像是他们有无限的时间，永远不会离别。即便在最后一晚，他搂着岑曼，也没有表现出特别的激情。他没有想到，那是他们之间的最后一夜。从此，一别二十一年。从小旅馆出来，经过水果摊，岑曼站住了，她说："我想买个榴莲。"王铁说："我记得你不吃榴莲的。"岑曼说："以前是不吃，今天我想试一下。"王铁正准备掏钱，岑曼说："我自己买。"榴莲很大，开出来的果肉装了满满两大盒。强烈的气味冲击着王铁，他完全不能接受这个味道。进了站，岑曼找了个偏僻的角落说："你陪我一起吃榴莲吧。"王铁连连摆手："吃不了吃不了，我受不了这个气味。"岑曼拿出一块榴莲说："要不试试？据说只要吃下三口，后面就好了。"王铁说："不，我不试了。"岑曼拿着榴莲说："我也是第一次吃。"她将榴莲拿到鼻子前面闻了闻，又放下来对王铁说："挺好闻的，味道应该也不错。"王铁说："我不试了。"岑曼试着咬了一口，吞了下去。王铁看到岑曼的喉部抽搐了一下，像是恶心。王铁拍拍岑曼的背说："吃不下就别吃了。"岑曼硬咽下去，竖起一根手指说："第一口。"隔了一会儿，她吃了第二口。接着，又吃了第三口。吃完，她对王铁说："你看，没那么难吃。"所有的记忆都复活了，王铁清楚地记得当时的每一个细节。他像个傻子一样坐在岑曼旁边，无能为力又尴尬。世纪初的北方，榴莲还属于难得一见的水果，不像今天那么普及。想象一个画面，一个瘦高的女孩，抱着两盒榴莲，一个人在那里狼吞虎咽，像是饥饿，又像是报复和仇恨。在她旁边，坐着一个手足无措的男孩，他的面容和神情显示他还年轻，没有复杂的生活经验。周围聚集起越来越多的人，他们捂着鼻子，像看怪物一样看着他们。等岑曼吃完榴莲，王铁松了口气，他考虑的不是岑曼是不是吃得太多，而是，这一切终于结束了。岑曼去洗了个手，回来一言不发地坐在椅子上，靠着王铁的肩膀。车进站了，把王铁送到检票口，岑曼突然问了句："你是不是觉得很丢脸？"王铁把脸侧过去："没有。"岑曼叹了口气："王铁，你永远做不了真正的自己，你顾虑太多了，你又不会撒谎。"王铁脸上一阵热，"快发车了，我到了给你电话。"岑曼说："你问的问题我回答你，爱过。"王铁像是没有听清楚，他想再确认一下，还没等到他张嘴，人流把他裹挟进了站台。他想起他和岑曼一起看过的电影《榴莲飘飘》，里面那两句歌词后来他理解了。

疏疏密密的联系中，王铁的情绪还是被激发起来，他想见见岑曼。这半个月，他翻完了岑曼的朋友圈，大致了解了岑曼的生活。岑曼放在朋友圈的照片不多，寥寥十来张。这就够了。岑曼的样子看上去变化不大，她的身材比以前稍微饱满了一些，多了成熟女人的风韵。那些照片中，王铁印象深的有四张，两张在科隆大教堂，两张在新措。王铁看了看岑曼发朋友圈的时间，又翻开自己的朋友圈，惊奇地发现，他们到这两个地方的时间都只差了一天，这意味着他们可能同时在同一个地方。一个远在德国，一个远在西藏的深山，这让王铁相信，他们之间一定存在某种神秘的联系。尤其是在新措，他们拍照的地点和姿势都如此相似。王铁还记得去新措的路，从巴松措往里，越野车在坑坑洼洼的土石路上颠簸，像是要把他的五脏六腑给颠出来。当地的朋友告诉他，新措有他没有见过的风景，等到了，你会觉得一切都是值得的。四十分钟后，满山的野花和不远处的雪山征服了他，还有高原上清澈如海的河流，舒缓大气，群山静默，真好啊。到达桑通牧场时，王铁想，即使前面没有更好的景色，这一趟也是值得的。他们继续往里，直到抵达湖边，山坡上还有尚未融化的雪，倒映在湖水中，像一只大螃蟹。王铁在那儿拍了张照，岑曼也在那儿拍了张照，甚至他们的手扶着的木栏都在同样的位置。王铁把这些发现告诉了岑曼，岑曼也有些意外。“是吗，这么巧？”王铁截了两张图给岑曼：“说不定我们曾经擦肩而过，只是没有留意。”岑曼说：“那也是无缘，电影里那些有缘人总能在千里之外偶遇。”王铁说：“我想见你。”岑曼说：“当真？”王铁说：“当真。”岑曼说：“那你来吧，我倒想看看你老夫少年狂的样子。”王铁问：“你什么时候方便？”岑曼说：“看你时间，我都方便。”王铁说：“那我定好时间告诉你。”发完信息，王铁放下手机，不想再拿起来，像是怕一拿起手机，就看到岑曼反悔的消息。

王铁想给岑曼带两个榴莲，如果可能的话，陪岑曼一起吃掉，这像个仪式。他特意去过两次水果超市，普普通通的金枕榴莲，个头硕大，长得粗糙野蛮，缺乏必要的美感。他不想带着这样两个怪物去见岑曼，除开丑，这个太普通了，满大街都是。有人说过，如果送人的话，宁可花两千块买个打火机，也不要买手机。两千块钱的手机不过是低端货，两千块的打火机就不一样了。花的是一样的钱，给人的感受大不一样。他本来想买猫山王，名气大，口感也不错。想想，还是否定了。问过做水果批发生意的朋友，朋友说：“那你拿黑刺吧，榴莲中的爱马仕。”王铁笑了：“真有那么好？”朋友说：“当然，都说榴莲是水果之王，那黑刺就是王中王。”王铁说：“你别忽悠我。”朋友说：“忽悠你干吗，我们认识又不是一天两天了。”过两天拿到黑刺，王铁有点感慨，要么钱不值钱，要么有钱真好。这么个小玩意儿，花了九百块。样子倒是王铁喜欢的，圆圆滚滚，长得规则，比水果超市那些歪歪扭扭的同类漂亮多了。王铁已经了解到，即使在马来，黑刺也不多见。它主要产自北马，种植面积大约150英亩，年产量仅200吨左右。贵就罢了，王铁希望它贵得有道理。王铁本想把榴莲开了，放进冰箱。转念一想，还是等妻子回来，一起开，那种快乐更加强烈。果然和他想象的一样，晚饭过后，当他拿出黑刺，妻子睁大了双眼，“我就说一回家就闻到一股榴莲味儿，我还以为我鼻子出问题了呢。”王铁把黑刺放在桌子上说：“你知道这是哪种榴莲吗？”妻子说：“猫山王？”王铁说：“比那个高级。”妻子说：“你又骗我，平时都是我买，你哪里懂。”王铁说：“我是不懂，我朋友懂，今天去他那里玩，顺便买了一个。”妻子说：“你那帮朋友尽坑你。”王铁说：“坑不坑打开就知道了，黑刺，榴莲中的爱马仕。”妻子问：“多少钱？”王铁说：“好吃就行了，管它多少。”妻子说：“不行，你得告诉我，不然我吃不出感觉来。”王铁伸出一根手指：“一万。”妻子笑了：“你当我是傻子，哪有那么贵的榴莲？”王铁用刀尖顶着果蒂说："一千，实价。"妻子看了黑刺一眼说："你真舍得。"王铁剥开外壳，露出里面藏着的果肉："还不是因为你喜欢，要吃点好的。"开出的果肉摆在盘里，像熟透的橙子，圆润饱满，隐隐散发着香气。"真漂亮。"妻子说。王铁拿起最大的一块递给妻子："尝尝。"妻子咬了一口，王铁满怀期待地看着妻子。"好吃，"妻子说，"一点渣都没有。"王铁也拿起一块，甜润丝滑，和以前吃过的榴莲确实不太一样。贵有贵的道理，王铁想，就是它了。临睡前，妻子抚摸着王铁的身体，手指和睡裙充满暗示。妻子的眼神让王铁不安，他意识到他买这颗榴莲的动机非常不纯。王铁捏了捏妻子的肩膀说："早点睡吧，忙了一天你也累了。"关好灯，很快，妻子发出入睡的匀称气息。王铁在黑暗中睁着眼睛，他感觉到身体的膨胀，他紧紧地握住它，又扭过头看了看妻子，起身去了洗手间。

从王铁生活的城市到岑曼所在的城市导航显示的距离不过六百多公里，除开头尾部分，中间全程高速。王铁看了一下时间，全程七小时左右。车上装了两颗黑刺榴莲，散发出醇厚的香味。如果说以前，王铁闻到这股气味还有些不适，此刻他几乎沉浸其中了。他想象着，岑曼打开榴莲时的表情。惊喜、迷惑、冷淡，他很难猜到是哪一种。也许就像翻开一本书，巨大的激情在头脑中翻滚，手指却无比冷静。王铁很久没有开车出城了，三年还是五年？这几年，他和周围的人一样过得不太愉快，黑厚的乌云聚集在天上，让人压抑。车沿着沿海高速北上，路边的桉树林，挡风玻璃前方堆积的白云和蓝得发绿的天空都是那么美好。如果没有记错，这是他结婚后第一次独自一人出行，不算出差的话。中间过程一切顺利，车出了萍市东高速路口，如果没有意外，再过四十分钟，他们就能会合。王铁给岑曼发了条信息："我快到了。"岑曼回："你先去酒店休息一下，我订了餐厅，六点半左右见，位置一会儿发给你。"看到岑曼的消息，王铁有点失望，他以为岑曼会在酒店等他。意外就是这时发生的，王铁看到一个黑影冲过来，他想刹车已经来不及了，他听到车头前方"嘭"的一声，接着，车身微微一震。靠边停好车，王铁往车后看了看，黑黑的一团，直觉告诉他，不可能是人，可能是狗或者别的什么。路边就是村庄，发生这种事情不算稀奇。这让他松了一口气。走近那团黑影，王铁看清是一只黑狗，头上满是血，腹部还在剧烈地起伏，最惨烈的是两条后腿，血肉模糊被压碎了。狗还没有死，见有人过来，扭了一下身体，像是想从地上挣脱起来。王铁的心紧了一下。路边一个人也没有，偶尔经过的车从他身边快速绕行，没有停下来的意思。王铁在黑狗身边站了一分钟或者两分钟，这一两分钟对他来说特别漫长。狗伤成这个样子，救是救不活了，但就这样把它扔下就走，王铁又有些不忍。如果这会儿有人来找他，告诉他这条狗是他的，让他赔钱。这样，他就可以心安理得地离开。没有人，除开经过的车流，一个人都没有。王铁回到车上，他不敢再看狗抽搐的表情。在车上又坐了两分钟，王铁发动汽车，他想尽快离开这里，尽量不想这条乱蹿出来的黑狗。上车之前，他注意到轮胎上有血。把车洗干净，到酒店办好入住，王铁的心才平复下来，这不过是一个小小的意外罢了。

长途驾驶的疲惫还是压制住了对久别重逢的期待，王铁泡了个热水澡，时间还早，离约定的时间还有两个小时，他还可以小憩一会儿。岑曼订的餐厅离酒店不远，步行的话只要十分钟左右。王铁定了六点的闹钟，有半个小时足够了。一米八的大床，柔软舒适，散发出清洁剂清新的气味。他躺在床上，像是被一个黑梦包围，四周不见一点光亮，他在那片黑暗中漂浮起来，失去了重力和意识，身体变得很轻，像一片羽毛或落叶，他整个人松弛下来，直到肉体和所有的知觉完全消失，像光消失在黑洞中。等闹钟把他吵醒，天色已暗。王铁抓起手机一看，快七点半了。糟糕，岑曼最讨厌人迟到。他赶紧给岑曼发了条信息："对不起，我睡过头了。"王铁冲进洗手间，潦草地洗了把脸，匆匆带上房门。在电梯间，他看到了岑曼的回复："没事，我也是刚到。"王铁一路小跑着赶到餐厅，到了餐厅门口，他站住，长长舒了口气，努力让自己镇定下来。一进餐厅，他就看到了坐在窗边的岑曼。从远处看，她和过去一样，只是多了几分成熟女人的韵味，他比过去更喜欢她。这不就是他理想中的女人吗？他放慢脚步向岑曼走过去，像是怕认错了人。岑曼看到他了，向他招了招手。等王铁坐下，岑曼问："你喝什么？白酒还是红酒？你这个年纪了，啤酒喝得少了吧。"王铁说："来点白的吧。"岑曼说："我带了红酒。"说完，指了指桌子旁边，两瓶红酒摆在那里。王铁说："那就红酒。"岑曼放下餐牌，盯着王铁的脸说："你不用迁就我，你想喝白的就喝白的。"王铁想了想："还是红的吧，我也喝不了几杯白酒。"点完餐，王铁说："刚睡过头了，也是奇怪，这么短的时间，我还做了个梦。"岑曼笑了笑，撩了一下刘海。王铁看到岑曼的耳朵，多了一个耳洞，她的耳垂比常人要大，对着光看像琥珀一样通透。和岑曼谈恋爱时，王铁最爱捏岑曼的耳垂，有喜欢的意思，也有占有的愉悦。"你不会说你梦到我了吧？""那倒没有，"王铁把眼光从岑曼的耳垂上收回，"我梦到我成了一颗漂浮在宇宙中的小行星。""倒是一个有意思的梦，你可能有点恐惧或者孤独，梦是潜意识的一种投射。"岑曼给王铁倒上酒："我们有多久没见了？"王铁举起杯说："二十一年。"说完，和岑曼碰了下杯，致青春。

喝完一瓶，另一瓶酒刚刚醒好，酒精让王铁的疲惫感彻底消失。他给岑曼倒上酒，"你酒量不错，记得你以前几乎不喝酒，两杯啤酒就醉。"岑曼说："有几次在校门口喝酒，还是你把我背回宿舍的。"王铁说："你还记得？"岑曼说："怎么不记得？我还咬了你肩膀。"又喝了两杯，王铁像是想起了什么，犹豫了一下，还是对岑曼说："今天路上不太顺利。"岑曼放下酒杯："怎么了？"王铁说："出高速后我撞死了一条狗，大白天的，也不知道它从哪里蹿出来的。我想避开，已经来不及了。”岑曼问：“你确信它死了？”王铁说：“应该是死了。”他想起黑狗躺在路中间抽搐的样子，“它的后腿快被压没了”。“那就是不太确定。”岑曼喝了口酒，“你跑了？”王铁眼睛垂了下来，望着桌上的餐垫：“路上没有人，一个人都没有，我不知道该怎么办。”空气凝滞了几秒钟，岑曼碰了碰王铁的杯子。“每条狗都有它的宿命。你信命吗？”王铁问。岑曼喝了口酒：“我信。”“这和你研究佛学有关吗？”“没有，”岑曼说，“我就是我的佛，我就是我的命，我和那只狗没什么区别。”和岑曼说完黑狗，王铁有种如释重负的感觉。如果他不来看岑曼，就不会撞到这只黑狗。这意味着这只狗的死看起来和岑曼没有关系，其实有着千丝万缕的联系。岑曼就是那只蝴蝶，她激起了风暴。喝完两瓶酒，两人都有了醉意。岑曼问：“找个地方再喝点儿？”王铁说：“不喝了，我给你带了两只榴莲，你陪我回酒店吧。”回酒店的路上，王铁把手搭在了岑曼肩上，岑曼搂住了王铁的腰。王铁一只手抓住岑曼的手，另一只手捏着岑曼的耳垂。二十多年前，这是他们最喜欢的姿势，亲密无间，还有不为人知的小动作。在萍市的大街上，王铁像是出了趟远门重新又回到家中的那个男人。

进了酒店房间，王铁松开搂着岑曼的手说：“我去给你开榴莲。”岑曼斜靠在沙发上，脸上聚拢了酒后的红润，看起来有些春心荡漾的意思。二十年前，她还是女孩，现在她已是风韵动人的少妇。把果箱摆在茶几上时，王铁愣了一下，他看到箱子上有几滴红色的印迹，是血还是什么，他不确定。岑曼也看到了，她把目光从果箱上移开，移到床头的台灯上。王铁迅速切开胶布，取出榴莲，又把果箱扔到门外。他坐在岑曼对面，他们中间隔着一张茶几，茶几上放着两颗漂亮的黑刺榴莲。为了订这两颗榴莲，王铁给做水果批发生意的朋友打了好几个电话，果形要漂亮，必须漂亮。拿到榴莲，他非常满意。柔和的灯光下，两颗黑刺榴莲散发着奇异的香味，他们俩看着榴莲，像是欣赏难得一见的艺术品。岑曼伸手摸了一下：“这种我以前没见过。”王铁说：“我以前也没见过，我想和你一起试试。”打开榴莲，果肉看起来比王铁在家里开过的还要好。别的问题，王铁不想再想了。此刻，在这个陌生的城市，在这个房间，他只想做一件事，陪岑曼一起把这两个榴莲吃完。

本文刊载于《当代》2024 年第 4 期

**赏析：**

马拉的《榴莲飘飘》讲述了一对旧情人重逢的故事。当他们步入中年，该怎样回味大学时代无果而终的恋情，又该如何进行一场略显“放纵”的约会？随着马拉的叙述展开，我们会发现小说的独特之处。马拉善于用主观视角介入叙事，仿佛自己就是主人公本身，这种受限的内聚焦视角让小说情节始终像蒙着一层薄纱般，令人浮想联翩、回味无穷。但马拉同时又有意识地设计情节发展，拒绝落入窠臼，这或许就是他小说的魅力之一。

榴莲是一种让人不敢轻易尝试的水果。妻子初尝榴莲，却让王铁回想起与旧情人之间的未了情缘，并最终进行一场久别重逢的约会。但这场约会却并没有想象中汹涌澎湃的激情，反而更像是同名电影《榴莲飘飘》所表现的那样，贴近现实和物质交织的复杂人生。小说结尾处，王铁只想陪岑曼吃完两个价格不菲的黑刺榴莲，小说"此时无声胜有声"，足以让读者细细品味。或许他们都明白，"白衣飘飘"的纯情年代已经怅然逝去，迎来的是"榴莲飘飘"的现实生活。

（邓秋鹏）

# 庭前谁种芭蕉树

皮佳佳

是身不坚，依兰水沫，是身常坏，芭蕉之树。

——《涅槃经》

新来的小施正在院里扫落叶。欧阳教授在篱笆外就唤起来，莫扫，莫扫。

欧阳教授晨练回来，脸还有些红。他背着手走进来，抬头看大枫树，几叶飘零，又到秋天了。他对着阶前的空地发呆，从年初开始，欧阳教授就打算在阶前种一株芭蕉树。当然，午睡的夏天，看芭蕉叶分一抹绿是惬意的，夜晚听雨打芭蕉，更是要与古人对话了，但欧阳教授皱着眉，在另一些事上思量着。小施放下扫把，提着撮箕走出去。一部自行车骑过来，打起铃铛，有些嘶哑的叮叮声。她闪到一边，侧头望去，矮篱内，欧阳教授一身白布衬衣，踏着微黄的落叶，秋光在他身上明亮。小施也发起呆来，不扫还真是挺好。

这两间瓦房是民国时期留下的。旁边还有几间，不过没人住，倒是成了几只野猫的宅院。它们蜷伏墙头，慵倦地享受太阳。有人经过，它们也懒得挪移，只是微微睁开眼，日光下，瞳孔缩成一缝，散毛随风摇摆几下，算是它们保卫领土的警告了。

余先生过世后，欧阳教授执意搬了进来。妻子不愿意，说是晦气。他说没人嫌老师晦气。他搬进来的第一样东西，就是余先生的照片，黑白的，摆在书桌上，旁边伴一方歙砚。现在，欧阳教授又一个人住了，陪着那张照片。

吃过早餐，有人进院来，把欧阳教授迎上了一辆霸气的路虎车。车有点高，那人搀了一下，欧阳教授才爬上座位。出城外，车停在一个农家小院，可望远山，门口写着“逸庐”。一身苎麻衣的钱总迎了出来，举着肥润的手掌作揖：“可把您老盼来了。”

进屋，一块巨大的和田玉原石横卧在那里，前面还耸着一根石化的木枝。蹲在地上的青黑色石头狮子，显得有些委屈，似乎这位置辜负了自己的身价，瘪嘴顶着一头灰，靠在一个缺了边的陶罐身边。后面摆了一副观音唐卡，旁边紧挨着一副潇湘云水图轴，上面盖了无数个红章，像被人吐上几团槟榔渣。

欧阳教授坐在茶台边，打量着满屋的“雅物”，手指不觉在膝上敲起来，密集而杂乱，再看向泡茶小妹的手，进行着各种高雅的仪式，不停在茶盏间翻来覆去，好像要从里面变出一只鸽子。钱总软倚在红木榻上，把玩着手腕上的蜜蜡手串：“我这人啊，就好点清玩，不像我那些朋友，成天喝酒唱歌，刚从酒桌爬下来，又爬上麻将桌。说不好听，那叫俗。”喝了几杯茶，为了证明自己的不俗，钱总让欧阳教授指点一下书法。书房里，磨盘大的砚台，上面结了厚厚的墨痂，裂出一条缝，讨水喝的样子。旁边的笔洗足有脸盆大，欧阳教授确认了一下，比他用的脸盆要大。钱总铺开一张纸：“这纸好，老纸，已经没火气了，润墨。”最后那“墨”字说完，嘴里还悠出几口气，在屋里回味了几秒钟。钱总的表情很满意，似乎自己也被这雅致的表述感动了。

写了几幅字，钱总面带神秘，说最近收了一套宝贝，要让欧阳教授见识一下。欧阳教授戴上眼镜，看着画面徐徐展开：“噢，石涛的！金山龙游寺册页。”他又凑近了一些，贪恋地顺着每一条线、每一笔皴擦游移。生命纯是一种欲望，他藐视这说法，用他文化人的清高来说，“那是贬低了生命”。而此时呢，他的眼里全是欲望，企图把躲藏在山石里美攫取出来。眼光腾挪了很久，诧异起来，为什么总是难以聚焦。手也跟着焦躁了，急速地翻动后面的图案，直到最后一张，紧张的肩松了下来。他摸了下脸，竟然有泪。

“应当愚还是不愚？”余先生曾问过。

那晚，余先生穿着那件旧毛线背心，手里举着一本《论语》，就这么问他。欧阳刚读研究生，已经给自己规划好了学术道路。第一年要通读中国典籍，打通文史哲的界限，第二年纵览西方经典，吸收中西文化精髓，第三年只沉思，什么也不做，第四年创制出属于自己的艺术思想体系，他这样跟宿舍好友描绘，手里拿着一条长长的书单。好友躲在上铺的蚊帐里，正偷偷啃着一根玉米，伸出头来，继续咀嚼着，指着书单的第一排，让他先把这排书读完再来吹牛。后来这位同学当上了农业龙头企业的老总。同学聚会上，他拍着欧阳教授的肩膀：“大教授，书单上的书都看完了吗？”回家后，欧阳教授找出那张书单，发现还没有完成四分之一。但那时，他年轻得像破土而出的春笋，正要向上舒展，不要弯曲着面对世界。孔子说颜回在自己面前显得很笨，总是不发表意见，后来才发现，颜回能很好地阐发老师所教，原来颜回并不笨。欧阳教授很不屑，这表面是尊师，实际只是老练的圆滑，甚至缺少文人最起码的诚实。余先生长叹了一口气：“死之将至，我却还不知道自己应该怎么活。我才是真愚吧！”余先生那时已确诊为胃癌。

“怎么样?”见欧阳教授激动得流下眼泪，钱总感到得意。当然，他更希望欧阳教授评估一下收藏前景。去年，钱总到日本淘了一批古籍，欧阳教授找出一本宋版书，还是公文纸本。钱总兴奋得几晚没有合眼，用紫檀盒子装好，摆在枕边。“能买我们这套别墅了。”他对老婆说。

“画得不错。”欧阳教授回答。

这似是而非的评语，拔去了钱总的底气，他有些急了：“这画得不错，当然不错，石涛的画还会差，你看看这笔墨。”

欧阳教授不想摆弄那些术语，就试图说明，他并不是因为激动而流泪，他甚至不知道自己流泪，就是那样一种刹那感应，所以那个时候，他才明白石涛所说的内在感受。几百年了，隔着静流的时间之河，这感受一直等待在那里，只等观者打开画卷。

“而前面几幅，我看到什么呢。我只知道画得不错，笔法精到，不露痕迹。但这笔是尖的，气是弱的，神是散的。”

“你是说这八张画，只有最后一张是真的?”这下钱总要哭了，想到自己为这册页付出的代价，“那可是一块整料。”他在心里哀悼着那张海南黄花梨大床。

“不可能，这绝对不可能。你看这有收藏印，还有……还有专家早就公认的，你一个人说了可不算。”钱总坚决反对欧阳教授的独断。

说是不信，钱总还是很沮丧，告辞的时候，嘴比石头狮子还要瘪。当然他不忘递过来一个红包，说是感谢欧阳教授的。欧阳教授推了，说我就是来看画的，不是给你鉴定的。

钱总突然想起，上次答应帮忙给余先生出全集，后来有事忘了，做人还是要有信用，现在马上叫人去办。欧阳教授迈出的脚收了回来，走过去特意跟钱总握握手：“这前面几张虽然是仿品，但这是张大千仿的，所以还是很有价值的。”

余先生全集的事有了着落，欧阳教授看着远山，觉得像先生的一幅云山图，整个画面皆是空荡的雾气，深处仅有小山一痕，落款是“愚翁”。要说愚，先生倒真有点愚。也许是一辈子未婚，老来脾气就有些古怪。每天清早，他准点起身，顺着小路往西北角走，那里有个小院，院里种了一株芭蕉树。这芭蕉树是个怪物，别人都这么说。北方这么冷的天，居然不会冻死。冬天，主人在它身上缠些稻草麻绳。到了春天，又新发蕉叶，绿荫如故。余先生围着小院踱步，不疾不徐。人们说，他是想着芭蕉树下的佳人，好像仿照另一个民国的老故事。早些年，院子里的人都还在。院里那位男士听着余先生的脚步声起床，并在先生到达窗边的一刻，准时向太太请安，附上一句：“还是我最爱你”，与院外的脚步声暗自较量。等到院里的两位都已不在，院外的脚步声还执意响起。

那天，芭蕉树也死了。余先生站在那里，路人听到余先生说：“还是我最爱你”。那以后，余先生经常画水墨芭蕉，寥寥几片残叶。

回来后，欧阳教授打开电脑，继续修改书序。有些资料要查找，他站起身，从书柜翻出一本旧书，里面夹着个信封。他想起来，这是余先生留给自己的《勤礼碑》拓片，可他早就不记得放在哪里了，跟架上很多书一样，只在放置时得到他手指的眷顾。他忘了关电脑，展开拓片仔细玩赏，以前他一直以为印刷的图片跟这差不多，今天他看出来了，拓片保留着原有的一种感觉，一种很模糊却又真切的神采。就像他对着余先生的照片，时间久了，会觉得陌生。而他想起先生时，对着头脑里的那个影像说话，倒感觉更加亲切了。可这亲切有那么真实吗，每次他要定下来努力捕捉那影像时，一切却消失了。

第一次到先生书房，他给镇住了，是那块丑石镇纸吗，摆在桌上，几块麻点，像个佝偻的老人，还是那满柜泛黄的书，在看不见的深渊里给他搭出一条软藤。有的人就像生活在故事里，故事外的人张望着，那是一种让人无所适从的浪漫，他愿意停留。

有时，先生会教他磨墨，看似简单却不易做好，指掌与墨条的力量很微妙，否则就听不到那极富节奏的款款声。中秋节，月色极好，人与物都泛着青瓷的釉光。家里晒的豆腐干，欧阳蒸了一碗，还带了一壶黄酒。两人在大枫树下赏月。余教授难得兴致好，用手拿豆腐干吃，喝了半壶酒，说起了国外的求学生活，还有那爱了一辈子的美人。“学问很好，性格要强，生气时，她能用无锡话夹英语骂人。”先生看看自己的手，还有指甲，一切都很清楚。

“你们到底是……”

“那时约定，谁先毕业就先娶她。”

“那你比他慢了。”

“不是我慢，是他狡猾，玩了个花招。”

先生换了个话题，说起平生见过最美的月亮，在一处峡谷，两峰之间升起一轮澄圆：“古人说浮生若梦，为欢几何，想起来，人生倒不一定是梦。梦总会忘记，而人生的一些记忆却越来越清晰。”

“糟糕的是，我的记忆却越来越不清晰了。”欧阳教授想起黄酒的味道，还有先生的面容，好像月亮落进水里的影子，水波荡起来，一切混淆起来，成为模糊却依然美丽的影像。只有一处，那白色，过于清晰。欧阳教授慌忙跳格，书序还应该加上两点，论述一下余先生的理论创新。

妻子来了，带了一包杂粮粉，还有核桃和红枣，嘱咐欧阳教授早上用开水冲泡。

“可不能再吃方便面了。”

欧阳教授被看穿了秘密，露出青年学生才有的腼腆笑容来：“就吃过一两回。”前年，儿子生了小孩，妻子搬过去帮着带孩子。他不愿跟过去，走进儿子租的那间两居室，他总觉得有点不安。

“儿子让你搬过去，反正你也要退休了，听说这些老院子都要拆了。”

“等拆的时候再说吧。”

他想起儿子辰昊的话：“爸，你不能只活在一个概念中。”

“概念？这是个什么概念，自以为活在古代，模仿着高人逸士的言行，其实是妄想症，是不合时宜？”欧阳教授可不认为自己是老古董。虽然平时写书法，但他早就用电脑写文章了，微信朋友圈上比较活跃，时常发些感悟心得。学生们那些新鲜玩意，他也感兴趣，书桌上的荧光笔、立式书夹都是学生帮着网购的。那天学生还送了一包新加坡的方便面，包装袋十分诱人，摆着几只带咖喱酱的大虾，画风浓郁，逗惹起嘴里无数味蕾。欧阳教授迫不及待把姜黄与奶白两种颜色挤入面汤，随手拿起一本书，压住面碗，让面饼充分受热。这时，辰昊来了，看着他那碗古怪的方便面。而他们的谈话绝不会从这碗方便面开始，他们经常沉默，交代一些必要的事情，或者展开一些不那么激烈的争执。争执的时候，他看着辰昊的眼睛，里面是一个生了绿毛的古董，还只是一个古董盒子。

辰昊五岁，欧阳教授给他一支毛笔，让他在报纸上涂抹，渐渐儿子能在描红格上写出像样的横竖了。先背诵《声律启蒙》《幼学琼林》这些，再慢慢进入到四书，他想象着那份宏大的书单，可以在儿子这里完成了。但辰昊开始心不在焉了：“云对雨，雪对风，什么时候让我学武功。”儿子嘴里的“学武功”就是玩游戏机，每个孩子都着迷，游戏机可以连接到电视，还有一个操作手柄，控制着屏幕上的英雄拳脚生风。儿子回来的第一件事就是开游戏机，欧阳教授分明记得，他以前回来是写毛笔字的。现在，儿子正紧张地扳动手柄：“侧踢，侧踢，连环脚加旋风腿，过关！”欧阳教授看到一个未来的武功高手，一个插着裤袋在街头游荡的影子。他恐惧，后悔答应儿子，用一个月不吃零食的承诺，买来那台游戏机。儿子回来，发现电视机旁的宝贝不见了，换成了一摞厚厚的字帖，像是一座纪念碑。可惜，这是代表欧阳先生失败的纪念碑。儿子在找遍家里每个角落后，把那座纪念碑打翻了。欧阳教授的火气上来，扬着手要打，可这张脸，他吓了一跳，这分明是自己的脸，那有些高低不对称的眉毛，现在扭成了愤怒的“一”字，像康有为的碑体书法。

辰昊不再拿毛笔，后来改学素描，大学选了建筑设计。欧阳教授曾试图跟儿子拉近距离，他知道儿子喜欢德国建筑师密斯的风格，看儿子做设计图的时候，他凑上来说，那位建筑师的理念其实跟中国传统哲学很接近。辰昊干咳了几声，好像被欧阳教授的陈年气息呛住了，又好像努力在咳走讪笑，称那是“一种懒惰的附会”。儿子跟自己对话时，总带着些讥讽的语气。欧阳教授不甘心，提起毛笔，演示了一下黑白的简洁优雅。

“可这与生活无关了。以前的人用毛笔写文章，你现在是用电脑写文章。你现在用毛笔不过是个空洞的概念。”欧阳教授脑中那么多圣贤之语，竟然卡住了。“你以前老跟我说什么书法之道，我也不反对他们的优美，但那是属于过去的优美了。现在真要有道，那也是打字之道、开车之道，不是你那些虚无缥缈的道。难道我们就不能在现实生活中找到道吗？你看我现在打字，都要打出韵律了，再打打就气韵生动了。开车嘛，开得熟练了，开出文化了，说不定就像你们这些人说的，身心俱忘了。”辰昊带着胜利者的姿态。

父子的沉默让房间的阳光格外刺眼，欧阳教授这才注意到压面碗的那本书，是一本《周礼正义》，上面溅了滴面汤，晕开一小块难看的黄渍。“这才是我的生活场景吗？”欧阳教授体会到一种真实的不堪，自己就是一本被虫蛀坏的书。

欧阳教授心里也愿意听儿子的数落，有时他也会觉得是自己错了。前几年，儿子结婚买房，首付款还差四十万，欧阳教授和妻子清点了全部存款，还不到二十万。儿子低着头领来一位朋友，带着一幅画：“能不能给个鉴定意见，你是权威，说了就算。”儿子的眼神里有无奈、恳求，为另一种自尊降低自尊。欧阳教授突然明白了，余先生为什么会说自己“一无是处”。谁都想要理想地活，但那想法是从手握就散的沙土生出来的。如果存款上的数字多一些，就不会面对这种场景，如果面对这种场景，没有那些无形的原则桎梏，他就会平静地完成这一切，至少在现世里完美。手在发抖，拿不起笔，他尽量低头，不敢看儿子的脸。他知道这固执是跟余先生学的，在个人世界里这当然是高雅的姿态，可现在，真像儿子说的，这只是多么空洞无物的概念。儿子没有再说话，转身走了。欧阳教授看向照片里的余先生，很想埋怨他两句。心里又觉得痛，如果余先生为现实留一点余地，那么他不会过早逝去，而这意味着他可以完成毕生的心愿，写完那三大卷的五代艺术史。而他在确诊胃癌后，根本无力承担巨额手术费用，只能保守治疗。其实也就是开些止痛药，那并不能缓解多少痛苦。在后人的阅读中，这个生命最多留下一个简介，最后一句“患胃癌去世”，这几个字，读者轻轻掠过，叹息一句走得太早，而故事里那个人要用多少个痛苦的夜晚去完成记叙。

学生们想办法帮余先生凑钱，有学生介绍了一位藏家，专门来买余先生的画。先生有些为难，说自己只懂点水墨，怕是过于简陋。藏家也不介意，请他画一枝墨梅就好。余先生下笔利落，也不晕染，单用笔勾勒，一枝梅花就清清落落出来了。藏家品评了很久，说着清雅妙绝的话，眼神却在犹豫。藏家自认也是懂文人画的，围着书桌转了几圈，指着一处小枝，请先生再添上几朵，当然，文人那种疏淡是要的，但不能太过稀疏，否则就有瘦瘠之感了。先生不动，搁了笔端水吃药。藏家劝说了很久，得不到回应，脸上的笑容有点僵了，手伸过来捉住先生的手，往毛笔那里挪。一排墨汁溅上了藏家的脸，“你自己画吧。”余先生说。

余教授离开的那个冬天，那是个最冷的冬天。即使走在泥土里，也能隔着鞋感觉土地的坚硬。树木冷作一团暗褐色，野猫也不知缩进哪处缝隙。

欧阳教授和余先生的侄儿轮流在医院守着。余先生醒了一次，抓着学生的手：“那芭蕉树还在吗?”

“他已经糊涂了。”旁边的侄儿小声说。

“我要回家。”余先生又醒了。

一股劲风迎面推过来，欧阳教授裹紧了围巾，顶着风向前跑。他要去找一辆车，把先生接回去。先生的侄儿也同意，已经那样了，让老人回家也许更好。

后勤处长坐在办公台后面，没有抬眼，沉思着某个重大的问题：“哦……先打个报告吧。”

“来不及了？你这情况是什么呀。”处长站起身来，抽出支烟，用食指和中指间滑动着，好像很努力在想办法，忘了点烟。

“他孤身一人，是不容易啊。”他把烟又放回了烟盒，走出去问了几句。回来时，他告诉欧阳教授，副校长开会，那台小车已经出去了。全校就两台车，一台老拉达，另一台大货车。

欧阳教授不能放弃，哀求道：“人都不行了，为什么不能接一下。”

“本来就不符合规定，你也知道的。余先生就是个讲师，也不是教授，我已经破例想办法了，你怎么就说不听了。”

他知道是自己不讲理，现在他能讲什么理，他只有一腔无力的愤懑。处长的话把这无力变成了有力，他生平第一次拍了桌子，扔了处长桌上的文件，并扯掉了处长别在胸口上的钢笔。他稍微清醒了一点，看着处长发红的脸，他的脸应该更红，像有烙铁贴在上面，热得让他想撕下来。他开始跑起来，在下楼梯时被绊了一下。他转过身朝那楼梯踢了一脚，嗓子里干哑地冒出一句：“我才不会死在你这楼梯上。”

他想起了表弟，这几年改革开放，表弟开早餐店卖包子，现在买了一辆小货车跑运输。

“你让我运个快死的人，哥，万一死在我车上，我可怎么办？你可别求我，我求你了，我给你下跪了，好不好。”

风更大了，一根树枝经受不住，断裂下来，砸在欧阳教授脚边。他失魂落魄地走着，围巾散了下来。回到余先生院子，他想把先生桌上的照片带过去。他的手扶着篱笆，没有往前推，只是紧紧地攥着。竹片嵌进肉里，好像这种痛能减轻他的痛苦。

他远远看见余先生的侄儿，前倾身体，拉着一架板车。他感到慌乱，慌得要逃走。周围突然变得寂静，心脏跳到了耳边，咚咚地起伏。他走近，板车上一片白，没有下雪，那不是雪。心脏的鼓动加快，他用手抓住头发，盖在眼睛上，又拨开一条缝，好像这样才能固定视线。再走近，他看清了，那是一块白布，覆盖着什么。这时候，风掀开一角，露出一簇白发。这一小簇白发，雪白了整个天地，让世界回到未有意识的那刻。在开始之前，一切都没有形状，而一根稻草在燃尽的瞬间也不会改变形状。先生回来了，可惜是闭着眼睛回来的。风太冷，那簇白发微微颤抖了一下，每个生命就是这一点点的颤抖。

欧阳教授全身冰凉，膝盖如折断般，跪了下去，头磕到地上，他听到大地的抽噎声。这是个最冷的冬天。

从发现第一根白发，欧阳教授就开始拔，他害怕白色，看到就想起白布下的那簇头发。年纪大了，这记忆反而更深刻。他在枫树下坐一整天，看一片叶子如何掉落。走路的时候，他怀疑自己不是在前进，只不过是面朝着前方，后退着步子。在南方一个小院，他见到一株芭蕉树，叶子黄了，全部垂落下来，样子很难看。“这芭蕉好像专为了展示生命有多脆弱。”主人抱怨着，这树特别好生长，但也容易死。

欧阳教授答应帮一位名画家写画评。第一眼看到画面，他的眼珠马上沉到脚底，不忍再看第二眼，他看不懂这后现代的水墨画，但人家的画值钱，刚从欧洲展览回来，据说一平尺在十万以上。就这一平尺，刚刚能够盖上余先生的脸。还有，这一平尺上，摆着一沓钱，他想给儿子买套房子。他开始参加一些画家的研讨会，努力找出一些好话，以理论的堂皇形式表达出来。对于批评，他比较谨慎，最后这些都变成一些温和的希望。“我并没有违背自己的原则，至少不会把假画说成是真的。”欧阳教授自语，似乎要对余先生有所交代。第一次参加研讨会，工作人员递上信封。其他几位熟练地放进裤袋。欧阳教授也学着他们往裤袋放，但偏偏今天这条裤子口袋浅，只放进去一半，留了一截在外面。这无疑让大家都感到尴尬。欧阳教授走到角落，把信封拿出来，捏小一点，再塞进去。这下裤袋又鼓出来，像长在外面的一个肿瘤。无奈，他只好再次拿出来，缩进了西装袖管里。在朋友的劝说下，他还买了一种高额的投资型保险。“可以留一笔给你儿子”，听到这样的话，他感到安定了很多。

他认真地思考过自己的变化，自己并不是个贪恋物质的人，一碗方便面配豆腐干就很有滋味，日用品也是简单为好。想到钱总那堆积如山的物品，那倒是一种受难，把人消耗进物品中。欧阳教授不知道自己到底需要些什么，仅仅需要给儿子买一套房子吗？

余教授的白发又染白了他的视线，他在心上发现一处过不了的关。“我需要点尊严，至少要有尊严地死。”

高中同学大鹏夹着书法集来了，头发留长了一些，穿着褐色对襟布衫。

“你从前不是卖保险的吗？”

“我现在是书法家了。知不知道现在艺术才是最火的。”

欧阳教授这才知道，从前的很多朋友都成了书法家。大鹏倒是苦练了几年，又结交了不少圈内朋友，顺理成章地上了几次展览。据他自己说，也算是小有名气了。有个老板看上了他的字，觉得大气周正，摆在家里聚财，便和他签了协议，每年给三十万，全部书法作品归那位老板。大鹏开玩笑说：“有点像被包养了，可不能给别人写字了。”“书法是什么，不过是心迹的震颤，是学养的流溢。”余先生的话老是冒出来。他觉得这固然不错，可总要先让自己站立，有一只自由的手可以握笔，欧阳教授希望自己不要那么迂腐。

大鹏带欧阳先生去参加古琴雅集。欧阳先生发现，好古之风果然盛行，听众里有不少汉服美女，盘高头发，掐了几根金钗。他想起前几天参加一位书法大师的雅集，几位道袍美女开道，各执一个花篮，向天空撒着花瓣，雅乐奏起，大师这才缓缓出场。相较下，琴师倒是清素，跪坐在席上，凝神聚气，正与古琴对视。大家期待了很久，他才悠然抬起双手，轻放弦上。讵知人群中响起一阵手机铃声，坏了这清静气氛。琴师修养好，只当作听不见，再次起势，右手挑抹了几下，左手正要走弦，另一部手机响了，这次是唱歌：“可是，张士超你这个混蛋，你带着姑娘，去了闵行，你到底把我们家钥匙放在哪里了，你到底把我们家钥匙放哪里了……”歌曲声势浩大，八音齐奏，八个声部共鸣，还有人群中捂嘴的笑声。琴师的指甲在弦上扣出一句愠怒，他停了下来，竭力保持脸部清冷的表情：“琴为知音人，还是请你出去吧。”弹了两曲，散了不少人，他们找到那位被驱逐者：“你这歌太牛了，什么歌，最近的那个神曲吗？我也要下载来当铃声。”

上午听琴喝茶，下午听琴喝茶，傍晚，欧阳教授碰到熟人买菜回来。对方很羡慕，说你这生活多好啊，天天听琴喝茶，多雅致。

“差点给雅死。”欧阳教授忍不住说了实话。

余先生的全集终于出版了，一共三本，包括他的论文集、诗文集，还有未完成的五代艺术史。研讨会那天，正好是先生逝世三十周年，欧阳教授特意选了这个日子。

小会议厅坐得很满，圈内的专家几乎都来了。“这比先生追悼会来的人多太多了。”本来应该高兴，欧阳教授却感到有点扭曲的失落。

发言自然也是热烈的。有位老先生拿着话筒不愿放下，从庄子的艺术思想谈起，结合“二王”书法精神脉络，还有苏轼的文人画传统，沿着千年的历史数下来，一直传承到余先生身上，最后还站起来即兴咏了一首七绝。像喝完一壶好酒，他带点醉醺醺的得意，摆摆衣襟，才挺着胸坐下来。快到午餐时间，还有一大半专家没有发言，欧阳教授让学生拿个钟摆在桌上，到十分钟就轻敲一下桌面。为节约时间，吃完盒饭，大家继续研讨。有的人撑不住，半张着嘴，悄悄靠在椅角睡着了。听着他们或从容或激昂或严谨或散漫的赞美，欧阳先生越发感觉羞耻，就像自己参加的无数个研讨会一样，自己都不知道自己在说什么。“也许有的人，连先生的书都没有翻过。”他知道这想法有些刻薄。但他分明记得，自己是感觉良好的，尤其会后，总有些人簇拥他，夸赞他的发言“精妙”“在古典底子里陶冶出自己的气象”。他的笑容不自觉冒出来，很想学着年轻人的样子，伸出手来跟人家“give me five”。现在，他苦笑了一下，原来最可笑的是自己。发言快要结束了，他掏出一张纸，前天写好的总结发言稿，密密麻麻像爬着一群蚂蚁，他念不出一个字。他把稿子折好，重新放回包里。

他站起来，举起先生的一本书，封面有一半是白色的。“你们知道余先生死的时候什么样吗？就这样……”他弓着身体，艰难地走了两步，“就这样，用一架板车拉回来的呀。”他走着，仿佛那架沉重的板车就在他肩上。

高铁上，欧阳先生抱着那株芭蕉，也是这样弓着身，像护卫一个新生儿柔软的躯体。

去年他在无锡相中一棵大芭蕉，朋友从树上分了种苗，培育到半米高。小蕉叶搭在欧阳教授脸上，有一股清凉。对座那位穿褐色皮衣的男人，怀里也抱着一瓶酒，与欧阳教授对视，露出了会意的微笑。

“老兄，你这一看就是好东西。”对面的男人终于说话了。

“不是。”

旁边的人开始议论，有人说像棵芭蕉，马上被旁边见多识广的人否定了，看那小心的样子，不可能是那种不值钱的东西。皮衣男人也加入讨论，根据他周游世界的经历，这应该是南美一种铁皮芭蕉，样子跟中国芭蕉差不多，价值可就不一样了，那东西金贵，据说能治疗癌症。

大家露出敬佩的眼神，看向他怀里的酒瓶。

“这可是我的命呀。1811 年的伊甘，法国波尔多产区的伟大年份。”他轻轻抚摸了瓶身。为了这瓶酒，他专门飞去法国，拍卖场上竞争激烈，丝毫无损他的决心。为确保安全，他开了证明，专门为这瓶酒买了个头等舱座位。后来还是舍不得放下，在飞机上抱了十几个小时，“手都抱得抽筋，但想想和几位老友品评这好酒，是人生最大的乐趣了。”欧阳教授没有看他们，低头数着蕉叶上的脉络。

欧阳教授把小芭蕉种在屋前，培上些肥料，5 月的天气开始暖和，草丛里开了些白色的绣线菊。

初冬第一次降温，芭蕉叶就全蔫了，过了几天，只剩一个光杆。“也许它过不了这个冬天。”欧阳教授还是用稻草小心包好，进屋继续收拾东西，他要离开了。

第二年春天，这里变成了工地，老房子都准备拆了，到处是挖掘机和工人。

欧阳教授回来的时候，正是夏天，芭蕉叶在他额头上摸了一下。他想起一句诗，“芭蕉心尽展新枝”。

本文刊载于《创作与评论》2016 年第 19 期

**赏析：**

小说一开始，艺术教授欧阳先生搬到了仙逝先师余先生的旧瓦房里，房子是民国年间留下的。从余先生到欧阳教授，传下来的不但是房子，还有固执的脾气和种芭蕉的癖好。这大概暗示着某种不合流俗的精神品质及其内在传承。在一个高仿真的时代，真和较真一起消失了，这才是作者真正唏嘘的。在欧阳先生的现实境遇中，小说寄托了对美之沦陷这一现代性的世俗化现实的文化悲凉感。可是，作者并非完全绝望。一方面是美的沦丧，另一方面则是美的孤独流传。相比于雨夜芭蕉的感伤和纳蕤思临水的自恋，皮佳佳之“芭蕉树上结水仙”，水仙不复是孤冷不群、临水顾影、自我凝视的自恋狂，而是于水面窥见审美本体川流不息之身影的文化眷恋者。如此，它是在召唤我们自觉地站到文化传统的内部去。

（陈培浩）

# 南风天

盛　慧

奶奶最后一次去她家的情形，我至今仍记得一清二楚。那是一年中最令人心烦的日子，从北方一路杀过来的寒流，到了这里，遭遇埋伏，被太平洋上来的暖湿气流团团围住，进退两难。雾气从清晨一直弥留到夜晚，太阳半个月也不肯露一次脸，衣服干不透，总带着一股酸溜溜的味道，阳台的花盆里，偶尔还会长出一朵红蘑菇呢。

记得那天是星期六，吃过午饭，我抱着靠垫，像萝卜一样陷在沙发里看电视，脑子像灌满糨糊，昏昏欲睡。奶奶在帮我洗碗，洗到一半，突然火急火燎地跑出来，手上抓着一把湿答答的筷子，好像煤气瓶快要爆炸一样。她说："小欣，快，快，快给我找个红包。"

鞋柜上方的抽屉里塞满了花花绿绿的宣传纸，大多是房地产和美容院的广告，这些都是奶奶的宝贝，吃饭前，她会抽出一张，折成四方的小盒盛骨头和菜渣。就在那里，我找到了一个红包，不过，它皱巴巴的，像被人揉过一样。

奶奶接过去，眉头立刻皱成两团赤黑的墨。我以为她嫌太旧，谁料她竟说："这，这也忒小了。"我被她逗乐了，嬉皮笑脸地说："凤姐，用大红包装五块钱，就像潘长江穿姚明的西装，你也不怕人笑话？"我奶奶大名陈家凤，开玩笑的时候，我总管她叫凤姐，她倒也不生气。她伸出干枯的手指，在我面前晃了晃说："要包三千块咧。"她的话让我吃惊不已，我不解地看着她说："你疯了？"她没理我，解下围裙，笑眯眯地从兜里掏出一叠钱，手指蘸了蘸口水，不紧不慢地数起来。

这个极不寻常的举动激活了我沉睡已久的八卦之心，我把客厅翻了个遍，最后在一本过期的《ELLE》杂志中找到一个大红包。我兴冲冲地把红包给她，她竟又叹起气来。"还太小？"我有些不耐烦。她瘪了瘪嘴说："这上面写的'恭喜发财'，要是'新婚快乐'就好了。"一听到结婚两个字，我就更八卦了，笑嘻嘻地问："谁结婚呀？就是我结婚你也不会封这么大的红包吧!”她没接我的话，自言自语道：“就是替她去死，我也愿意。”我一听，知道谁要结婚了。她叹了口气，眼圈就像插上电的电热丝一样，开始慢慢变红。我知道她马上又要一把鼻涕一把泪了，赶紧像吓唬小孩一样吓唬她：“你要是再哭的话，等一下我就不陪你去了。”

这一招果然管用，她回到房间，从箱子最底下翻出一条紫色的绸棉袄，上面印着大朵大朵的牡丹花。那是她认为最漂亮的一件衣裳，平时舍不得穿，只有在春节的时候才会翻出来。我一走近，闻到一股浓烈的樟脑味，鼻子痒痒的，刚想说话，就开始打喷嚏，一连打了三个。我揉了揉鼻子说：“穿这么厚的衣服，你就不怕化了?”她也不示弱，回了一句：“又不是冰棒，怎么会化掉呢?”我无奈地摇了摇头，蹲下来，帮她换鞋。

外面雾气很重，天地之间白茫茫的一片，就像一个澡堂子，马路对面的楼房像是被人偷偷拆掉了，一点痕迹都未留下。

她家在城北，我家在城南，本来，坐地铁可以直达，只需要四十多分钟，可奶奶却不乐意，她从不坐地铁，她说只有死人才在地底下穿来穿去，又说，万一要遇上地震想跑都跑不掉。在这件事情上，她非常固执，我只好迁就她，这也意味着我们在路上至少需要花一个半小时。

我有一个习惯，一上车就会睡觉，车子晃得越厉害，我睡得越沉。不仅如此，我还做了个梦，梦到了她。她去世九年来，我经常会梦到她，梦中总是阳光灿烂，她总是笑眯眯的，拉着我的手，给我买漂亮的公主裙，带我玩摩天轮，去吃哈密瓜味的冰激凌。她没有孩子，但特别喜欢孩子，尤其是我。每次分开时，她都有些不舍，要我叫她一声妈妈。而这一次，却是下雨天，傍晚时分，天色很暗，恍如午夜，我走在一条陌生的街道上。风很大，卷起屋檐上的瓦片，重重地摔下来，声音大得吓人。在一条的拐角处，我看到一个女人，一只脚穿了木头拖鞋，另一只脚光着，苍白如同大理石。她浑身都淋湿了，抱着手臂，头埋得胸前，像被人砍掉了一样。我很害怕，头皮发麻，跑了起来。就在这时，我听到背后传来一个凄惨声音：“为什么不来看我?……为什么不来看我?……为什么不来看我?”我听出是她的声音，一回头，她却不见了……我吓出一身冷汗，醒了过来。我发现奶奶也睡着了，身子缩成一团，打着呼噜。

下车后，我们钻进了一条小巷弄，那里像猪肠子一样弯曲、湿滑，到处都是黑得发绿的污水，墙壁上贴满了老军医的广告，还有人用白粉笔写下“随地小便，没收工具!”。刺鼻的气味一路尾随着我们，我只好捂住鼻子。巷子寂静而颓败，一个人都见不到，这让我产生了一种强烈的错觉——我们正朝一片荒凉的墓园走去。不知道走了多久，奶奶终于在一幢苍白的水泥房子前站住了。

我认出那棵芒果树，它比先前更粗更高。芒果树下，是一个斜披的铁皮小屋，黑乎乎的屋子里，摆着烟酒、糖果和饼干，柜台上蒙着一层灰。有一个胖女人在睡觉，她仰着头，嘴巴张得很大，一只苍蝇飞进去，又飞了出来。店门口，堆满了杂物，有剥了皮的电线，有一摞摞的废纸盒，还有排列得整整齐齐的塑料瓶……在这些杂物中间，放着一张果绿色的小方凳，看到它，我心里不禁一阵悸动，像看到了多年未见的老友。九年过去了，这里的一切似乎都没有变化。

楼梯间很黑，一进去，就像被人蒙住了双眼。楼道几乎被旧家具占满了，有的地方，需要侧身才能通过。空气里弥漫着木头腐烂的味道。我扶着奶奶。突然，一个毛茸茸的东西"嗖"的一下从我脚尖掠过，我吓坏了，尖叫起来，不敢再往前走。看到我大惊小怪的样子，奶奶说："一只老鼠，就把你吓成这样，真没出息。"我回了一句："你又不是不知道，我最怕的就是老鼠了。"

刚走到二楼，奶奶站在那里，像被人点了穴。我问她："你……不舒服吗？"她紧紧抓着我的手说："我们，我们，还是回去吧。"声音很轻，好像受了很大委屈似的。

在车上晃了那么久，到了门口，她却改变了主意。我的肺都快被她气炸了，但还是像哄小孩一样问她："怎么了？你哪里不舒服？"她像做错了事情一样，低着头，紧咬着嘴唇，眼泪骨碌骨碌滚下来，用最小的声音说："钱……钱被偷了。"

我在她的外套里找了一遍，又把裤子口袋都翻出来了，可是，里面只有半包纸巾、一张乘公交的老年人卡，还有一颗真滋味棒棒糖。我安慰她："是不是刚才忘记带出来了？"她一言不发，布满老年斑的两只手像犯罪嫌疑人低垂着头一样，在接受审问。我说："我身上有三百块，行不行？"她摇了摇头。我咬了咬牙说："现在去银行取钱，总可以吧？"她没吭声。我下楼，她跟着下楼，我让她在楼下等，她不肯，执意要跟在我身后。

从银行取完钱往回走，太阳竟然蹦出来了。士多店的胖女人还没醒来，毛茸茸的阳光照在她身上，像盖了条黄色的床单……

我想起九年前她弥留的那个晚上，奶奶带着我来做最后的道别——奶奶佝偻着腰，一只手拿着手帕，一只手拄着拐杖。走几步，就要停下来，用手帕抹一下眼睛。我的心怦怦直跳，血管里像有一列火车，窜东窜西，完全失去了方向。到了楼下，只见她家灯火通明，但很安静，像是一家人出去散步忘记了关灯。我扶着奶奶上楼梯，奶奶的身体轻极了，像纸糊的一样。楼道里有一股花露水味道，越往上走，味道越浓，我闻到被花露水掩盖着的死亡的味道，就像茂密的草丛中间躺着一条毒蛇。门虚掩着，像一张恹恹的脸。我的小腿不由自主地颤抖起来，颤抖很快传遍了全身，我听到牙齿碰撞发出的清脆声响。奶奶推开门，光线刺痛了我的眼睛，就在这时，我听到无比痛苦的声音——类似于鸽子发出的咕咕声，那应该是从她喉咙里发出来的。我拔腿就往楼下跑。我不敢回头，总觉得身后有一只手，要来抓我的头发。士多店的灯光让我感到安全，胖女人的笑容让我觉得温暖，我就坐在那张果绿色的方凳上，跟一条脏兮兮的土狗玩。夜色越来越沉，不知道过了多久，窗户里传出一阵撕心裂肺的哭声，我低着头，不敢再看……

她家门上贴着一个烫金的喜字，上面挂满水珠，它们慢慢滑落下来，留下长长的尾巴，像一行行眼泪。我轻轻敲门，心仍怦怦直跳，好像她还弥留在屋里，还在发出痛苦的咕咕声。

等了好一会，没有人来开门。"不会出去了吧？"我随口说道。奶奶一听，着急了，忙用力拍打着门，边拍边喊："庆春！庆春！"声音很响，像是来讨债一样。又过一会儿，我听到屋子里发出"哐当"一声，可能是一只搪瓷杯掉在地上。

一阵"哒哒"的拖鞋声之后，门开了一条缝。站在我们面前的是一个秃了顶的男人，瘦高瘦高，穿了一套浅灰色保暖内衣，领子野了，无精打采地耷拉着。他打着呵欠，露出黑黄的牙床，像一排发了霉的老玉米。我叫了一声"姑父"，这个词太久未讲，像是一块生锈的铁，我自己都觉得有些别扭。

见到我们，他一脸意外，愣了一下，结结巴巴地说："妈，怎么是你？……你，你们怎么来了？……怎么，怎么也不先打个电话？我，我好去楼下接你。""我买菜的时候，碰到你大姐，才知道的，"奶奶顿了顿，又埋怨道，"这么大的事，怎么也不通知我一声?!"他不知道怎么回答，像根旗杆一样，傻傻地竖在门口，一时竟忘记了请我们进屋，奶奶穿过他的腋窝，像穿山甲一样钻进了屋。姑父一脸歉意，让我们先坐一会儿，自己回卧室换衣服去了。

眼前的一切，已完全不是我记忆中的样子了。地上铺了仿古的瓷砖，木条窗换成了铝合金窗，小阳台上放了一张摇椅，我记得，那里原先堆满了杂物，角落里有一个木头的狗窝，小狗点点在她去世之后，也离家出走，再没回来。屋里的摆设也大不相同了：以前的餐桌是红漆的木桌，一条腿还绑了铅丝，现在换成了气派的大理石餐桌，上面摆着一只陶瓷花瓶，瓶子里，蓝色的满天星围绕着五朵淡黄色的百合花；以前的沙发，是从工厂里搬来的，包了一层绿色的绒布，像黑乎乎的苔藓，现在换成了酒红色的皮沙发，沙发上搁着几个豹纹的靠垫……空气里到处充满了喜气。只是，她的气息，一丁点都找不到了。

几分钟后，姑父终于出来了，他换上了粉色的短袖衬衣和卡其色的西裤，显得精神了许多，但脚上仍趿拉着那双藏青色的夹趾拖鞋。

奶奶上下打量了一番说："你别说，你这身打扮还真让我想起第一次见你的样子了。”

姑父说：“哪里，都老啦。”

奶奶抬起头，想了一会说：“那得有多少年啦？”

姑父说：“快三十年了。”

奶奶叹了口气说：“是啊，时间过得真快，一晃她都走了九年了。”

我赶紧用胳膊肘轻轻碰了她一下，她回过神来，忙说：“不说这些了，不说了。你看，我真是老糊涂了。”她飞快用衣角擦了擦自己的眼睛，轻声问：“你……一个人在家吗？”

姑父嗯了一声，声音很小，只是喉结轻轻颤动了一下。

奶奶顿时像是变了一个人，腰板挺得直直的，说话时，不知不觉就有了一种居高临下的味道。她站起身，像领导一样视察起来，她推开每一个房间的门，在里面转上几圈，好像在找什么人，又好像在找什么东西。一边看，一边还自言自语：“都是新的，多漂亮，多好看，什么东西都是新的好啊。”

主卧的床是新添置的，很大，差不多占去了半个房间。紫色的蚊帐，层层叠叠，像欧洲宫廷里的样式，很长，垂在地上。被褥是浅紫色的，上面印了许多小碎花，双人枕头旁边，躺着一盒避孕套。

奶奶摸了摸床沿问：“这床很贵吧？”

“不……不贵，一点都不贵。”

“要不要五千块？”

“我哪买得起这么贵的东西，五千块可以买三张了。”

她又用手按了按床垫，最后，竟然一屁股坐在了上面。她说：“太软了，对腰可不好！”

他笑着点头。

她又用指关节敲了敲梳妆镜，问：“这是实木的吧？”

“不是，哪里买得起实木呢，全是木屑压出来的。”

“最好还是买实木的，要不然这样的天气很容易发霉，别看它现在漂亮，一发了霉就难看了。”

我看到姑父一脸的尴尬，忙说：“又不是在一楼，不会发霉的。”

奶奶没有接我的话，她正抬头看着梳妆镜上方的那面空墙，看了好一会儿。我也好奇地凑上前，墙上什么东西也没挂，只不过，有一个不规则的小窟窿，可能是钉子拔掉后留下的。天花板上挂着水珠，过一段时间就会往下掉一颗，有一滴正好滴到了奶奶的眼睛里，她开始揉起了眼睛。姑父站在她身后，舔了舔嘴唇，搓了搓手，显得很不自在。我终于想起来，那里原来是挂结婚照的。我仿佛看见扎着两条辫子的她正在朝我们微笑。

奶奶对屋子里的一切都充满好奇。在主卧，她打开了衣橱，看了看挂在里面的衣服，衣服飘出一股浓烈的香水味，把她呛得直打喷嚏。在厨房，她打开折叠桌上的饭罩，看看他们中午吃了些什么菜，菜式很简单，芹菜炒肉丝、芙蓉蛋，还有一小碟五香豆腐干。最后，她在客厅的沙发上坐下来，一句话也不说。姑父坐立不安，满脸堆着肥皂泡一样的笑，说："妈，我……我给你泡茶。"奶奶点了点头。我看到她额头上全是汗，有一撮头发紧紧贴在额角，像一只灰壁虎。我说："把外套脱了吧？"奶奶没理我。

煮水的时候，大家都没什么话说，气氛一下子变得沉闷起来，大家都看着那个不锈钢的电热水壶。我听到老式电冰箱发出刺耳的嗡嗡声，听到挂钟发出机械的咔咔声，听到风吹过时玻璃窗的抖动声。我想到她躺在床上的最后时刻，那些空空荡荡的下午，家里没有其他人，只有这些枯燥乏味的声音陪伴着她。在最后的时刻，她一定想见一见我，让我再叫她一次妈妈，可我却不敢靠近她。她如此疼我，我却对她如此残忍。想到这里，鼻子不禁一酸。

幸好，水滚得很快，骨碌骨碌地响着。姑父不紧不慢地起身，从冰箱里取出一小包铁观音，从茶几上取了茶壶和三只青花小瓷杯，开始洗杯子。他先将杯子泡在滚水里，然后用大拇指和食指捏住杯沿，飞快地旋转着。茶泡在壶里，他还不停地用热水，给它洗淋浴。空气里开始弥漫淡淡的茶香。大概半分钟后，他开始倒茶，淡黄色的茶汤盛在雪白的瓷杯里，很好看。

他用两只手将茶捧给奶奶，奶奶接过来，眼睛却盯着他的手指。他右手戴着一个金戒指，上面刻了一个"福"字，锃亮、闪烁、刺眼。他或许感觉到奶奶目光中的异样，把右手收回来，用左手盖住。

看到这一幕，我又想起了她来，心里不禁一阵酸涩。她是奶奶唯一的女儿，一辈子都在吃苦，连一件像样的首饰都没有，最值钱的也只是一枚银戒指。奶奶不止一次跟我提起关于她的往事。姑父家的条件不好，她嫁给他的时候，奶奶坚决反对，将她反锁在家里，但她性子很硬，以绝食相逼，整整四天，没吃一点东西。眼看着她只剩下最后一点微弱的呼吸，奶奶只好妥协。婚后，他们的日子一直过得很清苦，工厂的效益本来就不好，后来，又发生了一件雪上加霜的事情，厂长携款而逃，工厂倒闭了，他们两人同时失去了工作。那些年，姑父就在街边接零活，她在家里给人缝补衣服。也就是第二年冬天，她被查出患上了乳腺癌。家里太穷，没钱去大医院，她就找了一些中药的偏方来煲，那段时间，整个厨房都被熏黑了，苦涩的中药味，钻进了墙壁的缝隙里，久久不能散去。后来，病情越来越严重，姑父准备卖肾送她去医院，但一切都晚了……

“明天准备摆多少围呢？”奶奶喝了口茶问。

“六围，”姑父顿了顿，低着头，补充道，“主要……是她那边的亲戚。”

“好像少了点。”

“我本来不想摆，可她非要摆。”

“还是摆吧，结婚毕竟是大事。”

“老了，无所谓了。”

“在哪里摆呢？”

“福满楼。”

“我去那里吃过饭，听说很贵，要多少钱一桌？”

“不贵。”

“要不要一千五？”

“不用。”

“一千块总要吧？”

“差不多吧，我也不知道。”

“对了，你母亲今年有八十了吧？”

“八十二了。”

奶奶“哦”了一声：“她明天会去吗？”

“她上个月不小心摔了一跤，把骨头摔断了，下不了床，住在我大姐家。”

奶奶叹了口气说：“她还是比我有福气啊！”她的语气中，竟生出一丝淡淡的嫉妒。

…………

他们就这样东一句西一句地聊着，奶奶好像什么都关心似的，而姑父的回答，总像外交官一样小心谨慎。

不知不觉，暮色从窗户里缓慢地爬了进来。隔壁传来炒菜的声音，清脆、悦耳。姑父抬头看了一下钟，时间已近六点。他起身去开灯。灯光照亮的一瞬间，我心里咯噔了一下，这让我禁不住想起电影散场的时刻。奶奶或许和我有同样的感受，她脸上有一丝不易觉察的伤感与眷恋。姑父说：“要不，晚上就在这里吃饭吧？”奶奶忙说：“不用了，”她顿了顿，笑着说，“下次……下次吧。”

奶奶拿出红包，放在茶几上，轻轻拍了拍说：“这是我的一点心意，祝你们新婚快乐。”姑父愣了一下，皱着眉头，好像很生气的样子说：“妈，你这是干什么？你的钱我无论如何都是不能收的。”奶奶笑眯眯地说：“钱是少了点，你别嫌弃就行。”姑父拿起红包往奶奶的口袋里塞。奶奶板着脸说：“庆春，你要是不收，我可就生气啦！”姑父的语气软下来，几乎是在恳求：“妈，你的心意我领了，钱你还是快收起来吧。”

他俩正在推搡，有人敲门，声响很大，整个房子都在震颤，我头顶的水晶吊灯慌乱起来，发出“叮叮当当”的碰撞声。姑父跑去开门，一阵尖声尖气的咒骂声传进来：“你耳朵聋啦！我在楼下叫了你半天，你怎么也不应一声？我的手都快拎断了。你就知道睡觉！”姑父媚笑着接过五六个沉甸甸的袋子，低声说：“家里……来客人了。”女人进屋了。她长得五大三粗，脸绷得紧紧的，上面打了厚厚的粉底，白得吓人。姑父放好袋子，赶紧找了双拖鞋，递到她跟前。她刚染完头发，一股刺鼻的染发剂味道，在房间里发散开来，我的鼻子一阵阵发痒，想打喷嚏，却打不出来。屋子里的气氛有些凝滞。

姑父有一些慌乱，他急忙介绍说：“这是……”奶奶接过话头说：“我是他姨妈……远房的，听说你们要结婚，特意过来送份子。这个是我孙女。”我看到奶奶佝偻着腰，显得单薄而又瘦小，刚才飞扬在她脸上的神采，早已烟消云散。一听说我们是来送钱的，女人立刻像变了个人，干巴巴的脸顿时舒展开来，像一片茶叶掉到了开水杯里。奶奶把红包塞给她，她一点也不推辞，用粗短的手指捏了一下。

奶奶准备告辞，她赶忙拉着她的手说：“这都到吃饭的时间了，怎么还走呢？我下去买几个菜，你们晚上就在这里吃饭。”奶奶说：“下次，下次吧。”女人说：“那怎么行呢？这样说出去要让人笑话的。”奶奶说：“都是自己人，不客气的，我家里还有事。”女人用怀疑的目光看着奶奶说：“真有事？”奶奶说：“真的。”女人也不客气了，马上说：“那我就不勉强了，明天晚上记得早点来喝喜酒啊。”奶奶一听，脸色突然变得煞白，手捂住胸口，但她还是勉强地挤出一丝笑容说：“好！”

门关上了。楼道像漆黑的地窖。奶奶回过头，像是在做最后的道别。她有气无力地说：“小欣，我走不动了。”我弯下腰，背上她，两只手紧紧抓住她，怕一松手她就会像鸟儿一样飞走。我的头发不知什么时候湿了，水滴到唇角，带来一阵轻微的凉意。雾又开始重了。

本文刊载于《十月》2014 年第 2 期

**赏析：**

作家以悬念引导小说的叙述，将要结婚的人是谁？奶奶愿为何人抵命？“我”梦中的人是谁？无数的疑问皆指向与“她”相关的答案。“她”便是因乳腺癌去世多年的姑姑，而今姑父再婚，奶奶上门拜访并执意要送大红包。奶奶对姑姑超越时空的爱与思念令人动容，对姑父的善意与关怀烛照人性的光亮。小说的讲述极为高妙，悬念的设置毫不刻意，且在小说的行进中自然而然得到揭露。红包的丢失、新妇的归家则在平淡的生活流中制造波澜。小说对世态人心的洞察与人物心理的刻画颇具深度，对细节的极致化呈现、新颖高妙的比喻以及质朴而极富韵味的语言成就了作品的文学性。辽远的过去与现实的人事笼罩在南风天黏腻湿润的感伤氛围中，人心深处的温暖与柔软、世故与幽暗留待读者细细品味。

（陈榕）

# 红白蓝的故事

唐　睿

坐在阳台的煮食台旁，皑可以看到祖父在卫生间的门洞里露出的半个身影。祖父佝偻着身体站在那里一动不动，仿佛睡着了一般，但实际上，他正在吃力地挤出一滴又一滴的小便。人的衰老竟可以如此迅速且不动声色，就像凌晨的一场骤雨，睡梦中隐约听见砂砾洒落纸张的声音，翌日早上，就遗下了一地凋敝的花叶。

自从动完前列腺手术，祖父的身体就开始衰弱，胃病、湿疹，以及脑退化等问题接踵而至。他恐怕已忘记，呈祥道那条暗带迂回而且凹凸不平的走道上，零钱在钱箱里跳跃所迸发出的生命声响。

事物落进了不同的境况，就会有不同的意义。

朝东的房子自午后逐渐变得阴郁，一阵薄薄的寒意穿过阳台，在大厅里淡然地拨弄着日历的纸角。祖父闭着眼睛躺在床上，也不知是醒着还是睡着，房间有点寂静，于是皑轻轻扭开了广播。频度不偏不倚，雷霆 881 在正好播放着“马路的事”。祖父驾驶出租车时，听得最频繁的，就是这广播。皑觉得它或许能勾起祖父的什么记忆，于是就将音量轻轻调高，岂料祖父抬起手腕下垂的臂膀，做了一个“随它去吧”的手势。

皑知道，祖父确实是想起了什么了，只是他情愿忘记。

事物落进了不同的境况，就会有不同的意义。

坐在阳台的煮食台旁，皑看到祖父在卫生间的门洞里露出的半个身影，逐渐浮现在亮得有点惹人反感的白瓷砖上。衰败的痕迹充斥着整个房子，灰蒙的照片、多尘的风扇、橱柜上待修多年的烤箱，以及窗台上那坨连芽都一起干瘪掉的大蒜……只有那墙亮丽的瓷砖，没带半点哀悼的意思。

“你爸当年选的料真好！”看到皑凝视着卫生间若有所思，二叔跟皑说道，“这样的瓷砖，工费连料，当年少说也要两三千吧，幸好有你爸，你爷爷奶奶这房子的装修费才省下了不少。”

二叔边漫不经心地理着一堆堆杂乱无章的旧物，边跟皑找话题：“你爸跟你一样，很有艺术天赋，那时要是家里有钱栽培，说不定他就跟你一样，到外国去当画家了。”

皑正想纠正二叔的话，二叔却抢先一步说：“唷！你看这东西多难得。”

皑接过二叔递过来的纸卡，那是衬衫包装里用来固定衬衫的白卡纸。卡纸版平滑光亮的那面，画了一幅“天下太平”的对战图，中轴线的上下方，分别别扭地写了两行字歪歪斜斜的字：“林香凝　白聚元”“白皑　送　生活如快”。

皑实在记不起自己在哪年、出于什么原因送这张游戏残屑给祖父母，看着图中凌乱的战斗痕迹、蹩脚的句子和别字，皑忽然感到一阵莫名的悲哀，而他更为祖父母如此珍视他这份毫无诚意的礼物而感到抱歉。图中唯一能够让他得到一点安慰的，就是其中几架特地用水笔着色的战机，从它们刻意用渐变色彩以及没有涂出轮廓线的扁平电缆来看，那一定是自己当年非常慎重地，一边无意识地舐着上唇，一边专注地涂抹出来的。

——或许这是一场难得的胜仗，所以我才送给祖父母留念？

不过，对于自己是否真的打了胜仗，皑已经无从记忆。

二十多年的人生里，皑并没有多少段得胜或者获奖的记忆。无论是小时候跟邻居下斗兽棋，童年时过春节跟家中的同辈小孩玩“鱼、虾、蟹”，抑或中小学时代选班会代表，乃至更微不足道的行长或科务长，皑都从没胜出过。

——我或许是个天生的失败者？

虽然皑不至于萌生如此悲观的想法，但在他童稚的意识里，多少已觉得，自己与“胜利”和“成功”等字词沾不上边，因此皑自小便学会怎样去回避不必要的挫败，而当真的遇到挫败时，皑也掌握了宽宥自己的办法。因此，皑总是小心翼翼地去做他的每个选择，小学时代，他宁可选择画班作课外活动，也拒绝加入老师推荐他参加的足球校队；中学时代，他的成绩刚好能够选理科和商科，但最后他却选了文学和世界史两门纯文科；大专时代，他应该有能力报读历史或者社会学，但当那所大学的美术系在面试时表明愿意录取他之后，皑就不假思索地调动了联招申请的志愿序次，将美术系排到首选。家族的长辈都对皑的行径不以为然，但皑每次遇到他们都尽可能装出一副泰然自若的样子，不让旁人看穿他半点心思，他努力让大家相信，他有自己的想法，他拒绝从俗，是因为他要以独特的方式去开拓自己的人生。

现在，皑已不再画画，他在巴黎的一间画廊任职学徒，一边当助理，一边学习艺术管理。初到巴黎，皑曾经报过几间美术学校，但全部都不予录取。在唯一一次的面试机会里，有位长相刻薄的考官拿着他的画作翻了半天，然后往长台上一扔说道：“Pas d'ame。”（没有灵魂）那是皑在巴黎的第二年，他终于接受了自己进退维谷的难堪处境，于是翌日，他走进了 Odéon 一家专门倒卖中国当代艺术作品的画廊，开始他的学徒生涯。

实际上，皑并不喜欢画廊里的作品，皑留在这里，纯粹因为他走进画廊的那天，画廊刚好需要人，而皑亦正好需要一个容身之所。要是皑当天遇到的不是一家画廊，而是一家餐馆、酒吧，甚或是伫立在 Blanche 或 Pigalle 一带的性用品商店，皑恐怕也会照进无误而成了一名侍应、酒保，或者性玩具推销员。

对皑而言，人生并没有任何神秘奥义，一切都不外乎是随机的巧合。

只是，一旦皑接受了一个身份，他就会将这身份演绎到底。因此，他无法无视画廊每一件作品所释出的躁动，也无法否认他对这些躁动的厌恶感。每天离开画廊，皑都特意绕到塞纳-马恩省河边去。特别是周五晚上，皑总会从艺术桥（Pont des Arts）走到卢浮宫，乘着晚间优惠，走到罗马时期的埃及展厅，隔着玻璃去端详那几具安躺在那里的木乃伊。皑对他们并不特别熟悉，他只是喜欢——特别是在冬日旅游淡季、访客稀少的展厅里，悄悄地感受一下凝定了的时间。然后，皑就会赶在闭馆前的半小时，奔上黎塞留馆的二楼，去欣赏林布兰的画作。

对于那句“Pas d'ame”，皑始终非常在意。那句话，实际说中了皑的心事，而他从林布兰的画作里，就恰恰看到了他所欠缺的东西。皑凝视着林布兰的自画像反复思量了许多个夜晚，最后他得到了一个结论：眼前这位大师的人生，要比自己的波澜壮阔得多。他，白皑，一个土生土长的香港屯门人，既不曾经历过战乱饥荒、强奸勒索，甚或是破产丧子，二十多年间仅过着平凡得不能再平凡的生活，就算恋爱也只不过谈过一遍，而且还谈得糊里糊涂、无疾而终，如此人生，作品被批评“Pas d'ame”，这或许也是，理所当然的吧？

这次返港奔丧，皑没想到竟会再见到天蔚。

当初，他只是听说晓彤在上环经营一间画廊，想向她打听一下香港现时的行情，于是就抱着侥幸的心情，跟晓彤联络。

由于多年没有联络，皑在电话接通时就一本正经地道：“请问是洪小姐吗？”晓彤弄懂来电的是白皑后，随即幽默地答道：“原来是呆佬啊，还叫我洪小姐，害我还误会是追数公司呢！你还是像从前一样，叫我 Scarlett 吧。”

当年白皑出生，长辈替他找了位算命先生起名，算命先生是东北人，不知道“皑”字粤语读“呆”，以为这字大概读“暧”，就挑了“皑”字。白皑的父母是到入境处为白皑申请出生证明时，看到职员当着他们的面，翻出字音表之后，才知道“皑”字音“呆”或者“而”。父母困惑了半晌，觉得还是应该遵循算命先生的意思，最后就沿用了“皑”，而为了在心理上好过一点，他们就在英文拼音的位置上，填上了“Yi”的读音。不过男生叫“Yi”也有点阴阳怪气，所以自从皑升上中学，每当需要自我介绍，皑都厚着脸皮，不无自嘲地对人说，自己的名字有两个读音，为免混淆，大家可以叫他做“呆佬”。

“约我见面了解香港的行情？哎呀，好老套的借口啊。你是到了异地感到寂寞，所以想回来追我吧。我跟你说，我已经结过两次婚，现在正带着两个同母异父的孩子。你想追我最好先考虑清楚。”

突然从电话筒里听到这堆没头没脑的话，皑一时不知如何应对。

“你不会当真，被吓坏了吧？我跟你闹着玩的，看来你还是老样子，实在弄不清你是迟钝还是欠缺幽默感，我还是对你认真点吧。跟你说，见面当然没问题，如果你不介意，我想把几位相熟的旧同学也找来，大伙都许久没聚过了，正好可以趁你这次回来聚聚。”

于是，皑在毫无预期的情况下，参加了昨天傍晚的那场聚会，并且再见到了天蔚。

聚会地点定在湾仔一栋大厦十五楼的楼上餐厅，从狭小的门洞走进去，没想里面单计用餐区，竟也有千多英尺阔，而如果再加上那个偌大的开放式厨房，餐厅说不定有两千英尺。餐厅的深处用厚重的玻璃墙划出了一块游乐空间，里面放了一台迷你的塑料滑梯连秋千，还有几箱小玩具，好让在餐桌前坐不住的小孩可以在里面消磨一点精力和时间。皑虽然是土生土长的香港人，但每次到港岛或者九龙位于五楼以上的楼上店，都会被这样的空间，激起一种异样的陌生感。

看到皑若有所思的眼神，Toby 用手在皑的面前晃了几下说道：“看你惊讶的样子，你到法国后似乎真的没回来过。改天我带你到观塘那边的工厦玩，早上跳弹床，下午踩花式单车，然后晚上打泰拳，保证你乐而忘返。香港那么多好东西，真不明白你为什么要跑到外国去。”说着，也不等皑回答，他就再把左脚盘到椅垫上，上身再次转向椅背后面的方向。学生时代，Toby 已经有这习惯，哪怕他正在跟你说话，却总喜欢背着对方，一副漫不经心的样子。

“人家去外国追寻理想，哪像你，毫无大志，只懂一辈子替八卦杂志设计版面。”外号“大姨妈”的 Austin 禁不住用他一贯娘娘腔的语调揶揄 Toby。

“做杂志的版面设计有什么问题？起码收入稳，像你那样偶尔才替剧团画些花草树木，一个大男人，噢，不对，一个大姨妈银行结余每月不足两千大元，我真替你感到悲哀。”

“好了，你俩要么不见面，要么一见面就狗咬狗骨，你们不烦，我们听着也烦。”Samantha 见 Toby 和 Austin 又再准备你来我往，就介入一下，以免其中一方失言，破坏了难得一次的聚会气氛。

“幸好有 Samantha 老师主持大局，否则这两个家伙肯定会没完没了。”晓彤也机警地偷换话题，“对了，有谁知道 Clara 还有多久才到?”

“我!” Austin 像个小学生似的，把手举得笔直抢答道，“刚才她说要替孩子换衣服，所以要晚半小时。”

皑几年前就听说过，天蔚在他离开后没多久就结了婚，不过皑是在聚会刚开始的时候才知道，天蔚原来已当了母亲，而且孩子还似乎已有五六岁的样子。

——五六岁的孩子……这岂不正好是俩人分手前后的时间?

知道会再见到天蔚，皑的心情本来就够忐忑不安，得悉天蔚有个五六岁的孩子后，皑更是浮想联翩，疑心孩子会不会跟自己有什么关系……

天蔚来了，她穿了一件下身打褶的白色连身棉裙，外面套了一件松软的湖水蓝毛衣，一副贤妻良母的样子。大概是当了母亲的缘故，她的脸颊比从前丰腴了一点，脸色则要比过去略为苍白，眼眶底下有一抹淡淡的憔悴神色。天蔚用两根木簪把长发绾了起来，显然是仓促的打扮方式，但利落的手法还是透出了一股成熟的女性美。

看到她身后的孩子，皑不禁为自己刚刚联想到的老套影视情节而觉得自己白痴。

“噢，好漂亮的孩子，告诉姐姐你叫什么名字。啊，我应该跟他说英语吧? What's your name?”

躲在天蔚身后的混血小孩怯生生地向晓彤答道：“我叫 Edvin。”

“中文讲得真好，一定是妈妈的功劳，他爸是哪国人呢?”

“他们家本来是瑞典人，但两三代前已入籍澳大利亚。”

“原来有北欧血统，难怪长了一头金发，嗯，这孩子长大后肯定是个高大帅。”说着，晓彤特意走过去热情地亲了一下孩子的脸颊说道，“要快长高长大啊，姐姐等你，日后跟姐姐谈恋爱，娶姐姐当老婆哦。”

Austin 见晓彤开始有点疯言疯语，弄得站在旁边的天蔚好不尴尬，就走了过去打圆场说：“别吓着小朋友，人家日后长大，屁股后头一定跟着一大群美女，才不会看得上你这 Auntie，你还是早做好心理准备，当个老姑婆吧。”说完，Austin 就转过去牵小男孩的手说：“来，哥哥带你去荡秋千。”

聚会就在一片喧闹的氛围下继续。皑和天蔚似乎早有默契般，谈话时都保持着恰如其分的距离。但只要人细心留意，就不难发现，整个晚上，他俩并没有半句直接往来的话，而每当两人需要谈到一些关系到对方的讯息，他们就会把话说得像公告给大家知道，而非指向对方似的。

然而，Toby 却突然在席间神经兮兮地问了一句：“我说，有个问题我想查证多年了，现在既然事过境迁，我想问问也无关痛痒吧。呆佬、Clara，你们当年是否搞过地下呢？”说着，Toby 拿出手机，搜索了一会，搜出一张关公像的照片高举起来说：“关二哥在上，我今天也不怕告诉大家，我当年是追过 Clara 的，但无论我约她看戏还是单独在饭堂吃饭，她说什么也不答应。我一直觉得，问题不应该出在我身上，而是 Clara 已经心有所属。后来，我有次偷偷地随着她离校，结果就看到她跟呆佬进了同一个车厢。你们老实告诉大家，你们当年是否搞过地下？”

聚会的气氛顿时沉重起来。皑焦躁地在心里盘算，该怎样回答才能减少对天蔚的伤害，他偷偷瞄了天蔚一眼，岂料天蔚竟从容地放下手中的餐具，向着 Toby 眯眼微笑，大方地答道：“哪有的事。当年我只是嫌你邀我看的戏太过俗套，要是你当时邀我到百老汇电影中心看欧洲文艺片，恐怕我是不会拒绝的；至于吃饭，哪有人会邀心仪的女孩去吃饭堂的呢？我可是贪慕虚荣的女人，如果你那时约我到半岛酒店喝下午茶，我肯定早就盛装出席了。噢，不过你也不用懊悔，我现在还是 Available 的，如果你们有谁诚意精心安排一下，说不定我也会抛夫弃子赴约。”语毕，天蔚还特意调皮地扫视了 Austin 和皑，把话装扮成一句疑真疑假的俏皮话。而当她的视线和皑相接时，皑简直感到全身的血液被瞬间冷冻了。

“喂，有夫之妇要洁身自爱哦，何况，这边还有两个寂寞‘中女’，做人得替人着想哦。”晓彤打趣地应道。

“慢着，慢着！”Samantha 忙不迭地叫道，“首先，我还不到三十，才不是‘中女’。其次，在座这三位先生……”她依次打量着 Toby、Austin 和皑，逐一点评道：“这个，太烂；这个，太娘；嗯，这个，太呆，而且现在太远。所以，统统都不是选项。”

皑觉得，天蔚是真的变了。从前的她，只是个沉静的女孩，要是遇到这种情况，只会一味低头脸红，绝不会懂得用俏皮话打圆场。

那时的天蔚喜欢把两边耳上的一撮头发结系到后脑，用一只蝴蝶结别成辫子。她的身体看来很单薄，但当她穿着连身白纱裙子，披一件鹅黄色的薄毛衣，站在午后的东铁列车窗边时，皑就能毫无难度地将她认出来，然后，在大二上学期的那个下午，他首次跟天蔚单独说话。

在皑的中学时代，他的父亲于一次装修工程里，意外从人字梯上摔了下来，头部着地的他在医院躺了一周后最终不治。父亲离世后，母亲的精神状况不太稳定，所以三年的大学生涯，皑都不住宿舍，一是为了省钱，二是为了多陪母亲。结果，大学的头两年，皑都没有几个相熟的同学，这种情况一直持续到大二下学期。某天，皑住在番禺的外祖母中风，皑的舅母不堪照顾的压力，结果婆媳、夫妻关系都弄得很僵。万般无奈的舅父最后只好向皑的母亲求助，请她回去照顾外祖母。皑的母亲想起自己三十多年来都没怎样尽过孝道，现在自己既然已是孤家寡人，就决定回乡照顾母亲。

天蔚过去一直以为皑是个孤僻的人，没想到背后还有这样的一段故事，顿时对皑多了几分亲切感。自那天起，天蔚下课没事，就会径直走到大学站去，看看会否碰到皑。至于皑，他一般都乘北行列车经上水转小巴回屯门的，但自从那次因为要到荃湾，替母亲取东西而在南行的列车上碰上天蔚之后，皑就偶尔改变习惯，取道向南，特意绕一条远路经荃湾回家。

有时天蔚会特意在月台上等上三班列车，然后，当看到皑走上月台时，就装出一副刚到的样子，跟皑一起走。这种等待后来由最初的三班列车，渐渐变成五班，甚至十班。那天，天蔚足足在月台上伫立了两小时，她终于意识到，她等待皑，已不再是基于什么亲切感了。

有一次，皑步上罗湖方向的月台后，才发现天蔚站在路轨的另一边，而这时两边的列车都开了过来，皑只好踏进车厢，使劲地挤到窗边。他看到天蔚也站到隔壁列车的窗边，于是皑立即尝试在车窗上写上“火炭等”几个字，但由于皑当时忘了要将笔画逆向书写，结果看得天蔚一头雾水。皑以为天蔚看不清笔画，于是焦急地在窗上呵气，准备把笔画写清，可是他的“火”字还没写完，列车就朝相反方向各自驶开。天蔚在另一辆列车上不禁骂了句“呆佬”，但想到皑方才气急败坏地比画，心里还是暖暖的。

一周之后，他们又尴尬地隔着路轨在月台上碰到，而皑那边的列车正巧又准备进站。那是一个下着毛毛细雨的下午，天蔚觉得，她又要目送那呆子一边比画，一边消失在迷蒙的烟雨中了。可是天蔚等了一会，却迟迟也不见皑出现在车窗前面，最后列车开走了，剩下天蔚悻悻然立在月台上面。正当天蔚有点沮丧的时候，忽然有人从后面拍了拍她的肩膀。天蔚别过头来，只见皑举着手中的伞傻笑着说：“我见你没有带伞，就跑了过来，幸好你还在。”

——我当然一直都在。这是天蔚当时没吐出的心底话。

皑一直跟天蔚乘到荔景，他知道她要下车了，就把伞递给天蔚。

“那你呢？”天蔚问道。

皑耸耸肩，然后说：“我没问题的。”

车门快关上的瞬间，天蔚一把将皑拉了出来说道：“来，我带你去看个东西。”说着就拉着皑出站。皑并不熟悉这区，加上撑着伞的缘故，他根本无法仔细认路，只好随着天蔚绕了一两个弯，然后上了一条斜坡，来到一个平台。这时雨几乎已经停了，天蔚把伞一收，指着旁边的几栋楼说，那是我住的地方——丽瑶。然后她又指指山下说，那是货柜码头。那时正好是六点左右，雨霁之后，云雾正朝身后的山峦退却，海的那一边一片澄明，正是日落时分，天边出现了一层层从橙到紫的云霞，而靠近海面的地方已经暗了下来，货柜码头亮起了璀璨的灯光，而码头对开的马路上，汽车川流不息，但因为相隔太远，山上并不怎么听到城市的声音，只听到空灵的风声，让人觉得眼前的城市，乃至活在这城市的人，都仿佛在领受着一种莫名的祝福。

自那天起，皑不再绕道上水。他跟天蔚在这平台上度过了许多个黄昏，然后每次都会顺着丽祖路下坡，在下葵涌分科诊所前过马路，再在对面荔景邨巴士总站乘车返回屯门。

这次返港，皑特意找了一个黄昏，回溯这段自己曾经那么熟悉的路，可是，除了分科诊所门前那株刚好开满花的木棉树能给他一点安慰之外，他所得到的，就只有怅惘。

聚会之后，皑终究还是无法找出天蔚中止通信的原因。这些年来，皑以为天蔚纯粹出于愤怒，才一直无视自己所送出的电邮和信件，但昨天见过面后，皑觉得似乎另有隐情。

“天蔚已不是当年那个沉静而偶尔冒失的女孩，她似乎收藏了许多秘密，不想，也无从向人说清。”

这是昨天聚会之后，晓彤带皑到自己位于上环的画廊参观，私下谈了一会儿的时候说的。

在皑的想象里，他一直觉得晓彤的画廊应该是那种专门针对外国买家的艺廊，里面要么就是卖点仿古中国家具，并夹杂了些陶瓷玉器；要么就是寄卖些在本地和中、日、韩地区薄有名气的年轻艺术家作品。皑万万没想到，晓彤的画廊实际是一家由非营利机构经营的小区画廊，专门供一些毫无名气、难以找到展览场地的艺术家初试啼声，此外也办一些工作坊和展览，借此为普罗大众提供接触和认识艺术的机会。

“怎样？没有看到那些用牙医工具制作的象牙微雕，让你失望了吧？”

“哪会，这地方很好啊。只是没想到你竟会……”

“我怎不会？对了，大家都觉得我应该是那种睡到很晚才到荷李活道开店，向老外兜售内绘鼻烟壶赝品，砍他们一颈血，傍晚再拿着那些不义之财，到兰桂坊吃喝玩乐，然后一直玩到徐娘半老，就钓个老外泊岸，并随即替对方怀个半唐番，享受少奶奶生活的那种人吧？”

看到皑脸上忽然掠过一抹难堪的神色，晓彤顿觉自己失言。二人沉默了半晌后，晓彤才说道：“其实我早就知道你跟天蔚的事了。”看到皑准备支吾以对，晓彤立即接着说：“就在我俩一起到上海实习的最后一晚上，酒店前台似乎误将天蔚的电话转到了我的房间，她先‘喂’了一声，但听到应答的是女声时，就不说话，然后过不多久就挂上了。我当时觉得那声音真熟，后来才想起是天蔚的声音。当时的同学，就只有我俩在那边实习，天蔚不是找我，就应该是找你了。有谁会山长水远地给一个不相干的人打电话呢？所以后来回到香港，我就暗暗观察你们。尽管你们在大家面前都像刚才那样，经常表现出一种恰如其分的距离感，但观察久了，我最终还是能够从中找到一些蛛丝马迹，看出你俩的关系。”

皑看到晓彤已知道真相，也就不再抵赖。

“那时我们才一起不到一年，所以就打算在更稳定一些的时候才公开。”

“后来你就去法国了。”

“对，后来我就跟天蔚失联了，只是偶尔从你们那里得到一些零碎的消息。”

“有段时间，天蔚跟我们也失联了，许多有关她的消息都是二手甚至三手，我们都无法分辨真伪。那你这次回来不去问清楚吗？”

“今晚之前，我一直没法取得她的联系。刚才终于见了，但或许就是因为见到了，加上她刚才那种有别过去的神色，我现在反倒有点犹豫了。”

“拿出点男子气概吧，做事情要直截了当，别拖拖拉拉。来！先锻炼一下。”

“锻炼？”

“送我回家啊，现在已经十一点多，你就让我这样一个黄花闺女自己走回西环吗？”

皑对港岛区的路并不熟悉，尤其是中西区的小街小巷，要不是晓彤带路，皑肯定会迷路。他们走上坚道和般咸道，然后上上落落许多阶梯。走进一些寂静的小巷时，皑跟晓彤的影子拉长又缩短，时而交叠在一起，时而又隐没在黑暗之中，四周的楼房仿佛都睡着了，水泥墙和石壁回响着他们的私语和足音。整个氛围，都让皑产生一种似曾相识的感觉。

“你还记得上海实习的那个晚上吗？……”

经此一问，一段久违的记忆顿时涌现在皑的脑海。

那是离开上海前倒数第二天的晚上，也是最后一天上班的日子。皑跟晓彤在实习的广告公司打点完一切，已是晚上八点多。他们在浦东的塘桥打了一辆车，计划到徐家汇去吃晚饭，然后到衡山路的酒吧去喝一杯。但那的士司机却没有走他们熟悉的高架，而是专拣街上的小路左穿右插。皑尝试向司机查询，但不知道那司机是耳背还是太骄傲，又或者是听不太懂皑的蹩脚普通话，只含糊地应了几句上海话。晓彤见附近有点偏僻，开始担心，就叫司机停到最近的地铁站。可是司机也只是爱理不理地应了句“快到，快到”。皑跟晓彤觉得不太对劲，就大喊停车停车。与此同时晓彤灵机一动，“七情上面”

地用手按着下腹叫起："流血，流血了。"那司机顿时吓了一跳，把车刹停在路边，然后骂了一句"神经病"，连车资也没收就绝尘而去。

看到车子远去，皑跟晓彤终于松了一口气。皑跟晓彤开玩笑说道："怎么样，是月事还是要生孩子？"晓彤也不甘示弱，用手袋拍了一下皑的头，回了一句："当然是孩子，你自己做了什么事，自己心中有数，别给我装蒜。"说完，彼此都忍不住大笑起来。

那时候智能手机还未普及，两人完全无法定位，而附近人车稀少，一时间找不到另一辆出租车，于是二人只能尽量顺着马路向较多灯火的方向走。虽然是夏天，但到了晚上上海还是会凉，加上附近的高楼不多，晚风肆无忌惮地把两人吹得直哆嗦。晓彤仅穿了一件玫瑰红雪纺衬衫和一条黑色的公务裙，走了不到一刻钟，就已给晚风吹得头昏脑胀。当天皑恰巧没有把西装外套带上，看到晓彤的脸渐见苍白，不禁焦急起来。就在皑不知所措的时候，晓彤竟一把挠住了皑的手臂，把头埋到皑的胸前。

"这……有点难走。"皑尴尬地道。

"将就一下，我要是晕倒在路上你更麻烦。"

一个多小时后，他们终于来到了音乐学院附近的一家小咖啡馆。他们在杂志架上找到了一张上海旅游地图，然后不禁赞叹自己有多天才：刚才沿途附近其实都有地铁站，但他们竟全都避开了。

皑点了一杯热巧克力给晓彤，然后不知从店外什么地方，带了件荧光黄的风衣回来给晓彤。晓彤伸伸舌头道："这下过马路也不用担心给车撞了。"

他们胡乱在附近一家小馆子打发晚餐，然后打车到外滩去，准备再看一次夜景。等车的时候，路旁刚好有一对男女在闹分手，女的歇斯底里地抱着男人不放，惹来了一堆人围观，那男的窘了，竟动手打起女孩来。就当晓彤准备挤进人群准备看看事态发展时，刚好来了一辆的士，于是她就摇了摇头，跟着皑走进车里去了。

"刚才那女的好可怜。"抵达外滩后，晓彤伏在栏杆上若有所思地说道。

皑一时间也不知道如何回答，只好"嗯"了一声。

突然，晓彤恶作剧地笑了笑，低声说了一句："跟你玩个游戏。"然后就跑到外滩步行道的中央脱了荧光外套往地上一摔，大声喊道："那你当初何必追我？"时间快接近凌晨，步行道的游人已不多，不过这一叫还是引来了一些人的注意，于是大家就将目光投到皑的身上。

皑吓了一跳，赶紧跑到晓彤身边叫她别闹。

晓彤悄悄做了个鬼脸，低声道："怕什么，这里又没有人认识我们，后天我们一走，大概连自己在这做过什么也不会记得了。"接着她又大叫道："好啊，三年来的感情，说完就完。你说，你是不是有了小三，那小三是谁，是不是公司的那个佳佳。"

皑愣了一下，皱起眉问道："谁是佳佳啊？"

晓彤低声道："海洋公园的那只大熊猫啊。快配合，早点把戏演完，就早点回去休息。看，别让观众失望。"

旁边竟真来了六七个人在围观。

晓彤继续高声道："好啊，过去这三年，你说你觉得自己配不起我，介意旁人白眼，要搞地下，我也顺着你，跟你一直偷偷摸摸。现在我明白了，你这么做，其实只是为了一脚踏两船。"

"哪……哪有这等事。"晓彤前半段的话，恰巧说中了皑的心事，皑顿时焦急起来："我只是觉得没有必要让不相干的人知道。"

"知道不是更好吗？就是因为大家都不知道，高经理才肆无忌惮地发那些情色讯息给我；市场部的向阳三天两日就来烦我，强行把我带去吃饭看戏，那天他还半夜到我家来，厚着脸皮要我给他煮咖啡。我说我家没咖啡，他就说他到便利店买，一刻钟后他提着个塑料袋回来，里面是两瓶红酒和一盒保险套，我吓得立即跑到厨房拿了把剪刀抵着咽喉跟他说，他再不走我就刺下去给他看。你看，要是你一早公开我们的关系，我们大大方方住在一起，我还需要受这些屈辱吗？从小到大，我就盼着个可靠的男生来保护我，当我遇到你，我觉得我终于找到了，没想到你这么窝囊，大伙在一起的时候，我是多么在意你，不断地盼着你在什么时候会忽然别过头来，跟我的目光相对，但我盼了三年，就是盼不到这样的一个瞬间。"

皑看到晓彤眼眶里真的有些泪光，也弄不清她是在假戏真做，还是触发了真感情，忽然之间，皑发现自己竟对她萌生了一种怜爱之情，于是就搂着晓彤的肩膀跟她说："好了，到此为止，我们回去再慢慢说。"

他们从外滩一直走回位于南京路、河南路交界的酒店，皑一直让晓彤把头靠在他的肩膀，路上谁都没说话。

皑把晓彤带到她的房间门外，说了声"到了"，晓彤这时才抬起头来，面带忧愁地看着皑。

"能在这里把话说清楚吗？"

皑愣了一下。

"刚才不是说，回来再慢慢说的吗？"晓彤嘀咕道。

"那其实是，一句无意识的话。"皑对于自己当下无法随心所欲地说出这句话，感到不可思议。

皑正在困惑不已的时候，晓彤突然"噗吓"一声笑了出来，喷得自己和皑都一脸口水鼻涕。她边笑边用手替皑擦拭，越笑越剧烈。皑也褪下卷起的衣袖替晓彤擦脸，晓彤的妆有点花了，看起来有点滑稽，但粉底下浮现出的淡淡雀斑却又有几分惹人怜爱。皑觉得应该要说些什么，晓彤却一把抱着了他的腰，使劲将脸往他的胸口印了一下，然后后退说：“这下该说的都说完了。谢谢。”语毕，晓彤生硬地笑了一下，就头也不回地掏出房卡把门打开，将皑遗在冷清的走廊里。

当晚，皑错过了天蔚的电话。时间已不早，皑就不给天蔚打过去。独自在空荡荡的房间里，皑忽然想起，这个独自旅居了两个月、由几堵苍白的墙以及标准的酒店家具构成的空间，竟然没有任何自己活过的痕迹，就像他二十几年的人生一样，于是，皑又感到了那种难熬的寂寞。他将被子盖住身体，一边想着天蔚一边自慰，但这夜天蔚的脸孔有点模糊，它跟晓彤的交叠了在一起。尽管已经梳洗妥当，但皑似乎还能够闻到晓彤的粉底香气。

“到了。”

站在唐楼梯角的晓彤，把皑从记忆中拉了回来。

路灯从磨砂气窗上透了进来，皑又看到了那些淡淡的雀斑。仔细一看，戴着一双大耳环的晓彤要比从前成熟且多了一份瑰丽的气质。

皑忽然想起，自己曾一边想着这张脸一边自慰，顿时尴尬得面红耳赤。

“法国人道别，好像要这样亲脸？”说着，晓彤往皑的两边脸分别轻轻亲了一下。“是两下还是四下呢？”晓彤正准备往皑的脸上再亲过去的时候，忽然想起了什么似的，顿了半晌，然后轻轻往他的唇上吻了一下。

“可惜我不是法国人，而且，我也不知道我们是否正在道别。我们或者明天见？或者自此永不再见？悄悄地告诉你一个秘密，我在上海的时候，学懂了一个道理：人生并没有任何神秘的奥义，一切都不外乎是随机的巧合。”

说完，晓彤转身掏出钥匙把门扭开，进房子之前，她又凑近皑说了一句：“明天你会打电话给天蔚？还是给我？或者我们两个谁都不找？……可以对你作一个要求吗？如果明天找天蔚，就不要再找我了……而如果万一——虽然我不知道这万一的可能性有多大，但如果明天你万一，真的找我，我能要求你不要再找天蔚吗？”说完，晓彤意味深长地对皑笑了一笑，静静地走进房子，将皑留在一片毫不熟悉的夜色之中。

自昨晚起，皑便一直想着晓彤的话。如果晓彤没有留下那番话，皑恐真的会分别致电给她们了。没想到，晓彤竟然这么了解自己——尤其是他的软弱。现在他愈想愈累了，两个都不找的这个选项，渐渐在他的心里明晰起来，只是皑一想到这次离开，就不知道什么时候才再回来时，他又觉得有点不甘心了。

正当皑的心在七上八落的时候，电话忽然在桌上一边震动一边播出了王菲的《棋子》。

皑又一次让生命里的其中一个选择权白白溜走了。

**赏析：**

人生并没有任何神秘的奥义，一切都不外乎是随机的巧合。皑就是不断配合巧合，演绎自己的人生，过着平凡得不能再平凡的生活。皑在生活中往往选择保守的一方，回避挫败，让生活看起来一切都刚刚好。就连对爱情，皑也没有展现出应有的坚毅，依旧那么模糊，依旧感到迷茫。他与晓彤、天蔚之间的情感纠葛，也正是他与人生歇斯底里关系的展现。尽管如此，皑依然活在他自己的节奏中，不知所措而后顺其自然，不断叹惋，又不断迎合失去。

（陈银清）

# 胡文青传

魏 微

## 1

胡文青是个很谦逊的人，生于1948年，石城人，家住举人巷3-3-206。他个子不高，却给人以魁梧的印象；周正的四方脸，棱角分明，再兼浓眉大眼、鼻直唇正……他这长相，多年前就让算命的觉得惊为天人，说："有鸿鹄之志，逢乱世，必成事！"

胡文青笑了笑，没上心。他那年十五岁，印堂比现在光亮，整个人虎虎有生气。他就读于省师附中，这在全国都称得上一所名校；他确实有些志向，却又不知志向何指；兴趣广泛，尤侧重于文史哲，小小年纪就涉猎《资本论》，因太读不懂，便纠集身边几个同道，搞了个"兴趣小组"，每周聚一次。后来，他这"兴趣小组"规模越来越大，他非但请来了校长、老师，就连"石城名流"也常过来"指导交流"；这是全校的盛会，阶梯教室内外，挤满了无数求知的小脑袋，胡文青作为发起人，也因此成了这名校里的名学生。

确实，他从少年时代起，就表现了多方面均衡的才能，思维活跃，言行妥当，对于人际、社交、事务也很会对付；写一手漂亮文章，有观点、有气势；主编一份学生刊物，敢于登些新鲜的言论，而校方并不以为忤。

总之，那几年有一种奇怪的自由风气，使得这学校一时天才频出，师长们端详这一张张少年的脸孔，或热情，或沉静，或深思，或坚定，委实不知他们将来会长成怎样的人，虽知他们中的大多数也将是平凡人……这一天，胡文青主持完"兴趣小组"的聚会后，跟班主任略聊了聊，他的意思是，他将来的方向应该是在学问上。

班主任说："倒不忙着定方向，而且——"看了他一眼，打趣道，"你坐得住冷板凳吗？这可是件寂寞的事儿！”

胡文青搔搔头皮，害羞道：“我没那么爱热闹吧？我主要是感兴趣——”说不下去了，被人戳到了隐痛；又略略有些不服气，想起一个前辈曾跟他说过的：“你这样的多面手，把你局限在任何一个领域都是浪费！”

说的其实是一回事，他很苦恼，回家的路上一直在想。走到巷口，恰好遇上一个算命的，死活把他拉住，说“一个子儿也不收”，只因他有异相！胡文青只想笑，他是个坚定的唯物论者，但是也不妨听听这走江湖的对他的打量。

当听到“逢乱世，必成事”时，胡文青说：“你的意思是，我将来一事无成了？”

那老头摇了摇头，说：“那倒也说不好！”

胡文青说：“那么只有一个意思了——你说这话就该死，什么乱世不乱世的？你哪儿来的？国民党派来搞破坏的吧？”

老头慌得连忙摆手，说：“我刚才说什么了？我什么也没说呀！我的意思是，将来的事谁能说得好？就比如你不知道你将来是干什么的，做什么职业，能活几岁。而且我也没说乱世不乱世的，我的意思是，乱世出英雄，容易成事儿，你因为生在盛世，虽有才干吧，也只能当社会主义建设的一颗螺丝钉，你会经历一番坎坷辛苦。”

胡文青笑了笑，说：“这倒像个人话！我不在乎坎坷辛苦，人生哪有一帆风顺的？奉劝你一句，以后别招摇撞骗了，今天也是碰上了我，换了别人看看？早把你扭送派出所了！”

## 2

算命这件事，胡文青很快就忘了，直到十七年后的某一天，他突然想起，如雷轰顶。此时，他已蛰居街巷多年，三十二岁，是个两岁男孩的父亲，孩子妈在国营菜市场当售货员，每天早出晚归，因此他连买菜都省了，只负责在家带孩子、洗衣做饭。

他每天下楼一到两次，抱着孩子出来透气，一般不超过半小时。看见邻居也都还客气，点点头，笑眯眯的。人家若是走过来跟他搭话，他就跟孩子说“呐，叫奶奶！”或“叫爷爷！”。

于是，这些爷爷奶奶也不好意思直接问他话，先跟孩子敷衍两句，问：“叫什么名字？几岁哪？”这是过门，刚要入题时，他已是要走的意思了，而且那孩子也实在太闹，东指指西望望，大呼小叫，朝人脸上吹气泡。他抱歉地笑笑，弯弯腰，这就上楼了。

他从不主动说什么，因此，引得整条街上都在说他。

“这年纪轻轻的，就这样过一辈子了？靠女人养活，这饭他怎么能吃得下？”

“嗐，他那女人长得真丑，哪儿配得上他！估计也是看透了，随便找了这一个。听说结婚之前是定了约的，她答应养他一辈子，就当他是个废人——”

“什么废人？他这几年好多了，尤其是有了孩子以后。你是刚回城，没看见他几年前的样子，胡子拉碴的，像个游魂，一年到头都不下楼的。”

“那是他没在楼里，出去逃难去了！这种红卫兵，造反派头头，杀人犯！国家怎么就赦了他！”

这种没见识的话，当然有人听不下去了，便站出来纠错；纠错的人五十出头，巷子里的人都他阿顺，他略微知道胡文青的一点底细。也许他说的照样还是没见识的话：“李大爷，你这话不对！造反派多了去了，都杀了，国家还怎么安邦治国，还怎么搞现代化？”

“我说的是那些罪大恶极的——”

“罪大恶极不都进去了吗？”

那李大爷一下子恼了，一字一顿地说：“那他就是漏网之鱼！”

阿顺摇了摇头，嘟哝了一句：“冤冤相报何时了！”

那李大爷一下子扑上前去，把脸堵着阿顺，问：“你家没死亡人是吧？我家里……”嗓子一下子沙了，眼里汪着水；乍着五个手指头晃了晃，意思是家里五口人；又弯下两个点了点，意思是死了三个。

阿顺问：“跟他有关系吗？”

李大爷愣了一下，没声气回答，便一个脑门撞进阿顺怀里，一边揪住他的衣领，一边哆哆嗦嗦的——不待怎样，早被人拉开了。

阿顺跳了一下，把衣领扶扶正，一边向众人说：“喏，我是个直肠子，心里压不住话。李大爷家里的情况我不比谁清楚？老街坊了，他家小凤就是我给裹的尸，一大清早拉着板车，跑了十里路，送的火葬场，还偷偷摸摸地。惨不惨？惨！但是话分两头说，我也当过造反派，不是造反有理么？我也打过人，我也挨过打，武斗那会儿，我三十来岁，正当年……嗨，不说了。我也抄过家，顺过一些宝贝儿，但是我要告诉你们，我私下里还、还不知保护过多少人呢！——信不信无所谓——这条街上的、我们厂里的……你们谁知道？是谁我不告诉你们，我也不要他承情，他也还不起这人情，我是冒着生命危险的，就是看着他可怜，而且那会儿，自己的心劲儿也歇了——李大爷，知道我想说什么了吧？这笔账你没法算，是笔糊涂账！”阿顺回头看了看二楼的某扇窗口，叹了口气，说：“像这位——”指的是胡文青，“我跟他没什么私交，两代人，看着他从小到大的，现在变成这么一个人！毁啦！你们中有些是新住户，没看见他从前的样子，石城有名的天才少年，神采奕奕，走路生风，那是进北大清华的料，毁啦！没错，他是‘东方红’派的领袖，这一派可是大名鼎鼎，风头出尽，当年，谁不知道他胡文青大名！但据我所知，他甚至都没亲手打过人，他一文弱书生，打什么打？他手下有一批打将，哪个当头头的手下没几个兵？据说，有一次他看见街上有个跳楼的，脑瓜子迸碎，他吓得捂住了眼睛，那时他才几岁？十九岁！他见过什么世面？而且后来就退出了，他二十岁就不玩儿了，隐退江湖了，你现在找他算账——你现在找谁算账，谁都不认这个账！”

说到这里，阿顺顿了顿，眼睛看着李大爷。他话还没说完呢，但是这一句话，他是绝不能出声的，只能放在心里说：“你李大爷怎么就不想想，你是因为被打倒了，失了势；你要是在台上，一窝蜂似的挤着你，你会怎样？难保就比我们干净！手里欠下几个血债也说不定！”嘀咕完了，这才长长地吐了口气，觉得舒服多了。

## 3

楼下的吵嚷，胡文青全听见了。他坐在窗沿边的沙发上，一边教儿子玩魔方，一边愣愣的，像是在听别人的故事，脸上不露一点表情。他很奇怪，这些人从哪儿知道的这些？样样都是真的。只有一句，说他有一阵子胡子拉碴，像个游魂，又说他出去逃难去了，这是没有的。他无论如何，每天清早第一件事就是刮胡须，他是刮给自己看的，告诉自己要衣饰整洁，要口齿清香——十几年前他最热闹的时候，反未必要这样。

也正因此，整条巷子对他都不满意：一个落魄的人，就应该有落魄的样子！他应该衣衫褴褛，蓬头垢面；他应该沿街行乞，疯了，或是傻了，叫那些善良的妇人们为他淌几滴同情的眼泪；可是现在他穿得比谁都干净，笑眯眯的，跟没事人一样。他还有脸出来见人，那眼神淡淡的，比谁都矜持：你跟他笑笑，他也笑笑。你给他冷脸，他就跟没看见似的，歪头逗儿子笑，想想着实可气！

他怎么就没一点愧疚心呢？他本应该跪下来向他们道歉！当然了，有些事跟他没关系，可既然他是“那一方”的，他们是“这一方”的，他就应该道歉！象征性的，不过是张一张嘴的事儿，如果连这个都为难，那就点点头；如果还为难，那就眼神表示一下：慌张、胆怯、躲闪……怎么样都行，不会太为难他！就是做个样子，好叫大家消消气，这以后低头不见抬头见的，总得相处吧，他眼神表示一下，这事儿就结了，谁还能拿他怎么样？把他千刀万剐？那是犯法的事儿，再说他也配不上！再说了，都过去这些年了，谁还会跟他认真计较？就是仪式性的，给大家一个说法，说他错了，点点头，顺顺眼，对他仁至义尽了吧？

这天晚上，胡文青一家已经躺下，只听得门外有轻轻的敲门声。他女人应了一声，出去开门，门洞里陡地闪进来一个人，直把她吓了一跳。那人转身把门带上，轻轻“嘘”了一声，却是居委会主任张阿姨。

那张阿姨压着嗓子说：“把门灯关上，我有话要说。文青呢？睡了？”

他女人说：“我去叫他！”

张阿姨一把拉住她，说：“不用了，我说两句话就走！给你们通风报信来了——噢，文青起来了？正好！你这两天最好出去躲躲，要不就干脆甭下楼，谁来砸门都不应，下面的事情我来应付。什么怎么回事儿？——”看了女人一眼，“噢，你下午不在家，闹了一场呢！那阿顺也是好心，替文青说了句公道话——你都听到了吧——犯了众怒啦！嗬嗬嗬，那还了得！商量了一个结果，这两天要找你算账呢！”

“算什么账？”他女人惊声问道。

“别咋呼。”张阿姨再次压低嗓门，说，“叫他们听到了，连我也脱不了干系呢！还能算什么账？叫他认个错呗！”

“吓死我了！”他女人轻轻地吐了口气，说，“原来是认错！这不当个事儿！”

文青站在一旁，只把他女人冷冷地看上一眼，也没有说什么。

张阿姨察言观色，说：“你看，我今晚来对了吧？你都不如我了解文青，这老街坊邻居了，小时候我还抱过他呢，就知道他性子左，十足一个书呆子，拧着呢！叫我说呢，这认错有什么了？嘴一吧嗒的事情！至于你心里怎么想的，谁还会在乎？可人家就是金口难开啊！我就说，这要是搁过去，他准当烈士，这性子！但是话又说回来，这巷子里的有些人呀，啧，可真叫说不好！这都过去四五年了，而且冤有头债有主，你该找谁找谁去！有本事你查出他们去！你找文青干吗呀？他那两年根本就搬出了举人巷，不跟街坊们过招的。他父母被另一派拉出去批斗，这账叫怎么算？”

“前一阵好像没人提了，怎么最近又扯上了？”他女人问。

“这不是陆陆续续还在回城、平反嘛，”张阿姨说，“这一回城、一平反，总归要聚一聚、说一说啰，这一聚一说，可不就生气了？唉，我也能理解，他们撒撒气是应该的——死的死，疯的疯。我现在什么事都能理解！”

张阿姨临走前，再次跟文青嘱咐道：“这一阵别让我看见你！等风头过了，我再来通知。”

可是叫她吃惊的是，第二天上午她便看见了他，他趿着拖鞋，正抱着小孩去巷口的杂货店买棒棒糖回来，她很是生气，待要撒手不管吧，毕竟乱子是出在她辖区内的，由不得还是朝他努努嘴，使了个眼色，文青看见了，只朝她走来。

他把小孩交给张阿姨，说：“你放心吧，不会出事的，我刚才遇上他们了。”

张阿姨跟在后面，说：“既然出来了，那你就说句软话吧。”

他站下来了，笑了笑："我不说。我本来也不想出来的。"这倒是他的真话，他既不惹事，也不躲事，如果不是小孩闹着要下楼，他有本事在那屋子待一辈子！但既然下了楼，就由它去吧。况且，现在什么事都不在他眼里，早空了，干干净净，连活着都是累赘。倘若自我了结吧，又觉没必要，实在是连拿刀抹脖这个动作他都懒得做，倒真不是怕死——早死了，在十几年前。

家门口的空地上，已乌压压地聚了一群人，都在等着他。文青走近了，站下来，没有人说话，一时空气寂寂的，只有几声咳嗽。这样等了两分钟，于是文青便走，走了几步，身后有人啐他，声音又响又脆，于是文青停住，回头把人群扫了扫：吐唾沫的是邵老师，中心实验小学的退休老师，七十多岁，一个半疯的孤寡老人。他没有教过文青，却因为邻里关系受托于文青的父母，文青跟他习过字，虽只有半年，可是习字本上至今还留有他的圈圈点点……一个郑重其事的老头儿，郑重得有点迂腐。

那一刻，文青突然动了恻隐之心，眼圈一热，他为掩饰自己，只能转头看别处。别处，五十米开外的地方，站着两个便衣，文青对这类人很是熟悉，也许是张阿姨布下的预防。人群里，有个小孩在玩水果刀，文青把眼睛盯着水果刀，心里很知道，这是一场"事先张扬的凶杀案"，他的眼泪一下子就干了。

阿顺也在人群里，急得脸红脖粗。文青正不知如何收场，阿顺突然号啕一声："你就说一声吧，说一声，这事儿就结了。"

于是文青便说了："我今天站在这里，要杀要剐由你们，我能做到打不还手，骂不还口。那边是警察，你们可以叫他来抓我；我会永远住在这里，欢迎你们来报复！但是我不说那句话。"

说完了，他在空气中略站了站，等着别人冲杀上来，等了两分钟无果。于是他又上楼了。这一次，他是真的上楼了，没有人出来阻止。

## 4

阿顺是在当天下午来看文青的。他总归有点讪讪的，觉得对不住文青，不该逼他说话，因此一而再再而三地道歉。

文青说："真的没关系，我那话早该说了，一直找不着机会。"

阿顺笑道："我问你一句话，你不要生气啊；我也是刚才突然想到，我能跟你一再道歉，你怎么就不能向他们道个歉呢？难道你就没一点儿错吗？"

文青沉吟了半天，一时不知该怎么回答，他把手肘压着膝盖，半截身子都伏在膝盖上。

“怎么会没错？”隔了好久，他才抬起身子说，“错大发了，所以不能道歉！”

“什么意思啊？”

“我一下子也说不清楚。我要是犯了小错，我也乐于道歉，像你没犯错的也跑来道歉，这两样都没关系；但是大的不行，大的，你得慎行。”

“你的意思是，要坚持？”

“也不是坚持，内心里早已否定了；但是我不想说出来，我就让它烂在心里；烂下去，它会成为养料的。另外还有一个尊严问题，它不是面子，我现在还有什么面子可言？早放下了；但尊严——比方说你爱过一个人、爱过一些事物，后来知道爱错了，最郑重的方式是记在心里。你不能一张嘴就跟人说，对不起，我错了。这个太轻佻了，对人对己都不尊重，而且没有意义。”

“你只是放在心里？”

“放在心里才是最有力量的，一说出来就泄气了——”

“你先听我说，我前一阵看报纸，有人白纸黑字地道歉了，大家都很感动……”

“那说明大家都不严肃。那道歉的人，要么一开始他就是胡闹，自始至终，他从来没相信过什么，就是跟着瞎起哄；要么他当初相信过，但犯的是小错误。那些真正杀了人的是不会道歉的，也许他们正在哭诉自己受到的伤害呢。那些轻易道歉的，嘴一抹，下次遇上事儿，照犯不误！所以道歉没什么用。”

“唯一的作用，能让那些受伤的人舒服一点——”

“他们只图眼前舒服，恨不得把你踩在脚底下，让你受辱，恨不得杀了你；杀了你以后，他就出了气了，他就到此为止。就这么回事儿。还有你刚才说到受伤，问题是谁在受伤？谁在伤人？这事太吊诡了，就比如你我——”

阿顺叹了口气，说：“甭说了，我知道你意思了。你这些年——”

“都还好。我想了一些事情，很多事想不通。中间几年特别难受，就是屋脊梁开始摇晃，整个房子要坍塌的感觉，特别崩溃，那真叫毋宁死！我们中有些人就这样死了，我们中学的，很聪明，一开始相信，后来怀疑了，整个人就崩溃了，中间又做过一些错事，没法回头，也没法纠正了，就自杀了；我也是其中一个，没死完全是侥幸。”

“那你下面怎么办？”

“还没想好，我能活下去的，应该会越来越好——靠老婆养活有什么不好的？——继续想事情，想通了，看能不能写点东西，不是伤痕小说那一类的；想不通，就想它一辈子，直到老死。”

## 5

这以后的几年里，举人巷逐渐恢复了平静。文青的事没人再提起，时间消化了很多东西，大家服气了，认领了自己的命运——毋宁说是淡忘了——生活便各归槽道了。

而且他也很少下楼，就是下了楼，街坊们也难得见上，因为大家也都各忙各的去了；偶尔聚在一起，有人问起他，阿顺就说："他在家写小说呢，写回忆录，那可了不得，我们街上要出大作家了！"

这话听着会叫人犯咳嗽的，尤其是那些有隐痛的人："怎么？他当完了造反派，这又去当作家？"待要说上两句吧，又显得小气，毕竟都是些老皇历了；忍了半天，才很有涵养地笑道："他倒真会赶时髦，什么流行做什么！"

文青的女人仍如常，每天早出晚归，接送儿子——他儿子已经念小学了。尤其是近两年，他女人似乎是变漂亮了，喜欢说笑，声音响亮，隔老远就打招呼："李大爷！出去溜达呢？身子骨还硬朗？"

"将就。你家那位大作家呢？"

"嗐，瞧您说的！什么大作家！"

直到有一天，一辆送货卡车开进了举人巷，车上装的全是那个时代的奢侈品：全自动洗衣机，双门电冰箱、十七英寸松下彩电、电热水器……一路的喇叭响到文青家楼下，他女人喜气洋洋地下来招呼……大家这才知道，胡文青发财了。

原来，胡文青这些年几乎就不在举人巷，他也不是什么作家，他去了南方。他是石城第一批"先知先觉者"，他挣了第一桶金。没人知道他是怎么发的，估计未必地道……整条巷子突然火烧火燎了，当他们还在进行口头上的"改革开放"时：拍腿搓叹、交头接耳、唾沫横飞……人家已经远走高飞；而且当作家也不时髦了。

这样一来，胡文青又翻身了，成了举人巷的一个标杆。晚上没什么事儿，阿姨大妈们最喜欢找文青女人聊天，从她那里，或能知道一点小道八卦，或能得到一点新鲜的刺激，比如她辞职这件事，就给了巷子一个震惊；还有她家里的簇簇新：木地板、墙纸、电话；尤其是夏夜，坐在她家里的空调房里，那比电风扇不知凉快多少去！

整条巷子突然醉了，没错，虽然报纸电视每天都在聒噪，虽然他们也跟着一起聒噪：解放思想、深圳速度、姓社姓资……可是根据以往的经验，他们谁都不会先动；然而这女人，却突然辞去了公家的工作，跟社会主义拜拜了，瞧她那样！她怎么就敢？

可是人家说了："我家文青说的，不靠我这点工资生活！带孩子最要紧，家里就他这根独苗；是啊，形势确实不明朗，哪天一变天……可是我家文青说了，大不了再栽个跟头，他上码头做苦力去。我家文青就这一点好，胆子大，什么都不怕。”

街坊们“噢”了一声，总算听明白了：说来说去他男人是个赌徒。上一回他赌输了，这一回他赌来了地板、空调、墙纸、电话……一个屋檐下，他这一赌就赢了他们二十年，这还不够，他要他的子子孙孙都赢下去！这就是改革开放，娘的，可气！

可是无论如何，巷子里的人总算醒了，立马闭嘴，也“哼哧哼哧”开始走路了。胡文青这个暴发户，委实比报刊的鼓动更起作用，因为具体可视、鲜活生动；因为有嫉妒、不服气；因为原来都在一条水平线上，甚至还不如他们……至于他二十年前的那档子事儿，他们早不介意了。

这以后的日子里，巷子里那个热闹：也有辞职的，也有停薪留职的；也有一边上班、一边接私活儿的；有南下转了几年、又赶回单位上班的；有“下海”差点没被淹死的，也有没“下海”却发了财的……凡此种种，不一而足。

再以后，这巷子就分化了：穷的穷，比如那些下岗工人；富的富，比如各式各样的暴发户，一开始是暴发户，可是发了十年、二十年，而且越来越发，他就格外受人尊重了，也不再有人嫉妒了，因为差得太远了，不在一个层次上；因为他已属于另一个阶层，上够得着中央，下抵不着群众——他住在郊区的别墅，有门卫、狼狗，有司机、保姆。虽然是一个厂里的（他雇了他们，毋宁说，是他们主动找他雇的），平时却难得见他一面；就或见了，也未必能相认，他是左拥右簇的，他们只能远远地站住，把他瞧上一眼：那风度，那谈吐，那气魄……他已经到了跟外国元首谈项目合作的程度了——这末尾一句，特指的是胡文青。

当然巷子里另有一些人，可以说大部分人，还在过着从前的小日子，斤斤计较、毫厘必争。他们的绝对生活水平，自然比以前好许多，除了排场不够，跟富人家差不多。富人家又能吃什么？山珍海味？燕窝鱼翅？吓，现在菜场超市都有卖的！富人家住得不过是宽敞一些，可是举人巷多方便，闹市中心，寸土寸金，现在他们就等着拆迁，好换到郊区的大房子里去，那儿空气好，而且住着也宽敞。

他们自然比不上胡文青他们，可是世上又有几个胡文青？从小跟他一起玩儿大的，就知道他不是久居街巷之人。老实说，做实业都辱没他了呢，他哪天要是当个市长、省长什么的——那当然，就当国家领导人他也够料！反正他们满足得很，比上不足、比下有余，总比那些街头摆地摊的强吧——其中就有他们的街坊邻居——真可怜，二十年前谁能想到他们会落到这一步？更可怜的是，他们已经认了这一身份，不比一开始，看见熟人总躲，现在也能主动打声招呼了。

可是这些摆地摊的中，后来也有几个不知怎么就好了，开了店面，每日的流水相当于他们一个月的工资……这话他们就不爱听了：“有这事儿？不大可能吧？”当确认这一切是真的时，他们叹了口气，悻悻地骂了一声：“瞧这世道乱的，是人是鬼都发了啊！”

## 6

现在的胡文青很平静。现在，他六十出头，满头华发，风度翩翩——看上去很年轻，也就四十来岁。尤其是他那从容淡定的神情，出席公共场合时，比如某些慈善活动，他不是大踏步地，而是悄悄地，宁愿躲在人群里默默无闻；不得已被领上主席台时，他谦让一番，坐在最中央，偶尔一抬头，那眼神极谦逊，前排就座的女明星们也由不得心里一动，心里想：“这才叫世家子弟，多低调，也不知他爹是干什么的？听听人家的发言，三言两语，言简意赅，也不说大话，也没有腔调，就是平平淡淡，这才叫腕儿！”

不过这是早些年的事儿了，现在的胡文青深居简出，轻易不出来见人，只有从前的几个老朋友，偶尔会约出来聚一聚，其中阿顺就算一个。阿顺近八十了，可是中气十足，说话近乎喊叫——也许是聋了。他仍住在举人巷，一方面过着小市民的生活，一方面跟着胡文青出入高档会所，打打高尔夫球。不过这仍是早些年的事儿了，现在，老哥儿俩宁愿躲在胡文青的办公室里，阿顺说：“杀几局？”

于是胡文青便摆上棋盘，说：“杀几局。”

胡文青现在闲得很，他从四五年前就慢慢收手，是到了该享受晚年生活的时候了。厂里的事情轻易不过问，只交给儿子处理。儿子不争气——儿子当然也做事，只是玩心太重，三十多岁了还不结婚，最喜欢跟二三线的女明星搞些绯闻，所以很讨小报记者的喜欢，隔一阵子就让他上娱乐版的头条，胡文青很是瞧不上！这孩子从十几岁开始，就一副公子哥儿样，很潇洒的，对什么事情都看得开。

待要说他两句吧，他妈就有话了：“他这一点跟你顶像！”

胡文青笑了笑，声气弱了许多。他这二十年来也未能免俗，中间经历了几个女人，可是他顶住了压力，坚决不离婚，而且也早戒了。现在，他跟他的糟糠之妻在一起，两人都是居士，整日吃斋念佛，家里乌糟糟的全是香火气，他儿子一回家就皱眉头。

然而他的佛事，主要还是在心里。办公室的书橱里，一排排全是佛经，他偶尔也读一读，只觉得心里空得很，泛泛的全是慈悲心。

这一排排的佛经里，也夹着一本《资本论》，不过他几乎不碰。碰什么呢？语境不同了。他少年时读不懂的地方，现在全懂了。他就是马克思批判的那一类人，那类“从头到脚，都沾着血和肮脏的东西”的人。他现在是个居士。

这《资本论》也不知谁放进书橱的，似乎是为装点，又似乎是为提醒他少年时代的一段往事……他那年只有十五岁，搞了个读书会，是个意气风发的好少年；有一天他跟老师说，他将来要做研究，因为有兴趣。后来他在巷口碰上一个算命的，那人说：“若成事，当乱世；将来有坎坷！”

胡文青的眼睛突然痴了。这是第二次，他想到那个算命的——头一次是在三十年前，那时他儿子才两岁，他蜗居街巷，是个贱民——他遇上他已近五十年了，那时他的人生才刚开始。一个白胡子老头儿，一句谶语。他现在成事了吗？乱世。谶语。东方红。造反派。“你将来必有坎坷。”《资本论》。改革开放。居士。佛经。乱世。他成事了吗？

窗外电闪雷鸣，阿顺说：“要下雨了。”起身去关窗子。

胡文青说：“要下雨了。”

两人立在窗前，看窗外倾盆大雨，天昏地暗。不说一句话。

隔了好久，阿顺才说：“算啦，别愁眉不展的。你现在要想开点，挣下这么一大摊子，生不带来，死不带去，儿孙能用多少？还不是为他人作嫁衣裳！”

胡文青说：“我也这么想呢，我这些年何尝是为自己活着的？累得很！我曾经——嗨！我曾经以为我养活了一大批人，我要对他们负责任，尤其是那些早期跟着我打天下的，还有现在的好几万工人！可我现在不这么想了——”他把眼睛闭上了，第一他儿子就不认账。有一次父子俩发生争执，儿子说：“爸，您可别说养活不养活的这些话，谁养活谁还不知道呢！你不需要对他们负责任，人家也绝不会感谢你！大家都在挣自己该得的那部分，你、我、他们，所有人。事情得做，钱也得挣，可您别把自己看得跟救世主似的，没有您，他们就饿死了？去要饭？谁离了谁都能过！”

胡文青气得浑身发抖，说：“好，好，好！我不当救世主，我现在就收手。”

他儿子倒心平气和了，说：“您也不要生气，我说话急了，可你想想，是不是在理？而且你现在也收不了手啦，一旦上了这条道，你就是不走，也有人推着你往前走。事情做到这份上，您个人做不了主啦！只能由着惯性往前走，走到哪一天，该散伙时就散伙！但估计你是等不来这一天了，我则说不好。我会认真做事的。”

这一争吵，胡文青便彻底丢手了。直躺了三天，起来的时候，天地为之变色，脑子更糊涂，他跟孩子妈说：“儿子说得对。他把我的屋脊盖给掀了，我以后再也找不着地方遮风挡雨了。”

他还说：“一代人做一代人的事，我退出了，要云游了！”

他又说：“信什么佛？真虚伪！你能四大皆空？你能把这一摊子全捐掉，分毫不留，重新去当一个穷人？你即便当了穷人，你满脑子还是福禄富贵！还四大皆空！还信佛！谁配？”

这末尾一句话，他是说给阿顺听的——其实也是说给自己听的；阿顺也信佛。

阿顺说："我就跟你说了，你不要钻死胡同，这对你没什么好处。要我说，你有这工夫，还不如写本回忆录，把你这几十年好好整理一下。什么事情能禁得起你这样问？你这一问，不就全空了？信佛这件事，你力所能及，能信到哪一步算哪一步，佛也不会要求你四大皆空！人活着，不过是求个安心……"

胡文青说："写什么回忆录？我现在没话可说了，心里空荡荡的。"

阿顺笑道："你空什么空？你还早着呢！你心里有几千条烦恼丝。第一，这一摊子不是你想要的，你想要什么，当然自己也不知道；你这些年忙来忙去，为的是有个寄托，现在连这寄托也被人揭了，你心里头难受，但是你不能怪佛！佛已经看见你所做的，他最喜欢你这样的平凡人，心里总有苦楚，才显得他有作用。"

胡文青长长地吐了口气，把眼睛望出窗外，望了很远很远。

这一天下午，他跟阿顺一直立在窗前，看狂风暴雨，天地混沌。脑子里一片一片的，前世今生，什么都有。两个前造反派、现在的佛教徒，偶尔也会说上两句，然而所说的永远不及所想的，在那语言达不到的深处，他们困惑、迷茫。雨下得更大了。

后来天晴了，夕阳出来了。隔壁的厂区里，有工人成群结队地往外走，他们勾肩搭背，追打、嬉笑。胡文青把这一切看在眼里。在他 23 楼的文青楼上，能看到不远处的中央大街，此时，街上人满为患——正是下班的高峰期：人群小如蚂蚁，车队像甲壳虫，一排排地在试图往前挪、挪、挪。

胡文青看不见他们的脸，听不见他们的抱怨、吼叫，知道他们是活在今天。他的眼睛突然掠过了眼前的景象，回到了四十年前……心里想着，今天的这些人，若是活在四十年前，谁知道他们中谁会变脸、变成什么样的人？谁知道他们中谁会哭泣？谁会仰天长啸？谁会变得狰狞？以至于他们自己竟不自知。

然而现在他们都是好人，这些正走在中央大街上的人、走在他厂区里的人……他们追打、嬉笑、抱怨、吼叫。他们都是平凡人。

本文刊载于《花城》2012 年第 1 期

**赏析：**

胡文青少年时代曾成为风光无限的"造反派"英雄和领袖，又在随后时代转折时遭遇要求忏悔的压力。此后，在商业时代来临之际，胡文青又一次成为时代大潮中的胜出者。此时，胡文青面临的更大问题乃是无所不在的虚无感。无疑，魏微希望通过胡文青的一生来映照近四十年当代史的内在侧面。借由胡文青，魏微感慨的是：如果说主体始终难以逃脱时代的塑形，主体性则使个体从时代的平面中自我赋形。胡文青的身上既折射着历史，也闪烁着理想世俗化时代一代人自我放逐的精神选择。太阳消失之后，从肩上卸下理想的一代人该何去何从？从追逐理想到放逐理想，魏微从胡文青身上提取了某个具有症候性的精神难题。

（陈培浩）

# 写她名字的水

温文锦

初见婉珍时，我觉得她像个幼态的成年女人。可能是眼距过于开阔的缘故，虽然她言行举止一副谙熟老练的样子，可怎么看怎么觉得天真。

“我们家，是河童世家。”

“河童世家？”

“嗯，”婉珍说，“就是世代出现河童的家族。”

“还真有这一说。”我既没有表示相信，也没有怀疑，只是紧了紧书包，感受着新借的漫画书在里头鼓鼓囊囊地存在。

“你，要不要去看？”

“远吗？”

婉珍没有回答，牵着我的手往集贸市场的方向走去。正值傍晚，熙熙攘攘的人群和小摊贩挨挤在一起，食物的香味四溢，各种声音此起彼伏，煞是热闹。

“买烤地瓜。”

“什么？”

婉珍指着小推车上的烤地瓜摊：“买烤地瓜给我吃。”

好像也找不到拒绝的理由，于是我就买了。旧报纸裹着的地瓜有股热乎的奶香味，我一边咬，一边跟着婉珍。

穿过小吃街，可以看到载云寺门口，挤着一大群看热闹的人，大概是什么江湖艺人的表演罢。

我搓着吃完地瓜的手，想要挤进人群中看看，却被婉珍扯住衣角：“是那边啦。”抬头一看，她指着不远处亮着花灯笼的地方。

远看像灯笼，走近了却觉得那是走马花灯一样的装饰，分别悬在篷车两侧的入口处，仔细盯着花灯看，能看见花灯上有奇奇怪怪的图案，什么拍打着翅膀的乌龟，吐着信子摘桃的蟒蛇，莲花装饰的明月，以及骑着马、长着童男童女双头的新郎官，新郎官后还有一列吹拉弹唱的四脚仆人。花灯转起来时，感觉上这些龟啊，明月啊，奇奇怪怪的迎亲队伍都在走。

“哎，就在那里。”婉珍指着篷车入口的塑料幕布说。

篷车大概有一间小屋大小，挂着镶银边的粗幕布，布帘中隐隐透出里头彩灯的色泽和声响。幕布两边被花灯照耀的地方，分别是两幅巨大的画布，画布上的字眼极有吸引力——“神仙童子，天下奇观”。画布上，有各种各样怪异的孩童。有的长着青蛙的脸，有的背上覆着乌龟的壳，有的则秃头秃脑的，手脚却长着形状怪异的蹼，让我想起忍者神龟里的里奥。

一个身穿花衬衫、膀大腰粗的中年汉子站在幕布外，拿着扩音器大声吆喝：“走过的、路过的，请过来看一看。神仙童子，百年一遇，有求必应，万福无疆。”

“真是河童？”

“嗯。”婉珍点点头，吃完地瓜的脸被灯光映得红彤彤的。

“神仙童子，百年一遇，积福求财的好机会，走过路过，千万莫错过。瞻礼香油钱五毛，占卦一元。”男子喊完话，拧大了身旁音箱喇叭的旋钮。大功率的欢快歌曲从音箱里荡出，俨如热闹的马戏班子开幕曲。

一个衣着粗鄙、农民工打扮的小伙子站在幕门边张望着，中年汉子挑起一道缝，“来嘛，来嘛，看一眼，忘不了。”

小伙子搓了搓手，“那个，刺不刺激啊？”他犹豫着问道。

“绝对值，不信，瞧一瞧看一看，独一无二，过目难忘的哟。”汉子一边说着，一边摩挲着手里收上来的零钞。

一个兜着菜篮的胖大婶挤了上来，啧啧有声：“这不是求财庇福的河童吗？”

“瞧瞧，您是个识货的。”汉子说，“我们这也就每年端午来一趟。您赶得巧，赶得巧啊。”

旁边看热闹的人群陆陆续续被吸引过来了，围着汉子问东问西，也有小孩子们踮起脚尖着力往幕缝里凑看。

我拽了拽婉珍的手，小声地问：“喂，河童是男是女啊？”

“唔，你看看不就知道了。”她说。

我摸着兜里仅剩的五毛钱硬币：“地瓜也吃了，可参考书还没买呢。”

“哎。”婉珍叹了一口气。

虽然四周喧闹，但她的叹息还是让人感觉到一种属于动物的、奇异的气息。

我们站了十来分钟，不知谁喊了一声“城管来了”，中年汉子迅速地兜起音箱，跳上车，篷车摇摇晃晃地驶出了人群。风吹开的幕布掀起一角，隐约看得见里头迷蒙的灯火、闪烁的怪影。

“神仙……也跑得这么快啊。”我蹙着眉望着车身悬晃远去的花灯，感觉就像是个欺世盗名的美梦。

“不是这样子的。”婉珍说。

先前因为肺炎休学了大半个学期，回到学校后我总有些不大合群，踢足球也好，先前喜爱的象棋社活动也好，都不怎么参加了。瘦了一圈的我，脸都变尖了，从镜子里看去，仿佛变了个人似的。除了上课，我大部分时间都在闷头看漫画书，婉珍，就是我在租书铺里认识的。

婉珍好像是在附近闲逛的女孩，没有听她提起过学校的事，也没见她背过书包。本来想问她家住哪里，可我毕竟是个初中生，也大不了她几岁，总觉得问这种问题怪怪的。

总之，她来，就领我四处闲逛。

这天，在绿野公园的花木长廊，我看她蹲在那里逗猫。

“去年这个时候我见过你。”她说。

“去年?”我好像什么也想不起来了。

明明是初夏，花木长廊的绿荫却散发着浓郁的草木香泽，蹲在草木中央的她，好像被一股绿色的梦境缭绕着。

“每年夏天我都在这儿。那时候你穿着背心短裤，读一本跟制造飞机有关的书。”她说。

“噢。好像有这么回事。”她记得这么清楚，我有些不好意思起来。

她摸了好一会儿猫，猫大概是在草地中央打过滚来着，被她一摸，背上的毛茸茸地耸了起来，怪可爱的。

“你当然不记得我啦。”她接着又说，“去年，我还不是现在这个样子。”

“咦?”

婉珍吸了吸鼻子，没说话。过了一会儿，她又问：“你还想不想去看河童?”

我们沿着河，在堤岸上一前一后地走着。粼粼的波光使她的背影看起来有些单薄。

她的步子迈得很小，不知为什么却走得极快，我要用比正常还快些的速度，才能跟得上她。

“吃人吗？”

“你说河童吗，不吃。”

“那吃什么？”

“莼菜啦，青蛙卵啦，龟蛋以及鹿角苔啦什么的。”

我想象了一番青蛙卵的滋味，但想象不好。

“哦，好像还是素食动物呀。”

“不好说，但我们家是。”

我们走到山坡背后的树林里，这个地方，四下散乱着不少孤坟。据母亲讲，好多孤坟埋的是早年战死在这里的士兵。

不过，婉珍好像不怕这些。她绕过细密的树木，领我来到一片开阔的草地，那天我们见到的那辆大篷车，就停在这里。失去花灯色泽和乐音装饰的篷车，看起来灰扑扑的，没有什么吸引力。

“看吗？”她不知从哪儿搬来一块石头，端端正正地垫在车后门边。

“从这里，”她站在石头上，踮起脚，指着关着的铁皮门透出的一道缝隙，“看嘛。”

我学着她的样子，站在石头上，从车后门关紧的缝隙瞅去。

里面黑魆魆的，渗出一股年岁已久的药水味儿。隔了几秒，我的眼睛适应了暗色的光线，恍然发现一个瘦小如猴子般的人儿跷着二郎腿坐在一个箱子样儿的东西上。我看着他，他似乎也在看着我——隔着车里细细的栅栏。

由于光线不足，小人儿的长相我并不太看得清，只隐隐觉得他的鼻翼，也许是鼻翼的部分不像人类那样凸起，却有一种微微的低伏的凹陷，令人联想起尚未进化成熟的远古人类。

小人儿一直在那样的箱子上坐着，偶尔侧一侧身子，变换的光线中，看得出他细弱的四肢和略有些鼓胀的腹部。

“他真瘦啊。”我小声地说。

“眼睛，河童最好看的是眼睛。”

“是吗？”

婉珍点了点头。我们倚坐在篷车不远处的树荫下，不时瞟着四周，提防着随时可能回来的篷车汉子。

"那个人，是我哥哥。"

"啊，哥哥。"我说。

"不是说过吗，我们家，是河童世家。"

"嗯。"

"随着年纪长大、身体的发育，自然而然显现出河童的样子，我的哥哥，就是这样被爷爷卖掉，送进大篷车来的。"

"长得不像啊。"我说。

"你不明白的。"婉珍注视我的眼睛好像很认真，"和哥哥长得像的时候还没有到，再说，我的胸部还没有怎么发育哩。"

她捉着我的手抚摸了她胸前凸起的那一小粒豌豆，不知怎的我感觉那两粒细小很像春天冰雪消融时分树枝上显露的芽苞，又隐隐有种安徒生故事里豌豆公主的哀觉，是那种间隔着无数厚厚褥子之下微小警醒的命运感。

看完河童回去当晚，我发起了高烧。因为我先前得过严重肺炎，母亲担心旧病复发，忧心得不行，医生来看的时候，唠唠叨叨问了好多遍。

"没事的，现在只是单纯地发烧，吃点退烧药，好好休息就可以了。"

婉珍胸部隆起的触感与河童的样貌在我脑海中反复浮现，辗转着躺在床上，我的感官很钝重，吃进去的胶囊药粒、微温的稀粥、母亲拭擦在我额上冰凉的手腕，无一不变得异样起来，有种隐隐有着说不清的、真实世界的隔阂。

半夜，我醒来了——但也许好像就没有睡着过。烧似乎退了些，推开窗，夜风的凉意袭来，夹杂着一股河童般的腥味儿，清澈、湿润，有种说不清的诱惑。

自己一定是病坏了。我拿出长凳，踩着拉开壁橱最顶格柜门，趁着书桌细细的台灯光翻找那颗弹珠。

那是一颗骨碌碌、有着鲸鱼眼睛一般的蓝色弹珠。八岁时，我被母亲带到医院门诊部注射室里打疫苗，那时候，一个穿着胖大病号服、得了佝偻病的小男孩坐在轮椅上，弹珠从他宽松的袖口处滚落，咕嘟嘟地滚过病床，撞到吊针挂器的脚，又滚过门诊部涂着白漆的门框，滚到我脚下。预感到男孩夸张的叫声之前，我一股脑弯下腰，抄起弹珠就往外跑。

当我低下头时，眼角的余光瞥见佝偻男孩蛙形般的小脚，像是孤独老人的手。

攥着湿凉凉的弹珠，我又睡着了。梦境里，弹珠是海水的一部分，我骑着长毛象在海中游泳。

其实我自己并没有很强烈的好奇心去搞清楚婉珍的身世什么的。但自然而然地，我跟她成了朋友。在一则周记中，我写道："我和河童成了朋友，是那种自由自在、没有拘束的纯真友谊。河童和人类一样，有着圆圆的眼睛和匀称的四肢。她们喜欢吃各种奇怪的食物，却有着单纯的心灵，像动物般让人喜欢……"

当作文课上班主任当众读出这篇周记时，同学们哄堂大笑，我深深地将脑袋埋入了书桌里。果然，人类对河童的看法是各式各样啊，在包含耻笑式的好奇心里，也有班长之介那种直截了当的问法的。作文课后，之介将我偷偷地拉到男洗手间背后的储存室，问我能不能把河童介绍给他，作为交换，他把他的现任女友介绍给我，并表示"随便我怎么约会"。之介的现任女友是乙班的舞蹈委员翟美美，长得很像兔子，身材却出奇地早熟。在我摇头之后，他掏出了女朋友的秘密照片，照片中，翟美美穿着吊带背心趴在栏杆上，作天鹅式仰脖的舞姿。

从薄薄的白色吊带，月亮一样的乳房清晰地呈现出来，实在是太好看了。我看了两分钟，将照片还给了之介。不知为什么，我想起婉珍细粒粒的没有发育的胸部，有种天然的哀觉。

那之后，我没有同再谁提起过自己与婉珍的交往。周记也撕了，随手扔进废纸篓里。大概被母亲倒进垃圾桶，被捡垃圾的阿婆或者流浪狗翻找之后又抛弃了吧。

总之，渐渐地，我把婉珍当作正常人类一样，相处起来。

一天傍晚，婉珍在放学的巷口拦住我，让我带她去吃冰激凌（记忆中，好像婉珍每次要我买食物我总会答应）。

"有种抹茶味儿的冰激凌，上面浮着奶绿色的打着旋儿的小卷，据说特别好吃。"

"你听谁说的？"

"周末杂志的食品推介栏目。"

"噗。你还看杂志哦。"

"不怎么看，只大致翻了翻图片。喂，你不会买冰激凌的钱也没有吧？"

她说话的模样是那么地理所当然，可我感到一阵轻松惬意。抹茶口味的冰激凌还是第一次吃，将浮在冰激凌上面的奶绿色小卷用木勺挖起来，塞进嘴里，有股幽凉的快乐。果然是女孩子喜欢的味道，我想着，和婉珍坐在公园的木椅上，各自把一盒冰激凌吃完了。

很多时候，在很多事情上，婉珍喜欢对我撒谎。各种各样的谎言，有漫不经心的也有半真半假的，通常我都能轻易地辨别出来。可是，我很爱听。她撒谎的时候鼻子中间会皱起来，犹如大象惺忪的眼角纹，等我发现这一点时，她已经对我撒了十来个相当像样的谎言。

颇有点谈恋爱的意思。

在我这个年纪，也有懂得恋爱滋味的家伙，但那绝不是我（比如之介那小子）。于是，我对婉珍说："做我妹妹吧？"

"哥哥，我不缺的。再说，"她把木勺塞进冰激凌纸杯里，"难道你想像我那个哥哥一样？"

"当河童也没什么不好。"我想起跷着腿坐在货车后厢里入定、缩水猴子样儿的家伙，"呆呆的，还受人观瞻。"

不知道是不是听到"观瞻"这种奇怪的词儿，婉珍咧嘴笑了起来。

我们沿着载云寺暗红的寺墙漫步。从后巷拐出来的转角处，有个书包大小的墙洞，那是寺里野猫出入的地方。平日里有不少野猫在街头巷角出没，一到傍晚时分，寺门关闭游客散尽，便纷纷往寺墙的洞里钻。寺住持大大拿出备好了的猫粮，往挨着寺墙的各个小食盆上均匀分撒，猫咪们排成一拢乖巧地吃着，很像俗世中的猫咪乐园。

"那个，我也想进去。"婉珍指着往洞里钻的猫咪，对我说。那是一只背上有花斑的褐色猫，不怎么胖，后腿还脏兮兮的。

"白天，白天可以从大门进去的呀。"

"唔。"婉珍摇摇头，"但我想从这里进。"

"进得去吗？"

婉珍虽然瘦，实际上手肘处和小腿都鼓囊囊的，有结实的肌肉。她这么一说，我不免多看了一眼。

不等我同意，她便拽着我往洞里去。

"你去吧，我要回家。"我说。

"啊呀呀……"见我要走，婉珍大声嚷嚷起来。

载云寺里有一口泉。依着泉，建造了一个小池子，水色混沌沌的，也有龟和淡色青鱼出没。我和婉珍坐在池沿上，我看龟，她看青鱼。

其实，我很怕同女孩子拉拉扯扯，尤其是巷旮旯、寺角小洞处，被人撞见感觉怪怪的。

"要不是你，我还来不了。"

"唔？"

“载云寺，家里人不让来。”

“为什么？”

“唉。”婉珍盯着池水看着，“这种地方，据说没长大的河童不能来。”

“会怎样？”

“会头痛发烧胸闷腹泻啦等等。”

“啊哈哈，放心吧，”我想起小时候发烧被父母带到寺庙，住持大大摸着我的头的情景，“我觉得，观世音菩萨很好的。”

“是嘛？”婉珍挂在池壁上的小腿，一翘一翘的。

不远处，吃完晚饭的猫蹲在池对面洗脸。天色一下暗了下来。

“我是水中出生的。”婉珍又撒谎了。轻轻靠近的话，我发现她的谎言里含着浓浓的鼻音。

“感冒了？”

“才没有。”

过了几天，我在升国旗的操场上见到她，她躲在大树后看我。等到中午放学后，她才从大树后慢悠悠走出来。正午的操场上没什么人，她牢牢地跟着我的步伐，从学校出来一直跟到公园后门。我们坐在长椅上吃肉脯蛋便当，我分给她很多。有那么一瞬，我觉得她像个黏人的宠物。

“很像钻吃食洞的野猫嘛，你。”

“没有那么夸张啦。只是随便吃一点。”婉珍咀嚼着鸡蛋，又说，“哎，我真是水中出生的。”

这是她第一次把谎言重复两遍。我舀着米饭的木勺停了一下，决定认真听她讲。她小声地讲了起来。

“我们家，有个水之器的陶瓷罐。每个出生的河童，都要被放在里面洗澡。说是洗澡，其实是练习游泳，把刚刚出生的婴儿放进水里，游上三五天，直到发现孩子对水感觉敏锐了，才拎出来像正常的婴孩那样穿衣喂奶。遇上水性不佳的小河童，基本上放任它在水里载浮载沉，不到适应水生环境，是不会抱出来的。”

婉珍小声叙述的时候，正午的微风拂过园子。

“说起来，这都是因为湖泊啊沼泽地什么的越来越少，河童家族为了适应人类生存环境想出来的办法。”

“这样子啊，那你游了多少天？”

“我嘛，生下来就掉进了水里。据奶奶说，我是用水之器托着接生的。一遇到水，我就不愿意出来。游啊游啊游，好几天过去了，家里人见我一直赖在水里，只好隔着水给我喂奶，哄我睡觉。”

我认真地盯着婉珍的鼻子，圆乎乎的鼻头因为擤过鼻涕，有点发红，看不出来撒谎的痕迹。

说不定是真的，我想。

“后来，我满月了，那个陶瓷罐再也兜不住我了。当我被水淋淋地从罐子里拎出来时，据说整整哭了一天一夜。”

“不能住浴缸啊，水桶什么的吗？”

婉珍摇摇头：“你不懂的。那不是一样的世界。”

我想了想，自己的确不懂。

微风把她身上极其细微的气息吹送过来，淡淡的腥，但真的很好闻。

“对了，我出生时候浸泡的水，奶奶一直保留着。想不想喝喝看？据说可以滋养身心美容益寿呢。”

“吓？”我以为自己听错了。

“你们人类，不也吃婴儿的胎盘吗？那是种昂贵的补品呢。”

“放冰箱吗？那个水？”我小心翼翼地问道。

“唔。”婉珍摇摇头，“当然是像葡萄酒一样在地窖里存放起来啦。”

我想象了一番小年纪的婉珍在地窖的葡萄酒缸里面游泳的景象，觉得怪怪的。

“有一天，我死了，你就拿那个水喂我喝，说不定我就会活过来。”

因为分不清她的话是大大的谎言还是真的，我有点吓了一跳。

“阿信最近好像开朗多了。”母亲这样对外婆说起我。大人们察觉到我身上的不同，但他们又说不出来。毕竟，开朗是好事。但对我这样的孩子来讲，开朗真的是好事吗？当我从外面呆呆地闲逛回来时，母亲看上去既高兴又忧心。

母亲给我做了件军绿色的套装，不是特种兵那种时髦的军绿，而是介于军绿和草绿之间的古怪色泽，熨烫好的袖口线还镶着黄铜制的扣子，穿上去有天然的书呆子气。她带穿着这件新套装的我去了医院检查身体。

每年学校有固定的体检项目，但除了这个，母亲还会特地带我到固定的医生那里做额外的身体检查，我都习惯了。在医生用冰冷的听筒触摸着我突出的胸骨的时候，我总是屏住呼吸，一声不吭。

“肺活量和血液一切正常。不过，”医生说，“好像有点小小的皮肤病。”医生掀起我的上衣，右肋处有巴掌大的暗青色鳞状皮肤，在医用电筒的照射下，怪明显的，一时间让我想起电视剧《小龙人》里面的龙男孩。

不算难看啊，我心想。

“痒吗？”母亲问道。

我摇摇头。

医生抽出一根棉签，朝那个地方按了按。“有什么感觉吗？”他问。

我想了想，再次摇了摇头。岂止没有感觉，简直像天生的皮肤一样毫无异状。

“不涂抹膏药的话，这地方会越长越大。”医生转过头去，趴在诊桌上唰唰写下药方，“应该是过敏性一类皮炎，先涂药膏试试看，不行的话再来做皮肤化验。”

回到家母亲立刻让我把新套装脱下来，用热水泡了许久，再扔到洗衣机里单独洗了好几遍。看样子，喜欢那件新衣服的不是我，而是母亲自己吧。在母亲的监督下，我拉起睡衣，用抹了白色药膏的棉签在右胸上画圈，凉丝丝的。

河童是有鳞的动物，我单纯地这样认为着。那一次，趴在大篷车上窥视到的小人儿，于幽暗处浑身遍布着这样的肌肤。

没有来由。纯属无所事事的想象。

九月。新开学的日子。我的脚底板也长出了鳞状皮肤。这种地方，不说的话，母亲和医生根本不会注意到。我提早穿上了棉的白球袜，以防跷起脚或者盘腿坐着的时候被母亲发现。胸口那块青色皮肤，因为涂了药膏，颜色变淡了很多。母亲时不时地掀开衣服看看，在这个过程中，我就呆呆地站着。

婉珍依然对我撒着好听的谎言。

有一次，我们从载云寺的猫洞钻出来，正好撞见了住持大大。（和尚其实很少在寺外的地方活动，真是凑巧）他瞅了我们一眼，语气平平地念了一句南无阿弥陀佛，那时候，我对出家人的印象还停留在电视上的《济公》里。

我们撒腿就跑了。要是真把住持大大当作济公那样的和尚来对待，就糟了。

婉珍的胸部好像又发育了一点。有一次，她对着堤坝伸了个大大的懒腰，薄薄的白恤衫无所顾忌地显示出淡淡的起伏线。

虽然很微妙，却是在起伏了。这么一想，我就把眼睛移开了。

住持大大的手肘脱臼了。中元节，母亲带着我去寺庙上香，住持大大挂着纱布、打着石膏的左手，像茄瓜一样吊在脖子上，作揖时只能用右手。随着一声南无阿弥陀佛，他用右手朝我们做了个合十的姿势，样子严肃得有些好笑。

“喂。”母亲拽了拽我的衣角。

我乖乖地跟着母亲朝住持鞠身作礼。

“那个……”住持的表情没有什么变化，只是盯着我，注视了好一会儿。

在我们转身准备跨出大殿门槛时，他在后面叫住了我们：“请等一等。”

没有电视上常用的“施主，留步”之类的惯用语，老里老气的寺庙住持，说出了通俗的大白话。

我被带到了后院的偏房，在母亲的注视下，老住持摸着我的头，念了一段长长的咒语。

摸头不是一天两天的事情了。小时候，我发高烧时，这老头——那时候他比现在年轻些，胡子似乎没有那么白，也这么摸着我。

他念咒语的时候，我盯着住持胳膊裹着的白石膏，莫名地觉着晕眩。寺中央泉眼的水汩汩地涌上水面，大大的青鱼在池中游来游去，仿佛婉珍就坐在我身边。我被涌出来的泉水浸润得透不过气来。

我被摸头之后，母亲通常会向住持奉上红包。来不及等到母亲行完礼，我嗵嗵嗵跑出房，来到寺中央，趴在池边，大口大口地喘着气。

水中的青鱼聚拢又散开，一只老龟慢慢地浮了上来。

摸头过后婉珍不睬我了。我坐在租书铺里看书时，她没凑过来跟我讲话。租书铺很局促，书架左右的案板上浮着一层浅浅的灰。从书与书的缝隙间瞅过去，婉珍蹲在少女漫画架下翻动着漫画书，棉布裙的边缘蹭在了地板上。

她看得见我的。因为总是这样，总是被她从这个角度看到。听见我翻动书本的声音，她却没有抬起头来。街边叫卖冰汁蜜糕的声音由远及近，又由近及远，零零碎碎的单车铃声响过，直到我翻完一本科幻杂志，她也没有同我交流。当一群喧闹的小学生簇拥着涌进来，我才鼓起勇气抬头看她，她已经不在了。

回去的路上，我碰见翟美美，之介传说中的女朋友。她和照片上的样子有点不一样，下眼睑有点塌，胸部裹在宽松的校服里，有什么，似乎也没什么。

“嗨，你好。”翟美美说。

“呃，”我犹疑了一会儿，“你好。”

那么近距离地看一个想象中的女孩，我有点不知所措。

“之介说，你作文写得很棒。”

“还好啦。”

“他读给我听过。行文流畅，想象力丰富。”她说。

这女孩爽朗得让我吃惊，练过跳舞就是不一样啊。

“好好写作文啊。之介说还会继续读给我听的。”她甩了甩马尾，愉快地跟我道了声再见。

“行文流畅，想象力丰富。”我念叨了几遍，这是之介想象出来的教师评语吧，哄女孩子，是这么回事啊。

“哥哥病了。”一个礼拜后的星期天，我在堤坝上看人钓鱼，婉珍从我身后凑了过来。

我真以为婉珍不理我了。从她清澈的眼神里，看不出那个意思。

“怎么回事？看医生了吗？”

“也许……”她含糊地答道，“你要去陪我看哥哥吗？”

“好。”隔了那么一阵子没有和她交流，我回答得飞快。

大篷车的后厢门锁着，用手一推，便推开了一条巴掌大的缝隙，里面黑幽幽的。

“哥哥。”婉珍趴在门缝上朝里面喊着。

车里的景象和上次来没有丝毫变化。在我努力瞪大眼睛往里张望时，一张黑魆魆的凸脸凑了过来，只一闪，又消失了。

“啊，是哥哥。”婉珍似乎受到了惊吓，脸色煞白，细细的单眼皮抖个不停。她松开门缝，无力地坐在地上。

后厢里传来怪异的声音，似乎是从河童喉部发出的、不成音节的声音，急促、潦草，像兽的哀鸣。婉珍听到那声音好像相当难受，她闭上眼，额头渗出细密的汗水，即使闭着眼睛，也能感到她眼睑下的眼球跳动得异常厉害。不自觉地，我握住她的手，她的手凉凉的，有种水母般的触感。

“他怎么了？”

婉珍摇摇头，短而细的睫毛颤了一下。

“哥哥说，他要水。”

“水吗？”我呆呆地想着，车厢传出的声音令我的足底、胸部产生一股异样的感觉。隔着衣服挠了挠胸部那块鳞状皮肤，我竟也强烈渴望起水来了。

“快，趴下。”婉珍忽然拉着我的手，往车厢底下钻。我们俩直挺挺地仰躺在车子底下，“嘘。”她转过头来，示意我别出声。

从林里传来窸窸窣窣走路的声音，接着是前面车门被打开，随着“哐当”一声，车门被粗暴地关上，紧接着传来发动机的嗡鸣，掩盖了河童断断续续的怪声。

车子驶离后，我们头顶是蓝澄澄的秋日天空。婉珍静静地躺在我身边，她好像没有起来的意思。一队飞鸟从树隙中飞过，婉珍说，我们回家吧。

冬天起雾的季节，婉珍和大篷车都消失了。我和同学们坐在教室里，朗诵新的课文：“孤舟蓑笠翁，独钓寒江雪。”全班晨诵所带出的体温激起寒冷玻璃窗上的雾气，隔着窗，外面的树啊，校道啊，操场啊都影影绰绰的。

其中也想起过婉珍好几次。毕竟是老爱撒谎又有点奇怪的玩伴，认真说来，其实也没有那么想念。而且她不再找我玩后，我很快结识了新的伙伴，是象棋社的，一个个子有点高、嗓子处于变声期的眼镜男生。

某天，我从象棋社出来，路过载云寺的红高墙时，忽然想起一个问题：河童到底要不要冬眠呢？

指不定也要的。已经近半个冬天没看到她了。

猫洞有些地方刮着黯然的白霜，一只花斑褐猫不紧不慢地穿洞进去，悠闲如寺里老僧。

可以的话，还是从寺门进去比较好。这么想着，背着书包的我从不远处的小门走了进去。

风突突地吹着大殿门口的两棵树，树上挂着的许愿纸哗啦啦翻着，除此之外，寺里很宁静。可能是挂的时间太久了，高高低低悬垂的许愿纸都脱了色，不红不白的，我在树下的围阶坐了一会儿。除了猫，依然没人。

真的冬眠了吗？哪里都不是我能找见婉珍的地方。我在寺泉的池子边注视了一会儿，冬天的泉水都干涸了。

侧殿的门是开着的。有新涂刷过殿门和廊柱的痕迹，由于冷，新漆的气味淡得几乎闻不到。我抓着书包，试着朝里迈进了一小步。

佛堂上供奉着的菩萨眼睛眯得细细的。左右两边的木龛，放着用旧的烛台啊，果盘啊一类杂物，一个样式普通的陶罐引起了我的注意。我凑了前去，看见褐色陶罐上贴着一张边缘起卷的不干胶，胶纸上用黑钢笔的细明体写着“河童女婉珍”字样。

注视这个名字时，我一时说上不来感觉。好一会儿之后，才意识到了什么。

这个，是她的“水”吗？陶罐边缘用牙黄色的油蜡纸包着，上面印着几道长长短短的、梵文一样的句子，让我想起被住持大大摸头时他念出的叽里咕噜的声音。

所以，婉珍她，也被“摸头”了吗？

殿外的焚烧炉散发着黯然的火焔，间或看到未烧完的金箔色的纸钱，在一堆厚厚的烟灰中闪烁。从侧殿出来时，我忽然很想哭，于是在那尊生锈的四脚炉前面站了一会儿。那时候，我有点儿胆怯，除了伸手摸一摸陶罐，并不知道自己还能干些什么。

傍晚，我拖着疲惫的身体回了家，左边脸颊被焚烧炉的热气烤得红通通的，饭桌上夹菜时母亲瞄了我一眼。

“妈，小吃街的大篷车怎么好久都不见了？”

“嚯，那种骗人钱财的车子早该赶走了。”

平时拼命相信神神鬼鬼的母亲，却对大篷车里的神仙童子不以为然。我扒了口饭，母亲又快速地夹了一块青椒放到我碗里。她永远把饭桌上最难吃的那个菜夹到我碗里，对此我也没有丝毫的怨言。

“对了，篷车里面的东西，不要去看哈。”

“为什么？”

“看完之后，考试容易不及格。”

母亲的话冷冰冰的。然而我都已经是初中生了，这样敷衍的话她还是严肃地说着。

“你舅舅小时候看了。”母亲喝着汤碗里剩的最后半碗猪骨汤时说，“十一二岁时候，有一次，去镇上电影院看电影，糊里糊涂就看了那个。据说没能买到电影票，就跟同村的阿弟用电影票钱买了那个，看的。”

“后来怎么样了？”

“快去做作业。”

母亲摇摇头，起身清理桌上的残羹。她用“那个”代替大篷车里的小人儿，听上去怪怪的。

胸部的皮肤结了疤。新脱落的颜色很像皇帝的新衣。星期天早上，太阳出奇地温煦，我抱了一本书在绿野公园里看，之介走了过来，说他看见了。

“什么？”

“胸部比美美的要小一点，但是很好看。”之介哧哧地笑了。

我脑袋嗡嗡地响着，继续若无其事地翻着书页。

“你要是求我告诉你，我会告诉你的。”他在我身边的长椅坐下来，视线落在我看的书页上。

我装作不感兴趣的样子，目光依然在书页段落间滑动。那些字句跳进我眼里，我却没看清。

“算了，不要你了。”之介一手搭在我的肩膀，一副很亲热的样子，“毕竟是和美美一起看的，说出来也没关系。在新天地广场的万圣节集会上。”

之介的说法太有意思了，我不能不去想。天气晴朗得像夏天，我用书本捂住脸，又取下来看了一会儿。

新天地广场在离家有一段距离的市中心。暑假去姑母家的时候，父亲带我坐短途火车去过。我搭了晌午时分的车，用学生证买的半价票。

不看她其实也没关系。走近广场时，我已经有点退缩了。在旁边的饮料店小亭买了一罐橙汁汽水（用去年的压岁钱买的），接着慢慢往里走去。大声量的周末活动日音乐夹杂着新派电器宣传员的推广声音，盖过了广场上人群的喧闹声。花哨的篷车在广场偏僻处的角落里蜷伏着，看起来比在小吃街时要黯淡得多。

是属于河童的那间小房子。什么“神仙童子，天下奇观”之类的字样，在热火朝天的电器推广活动面前看起来毫无诱惑力，人群纷纷挤在有啦啦队跳着草裙舞的电器销售中心，篷车前只我一个人孤零零站着。

趴在车边睡觉的中年汉子没好气地望了我一眼。我注意到，那门帘上多了两行歪歪扭扭的粗楷体字，“天之骄女，造化独钟”。

买票进去看很简单，我手里攥着过年得到的十几块钱。等了许久，终于把那罐染色水般的橙汁汽水喝完了，我从兜里掏出两块钱，递给了中年汉子。

她可能已经不记得我了。她的目光就像从前见到的河童一样，不管看着哪里，都不与人类世界有所交叠。但是，没关系，那真的是她啊。穿着马戏团样儿的金箔色泳衣套装，小小的胸部裹着鲤鱼的颜色。

附近反复播放着新派电器的歌曲广告，像光环一样包围着这栋小房子里的我和她。

我所认识的世界和课本上所说的完全不一样。书本里的世界没有河童，而我只能遵照老师所传授的知识来和这个世界相处。期末考试结束了，我并没有考得很低分。寒假里结婚的舅舅，有一个长相平凡的混血新娘。那之后没多久我的嗓子开始发育变声，声音很像电视里的唐老鸭。尤为可气的是，共同在意着少女河童下落的人，是我和之介这两个毫不相干的少年。

岂止是毫不相干，简直是互相讨厌。

初中快毕业时，我偶然在租书店翻出一本旧得没人看的西游记漫画，封底有一行歪歪扭扭的铅笔字："如果我被卖了，请给我喝我的水。W. Z. 珍。"我当然知道那是婉珍，但是来不及了，时间是少年人的天敌，新天地广场早在去年就被拆掉改成了商贸中心，大篷车因为藏有孩童的尸体被取缔没收，车主被判入狱。在电视新闻里，一切再自然不过了。

可是，天之骄女，造化独钟。我回到载云寺，把粘着她的名字的水倒进了泉池里，那里有游来游去的青鱼。

本文刊载于《上海文学》2020 年第 9 期

**赏析：**

"我"所认识的世界和课本上所说的完全不一样，"我"只能遵照老师所传授的知识来和这个世界相处。课本里的世界没有河童，河童是超越现实的存在，却帮助"我"认识了现实世界。"我"与河童微妙的情感，体现了纯真美好，也尽显人世残酷。河童终究是人类眼中的异类，她永远地消失了，留给"我"短暂的美好记忆。"我"能做的，就是按河童自己说的，给她喝自己的水。"我"便将写有她名字的水倒入有生命的水池，永续她的生命。这是对她的回应，也是延续河童留给自己美好记忆的一种方式。

（陈银清）

# 听盐生长的声音

王威廉

午后四点，我从厂房里走出来，看着白花花的盐碱地一直铺展到天边，我就想哭。这股冲动最近越来越频繁了。我刚刚接了个电话，是小汀打来的，他说他去西藏，路过这里，想见见我。从来没有人是专程为我而来的，都是路过这里，顺便见见我。我早已习惯了。这个地方，即便只是路过，都够你受的。我走到化验室门口的台阶前坐下，听到房顶的高音大喇叭里宣读着安全生产的细则，夏玲的声音不再像我们刚认识那会儿动听了，她的嗓音充满了干涩与生硬，和我们在厨房吵架时一模一样。

我不知道夏玲在念这些东西的时候，是种什么样的心情，虽然那件事已经过去一个月了，可我还是无法接受。原本嗜酒如命的我，竟然不再喝酒。我不是改过自新主动戒酒，而是不敢碰酒了，一碰酒就会想起老赵的那张脸。那晚我们喝多了，老赵掉进了卤水湖里，等到有人发现的时候，老赵满脸都析出了盐花，眼珠上面蒙着一层细密的白色，仿佛那些盐获得了诡异的生命。我只看了一眼，就把喝了一晚的酒全都吐了出来，直到胸口火辣辣地烧痛。那些秽物向盐碱地的深层慢慢渗去，形成了一个脏兮兮的凹坑，像是怪兽的嘴巴，就那么凶狠地大张着。我不敢再看，我觉得它会扑上来，吃了我。

现在，小汀要来看我了。他略带兴奋地说，想看看传说中的盐湖。我看了看白花花的四周，不知道这里有什么好看的。当然，这么多年了，能再次见到小汀，我还是很高兴的。小汀是我的高中同学，我们俩的学习成绩一个比一个差，被班主任安排在教室的最后一排，我们上课的时候龟缩着脖子，属于永远被遗忘的那几位。说起来，我的驼背就是那时落下的。小汀的性格比我好，他从不自卑，对待冷落也不以为意，上课的时候不是发呆就是画画，我记得他把一位女生的侧脸画得栩栩如生，可惜，我忘记那位女生的名字了，小汀应该是暗恋过她的。就在小汀画画的时候，我躲在一边构思着我的歌词。我略懂一点儿简谱，心里哼哼着旋律，然后寻找着合适的词句，经常才写了一两句就下课了，这时大家跑来跑去、吵吵嚷嚷，我的构思只得停止了。因此，我对安静的课堂充满了向往。

多年以后，我对着空旷的盐碱地，有了整日整夜的寂静，却写不出一句歌词来。我的悲剧就是这样注定的。当我发现内心连一点儿旋律都没有的时候，我就开始了酗酒。老赵就是那个带我入门的人，只要他敲敲我家的窗户，不管多晚，我都会穿上衣服和他跑出去。我们喝十元一瓶的青稞酒，经常也没什么下酒菜，一人一瓶就那么碰着喝着，一瓶喝完，基本上就失去意识了。第二天我发现自己躺在家里床上的时候，我总感到很惊奇。我不记得自己怎么走回来的，但我的一双鞋整整齐齐地放在床下，鞋尖对外，像是在港湾整装待发的军舰编队。刚开始我以为是夏玲帮我整理的，但后来我发现即便夏玲回了娘家，我的鞋依然如此整齐，我这才信了别人说我喝不醉的话。其实，我早已喝醉，只是别人和自己都分辨不出罢了。有时想想这样也很恐怖，好像自己的体内还有另外一个人，自己只是代替那个人活着，当这个自己丧失意识的时候，另外一个人就出来掌控生命了。

我不再喝酒，但生活并没有因此而有什么好转，我和夏玲的冷战变得越来越难以忍受。我们常常半躺在卧室的床上，瞪眼、拌嘴，然后各自发呆，客厅里电视兀自响着，那声音空荡荡的，和我的生活一样。我们在客厅里倒是很少吵架，因为大家都在看电视。以前喝酒，我从不用担心睡眠的问题，我最长一次睡了一天一夜才醒来。可停酒后我竟然会失眠，不管白天怎么劳累，晚上躺在床上，非得翻来覆去几个小时才能睡去。有一晚我熬不住了，去厕所撒完尿后，走进厨房把一整瓶料酒灌了下去，然后躺在床上昏昏睡去。早上的时候我就被噩梦给惊醒了，我梦见老赵站在盐碱地上，空中还飘着雪，天地间白茫茫一片透着刺骨的寒意。老赵说："兄弟，干杯！"白色的盐碱或是雪花从他的脸上剥落，露出里边腐烂的黑色。整整一周我都吃不下饭，脑袋的深处有种撕裂的疼痛。我宁愿失眠，也不想再做噩梦了。

再说一遍，小汀来看我，我还是高兴的。而且，我越想越高兴。我决定请几天假，一直待在城里，和他好好玩几天。小汀让我帮他买后天去拉萨的车票，我站在火车站的售票窗口，迟疑了一下，买了五天后的车票。我打电话告诉小汀："后天的车票卖完了，你得在我这儿多住几天了。"小汀倒也干脆，说："那也好，我们兄弟正好多聚聚。"我把家里清扫了一遍，腾出了客房，准备好了卧具。小汀说他们两个人，我听得出来，另外一个是女人，就没再多问。

夏玲对我的表现感到好奇，她问了我好几次："小汀是你很好的朋友吗？怎么以前没听你提起过呢?”我说:“你也没听我提起过其他人吧?除了那些同事。”夏玲点点头,脸上又不高兴了,说:“你什么时候才能把什么都告诉我呢?你一点也不信任我。”我说:“这和信任有什么关系啊?我自己都很少想起他。”夏玲摇摇头,说:“你这个人真是无情无义。”我没再吭声。我知道自己并不是无情无义的人。

“这个小汀是干什么的?”夏玲突然警觉起来。

“听说在家乡的煤矿里。”我和小汀已经很久没联系了,很久以前似乎是这样的。

“挖煤?”

“不至于吧,应该是干些文职工作。”这个是我想象出来的。连我都能混个技术人员,何况小汀呢?

“看来你这个朋友混得也不怎么样。”夏玲撇撇嘴,去市场买菜了。

夏玲是我们厂最漂亮的女人,这样说的时候我没有半点骄傲,因为我们厂只有十个女人。我无法忘记第一次见到夏玲的样子,她拖着笨重的行李箱,从中巴车上下来,脸蛋红扑扑的,像是在周围的荒凉中突然升起的太阳。我立刻就爱上她了,这种爱饱含着功利的成分,我渴望不计一切地得到她,和她结婚生子。因为在这里能认识一个好女孩的机会与发现一小块绿色植物的机会一样渺茫。也许是缘分,她被分到了我所在的工作组,我们得以有更多机会交往。可从一开始,我就知道她是很难追到手的。她的大眼睛总是充满了忧郁,即使小孙、小李他们嬉皮笑脸说笑话的时候,她依然是忧心忡忡的样子。她甚至都没认真看过我一眼。我理解她的心思,我当年也是一样的,那些盐碱地的白光让我的眼睛生疼,我的泪水经常会失控,我一时弄不清自己是否真的在伤心难过。老赵对我说:“春天到了就好了,到时风沙就把白色盖住了。”当春天的风沙真的到来的时候,我躲在被窝里认真哭了一场。我从没有见过这样的春天,那些褐黄色的沙尘暴把这里变成了地狱。

小汀打电话来,说已经到了,我赶紧下楼去接他。即使多年不见,我还是一眼就认出了他,那圆圆的胖脸上还是挂着淡淡的笑容。他的身边站着一个穿黑色短裙的女人,那女人披着长头发,戴着墨镜,看不清她的模样,感觉倒是很好。小汀和我热情拥抱了下,然后他介绍那个女人叫金静,是他的女朋友。“你还没结婚呀?”我脱口问道。他笑着说:“是的,还没有。”他的笑容意味深长,让我深感自己的生活乏味不堪。我带着他们向家走去,在楼梯口遇见了买菜回来的夏玲,我对小汀说:“这是我老婆,夏玲。”小汀热情地抢过夏玲手中的菜,叫道:“嫂子,这次麻烦你们了。”夏玲表现得很得体,说:“哪里麻烦,就怕你们不来。”

进了家,小汀他们逐个参观了房间,发出客套的啧啧声,然后在沙发上坐定。金静随手把墨镜摘下来了,她的美如一柄锋利的匕首,在出鞘的瞬间就把我刺伤了。我有些慌张地给他们倒茶，然后坐在小汀旁边。我看了看自己的房子，觉得好不容易收拾像样的一切变得黯淡起来。

“好久没联系了，你……不在煤矿那里做了吧？”我忍不住问道。

“是的，我受不了了，跑出来了。”小汀说得很平淡。

“那你现在做什么？”我好奇起来。

“我画画。”小汀看着我微笑起来，说，“记得吗？我一直喜欢画画。”

我使劲点着头，说：“当然记得。”

小汀眯缝起眼睛，陷入了回忆的诉说：“我在煤矿干活的时候，那种黑能把人憋死！大白天的却要一直待在黑咕隆咚的地下，夜里回到地上，又是一片漆黑，我有时怀疑自己的眼睛是不是快瞎了。有一天，我重新开始画画了，我看到斑斓的色彩就像是快要渴死的人喝了一大杯水！我用最鲜艳的颜料画画，要画出最鲜艳的画。在几百米的地下，只要一休息我就画，我画出的画艳丽无比，工友们看到都兴奋得要命，比平日里他们谈论女人还兴奋。”

小汀噼里啪啦说了一大堆，整个人神采飞扬起来，屋子里的气氛也变得活跃了，真正有了老友重逢的欢快感。

“这么说……当时你还真的挖煤啊！”我感叹道，对他说的画画却不知如何回应。

“是的，真挖。我爸当了一辈子煤矿工人，他的肺早就坏掉了，可还是叫我去挖。在我爸眼里别的什么我都干不了。”

“幸亏你会画画。”

“是啊，幸亏我会画画。”

谈话到了这里，有了一个短暂的停顿。小汀感怀起了过去，而我则对自己目前的生活感到了更深的绝望。夏玲炒好了第一盘菜，端了过来，让我们先吃。金静站起来说：“我来帮忙吧。”夏玲连连摆手，却拗不过金静，于是她们一起走进了厨房。我盯着她们的背影，替夏玲感到自卑起来。我第一次意识到，不知道从什么时候起，夏玲已经不修边幅了，她的背影如此臃肿不堪，像是一位进城务工的保姆。这让我感到疼痛和尴尬。我不敢看小汀的表情，径直走到客厅的柜子前，取出一瓶酒来，对小汀说：“难得重逢，咱们兄弟好好喝一场。”小汀皱了一下眉头，眼神里掠过一丝阴影，他还是点头说：“好。”

两个明显不愿意喝酒的人，硬要喝酒的确匪夷所思，但我心中有个执拗的声音，要求我不得不如此。夏玲和金静几乎同时往这边投来关切的眼光，但我和小汀还是硬着头皮，带着僵硬的微笑，将第一杯酒喝下了肚。她们收回了目光，什么话也没有说。

饭后，我安排他们去午休。我自己坐在沙发上看电视，夏玲在厨房里收拾着残局。不知怎么回事，我想起了我们的孩子，那个来不及出世的孩子。就是这样一个午后，夏玲在厨房里洗碗，突然说下腹痛，我赶紧扶着她往楼下走，然后叫了辆出租车赶到医院，还是来不及了。流产，我直观地体验到了这个词。这是一次看不见的死亡，一次突然的袭击。夏玲哭了，她哭得那么难看，却没有声音，我的心都要碎掉了。后来，夏玲咬牙切齿说："一定是那该死的盐碱地害的。"我说："你找到什么依据了？"她说："还用找吗，那方圆十里还有其他生命吗？除了他妈的我们。""他妈的"，夏玲居然说"他妈的"，我不习惯她说脏话，可我觉得她说得很有道理。

这时客房的门忽然开了，小汀走了出来。他打着哈欠说："睡不着。"我问："怎么了？"他看了一眼窗外，说："太亮了，怎么这么亮啊。"我说："这里海拔三千多米，能不亮吗？"小汀颓然坐在沙发上，说："我原来痛恨黑暗，可等到我逃离煤矿之后，我却像鼹鼠一样怀念黑暗。我的房间大白天也拉着窗帘，我待在黑暗中画画。"我笑了，说："欢迎你来到我的世界，一个过分光明的世界。"

小汀闭着眼睛在笑，浑身像触电一样颤抖。我走过去把客厅的窗帘拉上了，房间里暗了下来，但那强烈的光依然从缝隙里钻进来。一年到头待在黑暗里？那是种什么样的感觉？我无法想象。

"听说你所在的盐矿是全国最大的？"小汀问。

"何止，或许是全世界最大的。"我自嘲道。

"带我去看看。"小汀突然来精神了。

"你是说……现在？"

小汀点点头，抬手看了看表，说："还早，不远的吧？"

"要坐车过去，一个多小时呢。"我真的不想去，我上午才坐车从那里回来，但我不好说出来，尤其看到他满脸的期待。

"你每天都来回一趟？"

"不，有时太累就住厂里了，那边有宿舍。"

"很辛苦吧？"

"还好，我做技术的。"

"记得当年你化学还不错。"小汀笑着说。

"是吗？"我真的不记得了，我只记得我各科成绩都不怎么样，最后考试运气不错，考上了一所大专。而小汀在高考前夕就离校了。他告诉我，他已经完全失去了信心。原来，在他波澜不惊的外表下，内部早已是断壁残垣了……这些往事，今天没必要再提了吧？

“我们再喝点?”小汀居然主动提议。

刚才我们喝了三杯就停下来了，这让两个女人都很放心。现在她们都在休息，还真是个喝酒的好时机。我拿出酒瓶，我们又喝了起来，聊了很多中学时候的事情。我并不怀旧，不觉得那时候有多好，但那时候作为一个话题可以这么慢慢聊着，还是挺温暖的。其实我一直想问问关于金静的事情，这么漂亮的女人小汀是怎么找到的?可我无法率先说出口，我不想暴露男人的那点心思。喝着喝着，我感觉到困意浓重了起来，终于我和小汀就那么半躺在沙发上昏昏睡去。毫无意外，我又梦见了老赵，他说：“兄弟，干杯!”他满脸都是白色的盐碱，坐在采盐船的甲板前，水面上没有他的影子。我说：“老赵，有个朋友来看我了。”他说：“和你朋友多喝几杯。”我说：“他混得不错。”老赵咧开空洞的嘴笑了：“你混得也不错。”我惊醒了，看到夏玲和金静坐在阳台上窃窃私语，仿佛她们才是多年未见的老朋友。而小汀，正半躺在我的身边，很响地打着呼噜。我重新把眼睛闭上了，尽管睡意全无，却装作熟睡一般。我有些后悔擅自买晚了几天的票，我根本就没想好多出来的这几天该如何处理。

晚上，我们随便吃了点中午的剩饭，然后夏玲提议，大家去楼下散步。我们来到街上，此时虽是盛夏，可太阳的威力已经随着白天结束了，凉风从旷野的深处吹来，让人有些微微发冷。小汀感叹道：“好凉快，真舒服啊!”金静附和道：“是啊，真好。”我的目光在她漂亮的脸上稍作停留，然后滑了过去，跌落进幽深的夜色中，我看到街道的尽头有几个醉汉摇摇晃晃走了过去。这座冷落的小城，让我暗自忧伤，而金静带着她惊人的美貌，像一道过于明亮的闪电，让我忧伤的阴影愈加浓厚了。

“你还写歌词吗?”小汀忽然问道。金静和夏玲都扭过头来看着我。我写词的事情从来都没有对夏玲说过，夏玲的眼睛瞪得老大，我笑了起来，打着小汀的肩膀说：“你这家伙胡说什么啊!”小汀说：“虽然你从来没对我说过写歌词的事情，但我早就发现了，我还听见你嗓子里哼哼唧唧地唱着那些词。”我难为情地摆着手说：“都是闹着玩的。”小汀说：“什么不是闹着玩的?我画画也是闹着玩的，人活着也是闹着玩的。”我没再说什么，我在心里说：“可有的人玩不下去了。”

第二天我考虑是不是该带他们去盐湖参观了，但是参观完后怎么办呢?我在犹豫中又度过了一天。这一天阳光灿烂，一切东西的边缘都散发着明亮的光晕，我们蜷缩在房间里，无所事事地消磨着时间，直到黄昏后，才去美食城里吃了烧烤。他们对这里的羊肉赞不绝口，这让我稍感欣慰。吃烧烤的时候，金静正好坐在我对面，我便多看了她几眼，我发现她很少笑，眼睛里深藏着看不透的忧郁。而且她和小汀之间也谈不上多么亲密，不过我转念一想，夏玲不也是忧郁的嘛，我和夏玲看上去也没多么亲密吧。

几打肉串下肚后，大家似乎有了心满意足的情绪，聊天的气氛再次热乎起来。夏玲笑着问："小汀，你怎么追到金静的？给我们讲讲。"没想到夏玲替我问出来了。

小汀嘿嘿笑了起来，说："这可是个秘密。"

我说："你别卖关子啦，讲吧。"

小汀看了金静一眼。金静说："其实也没什么秘密，我是他的顾客，我们是在画像的时候认识的。"

"嗯，是这样的。"小汀说，"我从煤矿里跑出来后，一直靠给人画像为生，有一天就遇见了金静。我对她说，我不收你的钱，但你能不能让我多画几张？没想到，她同意了。"

金静望着我说："主要是他画得那么认真，我第一次看到有人那么专注地看着我。"我回视着她，我们对视了最多一秒钟，我就装作低头吃东西，躲开了她的美。也许只有画家可以借着艺术的盾牌与那种美直视。

小汀说："那我画得好不好？"

金静说："你画得很好。但那不是我。"

小汀吃惊得张大了嘴巴："不是你，那是谁？"

金静微笑着说："是你的梦想。"

我和夏玲笑了起来，我看着金静说："虽然艺术家创造的都是自己心中的梦想，但这个梦想也是你给他的。"

"就是，就是！"小汀连连点头，喝下去一大口啤酒。

金静扭头看着小汀说："能把我给你的梦想还给我吗？"我们都愣了一下，然后笑了起来。原来金静说了一个冷笑话。金静的微笑像流星，一闪而过，这个女人身上有种说不出的神秘，她既深深吸引着我，又让我感到恐惧。我无法摆脱对她的好奇。

小汀嬉笑着说："不止这个，把我自己全部给你都行！"

大家又笑了起来。夏玲突然叹口气，说："看你们这么开心，真好。"

"你们难道不开心吗？"小汀问道。

我无言以对，但又必须有所表示，便只好呵呵笑了笑。

"兄弟，我敬你！"小汀端着一满杯啤酒一饮而尽，然后他擦着嘴巴说，"其实我不能喝酒的，但我们久别重逢，我很高兴。这件事我和金静说过的，有一次我摆摊的时候，被城管打破了肝，在医院缝了几十针，才保住这条小命，呵呵。"

小汀的脸上浮着微笑，眼窝陷在阴影中，我看不清楚。尽管他只是三言两语，但这意味着什么，我懂。我也倒了一满杯酒，敬了他，一饮而尽。

"明天我们去盐湖吧？"小汀突然朝我嚷嚷道。

这个家伙，为了避免再谈下去的尴尬，在这个时候说起这个来。我扭头，发现金静看着我，眼睛里充满了期待的意味。

“好吧，明天带你们去。”我举起酒杯说。

这就是盐湖了。

坐了一个小时的通勤车，走过一栋栋呆板的厂房，一转弯，眼前就是盐湖。小汀大张着嘴巴，喃喃说：“真是奇妙的景色啊……”他的表情与我想象中的一模一样，这个场景我在脑中早已预演很多遍了。只不过我没想到夏玲也来了，我原以为她不会来的。以前有朋友来，我每次都拉她一起去当盐湖的“导游”，她总是严词拒绝，她说：“那个破地方能少去一次就少去一次。”这次我干脆没叫她，她不去的话我在面对金静时还会更轻松呢。可是，当金静要她作陪时，她居然毫不犹豫就一口应承了。一个漂亮女人的魅力是同性也难以抵挡的吗？此刻，她站在金静的旁边，挽着金静的胳膊，风同时吹乱了她们的头发，有一瞬间我觉得她们像是亲姐妹。

我们往湖边走去，板结的盐粒在脚下发出咯吱咯吱的声音，像是踩在雪上。周围寸草不生，也看不见一只飞鸟。尽管天空湛蓝，但是湖水依然是沉郁的墨绿色，湖心的部分还混杂着青色与黄色，像一张饱含心事的阴沉沉的脸。金静说：“来到这里，像是冬天突然来了。”我搭腔道：“你知道这种感觉叫什么吗？”金静看着我，想了想说：“是荒凉吗？”我觉得她的话像一枚精准的子弹，穿透了我心中那个预备好的答案。我叹息说：“没错，是的。荒凉。”夏玲的脸色被风吹得很难看，她说：“所以我很怕来这个地方。”这时，走在最前面的小汀回过头来说：“不会啊，我觉得这里非常美！”

当然，这里当然有它独特的美。湖边那积雪一般纯净的盐层，以及湖水里沉淀出来的盐花，都堪称难得一见的奇迹，一个画家对这些风景不可能无动于衷。但是，正如火星的风景也有其独特的美，却没人愿意在那里生活。说来不幸的是，我和夏玲就属于被迫滞留的“火星人”了……我打起精神，对小汀半开玩笑说：“你一定要画画这里的风景，绝对会震撼世人的。”小汀蹲下来，把手泡进盐水里，说：“一定会的。我要好好感受下。”我说：“小汀你有脚气的话，泡泡脚吧，会好的。”他听了我的话，当真脱了鞋袜，走进了盐水中。金静对他喊道：“你在做盐焗猪脚吗？”我们哈哈大笑起来。

不远处有一艘蓝色的采盐船在工作，它发现我们后，朝我们驶了过来。那应该是小马了，我认识的人当中只有小马是开船的。

果然是小马，他把脑袋探出驾驶舱，朝我挥着手。我也挥挥手。小汀很兴奋，说：“我们上船去好吗？”说着他就已经朝船走了过去。“这个傻瓜！”我骂道。小汀说：“这里和死海一样，是淹不死人的。”他干脆一个鱼跃，整个人扑进了湖里，向船游了过去。

我和夏玲带着金静向不远处的简易码头走去，等我们走到的时候，小马已经捞起了变成落汤鸡的小汀，朝我们驶了过来。小汀站在船头上，依然兴奋不减，举起双臂朝我们快乐地呼喊着。

我们上了船，小马很高兴，说："你这朋友真逗啊！"我说："可以理解。你猜他干吗的？"小马摇摇头。小汀笑着说："在几百米的地下，黑洞洞的，一年到头不见阳光。"小马说："挖煤的啊！怪不得！我们这里光明太多了！看来，我们真是两个世界的人啊！"大家大笑了起来。小马把船开到了湖中心，说是湖中心，其实只是这一大片卤水池的中心。为了便于管理，巨大的盐湖像稻田一样，被分成了一块块的。

"我带你们参观下盐湖的夕阳，你绝对一辈子都忘不掉。"小马胸有成竹地说。

"是吗？"小汀瞪大了眼睛，向西边望去。

我无数次看过那样的风景，夕阳像是破裂的肝脏一般，鲜红的血流满了白色的绷带。我觉得有门看不见的大炮在向太阳轰击，就像有挺看不见的机枪在向我的生活扫射，我和夕阳一样血红一片……这样的伤口欣赏起来也是很美的，即便这伤口疼在自己身上。夕阳无限好，只是近黄昏，太美的东西离死亡都太近了。我看着金静，晚霞落在她的身上，将她变成了光彩四射的仙女。她坐在那里，望着远处的风景。看上去，她对自己的美无动于衷。小汀似乎完全沉浸在盐湖的风景当中，忘记了对金静的陪伴。

"来，喝起来！"小马从船舱里拿出了一瓶青稞酒。

在这里，没有不酗酒的男人。

同样，这里的酗酒邀请是不容拒绝的。

我们三个男人围坐在甲板上，金静站在船栏前，只剩下夏玲忙前忙后给我们倒酒，她还去船舱里找出了一袋花生米，给我们当下酒菜。小马对我感慨道："你小子有福气啊！"我看着夏玲，点点头说："喂，小马一直喜欢你。"夏玲白了我一眼，怒气冲冲地说："有这么拿自己老婆开玩笑的嘛！"我说："这证明我老婆好。""切！"她一转身进了船舱，再也没有出来。她应该是看电视去了，她无法再欣赏眼前的这些"美景"，这对她已经是一种折磨。啊，想当年，我和小马同时追夏玲，最终还是我成功了。我靠的就是我那唯一的爱好——写歌词。不过我没法把歌词唱出来，只好当作一首诗送给夏玲。在这个没有生命痕迹的地方，一首诗的浪漫比其他的东西都顶用，第二天，我收到了夏玲给我的回信，里边有这样的话："是你的诗，让我发现了这里的美，也许只有这个让我有勇气待下来。"我觉得她的这些话，比我的诗强多了，很长一段时间里都深深打动着我，让我看着她的时候，几乎满心都充满了看着一个小女孩时的悲悯。我们曾经这么彼此温暖着走来，可是，终究被这旷古的荒凉给打败了，我们都变成了这荒凉的一部分，然后彼此为敌。

几杯烈酒下肚，傍晚的凉风迎面吹来，我不禁有些眩晕。看到小马被灼伤的紫黑色的脸膛，那仿佛是一面镜子，映照出了我自己的脸，我的眼泪不受控制地流了下来。小汀见状十分吃惊，可我已经来不及拭去泪水了。

“没事，没事，呛的。”我又敬了小汀一杯酒。然后又对小马说：“好好招呼我这个兄弟，他没喝好就是你招呼不周了。”小马听我这么说，更是频繁地对小汀展开了劝酒的攻势。几个回合下来，小汀的眼神就有些迷离了。小汀不甘示弱，又反过来劝我的酒，我又一连和他喝了三杯。我感到心间的恐惧在蠢蠢欲动，不能喝了，我对自己说。

“老赵的事情不怪你，真的。”小马突然这么来了一句，我感到胸腔里涌出一股血腥味，让我说不出话来。

“不……”我想解释自己流泪的原因，可如何解释得清楚呢？

“什么事？”小汀拉着小马非要问清楚。小马看着我，满是懊悔的神色。

“没事，小马你告诉他。”我摆摆手，扭过头去。

我发现金静在看我，我们的目光交汇在了一起。就在这时，夕阳落了下去，因为旷野的缘故，显得非常突兀，地平线上的那一片惨白转瞬就变成了一片漆黑。这种黑在天空深处的微亮反衬下显得更加密实，像是某种沉重的金属。我一时看不清金静的脸了，不知道为什么，我突然很想看到她的脸，我并非酒后怀有不可告人的欲念，而只是单纯地向往，仿佛那是某种在我生活中从来难得一见的希望，不，是一种比希望还美的梦幻。

小汀在黑暗中痛哭失声，也许老赵的故事伤到他了，也许，他只是为了自己而哭。我早已习惯了男人的哭泣，我说的不光是自己，还包括每一个待在这里的男人。小马继续向哭泣的小汀劝酒，他很有经验，一般遇到这样的情况，再多喝几杯，人不但不哭了，反而就开始笑了，止不住地笑。我站起身来，走到船栏处，站在金静旁边。这样我就能重新看清她的模样了。金静那睫毛浓密的眼睛里似乎闪着泪光，像不远处的湖水一般，我受到了不可阻挡的诱惑。和这样的女人在一起生活会是怎样的感觉呢？我忍不住遐想了起来，把夏玲替换为金静，自己的生活究竟会有什么样的不同？我一时有些迷惑，不由叹息起来。

“怎么了？”金静终于开口问我了。

“你爱小汀吗？”我突兀地问道，出乎自己的意料。

“我不知道，应该不爱吧。”金静的回答倒是果断，没有丝毫迟疑。

“那你还和他在一起？”

“我也不爱自己，还不是要一个人待着。”

“你不爱自己？”

“嗯。”

“为什么？你那么美！”

“因为我是个逃犯，我杀了人……”

我不敢相信自己听到的，由于过度惊惧，酒醒了大半。金静的神情却依旧平常，仿佛说的是家常话。但她的泪水流了下来，这让我确信她讲的是真的。

“小汀知道吗？”我感到嗓子干痒，咳嗽了起来。

金静摇摇头，说：“他从没问过。”停了一会儿她又说：“问的话，我会说的。”

“那就不要说了吧。”我叹口气。

“尽管那个人罪有应得，但我知道自己罪孽深重，我从没想苟活下去，我四处游荡，走到哪里算哪里。”

“我什么都不知道。”是的，我一点追根究底的兴趣都没有，仿佛金静给我讲述的是一部电视剧里的故事。

“只要有人问，我都会说的，可从来没人问我。只有你问了，你问了我为什么不爱自己，我很感动。很多人都爱我的美貌，但很少有人问我爱不爱自己。”

“我理解。”

“你真的理解吗？”

“真的。刚才他们说老赵的事情你知道的吧？”

“夏玲和我说了。”

“老赵死的那天，只有我和他两个人。我常常怀疑自己，是不是自己害了他。”

“那天你喝醉了？”

“是的，我喝醉了。但奇怪的是，我喝醉后还可以像正常人一样行动，他们都误以为我酒量好，其实不是的，我经常酒醒后完全不知道自己做过些什么。”

“我想知道的是，你为什么会怀疑是自己……”金静紧紧攥住我致命的线索，逼着我说出来。

我想了想，看着不远处厂房里亮起的灯光说：“其实，我很喜欢老赵这个人，我们在一起喝酒谈天说地，时间过得很快，日子也好过些。但我讨厌这种生活，想反抗这种生活，而老赵就是这种生活的代表……所以，我才有这样的想法。不过，自从老赵走后，我的生活更苦了。”

“那你就认为自己杀的老赵好了。这样想，你会舒服些。”金静轻声说着，往我这边挪了挪，用胳膊紧紧挨住我。

我感到了她的慰藉，但还是喃喃说道：“会吗？”

“你都不知道我多羡慕你现在的生活。假如你真的是一个杀人犯，待在这个荒凉的地方岂不是一种心安理得的赎罪？你还有个那么爱你的女人，她一直想给你生个孩子。”

“她告诉你的？”

“当然。”金静说完笑了起来，她的笑容在昏黄的灯光里有着圣洁的光晕，我几乎被她融化了。

“喂！你们聊什么呢？快来喝酒呀！”小汀朝我们这边吼了起来，他已经醉了，像个傻子一样幸福地大笑着。

那天后来的事情我不记得了，因为我和小马，还有小汀，我们三个人继续喝了起来，我喝醉了。奇怪的是，那天晚上我没有梦见老赵。不过我还是做了一个梦，我一个人走在夜晚的盐湖边，黑暗压得我喘不过气来，我绝望地闭上眼睛，却听见周围充满了细碎的声音，像是什么东西在生长，我害怕极了。早上醒来，我想到，那不就是盐生长的声音的吗？在这里，盐是会生长的，那些美丽的盐花会不断地开放。这样说来，这里除了我们，还有别的生命，盐就是没有生命的一种生命吧。在造物主面前，我们和盐真的有本质的不同吗？我们和盐都是生长与衰败着的一种变化罢了。

小汀他们走后大概两个月，我收到了一个挺大的包裹，看它的形状，应该是一幅画。打开后，与我猜想的一样，是一幅钉好边框的油画，是小汀以盐湖为题材创作的。这幅画中的盐湖与盐花十分怪异，初一看上去，像是外星的风光，或是超现实主义的风格，不过看得久了，却发现其中的变形夸张正凸显了盐湖最重要的特点。我放在客厅里，等夏玲回来后，我让她欣赏，可她只看了一眼，就惊呼了起来：“快收起来，我再也不想看第二眼！”“为什么啊？”我大惑不解。夏玲说：“和我梦中的盐湖一模一样，吓死我了！”这的确太诡异了，我只好将画包好，放起来了。也许在盐湖以外的地方重新拿出来看，会别有一番风味。

我给小汀回了一封信，对他的画表示感谢，告诉他我会珍藏起来的。我一句也没有提及金静，我想，他也不乐意我提吧。我不再羡慕小汀，也许是因为金静并不爱他，也许是因为自己认可了自己的罪孽，从而也发现了自己的幸福，我打算老老实实待在这里。小汀没有再回我的信，他就这样消失了，像盐湖飘走的一粒盐，消失在了一场大雨里。

生活就这么重新平静下来了，那段涟漪逐渐恢复了平静。我不再酗酒，倒不是因为怕梦见老赵（偶尔还会梦见），而是为了“封山育林”的孕前保健。夏玲有了身孕后，就停薪留职，去了省城的姑妈家里。我们分隔两地，争吵少了，感情慢慢修复了，我已经无法想象自己和别的女人一起生活的景象。在第二年的秋季，她顺利产下了一个健康的男孩。当了父亲后，我还在盐湖的厂子里上班，在此期间也曾想过辞职，但奇怪是，当我一个人待在无垠的盐碱地上，心情反而逐渐平静了下来，离开的念头变得不是特别迫切。我走在盐湖边上，看着这外星一般奇异的景色时，经常会想起小汀的画，想起金静的美貌。那种感觉很恍惚，仿佛我从没在现实中见过他们，而是在某个奇幻的梦中。

冬季来临的时候，刮了一场罕见的北风，我发现盐湖表面居然结了一层薄薄的冰，与晶莹的盐层混在一起。这种景观很罕见，盐湖可是很少结冰的。我专门去看了厂里的温度计，最低气温达到了零下二十五摄氏度。可头疼的是，在这样奇寒的冬天，却一直没有落雪，干燥得要命，每天早上起来嗓子里都火辣辣的。一天，我早上起来后，收到了一封信。好像是寄自国外的，我用有限的英语水平分辨了半天，应该是尼泊尔。我猜到十有八九是金静的，一封来自梦中的信？我一时怀疑自己是不是真的醒来了。

金静的字和她的人一样漂亮，她在信里告诉我，她一切都好，给我写这封信是因为在加德满都的博达纳特大佛塔前忏悔的时候想起我了。佛塔的塔基上绘满了无数的佛眼，那些慈悲的眼睛注视着她，让她终于不再惧怕死亡。她说加德满都很漂亮，四周青山环绕，鲜花常盛不败，希望以后有机会我也能去看看，那是和盐湖截然不同的一种风景。她还告诉我小汀的下落，他去深圳开了一家画廊，据说经营得还不错。最后，她说，以后死亡来临的时候，她会选择死在盐湖那样的地方，与万古洪荒融为一体。她查了资料，知道世界上最大的盐湖不是我这里，而是在南美洲玻利维亚西南部的高原上，叫作乌尤尼盐湖。她说她以后会把乌尤尼盐湖作为自己的葬身之地。她不厌其烦地罗列了些数据：

“……那里的海拔在3000米以上，绵延12 500平方公里。每年冬季，盐湖都会被雨水注满，形成一个浅湖；而到了夏季，湖水干涸，便留下一层以盐为主的矿物硬壳。那里的盐层很多地方都超过10米厚，总储量约650亿吨，够全世界人吃几千年。当地人利用旱季湖面结成的坚硬盐层，加工成厚厚的盐砖盖房子。房子除屋顶和门窗外，墙壁和里面的摆设包括床、桌、椅等家具都是用盐块做成的。”

我在给她的回信里写道：“将乌尤尼盐湖的几个数据降低一点，再把季节换成北半球的，与我这里就没什么区别了。在给你写这封信的时候，我就趴在盐砖垒成的桌子上面，盐砖上面铺着玻璃板，玻璃板上还铺着温暖的蓝色丝绒，给人温暖厚实的感觉。我抚摸着这样的桌子，它们的构成尽管很奇特，但与一张普通的桌子其实并没有什么不同……”

我再也没收到过她的信，时间一久，我觉得就连收到的那封信也像是虚幻的臆想一般，因为没有了物证——我怕夏玲看到，看完就烧掉了。春天来临的时候，夏玲又来电话了，催我回去看看孩子，顺便去面试，说是某个亲戚帮我留意了一份新的工作机会。我收拾行李的时候想道：也许，从来就没什么人来这里看过我，只有那不停生长的盐陪着我——啊，是的，现在即使在喧嚣的白天，我也能分辨出那种细碎的声音。我抬头看了看窗外惨白的盐碱地，不知道自己还会不会回来。

本文收录于2015年8月出版的小说集《听盐生长的声音》

**赏析：**

这篇小说站在灵魂的高度书写了囚禁与救赎的主题。小说中，“我”和妻子夏玲居住工作于海拔三千多米的盐矿区，朋友小汀带着漂亮女友金静顺路过来见面。透过这个并不曲折的故事，作者提示着：我们都被囚禁于别人眼中的风景中。这是个由隐喻和象征结构起来的小说，隐喻中包含着对事物复杂性的理解。成为画家的小汀曾经是一名矿工，等他逃离黑暗之后，他却像鼹鼠一样怀念黑暗。有趣的是，“我”居住在高海拔盐区，长期“享用”着过量的阳光，对“光明”的含义也有一番复杂的理解。盐湖的象征性就在于，它是每个人居处并渴望逃离的存在，却又常常是别人眼中美丽的景致。因此被囚禁于盐湖，几乎是每个人存在论意义上的命定。然而，小说并不止于存在的荒凉，更包含着生命的救赎。

（陈培浩）

# 你觉得你像谁？

席　地

## 1

我曾经碰见过一个很像明星叶璇的女人，她是个舞者，有时候当我喝多两杯再看她时，我会分不清眼前的人是她还是叶璇，我甚至于会忘了她的名字。为了留下那个瞬间，我说要给她拍一部戏，片名就叫《叶璇》，她拒绝了。于是我只能曲线救国地对她说："要不这部戏我们就不拍了，你能不能和我几个朋友一块喝杯东西，我的摄影机就放在那不动，行吗？"接着我补了一句，"有片酬的。"

"放在那里录什么呢？就录我们聊天吗？"

"嗯，你就当我在寻找拍摄灵感吧！片酬不多，五千可以吗？"

"你确定没有台词？没有戏？"

"连灯光、化妆都没有，就是喝酒，就是生活。"

故事就这样开始了，我隐身在后，掌好机，说实话我不知道要拍些什么，直觉告诉我，她的脸就是一场戏，至于流动出来的是什么，就由气韵了。

忘了说，她叫王媚。

## 2

王媚携了个女友来，叫珊珊，是个化妆师，她们问我还有什么人要来？我说稍等，还有个她们的粉丝。王媚在当代舞圈子里是颇有名气的，我曾经和她间接合作过，珊珊我是第一次认识，瘦小，眼线很深，感觉像狮子座，想必是王媚带来压场的，我给她们开了瓶麦卡伦15年雪莉双桶，并奉上冰桶，但王媚不加冰，珊珊加。

我不能喝，我要看清楚她的脸并静待着变化的瞬间，毕竟我答应了她不能移动摄影机的镜头，我只能移动我的眼睛，去结构出三台戏：第一台是摄影机的，第二台是我的，第三台是现实的。此外，她必然会有一场自己的戏，她愿意来，愿意坐在这里，必定是带着剧本的。

李军来了，他看了我一眼，笑着说："席地兄，在拍什么呢？"

"没拍什么，就录录大家喝喝酒，说说胡话，试一下新买的镜头。"

李军兴致起了，硬要过来看，我把他拉到沙发上介绍了起来："王媚，你想必知道吧？珊珊，化妆师。李军之前在北影读摄影，后来在内地拍广告，大家认识一下。"

李军看见王媚眼睛一下子亮了起来，握着她的手说："哇，你真的太像叶璇了，真漂亮。我看过你的演出，奔舞团的那个，超棒的，但那时候没有发现原来你这么像叶璇啊！"我心里暗笑，这么快就来了。

王媚斜眼看了我一下："谢谢，"又转回面向着李军，"身体嘛，脸只是很小的一部分。"

李军："这件事对你来说会不会是个困扰，就是每个见到你的人都说你像叶璇。"

王媚笑得很高雅："其实还好，我自己觉得一点都不像啊，哈哈。"

李军刚拿起酒杯喝了一口，还没喝完就放下说："哪里，我觉得你都可以去演她了。"他不让别人接口，"欸，我们想象一下，假设叶璇接到一部新戏，但因档期问题拍不了，她找了你替她拍，主演却写她自己的名字。当然啦，你也是有名字的，在替身栏里……"

都笑了。我知道我的直觉是对的，这个直男会将我内心想说的冚唪呤（一股脑）讲出来。好的人物放在一起自然会发生故事，发生这件事需要有几个要素：1. 他喜欢叶璇；2. 他看过王媚的表演却不认识她；3. 读哲学的直男。对话的进展已经是可以预料的了，至此，我不知道聊下去会是个喜剧、荒诞剧还是悲剧，但我知道镜头的构图没偏。

王媚把话题接了下去："如果可以拍这部戏我觉得蛮好啊！我都35岁了。"

李军拿出手机查了一下："叶璇是80年的，也44了。对了，你记不记得有部戏叫什么来着……说一个美国女演员，啊，一时到嘴边又想不起那演员的名字，说一个美国女明星进了一间英国的小书店，和店主的爱情故事……"

珊珊："Julia Robets（茱莉亚·罗勃兹）演的 *Notting Hill*（中译：《诺丁山》）……"

李军："对，她在里头和男主做完爱后引述了丽塔·海华丝（Rita Hayworth）的话，说‘陪他们入眠的是吉尔达（Gilda，她演过最著名的角色），醒来时看到的却是我……男人想着梦中女神入睡，醒来面对着现实却难以接受。’你有这种情况吗？就是一个男人和你做爱时觉得他是在和叶璇做，醒来才看见你……”

王媚：“我不会和这样的男人做爱哈，那个不知道我是谁的人。”

珊珊：“问题是你记得那男主怎么回答吗？”

李军：“我忘了……”

珊珊：“他问，谁是吉尔达（Gilda）？”

李军：“对了，谁是丽塔·海华丝（Rita Hayworth）？”夜晚又大笑了起来。

李军：“我觉得Julia Robets（茱莉亚·罗勃兹）说的这句话比Rita Hayworth（丽塔·海华丝）出名哈哈……”

王媚：“哈哈，Julia Robets（茱莉亚·罗勃兹）连臀部都有替身。”

李军：“我说真的，席地兄（扭过头来看看我），不如我们就找叶璇拍一部戏，这个戏就是叶璇找你做她的替身，却不写你的主演名字的故事……然后大家就在吵这个是行为艺术还是伦理问题……哈哈！”

珊珊有点不耐烦了：“不要整天探讨这个问题啦……”

李军：“我觉得蛮有趣的！”

这时王媚似乎已有点醉态了，她是真醉还是作醉态我不知道，我知道身为舞者的她非常介意别人说她的长相像叶璇，我是冒犯的，我故意通过李军来冒犯她，此刻我忽有种罪感，那种“你以为你是谁呀！”的罪感。我在想，她或许是因为自己长得太像叶璇而被迫成为舞者？她没有办法通过脸跳舞，她说：身体嘛，脸只是很小的一部分。她需要将脸藏起来，通过更大的动作来展示出自己是谁。我想起她在舞台上一次次地跪在地上，重复着一个将头撞向地板又弹回来的动作，她就那样穿着一袭黑衣重复着那个动作重复了三分多钟，她的头发散乱地飞舞着，没人看见她的脸，远远望去，像她的头发在挥舞着身体，如此强壮又不堪一击的身体。

这时候她终于说出了她的第一句话：“其实我不喜欢别人说我长得像叶璇。”说完后她闭上了眼睛，似乎有点累，她微微地侧身躺在沙发上，身体像波浪被静止在一瞬之间，从她的头开始，作为涟漪的中心，一直往外延宕，至胸部、腰、臀部，随后在腿的线条上渐渐平伏，直至与沙发融为一体，进入物的线条之中。珊珊站了起来，说要去个厕所。

李军拧过来看了我一眼，似想找我说说话，我抿嘴摇了摇头，他便转回头去玩起了手机。忽然间他想到了什么，在手机中维基起叶璇的照片来，他看见了叶璇不同时期的照片，有刚出道时的一脸清纯，红时的媚艳，近年初见老态的狗仔队偷拍。他疑惑了，不知道要用哪个标准来检验眼前的王媚，并告诉她：“你看，你确实是99%像嘛！”他掉入了一个新的问题：哪个叶璇才是真正的叶璇呢？当他决定要建立标准时，标准变得多样，而最初他所认为的99%是依据什么呢？依据他对一张脸最初的感觉？抑或所有感觉的中位数？注意，他用的是感觉，他无法清晰地确认其中的任何一条线，说：“眉弓这条线的弧度是叶璇的。”不，不是的，若我们大多数人都认为她像叶璇时，那么她必然是接近叶璇的中位数的，也就是说无论叶璇怎么变，观众已经建立了一张理型的脸，这张脸是不变的。那么问题来了，哪一张叶璇的脸我们可以称其为叶璇的“理型之脸”呢？啊，他想到了，他可以反推，用王媚的脸来推出哪张是叶璇的理型之脸，也就是说哪一张叶璇的脸更像王媚，那么这张叶璇的脸就成了一张标准的叶璇脸。他当然知道这样做会有误差，会被他心中的1%扭曲了原本的那张理型之脸，但这是当下所有选项中最快捷有效的方式了，他不能想太多，不能将太多参数加进去思考，如：我现在七分醉了？这种醉意会否移动了脸部的线条？我被拉来喝酒是否就进入了一场暗示，更难听地说是一场催眠？李军又意味深长地看了席地一眼，接着低下头呷了一口，冰块已经将威士忌混得淡了。

李军拿起手机站起身，绕过桌子走过去，蹲下，将屏幕平行在王媚的脸旁，一张张地划着叶璇的照片。他有点庆幸那是个没有修图的时代，网络图片是可信的，哪怕像苹果新闻那样专抓丑的角度来拍，那也是真实的丑的角度，不过是观看者用了一双丑的眼睛。他继续滑着，发现大部分的都不像，偶有几张像的，又总像缺少了些什么。他暂且不想分析，他要用最快的速度来建立图像的数据库，浏览最少两百张叶璇的照片，在这个基础上找出最像的两到三张，再拿出来作为参照和王媚的脸来比较，以找出差异的线条。他相信若被他找到那张照片那条线，他只要在修图软件中轻轻地移动那几条线，就能将王媚的脸完全地变成了叶璇的脸。想到这里他感到无比兴奋，他觉得自己能够消除脸部意义上的个体差异，来制造出以他自己名字来命名的新脸，因此在完成图库前他不能掉入任何一张图片的分析之中。他很骄傲，所有人都发现了这种共性，而只有他有能力找出并调整两者间的误差，让一张脸绝对地进入到第二张脸中重叠，这是种后现代主义方式的上帝的力量。

滑着滑着，他开始急躁了，他发现越看越不像了，明明是以王媚的脸来寻找并建立叶璇，怎么就找不到这个叶璇呢？更让他感到疑惑的是，有的叶璇鼻子像，有的叶璇眼睛像，甚至有的只有下巴的弧度像，他没有办法做集合了，难道又要反过来，将那些像王媚的地方抠出来，重新整合成一张新的叶璇？一个不存在的叶璇？而这个不存在的叶璇才是她自身的中位数？若要这样解构，他必然会陷入无尽的解构循环之中，这时候任何一张脸都变得无意义了，人类的脸只能集合成一张机械的脸，那张人类的中位数脸？

想到这里他感到一阵恐惧与茫然，颓废地坐倒在地。

“喂！你在做什么呢？”珊珊语带严肃的怒意。

## 3

“我？我在寻找着叶璇的脸……”李军回过神来，嗫嚅着。

“你不觉得你这样子过分了吗？”珊珊的声调提起来了。

“不是……你想一下，我们大家都觉得她像叶璇，但有人仔细地去分析她哪里像叶璇吗？像哪一个叶璇？为什么我们每个人对叶璇的记忆都不同，但都异口同声地觉得她像呢？然而为什么当我们找出叶璇的照片来对比时又……”

珊珊打断了他，“我是说你不觉得你这样的行为很无礼吗？”

“哪里无礼了？”李军的声调更弱了。

“明明人家都说了不喜欢别人说她像叶璇，不喜欢和叶璇来做比较！”

“对，你有没有发现问题的关键，为什么其他人不会介意旁人说自己像某演员而她会介意？就是因为她长得太像了！但现在……”

“是你没有发现问题的关键！”珊珊打断了他，“你不觉得这样令人很尴尬吗？粗鲁又无礼！”

李军扶着桌子站起来，手上的屏幕仍亮着一张光鲜的脸，从我这个角度望过去显得很不真实。李军走回来时再次望了我一眼，我扭过头去，心想：“你别看着我，这一切和我无关。”李军坐回到沙发上，给自己的杯子倒了点酒，加冰块。王媚兀自睡着，仿佛对周身所发生的一切没有知觉，她睡得柔美香甜。空气一下子冷了下来，没有人说话了，我点了根烟，李军也过来跟我讨了一根，我给他了。一时间烟雾在房间中弥漫开来，渗透进事物的毛孔之中。

珊珊：“好了，你先回去，我们也累了。”

李军尴尬地站起身，捏了捏自己裤袋的边缘：“那我就走回去了，今晚不好意思啊……”

珊珊：“不用不好意思了，要是我和席地不在的话，你都亲上去了吧？”

李军：“呃……你等我一下，手机钥匙钱包，齐了，那我们下次见啦！”

我说：“再见。今晚麻烦你啦。”

李军：“不麻烦。”

珊珊脱口：“拜拜啦替罪羊。”

## 4

李军走了，王媚睁开眼睛，缓缓地坐起身来。那种状态就好像从未睡过一般，她删去了从睡到醒的过渡阶段，一睁眼就进入了镜头的高潮。如果我不说，没人知道刚才三媚睡过。

珊珊向她努了努嘴："他走了。"

王媚："明明他知道的，我是个舞者，不是演员。"说毕她点了根烟，转过头来问我："怎么样？今晚结束了吧？"

我说："你想，随时都可以结束。"

王媚："你朋友来看过我的演出？"

我说："是的，好几次，他很喜欢，他知道我认识你，一直嚷着要来认识一下你。"

王媚："她知道什么是当代舞吗？"

被她这样一问，我才猛然惊觉，她刚才的睡眠只是一场舞蹈，她用她的呼吸、睡姿来演绎着她对李军的反抗，用她的身体来对抗着那张脸。讽刺的是当李军第一次发现这张脸时，他关注的就只有一张脸了，他没有发现这场精心安排的当代舞，他好几次花钱进剧院看王媚的演出。然而，当王媚在为他量身定做的现场自编自演时，这场演出只有我一个人发现了。

我说："你说今晚的这条片子，是剧情短片还是舞蹈影像呢？"

王媚："舞蹈影像吧。"

珊珊这时也示意要起身回去了，留下我和王媚两人，我终于坐到了镜头前的沙发上，给自己倒了杯酒，却不知道要说些什么，更不知道自己的坐下是否是一种唐突。当我将自己置身在镜框下时，我瞬间成了李军，王媚也感觉到了，便微微一笑地对我说："你有想过你死时的场景吗？"

李军："有的，在一个人迹罕至的小岛上，听着霍洛维茨演奏的舒曼《童年即景》，和爱人在一起，我会在最后一个音符结束后的第二秒死去，爱人在第一秒。"

王媚："镜头呢？构好图了吗？"

李军："没有今晚的镜头，但我的脑海里是有构图的，海岸、沙滩，我们在海与岸的边界上让浪花拍打着我们的脚踝，我能感觉到沙子从我们脚掌退去的形状，我们等，死后仍在等，等潮涨时将我们退到太平洋的深处。"

王媚："那你的爱人是一张怎样的脸？"

李军："我……我没有想过，不敢想那张脸。"

王媚："你觉得那张脸会像谁？我不是说'是'谁。你知道的，到时候那个女人很可能就是个机器人，她能变成你心目中的任何一张脸。"

李军仰头将杯子里的酒干了，才忘了应该要碰一下王媚的酒杯。

李军："像谁？或许像我妈吧。"

王媚："那你觉得你妈又像谁呢？"

"有点像宁静吧。"

"宁静？哪部戏中的宁静？多少岁的宁静？你找张照片来给我看看。"

李军语塞，没想到会这样子被王媚反将一军。

"没关系，不用你找那张照片出来，但麻烦你告诉我，你觉得宁静又像谁呢？"

"我想不到，呃，怎么说呢……明明那张脸同时像很多很多张脸，可我又讲不出一个名字来。"

"我倒是想到了一个笑话。"

"你说。"

"法国人最早称火鸡为印度鸡（poulet d'Inde）；荷兰人将其称为卡利卡特鸡（kalkoen）——卡利卡特（Calicut）阿拉伯人称火鸡为罗马鸡（dikrumi）；希腊人称火鸡为法国鸡（galopoula）；马来西亚人称火鸡为荷兰鸡（ayam belanda）；印度人称火鸡为秘鲁鸡（peru）。"

"秘鲁呢？"我问。

"天知道。"王媚又笑了，这种笑让我很烦。

夜被压了下来，声音退去，良久，我站起身关掉摄影机，坐回去，我才感觉到沙发的柔软，回头看了一眼，真皮，腰椎的弧度被唤醒了，没错，现在已经能透过一个人的步态来分析身份了，不再需要指模，不再需要一张脸。我又忍不住看了看自己的脚，被NIKE球鞋给遮住了。

我将片子删了。

"为什么？"

"不知道，或许我不该删的。你知道的，我本来想像洪尚秀似的，让我们无无聊聊的谈话填满这个镜头，没有动线，我们什么都不需要做。忽然间我觉得好累，就像和一个不爱的人做完一场大爱般，陷入了无尽的宇宙虚无，悔不该，开始这一切了，哎呀，难难难。"

"介意我抽根烟吗？"我说。

"你喜欢叶璇？"王媚问。

“说实在的我没有看过她的戏，仅仅是作为一张脸被我记住了。就像一个词根，一个字，它存在于你的脑海里，你就会依据它来论证些别的什么。”

王媚忽然严肃起来，问我，同时也在问着那个凝视着我的我，问着那个凝视着今夜两个我的——第三个我，及背后无数我：“我在想，你觉得你像谁。”

本文刊载于《边疆文学》2025 年第 9 期

**赏析：**

席地的《你觉得你像谁?》从一次意外的邂逅讲起，“我”结识了一位名叫王媚的酷似明星叶璇的女性，可对方却极力想要摆脱拿自己和叶璇作比较的处境。在这样的情形下，身为导演的“我”设计了一次特别的拍摄，用影像记录彼此之间的一场涯叙。也正是在这场酒叙中，“我”逐渐理解了王媚的内心，也意识到认识自我是一个复杂的人生问题。

你觉得你像谁？——这似乎是一个无解的问题，我们总会为这样的问题预设无数个可能的“他者”，就像小说里力图寻找叶璇和王媚在某处相似的李军，陷入对当事人不敬的态度。或许我们也会在阅读时想到希腊德尔斐神庙石柱上的那句箴言——“认识你自己”——是的，这远比“你觉得你像谁”更重要，也更难解。

（邓秋鹏）

# 布巴甘餐厅

周洁茹

珍妮花约我在太平山顶见。

为什么是太平山顶，我也不知道。

到了山脚，一个女的指挥我过一条马路。“你得过马路。”她说。她就是这么说的。

我不相信地看着她。

“过马路不就离山更远了？”我直接地问她。

“你必须得过这个马路。”她说。她也没有别的话好说，好像她就会这么一句：“你得过马路。我就过马路了。”

有几个人跟着我。

沿着箭头往前走，走到一个天桥下面，一张小桌子，桌子上面竖着一个小牌子：如果你的名字里有A，如果你的名字里有E，如果你的名字里有P，如果你的名字里有K，你就可以免费搭缆车上山顶。

小桌子后面站着一个女的。“你的名字里有吗？”她问我。

“没有。”我说。我叹了口气，她也叹了口气。

“真的没有吗？”她又问。

我把身份证掏出来给她看。

“有个E嘛。”她说。

“是吗？有E吗？”我看了一下身份证，果然有个E。

“你可以免费搭缆车了。”她说，“而且是来回的。”

我突然想到珍妮花名字里面也有E，所以她约我在山顶，原来上山不要钱。

“你想上428吗？”桌子后面的女的又问我。

“什么428？”我看着她。

“原价99，现在只要半价。”她说，“因为你的名字里有个E。”

“428有什么吗？”我问。

“你从哪儿得知这个推广的？”她反问。

“什么推广？”我说。

“原价99，现在只要半价。”她说，“因为你的名字里有个E。”好像她就会这么一句：你的名字里有E。你的名字里有PEAK。

我就掏钱包了。我只有一张五百元。她赶紧接过那张五百元，又拿出一个黑包包，也放在小桌子上，她从那个黑包包里面找零钱。

找了一会儿，没有找到。她拿出了一个小钱包，从里面找到了一些零钱找给我。

如果不是在太平山脚，我就以为这几个人都是骗子了。就好像我十年前参加过的一个一日游团，说是要去浅水湾、太平山的，旅游巴士开到一半，导游说：“浅水湾也没啥好看的，咱们不去了吧，咱们去买东西！”买好了东西，导游说：“太平山也没啥好看的，咱们也不去了吧，咱们再去买东西。”车里的人一通闹，导游只好带着一车人上山，上到一个不知是不是顶的地方，板着脸说：“到了，都下去！”我说：“我不下去。”导游说：“为啥？”我说他们一堆抽烟的。导游说：“对！烟怎么可以在车里抽的？要抽必须下车抽！下车！”下车以后，烟雾茫茫，一整座抽烟的山。

但我不是十年前的我了，我感觉到这几个人不是骗子，那么他们就真的不是骗子。

拿了票，再往前走了一段，就是缆车。

有两个女的坐在第一排，过了一会儿，她们移到了第二排，我就坐到那个第一排去了。

回头看了一下车厢，就三个人。那两个女的，和我。过了一会儿，那两个女的又移到了第三排。

缆车迟迟不开，我怀疑它是要等到人坐满。

阳光斜斜地照入车厢，珍妮花为什么要约我在山顶见面？

缆车突然就开了。

车旁边的山路上有几个人在走，好像就是刚才跟住我过马路的那几个。缆车开过他们身边的时候，他们停了下来，向缆车行注目礼。我想过把头伸出去车窗喊：“你们的名字里有没有E？有没有A？P和K？”我没有动，我只是想想。

我拼了一下珍妮花的名字，她的名字里面不仅有E，而且有两个，J-e-n-n-i-f-e-r，Jennifer。

缆车穿过了一个很像城门洞的门，很旧很老的一个洞门，有一百年了吧？

我算了一下，我跟珍妮花认识有十五年了。

十五年前的一天，我在楼下走，有个女的跟着我，我转了个弯，她还是跟着我，我就回过头问她会不会讲中文。她说她会。我跟你一样都是中国人，她说。她就是这么说的。

“我叫珍妮花。”她还伸出了她的手。“很高兴认识你。”她说。

我说我也很高兴。

实际上珍妮花不是跟着我，她住的楼就在我住的楼的隔壁，那一天，那一个时间，那一条路，我们俩只是正好走到了一起，就这么认识了。

现在想起来，珍妮花那天穿的那件衣服我都记得特别清楚，一件高领的薄毛衣，一条牛仔裤，肯定都是零号的。

我穿的什么，我可是一丁点也想不起来了。

第二天中午我们俩又在新港购物中心的 The Body Shop 大门口碰上了，珍妮花穿着一双有跟的鞋，一件 100% 克什米尔（羊绒）的开襟衫。我问她买什么，她说她就是逛逛。我说我要是不买什么是不会上购物中心的。她就说她要买洗发水，我们就一起进了 The Body Shop，珍妮花买了一瓶洗发水。买好了洗发水，她问我：“你买什么？”

“我不买什么。”我说，“我不喜欢买东西。”

“那我们去吃点甜的吧。”珍妮花说。

我说我也不喜欢吃甜的。

珍妮花说：“那我就自己去吃甜的了。”然后她看了一眼手表。“我可得赶快了。”她说。

“为什么？”

“快赶不上我睡午觉的时间了。”她说。

“那就别吃了。”我说。

她说吃还是要吃的，吃快一点就能赶上。

我说我从来不睡午觉，睡午觉太浪费时间了。

珍妮花瞪大了眼睛：“不睡午觉，那你干什么呢？”

我说我也不干什么。

“那你不是在浪费时间？”她说。

我说：“那好吧，我们一起去吃甜的吧。”

河旁边的一间日本店，特别轻的两片蛋糕。

“不甜的，相信我。”珍妮花说，“不是超市的那种蛋糕，甜到咽不下去的那种甜。”

“对。”我说，“还按磅卖，一买就得买三磅。”

“超市的蛋糕我从来不买。”珍妮花说，“看上去就便宜。”

“起司蛋糕还行。”我说，“就是太多，吃到第二个星期只能全扔了。”

珍妮花笑了一笑。

我尝了一口不甜的蛋糕，不甜到都不像蛋糕了。

吃完蛋糕，珍妮花去睡午觉了。

第二个星期她约我去霍博肯吃冰激凌。

我说我根本就不吃冰激凌。

“那就吃甜甜圈。”她说，“我吃冰激凌，你吃甜甜圈。”

我只好说“好吧”。实际上我也不吃甜甜圈。

霍博肯对于我来说就是一条街，街上有一些店。除了这条街我完全想不出来霍博肯还有点什么。我几乎不去霍博肯。

所以站在那间甜甜圈加冰激凌店门口，我想的就是，这可不是一点甜的，这是甜的加甜的，很多甜的。

珍妮花要了一勺冰激凌，我要了一个甜甜圈。

再下一个星期，我们一起去了城里。克里斯多夫街的地下站台特别闷，火车还迟迟不来。珍妮花站在我的旁边，望着她的侧面，我突然觉得，我一句话都不想说了。

我就记得这些了。

可能还有再下一个星期，我们又去了城里，不过是搭船，横穿哈德逊河的时候我丢了一只相机。

可能还有更多的，我一时也想不起来了。

然后我们就都到了香港。我住在沙田，珍妮花住在湾仔。如果我们要见面，沙田到湾仔的地铁，转乘3次，需时33分钟，湾仔到沙田的地铁，转乘3次，需时33分钟。可是我们不大见面。也许在第一个月我们见了两次，接下来的十年，我们都没再见。

有一天我去马鞍山广场，看到一座旋转木马，就给珍妮花打了一个电话，我问她要不要来马鞍山，有一座旋转木马。

她说她不来。她也不喜欢旋转木马。

后来我也接到过她的电话，问我要不要去一个聚会，全是新港海归到香港的那帮人。

我说我不去。

“在尖沙咀。”她说，“你不用过海。”

我说我不喜欢见人，不管过不过海。

“是因为你一事无成吗？”她说，“你不想见到以前的人。”

实际上她并没有这么说，这一句是我对我自己说的，因为我一事无成，所以不想见人。

接下来的十年我都一事无成。

珍妮花在湾仔做什么，我不知道。有一点是肯定的，她比我忙。

有一次她约我在香港公园见。我不喜欢香港公园，有一次我的工程师男友的校友会聚会在香港公园，香港公园旁边的某一间酒店的某一层。

“你想不想去？”工程师是这么问我的。

“我不想去。”我说。

“那我邀请别人去了。”他说。

“为什么？”

“有个人想去啊。”他说，“她可以作为我的客人跟着我去。”

“她为什么要去？”

“可以见见人吧。”工程师说。

“人有什么好见的。”我说。

过了一会儿，我说：“我也要去。”

“你想去就去好了。”工程师说，“反正我有两个客人名额。”

我在香港公园旁边的某一个酒店的大堂见到了工程师的另外一个客人，穿着精心准备的小黑裙。

上到某一层，密密麻麻的人，我马上就恐慌了。

工程师马上找到了人寒暄，小黑裙也马上不见了，我端了一杯喝的，但是一口没喝，恐慌，恐慌死了。

“可以走了吗？”我问工程师。

“这才刚刚到。”工程师说。

“那我离开一下。”我说。

“去吧。”工程师说。

我下到酒店的大堂，香港公园的对面，下扶手电梯，下到一个商场，再下电梯，下到最底，一片化妆品店，我买了一盒腮红，为什么是腮红不是口红，也不是眼影，我也不知道为什么。

买好了以后，我问她们我能不能在她们的高脚椅上坐一下。

“坐吧坐吧。”她们宽容地说。我就在一张高脚椅上坐了一个钟头。

工程师打电话给我的时候，有个女的正在问我是从哪里来的。

我赶紧一边接电话一边离开了高脚椅，要不是这个电话，这个问题真的好难答：我是从哪里来的？

上电梯到商场，再上电梯到香港公园对面，进了酒店，再上电梯，上到某一层，工程师站在电梯口。

“可以走了吗？”我说。

“走。”他说。

“小黑裙呢？”我说，“不等她了吗？”

“为什么要等她？”工程师说。

“你的客人啊。”我说。

“有一种客人只需要带着来。”工程师说，“不需要带着走。”

实际上我和工程师都找不到小黑裙了。我们就走了。

那是我第一次去香港公园，算是吧。

后来我又去过一次香港公园，有个人约我在那里。那天天热到快要融化，我还穿了一条小黑裙。

“香港公园门口见了面。”他说，“我们就在香港公园吃饭吧。”

“香港公园有饭吃的吗？”我问。

“有一间露天的泰国馆子。”他说。

我不好意思说不。于是那一餐饭，我的汗滴一直沿着我的额头往下掉，一颗，一颗，一颗。他还为我要了辣炒杂菜，我从没有吃过那么辣的菜。

一边吃着饭，我说：“你看我有一条迪士尼的项链，我在迪士尼乐园买的。”

我也不知道我为什么要说这种话，我都33岁了，他还比我大七岁。我说我有一条迪士尼乐园的项链。

吃完饭，我们一起过了马路，下电梯，就是我第一次来香港公园的那条扶手电梯。他站在我下面那层，我和他就一样高了，电梯非常长又非常慢，上次我也没有觉得有那么长。“你喜欢男的还是女的？”我问他。“我不喜欢男的。”他答。我也不知道我为什么要说这种话。尽显尴尬。

下到商场，他停在一间摄影器材店的橱窗外面。

“下午不用上班？”我问他。

“要上。”他说。

“我就看看。”他又说。

“那我先走了。”我说。

“再见。”他说。

“再见。”我说。我们握了一下手。他的手完全没有温度。

这个事情，我没跟工程师说，但是跟珍妮花说了。

所以珍妮花跟我在香港公园见面第一句话就是："你跟他有点什么吗？"

我说我有工程师了。

珍妮花笑了一笑。

我俩站在一潭鱼池旁边，香港公园一堆假石头、假瀑布，鱼池后面的泰国馆子也像是假的，但是鱼是真的。

"但是他帅得要死。"珍妮花说，"不有点什么吗？"

"我给你他的电话号码。"我说，"你们可以有点什么。"

珍妮花说不要。

"这些鱼太可怜了。"我说，"这么小的池子。"

"还有更小的池子。"珍妮花说，"所以也谈不上多可怜。"

"说得也是。"我说。

后来在一个很像大笼子的百鸟园，珍妮花指给我看一只笼子外面的鸟，那只鸟整个趴在大笼子的上面。

"你看你看，它多想进来啊，里面有这么多吃的。"珍妮花说，"百鸟园里吊了好多盘子，每个盘子里都有半只橙子、半个苹果、半条香蕉，还有火龙果，红色的那种，都是切好的。"

"也不用切好吧。"我说，"鸟自己会开水果的。"

"它可想进来了。"珍妮花又说。她还在仰着头看那只鸟。

"它不想进来。"我说。

"你怎么知道它不想进来。"珍妮花说，"你又不是它。"

"说得也是。"我说。

快下到百鸟园的出口，我俩同时看到了一群火烈鸟，就跟在九龙公园似的。

"竟然把火烈鸟搁在笼子外面。"珍妮花说，"也不怕它们飞走了。"

"太红了。"我说，"我不喜欢这么红的红。"

"对。"珍妮花说，"要像九龙公园的火烈鸟的那种粉红才好看。"

"可能是品种不一样。"我说。我一边说一边想什么品种的火烈鸟是这么红的呢？我从来没有见过这种深的红。

"可能是假的。"珍妮花说。

然后我们一起掀开了百鸟园的塑料链帘子，来到了外面。果然是假的，那些假火烈鸟一动不动。

"真是假的？"我说。

“他们为什么要在真的鸟园外面放这些假火烈鸟？”珍妮花问我。

“我怎么知道。”我说。

缆车停了下来。

播报里说这是一个站，可是没有人上也没有下，缆车又往前开去。那两个女的坐到了最后一排。

第二次见面是在沙田新城市广场。

因为我去过了港岛，她得来一次新界。我就是这么想的。

可是我们一起在新城市广场干了些什么呢？我有点想不起来了。

我倒是清楚地记得十五年前的事情。有个女的跟着我，我转了个弯她也转，我们就这么认识了。这个女的穿零号，喜欢吃甜的。她叫珍妮花。

见过这两次以后，我们再没有见面。

然后就是十年以后了。

我们也许通过一些电话，不过每次电话的内容都差不多，比如这种：

“我们得见一下。”珍妮花说，“好久不见了。”

“有一二三四五六七八九十年了吧？”我说。

“十一年了。”珍妮花说。

“得见。”我说。

“在哪儿见呢？”珍妮花说。

“旺角。”我说。

“为什么在旺角？”

“你住湾仔，我住沙田。”我说。

“对。”珍妮花说，“你住沙田，我住湾仔。”

“我们俩的中间是哪儿？”我说。

“九龙公园？”珍妮花说。

“搭地铁。”我说。

我好像听到珍妮花数手指的声音。

“湾仔、金钟、尖沙咀、佐敦、油麻地、旺角。”珍妮花说。

“沙田、大围、九龙塘、石硖尾、太子、旺角。”我说。

“哦。”珍妮花说，“旺角。”

“旺角。”我重复了一遍。

“可是我不想去旺角。”珍妮花说。

“我也不想再去港岛了。”我说。

“要不是你在沙田，我连新界都不去。”珍妮花说。

“上次来沙田不好吗？”我说，“我有带你看史努比。”

“我记得史努比。”珍妮花说，“可是除了史努比还有什么？”

“文化博物馆？”我说。

“除了史努比和文化博物馆还有什么？”珍妮花说，“而且你也没有带我去文化博物馆。”

我想了一下，什么都没想出来。

“所以我不会再去沙田了。”珍妮花说。

“我也不会再去港岛了。”我说。

“你上次来港岛不好吗？”珍妮花说，“我还带你去香港公园了。”

“我没带你去沙田公园吗？”我说。

“没。”珍妮花说，“你就把我带到一个商场，跟我讲这个商场的露天天台有史努比，然后你领着我到了一个儿童乐园，我们一起坐了一条史努比船。”

“为了坐到那条船我还买了一包我根本就不需要的面包。”我说，“有收据才能坐船。”

“晒死了。”珍妮花说，“坐在那条船上我都晒死了。”

“你有伞。”我说，“因为你在船上撑伞我们还被管船的人说了一通。”

“有吗？”

“肯定有。”我说，“你一边撑着伞一边对我说：‘你连防晒霜都不涂你对你自己也太狠了吧。’”

“我有吗？”

“你有。”我说，“你也没把伞挪过来一点。”

“你连防晒霜都不涂你对你自己是太狠了。”珍妮花说。

“我连眼霜都不涂。”我说，“还防晒霜。”

“天啊！”珍妮花说。

“十年了。”我说。

“十一年。”珍妮花说，“咱俩得见一面。”

“你还来沙田吗？”我说。

“我实在是不想再去新界了。”珍妮花说。

“我也实在是不想再去港岛了。”我说。

“最好是在中间见。”珍妮花说。

“那就是旺角。”我说，“我们俩的正中间是旺角。”

“可是我不想去旺角。”珍妮花说。

这十年间，我跟珍妮花就通了这么十个电话，内容都差不多。

缆车又停了下来，可能是又到一个站。我想象了一下一百年前，那时候的人是怎么过来的。

那两个女的开始各种拍照，但是一点声音都没有，要不是回头看一眼，都不知道她们在拍照。对话都没有。你拍我，我拍你。

缆车越来越斜，简直斜到垂直。从第一排的角度看最后一排，那种感受非常奇特。最后一排还在拍照，沉默地，互相拍照。

车停下来了。我按照箭头指示进入了一个小商品市场。琳琅满目的旅游商品，可是没有人买，也看不到人卖，一个人都没有。我穿过了那些店铺，来到一个建筑物的中层。往上有电梯，往下也有电梯，那些电梯都很旧。我选择了往上的电梯，上了一层，有一些店，店都关着，我又上了一层，又有一些店，店都关着，我又上了一层，每一层都一样，每一层的店都关着，整个建筑物里面，除了游客中心，一个人都没有，我也不确定游客中心有没有人，上来的时候我根本就没有看它一眼。

然后我看到了一个开着的店，糖果店，一个女的像一个蜡像一样站在收银台后面，一动不动。我在糖果店转了一圈，又一圈，买了一块糖。

“六十块。”那个女的说。

“八达通？”我问。

“现金。”她说，“一百元以上才能用八达通。”

“好吧。”我说。

“要收据吗？”她问。

“要。”我说。其实我也不知道我为什么要收据，我也不知道我为什么要买这块糖，我又不吃甜的。这可能是我来到香港后唯一一次买糖，这块糖也可能是这间糖果店这一天里唯一的一次销售。

然后我就看到了一间布巴甘餐厅。香港，太平山顶，为什么会有一间布巴甘餐厅呢？我从没有在圣塔莫妮卡之外的地方见到过它，新港都没有。新港没有布巴甘，新港也没有起司蛋糕工厂，我倒是在澳门见过一间起司蛋糕工厂，我好像在哪间起司蛋糕工厂问过一个店员看没看过《生活大爆炸》，他说他完全不知道我在说什么。我也在哪间热带雨林问过一个店员都打雷了是不是得真的下点雨，她冷漠地说全是人工的。布巴甘或者起司蛋糕工厂，或者热带雨林，这些店都把我搞乱了。

布巴甘关着。

我又上了一层。上到一半，一个人守在电梯口，我怀疑他是要检票，就把缆车票拿了出来。果然是检票。检了票，我上了那半层，就到了山顶。

一出玻璃门，一个女的在拍照，各种姿态，我是过去还是不过去呢？我站到一边，等她拍。为她拍照的是个工人姐姐。“再来一张！再来一张！”女的吩咐。工人姐姐拍了一张又一张。“再来再来！”女的又喊。工人姐姐继续拍，一百张了都有。

我环顾了一下四围，除了这两个女的，还有两个女的，也是工人姐姐的样子，站得很远。

“下一点！再下一点！”女的喊，风太大，她的声音在风中飘摇。工人姐姐蹲了下来，连拍十张。

我一咬牙，从她俩的中间窜了过去。那个女的用力瞪我一眼。我没回头。

就是一个，大平台，什么都没有的大平台。

在靠住平台的栏杆往远方张望，很多高楼，很多高山，高山夹着高楼，高楼夹着高山，我顺时针地走了一圈，又逆时针地走了一圈，然后给珍妮花打了个电话。她没接。

“太平山顶见。”她发短信给我的时候就是这么说的。

现在我不就在太平山顶？她人呢？难道有两个太平山顶？无数个太平山顶？游客的太平山顶？居民的太平山顶？穷人的太平山顶？富人的太平山顶？不同人有不同的太平山顶？我想得真的有点多了。

拍照的女的突然不见了，为她拍照的工人姐姐还在，和另外两个工人姐姐一起，挤在一个角落，嘻嘻哈哈，绝对不打扰别人的那种嘻嘻哈哈，原来是三位工人姐姐的一日假期。不知她们的名字里有没有 PEAK。

我又给珍妮花打了一个电话，大风灌进了嘴。珍妮花还是没接。

下电梯的时候珍妮花的电话来了。“抱歉抱歉。”她在电话里说，“我这就上来了。”

“你的名字里……”我话没说完，她那边挂了。

我又转了一圈糖果店，那个女的还直直地站在收银台后面，眼珠都没有动一下。

布巴甘仍然关着。

我又下了一层，一个比萨饼店，也关着。旁边站着一个男的。“来啊，来啊。”他冲我说，“不要钱。”

我看着他。

“不要钱。”他又说。

“比萨饼店开吗？”我问他。

“会开的吧？”他反问我。

我推了推比萨饼店的大门，锁得很紧。

“进来打卡拍照啊。”他说，“不要钱的。”

我跟着他进入了一个曲折的走廊，每一个拐角都有一幅画，很3D，很明显，让你拍。可是我不想拍，不要钱也不想拍。我很快地走过了那些拐角和画，每一个大拐角都有两个男的等在那里，手里都拿着相机。“拍照吗？拍照吗？”他们的内心一定是这样的。“不想拍，不想拍。”我的内心是这样的。

我转出了走廊，简直是用跑的。

太渴了，我得买瓶水。我就是这么想的。可是没有一间店卖水，而且几乎所有的店都关着。我左看右看，一个箭头指向汉堡王。我跟随箭头走了个半圆，推门，出到一个露台，一间被围到扎扎实实的汉堡王，谁都进不去，还竖着一个告示牌：请从另外一个门进入。我转了几圈都没找到那个另外的门。

再下一层电梯，我就回到了我来的地方。游客中心有没有人？我肯定看了一眼，但我竟然不记得了。就好像我肯定经过了一间蜡像馆，但我也不记得了。渔人码头肯定也有一间蜡像馆，好莱坞也有？全世界的蜡像馆我都不记得了。

走着走着就看到了一间太平洋咖啡，倒是开着，可是我也不喝咖啡，这么想着，我在咖啡馆门口急转弯，店员的目光灼热，目送我的背影好远。如果有一位客人，如果有一个订单，他就不会这么有空了。

我重新经过了游客中心，再往前走一点就看到了一间糖水店，所有的甜品都放在外面，可是没有店员。我往柜台里面看了看，真的没有店员。倒是有一个家庭，一个父亲、一个母亲，带着两个孩子，坐在一个没有店员的糖水店。我看了看他们的吃的，鸡蛋仔配冰激凌，很难吃的样子，父亲和母亲还有孩子，全部板着脸。

然后我就走出了建筑物，进了一个大广场。我往左边看去，一栋非常新的建筑物，比我刚才转来转去的这栋新多了。我往右边看去，一条斜路，似乎通往一幢白色房子，我在平台上见到过那幢白房子，一定是个有钱人的房子，那时我就是这么想的。就是个有钱人房子，我肯定了我想的。我往中间看去，一节摆在那儿不动的缆车，我就突然想起来了史努比广场的那个黄色校巴。坐完了史努比船，我和珍妮花上了那个校巴，一人一个座位，我坐前，她坐后。“热死了。”她说，“我们去吃点甜的。”“你为什么这么喜欢吃甜的？”我说。“开心啊。”她说，“本来不开心的，吃了甜的就不那么不开心了。”我们就一起去吃甜的了。太平洋咖啡的露天位，吃的什么甜的我不记得了，我就记得冷气十足，冻得我坐立不安，珍妮花倒有一条披巾，还是爱马仕的，她那把条披巾斜斜披了一半肩，都不像珍妮花了。

再往中间的左边望去，一间太平山餐厅。再往中间左边的左边望去，一间意大利餐厅，意大利餐厅的对面就是那间我推过门的比萨饼店，原来比萨饼店也有两个门。不知道为什么，只有意大利餐厅给了我很贵的感觉，我就走过去看了看菜单，果然不便宜，每个菜都是新港价格。

新港的那间意大利餐厅，我经常路过，但只去过一次，还是珍妮花带我去的。

“美食节！”珍妮花是这么说的，“一年一次的美食节！意大利餐厅今年参加！”

“孔府参加吗？”我问。

“孔府参不参加我不关心。”珍妮花说，“意大利餐厅我是一直有关注的。”

“我也不太爱吃意大利饭。”我说。

“前菜主菜甜品还有一杯酒！”珍妮花说，“有酒精的那种酒。”

“我不喝酒。”我说，“我也不吃甜的。”

“可是一套才一个主菜平日的价格。”珍妮花说，“只有在美食节。”

“多少钱？”我问。

“二十九块九毛九加税。”她说，“才。”

“一套我也不去。”我说。

“你一定会后悔的！”珍妮花说。

我还是跟着珍妮花去了。果然没有后悔，把虾放在薄脆比萨饼上面的主菜，我真是头一回吃，之前我吃过的比萨饼都是比我写的书还要厚的那种。我也就记得主菜、甜品和酒，我忘了，也许酒是盛在水晶杯里的？大中午坐在街边的一全套意大利饭，珍妮花的脸都闪闪发光了。我就记得这个。

我后来梳理了一下我与珍妮花的不同。

珍妮花有钢琴，我没有。

珍妮花搽眼霜还吃维生素，我饭前不喝汤饭后还不吃水果。

珍妮花穿0号，我4号？还是14号？

珍妮花睡前一杯红酒，我牛奶，还得是热的。

珍妮花还有个零钱包放零钱，我没有零钱包，我连零钱都没有。

太多了。

还有甜的。那次去完香港公园，我们过了马路，下扶手电梯，就是工程师校友会我下的那条电梯，也是我问一个男的喜欢男的还是女的那条电梯。“我们去吃东西。”珍妮花在那条扶手电梯上说，“楼下好多馆子。”

楼下不是好多化妆品店吗？我想说。我没说出来，我不确定楼下有什么。

楼下果然好多馆子，没有化妆品店，一间都没有，我开始怀疑我的记忆，哪里出错了，腮红和高脚椅，毕竟那个腮红我从来没有用过，也再没有见到过。

珍妮花请我吃 OOO 汉堡，一口就饱的那种大汉堡。

吃到一半，我说我实在吃不下了。

“这可是全香港最好的汉堡。”珍妮花说，“七十块钱一个。”

我把那个汉堡吃下去了。

“现在我们去吃甜的吧。”她说。

“你还吃得动？”我说。

“吃不动。”珍妮花说，“但我就想吃甜的，冰激凌好了，我请你。”

我就跟着她去了冰激凌店。

“香草。”我对店员说。

“你总是要香草。”珍妮花说，“你也尝尝别的口味嘛。”

“就香草好了。”我说。

“这可是手炒意大利冰激凌。”珍妮花说。

“香草的手炒意大利冰激凌。”我对店员说。

“你要尝试不同的滋味。”珍妮花说，“你试过了一千种滋味还是要香草，那样的香草才是值得的。”

那球不是香草的冰激凌好不好吃？我有没有全部吃下去？我不记得了，我能够记得的就是珍妮花要的是巧克力，霍博肯那次也是巧克力，于是我突然想起来那间冰激凌甜甜圈店，叫作巴斯金罗宾斯与唐纳滋。

珍妮花的电话来了。“我们去吃点什么？”她说。

“吃比萨饼吗？”我说。

“不要。”她说。

“意大利面？”

“我就不想吃意大利馆子。”她说。

“汉堡王？”我说。

“山顶只有麦当劳，没有汉堡王。”她说，“我记得很清楚。”

“你记错了。”我说，“只有汉堡王，没有麦当劳。”

“只有麦当劳。”她坚定地说。

“只有汉堡王。”我坚定地说。

“你等我上来。”她说，“我指给你看。”

“我一直在等你上来。”我说，“你快到了吧？”

“还在等车。”她说。

回到建筑物，我想我必须得找到那间汉堡王，然后我就看到了汉堡王的指示牌，一圈旋转楼梯，上一层，直接到达了汉堡王的另一个门。

我买了一杯汽水，坐到最靠里的位置，拍了一张清晰的汉堡王传给珍妮花。正在拍，来了两个人，坐到我旁边的座位，汉堡薯条洋葱圈，应有尽有，确实有人上山顶吃汉堡王。

全世界的汉堡王，我最记得新港的那间，有一天下大雪，突如其来的大雪，冰箱里连半棵白菜都没有，我就上新港购物中心了，所有的店都关着，连最底层的麦当劳都关了，走到第三层，电影院旁边，汉堡王还开着，黑暗中微亮的汉堡王，排队的人排到了第二层，好像全新港的人都冒着大雪来买汉堡王了。

排了一个钟头，放弃了。

过天桥回家的时候发现一个轻食店还开着，排队的人没有汉堡王多，我就排那条队了。

食物中毒一个星期以后，我和珍妮花一起去购物中心，我指给珍妮花看那间轻食店，我说就是这家！

“那你要投诉他们吗？”珍妮花说。

“怎么投诉？”我说。

“不知道啊。”珍妮花说，“你过去问一问？”

“太麻烦了。”我说。

我们就一起路过了那个店，我都不敢再看它一眼。

如果是汉堡王，如果排下去，再排下去，我排到了汉堡王，就不会食物中毒了。我放弃了汉堡王，我食物中毒了，简直是命运的安排。

“我到布巴甘了。”珍妮花打电话给我，“你也上来吧。”

为什么是布巴甘？布巴甘开了吗？我想问，但我没有，我马上放弃了汉堡王的汽水，上楼。

布巴甘果然开了，开了的布巴甘如同那一整层的火花，都闪闪发光了。

*Old age is not for sissies*。

一落座，我先看到的是珍妮花后背墙上贴的这句话，然后才是珍妮花。

十年，她一点没变，准确地说，十五年，从我见到她的第一面开始，她就没变过。

“怎么这么快？”我说，“刚才还说在等车。”

“我搭的士上来的。”珍妮花说。

“我搭缆车上来的。”我说。

“等下你也可以搭别的下去，有大巴也有小巴。”珍妮花说，“沿途可以看看风景。”

我想说我又不是一个游客，但我什么都没有说。

“我还是搭缆车下去。”我说，“搭缆车不要钱。”我就是这么说的，“如果你的名字里有个 E。”

珍妮花埋着头看菜单。

“如果你的名字里有个 E。”我又说了一遍。

“虾好不好？”珍妮花一边看一边说，“来这儿就得吃虾嘛。”

“我不吃虾。”我说。

服务员捧着一只桶走了过去，走到珍妮花后边的那桌，把桶倾倒下来，桶里涌出来了一些虾，服务员小心地让那只桶保持了一个倒着的姿势。

“我不吃虾。”我又说了一遍。

珍妮花回头看了那个倾倒的桶一眼，说：“我们可以要那种四个口味的虾。”

“我现在不吃虾了。”我说。

“再点个牛排。”珍妮花说。

我看了看珍妮花翻菜单的手，一颗巨大钻石在她的手指间闪耀，我可以肯定，那颗大钻石是到了香港以后才有的，我们都还在新港的时候，她的那颗钻石绝对没有这颗大，简直是三倍大。

“我也不吃肉了。”我说。

“你怎么了？”珍妮花合上了菜单，“你以前不是最喜欢吃虾？”

“我有吗？”

“你跟我说过世界上最好吃的是虾。”珍妮花说，“有一天你去一个海边，可能是圣克鲁兹吧，你说你忘了哪个海边，你想着吧都到海边了，就吃点海鲜吧，旁桌的人都点了虾，就是这种一桶一桶的虾，你就点了一桶虾。”

“我去了海边？点了一桶虾？”我说。

“‘太好吃了。’你说，‘好吃到还没尝到滋味就吃完了。’”

我看着珍妮花，现在我有点想起来那桶虾了。我觉得那桶虾好吃是因为我没有再点第二桶，我没有把这一句说出来。

“我胖了吧？”我说。

“是胖了。”珍妮花说。

“我 4 号的时候想买好多好看衣服。”我说，“可是我那时候不舍得花钱买衣服。”

“你不喜欢买衣服。”珍妮花说，“你根本就不喜欢买东西。”

“现在我14号了。”我说，“全世界的好看衣服给我我也穿不下了。”

“哪有14号嘛，最多8号。”珍妮花侧过头看了我一眼，说，“我也都0号了。”

“你不一直0号嘛。”我说。

“我一直0号Petite的好不好！”珍妮花白了我一眼。

“我不吃虾。”我又重复了一遍。

“再点个甜的吧。”珍妮花说。

“如果客人要香草，就给他香草。”她后背的墙上还有这么一句，就在*Old age is not for sissies*的上面。

服务员又捧着一只桶走过去，走到珍妮花后边再后边的那桌，把桶倾倒下来，那只桶也在桌上保持了一个倒着的姿势。

“请问有没有儿童餐单?”我叫住了正往回走的服务员。

“为什么要儿童餐单?”服务员看着我。

“至少儿童餐会有那些Grilled起司什么的吧?”我说，“Macaroni起司也行。”

“我们有素食餐单。”服务员说，“我这就给您拿过来。”

我就给自己要了一份素汉堡。

汉堡先来了，装在一个很不平的大圆盘里，还有一些薯条，和一条腌黄瓜。

我们分享。我一边说，一边切那个汉堡，盘子就在桌子上打起转来，我切了半天都没把那个汉堡切成平均的两半。

我感觉到珍妮花皱着眉头看着我，我没抬头，我继续切。

虾也很快来了，四束看不出分别的炸虾，装得像一束花那样地来了。服务员小心地把那束虾花摆在珍妮花的面前，还有一瓣黄柠檬。

珍妮花皱着眉头看着那些虾。

“太多了。”她说，“我肯定吃不完。”

我就把打转的圆盘拉了回来，拿起腌黄瓜。非常淡，非常淡的腌黄瓜，都不像一条真正的腌黄瓜了。

138元再加10%服务费，我在心里面想，这个布巴甘汉堡已经完全超越了那个70块钱的OOO汉堡，还是素的。

我把整个素汉堡都吃下去了。

“我们忘点酒了！”珍妮花惊呼。

“我也不喝酒了。”我说。

“看看风景，喝点酒多好。”珍妮花说。

我看了看窗外，山和山，也没什么风景。

“要不冰沙？”我说，“看看风景，喝点冰沙。”

冰沙盛在两个闪闪发光的杯子里来了，真真切切的闪闪发光，红的蓝的绿的，闪到我都不能集中注意力了。

后边的桌子也要了一杯闪闪发光的冰沙，后边的后边也要了一杯。

旁桌来了两个女的，看起来都有四五十了，她俩没要发光的冰沙。

“这个闪的意义是什么？”我说。

“要是晚上就会特别有气氛。”珍妮花说，“闪得也会比现在好。”

“特别是那些来山顶谈恋爱的。”珍妮花补了一句。

“为什么要来山顶谈恋爱？”我说。

“那去哪儿谈？”珍妮花反问。

我想了一下，确实没想到一个地方。

旁桌的菜来了，一份硕大的猪仔骨，两个女的立即站起来拍照，左拍右拍，近拍远拍，边拍边走，边走边拍，走着拍着屁股就抵住了我们的桌子。珍妮花目不斜视地吃了一口虾，我也假装毫不在意地吃了一根薯条，实际上我的内心都要爆炸了。

“牛排没下单吧？”我问珍妮花。

“没。”珍妮花说，“但我肯定要个甜点。”

我看了看珍妮花的虾，几乎没有动。

“起司蛋糕？”我说。

“不要。”珍妮花说，“看起来太重了。”

我注意到旁桌的女的把她们的菜斜斜地捧到脸旁拍照，拍好了放好，再换一个人拍。这都十分钟了，她们还没吃一口。

“你看那个《四十困惑》没？”我说。

“看了几集。”珍妮花说。

“我一集没看。”我说，“就看了一张剧照，好多爱马仕。”

“我就是爱马仕啊。”珍妮花把她的包包晃了一下，又放回座位。

我情不自禁地把我的马克雅克布往身后移了一移。

“爱马仕好用吗？”我说。

“也没什么。”珍妮花说，“我就当买菜包用用的。”

“我这个包包装过一个爱马仕。”我说，“有一天我去一个会，门口竟然布置了一道小瀑布，我正要把包包顶在头上冲过去，一个女的在我前面，进也不是，不进也不是。我就说：‘要不你把你包放我包里，我包把你包带进去。’我就把她的爱马仕带过那道瀑布了，一点没湿。”

珍妮花笑了一声。

“你现在好多富朋友吧。”我直接地问。

“永远都有更富的人。”她说，“有一天我去一个会，会太无聊了，我就跟坐旁边的一个女的闲聊，春假去哪儿玩呢？那个女的说，也没什么地方可去，就维加斯吧。我说维加斯还好，就是要转机。那个女的不动声色地说，也还好，自己家的飞机。”

我大笑起来。笑得旁桌的两个女的也多看了我一眼。

“你笑什么？”珍妮花说，“她家真的有飞机。”

我不笑了。

甜品上桌了。一块巨大的巧克力饼干，上面两堆冰激凌，还有奶油。

“这不更重吗？”我说，“这块饼干都有你的脸大了。”

“只吃冰激凌好了。”珍妮花说，“下面的饼干不要吃了。”

服务员把几乎没动的虾和完全没动的饼干收走以后问我：“杯子你还要不要？”

我说不要。

“可以把灯关掉的。”服务员说，“我帮您洗洗？”

我想了一下，说：“不要。”

服务员离开以后我把手伸到杯子下面去找开关，终于把那些光关掉了。

“有一次我去圣克鲁兹海滩旁边的那间布巴甘。”我说，“不是饭点，没什么人，我排在第一位，服务员当然也看到了，因为只有我，而且我排第一位，然后来了几个当地人，就这么插到了我的前面，服务员也若无其事地先把他们领进去了。”

“后来呢？”珍妮花问。

“我又等了一阵，一个服务员才来领我。”我说，“下午三点半，窗边都空着，一个客人都没有，但是她指示我坐到一个昏暗无比的中间位，为什么昏暗无比？我头顶上的灯坏了。”

“她故意的？”珍妮花说。

“她故意的。”我说，“我就站起来走了。”

“你为什么不争一下？”珍妮花说。

“我争了。我很得体地问了：‘不好意思，请问可不可以换到窗边？’”

她拒绝了。

我就站起来走了。

我想的是，我再也不去布巴甘了。

“一个旅游景点的饭馆。”珍妮花说，“你还有什么指望。”

“所以我本来对这家也没什么指望。”我说，“但他们刚才说给你洗杯子。”

“因为我们讲英语吧。”珍妮花说，“你去试试讲普通话。”

“还记得那间让我食物中毒的店吗？”我说。

珍妮花点头，说：“差一点送你去急诊室，因为你怕烦也就算了。”

“因为在新港。”我说，“也怕烦。”

“要在香港你就不怕烦？”珍妮花说。

“也怕。”我说，“不是自己的地方，哪儿都烦。”

“我也没有自己的地方。”我补了一句，“总有一种寄居地球的感觉。”

“我的名字里没有 E。”珍妮花说，“珍妮花只是我的英文名字，我身份证名字里没有 E。”

“你身份证上不会是李小花吧？”我说。

珍妮花笑了一笑。

“那你还有个 A 呢。”我说，“两个 A。”

下电梯的时候珍妮花说要带我去找那间麦当劳。

“真的有一间麦当劳。”她说：“我要指给你看。”

我有点不想去，但我什么都没说。

再下一层的时候我看到了墙面上画着的 428，我就问珍妮花：“这儿为什么到处都写着 428？”

“我就没想过这个问题。”珍妮花说。

然后珍妮花掏出手机，对着手机用纯正的普通话说：“太平山，428。”

珍妮花的手机告诉她，这儿的海拔 428 米。

我们一起失落地“哦”了一声。

本文刊载于《中国作家》2021 年第 2 期

**赏析：**

两个中国人在海外相识，并成了朋友，但可以感受到两人的诸多不同与相斥的力量。回到香港这个国际大都市里，两个人之间就好像有一堵墙，墙的两边是两颗灰冷的心。那是保护自我的一种方式，更是生存的一种方式。烦躁的城市环境，快餐式的相处方式，玲珑的物质世界。我们看到的是表层的情谊、短暂的热问，无聊、无趣的生活包裹着倦怠的身体。我们到底该怎么创造人生的意义，如何活出精彩人生，如何在平庸的世界里找到生命的亮光，是需要一直追问的问题。

（陈银清）

# 成珠楼记忆

张　梅

## 1

那天早晨，珠珠原是答应了父亲去河南成珠楼买鸡仔饼的。早上起来的时候，天气好得很。是南方夏天的早晨，一早太阳就出来了。珠珠住的这个院子，是新中国成立后才建起来的，全是三层楼的房子，院头院尾都有一棵巨大的榕树，一棵在东边，一棵在西边。透过东边榕树的空隙，可以看到斑斓的彩霞，颜色很像珠珠在小莹母亲的梳妆台上见到的胭脂粉。小莹的父亲是个工程师，而且是新中国成立前留下来的旧工程师，她母亲是幼儿园的老师，经常穿着素色的旗袍在院子里走动。其实院子里住的并不都是旧知识分子，像珠珠的父母，都是南下的工农干部，自然就对小莹母亲的旗袍不大感冒，不过这种不满只是一种态度，从来也没有说出来。

从盘福新街到河南成珠楼买鸡仔饼要走比较远的路。成珠楼在河南南华西街，盘福新街在河北的越秀山北门的脚下。所谓河南河北，其实就是以珠江为界，江南为河南，江北为河北。从前的人迷信，认为河之北是阳宅，河之南是阴宅，因此做生意的、当官的都愿意住在河北。有一句话是这样说的：“宁要河北一张床，不要河南一间房。”这样，住在河南的人好像都比河北的人穷，河南的布局也要比河北简单、萧条。但南华西街例外，这条街和珠江隔着一条滨江路，街上店铺林立，新中国成立前还有几处有钱人的大宅，亭台楼阁，古色古香，只是新中国成立后都给拆掉了。

从河北到河南的公共汽车并不多，珠珠只知道有一辆 14 号公共汽车，在北京路旁边的广卫路上。而从盘福新街到广卫路，没有公共汽车，走路要走 30 分钟。

珠珠可以这样走。从盘福新街的后门出去，经过周家巷，或西华二巷，就到了解放北路。这是一条很热闹的大马路，南北向，南至珠江边的海珠广场，北至越秀山的正门。平时珠珠上学也是这样走的。她有一个女同学住在周家巷的巷口，也姓周，但当时她怎么也没有把这位姓周的女同学和周家巷联系在一起。她是去过周姓的同学家里的，独门独院，里面有一个小小的庭院，但给她的印象却是有些黑暗，还很潮湿。

从周家巷走出解放路的口子上有一间面铺，铺面不大，但汤粉做得很好。珠珠每天的早餐都是在那里吃的。父亲给她的早餐钱可以吃一碗肉粉，但她时常只吃一碗斋粉，省下的钱用来租小人书看。

从解放北路的路口向左，过了马路再直走，这时会经过一间粮店，整个盘福新街的人都在那里买米，珠珠也经常和姐姐拿了米袋到这个粮店买米。因为怕丢了粮本，粮本就放在米袋里。粮本拿出来时上面铺了一层厚厚的白色的米粉，卖米的人拿到粮本时都要用手去拍一拍。

走这条路珠珠感到很亲切。干干净净的空气里充满了她熟悉的气味，白兰花的气味、粮店的气味、青石板的气味，还有猪皮的气味。铺着青石板的周家巷里有一家人专做猪浮皮，把新鲜的猪皮刮干净了晾在绳子上晒。

过了粮店再向右转，过了马路就到连新路了。连新路是一条所有广州人都喜欢的路。路的两旁种了高大的凤尾树。凤尾树一年四季都会开一种艳红的花朵，常常是红色的花瓣铺满一地。而花瓣可以捡起来放入嘴里吹，再用手一拍，发出好听的声音。

连新路头上有一个中央公园，里面古木参天，十分幽静。路头的右边还有一家电影院，叫新星电影院。珠珠和小朋友们也常到那里看电影。

经过了中央公园，就可以看见 14 号公共汽车站了。

珠珠当时不明白父亲为什么要她去这么遥远的成珠楼买鸡仔饼。在她的印象中，鸡仔饼是她喜欢吃的零嘴。每次家里买来了鸡仔饼，父亲也只是拿一块放到嘴里咬咬，然后跟她眨眨眼。而且并不是只有成珠楼有鸡仔饼卖，好多地方都有，只要卖点心的地方都有。她是问了父亲的，可不可以不买成珠楼的鸡仔饼。但父亲不同意，他说他现在只想吃成珠楼的鸡仔饼。

父亲和她说话时的口气非常和蔼，充满了父爱，好像不是让她去这么远的地方买一种零嘴，而是问她要什么新年礼物。当时珠珠的心充满了温暖。她想起了她要经过的那些特征，猪皮、粮店、面铺、公园、同学的家，还有凤尾树、电影院，心里也充满了温暖。于是她就答应了。

珠珠在一个满天霞光的夏日的早晨从河北的家出发到河南的成珠楼替她父亲买鸡仔

饼。她确实是已经出发了。经过了周家巷、解放路、连新路，经过了猪皮、粮店、凤尾树、电影院、同学的家，她甚至几乎已经坐上了 14 号公共汽车。这辆公共汽车开往河南，其中有一个站就停靠在著名的成珠楼前。

但珠珠并没有坐上那部开往成珠楼的公共汽车。她在路上给一只猫耽误了，一只黑猫。她当时已经远远地看到了 14 号车站，还看到了排队坐车的人并不是很多，而平时这趟车总是很挤的。

黑猫就蹲在中央公园门口的左边的狮子旁。狮子很大，黑猫很小。但因为黑猫是活的，而且一双绿眼睛滴溜溜地转，很有杀气。看上去那只庞大的狮子就像是黑猫的仆人。珠珠的母亲爱猫，家里平时也养一两只猫。但都是土猫，灰不溜秋的那种。珠珠看到小华家的一只波斯猫实在是漂亮，眼馋了很久。但母亲不许。说爱猫不能挑猫，就像爱一个人一样，要连毛病都爱。道理归道理，但珠珠还是喜欢那些漂亮的猫。她家那只麻猫，冬天冷的时候蜷在炉子旁边，闹得一身都是灰，珠珠好几次都差点把它当作煤球送到了炉子里。

珠珠紧走两步，在黑猫面前蹲下，和黑猫眼对眼地互相注视着。黑猫使珠珠大为赞叹。黑油油的毛闪闪发亮，因为鼻子有些发皱，所以看上去好像有些不满意，绿宝石一样的眼睛稍微有些忧郁地看着珠珠。这只应该不是野猫，没有一点受过苦的样子。身体圆圆的，而且很干净，身上发出香皂的气味，散发在早晨的空气里。

当时珠珠就把鸡仔饼完全忘了。她一心一意就想把这只黑猫带回家。她伸手去摸一下黑猫，黑猫没有躲避。珠珠高兴起来，就把黑猫抱进怀里。

珠珠抱着黑猫走在路上的时候，快乐得就像长了翅膀的天使。她从原路返回，在粮店门口见到了住在 17 号的卢姨，还打了招呼，卢姨看了一下她怀里的猫，当时黑猫在珠珠的怀里发出好听的呼噜声。卢姨说："黑猫？"接着卢姨自恋地说："我有一只胸针，就是一只黑猫。"她在解放北路的菜场门口见到了同学冯令沂，他和另外一个叫储小雷的男同学正在菜场门口犹豫不决。珠珠充满自豪地把怀里的猫给他们看，冯令沂看了黑猫有点惊奇，他说："黑猫？"还伸手摸了一下猫头，但储小雷就很厌恶地扭过头去。

有必要说一下盘福新街的结构。盘福新街最早的时候叫高级知识分子宿舍，和建于人民北路的湖边新村一起，是当时的市政府建造给知识分子居住的示范性宿舍。最早的两幢房子建于 1958 年，楼层三层，每一幢有四个门，每一个门两个门牌，一个门牌三户人家，珠珠住的是最早建的一幢，19 号楼下。那时的人喜欢住楼下，因为有前后院，而且出入也方便。珠珠的母亲虽然是上海人，但到了广州后就向广州人民学习，爱上了花花草草。她最爱米兰，在生下珠珠的那年，也就是刚搬进大院的那年，就在门口种了一棵米兰树，米兰树的旁边有一棵木瓜树，在米兰树下还种了一棵攀藤的淮山，珠珠家平日汤里的淮山就是现摘的。后院种了鸡蛋花树，鸡蛋花是典型的亚热带植物，因为花瓣里黄外白，像鸡蛋的颜色，所以叫鸡蛋花，开出的花朵清香，而且能泡茶。后院还种了桑树，结出的紫色的桑子能吃。

随后盘福新街又添了三幢房子，两幢建在大院的中间，一幢是打横建在马路边上。这样，盘福新街就有了五幢房子，最后建的那幢是四层的。在盘福新街的东边，有汪精卫的一幢别墅，很大的一幢房子，现在起码住了有二十户人家。但那幢房子和盘福新街有围墙隔着，两边的小孩子也很少在一起玩。汪精卫的别墅旁边，是市委的幼儿园，是全托的，每到周末的下午，都有很多大人用自行车带着孩子在珠珠的家门前走过。

盘福新街的北边，是市人大宿舍，住着副市长。珠珠的一些同学也在里面住着。她的一个女同学家里有四姐妹，分别叫长娃、方娃、圆娃、扁娃，扁娃是她的同学，还和她同过桌。南面是计委的宿舍，西面就是马路了。在马路的正对面，是盘福路小学，收的都是住在这一带的子女，珠珠前面的四个哥哥姐姐都在里面念书。盘福路小学的北边是陆军医院的宿舍，陆军医院是国民党时期的称呼，新中国成立后叫“总医院”，是原广州军区的医院。盘福路的北头，就是越秀山的南门，沿着南门往上走，就可以看到广州城的标志——用石头雕成的五羊和五层楼，五层楼原来叫镇海楼。

珠珠抱着黑猫继续往回走。她这时是把鸡仔饼彻底忘记了。其实是有几个机会令她想起今天早晨的任务的。比如她走过一间点心店，比如她闻到了鸡仔饼的香味，她甚至还看见有小孩嘴里咬着鸡仔饼。但她完全被怀中的黑猫所迷惑了。如果她记起来了，再重新去买鸡仔饼，她就不会看到影响她终身的那骇人的一幕。

珠珠回来的时候，没有走周家巷，而是走了周家巷旁边的一条巷子，那条巷子叫西华二巷，地上铺的也是青石板，比周家巷要窄一点，两边都是旧时留下来的房子，独门独院的不少，阳台和窗沿上都摆着花花草草。穿过西华二巷，走到院子的后门，珠珠就听见小朋友妹头的歌声。妹头很爱唱歌，而且声音嘹亮，一唱整个院子都听得见。院子里住的劳动局陈局长是当年的红军，在陕北待过很长一段时间，特别爱听陕北民歌，所以也特别爱听妹头唱歌，为此他的女儿燕红还跟妹头做了好朋友，燕红还偷偷把他父亲珍藏的梅里美的小说《嘉尔曼》送给了妹头，使妹头从小热爱梅里美，终身受其影响，长大后成了一个作家。

珠珠听着妹头的歌声继续往前走。平时她喜欢把脚踩在花围边上用砖头砌出来的像狗牙一样的围边走，但现在因为怀里有只黑猫，她就只好老老实实地走在路上。整个盘福新街是这样的安静，所有的树都开着花：紫荆、米兰、鸡蛋花、夹竹桃，还有在篱笆上爬着的金银花、喇叭花，空气中飘散着混合的花香，花香又混合着妹头的歌声，这个情景，后来屡屡出现在珠珠的梦中。

快走到家门口的时候，妹头突然不唱了。那首歌她才唱了一半。院子一下就沉静下来。太安静了，连风声也没有。于是，当珠珠推开门看到满地的鲜血时发出来的尖叫就像警报一样划破了盘福新街的上空。

珠珠的父亲死于割脉。

## 2

这天早晨，珠珠原是答应了女儿去河南的成珠楼买鸡仔饼的。女儿对她说："妈妈，我要吃成珠楼的鸡仔饼。"

这时候是冬天。早晨起来天灰蒙蒙的，云压得很低。珠珠现在住的房子，是用房产开发商发的每个月 4000 元钱的拆迁费租的。珠珠在河南的江南西路租了一套三室一厅的房子，2500 块钱一个月。

江南西路在江南大道的旁边，从前是一片菜田。珠珠小的时候从来没到过这里。而现在它却成为河南最旺的一条路，地价也算是最贵的。从江南西路的后面，叫西基东的地方，开出了一条大道，和原来的宝岗大道相连接，北可以到南华西街的海幢公园，南至昌岗路，广州美术学院就在昌岗路上。昌岗路上有一幢当年由农民自己集资建起来的江南大酒店，情调甚好，二楼的咖啡厅的落地窗上悬挂着珠珠喜欢的竹帘。现在已经转卖给一家私人集团，最近永安百货也在昌岗路上建起了百货公司，底层是著名的超市"好又多"。

从珠珠现在住的地方到成珠酒楼，坐出租车十分钟就到了。中间经过好几个新开发的楼盘，还开了一家吃客家菜的饭馆，叫"客家王"，旺得不得了，分店都开了五六家。

珠珠从没买过鸡仔饼给孩子吃，"鸡仔饼"这个名字，自从那可怕的一天后，她就从来没有提起过。就连成珠楼，她也不会再去的。成珠楼什么样子，她也从不关心。因为城市改造，广州有许多著名的酒家都搬离了原来的地方，原来她以为成珠楼早就搬了，但听女儿一说，它还是在那里。

珠珠是三年前搬到江南西路的。因为盘福新街被开发商看中，要拆了重新做楼盘。前天她特意去看，看到盘福新街已经完全夷成了平地，从前的痕迹一点也看不到了，就剩下院头院尾那两棵榕树还屹立在那里，但却是孤零零的。珠珠想起小时候和小朋友们玩捉迷藏，她经常和妹头三两下就爬到树上。前几天见过妹头，已经开始发胖了，自己也是胖得没有人样。她站在树下面，想起从前那个小小快乐的人儿，眼睛竟有点红。

她特意穿过夷为平地的院子，重新走周家巷。只是从前的光景再也没有了，两边的小巷很多都拆了，建起了难看的高楼。做猪皮的那户人家早就不见了，或者不做猪皮了。巷口的面铺也变成了卖首饰的。盘福路两旁那些遮天蔽日的榕树，也给砍得七零八落。总之她再也不想看到这条路了。回到家里，她有些发呆。晚上还做了梦，梦到在后院挖到了一只翡翠玉船。那些开发商，不知怎么就看中这个院子了，旁边的市人大宿舍和计委的宿舍，还好好地在那里。

珠珠问女儿，怎么会想到要吃鸡仔饼。说话的时候，人就开始有点恍惚。女儿说：“同学们都吃呀。”她不能告诉女儿关于系在鸡仔饼上面的惨痛。当然不能。人死不能复生，何况父亲是决意要死的，只是不想让女儿看到自己可怕的一幕。后来她问过妹头，怎么那天歌唱到一半就不唱了。但妹头实在想不起当时在做什么。妹头说，其实她经常都是唱歌唱一半的。很奇怪，长大以后，妹头却不会唱歌了。有一次盘福新街的小朋友聚会，把早就搬走的妹头叫回来，她一唱歌，把大家都吓了一跳，因为实在是太难听了。

自从搬离了盘福新街，珠珠就觉得自己浮在了半空，生活也变得无可无不可的。幸亏有女儿和她相依为命。但令她头痛的是，女儿自从搬来这里就经常性地迷路。这真让人感到奇怪。其实江南西路并不复杂。因为是新建的生活区，每条路都是笔直的，没什么七拐八拐的路。大路的两旁，开了许多家著名品牌的专卖店，还有饭店，叫“江南渔村”，旺得不得了。珠珠告诉女儿，她们的家就在“江南渔村”的后面，很好认的。但女儿还是迷路。珠珠只好在自己的名片上写上家里的地址电话放进女儿的衣袋里。

为此她曾经想另租房子。现在租房子容易得很，广州人哪一个手上没有一两套房子的，你要租房子，简直就是一呼百应。但现在租的这家房子的房东很令她满意，原来是美术学院的教授，后来全家移民去美国，又是朋友介绍的。家具电器一应都全，连墙上的装饰也没有撤下来，进来的时候，地上的木板擦得铮亮，还是长条的紫檀木，深色的，茶几下铺着厚厚的羊毛地毯。对于单身带了几年孩子的珠珠来说，这间房子真是令她喜笑颜开。而且房东也喜欢她。虽然没见过面，但通了几次电话，这么巧，教授的太太小时候是住湖边新村的，几个同学都在盘福新街住。于是越说越亲密。珠珠告诉她湖边新村也拆了，建了广东画院。她说她已经知道了，说太可惜了。珠珠有个同学，是岭南画派方人定的孙女，住在湖边新村，后来嫁到了美国。珠珠说如果见了她，请代向她问好。教授太太说她的同学是画家陈洞庭的儿子，住盘福新街，要是见了他，也向他好。珠珠说她们小时候都不和男生说话的，陈家又很快就搬走了，她现在连他的样子也记不得。电话那边就笑，说那时她们也是不理男生的。

你说这么一套房子，这样的关系，珠珠怎么舍得搬走。她只好期望女儿能快点正常起来。她甚至画了一张自己住家的地形图，让女儿带在身上。

早晨的时候，珠珠站在楼梯口，准备去成珠楼替女儿买鸡仔饼。她一再问自己是否准备好了。毕竟已经过了三十年，再惨痛的记忆，也给时间冲淡了吧。

但珠珠感觉到自己的手在发抖。她真的不能鼓起勇气面对这件事。她重新走上楼梯。这时候她感到很疲倦，感到万念俱灰。她仿佛重新回到三十年前的那个早晨，盘福新街里所有的树都开着花：米兰、鸡蛋花、紫荆、夹竹桃，还有在篱笆上爬着的金银花和喇叭花。空气里混合着花的香气，花香里混合着妹头的歌声。而突然，一切戛然而止。不！珠珠撕心裂肺地喊了一声。

有很多人听到了珠珠的喊叫。因为从不少窗户探出了脑袋。就在前一天，大街上有个行人被人抢了挂在脖子上的金链，她也是这样撕心裂肺地喊叫过。当时那个歹徒给她的声音吓住了，就把抢到了手的金链扔到了地上。因此听到珠珠喊叫的人十之八九认为不过是那天的事件重演。他们很放心地看看自己的楼下，看看防盗门有没有被撬开。当看到防盗门还锁得好好的就放心地把脑袋缩回去了。

有一种说法，说那个歹徒被女人的喊叫吓破了胆。从江南西路一直失魂落魄地步行到三里远的中山大学的校园里，投湖自尽了。这样，女人虽然用喊叫保住了自己脖子上的金项链，但她却使一个人丢了性命。

当然这一切都与珠珠无关。在喊叫了之后，珠珠反而有一点神清气定了。三十年的郁闷，随着这一声惨痛的喊叫化成一股清烟缕缕散去，珠珠甚至看得见那些化作青烟的郁闷在离开她的身体时依依不舍地对她招手，还做着鬼脸。

珠珠重新走下楼梯，打开防盗铁门，听见身后的铁门的咣当一声，然后走到大街上，扬手叫了出租车，上了车，并对司机说："到成珠楼。"

## 3

真是巧了，在成珠楼临街的铺面卖鸡仔饼的是燕红。

隔着很远珠珠就认出燕红来。从远处看，燕红发胖得比所有盘福新街的小朋友都要厉害，和小时候一样，还是那副不修边幅大大咧咧的样子。她穿着一件蓝布的外套，戴着一副深度的近视眼镜。这副眼镜，在她小时候已经是挂在脸上的了。她托着下巴，好像在打盹。

看到打盹的燕红，珠珠有些淡淡的哀伤。她心里有一个冲动，就是马上坐到燕红旁边，和她一起支着下巴打盹。珠珠父母双亡以后，她经常到燕红家过夜。燕红的母亲替她在燕红的房间支起一张小床，她现在还记得燕红身上穿的一件格子睡衣。有很长的一段时间，燕红天天晚上坐在桌子前抄写小说《牛虻》。她从小就向往长大后能当英雄。

“燕红，”珠珠隔着马路喊，“燕红！”但不管她叫的声音有多大多响亮，燕红还是听不见，还是支着下巴打盹。珠珠感觉到有些冷。冬天寒冷的空气在她面前漫起灰色的一片，好像支起了一堵玻璃幕墙。在玻璃幕墙这边，她是寒冷的，在玻璃幕墙的那边，燕红和成珠楼浑然一体，燕红仿佛已经成为成珠楼的一个固定的摆设，是不可分割的。

隔着马路，珠珠仔细看着这幢她三十年前就应该看到的楼房，结果还是令她感到满意的。成珠楼的外墙用了青砖，沿着一楼的骑楼挂了一排的红灯笼。但二、三楼用了茶色玻璃，使得这座历史悠久的茶楼变得土气。但幸好没有把骑楼拆掉。珠珠注意到成珠楼旁边的建筑物都已经把骑楼拆了。

早晨的成珠楼很安静，它所在的南华路也很安静。一些食客从热气腾腾的茶楼上走下来，手里拿着一袋袋的鸡仔饼。珠珠心里还有些惆怅，于是决定不先过去买鸡仔饼，而是在附近走走。她好像从来没有在这一带走过。

珠珠先走到成珠楼左边的漱珠桥。桥头上有两块竖起来的青石板，在青石板旁边有一个小小的花圃，上面题着四个字“漱珠点翠”。珠珠看看桥底，只是已经没有水了，两边成了一条弯弯曲曲的小巷，巷里种了很多花草，珠珠还看到两棵芭蕉，很有情趣的小巷。“漱珠”这个名字有典故的，说是从前这条河的两旁住的都是大户人家，因为那时的水很清，经常会有大户人家在夜晚拿出些珍珠宝贝到小河里洗。

在珠珠看漱珠桥的时候，有一个老伯一直在旁边看着她，还有意地往她身边靠。珠珠只好快步离开。

在成珠楼的右边，是有名的海幢公园。海幢公园前身为海幢寺，南汉（917—971）时称“千秋寺”，已毁。后历代毁而复建，到清康熙年间成为广州最大的佛寺。由于历代变迁，寺院逐渐缩小，1929 年辟为公园，至今仍为广东四大名寺之一的佛家圣地。

珠珠在小的时候，就听过父亲讲过海幢寺的钟声。所以她就买了一张海幢寺的门票。在她买门票的时候，两个看门的妇女正在跳绳。珠珠还想买一份关于海幢寺的简介，但没有。

珠珠有生以来第一次独自逛公园。她先看了有 400 年历史的斜叶榕和有 300 年历史的菩提榕，还看了那块著名的太湖石——“猛虎回头”。这块石头肯定以前也是这附近的哪一家大户人家花园里的镇山石，新中国成立后就被搬到了公园里，或许说不定就是南海十三郎的。但也不一定。因为海幢寺是名寺，有一两块名石也不足为奇。

公园的两旁，全是乱哄哄的住宅，一代名寺，就在这七零八落的普通民房中夹缝求生。珠珠听说燕红租的房子就是在海幢公园的旁边，还听别人说她一再抱怨每天海幢寺的和尚的早修扰了她的清梦。没想到她自己就在成珠楼做了一个贩夫走卒。

珠珠往那些乱哄哄的民房看了看，却没法看出哪一间是燕红住的。在“猛虎回头”后面，两个穿着白布褂戴着白口罩的人在摆着一张“义诊”的桌子，一个老头在寒冷的早晨正把裤子脱下来好让医生替他打针。不远处，分别有两群中年妇女一边放着“茉莉花”的音乐一边在跳健身舞。珠珠面无表情地看了她们一会儿，就索然无味地走了。

珠珠回头到成珠楼买鸡仔饼的时候，却不见了燕红。支着下巴打盹的燕红像一个幻觉在一瞬间就消失了。代替她的是一个年轻的讲着纯正广州话的女孩子。珠珠边买鸡仔饼边向她打听燕红，但她却摇头说没有这个人。

珠珠买了两袋鸡仔饼。一袋小的9块钱，一袋大的18块钱。大的给女儿吃，小的自己边走边吃。

珠珠吃了两块鸡仔饼，并没有觉得有什么好吃。她回忆了一下，觉得小时候吃的鸡仔饼炸得没有这么脆，油也没有这么重。

珠珠打了一个电话给女儿，告诉她鸡仔饼买到了，是成珠楼正宗的。女儿还躺在床上，她说刚刚有个阿姨来过电话，并留下了名字。她说自己叫燕红。

本文收录于2023年8月出版的《文学里的广州·小说》

**赏析：**

时代的发展，总会给我们带来什么，同时也会让我们失去些什么。城市发展进程中我们失去的，往往是承载着珍贵的童年记忆的建筑物或小巷。它们不是消失，是早已在明亮的玻璃窗装饰下、幻彩的霓虹灯里变得不再熟悉。新建的生活区，每条路都是笔直的，没什么七拐八拐的路。尽管如此，女儿还是会迷路。我们都曾迷路。即便如此，还有成珠楼依旧在原地。三十年后回到成珠楼，珠珠重走儿时走过的路。遇到的那些变与不变，都随着时间不断凝固，慢慢与记忆交接。

（陈银清）

# 迁徙：羽毛

郑小琼

我想变成一枚钉子，钉进这座城市，永远也拔不掉。

但我终究只是一根羽毛，在这座城市飘来飘去。

## 0

我二十一岁，来自四川。

先祖于康熙五十五年，丙申年，携族人一百四十六口，孕者四，自始兴出发，经粤、湘、渝，入川，历时三个月二十七日，在四川顺庆府落地生根，开枝散叶。

又二百八十五年后，庚辰年，我沿祖先的脚步而行，经渝、黔、湘，入粤，历时二十七小时，在东莞东坑镇漂泊，浪荡如一根羽毛。

## 1

注塑机的模板重重地压了下来，“哐——当”一声，一股异味扑了过来，那是鸡的羽毛烧焦的气味，那是鱼的骨头切断的声音，那是一枚水果压碎的感觉，那是一面封钟扭曲的形状，然后，它们凝固在狭小的模具间。静止，突然刹住的车、断流的河、振翅飞翔的鸟凝结成空气中的斑点，天空的云朵撞出闪电与雨水，盛开的花迎风而立。我看见那些透明的塑料颗粒在变软、流动，黏稠状的午夜在窗外，它们被固定、凝结，多余的部分被黑夜与模具挤出，成为不同形状的异物，他们把这个异物叫制品。我的腋腔塞满制品，它们在我的肺叶流动，在我的血里流动，在我的心脏里，在我的想象之外。我从模具取下它们，让它们固化在我的生活，固化在液态的午夜，一颗骑着流云的星星滑过，从窗口坠落，路灯删除与星星有关的记忆。我不知道那黑色的流动的溪水将流向哪里，它黑色的躯体带着我的歌声。一颗塑料颗粒从遥远的地方来到这里，窗外凤凰树开出红色的花，它的枝条伸进我绿色的梦，融化为午夜的一部分，红色的花瓣低垂下湿漉漉的内心。

我在塑料厂两年，我身体坚硬的部分像塑料一样在融化，日益瘫软，我黑色的悲伤在塑胶间成为这台年岁已久的震雄注塑机黑色机芯的残余物，凝结在白色的齿轮。时间正被它涂在白色的墙上与绿色的地板上，它斑驳肮脏的斑点成为我对过去的记忆，我像一颗被融化的塑胶斑点残留在车间的机台，有时我像一颗滚动的塑胶粒在车间跑着，它们在喉间，像一枚紫色的月亮在工业雾霾间显露出疲倦而咳喘的面容，我把冷寂的孤独塞进料槽，它们将盛开出一朵朵像老化的煤气灯一样昏暗的花朵。

那块被遗忘的塑胶长出白色的绒毛，午夜向我倾倒被屠宰公牛的头颅，脑汁的星星撒在冷漠的车间，我按下绿色开关。我了解每块被融化的塑料在分解时发生的事情，丧失透明、形状、硬度的颗粒，像我被工业剪裁出非我的模样，震雄注塑机发烫的容器，离合器推进冷漠的力量将它们分割、卷入、融化，我们被制造。小心翼翼用一把镊子从机器中夹出黑色的午夜，在塑料的跳动与背叛间，红色信号灯警告声响起，我被融化的身躯接受暴力与资本的植入，那暴力直接的舌头舔舐我，我驯服。窗外的午夜流出牛奶般的欢欣，我眺望那被窗户切割的天空，黑蓝的午夜像被一块巨大的等待融化的塑料覆盖，星星还在睡眠，我的工友用无骨的塑料穿过一条河流，被污染的河流，一条鱼，一只鸟，它们液态的鳞片与羽毛在沉睡。

时间流动、融化、凝固，我生长、衰老、死亡。

我遇见相同的事物，它们疲惫得像尘埃在天空悬浮，午夜很黏稠，像一颗塑料融入我的血流。

## 0

据先祖笔记，录如下：初一日，至曲江，十六日，至郴州，二十五日至祁阳，沿途瘴气、酷阳、寒夜，伐木支椽，取石支锅，行四十七日，虽有翻山越岭之累，幸无病亡之人。

凌晨。K778 次列车，黄昏上车，至渝，暮色已至。山城灯火，收眼底，停车 36 分钟，至站台停驻，见北上京城列车。

## 1

午夜十二点，我穿过冷寂的塑料厂坪地，黑色的卡板堆满立方体的制品，它们被保鲜膜缠住不能呼吸，白昼陷塌出冷清而孤独的天坑，一只甲虫缓慢地沿着坑道向上爬进春天，它黑色的壳布满黑色的斑点、基因的记忆，如果它振翅而去，细小的翅膀扇动宇宙的心脏。一群飞蛾在车间留下悲伤的影像，从它身体毛刺部分喷涌出的星星，它腹足间的黎明，虹形吸管在玻璃上吮吸白昼的残汁。它振翅的声音像冰在冰中凝固，像塑料在塑料间溢出，像月亮从月光里漂浮，像尘埃在尘世间昏睡。玻璃泛着时间与空间水晶样的液体，涂抹水银背面，它虚构镜像中的世界，在破裂的镜口，空间折成弯曲的虚影，从镜中伸出的手握住疲惫的我。他们在镜中虚构出财富、排行榜、公司、CEO，放置好奇珍异宝、新闻、网站、资本、利润、股市，在下面堆放我的青春、肉体、手指、痛苦。

注塑机的马达轰鸣，轮盘与摇臂转动，皮带带动一根生机勃勃的轴承，从针孔流出树的汁液，天空的裂缝，沥青与塑料颗粒的光，齿轮咬合破旧的天鹅绒般的铝片，注漆的天鹅在午夜鸣叫，伸长脖子的机台，它两排巨蹼张开，潮湿的声音从机油间升起。我告诉深夜注塑车间的景象，无限延伸、密不透光的胶粒，它的上腭紧紧咬住弯弯曲曲的输导管，我突然看见液体的人隐进午夜的天空，一个灵魂的孤独与一颗星星的孤独，顺着齿轮流进塑料间，我咽下这黑暗的午夜和一条在黑暗中断裂的沥青路，被融化的路面穿过挖掘机黄色的皮肤，它用红色的路障阻住我的脚步。从塑料厂拐过街道，贴着地面飞翔的蛾类与我，破烂漏水的沥青地面被烧过的修补的痕迹，笨拙的沥青铺路机在红色路障的背后露出生锈的脸，黑色握手柄旁边那张陌生男人的脸。

如鲠在喉的疲惫。

如芒在背的困惑。

如履薄冰的次品。

如坐针毡的惨剧。

如牛气喘的注塑机就像饱受饥荒折磨的祖先，我在车间听到他们连续不断地喘息，噗——哧。噗——哧，仿佛从它们的腹部发出来，像昆虫鼓胀的腔部孕育出气腔里的长鸣，被撞击的轰鸣，这是饥饿的机器。它吞食塑料颗粒，它黄色玻璃管里有黑色的机油翻腾，那震动时形成的漩涡。红色的金属管传来飞蛾扑翅的声音，它们传导给绿色圆托盘，托盘里震动的颗粒沿着料槽的铁壁奔腾、汹涌，那潮水般的颗粒，那骚动的颗粒，那饥饿的颗粒……它们融化成黏稠的液体，它们迅速地蔓延，午夜加深我的陷落与崩塌。

## 0

十八日，先祖行水路至湘乡，二十日至楼衣。祖母病逝。葬楼衣驿站近处，停七日，留族人五。守墓三年。余一百四十人继续前行，病七人。留五者，二人于雍正六年入川，三人留湘，在湘乡开枝散叶，曰庆余堂郑氏。租船沿资水行二日，阴雨晦昧，江流湍急，宿二日，雨停，行。上岸，至桃金，沿途滑窄，步难行。

K778次，夜过涪陵，黔江。巴山险而峻，黑暗中不可辨。

## 1

织机把黎明的跣足织进横针里，目光飘忽的夜班女工，疲惫的树叶，从织机间飘起的一个个音符，从那细纱线的身体跳跃而出的灰尘，运动的汽车、连杆、机杼、梭针、垂杆、白炽灯，简单而纯粹的事物猛烈地吐出颠倒的昼与夜，苍穹飘着羊毛似的光线，彻夜失眠的霞光，我倾听，身体的歌唱、梭子的歌唱、飞翔太阳的歌唱、荔枝林的歌唱。

我看见凝固的太阳留下阴影，一堵墙隔开两个世界，他们彼此眺望与思念，并存于不同的空间，我们无法穿越，像另一个静止在某个记忆的我与现实的我重逢，握手，我们彼此看着来自不同空间与时间的自己，她的名字叫琼。镜子的水银折叠好时间、战争、瘟疫、饥饿，陨石折叠好星星，坟墓折叠好死亡。梭子留下布匹、记忆、线、光、发霉的爱情、女人的面孔、车轮胎、驿道的马匹、红色的毛发。我听见墙上的矿井、葱郁的棉田、祖母的织机、转动的木头，瘦削的山像奔跑的女工，也许有一天，一个叫琼的自己仿佛一场飓风带走我的肉体、乳房、性欲，夏天用寂静俯压了过来，温度计的汞柱飞速上升，一只乌鸦衔石取水，我从土豆视频中取出一个来自意大利的男人，他用剪刀设计服装古老的样子，在他俊美脸庞上举办胡须的时装秀，用一根纱线紧贴米兰的时装周，女模特的羽毛沾满我的气息，她消失在蓝色的光影中。电影折叠好过去、未来，时间折叠不同的空间，空间折叠不同的时间，它们彼此交错，构成多维的柱状体。我在成品衣架上折叠好设计图，男模特们拐角处的微笑被我织进黎明。

拂晓沿着墙壁蔓延，它如凌乱的线团。

拂晓沿着树枝生长，它如葱郁的新叶。

拂晓沿着玻璃攀缘，它如折射的光线。

拂晓沿着织机转动，它如晶亮的布匹。

拂晓像从寂静中耸立的尖，倏然中炸裂。一只鸟在黎明中穿过织针孔，那针在湛蓝的天空刺出白色的伤口，风吹着铁皮房尖锐的伤口，那些破空而入旋转的风吹拂着尘土，它撕裂的树叶弯曲成一根白色的丝绸，白日梦闪闪发光，它黑色的护甲为纺织机输进无序的指令。激流般的线在梭子间快速流动，蘑菇的纱锭一排排像被驯服的兽类，它们纯粹的、无妄的眼睛有蔚蓝的拂晓。

黎明从梭子走过，但它不从线团走过，轮盘的声音，飞蛾从白炽灯下飞过，受伤的羽翼像我的理想折断了翅膀，奔跃的梭子不会带给我布匹，我的布匹在黎明的光线中，它们织出我的脸，织出我的头发，我的阴影，它们织着我的漂泊，我在陌生街头遇见时间显影出来的童年，海市蜃楼般重现，在蔚蓝的天空。

梭子，忧郁的歌手唱着孤独的流浪歌，我相信那些空转的梭子会带我虚度时光，风吹着黎明的叶子，风吹着我背后的树木，风吹棕色少女，她穿着少数民族的服装，她头上银饰闪着拂晓的光，风继续吹，吹得那毫不相干的事物有了亲密的接触。

时间流动、融化、凝固，我生长、衰老、死亡。

风在吹着织机的黎明，风在吹。风吹着不同事物间细微的差异，那被梭子串起的黎明，它绯红的光与影交错。

## 0

初六日，至溆浦。楚辞有云：“入溆浦余儃徊兮，迷不知吾所如。”（《九章·涉江》）。舟车劳顿，宿江口，沅水与溆水汇处。越二日，租船西进。病十六人。郑居俭，夭于溆浦，年七岁，埋于当地。余者一百三十九人，前行。

K778 次，是夜过彭水、秀山，凌晨入黔之铜仁，时凌晨三点，楼高月小，春寒逼人，站台小憩。遇到往贵阳列车。

## 1

仲夏的黎明六点从灰色的道旁树开始，黑影梭子般地运行，风剖开灰色的地平线和海平面。不可预测的光与浪，纱线绵绵不绝的气息，它们尖叫，一只飞鸟投影在钟表的歌声，它羽翼下的清凉仪式。大象群越过森林，笨拙的大象腿带给昙花短暂的愉悦。镜子劈开时间的虚实，那些碎裂部分的完整，黎明的伤痕与紫云英的感官，梭子缝合受伤的河流与沥青道路。我跟我的身体妥协，跟无奈的织机妥协，跟花期很短的植物妥协，跟虚无的痛悔妥协。那白色的与蓝色的编织情侣间的男欢女爱，卧伏的针杆与跃起的针舌，钩针从虬枝状的天空挑出黑杨与垂柳。有如夏日午后穿堂风般漫长的纱线，在轮轴间前进、后退、迂回，令人迷失的灯火与城市。

我在织机旁窥探毛织物在炎热里的曲线变化，退潮的海水像藤蔓一样展出弯曲的角度，抬升陆地的幻想折叠着柔软的波浪与垂直的岩石，坚硬的寂静孤独无依穿过黎明的街道。风推动日、月、星迁移，渺茫依稀的轮回在宁静中显示纱线样的形状，织轮与星系移动，足够的眺望。织针舌尖，饶舌的鸟唱着驯服的野兽之歌与冷玉般的黎明。灰树林间清澈的纱、丝、绸、锦、缎、麻、绵、绢、呢、绒……灰色的黎明覆盖着大地与田野，它绯红的光线纺织仲夏绿色的星座。暴力的轮毂在我的身体涂上谜样的线团、图案、色泽，植入红色的浆果与乌桕，有一只鹧鸪在鸣叫，有一片乡愁在纺织，有一位女工在苏醒。

我的意识像永不疲倦的织机在纱线间迅捷前冲，褐色影子匍匐在白色封闭的车间，针车“呜呜呜”的声音竭尽全力朝空旷寂静的黎明冲了过去，爆裂的朝霞腐朽成一片烂橘子色泽，它们把我推进空寂无人的车间。

有一种纱线在织着城市青色的背脊，街道长长的路灯耸立柱状的黎明，在纺织车间，它肋部的峡谷用十二针、十六针、三十二针、八针标注出我迷宫般的人生，它们“嗡嗡嗡”的声音拖着灰色的长叹息越过荒原般的黎明，这无法逃避的场景，这戏剧般的人生，没有开始，没有结束，没有等待，好像漫长的纱线沿着订单的图表嵌入水泥地板的织机上，所有的转动、蜿蜒、曲折，所有的十字路口，电的脚趾处黎明的水晶正在凝成。

血脉如同细长的纺线永不停息地织出家、家族，祖先穿过幽暗峡谷的黎明。

我像从纺织车间飘出的细绒羽毛，在天空间飘浮。

## 0

十四日，雇舟行水路，至辰州境内，“杨花落尽子规啼，闻道龙标过五溪”。郑清渚生于辰州。病者增至二十三人。逝，两人，停辰州两日。重病者七人，暂寄辰州，另八人，留辰州。余者一百二十一人，沿水而行。

K778 次，黎明，过怀化，山高路远，入湘西境内，怀化有酉水、辰水、溆水、舞水、渠水，五溪之地，雾，群山依稀可辨。遇至沪的列车。

## 1

正午尖硬的触角与爪子摸索秋日的切割机，一跃而过的螺旋状的绝望顺着丝锥的纹路萦回、缠绕、盘旋。阔叶榕树在石头与铝片投下温和的秋天，崩溃的铁屑与男人艺术般的忧伤，从车刀竖起芸豆的悲伤。尖，它钝化的角度被磨损，浪尖下坠成为镜面，在螺纹的逻辑间，古老轴承弹射，铁楼梯旋转直下，有一只鸟在秋天，它腐烂的羽毛在湿热中退化为足，无法起飞的翼。我弯腰，用扳手拧紧花园稻草的铁皮外壳，它眩晕感的幻觉，铁的肉体与光亮，虚弱听觉的车子拐进中午，反光镜遇见不可分割的光与影。把左手放在一个垂直的角落，重坠感在起重机的回响间漂浮，正午的光碎裂，在铁片上晃动，燃烧颗粒状的孤独。

我穿过五金厂的车间，轰鸣的机台把铁块捣碎涂抹在正午的墙上，被涂上日期与刺青的柱状体向上抛出一只燕子与一条蜥蜴，一个茫然的圆圈否定另一个圆圈，一把固执的车刀切断另一把车刀。我正经过沉默的正午，树枝在窗外伸出猫样轻盈的步伐，在它的阴影中，沾满灰尘的机台，锈。光和它的刀片穿过蛛网般的电线，铁屑涌动、飞舞、向四周扩展，泛白的大海爬上岸，铝制机器舒展它的羽翼，正午的燠热在散热片上振动，剩下锡焊头发光的伤口，我从工具箱里掏出扳手、铁锤、打火石、发夹、火车票、暂住证、令人眼花缭乱的线头、石头丛林，蓝工衣的男工与白工衣的女工，他们穿过绿漆地板与磨损的探头。从一面倒流镜取出光、海岛、矿井、黑月亮、徘徊的树冠、仓鼠。螺丝用一种紧固细密旋转的语言潜进到事物的深处，碰撞弯曲的触须，支离破碎的时间循环，知更鸟穿过正午大海的皮肤，在机舱口眺望岛屿，蝴蝶越过太平洋和电缆，似波涛似电流的伤感游离湿漉漉的盆地。我凝视铁片上的锈，时间的伤痕从点到面，它日益的剥落感，语言剥出小说的情节、故事、人物，剩下重坠的感觉从庞然大物间脱落，我用铁片、天那水、毛刷子洗尽锈与时间，闪亮的正午穿过玻璃的尖锐。锈渍的悲伤、心痛、欲望、欢乐、孤独、别离、重逢……这些笨拙的词，陌生的弹弓、胶片、晶片剪辑出它们的尺寸、大小、比例，在五金厂车间里撞击和释放时间的赋予与掠夺。

一个悲伤的男工在中午，他的失恋被明亮的阳光穿透。

一个悲伤的女工在中午，她的迷茫被成长的岁月穿透。

一个悲伤的老板在中午，他的雄心被细小的别针穿透。

他们缓慢推动一颗悲伤的螺丝进入洞穴，啮合住。缓慢是一种艺术，阳光漫过茶杯里的水，焊花溅落直至冷却，揉皱的合格纸，散落的烟头，窗台花盆的黄叶，燕子寻找柳树，我在机台用棕色的铁块打出一个热的太阳与冷的月亮，它们毛茸茸的爪子在正午的玻璃上抓挠，在光滑的表面有数万颗别针将预言、记忆、体验别在图纸。秋天像树枝样弯曲，树枝像字母样弯曲，它们交错、缠绕，在一块铁器的表面，有一缕光线像羽毛一样飘过。



0

二十日，过保靖，至里耶。沿途，逝，三人；夭，二人；暴毙，三人。留病三，族人四，后，雍正四年，迁屏山。余者，一百零六人，复进。

K778次，晨，过娄底，晌午，至株洲，停七分钟，疲惫的鸣笛，阳光猛烈。

1

墙中的高压线穿过中午的肉体，电流伸出胶质的手试探铁与砖的双重阴影，秋日的中午用一片忧郁的瓷砖支撑着将落未落的叶子，那张张如叶般苍白的面孔，在时间的镜中凋零。在五金车间，力与哲学，影射与暗示，相互潜行，沿着墙中的电流到灯、机台，到焦渴的螺丝钉。我必须忍受白铁皮鼓风机的破嗓音，一块铁在歌唱，一张锯子在应和。窗外是涌动的秋天、荔枝林、波浪状的鸟鸣，阳光行走在镀铬的事物表面，它漠然的神色，当切割机发出轰鸣时，阳光陷入悬崖一样的沉默，我沿着峭壁从大海到铁皮桦树尖，一根脆弱的钨丝点亮单薄而纤细的光，火车经过群山的羊肠小径，在光与词的阴影中，语言如黑色的铁压着故事的情节。我预感它将分岔成无数小径，并不是每条小径的尽头都有一座花园，喷泉、大丽花、中午的阳光。

液体弯曲的光与幻影，发动机吐出秋天，电光切削多彩的时间，我取下灯光、剪刀、电笔、毛刷子、圆珠纸，在一张合格纸盖上姓名、工号，研磨机磨掉孤独的毛刺，它晦涩而复杂的内部，那些令人崩溃的线条、程序。打开它墨绿色的硬壳，它神秘的内部结构，线圈、金属链条、杠杆、塑料管子、齿轮、砂轮、焊点、锡片、弯曲的生铁、曲形连杆、辊筒、减速箱、铜挡板。指示板上九个闪亮的灯，缠绕着电线，那闪烁的红色警告灯，半月形的指示开关，黑色铭牌。校正你的轴心！它尖锐的叫声！校正你的砂轮！它尖锐的叫声！校正你的角度！它尖锐的叫声！更隐蔽的力凿穿铁块，在贫乏的铁块上雕刻满秋天的花纹，楸树林样的枝条、芦絮的飘逸。它像语言一样跳跃，它像思想一样细致，语言之马越过秋天的旷野，语言之马在秋天的中午，语言之马足迹布满那穿不透的铁块，它鲜红的文身，一群白鱼从海面飞翔而过。中午从棕榈叶间散落，模棱两可的秋天，机台的探针用细微的触摸替代敏感多疑的秋天，它迷幻性的鸣叫，从海面上浮出的岛屿，它封闭性的宇宙，在絮语般的轰鸣与残废的铁片间，在红叶与白果间，一块折叠的铁片模糊的线条，我女性的生涩像次生林一样迷茫。

玻璃外罩凝结时间，它们像水流一样循环，不曾流逝、不曾开始、不会结束，它无终点无起点它往复无穷。红尾鸟越过窗外的荔枝林，野榛树在山坡上生长。

时间流动、融化、凝固，我生长、衰老、死亡。

时间球状的晶体，琥珀般的母马在生育，它尖锐的嘶叫像一台机器在生长，正午的光像钉子般尖锐，我看见秋天的正午在钉子上汇合、联结，那双大理石般的手慢慢接近，钉进时间的肉体，从钟表跳跃而起的时间，从酒液浮出的时间，从马的喷鼻呼出的时间，从螺丝的纹中蜿蜒的时间。

它们水落石出，一根羽毛一样的时间，它飘浮，没有结束、没有开始。

## 0

二十六日，至酉阳龙潭。二十七日，遇雨停行，遇泥石流、山崩。逝三人，暴毙一人。余一百零二人。

K778 次，午至衡阳。至郴州。

## 1

液态的思想在瓶中发酵、裂变，想象的洪水越过寂静的黄昏。水体的愉悦从沸腾的壶里升起，从液态的流动到气态的飞升，我听见水蒸气独自歌唱。那时我需要三杯水洗涤我的手、胃、头颅，我把第三杯水置于窗口，白昼像细小的药片溶于水中，我把第二杯水置于车间的过道，从茶水浮出利润、报表、成本、财务、合格单，我把第一杯冻成冬日黄昏的冰与雪，保鲜好时间的泡沫。水合上波浪的页面，夜一滴滴从枝头落下，直至注满瓶的空间。用水一样的语言，用雪一样的语言，用血一样的语言，冬日的薄暮沿着大理石平静越过对街的楼群，它像液体一样漫漶、蜿蜒，直到淹没车间红色的、绿色的按钮开关，那些液态的面孔一次次浮现、变幻、死去、复生，工业循环与化学试剂在密闭的容器离合、分裂，分流导管像树枝布满了车间。

我像地质书页上的斑点顺着液态的星球落于工业区某个机台，暮雨从四处飘来聚合，黄色的公共汽车消失在雨声中，那个戴着面具的男人被寂静的暮色折断，像一片叶子散落在流水间，白色高楼、窗、脸孔，它们站在那里饮着暮色，吃着光线。她打开反应罐的阀门，涌动的液体、细菌，发酵，管道、阀杆、泵、温度计，漂浮的水汽，百万片树叶在暮色中喃喃低语，敲打着我的窗，像树木在黑暗中的哗变。她神色自然，口罩上空洞的眼睛注视着绿色的液体。飞升的尽头——气体，或者它渐渐下坠，凝成固体。用手按下操纵杆，压力像刺一样冲开你的身体，计数表翻腾。你用两只手一起启动损伤的修复的液体，轻轻向后退，现在，城市湮没在工业的暮色里，打滑的汽车熔进黑暗，覆盖着白天的伤痕，路灯与工人隐藏在树叶下，时间像张开的扇子，模糊的场景从破损的开裂的天空倾泻而下，透明的影子刺穿花瓣，时间跳跃，你用液体般细微的感知，热烈模仿着它，窗外的棕榈更加清醒更加昂扬，它刺破峭壁般的暮色。夜降临在液体的天空，变浊、生锈，幻象的夕阳沉降在工业肮脏的积水间，悲伤是从水间升起的锈迹，它永不愈合的创伤在楼角。

仅仅一个词：沉默。

或者另一个词：爱。

或者还有一个词：快乐。

它猛烈地沸腾、冲突，那些无数回忆从液体间升起，一群鸟从窗外飞过，那些液态的情绪被烘干，水在钙化，它们：痛苦、疲惫、失望、怀疑、蔑视、愤怒……这些混浊之物在封闭的器物，被过滤网筛选、被搅拌、被澄清。隔着几百米的街道，天空铺开虚无的巷道，喷泉剖开广场，我们在这里，令人悲伤的暮色缓慢地降临，宁静的不可逾越的孤独铺开液体的思想，车间的水声，在流淌中展开无限的空间，我的呼喊顺着冬之门滑入资本的游戏，通过液体的水进入市场。在水的机器前，我用扳手打开它宽阔内部，它带给我血、时钟、星星、玻璃瓶中的风暴。

## 0

二十一日，至长寿，二十四日至重庆，雇船行水路，至合川，二十九日至武胜，至嘉陵，余者八十四人，至顺庆。

K778次，午三时，至韶关，停十七分钟，韶关古称曲江，吾祖曾云，世居南雄州浈江畔。

## 1

我用车刀修改大海的波浪曲线，扳手校正满天行星的位置，它们在封闭的液体里相遇。我们坐在车间的角落谈论烟头、报纸、照片、段子、圆珠笔、足球、打字机、硬币、角子机、汽水瓶、剪刀、胶布，受伤的铁与手指在纱布中窃窃私语。暮色在扳手的指纹升起，我用它感受罐中的季节、温度、黏液、甜度。当压力像液体不断冲击我，当疼痛不断压迫我，当叫喊或者哽咽从液体涌出。暮色把车间的机器、仪表、显示器、键盘、鼠标遮暗，透过水汽里模糊的脸，我们谈论大海，或者，海水的事物。时间，创造之海。它淡蓝色的忧伤，无边际的岸、沙滩、工业、农业、商业、几何学，这翻腾起伏的运动，农作物，红树林，一种纤维质，交易，一种象征，它抵达果实的深处，直到指示器的技术指令将它粉碎、研磨、挤榨，在潮水的喘息间。

死亡是一种固体物质。

迁徙是一种羽毛状态。

生存是一种无形液体。

电流在额定的范围震荡，水反射着暮色，波涛滚滚，无休止的鸣叫从车间浮出，在大海与机器之间：人。在木星与波浪之间：空间。在生与死之间：语言。它不明白大海是何物，是一种奔跑的动物、一株静止的植物、一个念头，是一种液态的结晶体、一种舌头上的感觉、一种色彩、一种容器、一种持之以恒的运动。

当大海被我置放在瓶中，一种商业，变成利润、成本，变成指标，变成工人的生活与市场需求，或者它通过媒介进入我们的皮肤、血管、肺、灵魂，它渐渐变成我们的思想。

当蒸馏器把自己蒸馏，留下盐，一种固体的味道，在鸟的羽翼、在月的圆缺、在潮的涨落、在雾的聚散。

时间流动、融化、凝固，我生长、衰老、死亡。

当我们不断地穿行，永无止境地运动，漂泊或扎根，在新的空间、时间、维度存在，沿着时间旋梯上升下降，因生存沦落、沮丧、悲伤、欢乐、痛苦。当世界在诞生、创造、发现，时间缓慢地呈现它内在的光芒。当祖先穿过雨季、瘟疫、饥饿、战争、民族、宗教、丛林、平原……在某一刻，我曾与他们在一个静止的点相逢，又交错而过。

我在车间里虚构一个塑料般黏稠的、纱线般柔软的、钢铁般坚硬的、液体般流动的景象，它们藏在机器深处，那么多时间、太阳、月亮、星星用一种近乎机械的方式运动。

而我看见漂泊的祖先在走着，
而我看见时间正穿过我和祖先的肉体，
然后消失的形体。

本文刊载于《作家》2020年第11期

**赏析：**

我们在急促的文字节奏中感受不安的城市呼吸，感受羽毛一样飘荡的人生在各个大城市中走走停停。时间流动、融化与凝固，而人只能径直地生长、衰老与死亡。奔赴下一站的同时也是奔向死亡，对生活的向往最终变成对生存的妥协。电流、机器、容器、利润、指标，又亦沦落、沮丧、悲伤、欢乐、痛苦，是城市人生的关键词。漂泊，是居无定所，是心无归宿，是情无所依。这是多少远离家乡，前往大城市漂泊奋斗的人们的生存写照。无论在哪里，只愿你我都有所爱、有所依。

（陈银清）